BASTEI
LÜBBE

Von Mary Jo Putney erschienen bei BASTEI-LÜBBE:

12 258 Wilder als Haß, süßer als Liebe
12 305 Indische Nächte
12 340 Wie ein Blütenblatt im Sturm
12 375 Ein Spiel um Macht und Träume
12 645 Der Spion und die Lady

MARY JO PUTNEY

TANZ DER SINNE

Aus dem Englischen
von Christine Neumeier

BASTEI
LÜBBE

BASTEI-LÜBBE-TASCHENBUCH
Band 12629

Deutsche Erstveröffentlichung
Titel der amerikanischen Originalausgabe:
Dancing on the Wind

Published by arrangement with Dutton Signet, a division of
Penguin Books USA, Inc.

Printed in France März 1997
Einbandgestaltung: K. K. K.
Titelfoto: Pino Daeni (519), Agentur Schlück
Satz: hanseatenSatz-bremen, Bremen
Druck und Bindung: Brodard & Taupin, La Flèche
ISBN 3-404-12629-7

Prolog

Eton, Winter 1794

Nach der Beerdigung wurde er in die Schule zurückgeschickt. Was sonst sollte man mit einem Jungen machen, selbst, wenn er gerade zum reichsten Kind Englands geworden war?

Lucien Fairchild, frischgebackener Graf von Strathmore, sehnte sich danach, wieder in Eton zu sein. Dort konnte er mit Hilfe seiner Freunde so tun, als sei alles so wie früher, als könne er am Ende des Schuljahres nach Ashdown kommen und seine Eltern und seine Schwester heil und gesund wiedersehen.

Natürlich wußte er, daß es nicht mehr stimmte, aber er war noch nicht bereit, die Endgültigkeit des Todes anzuerkennen. Vielleicht wurde es leichter, wenn er erst einmal zwölf war.

Vorher war er Viscount Maldon gewesen. Der Direktor von Eton, der ihn bei seiner Ankunft empfing, beeilte sich, ihn Strathmore zu nennen, ebenso wie die Diener der Schule, die sich um sein Gepäck kümmerten, aber er konnte hören, wie sie ihn hinter seinem Rücken nannten: »den Waisenjungen«. Lucien zuckte innerlich zusammen, als er den Ausdruck hörte. Er klang unerträglich jämmerlich. Aus demselben Grund verabscheute er seinen Stock, aber wenigstens der würde in ein paar Wochen verschwunden sein.

Er kam am späten Nachmittag in seiner Unterkunft an.

Sobald er Mantel und Handschuhe abgelegt hatte, machte er sich auf die Suche nach seinen Freunden, die im selben Haus wohnten. Sie saßen wie üblich zusammen in Rafes Zimmer, dem größten und wärmsten.

Lucien hinkte herein, ohne anzuklopfen. Seine drei Freunde hatten es sich auf verschiedenen Möbelstücken bequem gemacht. Nicholas war ein Viscount, Rafe ein Marquis, und Michael der jüngere Sohn eines Herzogs, aber diese Titel waren rein symbolisch, während Lucien jetzt ein Mitglied des Hochadels war. Er wünschte sich von ganzem Herzen, daß es nicht so wäre.

Als die Tür aufging, sahen alle auf. Einen Augenblick lang herrschte unbehagliche Stille. Natürlich hatten sie es gehört.

Luciens Herz sank. Ausgehöhlt von Kummer und einer tiefen Einsamkeit, die ihn, wie er wußte, sein ganzes Leben lang begleiten würde, sehnte er sich nach der unwandelbaren Zuneigung seiner Freunde. Er hätte es nicht ertragen, wenn sie nicht gewagt hätten, ihn genauso zu behandeln wie immer.

Dann legte Nicholas sein Buch weg und raffte sich von seinem Platz vor dem Feuer hoch. Das Zigeunerblut in seinen Adern machte ihn überschwenglicher als die anderen, und es war typisch für ihn, daß er Lucien einen Arm um die Schulter legte und ihn ans Feuer zog. »Gut, daß du wieder da bist«, sagte er warm. »Gerade rechtzeitig zum gerösteten Käse.«

Lucien war seinem Freund unendlich dankbar. Jetzt war er wieder er selbst. In den vergangenen zwei Wochen hatte er sich oft gefühlt wie ein Gespenst, ebenso schattenhaft wie seine Familie.

Als er sich auf dem Teppich vor dem Feuer niederließ, klappten auch die anderen ihre Bücher zu. Dann rösteten sie Käsestücke an langen Spießen über dem Kaminfeuer.

Das saftige, würzige Endprodukt wurde auf Brotscheiben gestrichen, das perfekte Abendessen für eine kalte, klamme Nacht.

Die Unterhaltung drehte sich hauptsächlich um Ereignisse, die sich in Luciens Abwesenheit in der Schule zugetragen hatten. Er selbst brauchte überhaupt nicht zu reden, und das war gut, denn er war sich nicht sicher, ob es ihm gelungen wäre, ein Wort hervorzubringen. Nach einer Weile, als der Knoten in seiner Brust sich zu lösen begann, konnte er einen gelegentlichen Kommentar beisteuern. Außerdem merkte er mit leisem Erstaunen, daß er zum erstenmal seit dem Unfall wieder hungrig war.

Nach dem Essen sagte Rafe: »Ich hab' in der Stadt etwas für deine Sammlung gefunden, Luce.« Er stand auf und wühlte in seinem Schreibtisch herum, kam dann zurück und gab ihm einen kleinen Gegenstand.

Es war eine mechanische Schildkröte mit einer winzigen bronzenen Meerjungfrau auf dem Rücken. Selbst sein Kummer konnte Lucien die Freude daran nicht verderben. »Das ist ein echter Schildkrötenpanzer, nicht?« Er drehte das Objekt hin und her und bewunderte die feine Handarbeit. Dann zog er die Feder auf und setzte das Spielzeug auf den Fußboden.

Schwerfällig setzte die Schuldkröte sich in Gang. Obwohl winzige unsichtbare Räder sie bewegten, sah es aus, als ob sie wirklich liefe. Auf ihrem Rücken saß die Meerjungfrau, schwenkte ihren Arm und warf den faszinierten Jungen scherzhafte Kußhände zu.

Lucien lächelte eine Sekunde lang, bevor das Bewußtsein der Wirklichkeit wieder über ihn hereinbrach. Sein Vater hatte ihm das erste mechanische Spielzeug geschenkt und ihn dazu ermuntert, sie zu sammeln und selbst zu bauen. Sein Vater, der jetzt in der Familiengruft in Ashdown lag und nie wieder lachen würde. Lucien blinzelte, um seine Tränen zurückzuhalten. Wenn es doch wirklich ein Märchenland gegeben hätte, voll Magie und Fabelwesen, in dem nie jemand sterben mußte.

Als er sich wieder in der Gewalt hatte, sagte er: »Bist du sicher, daß du mir das schenken willst, Rafe? Ich hab' noch nie so eins gesehen.«

Rafe zuckte die Achseln. »Wenn ich es mir ansehen will, weiß ich ja, wo ich es finden kann.«

Die Schildkröte blieb stehen, und Lucien zog den Mechanismus noch einmal auf. Dann gelang es ihm zu sagen: »Sie nennen mich den Waisenjungen.«

Angewidertes Schweigen machte sich breit, bis Michael sagte: »Ein scheußlicher Spitzname. Klingt, als ob du ein Bettler wärst.«

Die anderen nickten zustimmend. Lucien wußte, daß sie ihn verstehen würden.

»Wir müssen einen besseren Spitznamen für dich finden, bevor der hier an dir hängen bleibt«, verkündete Rafe entschlossen. »Wie möchtest du genannt werden, Luce?«

Nicholas schmunzelte. »Wie wär's mit der Schlange von Strathmore? Das klingt angemessen.«

Lucien überlegte. Eine Schlange, geschmeidig und todbringend. Jeder fürchtete Schlangen. Aber ... »Nicht schlecht, aber nicht ganz das Richtige.«

»Ich hab' eine bessere Idee.« Michael grinste und hielt das Buch hoch, in dem er gelesen hatte. Es war Miltons Verlorenes Paradies. »Du heißt Lucien, da ist Lucifer ziemlich naheliegend.«

»Perfekt«, rief Nicholas enthusiastisch. »Lucifer, der rebellische Erzengel, der lieber in der Hölle regiert, als im Himmel dient. Blond wie du bist, machst du dich großartig als Morgenstern.«

»Nicht übel«, sagte Rafe. »Ich bin überzeugt, daß Milton eine geheime Vorliebe für Lucifer hatte. Als Persönlichkeit ist er wesentlich interessanter als Gott. Der benimmt sich wie ein langweiliger Schulmeister.«

»Wenn wir alle anfangen, dich Lucifer zu nennen, machen es uns in zwei Wochen alle Jungen in Eton nach.« Michaels grüne Augen funkelten vor Spitzbüberei. »Die Lehrer werden aus der Haut fahren.«

Lucien lehnte sich gegen das Bett und schloß die Augen, um nachzudenken. Spitznamen waren wichtig, ein alberner Name wie Wiesel konnte einen ein Leben lang verfolgen. Lucifer war ein guter, stolzer Name – ein Geschöpf, das Gott verlachen konnte, war klug genug, um nicht zu sehr zu lieben. Und ein gefallener Erzengel weinte nachts ganz bestimmt nicht.

Er setzte eine kühle, ironische Miene auf. Ja, das war hervorragend. »In Ordnung«, sagte er bedächtig. »Von jetzt an bin ich Lucifer.«

Erstes Kapitel

London, Oktober 1814

Zwei Tage waren vergangen, und die Zeit zum Trauern war vorbei. Jetzt mußte sie handeln.

Sie hatte bereits die naheliegenden Personen befragt, ohne etwas zu erfahren. Abgesehen von ihrer Intuition gab es keinen Beweis, daß etwas Furchtbares vorgefallen war.

Natürlich war ihre Intuition in diesen Dingen unfehlbar.

Wenigstens war es noch nicht zum Schlimmsten gekommen, Gott sei gedankt. Wenn sie rasch handelte, konnte sie die Katastrophe womöglich verhindern. Aber was sollte sie tun? Für derartige Situationen gab es keine Hilfsquellen, und wenn es auch Männer gab, die sie um Hilfe bitten konnte, so traute sie doch keinem von ihnen.

Sie zwang sich zum Stillstehen. Das Chaos im Zimmer verriet die Spuren ihrer vergeblichen Suche. Sie galt als intelligente Frau – es wurde Zeit, daß sie sich auch so benahm.

Sie setzte sich an den Schreibtisch, schnitt eine Feder zurecht, tauchte sie ins Tintenfaß und schrieb auf, was sie wußte. Zuerst kamen Daten, Tageszeiten und die Antworten der Leute, die sie befragt hatte. Dann formulierte sie ihre Theorie der Ereignisse. Sie stützte sich überwiegend auf Unterhaltungen, an die sie sich nur vage erinnerte, aber sie stimmte mit den Tatsachen überein. Sie mußte davon ausgehen, daß sie richtig war. Sie hatte keine andere Wahl.

Die Tinte trocknete an ihrer Feder, als sie nachdachte, was sie als nächstes aufschreiben sollte. Am dringendsten brauchte sie Informationen. Wenn sie genau erfuhr, was geschehen war, konnte sie nach einem Ausweg suchen.

Sie hatte zwar Verbündete, aber der überwiegende Teil der Suche würde auf ihr lasten. Nicht nur, daß ihre Begabung einmalig war – niemand konnte mehr betroffen sein als sie.

Langsam ergab sich ein klareres Bild, wie sie vorgehen mußte. Ihr Gesicht verspannte sich, als sie sich näher damit auseinandersetzte. Die eine oder andere notwendige Aktion mochte sich als gefährlich erweisen, und sie wußte, daß sie nicht besonders mutig war. Aber sie hatte keine Wahl, einfach nur zu warten, wäre unerträglich gewesen.

Die kühnste Idee war gleichzeitig die einfachste. Als sie sie niederschrieb, haderte sie mit sich selber, daß sie nicht früher darauf gekommen war.

Ihre Feder flog über das Papier, während ihr immer neue Gedanken kamen. Bald hatte sie alles notiert, was sie brauchte, um eine andere Person zu werden.

Oder richtiger gesagt, ein halbes Dutzend andere Personen.

Zweites Kapitel

Steh'ngeblieben, Euer Lordschaft!«

Er erstarrte augenblicklich. Lucien Fairchild, neunter Graf von Strathmore, beruflich heimliches Oberhaupt von Englands lockergeknüpftem Geheimdienstnetz und Mysterium aus Neigung, erkannte Mordlust, wenn er ihr begegnete.

Langsam drehte er sich zu dem Mann um, der ihn in die

Enge getrieben hatte. Er war unachtsam geworden, seit der Krieg vorbei war. Er hätte es besser wissen sollen. Auf den Schlachtfeldern Europas mochte Ruhe eingekehrt sein, aber die Welt der Intrigen, Politik und Machtkämpfe war unzerstörbar.

Er war auf dem Heimweg von seinem Club, und es war spät, nach Mitternacht. Trockene Blätter wirbelten über das Kopfsteinpflaster, und an der nächsten Kreuzung polterten Lastkarren über den Hanover Square, aber in dieser schattigen Straße war Lucien alleine mit einer – nein, zwei – dunklen, vierschrötigen Gestalten. Das schwache Licht der Sterne spiegelte sich in den langen Läufen der Pistolen, die auf sein Herz gerichtet waren.

Er mußte Zeit gewinnen. Wer waren die Männer, und was wollten sie von ihm? »Kennen wir uns?« fragte Lucien höflich.

»Nich' persönlich, aber 's heißt, Sie suchen seit fast zwei Jahren nach Harry Mirkin, und ich dachte, 's wird Zeit, daß ich mich vorstelle.« Der Mann stieß ein verächtliches Schnauben aus. »Ich muß sagen, ich bin enttäuscht. 's heißt, Sie werden Lucifer genannt, weil Sie 'n gefährlicher Teufel sind, aber ich seh bloß 'n milchgesichtiges Bübchen, das noch nich' mal 'm zehnjährigen Taschendieb aus'm East End Angst machen würde.«

»Es tut mir leid, wenn ich Ihren Erwartungen nicht gerecht werde. Gerüchte sind oft übertrieben.« Lucien schwang seinen Stock mit dem Elfenbeinknauf. »Sie zum Beispiel sind angeblich der König der Londoner Unterwelt. Es wird behauptet, daß die Franzosen Sie bezahlt haben, um die Anführer der Torys zu ermorden, in der Annahme, daß damit die Regierung zusammenbrechen und England sich aus dem Krieg zurückziehen würde. Beruht dieses Gerücht auf Wahrheit?«

»Jawoll«, sagte Mirkin bösartig. »Und ich hätt's auch

geschafft, wenn Sie und Ihre miesen Spitzel nich' gewesen wär'n. Ihr habt mich fast meine ganze Bande gekostet, meine Stellung in der Unterwelt und die fünftausend Goldguineen, die ich gekriegt hätte, wenn alles geklappt hätte. So hab' ich Glück gehabt, daß ich mit'm Leben davongekomm' bin.«

»Kein schlechter Lohn für einen Auftrag, aber ein Bettel dafür, daß Sie Ihr eigenes Land verraten hätten«, murmelte Lucien. »Ich wollte Sie allerdings finden, aber ich habe mir nicht allzuviel Mühe gegeben. Ich hatte Wichtigeres zu tun.«

»'s is' nich' besonders schlau von Ihnen gewesen, mich für unwichtig zu halten!«

»Offenkundig habe ich Sie unterschätzt.« Lucien spielte mit seinem Stock und lockerte unauffällig den Knauf. »Sie waren wie vom Erdboden verschluckt. In welchem Loch haben Sie sich verkrochen?«

Sein Gegner spuckte auf das Kopfsteinpflaster. »Im dreckigen Dublin, und das hab' ich Ihn' zu verdanken. Ich bin zurückgekomm', um mir zu nehmen, was mir zusteht, und als erstes werd' ich Lord Lucifer wegschaffen, der seine Nase in Angelegenheiten steckt, die ihn nix angeh'n.«

»Ich bin überzeugt davon, daß es Wunder für Ihre Reputation bewirkt, wenn bekannt wird, daß Sie Hilfe brauchen, um einen unbewaffneten Mann umzubringen«, sagte Lucien trocken.

Mirkin winkte seinem breitschultrigen Kollegen zu, der keine zwei Meter von Lucien entfernt stand. »Das hier is' mein Bruder Jimmy. Der wird mich nich' verraten. Das einzige, was bekannt wird, is', daß Sie tot sind und ich's getan hab'.« Seine Stimme bekam einen bösartigen Klang. »Los, bettel um dein Leben, Strathmore. Du sollst kriechen wie die Schlange, die du bist.«

Luciens Körper straffte sich zum Kampf, aber er sagte

gleichmütig: »Wie Sie meinen, Harry. Wünschen Sie, daß ich niederknie?«

Harry ließ seine weißen Raubtierzähne blitzen. »Nich' schlecht. Wenn Sie sich große Mühe geben, mach' ich Sie gleich kalt. Ansonsten gibt's zwei Kugeln in den Bauch, und dann dauert's Wochen, bis Sie tot sind.«

Mirkins Pistole senkte sich leicht, während er darauf wartete, daß sein Feind sich vor ihm demütigte. In diesem Augenblick der Unachtsamkeit stürzte Lucien sich auf Jimmy. Das Manöver war riskant, aber mit etwas Glück konnte er Jimmys Schuß ablenken, während Mirkin nicht wagte zu schießen, um seinen Bruder nicht zu treffen.

Lucien gewann das Spiel, wenn auch um Haaresbreite: als der riesige Mann über seinen Angreifer stürzte, ging seine Pistole los. Die Kugel zischte an Luciens Kopf vorbei, und Spuren von Schießpulver versengten ihm die Wange.

Ohne die ohrenbetäubende Detonation zu beachten, warf Lucien sich auf den Rücken und riß den Knauf von seinem Stock. Ein blitzender, rasiermesserscharfer Degen kam zum Vorschein. Er umklammerte den Stockdegen mit beiden Händen, so daß er direkt nach oben zeigte, als der Mann auf ihn fiel.

Einen Sekundenbruchteil später hatte die Schneide Jimmys Körper durchbohrt mit solcher Gewalt, daß Lucien am ganzen Leib zitterte. Der Schütze stieß einen kurzen, haarsträubenden Schrei aus. Dann drückte das volle Gewicht des leblosen Körpers Lucien zu Boden und hielt ihn fest.

Noch bevor er sich befreien konnte, brüllte Mirkin: »Verdammter, mörderischer Schweinehund!« Er drehte seine Pistole um und hieb Lucien mit dem Griff auf den Kopf. Dann holte er noch einmal aus. »Dafür bring' ich dich mit eigenen Händen um!«

Schmerz explodierte in Luciens Schädel. Mit finsterer Entschlossenheit konzentrierte er sich darauf, nicht das Bewußtsein zu verlieren. Knapp sagte er: »Wenn Ihnen das gelingt, haben Sie meinen Tod wenigstens auf ehrliche Weise verdient.«

Als Mirkin seinen Fuß hob, um nach ihm zu treten, hievte Lucien Jimmys massigen Körper von sich herunter und gegen die Beine seines Gegners. Dann sprang er auf. Er vergeudete wertvolle Sekunden mit dem Versuch, seinen Stockdegen freizubekommen aber der saß zu tief in Jimmys Brust. Er mußte Mirkin unbewaffnet entgegentreten.

»Du bist 'n ganz gerissener Hund, was?« Mirkin hob seine Pistole. »Ich werd' dich einfach abknallen. Das hätt' ich gleich machen sollen.«

Ehe er feuern konnte, holte Lucien aus und schlug dem anderen die Pistole aus der Hand. Sie segelte in die Dunkelheit und landete mit metallischem Klappern auf dem Pflaster.

»Zum Teufel, wenn ich dich nich' erschießen kann, reiß' ich dir mit bloßen Händen den Kopf ab, du dreckiges Schwein!« brüllte Mirkin und warf sich auf Lucien. Unter der Wucht des Aufpralls gingen beide Männer zu Boden.

Lucien versuchte verzweifelt, sich aus der tödlichen Umarmung zu befreien, aber Mirkin hatte seine Karriere auf den Docks begonnen, und er besaß immer noch die Stärke und Brutalität des Hafenarbeiters. Er hielt Lucien auf dem Pflaster fest, legte seine Hände um dessen Kehle und drückte mit aller Kraft zu, um ihm die Luftröhre einzudrücken.

Während die Welt um ihn herum schwarz wurde, bäumte Lucien sich auf, um seinen Gegner aus dem Gleichgewicht zu bringen und ihm dann das Knie in die Leiste zu bohren. Mirkins instinktives Zurückweichen gab Lucien eine Chance. Mit katzenartiger Geschmeidigkeit sprang er auf die Füße und packte von hinten den Kopf seines Feindes. Mit einem brutalen Griff brach er Mirkin das Genick.

Ein widerliches, lautes Knacken, dann herrschte Stille, abgesehen von Luciens heftigen Atemzügen. Er ließ Mirkins schweren Körper zu Boden gleiten, trat einen Schritt zurück und wischte sich den Schweiß von der Stirn. »Eigentlich hast du mir einen Gefallen getan, Harry«, keuchte er. »Ich verabscheue kaltblütigen Mord, aber so spüre ich nicht die leiseste Reue.«

Aus den benachbarten Häusern stürzten jetzt Menschen, die den Schuß aus Jimmys Pistole gehört hatten. Es konnten nicht mehr als drei oder vier Minuten vergangen sein, seit Mirkin und sein Bruder ihn angegriffen hatten.

Zeit genug, um zwei Männer umzubringen.

Ein halbes Dutzend Nachbarn erschien mit Laternen. Einer, ein Bekannter von Lucien namens Winterby, rief aus: »Mein Gott, Strathmore ist verwundet. Holt einen Arzt!«

Lucien sah an sich herunter und stellte fest, daß sein hellbraunes Cape blutdurchtränkt war. »Nicht nötig – es ist nicht mein Blut.«

»Was ist geschehen?«

»Zwei Straßenräuber haben mich überfallen.« Lucien bückte sich und hob seinen Hut auf. Jetzt, da alles überstanden war, zitterte er vor Schreck. Das war knapp gewesen, verdammt knapp.

»Wie schockierend – nicht einmal in Mayfair ist man seines Lebens sicher«, sagte irgend jemand empört.

Ein dünner Mann, der die beiden Leichen untersuchte, warf Lucien einen mißtrauischen Blick zu. »Sie sind tot.«

»Zum Glück hatte ich meinen Stockdegen.« Lucien hob die beiden Teile seines Stocks auf. Nachdem er die Klinge an seinem ruinierten Cape abgewischt hatte, schraubte er den Griff wieder fest.

Der dünne Mann sah auf Mirkin hinunter, der mit merkwürdig verdrehtem Genick und glasigem Blick auf dem Boden lag. »Ein glücklicher Umstand«, sagte er trocken.

Ein anderer murmelte: »Kein Wunder, daß man ihn Lucifer nennt.«

Mit lauter Stimme, die diese Bemerkung übertönen sollte, sagte Winterby: »Kommen Sie ins Haus und trinken Sie einen Brandy, bis die Polizei hier ist.«

»Danke, aber ich wohne gleich da vorne am Platz. Ich würde es vorziehen, nach Hause zu gehen. Die Polizei kann mich dort befragen.«

Er warf einen letzten Blick auf die Leichen der beiden Männer, die versucht hatten, ihn umzubringen. Was für ein eigenartiges Leben er führte, in dem jederzeit irgendeine lang vergessene Affäre aus der Vergangenheit auftauchen und seine Existenz auslöschen konnte. Wenn Mirkin nicht den Drang verspürt hätte, seine Motive zu erklären, würde jetzt er, Lucien, auf den kalten Steinen liegen.

Erschöpft lenkte er seine Schritte gen Hanover Square, begleitet von einem von Winterbys Dienern mit einer Laterne. Der Überfall war eine gewaltsame Mahnung, daß es Zeit wurde, ein paar Angelegenheiten aus der Welt zu schaffen. Harry Mirkin war lediglich ein Werkzeug in der Hand einer anderen, mächtigeren Person, eines napoleonischen Agenten, der seit Jahren gegen England arbeitete. Insgeheim hatte Lucien ihn das »Phantom« getauft, denn er war ungreifbar wie ein Gespenst, während er sein Unwesen trieb.

Nach Napoleons Abdankung im Frühjahr hatte Lucien sich darauf konzentriert, die Intrigen im Auge zu behalten, die den Wiener Kongreß durchzogen wie unterseeische Strömungen. Diese Arbeit war wichtiger gewesen als das Phantom, aber der Kongreß machte Fortschritte, und die Zeit war gekommen, um dem Spion, dessen Aktionen den Krieg verlängert hatten und die Friedensverhandlungen komplizierten, das Handwerk zu legen.

Wo sollte er anfangen? Es gab Hinweise, daß das Phantom ein Engländer von vornehmer Geburt war, möglicherweise jemand, den Lucien kannte. Er würde den mageren Spuren nachgehen, eine Prise Instinkt hinzufügen und einen Plan aushecken, um den Verräter zu stellen.

Als Lucien die Stufen zu seinem Haus hinaufging, huschte ein ironisches Lächeln über seine Züge. Lucifer konnte selbst ein Phantom nicht entgehen.

Drittes Kapitel

Die Zeit war reif. Die männlichen Gäste von Bourne Castle waren im Erdgeschoß mit Trinken und Prahlen beschäftigt, ihre Kammerdiener taten dasselbe im Dienstbotentrakt, und Kit Travers war bereit, jedenfalls soweit sie dazu imstande war.

Sie wischte sich die feuchten Handflächen an ihrem farblosen Rock ab und sagte sich, daß sie Emmie Brown war, ein Zimmermädchen, pflichtbewußt und nicht besonders helle. Ihre weiche Haube verstärkte diesen Eindruck und verbarg außerdem ihr Gesicht. Niemand würde Verdacht schöpfen, daß sie nicht war, was sie zu sein vorgab.

Sie packte mit der einen Hand die Wärmpfanne, nahm eine Lampe in die andere und trat aus dem Schutz der Hintertreppe in den westlichen Korridor des ersten Stocks von Bourne Castle. Das flackernde Licht der Lampe beleuchtete ein Dutzend identische Türen.

Glücklicherweise war es im Haus üblich, eine Karte mit dem Namen des Gastes neben der Tür des jeweiligen Zimmers anzubringen. Angeblich sollte es den spätnächtlichen Verkehr zwischen den Zimmern erleichtern. Kit hatte eine Geschichte gehört, in der ein liebestoller Kavalier auf der Suche nach seiner Mätresse eine Tür aufgerissen und lautstark gerufen hatte: »Ist Lady Lolly bereit für ihren großen John?«, um dann festzustellen, daß er in das Gemach des siebzigjährigen Bischofs von Salisbury eingedrungen war. Der Gedanke machte sie beinahe lächeln.

Ihre Heiterkeit verflog, sobald sie ihre Lampe hob, um die erste Karte zu lesen. Mr. Halliwell. Soweit sie wußte, war er kein Mitglied der Höllenhunde, und so ging sie zur nächsten Tür. Sir James Westley. Er stand auf ihrer Liste. Sie stellte die Lampe ab und drückte zaghaft auf die Klinke. Die Tür ging sofort auf.

Mit klopfendem Herzen trat sie ein und versuchte, sich so zu verhalten, als gebe es einen vollkommen natürlichen Grund für ihr Erscheinen. Trotzdem war sie erleichtert, als sie sah, daß das Zimmer leer war. Sie stellte die Wärmepfanne auf den Kaminsims und begann, die Kleiderpresse zu durchsuchen.

Nach seiner Kleidung zu urteilen, war Westley korpulent und leicht verweichlicht. Hastig durchsuchte sie die Kleidungsstücke, besonders gründlich die Taschen, aber sie konnte nichts Interessantes entdecken. Dann zog sie eine nach der anderen die Wäscheschubladen auf. Nichts.

Nachdem sie sich vergewissert hatte, daß alles so war, wie sie es vorfand, schloß sie die Presse und trat an den Schreibtisch. In einer Ledermappe lagen mehrere Briefe. Mit dem unbehaglichen Bewußtsein der rasch verstreichenden Zeit blätterte sie sie hastig durch. Wieder nichts.

Als sie nichts mehr zu durchsuchen fand, fuhr sie mit der Wärmepfanne über die Laken und verließ den Raum.

Das nächste Zimmer beherbergte den ehrenwerten Sir Roderick Harford. Ausgezeichnet, ein Gründungsmitglied der Höllenhunde und einer der Männer, die sie am meisten interessierten.

Er war vorsichtiger als Westley und hatte seine Tür abgeschlossen. Kit sah sich um, um sich zu vergewissern, daß sie alleine war. Dann zog sie einen Schlüssel heraus, der die simplen Schlösser in den Türen von Bourne Castle öffnen sollte. Falls sie entdeckt wurde, würde sie behaupten, daß die Tür offen gewesen war. Man würde annehmen, das Schloß wäre defekt.

Nach einigem Rütteln faßte der Schlüssel. Sie trat ein und begann mit derselben Suche wie in Westleys Zimmer. Harford war wesentlich größer und achtete weniger auf seine Kleidung. Seine Krawatten waren voller Schnupftabaksflocken. Er hätte gut daran getan, seinen Kammerdiener zu entlassen.

Wieviel Zeit war vergangen? Die Gäste waren tagsüber auf der Jagd gewesen und begaben sich womöglich früh zur Ruhe. Nervös fuhr sie mit den Händen zwischen die Stapel frischgefalteter Halstücher. Wenn sie nur gewußt hätte, wonach sie suchte!

Auch diesmal sah es so aus, als fände sich nichts von Interesse. Dann entdeckte sie in der untersten Schublade, unter einem Stapel Hemden, ein großes Buch in teurem Ledereinband mit dem Titel *Concupiscentia.* Sie schlug es auf und verzog das Gesicht. Offenbar hatte der ehrenwerte Sir Roderick eine Vorliebe für obszöne und ziemlich abstoßende Radierungen. Er war jemand, den sie im Auge behalten mußte.

Sie stand am Schreibtisch, als sie hörte, wie ein Schlüssel sich im Schloß drehte. Einen schrecklichen Augenblick lang glaubte sie, ihr Herz würde stehenbleiben. Die Tür war nicht verschlossen, und der Mann draußen begann, am Schloß zu rütteln, um zu öffnen, was bereits offen war. Ihre momentane Lähmung verflog, und sie stürzte zu der Wärmepfanne hin und schlug die Bettdecke zurück. Als Sir Roderick Harford das Zimmer betrat, war sie arglos damit beschäftigt, mit der heißen Pfanne über die Laken zu streichen.

Er war sogar noch größer, als sie nach seiner Kleidung angenommen hatte. »Was hast du hier zu suchen, Mädchen?« brummte er kaum verständlich. »Mein Zimmer war abgeschlossen.«

»Aber 's war offen«, sagte sie mit einem schweren, ländlichen Akzent. Sie zog die Schultern hoch, um ihre aufrechte Haltung abzumildern, und fuhr fort: »Wenn Sie Ihr Bett nich' gewärmt ha'm woll'n, geh' ich wieder, Sir.«

»Die verdammten Schlösser sind wahrscheinlich hier, seit Heinrich der Achte die verdammten Klöster aufgelöst hat. Candover sollte sie erneuern lassen«, murmelte Harford säuerlich. Er schloß die Tür und ging mit unsicheren Schritten auf sie zu. »Bleib hier, Mädchen. Es ist eine kalte Nacht, und wenn ich so drüber nachdenke, könnte ich ein bißchen Wärme im Bett gut brauchen.«

Erschreckt von dem Funkeln in seinen Augen, wich Kit ihm aus, als er nach ihr griff. »Ich geh' jetzt besser, Sir.« Sie eilte zur Tür.

»Nicht so eilig, Herzchen.« Er packte ihr Handgelenk und zerrte sie zurück. »Du bist ein mageres Ding, aber für ein kleines Abenteuer reicht's.«

Es fiel ihr nicht schwer, entsetzt zu tun. Kit wehrte sich verzweifelt und jammerte: »Bitte, Sir, ich bin ein anständiges Mädchen.«

»Du kannst dir eine Goldguinee dabei verdienen«, sagte er mit betrunkener Jovialität. »Vielleicht auch zwei, wenn du mich richtig aufwärmst.« Er zog sie in seine abstoßende, portweinstinkende Umarmung.

Es hatte keinen Sinn, gegen einen Mann anzukämpfen, der zweimal so groß war wie sie. Sie zwang sich dazu, nachzugeben, hielt aber ihre Lippen fest zusammengepreßt, um seiner Zunge den Einlaß zu verwehren. Er nahm ihr Stillhalten für Zustimmung und murmelte: »So ist es besser, Herzchen.« Dann schob er eine Hand unter ihre Brust. »Zeig mir, wie warm du bist.«

Sie nutzte seinen gelockerten Griff, um sich loszureißen. Sie war aus der Tür und halb im Korridor, ehe es ihm gelang, sie wieder einzufangen. »Du spielst wohl gerne, was?« sagte er gönnerhaft. »Du hast mehr Feuer als man dir ansieht.«

Von Panik erfaßt gab sie ihm einen heftigen Stoß vor die Brust, der ihn aus dem Gleichgewicht brachte. Er klammerte sich an sie, um nicht zu stürzen, und riß sie dabei mit sich zu Boden. Sie landeten auf der Türschwelle, mit den Köpfen auf dem Gang, Harford zuoberst. Als Kit nach Luft schnappte, zerrte er an ihrem Mieder und riß es fast bis zur Taille auf. »*Viel* besser, als ich erwartet hatte«, sagte er heiser. »Vielleicht geb' ich dir fünf Guineen.«

Sie hatte vieles befürchtet in der heutigen Nacht, aber nicht, von einem Mann vergewaltigt zu werden, der nicht einmal ihren Namen kannte. Voller Entsetzen versuchte sie zu schreien, aber sein Mund erstickte jeden Laut aus ihrer Kehle.

Plötzlich war sein drückendes Gewicht auf ihr verschwunden, und sie konnte wieder atmen. Eine kühle Stimme über ihr sagte: »Die junge Dame scheint nicht interessiert, Harford.«

Kit blickte auf und sah einen großen, blonden Mann, der ihren Angreifer an die Wand drückte. Der elegante Neuankömmling schien keinerlei Gewalt auszuüben, dennoch war Harford nicht imstande, sich loszumachen.

»Kümmern Sie sich um Ihre eigenen Angelegenheiten«,

keuchte Harford, während er verzweifelt versuchte, sich aus dem Griff des blonden Mannes zu befreien. »Sie ist ein Zimmermädchen, keine Dame. Ich hab' noch kein Zimmermädchen getroffen, das nicht geschmeichelt ist, wenn ein Gentleman sie besteigen will.«

»Ich glaube, heute abend haben Sie eines getroffen. Es wäre etwas anderes, wenn sie willig wäre, aber es macht sich nicht gut, wenn man die Dienstboten seines Gastgebers vergewaltigt«, sagte die kühle Stimme mit sanftem Vorwurf. »Candover wäre nicht begeistert, wenn es Ihnen gelänge, und Sie wissen, was für ein guter Schütze er ist.«

Die Worte drangen in Harfords umnebelten Verstand. »Sie haben recht«, sagte er widerwillig. »Für ein mageres Kammerkätzchen lohnt sich ein Duell nicht.« Der blonde Mann ließ ihn los, und er torkelte gähnend in sein Zimmer. »Nacht, Strathmore.«

Kit erstarrte. Gütiger Himmel, ihr Retter war Lucien Fairchild, Graf von Strathmore. Ein Mann, den man, im Flüsterton und nach einem vorsichtigen Blick in die Runde, Lucifer nannte. Er und ein paar andere seiner liederlichen Freunde waren allgemein als die Gefallenen Engel bekannt. Sie hatte nicht gewußt, daß er ein Höllenhund war.

Und doch hätte er keine formvollendeteren Manieren beweisen können, als er ihr beim Aufstehen behilflich war. »Ist dir etwas geschehen, Mädchen?«

Mit dem Verdacht, vom Regen in die Traufe geraten zu sein, ergriff sie seine Hand und stand auf. »N-nein, Mylord.«

Als sie ihm ins Gesicht sah, durchfuhr sie ein Schock ganz anderer Art. Wie sein Namensvetter Lucifer erstrahlte der Graf in übermenschlichem Glanz. Wenn das Laster ihn zerrüttet hatte, so war es seinem Gesicht noch nicht anzumerken, aber seine grüngoldenen Augen hatten die Müdigkeit eines Mannes, der das Feuer der Hölle kannte. Sie hoffte, daß er nicht ihr Feind war, denn sie ahnte, daß er ein tödlicher Widersacher sein würde.

Er packte sie fester. »Wie heißt du?«

Sie war so durcheinander, daß sie automatisch antwortete. »Kit.« Erst dann fiel ihr wieder ein, daß sie als Emmie Brown den Dienst in diesem Hause angetreten hatte. Wütend, daß sie ihren echten Namen verraten hatte, verbesserte sie ihren Fehler in ein gestammeltes: »Kit-Kitty, Mylord.«

Er musterte sie prüfend. »Vielleicht bist du doch ein Duell wert, Kitty.«

Sie merkte, daß ihr zerrissenes Mieder eine Brust fast vollkommen zur Schau stellte, wich zurück und raffte mit der freien Hand den Stoff über ihrem Busen zusammen.

Er ließ sie sofort los. Wieder in dem alten, gleichgültigen Ton sagte er: »Hol dir eine Tasse Tee und geh zu Bett, Kitty. Schlaf dich aus, dann geht es dir bestimmt wieder besser.«

Obwohl sie sich nichts sehnlicher wünschte, sagte sie: »Ich bin noch nich' fertig mit meiner Arbeit, Euer Lordschaft.«

»Die übrigen Gäste können heute nacht in ungewärmten Laken schlafen. Ich werd's dem Herzog erklären, damit du nicht bestraft wirst.« Wieder sah er sie prüfend an. »Sag der Haushälterin, wenn das nächstemal eine Jagdgesellschaft im Haus ist, soll sie diese spezielle Aufgabe einem älteren Mädchen geben. Jetzt lauf, Kitty. Und zu deinem eigenen Besten – gebrauch deine Krallen.«

Nur allzu bereitwillig zog sie den Kopf ein und lief davon, wie ein Mädchen, das vor Angst fast den Verstand verloren hat. Sie brauchte sich nicht im mindesten zu verstellen. Sie bog um eine Ecke und suchte Zuflucht hinter der Tür zur Dienstbotentreppe.

Sobald sie in Sicherheit war, sank sie auf die oberste Stufe, stellte die Wärmepfanne auf den Boden und vergrub ihr Gesicht in ihren zitternden Händen. Es gab noch ein halbes Dutzend Männer, deren Zimmer sie hätte durchsuchen sollen, aber sie wagte nicht, ihre Suche fortzusetzen. Offenbar löste die Gesellschaft unten sich frühzeitig auf, und wenn sie noch einem liebestollen Gast begegnete, hatte sie vielleicht nicht wieder so ein Glück.

Sie beschimpfte sich innerlich, weil sie so wenig erreicht hatte. Sie hatte gehofft, etwas zu entdecken, das ihre Suche einengen würde, aber es hatte mehrere Tage gedauert, bevor sie eingestellt worden war, und jetzt war die Jagdpartie fast vorbei. Morgen würden die Gäste abreisen, und sie hatte nichts herausgefunden.

Steif richtete sie sich auf und betastete die blauen Flekken, die sie sich bei ihrem Sturz zugezogen hatte. Sie konnte genausogut schon heute nacht verschwinden, sie würde doch nichts mehr erfahren. Emmie Brown, das erfolglose Zimmermädchen, würde sich in Luft auflösen. Die Haushälterin würde lediglich auf die unzuverlässigen Dienstboten heutzutage schimpfen und sich nichts weiter denken.

Als Kit die dunkle Treppe zu dem winzigen Dachzimmer erklomm, in dem sie nie geschlafen hatte, schwor sie sich, daß sie ihre Sache in Zukunft besser machen würde.

Sie hatte keine Wahl – ein Fehlschlag war unvorstellbar.

Während er den Gang entlang auf sein Zimmer zuging, dachte Lucien über die Launen der Natur nach. Dieses Zimmermädchen war ein einfaches Landkind, eine verletzliche Naive, die nicht allzu hell im Kopf war und die gebeugten Schultern einer Frau hatte, die sich für zu groß hielt. Aber eine Sekunde lang hatte er ihr Profil gesehen, und es war vollkommen, wie das Gesicht auf einer griechischen Münze. Vielleicht hatte das Harford angezogen. Nein, der Mann hatte es wahrscheinlich gar nicht bemerkt; der ehrenwerte Sir Roderick war nicht von der wählerischen Sorte.

Lucien schlug sich das Mädchen aus dem Kopf und betrat sein Zimmer, wo er sein Halstuch ablegte und das Feuer schürte. Dann machte er es sich in einem Ohrensessel bequem und starrte in die Flammen, während seine Gedanken sich mit einem zufälligen Sortiment von Tatsachen beschäftigten und ein Muster in ihnen zu entdecken versuchten. Er hatte keinen Erfolg, und das Klopfen an seiner Tür war eine Erleichterung. Er rief: »Herein.«

Er war nicht überrascht, als sein Besucher sich als der Herzog von Candover herausstellte. Er und sein Gastgeber hatten bisher keine Gelegenheit zu einem persönlichen Gespräch gehabt. Der Herzog trug zwei Gläser und eine Karaffe im Arm. »Du warst vorhin so damit beschäftigt, die anderen Gäste zu analysieren, daß du deinen Port kaum angerührt hast. Ich dachte, du magst vor dem Schlafengehen vielleicht einen Brandy.«

Lucien schmunzelte. »Sehr aufmerksam, Rafe. Ich nehme an, du möchtest auch gerne wissen, warum ich dich darum gebeten habe, so eine bunte Mischung von Leuten hierher einzuladen, und das noch dazu so plötzlich.«

»Ich bin jederzeit glücklich, dir meinen herzoglichen Prunk zur Verfügung zu stellen, Luce, aber ich muß zugeben, daß ich neugierig bin, was du diesmal im Schilde führst.« Der Herzog goß ein, reichte Lucien ein Glas und setzte sich dann in den zweiten Sessel vor dem Kamin. »Kann ich dir bei deinen Nachforschungen irgendwie behilflich sein?«

Lucien zögerte, während er überlegte, wieviel er sagen sollte. Er hatte schon öfter alte Freunde, Rafe eingeschlossen, für seine Spionagetätigkeit eingesetzt, aber nie ohne guten Grund. »Diesmal nicht – du bist ein bißchen zu respektabel. Es würde eigenartig aussehen, wenn du mehr tätest, als die Männer, für die ich mich interessiere, zu einer Jagdpartie einzuladen. Apropos, vielen Dank. Die Einladung in das berühmte Bourne Castle hat mein Prestige bei den Höllenhunden ungemein gefördert.«

Rafe stieß einen leisen Pfiff aus. »Natürlich. Ich habe mich gefragt, warum du ausgerechnet diese Männer einladen wolltest. Sie sind alle im selben Club. Warum beobachtest du sie? Ich dachte, sie wären bloß eine beliebige Mischung von Wüstlingen, die sich für die geistigen Erben des alten Höllenfeuerclubs halten, abzüglich der kriminellen Praktiken.«

»Für die meisten trifft das auch zu«, bestätigte Lucien. »Die überwiegende Mehrheit der Mitglieder besteht aus jungen Männern, die sich gerne für gefährliche Draufgänger halten. Nach einem oder zwei Jahren sind die meisten den infantilen Scherzen des Clubs entwachsen und wandern ab. Aber es gibt einen inneren Zirkel, die Satansjünger, und die benutzen die Sauf- und Hurenabende womöglich als Tarnung für andere, weniger akzeptable Umtriebe.« Er verzog das Gesicht. »Und das heißt, daß ich für die absehbare Zukunft viel Zeit mit Männern von sehr beschränktem Interesse verbringen muß.«

»Sind alle meine Gäste Satansjünger?«

»Die meisten, glaube ich, aber das ist schwer zu sagen.« Lucien runzelte die Stirn. »Ein Jammer, daß Roderick Harfords Bruder, Lord Mace, nicht kommen konnte. Ich glaube, die beiden, plus ihrem Kusin Lord Nunfield, sind das Rückgrat der Organisation. Ich muß Maces Wohlwollen gewinnen, um in die Gruppe aufgenommen zu werden.«

»Aber du kennst Mace doch sicherlich schon? Ich dachte, du kennst aus Prinzip jeden in London.«

»Nicht ganz, obwohl ich mir Mühe gebe. Mace und ich sind nur flüchtig bekannt – er ist nicht gerade jemand, den ich mir zum Freund wünschen würde. Er beargwöhnt alles und jeden, und mich anscheinend ganz besonders.«

»Recht hat er«, sagte Rafe trocken. »Ich vermute, das Ganze hat einen politischen Hintergrund, sonst würdest du die Gruppe nicht beobachten.«

»Stimmt. Wenigstens ein Mitglied der Regierung ist wegen eines Vorfalls erpreßt worden, der sich bei einer der Orgien der Höllenhunde ereignet hat. Zum Glück war er klug genug, damit zu mir zu kommen, aber vielleicht gibt es noch andere Opfer.« Lucien starrte in sein Glas. »Außerdem habe ich Grund zu der Annahme, daß ein Mitglied des Clubs Informationen an die Franzosen verkauft.«

Rafes dunkle Brauen schoben sich zusammen. »Unerfreulich, wenn es stimmt, aber jetzt, wo Napoleon weg ist, sollte ein Spion keine besondere Bedrohung mehr darstellen.«

»Während des Krieges ist einer meiner Agenten in Frankreich ums Leben gekommen, weil ein Mann in London ihn an Napoleons Geheimpolizei verraten hat. Und er hat noch mehr Schaden angerichtet.« Luciens Augen wurden schmal. »Der Krieg mag vorbei sein, aber ich bin noch nicht bereit, zu vergeben und vergessen.«

»Falls ein Höllenhund dafür verantwortlich ist, kann er jetzt Hilfe aus der Unterwelt gebrauchen.« Der Herzog lächelte. »Selbst dann, ich setz darauf, daß du gewinnst.«

»Das solltest du auch«, sagte Lucien lässig. »Als Anführer der Gefallenen Engel habe ich höchsten Anspruch auf jederlei satanische Unterstützung.«

Rafe lachte, und sie verfielen in freundschaftliches Schweigen. Träge in die Flammen starrend sagte der Herzog: »Hast du dich je gefragt, wieviel Pfund Käse wir während unserer Schulzeit über dem Feuer geröstet haben?«

Lucien schmunzelte. »Das nicht gerade, aber jetzt, wo du es erwähnt hast, werde ich mich schlaflos im Bett wälzen über dem Versuch, es herauszufinden.«

Mit plötzlichem Ernst fragte Rafe: »Ist es anstrengend, immer auf alles eine Antwort haben zu müssen?«

»Sehr anstrengend«, erwiderte Lucien knapp. Sein Lächeln verblaßte.

Nach langem Schweigen sagte der Herzog leise: »Es wird keinem einzelnen gelingen, die Welt zu retten, egal, wie sehr er sich bemüht.«

»Das heißt nicht, daß man es nicht versuchen sollte, Rafael.« Lucien warf seinem Freund einen spöttischen Blick zu. »Das dumme an alten Freunden ist, daß sie zuviel wissen.«

»Stimmt«, sagte Rafe friedfertig. »Aber das ist auch der Vorteil.«

»Auf die Freundschaft.« Lucien hob sein Glas und nahm einen großen Schluck. Wie eigenartig, daß er und seine drei Freunde den Spitznamen Gefallene Engel erhalten hatten, als sie nach ihrem Abschluß in London aufgetreten waren. Abgesehen von Lucien selber waren sie ausgesprochen ehrenwerte Männer. Als Luciens Kindheit durch den tragischen Unfall erschüttert worden war, hatten ihn Nicholas' heitere Gutmütigkeit, Rafes ruhige Toleranz und Michaels unwandelbare Treue gerettet. Wenn sie nicht gewesen wären, hätten Einsamkeit und Schuld ihn vernichtet.

Er wußte, wieviel Glück er mit seinen Freunden gehabt hatte. Niemand konnte etwas dafür, daß selbst die tiefste Freundschaft die Wunden seiner zerrissenen Seele nicht heilen konnte.

Als er sein Glas leerte, fiel ihm der Zwischenfall auf

dem Gang wieder ein. »Ich mußte eines deiner Zimmermädchen aus Roderick Harfords Klauen befreien. Ein Mädchen namens Kitty. Er wollte ihre Pflichten in eine Richtung ausdehnen, die ihr nicht zusagte.«

Rafe verzog das Gesicht. »Harford ist ein Tölpel. Ich hoffe sehr, daß ich ihn nicht noch einmal einladen muß, das könnte selbst das Band alter Freundschaft überstrapazieren. Ist das Mädchen in Ordnung?«

»Erschrocken aber unversehrt. Ich hab' ihr gesagt, sie soll ihre Arbeit sein lassen und ins Bett gehen – und daß ich es mit dir kläre.«

»In Ordnung. Ich rede morgen früh mit der Haushälterin, damit das Mädchen nicht bestraft wird.« Gähnend erhob Rafe sich. »Reist du morgen mit den anderen ab oder bleibst du noch ein paar Tage?«

»Ich fahre nach London zurück. Ich habe noch viel zu tun, bevor ich ein echter Höllenhund werde.«

»Ich weiß nicht. Denk nur an das erste Jahr, als wir alle in London waren.«

Sie lachten, und dann ging Rafe. Lucien starrte weiter ins Feuer. Als ein Mann, der Unmäßigkeit verabscheute, freute er sich nicht gerade darauf, in den Kreis der Höllenhunde einzudringen. Aber er hatte keine andere Wahl. Obwohl das, was er Rafe gesagt hatte, der Wahrheit entsprach, hatte er ihm verschwiegen, daß sein feingeschärfter Jagdinstinkt in hellem Aufruhr war.

Der ursprüngliche Höllenfeuerclub war fünfzig Jahre zuvor wegen seiner Ausschweifungen und der Exzentrizität seiner Mitglieder berüchtigt gewesen, zu denen viele der einflußreichsten Männer Englands gehört hatten. Der Club war von Sir Francis Dashwood gegründet worden, einem Mann von großem Vermögen und erfinderischer Verworfenheit. Seine Mitglieder hatten sich darin gefallen, neue Maßstäbe des Lasters aufzustellen, den christlichen

Glauben zu verspotten und politische Intrigen mit weitreichenden Konsequenzen zu spinnen. Wenn der Höllenfeuerclub nicht gewesen wäre, hätten die amerikanischen Kolonien womöglich nie revoltiert und sich nicht zu einer eigenen Nation zusammengeschlossen.

Die Höllenhunde der Gegenwart hatten keine derartig übersteigerten Ansprüche. Theoretisch waren sie nichts anderes als eine Vereinigung feuchtfröhlicher Zecher, kaum anders als ein Dutzend ähnlicher Gruppierungen. Und doch spürte Lucien, daß irgend etwas sehr Verdächtiges hinter dieser Fassade vor sich ging, und er war fest entschlossen, es zu ergründen.

Ein Jammer, daß er keinen Spaß an Orgien hatte.

Am nächsten Morgen erbebte die große Halle von Bourne Castle von dem Lärm, den die abreisenden Gäste und ihre Diener verursachten. Im Schutz des Durcheinanders sagte der Herzog zu Lucien: »Ich hab' die Haushälterin nach diesem Zimmermädchen gefragt. Harford hat mich um eine Angestellte gebracht – das Mädchen war erst einen Tag hier, und offenbar hat er ihr einen solchen Schrecken eingejagt, daß sie mitten in der Nacht davongelaufen ist.«

Lucien dachte daran, wie verletzlich das Mädchen gewirkt hatte. »Sie wirkte schüchtern. Ich hoffe, sie ist so schlau, sich eine Stellung in einem ruhigeren Haushalt zu suchen. Bei einem Vikar vielleicht.«

»Eins ist merkwürdig – die Haushälterin hat gesagt, das Mädchen heißt Emmie Brown, nicht Kitty.«

Überrascht sagte Lucien: »Vielleicht sind es zwei verschiedene Mädchen?«

»Nein, Emmie Brown war ganz bestimmt das Zimmermädchen, mit dem du gesprochen hast, und es gibt keine andere Kitty beim Personal.«

Lucien zuckte die Achseln. »Vielleicht ist Kitty ein Kindername, der dem Mädchen vor lauter Aufregung herausgerutscht ist.«

Das war eine einleuchtende Erklärung. Und doch rätselte er, während er auf London zurollte, mehr als einmal über das Mädchen mit den zwei Namen. Es verlieh ihr einen Hauch von Rätselhaftigkeit, und er mochte keine Rätsel.

Viertes Kapitel

Der nächste Schritt in Luciens Kampagne, von den Höllenhunden akzeptiert zu werden, fand am Abend nach seiner Rückkehr nach London statt. Er besuchte eine Taverne mit dem schönen Namen Krone und Geier, wo das monatliche Zechgelage der Gruppe stattfinden sollte. Roderick Harford hatte ihn eingeladen und gesagt, daß sein Bruder Lord Mace dasein würde.

Ein kalter Regen fiel, und Lucien war froh, den rauchigen, warmen Raum zu betreten. Der Schankraum war voller Arbeiter in grober Kleidung. Nach einem Blick auf Luciens teure Garderobe zeigte der Wirt über die Schulter: »Ihre fein' Freunde sin' da drin.«

Als Lucien den Durchgang zum hinteren Teil des Gebäudes betrat, scholl ihm Gelächter entgegen. Die Höllenhunde waren bester Laune.

Er blieb im Gang stehen und sah sich in dem Hinterzimmer um. Er war das erstemal hier. Erleuchtet von einem Kaminfeuer und einer Handvoll Kerzen, bot es einen willkommenen Anblick in dieser unwirtlichen Nacht. Ungefähr zwei Dutzend Männer saßen in lässiger Haltung um den Tisch, Bierkrüge in der Hand. Die meisten waren jung, aber es gab auch ein paar ältere darunter.

Eine dralle Kellnerin, die mit ihren Kunden scherzte, war groß und üppig, mit einem grellgeschminkten Gesicht und einer wilden, roten Lockenmähne. Ihre erstaunliche Figur wurde durch die Schürze noch mehr betont, die ihre bemerkenswert schmale Taille hervorhob.

Was die Männer jedoch in Bann schlug, war ihre scharfe Zunge. Als ein junger Mann vorwurfsvoll fragte: »Warum hast du mich vom ersten Augenblick an nicht leiden können?« erwiderte sie trocken: »Es spart Zeit.«

Allgemeines Gelächter erhob sich. Nachdem es verklungen war, rief ein andere Jüngling: »Du hast mein Herz erobert, liebste Sally. Komm mit mir, und wir reiten noch heute nacht nach Gretna Green.«

»So weit, und das auf einer knochigen Mähre?« Sie wiegte verführerisch ihre üppigen Hüften. »Da find ich 'ne bessere Reitpartie hier in London.«

Diese Anzüglichkeit provozierte erneutes Gelächter. Als es wieder still war, sagte ihr Verehrer mit breitem Grinsen: »Einen besseren Reiter als mich findest du nirgends, Sally.«

»Laß gut sein, Junge«, spottete sie. »Du hast keine Ahnung vom Reiten, und ich kann's beweisen.«

»Wie?« fragte er beleidigt.

Sie hob ihren Krug und goß ihm mehr Bier in seinen Krug. »Wenn die Welt 'n vernünftigerer Ort wär, würden alle Männer im Damensitz reiten. Mehr sag' ich nich'.«

Dieser Kommentar riß ihr Publikum zu Begeisterungsstürmen hin. Selbst Lucien lachte laut. Nach gewonnener Schlacht schlenderte das Mädchen mit provozierendem Hüftschwenken aus dem Raum. Sie hatte eine irdische Sinnlichkeit, die die Aufmerksamkeit jedes Mannes erregt hätte.

»Ah, Lucifer gibt sich die Ehre. Mein Bruder hat schon so etwas erwähnt«, näselte eine tiefe Stimme. »Sie dürften sich unter den Abgesandten der Hölle wie zu Hause fühlen.«

Lucien sah sich um und entdeckte Lord Mace in einer Ecke, von der aus er alles beobachten konnte, was im Raum vor sich ging. Mace war eine faszinierende Gestalt, ebenso groß und schlank wie sein jüngerer Bruder, mit dunklem Haar und leblosen Augen.

Lucien, der Maces Bemerkung als Einladung interpretierte, setzte sich auf den freien Stuhl neben ihm. »Ich werde mein Bestes tun.«

Er wollte mehr sagen, hielt dann aber inne, verblüfft von dem unerwarteten Anblick. Hinter Mace stand eine hölzerne Sitzstange, darauf saß ein riesiger Vogel mit Lederkappe, der träge von einem Fuß auf den anderen trat. »Wer ist unser gefiederter Freund da?«

Maces dünne Lippen verzogen sich zu einem Lächeln. »Das ist George, der Geier, nach dem dieses Etablissement benannt ist. Der Besitzer war früher einmal Schauspieler, und er vermietet den Vogel, wenn irgendein Theater ihn braucht.« Er warf dem Geier einen liebevollen Blick zu. »Hübsches Requisit, nicht wahr?«

»Ungemein stimmungsvoll«, bestätigte Lucien.

Sally erschien mit einer vollen Kanne in der einen und einem Krug in der anderen Hand. Den Krug stellte sie vor Lucien hin. »Da, mein Hübscher. Laß dir deinen Teufelspunsch schmecken.«

Dann ging sie wiegenden Schrittes von dannen. Sie hatte die Augen abgewandt, und ihr Gesicht war von ihrem grellen Haar verdeckt gewesen, aber der flüchtige Eindruck, den er von ihren Zügen gewonnen hatte, ließ ihn vermuten, daß sie so dick geschminkt war, um Pockennarben zu verdecken. Nicht, daß es eine Rolle gespielt hätte, kaum ein Mann würde sich die Mühe machen, ihr ins Gesicht zu sehen.

Der Krug enthielt heißes Bier mit einer tüchtigen Dosis hochprozentiger Getränke. »Jetzt versteh' ich, warum das Zeug Teufelspunsch heißt«, sagte er. »Es brennt wie Höllenfeuer.«

»Nach zwei Krügen sagen Sie die Bibel rückwärts auf«, sagte Mace mit beißendem Humor.

»Jedenfalls werd' ich's mir einbilden, und das läuft auf dasselbe hinaus.« Lucien nickte in Richtung des Schankmädchens. »Kommt die da je zu Ihren Zeremonien? Sie macht einen recht munteren Eindruck.«

Maces Augen wurden schmal. »Was wissen Sie von unseren Riten?«

»Dem Gerücht nach verkleiden die Höllenhunde sich als mittelalterliche Mönche. Nach der Zeremonie sucht sich jeder ›Mönch‹ eine Partnerin aus einer Gruppe ›Nonnen‹, die unter den besseren Freudenmädchen von London ausgesucht werden. Angeblich sind ein paar der Nonnen sogar Damen der besten Gesellschaft auf der Suche nach einem Abenteuer.« Lucien grinste verrucht. »Ich hab' gehört, daß ein Mönch und eine Nonne sich gelegentlich die Kleider vom Leib reißen, nur um festzustellen, daß sie Mann und Frau sind.«

Maces buschige Augenbrauen zogen sich zusammen. »Sie sind gut informiert.«

»Die Hälfte Ihrer Mitglieder trinken wie die Fische, da können Sie kaum Diskretion erwarten.« Lucien lächelte schwach. »Das Ganze hört sich unterhaltsam an. Das Leben ist in letzter Zeit ein wenig langweilig, deswegen habe ich die Einladung Ihres Bruders angenommen.«

»Wir tun unser Möglichstes, um der Langeweile zu entfliehen.« Mace musterte Lucien skeptisch. »Roderick hat gesagt, Sie sind interessiert daran, sich uns anzuschließen. Ich war überrascht. Sie wirken viel zu zurückhaltend, um sich einer Gruppe anzuschließen, die sich dem Laster widmet.«

»Ich genieße Kontraste. Und Intrigen.« Lucien zupfte an seinen Manschetten. »Und vor allem genieße ich es, die Erwartungen anderer zu enttäuschen.«

Mace lächelte schwach. »Dann haben wir etwas gemeinsam.«

»Ich glaube, wir haben noch andere gemeinsame Interessen. Ich habe gehört, Sie interessieren sich für mechanische Spielzeuge.« Als Mace nickte, zog Lucien ein zapfenförmiges, silbernes Objekt aus seiner Tasche. »Haben Sie schon einmal so etwas gesehen? Sehen Sie durch das schmale Ende.«

Mace hob den Zylinder ans Auge und spähte hinein. Dann holte er tief Luft. »Faszinierend. Eine Art optische Linse, die die Welt in eine Unzahl gleicher Bilder auflöst?«

»Genau.« Lucien zog einen zweiten Zylinder aus der Tasche und sah hindurch. Der Raum zersplitterte in zahllose Facetten. »Ich bin mit einem Naturphilosophen befreundet, der sich mit Insekten beschäftigt. Er hat mir einmal erzählt, daß Libellen Facettenaugen haben und die Welt so sehen. Es klang verlockend, deshalb habe ich versucht, den Effekt nachzuvollziehen. Ein Linsenschleifer hat diese Linsen nach meinen Angaben gemacht, und ich habe sie montieren lassen. Mangels eines besseren Namens nenne ich sie Libellenauge.«

Er zwinkerte, als Sally in das Blickfeld seines Objektivs kam. Zwei Dutzend üppige Brüste bebten vor ihm, ein Dutzend biegsame Taillen. Der Effekt war ziemlich überwältigend.

»Machen Sie noch andere mechanische Kuriositäten?« fragte Mace.

Lucien ließ das Libellenauge sinken und fügte Sally

wieder zu einer einzigen Person zusammen. »Ich entwerfe und baue die Mechanismen selbst, aber die Gehäuse fertigt ein Silberschmied für mich an.«

»Das mache ich auch.« Mace warf ihm ein verstohlenes Lächeln zu. »Mit den Jahren habe ich eine einzigartige Sammlung zusammengetragen. Vielleicht zeige ich sie Ihnen einmal.«

Als er Lucien das Libellenauge zurückgeben wollte, wehrte dieser ab. »Behalten Sie es, wenn Sie wollen. Ich habe mehrere davon anfertigen lassen.«

»Vielen Dank.« Mace sah Lucien nachdenklich an. »Würden Sie gerne an unserem nächsten Ritual teilnehmen?«

Erfolg. »Ich wäre entzückt.«

Mace hob die Linse wieder und unterzog Sally einer eingehenden Musterung. »Ein ziemlich überreifes Exemplar. Das Mädchen, das sonst hier ist, ist eher mein Geschmack – schlanker und nicht so vulgär.«

»Noch etwas, das uns verbindet.«

Ein Mann näherte sich Mace, um mit ihm zu sprechen, und Lucien bot ihm seinen Platz an. Mit dem Krug in der Hand beobachtete er seine Gefährten. Die meisten Höllenhunde erinnerten ihn an übermütige Universitätsstudenten, eher wild als verworfen. Am anderen Ende des Raumes knöpfte ein sturzbetrunkener junger Mann seine Hosen auf und rief anzüglich: »Sieh mal, was ich für dich hab', Sally!«

Nach einem gelangweilten Blick erwiderte sie: »Ich hab' schon Bessere gesehen.« In dem heulenden Gelächter, das folgte, machte der knallrote Jüngling seinen Hosenlatz wieder zu, während das Schankmädchen ruhig den Raum verließ.

Lucien grinste und konzentrierte sich dann auf die älteren Höllenhunde, unter denen einige von Londons berüchtigtsten Wüstlingen waren. Ein paar von ihnen saßen zusammen, und er schloß sich ihnen an, sobald Sir James Westley ihn herwinkte.

»Schön, Sie zu sehen, Strathmore. Ich wollt' Ihnen sagen, wie sehr ich den Aufenthalt auf Bourne Castle genossen habe.« Der stämmige Baron rülpste diskret und spülte dann mit einem Schluck Punsch nach. »Nett von Ihnen, das mit Candover zu arrangieren. Ich hab' schon Abfuhren von ihm gehört, die einen Elefanten zu Fall gebracht hätten, aber er war ein sehr angenehmer Gastgeber.«

Neben ihm saß Lord Nunfield, ein Kusin von Mace und Roderick Harford, ebenso hager wie sie. In gelangweiltem Tonfall sagte er: »Sie sind zu beglückwünschen, daß Sie einen Freund haben, der in einem so guten Jagdgebiet lebt, Strathmore.« Sein Mund verzog sich zu einem charakteristischen Grinsen. »Ich höre, daß Sie und Candover seit Ihrer Schulzeit die *allerengsten* Freunde sind.«

Die sexuelle Anspielung war unverkennbar. Mit absichtlicher Zweideutigkeit erwiderte Lucien: »Sie wissen doch, wie das ist.«

»Jungen sind und bleiben Jungen«, bestätigte Harford. Sein Blick wanderte zu der Kellnerin hinüber, deren Brüste appetitanregend bebten, während sie am Nachbartisch Punsch nachschenkte. »Aber ich finde, Schulen sollten auch weibliche Mitglieder haben. Das würde den Unterricht wesentlich interessanter machen.«

Ein Funken Interesse glomm in Lord Chiswicks Augen. Er war der letzte in der Runde. Als Sohn eines Bischofs widmete er sein Leben der Aufgabe, möglichst viele der Zehn Gebote zu brechen. »Die falschen Nonnen fangen an, mich zu langweilen. Vielleicht wäre es amüsant, wenn unsere kleinen Gespielinnen sich das nächstemal als Schulmädchen verkleiden. Ein köstlicher Kontrast von Unschuld und Erfahrung.«

Harford nickte nachdenklich. »Möglicherweise. Apropos, da fällt mir die Tochter unseres Wildhüters ein. Ich war damals vierzehn.« Er setzte an, die Begegnung in allen ermüdenden Einzelheiten zu schildern. Die anderen erwiderten seine Anekdote mit Erinnerungen ihrerseits. Selbst Lucien steuerte eine Geschichte bei, wenn sie auch auf reiner Erfindung beruhte. Er pflegte seine Privatangelegenheiten mit niemandem zu erörtern.

Es war ein langweiliger Abend, an dem die Konversation sich selten oberhalb der Gürtellinie bewegte. Von Luciens Standpunkt aus war seine Zeit allerdings bestens verwendet. Um Mitternacht schienen die Höllenhunde ihn als einen der ihren akzeptiert zu haben.

Um der Langeweile zu entgehen, sah er Sally zu, die ständig aus- und einging. Mit ihrer spöttischen, koketten Art amüsierte sie ihre Gäste und wich gleichzeitig ihren gierigen Händen aus. Sie war nicht gerade die Sorte Frau, die normalerweise seine Aufmerksamkeit erregte, aber irgend etwas an ihr faszinierte ihn, irgendein undefinierbarer Hauch von Vertrautheit. Vielleicht hatte er sie schon einmal irgendwo gesehen.

Um ein Uhr hatten die meisten Höllenhunde sich verabschiedet, und Lucien dachte daran, ebenfalls nach Hause zu gehen. Dann sah er, wie der vorwitzigste ihrer jugendlichen Bewunderer, Lord Ives, aufsprang und dem Schankmädchen aus dem Zimmer folgte. Obwohl sie durchaus imstande schien, auf sich selbst aufzupassen, war Lucien doch unfähig, seinen Beschützerinstinkt zu unterdrücken. Nachdem er denjenigen unter seinen Gefährten, die noch wach waren, eine gute Nacht gewünscht hatte, erhob er sich und folgte Sally und Ives unauffällig.

Das alte Gasthaus war ein Labyrinth von kopfsteingepflasterten Gängen. Die Kellnerin bewegte sich schnell und mit klappernden Absätzen hindurch, bog einmal und dann ein zweitesmal nach links ab und stand schließlich in einem Lagerraum voller Fässer. Anscheinend ohne zu merken, daß Ives dicht hinter ihr war, stellte sie ihre Kerze auf einem Faß ab und bückte sich, um frisches Bier zu zapfen.

Lucien blieb in dem dunklen Gang stehen. Wenn seine Hilfe nicht vonnöten war, würde er wieder verschwinden. Es würde seinem Ruf als Wüstling nur schaden, wenn er weiter Damen in Not zu Hilfe eilte, und wo die Höllenhunde sich aufhielten, schienen Damen grundsätzlich in Not zu sein.

Als die Kellnerin sich aufrichtete, fragte Ives lallend: »Wenn du schon nicht mit mir durchbrennen willst, hübsche Sally, hast du dann wenigstens einen Augenblick Zeit für mich, bevor ich nach Hause gehe?«

Sie schrak zusammen, so daß das Bier aus dem Krug schwappte. Dann sagte sie gutmütig: »Selbst wenn ich Lust hätte – und das habe ich nicht – bezweifle ich, daß Sie mir viel nutzen würden. Der Alkohol verstärkt vielleicht die Begierde, aber er schwächt die Fähigkeit.«

Lucien war verblüfft, als das Schankmädchen Shakespeare zitierte. Aber schließlich gab es keinen Grund, warum Sally nicht ebensoviel Gefallen an dem Barden finden sollte wie ein Adliger.

Der literarisch weniger gebildete Ives sagte: »Falls du meine Fähigkeiten bezweifelst, stell mich auf die Probe, dann werd' ich dir das Gegenteil schon beweisen.«

Ihre karottenroten Locken wippten, als sie den Kopf schüttelte. »Mein Kerl wird Killer Caine genannt, und es würde ihm gar nicht gefallen, wenn ich's mit jedem treibe.« Sie gab Ives einen scherzhaften Stoß. »Geh ins Bett, Junge, und schlaf deinen Rausch alleine aus.«

»Dann gib mir wenigstens einen Kuß. Einen einzigen.«

Ehe sie antworten konnte, zwang er sie in eine Umarmung, preßte seinen Mund auf ihre Lippen und eine Hand auf ihre üppigen Brüste. Lucien vermutete, daß Ives nichts wirklich Böses im Schilde führte, aber in seinem Rausch war er sich seiner eigenen Kraft nicht bewußt, merkte auch nicht, daß die Frau sich wehrte. Unangenehm erinnert an das Zimmermädchen auf Bourne Castle, beschloß Lucien einzugreifen.

Aber noch ehe er in den Lagerraum eingetreten war, trat Sally ihrem Verehrer kräftig auf den Fuß.

»Au!« schrie Ives und hob den Kopf. Ohne seine Hand aus ihrem Dekolleté zu entfernen, fragte er vorwurfsvoll: »Warum hast du das getan?«

»Um dich loszuwerden, Junge«, sagte Sally atemlos.

»Bitte, geh nicht«, bettelte er und knetete den reifen Apfel in seiner Hand.

Sie gab ihm einen Stoß vor die Brust und entwand sich seinem Griff. Bevor er sie wieder packen konnte, sagte sie scharf: »Sie wollen nicht mich, sondern die da.«

Mit einem Griff in ihr Mieder zerrte sie einen riesigen falschen Busen hervor und warf ihn ihm ins Gesicht. »Viel Spaß damit, Milchgesicht.«

Ives ließ Sally los und fuhr zurück, als das weiche, kissenartige Objekt von seiner Nase abprallte und zu Boden fiel. Nachdem er die bebenden Baumwollrundungen eine Weile verwirrt angestarrt hatte, hob er seinen Blick zu der Kellnerin. Die Falten ihres Mieders fielen jetzt locker über einen Busen von bescheidenen Ausmaßen.

Zu seiner Ehre begann der junge Mann zu lachen. »Du hast ein falsches Herz, Sally.«

»'s is' nich' mein Herz, das falsch is'«, versetzte Sally tugendhaft. »Jetzt lassen Sie mich wieder an meine Arbeit.«

»Es tut mir leid – ich hab' mich schlecht benommen«, sagte er. »Bist du das nächstemal hier, wenn die Höllenhunde sich treffen?«

Sie zuckte die Achseln. »Vielleicht, vielleicht auch nicht.«

Mit einer Kußhand verließ Ives den Lagerraum durch die andere Tür, die in den vorderen Teil des Gebäudes führte. Sally sah ihm nach, als sie Luciens leises Lachen hörte. Sie erschrak, fuhr herum und entdeckte ihn in der Dunkelheit. »Wenn's nich' der alte Lucifer höchstpersönlich is'«, sagte sie giftig. »Hat Ihnen die Vorstellung gefallen?«

»Ungemein.« Er trat aus dem Schatten in den Lagerraum. »Ich dachte, du brauchst vielleicht Hilfe, aber ganz offensichtlich habe ich mich geirrt.«

»Lucifer als Retter?« versetzte sie sarkastisch. »Und ich dachte, Sie wollen ein Stück von mei'm ausgestopften Hintern.«

Jetzt, da die Busenattrappe nicht mehr an Ort und Stelle war, wurde offensichtlich, daß nur ihre schlanke Taille echt gewesen war. Ohne die gepolsterten Hüften würde sie eine schlanke, weibliche Figur haben, die Lucien wesentlich reizvoller fand als ihre überschwenglichen Wattekurven. »Warum versteckst du eine Figur, die so ansprechend ist?«

»Möglicherweise gefallen Ihnen magere Frauen, aber die meisten Männer ziehen üppige Weiber mit runden Hintern vor.« Als er grinste, setzte sie bissig hinzu: »Sie halten das vielleicht für einen Witz, Euer hochmächtige Lordschaft, aber die Kissen da verschaffen mir mindestens drei Pfund extra die Woche.«

»Ich lache nicht über dich«, versicherte er ihr. »Ich bewundere Klugheit, wo immer ich ihr begegne.«

Sie zog den Kopf ein. Offenbar gefiel das Kompliment ihr nicht. In dem folgenden Stillschweigen war er sich ihrer ungekünstelten Sinnlichkeit nur allzu bewußt, die nichts mit ihren geborgten Kurven zu tun hatte. Er war ihr nahe genug, um zu sehen, daß die Haut unter der dicken Schminke makellos war, und er vermutete, daß sie jünger war, als er zuerst gedacht hatte. »Ohne die Farbe da wärst du viel hübscher.«

Sie hob den Kopf und warf ihm einen vernichtenden Blick zu. »Ich hab' Sie nich' um Ihre Meinung gebeten, Mylord. Glauben Sie mir, ich versteh' mein Geschäft.«

Ihre Augen waren klar und hell, wenn er auch in dem trüben Licht die Farbe nicht erkennen konnte. Mit demselben nagenden Gefühl, sie zu kennen, sagte er: »Ich glaube, ich habe dich schon einmal gesehen. Bist du je auf einer Bühne aufgetreten?«

Sie sah entsetzt aus. »Ich bin zwar nur 'ne Kellnerin, aber deswegen brauchen Sie mich nich' zu beleidigen.«

»Nicht alle Schauspielerinnen sind Huren«, sagte er sanft.

»Aber die meisten.«

Bevor er antworten konnte, bellte eine Stimme aus dem Schankraum: »Wo zum Teufel steckst du, Sally?«

Sie griff nach dem künstlichen Busen und wandte sich dann demonstrativ ab. »Wenn Sie mich entschuldigen woll'n, ich muß meine Oberweite in Ordnung bringen.«

Er merkte, daß er sie nur ungern verließ. Sally faszinierte ihn, und er wollte mehr über sie erfahren. Ein bestürzender Impuls – er hatte nie dazu geneigt, Dienstboten zu verführen. Leichthin sagte er: »Bestell Killer Caine von mir, daß er ein Glückspilz ist.«

Trotzdem ertappte er sich, als er die Schänke verließ, bei dem Wunsch, Lord Mace möge die Kellnerin zu der nächsten Orgie einladen und er, Lucien, imstande sein, sie in einem Nonnenhabit wiederzuerkennen.

Mit klopfendem Herzen lehnte Kit sich an die Fässer. Wie hatte sie nur so dumm sein können, sich mit einem ihrer

Verdächtigen in ein Wortgefecht einzulassen? Und noch dazu Lord Strathmore, dessen trägem Blick nichts entging und dessen Charme ihn doppelt bedrohlich machte. In dem Gasthaus mußte der unbotmäßige Geist irgendeiner langverstorbenen Kellnerin umgehen, der sich ihres Verstandes und ihrer Zunge bemächtigt hatte, so daß sie sich nicht hatte zurückhalten können.

Es durfte nicht wieder geschehen. Strathmore hatte sie zwar nicht wiedererkannt, aber sie war ihm bekannt vorgekommen, und ein weiteres Zusammentreffen war möglicherweise verhängnisvoll.

Sie war hierhergekommen, weil sie glaubte, daß die Arbeit zwischen den Höllenhunden ihr eine bessere Kenntnis ihrer einzelnen Charaktere vermitteln würde. Bella, die Kellnerin, die sonst da war, hatte diese einträgliche Gelegenheit nicht verpassen wollen, aber Kit hatte ihr versprochen, ihr alle Trinkgelder weiterzugeben und noch dazu fünf Pfund aus ihrer eigenen Tasche.

Nicht abgeneigt aber mißtrauisch, hatte Bella gefragt, warum eine Dame sich zu so etwas bereitfand. Ohne mit der Wimper zu zucken, hatte Kit eine Lügengeschichte erfunden, in der sie die Schwester eines Höllenhundes war, die gewettet hatte, sich so verstellen zu können, daß ihr eigener Bruder sie nicht erkannte.

Die Idee hatte Bella gefallen, und so hatte sie Kit gesagt, was sie tun mußte, und sie dann als eine Kusine vorgestellt, die sie an diesem Abend vertreten würde, weil sie, Bella, sich nicht wohlfühlte. Im großen und ganzen war der Abend ein Erfolg gewesen. Kits Schlagfertigkeit hatte ihren Mangel an Erfahrung überspielt, und niemand hatte Verdacht geschöpft.

»Sally!« brüllte der Wirt noch einmal. »Hör auf zu faulenzen und mach das Hinterzimmer sauber.«

Nachdem sie ihren falschen Busen in eine überzeugende Form gebracht hatte, ging sie müde an die Arbeit zurück. Es war anstrengend, eine Rolle zu spielen, die Ihrer Natur so wenig entsprach, aber wenigstens gewöhnte sie sich daran, von liebestollen, betrunkenen Männern überfallen zu werden, dachte sie säuerlich. Bald würde sie eine Expertin darin sein, ungewollte Umarmungen abzuwehren.

Wie mochte es sein, von Lord Strathmore geküßt zu werden? Er würde sie mit diesen amüsierten, grün-goldenen Augen anlächeln, und seine Umarmung würde leicht und sicher sein. Vielleicht würde sie ihn nicht abwehren wollen . . .

Der Gedanke ließ sie erschauern, und sie beschleunigte ihren Schritt. Eines wußte sie: er würde nicht so sein wie die anderen.

Als Kit das leere Hinterzimmer gesäubert hatte, kehrte sie in den Schankraum zurück. Ein paar zähe Gäste hockten noch vor dem Feuer. Sie wollte gerade gehen, als einer von ihnen aufstand und auf sie zukam. Ihre Angst verflog, als sie die untersetzte Gestalt erkannte. Mit aufflackernder Hoffnung sagte sie: »Sie sind noch auf, Mr. Jones. Haben Sie Neuigkeiten für mich?«

Er schüttelte den Kopf. »Rein gar nichts seit unserem letzten Gespräch. Ich wollte sie nach Hause begleiten.«

Sie schluckte ihre Enttäuschung hinunter und murmelte: »Wie nett von Ihnen. Ich habe mich nicht gerade darauf gefreut, allein unterwegs zu sein.«

Er musterte sie amüsiert, während sie ihr Cape umlegte. »Sie haben zugenommen, Mädchen. Ich hab' Sie kaum erkannt.«

Sie lächelte schwach. »Das war der Sinn der Sache.«

Er zündete die Laterne an, die er mitgebracht hatte, und hielt ihr die Tür auf. Draußen erschauerte sie und raffte ihr Cape enger, um sich gegen den eisigen Nebel zu schützen. »Heute abend schlafe ich in der Marshall Street.«

Er nickte, und sie gingen in dem schwachen Schein der Laterne nebeneinander her. Als sie die Taverne in sicherer Entfernung hinter sich gelassen hatten, fragte er: »Haben Sie irgendwas rausgekriegt?«

»Nur ganz allgemein. Die meisten Höllenhunde scheinen ziemlich harmlos zu sein. Meiner Meinung nach sind Chiswick, Mace, Nunfield, Harford und Strathmore am gefährlichsten. Die ersten vier wirken derartig kaltblütig, daß ihnen alles zuzutrauen ist.« Sie verstummte, um einer besonders großen Pfütze auszuweichen. »Aus Strathmore werde ich nicht schlau. Er hat irgend etwas Bedrohliches, aber er war bereit einzugreifen, als einer der jüngeren Männer mir im Lagerraum aufgelauert hat.«

Mr. Jones murmelte einen deftigen Fluch. »Sie sollten sich nicht in Situationen bringen, wo Ihnen so etwas zugemutet wird, Miss.«

Ihre Lippen wurden schmal. »Ich hoffe, Sie vergeuden Ihre Zeit nicht wieder damit, mich umstimmen zu wollen.«

»Vielen Dank, ich hab' meine Lektion gelernt«, sagte er bitter. »Aber unterschätzen Sie Strathmore nicht. Er mag einen ritterlichen Augenblick gehabt haben, aber von der ganzen Bande war er am schwierigsten zu beobachten. Alle meine Nachforschungen sind ins Leere gegangen. Der Mann ist ein Rätsel, und das macht ihn gefährlich.«

»In Ihrem Bericht steht, daß Strathmore noch nicht lange mit den Höllenhunden zu tun hat. Wahrscheinlich ist er nicht unser Mann.«

»Er ist lange genug dabei«, sagte Jones grimmig. »Es ist noch gar nicht so lange her, da hat er zwei Straßenräuber umgebracht, einen davon mit bloßen Händen. Wenigstens hat er behauptet, daß es Straßenräuber waren. Nehmen Sie sich vor dem in acht, Miss.«

Sie erschauerte leicht, als sie an die Katzenaugen des Grafen dachte. »Das habe ich vor.« Danach gab es nichts mehr zu sagen. Als sie vor dem kleinen Haus in der Marshall Street ankamen, lud Kit Mr. Jones ein, hereinzukommen und etwas Warmes gegen die Kälte zu trinken, aber er lehnte ab.

»Wenn ich nicht bald zu Hause bin, wird meine Annie mißtrauisch.« Er lachte grollend, während er an seiner Laterne eine Kerze für Kit anzündete. »Sie glaubt, daß andere Frauen mich unwiderstehlich finden. Tut meinen morschen Knochen gut.«

»Sie lassen mich wissen, wenn . . .«

»Jawohl«, sagte er sanft. »Wenn ich irgend etwas erfahre, gebe ich Ihnen sofort Bescheid.«

Kit schloß hinter ihm ab und lehnte sich einen Augenblick gegen die Tür, während das Schweigen der Wohnung sie umfing. Wie immer ließ ihre entsetzliche Angst nach, und sie war imstande zu glauben, daß alles in Ordnung kommen würde.

Sie richtete sich auf, als ein kleiner, warmer Körper laut schnurrend um ihre Waden strich. »Versuch nicht, mir schönzutun, Viola. Du willst bloß dein Abendessen.«

Kit hob die graugetigerte Katze auf ihre Schulter, nahm den Kerzenhalter und ging in die winzige Küche. Die Wohnung war klein aber gemütlich, mit einem Wohn- und einem Schlafzimmer. Im ersten Stock des Hauses lag eine ähnliche Wohnung, in dem die Schauspielerin Cleo Farnsworth wohnte. Cleo war etwas jünger als Kit, aber die warmherzige Seele bemutterte sowohl Kit als auch Viola.

Nachdem die Katze ihr Futter bekommen hatte, entfachte Kit ein kleines Feuer im Kamin und begann erschöpft, sich auszuziehen. Das ungewöhnlichste an der

Wohnung war eine Reihe riesiger Wandschränke. Kit hängte ihre Kleider auf und öffnete den linken Schrank, dessen Regale von Gipsköpfen bevölkert wurden. Bis auf einen trugen sie alle Perücken – in jeder Farbe, Länge und Frisur.

Erleichtert nahm Kit die grellrote Perücke ab und fuhr sich mit den Fingern durch ihr eigenes zerdrücktes, hellbraunes Haar. Ebenso erleichtert war sie, ihre gepolsterten Rundungen abzulegen und im nächsten Schrank zu verstauen und sich endlich die Schminke vom Gesicht zu waschen.

Schließlich schlüpfte sie ins Bett, wo Viola schon auf einem Kissen döste. Während sie darauf wartete, daß der Schlaf sie übermannte, betete Kit, daß ihre Träume ihr die Erleuchtung bringen würden, die sie so dringend brauchte.

Der alte Mann hob die buschigen Brauen, als er seinen Besucher einließ. »Ich hab' Sie nicht erkannt, Mylord. Sie sehen aus wie ein Laternenanzünder.«

»Gut. Das hatte ich auch vor.« Lucien nahm seine formlose Kappe ab. »Danke, daß Sie mich so spät noch einlassen.«

Der alte Mann schmunzelte, als er seinen Gast in die Bibliothek führte. »Ein Geldverleiher ist an so etwas gewöhnt. Nicht jeder will bei ihm gesehen werden. Was kann ich für Sie tun, Mylord? Ich nehme nicht an, daß Sie meiner Dienste bedürfen.«

»Sie haben recht – ich brauche kein Geld, sondern Informationen.« Er zog eine Liste aus seiner Tasche. »Ich möchte wissen, welche dieser Männer mit Ihnen oder Ihren Kollegen Umgang hatten. Besonders interessiert mich, ob einer von ihnen im letzten Frühjahr Geld brauchte, nachdem der Kaiser abgedankt hatte. Oder früher schon borgte, aber auf einmal mehr Geld benötigt.«

Der alte Mann warf ihm einen listigen Blick zu, behielt seine Vermutungen jedoch für sich. Er studierte die Liste eingehend. »Ich werde mit meinen Kollegen sprechen.« Er ließ das Blatt auf den Schreibtisch sinken. »Eine Kleinigkeit noch. Ich erwähne sie ungern, aber . . .«

Als er seinen Satz unbeendet ließ, sagte Lucien ermutigend: »Ja?«

»Ein junger Mann, der mir eine beträchtige Summe schuldet, sagt, in Ost- und Mitteleuropa werden Leute wie ich oft Opfer von Gewalttaten. Ein Aufruhr, ein Feuer, und in der Asche sind alle offenen Schulden begraben.« Er spreizte die Hände. »Er hat so getan, als mache er einen Witz, aber ich glaube nicht, daß er es witzig gemeint hat.«

Lucien runzelte die Stirn. »Etwas Derartiges ist in England seit Hunderten von Jahren nicht mehr vorgekommen, aber die Menschen sind unberechenbar. Wie heißt dieser junge Mann?« Als er den Namen hörte, nickte er nachdenklich. »Sehr gut. Machen Sie sich keine Sorgen – er wird Sie nicht wieder behelligen.«

Beunruhigt fragte der alte Mann: »Was haben Sie vor? Ich möchte niemanden auf dem Gewissen haben, nicht einmal einen bösartigen, habgierigen jungen Esel.«

»Nichts Drastisches. Außerdem – wenn er tot ist, kann er seine Schulden nicht zurückzahlen. Ich weiß etwas Besseres.«

Erleichtert sagte der Alte: »Haben Sie Zeit für einen Tee, Mylord?«

»Ein andermal. Ich muß noch ein paar Besuche im East End machen. Ich komme in drei Tagen wieder.« Die beiden Männer schüttelten einander die Hand, dann verschwand Lucien in der Dunkelheit.

Als er in die Bibliothek zurückkehrte, fragte der alte Mann sich, welcher Art die Besuche sein mochten, die der

Graf machen wollte. Dann zuckte er die Achseln und schlug ein Kontobuch auf. Er bezweifelte, daß seine Phantasie dazu ausreichte.

Fünftes Kapitel

Lucien plazierte das Uhrwerk im Inneren des silbernen Figürchens und prüfte den Sitz. Da, an dieser Stelle saß es etwas zu fest. Er zog das Werk wieder heraus, nahm eine Juweliersfeile und begann, die Stelle abzuschleifen. Er arbeitete an einem Taufgeschenk für das erste Kind seines Freundes Nicholas, und es sollte etwas Besonderes sein. Außerdem hatte Erfahrung ihn gelehrt, daß die Konzentration, die für diese Arbeit erforderlich war, seinen Gedanken erlaubte, unterbewußt neue Muster aus verstreuten Informationen zu bilden.

Unglücklicherweise machte sein Unterbewußtsein heute abend keine Fortschritte. Er trug Dossiers über alle Höllenhunde zusammen, zusammengesetzt aus genauen finanziellen Nachforschungen und seinen eigenen Eindrücken. Und doch war er seinem Ziel nicht näher gekommen als an dem Tag, wo er seine Suche begonnen hatte.

Sein einziger Beweis war ein Bericht, den einer seiner Agenten in Paris ihm geschickt hatte. Dieser hatte in den Akten von Napoleons Geheimdienstchef mehrere rätselhafte Hinweise auf eine wertvolle Informationsquelle in England entdeckt. Einer davon deutete an, daß der Informant ein Mitglied der Höllenhunde war. Das war alles, was Lucien zur Verfügung stand. Er nahm an, daß der Spion eher aus Geldgier denn aus politischer Überzeugung handelte. Das half nicht gerade viel – wie sich herausgestellt hatte, war jeder zweite Höllenhund in finanziellen Schwierigkeiten, verursacht durch Spielschulden und ausschweifende Lebensart.

Lucien unterbrach seine Handwerksarbeit, lehnte sich zurück und streckte seine verkrampften Muskeln. Eigentlich konnte er geduldig sein, wenn es sein mußte, aber heute fühlte er sich unerklärlich unruhig. Er hatte es satt, soviel Zeit mit den Höllenhunden verbringen zu müssen. Morgen würde er zu einer neuen Jagdpartie aufbrechen, diesmal auf dem Landsitz von Lord Chiswick. Es handelte sich zwar nicht um ein offizielles Unternehmen der Höllenhunde, aber die sechs anderen Gäste waren allesamt Gründungsmitglieder der Gruppe. Nicht gerade eine anregende Gesellschaft, es kostete Lucien einigermaßen Mühe, sich wie einer der ihren zu benehmen.

Die Erinnerung an die kokette Kellnerin im Krone und Geier schoß ihm durch den Kopf. Mit säuerlichem Grinsen konstatierte er, daß seine Unruhe eine tieferliegende Ursache hatte: sein Körper verlangte nach einer Frau. Er warf einen Blick auf die Uhr. Es war elf, nicht zu spät, um eines der verschwiegenen Freudenhäuser aufzusuchen, in denen warme, willige Frauen Männern von Rang und Wohlstand jeden Wunsch von den Augen ablasen.

Er zögerte, hin- und hergerissen zwischen Lust und besserem Wissen. Dann schüttelte er den Kopf. Seine Begierde war noch nicht heftig genug, um den Preis zu rechtfertigen, den er für ihre Befriedigung zahlen mußte.

Zum tausendstenmal wünschte er sich, er wäre wie andere Männer und könnte ohne emotionale Nachwirkungen mit einer Frau ins Bett gehen. Unglücklicherweise war ihm das versagt.

Als junger Mann hatte er sich den Freuden, die einem wohlhabenden Mann zustanden, voller Begeisterung hingegeben. Die Leidenschaft hatte ihn so in Bann geschlagen, daß er erst Jahre später erkannte, daß bei ihm sexuelle Befriedigung unweigerlich von Depressionen gefolgt wurde.

Post coitum triste, wie ein altes Epigramm besagte: auf den Geschlechtsakt folgt die Trauer. Aber was Lucien fühlte, war weit mehr als das traurige Bewußtsein der eigenen Sterblichkeit, das andere Männer manchmal befiel. Seine Anfälle von Melancholie waren tiefer, und sie dauerten Stunden, manchmal sogar Tage.

Er hatte die dunklen Winkel seiner Seele durchforscht und war zu dem Ergebnis gekommen, daß das Problem in der Illusion der Nähe lag, die die Paarung erzeugte. Wenn sie vorbei war und er in seine unendliche Einsamkeit zurückkehrte, wurde er von Verzweiflung überwältigt.

Als ihm klar wurde, welch hohen Preis er für ein paar Minuten Wonne zahlte, hatte er sich widerwillig zu einem asketischeren Dasein entschlossen. Hin und wieder, wenn die Sehnsucht nach Nähe stärker wurde als seine Selbstbeherrschung ging er zu einer Frau. Immer hoffte er, daß es diesmal anders wäre, daß es ihm gelingen würde, Freude zu schenken und zu empfangen und am nächsten Morgen mit einem Lächeln auf den Lippen zu erwachen. Aber er hatte sich immer getäuscht.

Sein Blick wanderte zu der gerahmten Kohleskizze von ihm selbst und seiner Schwester Elinor. Sie war zwei Jahre vor ihrem Tod entstanden. Der Künstler war nach Ashdown gekommen, um ein formelles Porträt der gesamten Familie anzufertigen. Das Gemälde war gelungen, und es hatte einen Ehrenplatz, aber Lucien zog die Skizze vor, die Elinors scheuen, zerbrechlichen Charme besser einfing.

Er studierte die beiden einander dicht zugeneigten, blonden Köpfe. Sie hatten den sorglosen Ausdruck von Kindern, deren Eltern sie innig liebten und die niemals Sorge oder Grausamkeit kennengelernt hatten. Manchmal war es schwer, sich daran zu erinnern, daß er jemals glücklich gewesen war.

Mit angespanntem Gesicht beugte er sich wieder über seine Werkbank und griff nach seinem feinsten Schraubenzieher. Wenn er sich genug konzentrierte, konnte er seine Gedanken ablenken.

Kit hatte geduldig nach Henry Jones' Anweisungen geübt, und es dauerte nur ein paar Minuten, bis sie das einfache Schloß an den französischen Fenstern aufgebrochen hatte. Sie schlüpfte in die dunkle Bibliothek und hielt den Atem an, um aufmerksam zu lauschen. In der Ferne ertönte helles Kichern. Lord Chiswick war alles andere als ein schlechter Gastgeber, er hatte extra zehn Prostituierte aus London kommen lassen, um seine Gäste zu unterhalten. Der Abend war noch jung, sie würde genug Zeit haben, die Gästezimmer zu durchsuchen.

Sie machte Fortschritte als Kriminelle. Dieses Mal hatte sie nur Angst, statt vor Panik zu zittern.

Leise schlich sie die Hintertreppe zu den Gästezimmern hoch. Diesmal war es ihr nicht gelungen, eine Stelle als Zimmermädchen zu bekommen, aber ihre Erkundigungen im Dorf hatten sie zu einem ehemaligen Diener Lord Chiswicks geführt. Gegen eine bescheidene Summe hatte der Mann, der in Ungnaden entlassen worden war, ihr die Gepflogenheiten des Haushaltes beschrieben und einen Grundriß des Hauses gezeichnet. Er hatte ihr auch erzählt, daß Chiswick immer Prostituierte zu seinen Gesellschaften einlud, zum Entsetzen der gesamten Nachbarschaft.

Dadurch war Kit auf die Idee gekommen, sich als Freudenmädchen verkleidet ins Haus zu schleichen und ihre Nachforschungen fortzusetzen. Eine blonde Perücke und eine mäßigere Version der Polster und Schminke, die sie als Sally getragen hatte, verwandelte sie in eine waschechte Hure. Jeder Gast, der sie sah, würde annehmen, sie sei Bestandteil von Chiswicks Abendprogramm.

Sie runzelte die Stirn, als sie sah, daß diesmal keine Karten die Inhaber der Gästezimmer identifizierten. Sie würde nach Hinweisen suchen müssen.

Mit feuchten Händen schlüpfte sie in den ersten Raum.

Lucien wußte, daß die Orgie begann, als die üppige Rothaarige neben ihm auf seinen Schoß kletterte. »Du siehst einsam aus, Häschen«, gurrte sie. »Komm, Lizzie kann dich trösten.« Sie schlang ihm die Arme um den Hals und gab ihm einen weinduftenden Kuß.

Sie war eine entzückende Last, die ihn an das Schankmädchen Sally erinnerte, wenn der Schnitt von Lizzies Kleid auch keinen Zweifel daran ließ, daß ihre Kurven echt waren. Der Kuß zog sich in die Länge, und er erwog, ihr Angebot anzunehmen. Es war lange her, seit er eine Frau besessen hatte – zu lange. Vielleicht würde Lizzies heitere Direktheit ihn davor bewahren, hinterher in Melancholie zu versinken.

Aber das war reines Wunschdenken, dachte er bedauernd. Die gedankenlose Paarung mit einer Fremden erzeugte die schlimmste Form von Depression. Er würde es bereuen, sobald es vorüber war. Sein Interesse war nicht groß genug, um soviel aufs Spiel zu setzen.

Andererseits wirkte Enthaltsamkeit bei einer Orgie höchst verdächtig. Wenn er sich schon nicht beteiligte, mußte er wenigstens so tun als ob.

Die Dinge hatten sich weiterentwickelt, während er und Lizzie sich küßten. Als ein kehliges Stöhnen unter dem Tisch hervordrang, sah Lucien nach unten und entdeckte eine Frau, die ihre Talente an Roderick Harford erprobte. Chiswick torkelte mit zwei Blondinen im Arm in den benachbarten Salon, wo der Teppich weicher und das Feuer wärmer war. Nunfield lag auf dem Bauch und saugte an den Zehen eine dunkelhaarigen Schönen. Auch die anderen Gäste begaben sich paarweise in verschiedene stille Ecken.

Lucien stellte den Rotschopf wieder auf die Füße und stand auf. Dann legte er ihr den Arm um die Schultern und führte sie aus dem Eßzimmer in den Korridor.

»Magst du kein Publikum, Schätzchen? Ich auch nich'.« Sie schmiegte sich an ihn und fing an, ihn gekonnt zu streicheln.

Das reichte fast aus, um seinen Entschluß ins Wanken zu bringen, aber nicht ganz. »Tut mir leid, Lizzie, aber heute nacht schlafe ich lieber alleine.« Sanft machte er sich los. »Ich bin heute auf der Jagd schwer gestürzt und hab' blaue Flecken an allen möglichen unpraktischen Stellen.«

»Wirklich?« sagte sie schmeichelnd. »Ich muß mit irgend jemandem anbandeln, und du bist der Beste von der ganzen Bande.«

Er sah eine Andeutung von dunklen Ringen unter ihren Augen und schlug vor: »Warum legst du dich nicht auch hin?«

Sie zögerte. »Na ja, ich hatte 'nen anstrengenden Tag, und eine ruhige Nacht wär' nich' schlecht. Aber Geschäft is' Geschäft, und Lord Chiswick kriegt gern was geboten für sein Geld.«

»Morgen erzähle ich den anderen, wie sensationell du warst. Chiswick wird nichts davon erfahren.«

Sie grinste. »Na gut – dann bleibt es unter uns.« Sie sah ihn bewundernd an. »Ich bin dir was schuldig, Schätzchen. Besuch mich mal, wenn wir beide mehr in Stimmung sind. Lizzie LaRiche – du findest mich im Foyer vom Theatre Royal.«

Er wünschte ihr eine gute Nacht und ging, nicht ohne flüchtiges Bedauern, auf sein Zimmer. Sie war verlockend, und vielleicht würde er das nächstemal, wenn Begierde seine Beherrschung übermannte, zu ihr gehen.

Zu seiner Überraschung schimmerte Licht unter der Tür zu seinem Schlafzimmer. Er trat leise ein und sah eine hochgewachsene weibliche Gestalt am anderen Ende des Raumes. Er nahm an, es handele sich um ein Dienstmädchen, bis er das Rouge und das durchscheinende Abendgewand sah. Noch eine von Chiswicks Überraschungen, diesmal eine zerzauste Blondine. Er unterdrückte ein Seufzen, man konnte der Gastfreundschaft auch zuviel tun. Seine Fähigkeit, hübsche Mädchen aus dem Bett zu werfen, war nicht unbegrenzt. Vielleicht sollte er sich ins Unvermeidliche fügen.

Sein Amüsement verflog, als er merkte, daß sie seine Kleiderpresse durchsuchte. Sie hatte die hängenden Kleidungsstücke abgetastet und wandte sich jetzt den Leinenschubladen zu. Dort fand sie eine Schachtel mit einigen seiner mechanischen Spielzeuge, die er mitgebracht hatte, um sie Lord Mace zu zeigen.

Bevor sie sie öffnen konnte, sagte er kalt: »Falls du nach Geld suchst – da wirst du keins finden.«

Das Mädchen ließ die Schachtel fallen, und der Inhalt rollte über den Fußboden. Als sie herumfuhr, wirbelten die wirren blonden Locken ihr ums Gesicht, und ihre Augen wurden weit vor Schreck. Vielleicht hätte er Mitleid mit ihr gehabt, wenn er sie nicht auf frischer Tat ertappt hätte.

Er machte die Tür zu und lehnte sich mit verschränkten Armen dagegen. »Bestiehlst du deine Kunden immer?«

»Ich . . . ich wollte nichts stehlen, Mylord.«

»Selbstverständlich nicht«, sagte er trocken. »Du hast

dich nur verirrt und bist aus Versehen in meinen Kleiderschrank geraten.«

Sie starrte auf ihre Hände hinunter. »Ich ... ich hab' Mr. Harford gesucht, und ich wußte nicht, in welchem Zimmer er ist. Deswegen hab' ich in die Presse geguckt, um zu sehen, ob ich seine Kleider erkennen kann.«

Möglicherweise war das die Wahrheit, aber er bezweifelte es. Immerhin schien er sie rechtzeitig erwischt zu haben. Ihre Aufmachung eignete sich nicht dazu, Diebesgut zu verbergen – sie verbarg nicht einmal besonders viel von ihr. Er musterte sie wohlwollend. Es war schwer, auf eine Frau mit so langen, eleganten Beinen wütend zu sein. »Ich glaube nicht, daß Harford deine Dienste nötig hat. Als ich ihn das letztemal gesehen habe, war er mit einer von deinen Kolleginnen beschäftigt.«

»Oh.« Nach einer verlegenen Pause sagte sie: »Ich hab' mich verspätet – Lord Chiswick wird wütend auf mich sein.«

Lucien dachte an Chiswick und die Blondinen. Er sagte: »Ich bezweifle, daß er deine Abwesenheit so bald bemerken wird.«

»Trotzdem ist es besser, wenn ich ihn finde. Es tut mir leid, daß ich aus Versehen in Ihr Zimmer geraten bin. Ich hätte nichts mitgenommen, ehrlich.« Sie begann, auf ihn zuzugehen, überzeugt, daß er die Tür freigeben und sie gehen lassen würde. »Guten Abend, Mylord.«

Er rührte sich nicht. Als er ihre geschmeidigen Bewegungen beobachtete, loderte die Begierde, die seit Tagen in ihm schwelte, lichterloh auf. Das Mädchen war nicht so aufreizend wie Lizzie, aber irgend etwas an ihr faszinierte ihn. Vielleicht war es der unwahrscheinliche Kontrast zwischen Schüchternheit und weltlichem Äußeren. Oder die ruhige Würde, die ihr selbst unter diesen Umständen anzumerken war.

Die Gründe waren unwichtig. Wichtig war nur, daß ihm, je länger er sie ansah, die Folgen seiner Lust immer unwichtiger wurden. »Da Harford gerade nicht greifbar ist – vielleicht möchtest du hierbleiben und dir deinen Lohn bei mir verdienen.«

Seine Worte fielen in das Schweigen wie ein Kieselstein, der die stille Oberfläche eines Teiches kräuselt. Kit blieb wie angewurzelt stehen. Sie hatte recht daran getan, Strathmore zu fürchten. Sein katzenhafter, grün-goldener Blick war hypnotisch. Ihr Puls beschleunigte sich, und sie wußte nicht, was die Ursache war, Angst oder Erwartung.

Er streckte seine Hand aus. »Komm her«, sagte er mit tiefer Stimme.

Sie wollte weglaufen. Statt dessen hob sich ihre Hand, wie von selbst, und legte sich in seine. Seine langen Finger umschlangen die ihren, und er zog sie in seine Umarmung.

Sie hatte geahnt, daß dieser Mann anders sein würde, und das war er. Statt sie an sich zu pressen, hielt er sie leicht in den Armen, glättete ihre wilden Locken, streichelte ihren Rücken und legte seine Wange an ihr Haar, während seine Berührung ihr vertrauter wurde. Sie schloß die Augen. Wärme. Kraft. Leise Erotik, die ihr die Sinne raubte. Langsam gab ihr Körper nach und schmiegte sich an ihn.

»Wie heißt du?« murmelte er.

Sie antwortete nicht, um den Zauber des Augenblicks nicht zu zerstören. Zum erstenmal seit Beginn ihrer Suche fühlte sie sich geborgen. Sie war so einsam gewesen, so verloren . . .

Er hob ihr Kinn. Ein Schauer überlief sie, als ihre Lippen sich fanden. Der Kuß war harmlos, aber sie hätte sich ihm nicht entziehen können, und wenn ihr Leben davon abgehangen hätte. Dann wurde er intensiver, eine sinnliche Paarung von Lippen und Zungen, ein Gleichklang zweier Pulse. Ohne einen Hauch von körperlicher Gewalt gelang es ihm, ihren Widerstand zu besiegen.

Der Zauber war gebrochen, als sie seine warmen Hände auf ihren Schultern spürte. Gott im Himmel, er hatte die Bänder an ihrem Mieder aufgeschnürt und die Ärmel ihres Kleides heruntergezogen. Wenn sie ihn nicht aufhielt, war sie bald vollkommen nackt. Und es war nicht nur ihre Kleidung, deren er sie entledigte, es war ihr Selbstschutz und ihre Entschlossenheit. Wie hatte sie nur so schnell vergessen können, daß er einer ihrer Feinde war? Er wurde nicht umsonst Lucifer genannt.

Mit einem erstickten Keuchen machte sie sich los und stemmte ihre Hände gegen seine Brust. »Ich muß gehen.« Sie zerrte ihre Ärmel hoch. »Ich ... ich bin eigens für Mr. Harford engagiert worden. Wenn er mich freigibt, komme ich zurück.«

Sie glitt um ihn herum auf die Tür zu. Noch eine Sekunde, dann war sie frei ...

Sechstes Kapitel

Lucien fluchte in sich hinein, als das Mädchen aus der Tür huschte. Warum mußte er sich ausgerechnet eine Hure mit überentwickeltem Verantwortungsgefühl aussuchen? Er griff nach ihr, um sie wieder in seine Arme zu ziehen. »Du kannst später nach Harford suchen, wenn du dann noch Lust dazu hast.«

Sie wich ihm geschickt aus und drehte sich dabei um. Einen Augenblick lang zeichnete sich ihr Profil gegen das Lampenlicht ab. Ein zartes Profil, edel wie eine griechische Münze ...

Die Erkenntnis verblüffte ihn. Es war unmöglich – das mußte ein Zufall sein.

Sein Instinkt widersprach.

Seine Begierde verflog, und er lief ihr nach und packte ihren Arm als sie schon halb im Gang war. Nicht allzu sanft zog er sie ins Zimmer zurück und schlug die Tür zu. Dann drehte er sie, so daß er das unverkennbare Profil wieder vor Augen hatte. »Bei Gott, du bist es tatsächlich.«

Sie versuchte, sich seinem Griff zu entwinden. »Lassen Sie mich los. Ich weiß nicht, wovon Sie reden.«

Er fragte sich, ob womöglich Lord Mace sie auf ihn angesetzt hatte. Wenn dem so war, hieß das, daß Mace dem neuen Anwärter nicht traute, und die Situation war gefährlicher, als Lucien bewußt war. Aber das Mädchen, das da in seinem Griff zitterte, wirkte nicht wie eine abgebrühte Spionin und auch nicht wie eine Hure. Ihre Reaktion auf seinen Kuß war vollkommen unschuldig gewesen – allerdings hatte sie schnell gelernt.

»Glaub nicht, daß du mich noch einmal hinters Licht führen kannst, meine diebische Schöne.« Er packte sie an der Schulter, um ihr Gesicht aus der Nähe zu betrachten. Mit der anderen Hand strich er ihr über die Wangen. »Nicht schlecht, wie du Schminke benutzt hast, um die Form deines Gesichts zu verändern. Nicht einmal deine eigene Mutter würde dich so erkennen. Und du hast dich wieder ausgestopft, wenn auch nicht so auffällig wie als Sally.«

Ihr Widerstand erlahmte, und sie starrte ihn mit tränenfeuchten, blaugrauen Augen an. »Das Spiel ist vorbei, nicht?«

»Allerdings.« Er ließ sie los. »Wer zum Teufel sind Sie?«

Sie wandte sich ab und preßte zitternde Hände an ihre Schläfen.

Ruhiger sagte er: »Ich werde Ihnen nicht weh tun, aber ich will die Wahrheit wissen. Wie heißen Sie wirklich – Kitty? Emmie Brown? Oder Sally, wie die freche Kellnerin? Wahrscheinlich nichts von alledem.«

Sie seufzte und hob den Kopf. »Mein Name ist Jane. Meinen Nachnamen verrate ich Ihnen nicht. Ich habe schon genug Schwierigkeiten.«

Er vermutete, daß sie damit meinte, er würde ihre Familie womöglich erkennen; sie hatte das Flair einer wohlerzogenen jungen Dame, die Sorte, die man eher in einem Salon antraf als in einem pittoresken Wirtshaus. »Warum sind Sie hinter den Höllenhunden her? Oder kommt dieses zweifelhafte Privileg nur mir zu?«

»Ich interessiere mich nicht für Sie, Lord Strathmore, sondern für einen anderen ihrer Freunde.«

»Welchen?«

Sie zögerte. »Das möchte ich lieber nicht sagen.«

»Irgend etwas werden Sie mir sagen müssen«, sagte er scharf. »Sicherlich ist Ihnen die Strafe für Diebstahl bekannt. Sie sind hübsch, daher nehme ich nicht an, daß Sie in Newgate mit dem Wind tanzen werden, aber wenn ich Sie anzeige, werden Sie sicher deportiert.«

Sie erbleichte. »Zeigen Sie mich nicht an, ich bitte Sie. Ich versichere Ihnen, ich will nur das, was mir zusteht.«

Er runzelte die Stirn. »Sind Sie auf der Jagd nach einem Mann, der Sie entehrt hat?«

Sie begann, ruhelos im Zimmer auf- und abzuwandern, während ihr blasses Gewand ihr um die Knöchel flatterte. »Nicht mich, meinen Bruder, aber ich bin ebenfalls betroffen.«

»Hat Ihr Bruder beim Kartenspiel ein Vermögen verloren?«

Sie blieb stehen und starrte ihn an. »Woher wissen Sie das?«

»Nur eine Vermutung«, sagte Lucien trocken. »Glücksspiel ist der schnellste Weg zum Ruin für jeden Mann. Aber welcher verachtungswürdige junge Dummkopf würde seiner Schwester gestatten, ihr Leben aufs Spiel zu setzen, um ihn vor seiner eigenen Torheit zu bewahren?«

»James ist nicht so.« Sie trat an den Kamin und starrte in die Kohlen. »Man kann sich keinen besseren oder verantwortungsbewußteren Bruder wünschen. Er ist in der Armee, und er ist nach Hause gekommen, um sich von einer Verwundung zu erholen. Kurz bevor er zu seinem Regiment zurückkehren sollte, wurde er von ... von einem Mann zu einer Partie Karten überredet. Mein Bruder wurde genötigt, betrogen und wahrscheinlich betäubt. Als er am nächsten Morgen aufwachte, hatte der Mann eine handschriftliche Zusicherung, daß er Eigentümer des Familienerbes würde, falls James ihm nicht innerhalb von sechzig Tagen zwanzigtausend Pfund zahlte.«

Lucien pfiff leise. »Eine üble Geschichte, falls sie stimmt.«

Als Jane den Vorbehalt in seiner Stimme hörte, funkelte sie ihn wütend an. »Mein Bruder ist kein Lügner, und er hat sich diese Geschichte nicht ausgedacht.«

»Wenn er glaubt, daß man ihn betrogen hat, warum hat er den Mann dann nicht zum Duell gefordert?«

»Um eine üble Situation noch zu verschlimmern? Der Mann, der ihn betrogen hat« – sie lächelte freudlos – »nennen wir ihn Kapitän Sharp, der Einfachheit halber, hat sehr viel Einfluß. Es hätte einen schrecklichen Skandal gegeben, der die Karriere meines Bruders zunichte gemacht hätte. James ist ein guter Schütze und hätte seinen Gegner wahrscheinlich umgebracht. Falls ...« Sie erschauerte. »An die andere Möglichkeit möchte ich gar nicht denken. Ich habe James gesagt, er soll zu seinem Regiment zurückkehren, weil ich einen Plan habe, der das Problem löst.«

»Und er hat sich unbekümmert von dannen gemacht und die Situation Ihnen überlassen.« Lucien schüttelte den Kopf. »Wie sieht Ihr Plan aus – wollen Sie ihrem Opfer einen Dolch in die Rippen bohren? Keine besonders gute Idee.«

Sie fing an, mit den Fingern auf dem Kaminsims zu trommeln. »Glauben Sie mir, ich eigne mich nicht zur Lady Macbeth. Ich habe herausbekommen, daß Kapitän Sharp, schon anderen jungen Männern so mitgespielt hat – meistens solchen wie meinem Bruder, aus guter Familie, ohne besonders wohlhabend oder einflußreich zu sein. Gewöhnlich hat er die Schuldscheine entweder bei sich oder in seinem Gepäck. Ich hatte gehofft, daß ich den Schuldschein vor Ablauf der Frist irgendwie zurückstehlen könnte.«

»Sie sagen das, als ob Diebstahl eine praktische Lösung Ihres Problems wäre und nicht reiner Irrsinn.« Lucien versuchte zu entscheiden, ob sie die tapferste Frau war, die er je getroffen hatte, oder nur die närrischste. Beides wahrscheinlich. »Sind Sie und James Zwillinge?«

Sie schwieg betroffen, ehe sie antwortete: »Nein, ich bin drei Jahre älter als er. Wie kommen Sie darauf, daß wir Zwillinge sein könnten?«

Er zuckte die Achseln. »Sie scheinen sich ungewöhnlich nahezustehen.«

Ein Schatten huschte über ihr ausdrucksvolles Gesicht. »Das kommt daher, daß unsere Eltern gestorben sind, als wir noch Kinder waren. Wir hatten nur uns.«

»Keine Verwandten, die sich um die Interessen der Familie kümmern?«

»Wir haben einen Kusin, der unser Vormund ist, aber er lebt schon seit Jahren im Ausland.«

»Vielleicht kann ich Ihnen helfen«, bot Lucien an. Abgesehen von der guten Tat würde ihm das mehr Informationen über einen der Höllenhunde einbringen. Seiner Vermutung nach war Janes Kapitän Sharp entweder Harford oder Nunfield. Beide hatten einen unerfreulichen Ruf als Spieler.

»Seien Sie nicht albern«, sagte sie erstaunt. »Das Ganze ist mein Problem.«

»Es wäre klüger von Ihnen, jede Hilfe anzunehmen, die Sie bekommen können«, sagte er milde. »Das hier ist ihr – dritter? – Versuch, nahe genug an ihr Opfer heranzukommen, um sich das anzueignen, was Sie wollen. Oder gibt es noch andere, von denen ich nichts weiß?«

Sie lächelte reumütig. »Sie haben mich jedesmal erwischt.«

»Es ist ein Wunder, daß Sie bis jetzt noch nicht vergewaltigt oder verhaftet worden sind«, sagte er außer sich. »Wenn Sie mir verraten, hinter wem Sie her sind, kann ich Ihnen und Ihrem Bruder wahrscheinlich helfen.«

Ihre Augen wurden schmal. »Ich muß mich offenbar deutlicher ausdrücken. Ihr Ruf ist nicht gerade makellos, Lord Strathmore. Sie mögen mich für verrückt halten, daß ich Ihre Hilfe nicht annehme, aber es wäre noch verrückter von mir, Ihnen zu trauen.«

Er tat sein Bestes, um geheimnisvoll und leicht bedrohlich zu erscheinen, daher hätten ihre Worte ihn nicht treffen dürfen, aber sie taten trotzdem weh. Sarkastisch sagte er: »Die Tatsache, daß ich Sie nicht der Polizei ausgeliefert habe, sollte Ihnen ausreichend Ursache geben, mir zu trauen.«

»Kaum, wenn man bedenkt, daß der nächste Polizeibeamte hier Lord Chiswick ist«, sagte sie liebreizend. »Wie Sie selbst bereits sagten, er würde derlei Unterbrechungen mitten in einer Orgie wenig schätzen.«

Lucien hätte beinahe laut gelacht. Jetzt, da Janes anfängliche Furcht verflogen war, bewies sie wunderbare Selbstbeherrschung. Vielleicht würde sie ihm eher trauen, wenn er eine Lösung für ihr Problem fand. »Sie sprachen von einem Vormund. Ich nehme an, Sie sind über einundzwanzig, aber wie steht es mit Ihrem Bruder?«

»Er wird im Februar einundzwanzig.«

Lucien nickte befriedigt. »Ausgezeichnet. Da James noch nicht volljährig war, als er den Schuldschein ausgestellt hat, kann Kapitän Sharp keinen Penny von ihm fordern.«

Ihre Augen weiteten sich, während Hoffnung und Zweifel in ihnen kämpften. »Wie ist das möglich? Junge Männer machen doch oft Spielschulden.«

»Um der Ehre willen bezahlen die meisten ihre Schulden, wenn möglich. Aber sie können nicht gesetzlich dazu gezwungen werden. In einem Fall wie diesem, wo Ihr Bruder glaubt, betrogen worden zu sein, ist es höchst unwahrscheinlich, daß Kapitän Sharp die Angelegenheit mit Ihrem Vormund erörtert«, erwiderte Lucien. »Sein Pech, daß er seine Zeit auf einen Jungen verschwendet hat, der noch nicht einundzwanzig ist.«

»Vielleicht hat er es nicht gemerkt. James sieht älter aus als zwanzig, und er ist in der Armee, seit er siebzehn ist.« Mit erstauntem Gesicht sank sie auf die Bettkante. »Ich bin nie auf den Gedanken gekommen, daß er vor dem Gesetz noch kein erwachsener Mann ist.«

»Ich würde vorschlagen, daß Sie sich einen Anwalt suchen, der Kapitän Sharp einen Brief schreibt und die Schuld zurückweist. Ich kann Ihnen ein paar Namen geben, falls Sie nicht wissen, an wen Sie sich wenden sollen.«

»Das ist nicht nötig, ich kenne jemanden.« Sie schenkte ihm ein strahlendes Lächeln. »Unvorstellbar – da schleiche ich herum wie eine Diebin, und es ist alles vollkommen unnötig.«

»Aber wenn Sie es nicht getan hätten, hätte ich Sie nicht kennengelernt, und das wäre sehr schade«, sagte Lucien weich.

Ihre Blicke trafen sich, und irgendeine primitive, machtvolle Anziehung pulsierte zwischen ihnen – Mann und Frau, die einander begehrten und näher kommen wollten. Jane schluckte schwer, und er wußte, daß ihr die Anziehung zwischen ihnen unangenehm war. Ihre Augen verrieten erschrockene Faszination einer nervösen Jungfrau.

»Ich muß gehen.« Sie stand auf und trat beinahe auf eines der mechanischen Spielzeuge, die noch auf dem Boden lagen. Sie kniete sich hin und begann, die verstreuten Gegenstände aufzulesen. »Es tut mir leid. Hoffentlich ist keines beschädigt.«

Er kniete sich neben sie, um ihr zu helfen. Ihre Finger berührten sich, als sie beide nach einem kleinen, schwarzsilbernen Pinguin griffen. Er spürte, wie ihre Hand bebte.

Hastig sagte sie: »Was kann das Tierchen da?«

Er nahm den mechanischen Pinguin, zog ihn auf und stellte ihn auf den Boden. Mit leisem Surren beugte sich das winzige Tier nach vorne und machte dann einen perfekten Salto rückwärts. Als es auf seinen breiten Schwimmfüßen landete, japste Jane: »Ich fasse es nicht!«

Während sie sprach, machte der Pinguin noch einen Salto, dann noch einen. Jane hockte auf dem Boden und lachte so sehr, daß sie eine Hand auf ihre Brust pressen mußte. Sie sah aus wie jemand, der schon sehr lange nicht mehr gelacht hatte. Es machte Lucien glücklich, ihr zuzusehen.

In den vergangenen Minuten war sie verfolgte Unschuld gewesen, sinnliche Nymphe und kühle Gegnerin.

Jetzt war sie ein unbekümmertes Kind. Er hielt all diese Facetten für echt, aber welche von ihnen, wenn überhaupt eine, beschrieb die wahre Frau? Sie war ein faszinierendes Rätsel, eines, das zu lösen er entschlossen war.

Mit Lachtränen in den Augen fragte sie: »Wo haben Sie das her?«

»Ich habe es selbst entworfen und den Mechanismus gebaut. Ein Taufgeschenk für das Kind eines Freundes von mir.«

Kit hob das Spielzeug auf und betrachtete es nachdenklich. »Sie haben ungeahnte Talente, Lord Strathmore. Warum ein Pinguin?«

»Mein Freund hält auf seinem Landsitz ein Dutzend davon. Wahrscheinlich die einzigen Pinguine in ganz England. Ganz reizende Tiere.«

Irgendwie war es passend, daß Strathmores Freunde ebenso ungewöhnlich waren wie er selbst. Sie hob ein anderes Spielzeug auf, ein Kaninchen in formeller Hofkleidung, das auf einem Schemel saß und ein Cello hielt. Sie zog es auf, und das Kaninchen begann, den Bogen hin- und herzuführen, während im Inneren der Figur eine Spieluhr klingelte. »Entzückend. Haben Sie das auch gemacht?«

»Nein, das da ist aus Frankreich. Ein Freund hat es mir aus Wien mitgebracht.« Er betrachtete das Kaninchen und strich sorgsam eines der langen Ohren glatt. »Das Kerlchen hier ist ein bißchen verbogen.«

Sie lächelte über Strathmores Konzentration. Er wirkte nicht gerade bedrohlich. Aber er erschreckte sie, auch wenn er sie höflich – eigentlich geradezu ritterlich – behandelt hatte. Er war ein mysteriöser Mensch, und sie spürte, daß Rücksichtslosigkeit ebenso zu seinem Charakter gehörte wie Charme.

Sie hob das letzte Spielzeug auf, wickelte es in eines der

Samtstückchen, die aus der Schachtel gefallen waren, und legte es zu seinen Gefährten. Dann stand sie auf und stellte die Schachtel wieder in den Schrank. Offenbar war noch einiges von Emmie dem Kammermädchen in ihr. Als alles aufgeräumt war, sagte sie: »Gute Nacht, Lord Strathmore. Ich weiß nicht, wie ich Ihnen für Ihre Hilfe danken soll.«

Er war ebenfalls aufgestanden und musterte ihr Gesicht mit unangenehmer Scharfsicht. Nervös fragte sie sich, ob er vermutete, daß die Geschichte von ihrem Bruder und seinen Spielschulden von vorne bis hinten erlogen war.

Leise sagte er: »Ich möchte Sie wiedersehen.«

Seine Worte waren erschreckender als jede Anklage. Ihr Herzschlag setzte aus, zum Teil vor Schreck, aber mehr wegen der bestürzenden Erkenntnis, daß auch sie ihn gerne wiedersehen würde. Sie erinnerte sich an all die Gründe, die das verboten, und sagte dann ruhig: »Das ist unmöglich, Mylord.«

Seine Brauen hoben sich, und mehr denn je glich er Lucifer. »Warum?«

»Weil ich nicht Ihre Geliebte werden will, und eine andere Beziehung zwischen uns ist unmöglich.«

In seinen Augen blitzte Amüsement auf, so daß sie eher golden als grün wirkten. »Sie verdächtigen mich zu Unrecht. Ich habe Ihnen keinen einzigen unsittlichen Antrag gemacht, seit ich weiß, daß Sie keine Hure sind. Warum können wir nicht Freunde werden?«

Es war einfacher gewesen, mit den Höllenhunden fertigzuwerden, die es nur auf ihren Körper abgesehen hatten. Sie trat unauffällig einen Schritt zurück. »Freundschaft zwischen Männern und Frauen ist selbst unter den günstigsten Umständen selten, und unmöglich, wenn Klassenunterschiede bestehen. Ich bewege mich nicht in denselben Kreisen wie Sie, Mylord. Wir können keine Freunde sein.«

»Unsinn«, antwortete er unbeirrbar. »Sie sind offensichtlich aus guter Familie, und wenn mein Ruf auch, wie Sie bemerkten, keineswegs untadelig ist, so gelte ich doch immer noch als gesellschaftsfähig. Lassen Sie mich wissen, wo ich Sie antreffen kann, und ich arrangiere eine so ehrbare Vorstellung, wie man sie sich nur wünschen kann.«

Sie beschloß, die Offensive zu ergreifen, und fragte geradeheraus: »Was wollen Sie von mir, Lord Strathmore?«

»Ich habe beim besten Willen keine Ahnung«, sagte er langsam. »Aber ich habe die Absicht, es herauszufinden.«

»Bereiten Sie sich auf eine Enttäuschung vor.« Sie ging um ihn herum und auf die Tür zu. »Falls Sie mich hier nicht gefangenhalten, werden ich jetzt gehen.«

»Warten Sie!«

Sie blieb stehen. Ihre Nerven waren zum Zerreißen gespannt. Sie wußte, daß sie ihm vollkommen ausgeliefert war.

Zu ihrer Erleichterung sagte er lediglich: »Ich werde Sie nach unten begleiten. Alleine wären Sie nicht sicher.«

Im stillen mußte sie zugeben, daß er recht hatte. Es war zu spät, um noch andere Zimmer zu durchsuchen. Inzwischen war die erste Phase der Orgie bestimmt vorüber, und die Höllenhunde, die noch imstande waren zu gehen, würden die Abgeschiedenheit ihrer eigenen Quartiere aufsuchen. Möglicherweise hatte einer von ihnen Appetit auf eine neue Spielgenossin.

»Na schön«, stimmte sie zu. »Ich bin durch die Bibliothek gekommen und habe die Tür offengelassen, um dort auch wieder hinauszukommen.«

Er knotete seine Krawatte auf und warf sie beseite. Dann zog er seine Jacke aus. Als er anfing, sich das Hemd aufzuknöpfen, bemerkte er ihren entsetzten Blick und begriff. »Es muß so aussehen, als hätten wir uns näher miteinander bekanntgemacht«, erklärte er mit dem Schatten einen Lächelns.

Mit zerzaustem blondem Haar und der breiten Brust unter dem offenstehenden Hemd sah er aus wie der Inbegriff eines Don Juans, genau die Art Mann, der keine Frau widerstehen kann. Und er wußte, welchen Eindruck er auf sie machte. Zum Teufel mit ihm. Alleine mit ihm in seinem Schlafzimmer, beide kaum bekleidet – die Situation war fast so intim, als wären sie tatsächlich ein Liebespaar.

Er musterte sie kritisch. »Sie müssen ein bißchen lasterhafter aussehen.« Er zog einen ihrer Ärmel herunter. Ihr Mieder war immer noch offen, und so glitt der Stoff mühelos hinab und entblößte ihre linke Schulter. Als seine Finger über ihre nackte Haut glitten, zuckte sie zusammen.

Er zögerte, als er ihre Reaktion bemerkte, als sei er in Versuchung, seine Tarnungsbestrebungen in eine Liebkosung zu verwandeln. Der Moment dehnte sich endlos.

Schließlich trat er zu ihrer grenzenlosen Erleichterung einen Schritt zurück und öffnete die Tür. Er sah sich im Gang um, legte einen Arm um ihre Schultern und schob sie zur Tür hinaus.

Von unten erklangen Stimmen, aber es war niemand zu sehen. Sie begann, sich in ihre Rolle einzufühlen, schlang einen Arm um seine schlanke Taille und bemühte sich, auszusehen wie eine befriedigte Hure. Das war nicht schwer, wenn sie seinen warmen Körper so dicht an dem ihren fühlte. Seine Nähe ließ das Feuer, das sein Kuß entfacht hatte, wieder aufflackern.

Grimmig ermahnte sie sich, daß sie die Reste ihrer Beherrschung nur noch ein paar Minuten lang bewahren mußte. Dann würde sie ihren beunruhigenden Begleiter los sein.

Im Erdgeschoß begegneten sie einem Höllenhund, der von einer halbnackten Frau gestützt auf die Treppe zuwankte. In dem schwachen Licht konnte sie nicht erkennen, wer der Mann war. Ein unsicheres Duett zwischen Tenor und Sopran erklang aus dem Eßzimmer, als sie vorbeigingen, und Kit vermutete, daß der Text unglaublich unflätig war. Zum Glück konnte sie die Worte nicht verstehen. Aber es war, wie Strathmore prophezeit hatte: mit ihm war sie sicher. Wenigstens vor den anderen Männern, der Graf selber war eine andere Sache.

Sie machte sich los, sobald sie die Bibliothek betreten hatten, und holte das Cape, das hinter dem Sofa versteckt lag. Als sie sicher von seinen Falten umhüllt wurde, schob sie die Vorhänge beiseite und öffnete die Flügeltür nach draußen. Die Nachtluft war bitterkalt.

Leise sagte er: »Ich nehme an, daß ein Pferd oder eine Kutsche auf Sie wartet?«

Sie sah ihn an. Im Licht des Mondes war er von kühler, unirdischer Schönheit. Was wäre geschehen, wenn sie sich unter normalen, unkomplizierten Umständen getroffen hätten? Wahrscheinlich hätte er sie überhaupt nicht bemerkt. »Keine Sorge, Mylord. Sie brauchen sich keine Gedanken mehr um mein Wohlergehen zu machen.«

Bevor sie ins Freie hinaustreten konnte, hielt er sie an den Schultern fest und zog sie an sich. »Ich heiße Lucien.« Dann küßte er sie mit besitzergreifender Gewißheit.

Wie schnell man sich an eine vorwitzige Umarmung gewöhnte, sich sogar danach sehnte. Ihr Puls beschleunigte sich, als sie ihn wiederküßte. Sie wußte genau, daß sie weder diesen Augenblick noch diesen Mann je vergessen würde. Die Nähe, der sinnliche Kontrast zwischen nächtlicher Kälte und warmer Haut, der leise Hauch seines

Atems an ihrer Schläfe, als er sie losließ – all das war ihr tief in die Seele gegraben.

»Ich frage mich, ob Ihr Name wirklich Jane ist«, sagte er nachdenklich. »Wahrscheinlich nicht, aber das spielt keine Rolle. Ich finde heraus, wer Sie wirklich sind.«

Seine Sachlichkeit war der beunruhigendste Aspekt dieses äußerst beunruhigenden Zusammentreffens. »Das werden Sie nicht«, erwiderte sie, während die Angst den Schleier von Sinnlichkeit hob, der sie umgeben hatte. »Noch einmal vielen Dank, Mylord, und leben Sie wohl. In meinem Leben ist kein Platz für Sie.«

»Das läßt sich ändern«, sagte er mit absoluter Gewißheit. »Bis zum nächstenmal, meine Liebe.«

Sie schlüpfte hinaus in die Nacht. Ihr Herz bebte, als sie daran dachte, was er über »mit dem Wind tanzen« gesagt hatte. Der Ausdruck war eine Umschreibung für den Tod am Galgen, und das war nicht ausgeschlossen, wenn sie ihre kriminelle Karriere fortsetzte.

Aber die Worte beschrieben auch ihre Suche. Sie fühlte sich, als versuche sie verzweifelt, sich in der Luft zu halten, in einer Situation, in der der kleinste Fehltritt sie in den Abgrund schleudern konnte. Aus diesem Grunde war der geheimnisvolle Graf gefährlich, denn er brachte sie aus dem Gleichgewicht. Sie hoffte inständig, daß ihre Wege sich nicht wieder kreuzten.

Zwischenspiel

Das schweigende Dienstmädchen mit der steinernen Miene kam. Das bedeutete, daß sie sich fertig machen mußte. Nachdem sie ihre gewöhnliche Kleidung abgelegt hatte, schlüpfte sie in ein durchscheinendes schwarzes

Seidenhemd, das ihre Brüste unbedeckt ließ und kaum bis zu den Hüften reichte. Dann half die Zofe ihr in das schwarze Brokatkorsett und schnürte es so fest, daß sie kaum atmen konnte.

Danach kamen die schwarzen Spitzenstrümpfe, die mit roten Bändern an dem Korsett befestigt wurden. Die langen Stiefel waren aus weichem schwarzem Leder, das wie angegossen an ihren Schenkeln lag. Sie waren maßgeschneidert, mit langen, dünnen Absätzen, in denen sie kaum gehen konnte.

Sie saß still, während die Zofe ihr hellbraunes Haar unter einer üppigen roten Perücke versteckte. Rouge machte ihre Lippen voller und zauberte hektische Röte auf ihre blassen Wangen. Zuletzt kamen eine schwarze Halbmaske mit schrägen Augenschlitzen und lange schwarze Wildlederhandschuhe.

Sie stand auf und betrachtete sich im Spiegel. Ganz schwarz, weiß und scharlachrot war sie eine Karikatur der Weiblichkeit mit einer winzigen Taille, die ihre Brüste, Hüften und fast anstößig langen Beine grotesk betonte. Die Zofe nickte zufrieden und ging.

Um sich innerlich auf ihre Aufgabe vorzubereiten, starrte sie das widerliche mechanische Spielzeug an, das man ihr gegeben hatte, und dachte an das, was sie zu tun hatte. Als sie bereit war, ging sie in den nächsten Raum und begann, die zahllosen Kerzen anzuzünden, die auf jeder geeigneten Fläche standen. Schließlich hatte der Raum den feurigen Schimmer eines Vorzimmers zur Hölle.

Bald würde er kommen. Sie hob die Peitsche auf und ließ sie versuchsweise einmal durch die Luft sausen. Perfekt. Alles war bereit für ihre Premiere. Trotzdem erstarrte sie, als der Schlüssel sich im Schloß drehte. Soviel sie auch geprobt hatte, es gab vieles, das sie nicht wußte.

Rasch drehte sie der Tür den Rücken zu. Sie spürte, wie er eintrat, hörte, wie der Schlüssel sich wieder drehte, und lauschte auf seinen schweren Atem. Sie spielte mit einer langen Strähne des künstlichen roten Haares und ließ ihn warten.

Als er seine Ungeduld nicht länger bezähmen konnte, sagte er heiser: »Hier bin ich, Gebieterin. Was befehlt Ihr?«

Langsam drehte sie sich um, ihr ganzer Körper der Inbegriff von Arroganz, Abscheu und Überlegenheit. Er beobachtete sie mit gierigen Blicken.

Als er wieder sprechen wollte, fauchte sie: »Schweig!«

Die Peitsche zuckte in ihrer Hand wie der Schwanz einer wütenden Katze. Als die Spannung wuchs, trat Schweiß auf seine Stirn, und seine Augen weiteten sich.

In einer plötzlichen, wilden Armbewegung holte sie mit der Peitsche aus. Ein lauter Knall durchfuhr die drückende Stille. Sie sah ihn an und sagte mit tödlicher Ruhe: »Knie nieder, Sklave.«

Siebtes Kapitel

Kit fuhr schreiend aus dem Schlaf hoch. Ihr Herz klopfte wie rasend, während sie versuchte, sich an ihren Alptraum zu erinnern, aber er löste sich bereits in unzusammenhängende Bilder auf. Sie starrte auf ihre Hände, fast erstaunt, sie nackt zu sehen statt in schwarzen Handschuhen.

Der Traum war wichtig gewesen – furchtbar wichtig – aber er war ihr bereits entschlüpft. Mit zitternden Fingern zündete sie die Kerze neben dem Bett an. Es war kurz nach Mitternacht. Sie stieg aus dem Bett. Ihre Knie gaben nach und sie sank zu Boden. Ihr war schwindlig, als sei alle Kraft aus ihrem Körper gewichen.

Als die Welt um sie herum wieder stillstand, raffte sie sich schwerfällig auf und zog einen Morgenrock an. Dann ging sie in die Küche und stellte einen Kessel aufs Feuer. Viola, die auf dem Bett geschlafen hatte, schlich mit fragendem Miauen hinter ihr in die Küche. Kit nahm sie in die Arme und drückte sie an sich. Der warme Katzenkörper linderte die schreckliche Einsamkeit ein wenig.

Während sie darauf wartete, daß das Wasser kochte, hörte sie die Haustür. Das mußte Cleo Farnsworth sein. Ihre Gegenwart wäre eine wahre Wohltat. Kit setzte die Katze auf den Fußboden, lief hastig durchs Wohnzimmer und schloß die Tür auf. Als sie in den Gang hinausspähte, war Cleo, eine wohlgeformte Blondine Anfang zwanzig, schon halb auf der Treppe.

»Guten Abend, Cleo.« Kit bemühte sich, nicht allzu verzweifelt zu klingen. »Wie wär's mit einer Tasse Tee und einer Kleinigkeit zu essen?«

»Klingt verlockend. Es gibt nichts, was einen so hungrig macht wie die Bühne.« Die Schauspielerin kam die Treppe herunter und runzelte die Stirn. »Es ist schon ziemlich spät. Warum bist du noch auf?«

Die Versuchung, ihrem Herzen Luft zu machen, war groß, aber Kit unterdrückte den Impuls. »Ach, ich hatte einen Alptraum«, sagte sie, während sie Cleo voran in die Wohnung zurückging. »Ich bin so müde. Ich fühle mich, als ob ich drei Leben gleichzeitig lebe, und jedes einzelne ist entsetzlich anstrengend.«

»Das tust du ja auch. In den letzten zwei Wochen warst du dauernd unterwegs.«

»Es kommt mir viel länger vor.« Kit wärmte die Teekanne und goß kochendes Wasser über die Teeblätter.

Dann stellte sie Käse, eingelegte Zwiebeln und ein paar Stücke Gebäck auf den Tisch. »Wie war die Vorstellung?«

Cleo zuckte die Achseln. »Nicht besonders. Das Theater war nur halbvoll. Ich hab' Whitby gesagt, daß es zu früh ist, um den *Friedensrichter* wieder aufzuführen, aber er hört nie auf das, was Frauen sagen. Immerhin hab' ich eine ganze Menge Applaus gekriegt.«

Cleo machte kurzen Prozeß mit einer dicken Scheibe Käse, zwei Brötchen und einem halben Dutzend Zwiebeln, schob dann ihren Stuhl zurück und stieß einen leisen, damenhaften Rülpser aus. »Hast du dir schon überlegt, was du als nächstes unternehmen willst?«

»Nach meinen bisherigen Nachforschungen gibt es mehrere Männer, die in Frage kommen«, antwortete Kit. »Mr. Jones hat mir ihre Londoner Adressen verschafft, und ich werde die Häuser durchsuchen.«

»O Kit!« rief Cleo. »Das ist gefährlicher als alles, was du bis jetzt getan hast. Kann Mr. Jones nicht einen netten, verläßlichen Einbrecher auftreiben, der das für dich erledigt?«

Kit lächelte ein wenig. »Ich bezweifle, daß es verläßliche Einbrecher gibt. Ganz abgesehen davon – niemand kann das, wonach ich suche, finden, weil ich selbst nicht weiß, was es ist.«

»Wahrscheinlich hast du recht«, gab die Schauspielerin zu. »Aber wie willst du das anstellen? Selbst wenn Mr. Jones dir gezeigt hat, wie man Schlösser aufbricht, gehst du immer noch das Risiko ein, von den Dienstboten erwischt zu werden.«

»Ich gehe über die Dächer durch die Fenster im Obergeschoß. Es hat seine Vorteile, auf dem Land aufzuwachsen. Ich kann ziemlich gut klettern.«

Cleo erschauerte. »Ich wage nicht einmal, daran zu denken. Immerhin bist du bis jetzt ganz gut zurechtgekommen. Bete, daß dein Glück anhält.«

»Bisher war es nicht besonders zuverlässig.« Kit gab Viola, die hoffnungsfroh unter dem Tisch herumlungerte, ein Stück Käse. »Daß zwei Höllenhunde versucht haben, mich zu vergewaltigen, war nicht so schlimm – sie hatten keine Ahnung, daß ich nicht die war, für die ich mich ausgegeben habe. Aber einer von den Klügeren hat mich erwischt, als ich sein Zimmer durchsucht habe, und mich von einem früheren Zusammentreffen wiedererkannt. Er hat mich gehen lassen, weil ich ihm ein ganzes Märchenschloß von Lügen vorgesponnen habe. Ich glaube nicht, daß er den anderen etwas sagen wird, aber er hält mein Problem jetzt für gelöst, und wenn er mich noch einmal sieht, bin ich in der Klemme.«

Cleo kicherte. »Ich bin sicher, daß dir eine neue überzeugende Geschichte einfällt. Wer war der Mann?«

»Graf Strathmore.«

»Strathmore!« Cleos ausdrucksvolle Augenbrauen hoben sich. »Der alte Lucifer höchstpersönlich. Du lebst wirklich gerne gefährlich.«

»Du weißt über jeden Bescheid.« Kit fing an, die juckende Stelle an der Innenseite ihres Schenkels zu kratzen, und beherrschte sich dann. Sie durfte keine Narbe riskieren. »Was weißt du über ihn?«

»Ich weiß nur sehr wenig, aber es gibt jede Menge Gerüchte über ihn«, sagte Cleo bedächtig. »Er treibt sich in allen Klassen herum, von der niedrigsten bis zur allerhöchsten. Er ist kein Spieler, aber wenn er spielt, hat er teuflisches Glück, und angeblich hat er mehr als einen Mann ruiniert. Als er jünger war, galt er als der beste Fang auf dem Heiratsmarkt, aber ich hab' gehört, daß die hoffnungsvollen Mamas ihn aufgegeben haben. Man fragt sich warum, immerhin ist er reich, gutaussehend und unverheiratet.«

»Nichts davon klingt besonders verrucht.«

»Klatsch wie dieser bedeutet natürlich nicht allzuviel«, stimmte Cleo zu. »Beunruhigender ist die Tatsache, daß ein- oder zweimal wohlbekannte Männer spurlos verschwunden sind. Es wird gemunkelt, daß Strathmore etwas damit zu tun gehabt hat, aber er hat Freunde an allerhöchster Stelle, und niemand wagt, ihn öffentlich zu beschuldigen.«

Das war nicht gerade das, was Kit hören wollte. Ihr Mund wurde schmal. »Dann ist er also möglicherweise ein Entführer, Mörder oder noch Schlimmeres.«

»Möglicherweise.« Cleos Miene wurde nachdenklich. »Ich hab' ihn einmal in der Garderobe kennengelernt, und er hat mir gefallen. Ein sehr charmanter Mann. Er hätte jede Frau in sein Bett locken können, aber er hat's nicht getan. Das fand ich eigenartig, schließlich lassen sich nur wenige Männer eine attraktive Schauspielerin entgehen.« Sie wurde ernst. »Laß dich nicht wieder von ihm erwischen, Kit. Ich würde nicht ausschließen, daß er derjenige ist, den du suchst.«

»Ich mochte ihn auch.« Kit goß den Rest Tee in ihre Tasse. »Unglücklicherweise.«

»Wie steht's mit deinen Tanzkünsten?«

Der bloße Gedanke machte Kit noch müder. »Ich glaube, ich kenne die Schritte«, sagte sie ohne Enthusiasmus.

»Laß sehen.«

Kit zwinkerte erstaunt. »Um ein Uhr nachts, im Nachthemd?«

Cleo grinste. »Warum nicht? Ich sing' dir die Melodie vor.« Sie stand auf, ging ins Wohnzimmer und ließ sich auf einen Stuhl fallen. Dann begann sie, mit voller Stimme zu summen.

Nervös schnürte Kit ihren Morgenrock enger und fing an zu tanzen. Die Schritte waren lebhaft, und je weiter sie kam, desto mehr Kraft schien sie zu haben.

Als sie fertig war, sagte Cleo kritisch: »Nicht schlecht, aber diesmal bitte etwas mehr Schwung. Und zeig deine Beine, deswegen sind die Herren schließlich da.« Wieder fing sie an zu summen, und diesmal klatschte sie kräftig den Takt dazu.

Kit besann sich einen Augenblick und sagte sich vor, daß sie eine unwiderstehliche Kokette war, der Inbegriff männlicher Wunschträume. Sie stellte sich vor, daß Lucien Fairchild sie beobachtete, seine Augen golden vor Begierde ...

Hitze durchströmte sie bei diesem Gedanken. Sie wirbelte durch das Wohnzimmer, ohne auf die Möbel zu achten, mit denen sie beinahe zusammenstieß. Diesmal überließ sie sich der Musik, stampfte mit den Absätzen und drehte sich, bis der Saum ihres Morgenrocks bis über die Knie wirbelte. Am Schluß machte sie einen Sprung, der Cleos Klatschen in echten Applaus verwandelte.

»Großartig, Kit. Das wird ein Riesenerfolg.«

Kits Hochstimmung verflog rasch. Ihr Tanz mochte erfolgreich sein, aber das war unwichtig. Die Zeit verflog mit erschreckender Geschwindigkeit, und ihr eigentliches Ziel, das über Leben und Tod entschied, war so ungreifbar wie eh und je.

Lucien setzte sich an seinen Schreibtisch, um niederzuschreiben, was er bisher über die Höllenhunde wußte, aber seine Feder wanderte, und er begann zu zeichnen. Er hatte ein Talent dazu, das ihm nützlich war, wenn er seine mechanischen Spielzeuge entwarf. Aber was diesmal auf dem Papier entstand, war kein Pinguin, sondern das Gesicht einer Frau.

Als er fertig war, studierte er das Resultat. Lady Nemesis, ebenso anziehend wie ungreifbar.

Im Geiste nannte er sie Jane, nach dem letzten Namen,

den sie ihm genannt hatte. Obwohl sie sich dreimal getroffen und zwei wahrhaft unglaubliche Küsse geteilt hatten, war er sich nicht sicher, wie sie aussah. Waren ihre Wangenknochen wirklich so hoch, oder war das ihrer Schminkkunst zu gute zu halten? War ihr Gesicht ein vollkommenes Oval oder eher länglich? Und ihr Mund – er wußte, daß ihre Lippen weich waren, aber er konnte keine genaue Form bestimmen. Das einzige, was er sicher kannte, war die schlanke, grazile Figur, die er anziehender fand als die künstlichen Kurven von Sally, dem Schankmädchen.

Er versuchte ein paarmal, sie zu skizzieren, und gab schließlich auf. Keine der Zeichnungen war treffend. Der Gedanke, daß er ihr auf der Straße begegnen könnte, ohne sie zu erkennen, machte ihn rasend.

Seufzend lehnte er sich zurück und legte seine Füße auf den Schreibtisch. Dieses verteufelte Frauenzimmer wurde allmählich zu einer fixen Idee. Er hatte gesagt, daß er sie finden würde, und das würde er auch, selbst wenn das Unterfangen, eine namenlose junge Frau aufzuspüren, die sich irgendwo in Großbritannien aufhielt, so war, als ob man um Mitternacht im Keller nach einer schwarzen Katze suchen wollte.

Aber wenn er sie gefunden hatte, was zum Teufel sollte er dann mit ihr anstellen? Die wilde Lust, die er neulich abends empfunden hatte, war auf ein erträgliches Maß herabgesunken, aber er wollte sie immer noch in seinem Bett haben, ohne Rücksicht auf die Folgen. Er war schon oft niedergeschlagen gewesen, und es würde wieder geschehen; die mutige, schlaue Jane würde den Preis wenigstens wert sein. Aber man verführte keine Jungfrauen aus guter Familie, und das war sie, trotz ihrer zweifelhaften Aktionen.

Frauen wie sie heiratete man.

Und das gab ihm kein Recht, sie ausfindig zu machen. Sein Blick wanderte zu der Skizze von ihm und Elinor. Er hatte schon vor langer Zeit entschieden, daß er niemals heiraten würde, wenn er nicht eine Frau fand, mit der er die tiefe emotionale Vertrautheit wiederfinden konnte, die seinem Leben so lange gefehlt hatte.

Er wäre ein glücklicherer Mann gewesen, wenn er diese Nähe nie gekannt hätte. Und doch, so tief der Verlust ihn auch immer noch schmerzte, er bedauerte nicht, daß sie ihm einmal zuteil geworden war.

Er wollte sich gerade wieder seinen Geschäften zuwenden, als sein Butler eintrat und verkündete: »Lord Aberdare wünscht Ihnen seine Aufwartung zu machen, Mylord.«

»Nicholas!« Lucien stand auf und schüttelte seinem Freund, der dem Butler gefolgt war, die Hand. »Ich wußte nicht, daß du nach London kommst.«

»Ich ebensowenig. Aber Rafe hat mich herbeordert. Morgen wird im Oberhaus über seinen Vorschlag für die Friedensverhandlungen in Gent abgestimmt.«

»Du meine Güte, und dafür hat er dich aus Wales hergeschleppt?« Lucien schob seinem Gast einen Sessel hin und setzte sich wieder. »Rafe hat natürlich recht – seit der Krieg mit Amerika zum Stillstand gekommen ist, ist es unsinnig, daß England irgendwelche Zugeständnisse erwartet. Rafes Resolution besagt, daß die Regierung ihre starre Haltung aufgeben und die bestehenden Grenzen akzeptieren muß, und das ist der einzige Weg, um eine Einigung herbeizuführen. Aber selbst wenn sein Vorschlag Erfolg hat, ist er gesetzlich nicht bindend.«

»Das stimmt, aber wenn das Oberhaus bellt, hört die Regierung zu, und Rafe braucht jede Stimme, die er kriegen kann. Deswegen hat er mich hergeholt.« Nicholas ließ sich lässig in den Sessel fallen und streckte seine langen Beine. »Es ist an der Zeit, diesen Krieg zu einem Ende zu bringen. Er hätte nie ausbrechen dürfen.«

»Nur allzu wahr. Es war Wahnsinn, sich mit den Amerikanern einzulassen, während wir mit Napoleon um unser Leben kämpfen. Je eher wir Frieden schließen, um so besser.«

»Ganz besonders, da unsere aufmüpfigen Vettern angefangen haben, Schlachten zu gewinnen«, sagte Nicholas trocken.

Lucien fragte: »Wie geht es meiner Lieblingsgräfin?«

»Clare ist gelassen wie immer.« Nicholas lächelte schuldbewußt. »Ich dagegen bin ein reines Nervenbündel. Sie behauptet, es gibt überhaupt keine Veranlassung dazu, weil sie aus einer langen Reihe von robusten Bauersfrauen abstammt, die eine halbe Stunde nach der Geburt ihrer Kinder wieder auf dem Feld sind. Sie hat natürlich recht, aber ich werde heilfroh sein, wenn das Baby erst einmal da ist.«

Lucien holte den mechanischen Pinguin aus einer Schublade. »Das hier ist mein Taufgeschenk. Du kannst es mit nach Wales nehmen.«

»Was hast du diesmal gezaubert?« Nicholas zog das Spielzeug auf. Als der Pinguin anfing, seine Purzelbäume zu machen, sank Nicholas hilflos vor Gelächter in seinem Sessel zusammen. »Was für eine ausgeprägte Phantasie du hast, Luce«, keuchte er, als er wieder sprechen konnte. »Clare wird begeistert sein. Aber was willst du machen, wenn wir noch mehr Kinder bekommen?«

»Pinguine können noch andere Kunststücke. Schwimmen. Auf ihren Bäuchen rutschen. Tanzen. Wir werden sehen.«

Nicholas griff wieder nach dem Pinguin. Dabei entdeckte er die Skizzen, die auf dem Tisch verstreut lagen. Er hob eine hoch und studierte sie. »Ein interessantes Gesicht. Voll Charakter und Intelligenz. Bist du verliebt?«

»Ganz und gar nicht«, sagte Lucien wegwerfend. »Sie ist nichts weiter als ein weibliches Wesen, das mir mehr Ärger macht als ein Sack Flöhe.«

Sein Freund schmunzelte. »Klingt vielversprechend. Wann dürfen wir die freudige Botschaft erwarten?«

Lucien verdrehte die Augen. »Versuch nicht, mich von den Vorteilen der Ehe zu überzeugen. Es gibt nur eine Clare, und du hast sie zuerst entdeckt. Da ich mich weigere, mich mit weniger zufriedenzugeben, bin ich dazu verdammt, den Rest meiner Tage als Junggeselle zu verbringen. Deine Kinder können mich Onkel Lucien nennen und hinter meinem Rücken über meine Absonderlichkeiten lachen.«

Nicholas' feines Gespür erlauschte die Trübsal, die hinter der heiteren Fassade lauerte, und er warf Lucien einen scharfen Blick zu. »Ganz nebenher«, sagte er langsam, »Clare meint, der Grund dafür, daß die Gefallenen Engel so vertraut miteinander sind, ist, daß keiner von uns eine richtige Familie gehabt hat und wir eine für uns finden mußten.«

Diese Einsicht kam so unerwartet und traf so genau, daß sie Lucien momentan die Sprache verschlug. Schließlich sagte er: »›Ganz nebenher‹ in der Tat. Wie ist das Leben mit einer Frau, die so viel sieht?«

»Manchmal beunruhigend.« Nicholas grinste. »Aber meistens wundervoll.«

Lucien beschloß, das Thema zu wechseln, bevor sein Neid zu offensichtlich wurde. »Hast du irgendwelche interessanten Neuigkeiten von deinen Zigeunerfreunden?«

Nicholas' Lächeln verblaßte. »Das ist einer der Gründe, weshalb ich mit dir sprechen wollte. Ein entfernter Kusin, mit dem ich neulich auf dem Kontinent gereist bin, hat eine Nachricht nach Aberdare geschickt. Er sagt, es gibt hartnäckige Gerüchte, daß Napoleon beabsichtigt, im Triumph aus dem Exil zurückzukehren.«

Nicholas war mehrere Jahre mit den Zigeunern kreuz und quer durch Europa gewandert. Die Roma kamen überall herum und hörten alles, und die Informationen, die sie nach London geschickt hatten, waren unschätzbar gewesen. In der Hoffnung, daß sein Freund sich diesmal irrte, sagte Lucien: »Etwas anderes war von dem Korsen auch nicht zu erwarten. Er ist eine lebende Legende.«

»Das ist wahr, aber das hier geht weit darüber hinaus«, erwiderte Nicholas. »Mein Kusin sagt, die Agenten des Kaisers haben heimlich in ganz Frankreich die Stimmung im Volk erkundet und sind zu dem Schluß gekommen, daß die Mehrheit der Bevölkerung den Kaiser unterstützen würde. Er hat auch gehört, daß es mächtige Männer unter den Alliierten gibt – Engländer, Preußen und Österreicher –, die Napoleon helfen würden. Offenbar haben sie festgestellt, daß der Krieg ein einträgliches Geschäft ist.«

»Schakale«, zischte Lucien mit kaum verhohlener Wut. Das Kämpfen mochte aufgehört haben, aber er hätte daran denken können, daß Gier und Gewalt unausrottbar waren. Es wurde Zeit, daß er aufhörte, an seine flüchtige Dame zu denken, und sich auf seine wahre Aufgabe konzentrierte. »Vermutlich sind das alles nur Spekulationen und müßiges Geschwätz, aber man darf kein Risiko eingehen. Ich werde mich umhören. Außerdem setze ich mich mit meinen Kollegen in Preußen und Österreich in Verbindung. Falls es wirklich irgendwelche Pläne gibt, den Kaiser wieder einzusetzen, kann man sie vielleicht im Keim ersticken.«

»Hoffentlich«, sagte Nicholas ernst.

Die Nacht war dunkel und trübe, aber trocken, wie geschaffen für Diebe. Ganz in schwarze Männerkleidung gewandet und mit einem dünnen, starken Seil und einem Enterhaken ausgerüstet, begann Kit ihre Karriere als Einbrecherin in Lord Nunfields Stadthaus. Der lasterhafte, zynische Adlige war einer ihrer Hauptverdächtigen.

Das Nachbarhaus war zur Zeit nicht bewohnt, und sie erklomm das Dach, ohne Angst haben zu müssen, daß man sie hörte. Von da war es einfach, auf das Dach von Lord Nunfields Haus zu gelangen.

Lichter im Kellergeschoß zeigten an, daß die Dienerschaft einen ruhigen Abend in ihren eigenen Räumen genoß. Der obere Teil des Hauses war dunkel. Nachdem Kit ihr Seil an einem Schornstein verankert hatte, schlang sie es sich um die Taille und seilte sich ab, bis sie auf gleicher Höhe mit einem Fenster auf der Rückseite des Hauses war. Wenn sie diesesmal erwischt wurde, gab es keine Möglichkeit, ihre Anwesenheit zu erklären.

Als ihr Herzschlag ruhiger geworden war, machte sie sich an die Arbeit. Mittlerweile hatte sie Erfahrung, und es gelang ihr, das obere Stockwerk von Lord Nunfields bescheidener Behausung rasch zu durchsuchen. Das Schlafzimmer des Hausherren kontrollierte sie besonders gründlich.

Alles klappte reibungslos. Unglücklicherweise fand sie nichts. Als sie sich schließlich aus dem Fenster lehnte und nach ihrem pendelnden Seil griff, war sie geneigt zu glauben, daß Nunfield nicht ihr Mann war. Ihr nächster Ausflug sollte zu Lord Mace führen.

Während sie auf das Dach kletterte, sagte sie sich, daß der Abend wenigstens in einer Hinsicht ein Erfolg gewesen war: dieses Mal hatte der schreckliche Lord Strathmore sie nicht erwischt.

Dafür zumindest konnte sie dankbar sein.

Rafes Vorschlag zu einer raschen Einigung mit den Vereinigten Staaten hatte eine überraschend große Anzahl von Mitgliedern ins Oberhaus gelockt. Das Thema entfachte eine hitzige und gelegentlich gehässige Debatte. Rafe selbst verteidigte seine Eingabe wortgewandt, und Lucien und Nicholas hielten kurze Reden, um ihn zu unterstützen.

Die Debatte dauerte bis nach Mitternacht. Als endlich abgestimmt wurde, wartete Rafe mit unbewegter Miene, als sei das Resultat ihm gleichgültig. Lucien saß neben seinem Freund und zählte die Stimmen. Es würde knapp werden, sehr knapp, und im Oberhaus herrschte atemlose Spannung.

Die Resolution wurde mit einer Stimme Mehrheit angenommen. Als das Stimmengewirr wieder einsetzte, gestattete Rafe sich ein triumphierendes Lächeln. »Gut, daß du gekommen bist, Nicholas.«

»Hoffen wir, daß etwas dabei herauskommt.« Nicholas klopfte Rafe auf die Schulter. »Gut gemacht. Ich hatte schon Angst, die Kolonialistenfresser würden gewinnen.«

Rafe wandte sich an Lucien. »Hast du Lust, bei mir zu feiern? Vielleicht können wir uns etwas Neues ausdenken, um Druck auf die Regierung auszuüben.«

»Ich komme später nach.« Lucien warf einen Blick in das volle Haus. »Es gibt ein paar Leute, mit denen ich sprechen möchte.«

Lucien war nicht überrascht gewesen, Mace und Nunfield zu sehen, ebensowenig, daß sie gegen die Resolution gestimmt hatten. Er bahnte sich seinen Weg durch die Menge.

Mace hob die Augenbrauen, als Lucien sich zu ihnen gesellte. »Sie sind wirklich der Ansicht, daß wir uns vor diesem Lumpenpack von Amerikanern geschlagen geben sollten?«

»Weniger das, als einen Kompromiß finden«, sagte Lucien, während sie dem Strom von Männern auswichen, die hinausdrängten. »Ich sehe keinen Sinn darin, einen unnützen Krieg fortzusetzen.«

»Das klingt, als hätten Sie gefährlich liberale Tendenzen«, sagte Nunfield mit gespieltem Entsetzen. »Wahrscheinlich lesen Sie radikale Autoren wie Leigh Hunt und L.J. Knight und geben ihnen auch noch recht.«

»Gelegentlich.« Lucien zeigte auf die Menge. »Frieden sollte keine Sache des Radikalismus sein. Die meisten Leute hier haben Verwandte auf der anderen Seite des Atlantik. Ich selbst auch. Wir sollten uns die Amerikaner zu Freunden machen, statt ihren Besitz zu zerstören.«

»Sie haben uns Tabak beschert, das ist wahr, und dafür schulden wir ihnen etwas. Apropos . . .« Mace zog eine vergoldete Schnupftabaksdose aus der Tasche und öffnete sie mit einer eleganten Handbewegung. Er nahm eine Prise und seufzte genießerisch. »Himmlisch. Fast so angenehm wie Lachgas. Haben Sie das schon einmal probiert?«

Maces Ton war lässig, aber irgend etwas in seiner Stimme zeigte Lucien, daß die Frage wichtig war. »Nein, aber ich habe natürlich davon gehört. Soweit ich weiß, erzeugt die Inhalation einen ähnlichen Effekt wie der Genuß von Alkohol, nur ohne den Kater am nächsten Morgen.«

»Es ist viel besser«, versichert Mace ihn. »Anders als Alkohol, der oft trübselig macht, bringt Lachgas Sie dazu, die Welt im besten Licht zu sehen. Deswegen heißt es ja Lachgas. Ich habe einen Chemiker, der es für mich herstellt, und gelegentlich lade ich ein paar Freunde dazu ein. Morgen abend zum Beispiel. Haben Sie Lust, sich uns anzuschließen?«

»Sehr gerne«, erwiderte Lucien, nicht ganz wahrheitsgemäß. »Das wollte ich immer schon ausprobieren.«

»Gut, dann also bis morgen.« Mace nickte und ging seiner Wege.

Während Lucien sich auf die Suche nach Rafe und Nicholas machte, gestattete er sich ein innerliches Lächeln der Befriedigung. Lachgas war bekannt dafür, daß es Zungen löste und Hemmungen vertrieb. Vielleicht würde er morgen einiges Interessante hören. Allerdings mußte er genauso auf der Hut sein, daß Mace nichts von ihm erfuhr. Gut, daß Lucien Übung darin hatte, verschwiegen zu sein.

Achtes Kapitel

Lucien ging absichtlich spät zu Lord Maces Lachgasgesellschaft. Es war nicht weit von Strathmore House zu Maces Haus, und er ging zu Fuß. Da es ungewöhnlich kalt war, eher Januar- als Novemberwetter, hatte er die Straßen für sich allein.

Bei Mace waren die Vorhänge zugezogen, und das Haus wirkte so finster, als sei es unbewohnt. Nichtsdestotrotz öffnete ein gleichgültiger Butler auf Luciens Klopfen, nahm ihm den Umhang ab und führte ihn in den Salon. Die schwachen Lampen beleuchteten ein rundes Dutzend Menschen, unter ihnen ein paar Frauen. Was diese von anderen Gesellschaften unterschied, waren die hingerissenen Mienen der Gäste und die großen Lederblasen, die sie in Händen hielten, um von Zeit zu Zeit daraus zu inhalieren. Diener huschten herum und brachten neue Behälter, wenn jemand einen Ersatz brauchte.

Lucien sah sich im Raum um, um seinen Gastgeber zu finden. Mehrere Gäste redeten und lachten miteinander, obwohl ihre Unterhaltung zusammenhanglos wirkte. Andere, die vielleicht stärker unter dem Einfluß des Gases standen, wirkten wie in Trance, als seien ihre Empfindungen ihnen wichtiger als ihre Umgebung.

Lord Nunfield saß nachlässig in einem Sessel in einer Ecke des Raumes und nippte zwischen tiefen Zügen aus seiner Gasblase an einem Glas Wein. Weiter vorne saß Lord Chiswick auf dem Boden, ein kicherndes Frauenzimmer auf dem Schoß. Er hob eine schlaffe Gasblase und winkte damit einem Diener. »Is' leer«, sagte er schmollend. »Ich brauch 'ne neue.«

Der Diener brachte schweigend eine volle Blase und tauschte sie aus. Chiswick saugte gierig an dem Rohr, und sein Ausdruck zerfloß in ein glückseliges Lächeln.

Maces kühle Stimme sagte: »Schön, daß Sie sich freimachen konnten, Strathmore.«

»Vielen Dank für die Einladung.«

Lucien drehte sich um und sah, daß das Gesicht seines Gastgebers gerötet war und die Pupillen so erweitert, daß seine Augen schwarz wirkten. Wenn das ein Effekt des Lachgases war, erklärte er die trübe Beleuchtung.

»Sie werden sich anstrengen müssen, wenn Sie mit den anderen mithalten wollen«, sagte Mace. »Kommen Sie hier herein, hier ist es ruhiger.«

Er führte Lucien in ein benachbartes Empfangszimmer, und die beiden Männer machten es sich in zwei Ledersesseln bequem. Ein Diener brachte ihnen sofort zwei der ledernen Blasen.

Lucien schätzte, daß sie etwa eine Gallone Gas enthielten. »Wie wird das Gas erzeugt?«

»Durch Erhitzen einer bestimmten Substanz – Ammoniumnitrat, glaube ich«, erklärte Mace. »Natürlich gestatte ich dem Chemiker nicht, das Gas hier im Haus herzustellen. Manchmal explodiert das Zeug. Na los, probieren Sie's.«

Lucien setzte das Rohr an und begann zu inhalieren, in

der Hoffnung, daß er seinem Gehirn keinen dauernden Schaden zufügte. Nachdem er die Blase geleert hatte, sagte er: »Es ist angenehm, mehr aber auch nicht.«

Mace nahm seinem Gast die leere Blase ab und reichte ihm eine neue. »Es dauert ein paar Minuten, bevor der Effekt sich bemerkbar macht.«

Als er die zweite Blase halb geleert hatte, wurde es Lucien schwindlig, wenn auch nicht unangenehm. Er inhalierte noch einmal, und ein Kitzel durchrann seinen Körper, tanzte in seinen Adern und pulste in all seinen Gliedern. Farben wurden intensiver und er fühlte sich beschwingt und unglaublich lebendig. »Interessant. Ich beginne zu verstehen, warum Sie Vergnügen daran finden.«

»Es wird noch besser«, versprach Mace. »Wenn Lachgas einfacher zu bekommen wäre, würde kein Mensch mehr trinken.«

Lucien lachte. Maces Bemerkung erschien ihm ausnehmend komisch. Seit er ein Junge war, hatte er sich nicht mehr so sorglos gefühlt.

Mace nahm ein Notizbuch und einen Stift von einem Tisch. »Beschreiben Sie, was Sie empfinden. Mein Chemiker sammelt Daten darüber, wie verschiedene Menschen auf Lachgas reagieren.«

»Es ist . . . wie Musik, die man in sich spürt.« Lucien suchte nach Worten, um das Unbeschreibbare zu fassen. »Ein Freund hat mich einmal nach Westminster Abbey mitgenommen, um Händels *Messias* zu hören. Das ganze Gebäude vibrierte von Hunderten von Instrumenten und Sängern. Das hier ist ganz ähnlich.«

»Haben Sie Ohrensausen?«

»Ja, im gleichen Rhythmus wie mein Herzschlag.«

Mace stellte ihm weiter Fragen, aber Lucien konnte sich nicht mehr konzentrieren. Sein Zeitempfinden versagte, während ihm ein Behälter nach dem anderen gereicht wurde. Er bemerkte, daß Mace das Lachgas viel langsamer einatmete. Aber obwohl deutlich war, daß der andere ihn betrunken machen wollte, schien es nicht der Mühe wert, sich Sorgen darum zu machen. Ein- oder zweimal versuchte Lucien, seinen Verstand zur Ordnung zu rufen, aber er konnte sich partout nicht daran erinnern, warum das wichtig war. Er nahm alles viel zu ernst – alle seine Freunde sagten das –, und er sollte die Gelegenheit ausnützen, sich entspannen und genießen.

Ein Teil seiner selbst stand dabei und beobachtete, aber ohne Kraft zu handeln.

Nach einer Reihe von Fragen über seine Reaktion auf das Gas fragte Mace beiläufig: »Warum wollen Sie den Höllenhunden beitreten, Strathmore? Diesmal möchte ich gerne die Wahrheit hören.«

»Ich möchte herausfinden ... herausfinden ...« Luciens Verstand setzte einen Augenblick lang aus, und er konnte sich nicht daran erinnern, was er so unbedingt erfahren wollte. In den Sekunden, in denen er nach der Antwort suchte, sah er das harte Glitzern in Maces Augen. Auf diesen Moment hatte sein Gastgeber gewartet.

Es kam nicht unerwartet. Was Lucien schockierte, war, daß er, trotz seiner jahrelangen Übung in Diskretion, mit der Wahrheit herausplatzen wollte. Die üblichen Schutzwälle von Urteilsvermögen und Hemmungen waren verschwunden, und es lag ihm auf der Zunge zu sagen, daß er nach einem Spion suchte und vorhatte, dem Mann das Handwerk zu legen, wenn er ihn fand.

Der Teil von ihm, der unbeteiligt geblieben war, flüsterte kühl, daß er wenig Chancen hatte, die Nacht zu überleben, wenn er diese Antwort gab und Mace der gesuchte Spion war. Es würde ein leichtes sein, einen Unfall zu arrangieren. Ein Sturz auf dem eisigen Pflaster, ein Überfall von unbekannten Straßenräubern, und es war um ihn geschehen. Man würde ihn betrauern und schockiert sein – einen Tag lang, vielleicht auch zwei.

Um einer klaren Antwort auszuweichen, murmelte Lucien: »Verzeihung – das Ohrensausen wird stärker. Ich kann Sie nicht verstehen.«

Mace verschärfte seinen Ton. »Sagen Sie mir, was Sie herausfinden wollen.«

»Ich will ...« Verzweifelt versuchte Lucien, sich zu konzentrieren, mit dem winzigen Teil seiner selbst, der noch der Vernunft zugänglich war, in Verbindung zu bleiben. Er rieb sich die Stirn, ohne den Druck seiner eigenen Finger zu spüren. *Denk nach, verdammt noch mal!*

Er bezweifelte, daß er imstande sein würde zu lügen, selbst, wenn es um sein Leben ging, aber mit einer Woge der Erleichterung erkannte er, daß er andere Wahrheiten bieten konnte. »Ich möchte ... mehr über Sie und die anderen erfahren. Manchmal bin ich ... meiner selbst so überdrüssig. Zu ernst. Ich beneide Menschen, die für ihr Vergnügen leben können, weil ich nicht dazu fähig bin.« Und das waren Dinge, die er nie zuvor in sich erkannt hatte, dachte er mit mildem Erstaunen.

Mace wiederholte seine Frage in verschiedenen Formulierungen, aber jetzt, da Lucien sich seine Strategie zurechtgelegt hatte, war er imstande, schneller zu antworten. Schließlich lehnte Mace sich zurück und betrachtete ihn mit halbgeschlossenen Augen. »Meinen Glückwunsch, Strathmore, Sie haben soeben die Prüfung bestanden. Niemand kann in die Gruppe aufgenommen werden, ohne unter Lachgas befragt zu werden. Es scheint Leute ungewöhnlich ehrlich zu machen.«

Dankbar, daß er sich ein wenig entspannen konnte, fragte Lucien: »Gibt es Männer, die nicht bestehen?«

»Normalerweise nicht, aber bei Ihnen war das möglich.

Ich habe mich gefragt, warum Sie sich uns anschließen wollten – komplizierte Männer machen mich mißtrauisch. Aber ich kann verstehen, daß zuviel Nüchternheit einen langweilen kann. Da können wir abhelfen. Für Männer von Vermögen und Familie wie uns ist Zerstreuung eine Pflicht.« Mace nahm einen tiefen Zug aus seiner Gasblase, und seine blutunterlaufenen Augen glühten vor innerem Feuer. »Einfache animalische Lüste sind leicht zu befriedigen, aber die höheren Formen der Ekstase erfordern Talent und Phantasie. Sie werden lernen, Strathmore, keine Angst.«

Mace erhob sich und winkte einem Diener zu, ihnen zwei frische Gasblasen zu bringen. Zu Lucien gewandt sagte er: »Da Sie einer von uns sein werden, kann ich Ihnen etwas Besonderes zeigen.«

Schwindel erfaßte Lucien, als er aufstand. Er umklammerte die Sessellehne. Als er sein Gleichgewicht wiedergefunden hatte, folgte er Mace aus dem Zimmer. Er fühlte nichts, als er gegen die scharfe Kante eines Tisches stieß. Genaugenommen spürte er seinen Körper überhaupt nicht. Sehr eigenartig.

Auf der Treppe drehte er sich um und sah auf den Boden der Halle hinunter. Wenn er die Treppe hinunterfiel und auf den Marmorfliesen aufprallte, würde er auch das nicht spüren.

»Kommen Sie«, sagte Mace ungeduldig. »Sie sind einer der wenigen, die sie zu schätzen wissen werden.«

Lucien folgte ihm eine zweite Treppe hinauf in einen Gang, der in den hinteren Teil des Hauses führte. Dort schloß Mace eine Tür auf, und sie traten in einen Raum, dessen Mitte von einer Werkbank eingenommen wurde. An den Wänden standen Glasvitrinen.

Während Mace eine Lampe anzündete, stellte Lucien unnötigerweise fest: »Sie haben Ihre Sammlung von Automaten hier.« Er spähte in eine Vitrine und sah eine Gruppe von drei Figuren, deren eine dabei zu sein schien, den Kopf einer anderen abzuhacken. »Aus Bayern?«

Mace nickte. »Die Enthauptung Johannes' des Täufers. Sehr selten. Aber das ist nichts im Vergleich zu denen, die ich selber entwerfe.« Mit einem kleinen Schlüssel, der an seiner Uhrkette hing, öffnete er eine Vitrine, deren Türen nicht durchsichtig waren. Er nahm ein mechanisches Spielzeug heraus und stellte es auf den Tisch. Nach umständlichem Aufziehen trat er zurück, damit sein Gast den Gegenstand besser bewundern konnte.

Der Automat bestand aus zwei feingearbeiteten Figuren, einer nackten Frau und einem ebenfalls nackten Mann, der zwischen ihren Beinen lag. Unter metallischem Schnarren begannen sie zu kopulieren.

Lucien starrte auf das nackte, auf- und niederpumpende Hinterteil des Mannes und die Arme der Frau, die in gespielter Ekstase flatterten. Der Anblick erzeugte eine innere Kälte in ihm, die selbst das Lachgas nicht vertreiben konnte. Maces hochgeschätztes »Spielzeug« war eine Karikatur der Leidenschaft, ein Symbol des blinden, mechanischen Geschlechtsverkehrs, den Lucien im wirklichen Leben verabscheute. In seinem derzeitigen enthemmten Zustand wünschte er sich nichts sehnlicher, als das scheußliche Ding vom Tisch zu fegen und in tausend Stücke zu zerschmettern.

Der Impuls war so heftig, daß sein Arm vor Anstrengung zitterte. Mit sorgsam ausdrucksloser Stimme sagte er: »So etwas habe ich noch nie gesehen. Hervorragende Handwerksarbeit. Sie haben eine ... ungewöhnliche Phantasie.«

»Wahrscheinlich gibt es keine zweite Sammlung wie diese hier. Ich selbst entwerfe die Automaten und baue die Uhrwerke, und ein Silberschmied fertigt die Figuren an.«

Mace holte noch ein Exemplar heraus. Dieses zeigte eine Frau mit zwei Männern, die sich auf die ausgefallenste Art betätigten. »Ich finde die Arbeit . . . anregend.«

Lucien inhalierte aus seiner frischen Blase, aber selbst das Gas war nicht imstande, seinen Abscheu vollkommen zu vertreiben. Glücklicherweise beachtete Mace seinen Gast nicht, er war zu vertieft in die Bewunderung seiner kleinen Monstrositäten. Lucien hatte weiter nichts zu tun, als die angemessenen Bemerkungen über die handwerklichen Feinheiten zu machen und gelegentlich eine Frage bezüglich ungewöhnlicher technischer Details zu stellen.

Als alle Gegenstände auf dem Tisch aufgereiht waren, stand vor ihnen eine Galerie des Beischlafs. Mit belegter Stimme sagte Mace: »Helfen Sie mir beim Aufziehen, so daß alle gleichzeitig laufen.«

Widerwillig entsprach Lucien diesem Wunsch. Er begann bei einer Frau mit einem Hengst. Es ekelte ihn davor, die Objekte zu berühren, aber indem er ignorierte, was sie darstellten, gelang es ihm, seinen Anteil zu erfüllen.

Als die beiden Männer sich von einem Ende des Tisches zum anderen vorgearbeitet hatten, gab es etwa zehn Sekunden, in denen alle Spielzeuge gleichzeitig liefen und den Raum mit mechanischem Surren erfüllten. Eine der Figuren – Lucien wußte nicht genau, welche – enthielt ein winziges Horn, das eine grobe Imitation von Lustschreien ausstieß.

Mace starrte seine Schätze an, bis das letzte ausgelaufen war. »Ich hol' mir eine von den Frauen unten«, sagte er hastig. »Haben Sie nicht auch Lust?«

Lucien unterdrückte eine ehrliche Antwort. »Nein, vielen Dank. Mir ist immer noch schwindlig von dem Gas.«

Mace geleitete seinen Gast hinaus. »Das vergeht rasch«, sagte er, als er die Tür abschloß. »Wenn Sie sich hinlegen wollen, gegenüber ist ein Gästezimmer.«

Voller Begierde nach Einsamkeit nahm Lucien das Angebot an. Das Gästezimmer war angenehm ruhig und dunkel. Er fand einen Stuhl, indem er über ihn stolperte, und setzte sich. Als der letzte Hauch Lachgas verflogen war, ging es ihm wieder besser. Seine Gedanken trieben ziellos dahin.

Ein Geräusch draußen am Fenster rüttelte ihn aus seiner Trägheit auf. Er sah zum Fenster und entdeckte eine schlanke, schwarze Gestalt, die sich gegen das Glas abzeichnete wie eine menschliche Spinne. Ein höchst unwahrscheinlicher Anblick, vermutlich erzeugte das Gas Halluzinationen.

Der linke Fensterflügel ging auf und entließ einen Schwall kalter Luft ins Zimmer, gleichzeitig mit einer geschmeidigen menschlichen Gestalt. Der Einbrecher sprang lautlos zu Boden und blieb stehen. Das Geräusch seines hastigen Atems erfüllte den Raum.

Ein vernünftiger Mann hätte es sich zweimal überlegt, bevor er sich auf einen Eindringling gestürzt hätte, der womöglich bewaffnet war, ganz besonders, wenn es nicht sein eigenes Haus war. Aber Lucien war momentan nicht vernünftig. Er stand auf und warf sich auf den Einbrecher. Er hätte Erfolg gehabt, wenn er nicht in der Dunkelheit eine weiteren Stuhl umgeworfen hätte. Er verlor das Gleichgewicht und warnte sein Opfer.

Der Dieb atmete erschreckt ein, sprang aus dem Fenster und verschwand. Lucien blinzelte überrascht in das schwarze Rechteck des nächtlichen Himmels und fragte sich, ob das Ganze nur in seiner Phantasie geschehen war. Aber das Fenster war eindeutig offen. Er beugte sich hinaus und entdeckte das Seil. Als er hochsah, erkannte er die dunkle Gestalt des Einbrechers auf dem Dach.

Demselben Instinkt folgend, der ihn zu seinem ersten Schritt veranlaßt hatte, packte Lucien das Seil und schwang sich nach draußen. Während er gewandt nach oben kletterte, registrierte sein Verstand den bitterkalten Wind, aber er spürte ihn nicht. Der Rausch des Lachgases pulste noch durch seinen Körper, und er kletterte so schwerelos, als habe er Schwingen. Selbst das anstrengende Erklettern der Dachrinne gelang ihm ohne Mühe.

Er ließ das Seil los und kniete sich auf den flachen Absatz, um sich umzusehen. Das Dach war flach genug, um bei einiger Vorsicht darauf zu gehen. Wo war der Einbrecher? Da rechts nicht, dort gab es nur eine weite, leere Fläche von Dachziegeln. Der Kerl mußte nach links gegangen sein, wo ein vorspringender Dachfirst ihm Deckung bot.

Luciens Vermutung wurde bestätigt, als er merkte, daß das Seil leise zischend hoch- und nach links gezogen wurde. Das Seilende war allerdings schon außer Reichweite.

Der Einbrecher mußte genau auf der anderen Seite des Firstes sein. Lucien benutzte den Winkel zwischen dem Hauptteil des Daches und dem First, um nach oben zu klettern. Sobald er den Kopf über den Giebel erhob, traf ihn der Wind mit voller Wucht. Er duckte sich und hielt sich mit einer Hand an einem Fahnenmast fest, während er nach seinem Opfer Ausschau hielt.

Seine schwarze Kleidung machte ihn beinahe unsichtbar, aber der Dieb verriet sich durch seine raschen Bewegungen. Er hatte Maces Dach überquert, und war bereits auf dem nächsten Haus.

Lucien setzte ihm nach. Das Jagdfieber sang in seinen Adern. Er lachte laut, während er über die schlüpfrigen Dachziegel rutschte. Füchse und Einbrecher waren nur eine Entschuldigung, das einzige, was zählte, war die Jagd.

Der Gott der Jagd war mit ihm und erlaubte ihm, mit einer Geschwindigkeit vorwärtszukommen, die den Abstand zwischen ihm und seinem Opfer rasch kleiner werden ließ. Sein Verstand war wie losgelöst von seinem Körper, er sprang vom Dachfirst auf die Schornsteine und dann auf das Dach des nächsten Hauses.

Der Dieb sah sich um und stieß einen unverständlichen Fluch aus, als er entdeckte, daß er immer noch verfolgt wurde. Dann warf er sich über den Abgrund, der das zweite Haus vom nächsten trennte. Auf der anderen Seite fing er ein Seil, daß er anscheinend dort zurückgelassen hatte. Als er seinen Halt wiedergefunden hatte, schoß er über das Dach und verschwand hinter dem nächsten First. Das Seil nahm er mit.

Als Lucien am Dachrand ankam, sprang er, ohne zu zögern. Aber sein Glück hatte sich gewendet. Dieses Dach war steiler als die vorhergehenden, und er rutschte aus. Er stürzte schwer und rollte herum. Dann begann er, auf dem Bauch das Dach hinabzurutschen.

Er versuchte, seinen Fall aufzuhalten, aber es gab nichts, woran er sich festhalten konnte. Seine Fingerspitzen glitten von dem eisigen Belag der Ziegel ab. Mit leisem Erstaunen wurde ihm klar, daß er unaufhaltsam seinem Tod entgegenstürzte. Die Droge, die seinen Verstand umnebelte, blockierte barmherzigerweise ebenso Angst und Schmerz.

Aber wenn sein Verstand dem Tod auch gleichgültig entgegensah, so kämpfte sein Körper doch ums Überleben. Er krallte sich in die flachen, glatten Steine. Ganz am Rand des Daches fand seine Hand einen winzigen Sims. Er hielt seinen Sturz auf, und Lucien hing an seinen Fingerspitzen über dreieinhalb Stockwerken schwarzer Leere.

Die Schwerkraft war sein Gegner, und sehr bald würde sie ihn besiegen. Eine ziemlich alberne Art zu sterben.

Eine scharfe Stimme rief: »Hier!«

Lucien sah nach oben und hatte den flüchtigen Eindruck, daß etwas aus den Schatten auf ihn zuflog. Ehe er erkennen konnte, was es war, schlug ihm ein kratziges Seilende ins Gesicht. Seine Finger rutschten vom Sims ab, und er stürzte kopfüber ins Nichts.

Während er fiel, gelang es ihm durch schieres Glück, mit einer Hand das Seil zu packen. Es straffte sich, und sein Sturz endete in einem Ruck, der ihm Arm und Schulter ausrenkte. Schließlich baumelte er einarmig über dem Abgrund, den pfeifenden Wind um die Ohren. Zuerst hing er einfach nur da, dankbar und fasziniert von der bloßen Unwahrscheinlichkeit seiner Lage.

Die Wirklichkeit holte ihn wieder ein, als er merkte, daß seine Finger allmählich ihre Kraft verloren. Er packte das Seil mit der anderen Hand und kletterte mit der gleichen Behendigkeit daran hinauf, die ihn in diese Notlage gebracht hatte.

Als er sich auf das Dach gerettet hatte, hockte er sich hin und atmete tief durch. Er fühlte keinen Schmerz, aber sein Körper zitterte heftig.

Von irgendwoher ließ sich eine gedämpfte Stimme vernehmen: »Gott sei Dank!« Was für ein merkwürdiger Dieb. Lucien mußte ihn einfach finden.

Mit Hilfe des Seils kletterte er zu den Schornsteinen hinauf. Als er dort ankam, war der Dieb bereits auf der Flucht, aber immer noch nahe genug, daß Lucien ihn von hinten greifen konnte. »Nicht so schnell, mein krimineller Freund. Ich muß Ihnen danken, daß Sie mir das Leben gerettet haben.«

Der Dieb versuchte sich loszureißen, aber er rutschte auf dem eisigen Dach aus und fiel nach hinten auf Lucien. Zusammen rollten sie in den sicheren Winkel zwischen Schornstein und Dach, Lucien unten, sein Opfer der Länge nach auf ihm.

Als Lucien zu Atem gekommen war, merkte er, daß die schlanke Gestalt des Diebes ihm eigenartig vertraut war.

Ebenso der leichte Nelkenduft, den man bei einem Einbrecher kaum erwarten durfte.

Er hatte erst vor kurzem jemanden getroffen, der nach Nelken duftete. Er zerrte den schwarzen Schal herunter, der das Gesicht des Diebes verbarg. Das blasse ovale Gesicht war sogar im Dunkeln unverkennbar.

Lucien grinste, als er die lange, reizvoll weibliche Gestalt an sich drückte. »So sehen wir uns wieder, Lady Jane. Oder was auch immer Ihr Name heute nacht ist. Allmählich glaube ich, das Schicksal will es so.«

»Das hier ist höchstens ein schlechter Witz, nicht Schicksal«, schimpfte Jane.

Sie bekräftigte ihre Bemerkung mit einem heftigen Stoß in Luciens Bauch, um sich zu befreien. Es hätte weh getan, wenn sein Körper und sein Verstand nur richtig miteinander verbunden gewesen wären. »Sie haben offenbar eine geheime Sehnsucht nach Neu Südwales«, stellte er fest, als er sie mit einer festen Umarmung unschädlich machte, »sonst wären sie nicht in ein Haus eingebrochen, in dem eine Gesellschaft stattfindet.«

»Ich dachte, Lord Mace ist ausgegangen. Die Fenster waren dunkel.« Ihrer Arme beraubt, versuchte sie, ihn mit dem Knie in die Leisten zu stoßen.

Zum Glück hielt er sie so dicht, daß sie nicht weit genug ausholen konnte. »Sie haben sehr viel Kraft für eine Frau«, sagte er außer Atem. »Sonst würden Sie sich vermutlich nicht über die Dächer von London schwingen wie ein wildgewordener Affe.«

»Ausgerechnet Sie sagen das! Sie sind völlig verrückte Risiken eingegangen. Erstaunlich, daß Sie nicht eher abgestürzt sind.« Ihre Fäuste und Ellbogen bohrten sich in seinen Körper, während sie versuchte, sich ihm zu entwinden. »Lassen Sie mich los, Sie Lümmel!«

»Aber ich will Sie nicht loslassen«, sagte er mit atemberaubender Schlichtheit. »Und im Moment tue ich nur, was mir paßt.«

»Ich hätte Sie vom Dach fallen lassen sollen!«

»Vermutlich«, stimmte er zu. »Aber da Sie das versäumt haben, habe ich eine bessere Idee.«

Er küßte sie.

Neuntes Kapitel

Ärgerlich merkte Kit, daß sie Strathmores Kuß erwiderte. Das war Wahnsinn, da oben auf dem eisigen Dach, nachdem sie gerade ein Verbrechen begangen hatte. Aber der Humor und die Sinnlichkeit des Mannes waren unwiderstehlich. Seine Arme bildeten wärmende Zuflucht in der bitterkalten Nacht, sein Mund und seine neckende Zunge eine Aufforderung zu sinnlicher Lust.

Als ihr Körper nachgab, lockerte er seinen stählernen Griff und begann, sie zu liebkosen. Selbst mit den dicken Schichten winterlicher Kleidung zwischen ihnen prickelte ihre Haut, wo immer er sie berührte. Eine Hand glitt über ihre Hüfte und unter ihren Mantel und begann ihre Taille zu streicheln, in einem Rhythmus, der ihren verspannten Muskeln unendlich wohltat. Zentimeter für Zentimeter, mit Lippen, Händen und Oberkörper, gab sie nach und schmiegte sich instinktiv an ihn.

Sie merkte nicht, daß er ihr das Hemd aus dem Hosenbund gezogen hatte, bis seine Hand auf ihrem nackten Rücken lag. Es wäre wunderbar gewesen, wenn seine Finger nicht eiskalt gewesen wären. Der Zauber des Augenblicks verflog. Sie schrie entsetzt auf und riß sich los. »So ein Wahnsinn«, sagte sie ärgerlich, als sei sie nicht eben noch ganz bei der Sache gewesen. »Bleiben Sie hier, wenn

Sie wollen, aber ich will hier herunter, bevor ich mich zu Tode friere.«

Er hob seine Hand und strich ihr hauchzart über die Wange. »Ich kann Sie wärmen.«

Er versuchte, sie noch einmal an sich zu ziehen, aber sie richtete sich hastig auf und lehnte sich an den Schornstein. Er war anders heute nacht. Sprache und Bewegungen waren von betonter Trägheit, ganz anders als die konzentrierte Intensität ihrer vorigen Begegnungen. Schroff sagte sie: »Sie sind betrunken. Kein Wunder, daß Sie sich aufführen wie ein Narr.«

Er fuhr mit den Fingern durch ihr zerzaustes Haar. »Nicht . . . nicht betrunken«, sagte er. »Lachgas.«

Das erklärte, warum sie, als sie ihn geküßt hatte, keinen Alkohol schmecken konnte. »Wie degeneriert«, murmelte sie. »Aber was ist von einem Höllenhund auch anderes zu erwarten.«

»Das Zeug ist hochinteressant«, protestierte er. »Macht einen sehr freimütig. Und frei heraus, meine kleine Diebin, ich will dich haben.« Er setzte sich auf und streckte die Hand nach ihr aus. »Ich hab' noch nie eine Diebin geküßt.«

Sie wußte nicht, ob sie lachen oder ihn vom Dach stoßen sollte. Sie begnügte sich damit, seine Hand wegzuschieben. »Ich bin nicht klein – ich bin so groß wie die meisten Männer. Jetzt werde ich dieses Seil nehmen und hier herunterklettern, bevor jemand uns hört und die Wache holt.«

Er lachte. »Die Wache hat zuviel Verstand, um in einer Nacht wie dieser draußen zu sein.«

»Dann sollten wir ihnen nicht nachstehen«, versetzte sie. »Glauben Sie, Sie schaffen es, vom Dach zu klettern, ohne sich dabei den Hals zu brechen?«

Er dachte nach. »Ich glaube schon.«

Das war keine allzu beruhigende Aussage, aber seine Kraft und sein Selbsterhaltungstrieb hatten ihn schon öfter gerettet. Die Hinterseite des Hauses hätte sie in einen ummauerten Garten gebracht, und so nahm sie ein Ende des Seils, prüfte, ob es immer noch sicher am Schornstein verankert war, und kroch dann zu der Straßenseite des Hauses hinüber.

Unten war niemand zu sehen, und die Fenster waren dunkel. Sie schlang sich das Seil um die Taille und machte sich zum Abstieg bereit. Zu Strathmore sagte sie: »Wenn ich unten angekommen bin, ziehe ich zweimal am Seil. Dann sind Sie dran, aber seien Sie vorsichtig, um Himmels willen.«

Nach dem schwierigen Kunststück, sich vom Dach zu schwingen, glitt sie geschickt nach unten. Sie kam sicher unten an, nur um sofort auf der eisigen Fläche unter dem Seil auszurutschen. Glücklicherweise hielt sie sich immer noch an dem Seil fest, das ihren Sturz aufhielt.

Vorsichtig trat sie zur Seite und gab Strathmore dann das verabredete Zeichen. Sobald er unten angekommen war, würde sie mit der Geschwindigkeit eines erschreckten Hasen die Flucht ergreifen. Dann konnte der beschwipste Graf sehen, wo er blieb.

Er glitt so schnell nach unten, daß sie sich fragte, wie seine Hände aussehen mochten. Das war nicht ihr Problem, sagte sie sich, und machte sich zur Flucht bereit. Dann rutschte Strathmore auf dem Eis aus und stürzte schwer. Sie zuckte zusammen, als sie den Aufprall sah. »Sind Sie in Ordnung?«

»Ich glaube schon.« Er wollte aufstehen, fiel aber wieder hin, als sein rechter Knöchel den Dienst versagte. »Vielleicht auch nicht.«

»Verdammt!« rief Kit mit Nachdruck. »Haben Sie sich etwa das Bein gebrochen?«

»Ich glaube nicht.« Er betastete das betreffende Glied. »Das passiert immer, wenn ich ihn überanstrenge. In ein, zwei Tagen ist er wieder in Ordnung.« Mit Hilfe des Seiles zog er sich hoch und lehnte sich dann an die Hauswand.

»Tut es sehr weh?«

»Momentan tut überhaupt nichts weh, meine Liebe.« Er schmunzelte. »Ich könnte mir mit einem stumpfen Messer den Fuß absäbeln, ohne es zu merken. Falls ich mich je unter das Messer eines Chirurgen begeben sollte, werde ich mich vorher mit Lachgas durchtränken.« Er machte einen vorsichtigen Schritt und sank in die Knie. »Allerdings scheint mein Knöchel eine gewisse Abneigung gegen das Gehen zu haben.«

Kit seufzte. »Ich helfe Ihnen bis zur Vordertür. Bitte klopfen Sie erst, wenn ich weg bin.«

»Ich weiß das Angebot zu schätzen«, sagte er höflich, »aber es wäre mir wesentlich lieber, wenn ich nicht wieder da hinein müßte.«

»Wenn Sie in Ihrem Zustand weiter draußen bleiben, noch dazu ohne Mantel, sind Sie vor Morgengrauen tot«, prophezeite sie. Allmählich verlor sie die Geduld.

»Ich wohne nicht weit von hier. Keine Angst, so weit komme ich auch alleine.« Er versuchte, es zu beweisen, und wäre beinahe wieder gestürzt. Nur die Hauswand rettete ihn.

Resigniert legte Kit sich seinen rechten Arm über die Schulter. Er war sehr groß und sehr massiv. »Ich helfe Ihnen nach Hause, aber nur, wenn Sie glauben, daß Sie sich so lange aus weiteren Schwierigkeiten heraushalten könnten.«

»Keine Garantien, meine Liebe.« Trotz allem lag Gelächter in seiner Stimme.

Bemüht, nicht an seinen schlanken, harten Körper zu denken, steuerte sie ihn auf die Straße zu. Sie mußten aussehen wie zwei Betrunkene, die einander halfen. Bitter sagte sie: »Wenn Sie sich nicht eingemischt hätten, hätte ich vollkommen unauffällig verschwinden können. Jetzt muß ich mir ein neues Seil kaufen.«

»Ich kauf' Ihnen eins.« Er dachte nach. »Vielleicht auch nicht. Das letzte, was ich will, ist, Sie in ihrem verbrecherischen Tun zu bestärken. Nicht, daß Sie das nötig hätten. Ich vermute, Sie haben nicht gefragt, wie man zu meinem Haus kommt, weil es schon auf Ihrer Liste steht. Stimmt's?«

Es stimmte, und sie ließ sich nicht zu einer Antwort herab.

Zuerst unterhielt er sie mit einem Strom sinnlosen Geschwätzes, aber schon bald wurde er still, und sein Atem ging schwerer. Das schlechte Wetter hatte wenigstens den einen Vorteil, daß die Straßen menschenleer waren.

Kurz vor ihrem Ziel war das Pflaster wieder eisig, und sie rutschten beide aus. Kit war unverletzt, aber der Graf atmete scharf ein. Als sie ihm aufhalf, keuchte er: »Der Effekt des Lachgases läßt nach. Unglücklicherweise.«

Die letzten zweihundert Meter schienen endlos. Als sie endlich sein Haus erreichten, warf sie einen skeptischen Blick auf die hohen Marmorstufen. »Ich hole Ihre Diener. Wir brauchen ein paar Männer, um Sie da hochzuschaffen.«

»Ich hab' eine bessere Idee«, keuchte er. »Da entlang.«

Als sie die ebenerdige Tür auf der anderen Seite des Hauses erreicht hatten, war sie so erschöpft, daß sie nicht mehr sicher war, wer wen stützte. Als er befahl: »Drehen Sie sich einen Augenblick um«, gehorchte sie, ohne auch nur daran zu denken, einen Blick über die Schulter zu werfen.

Steine schabten aufeinander, und ein Schlüssel knirschte. Mit wiedererwachter Neugier drehte sie sich um.

»Wenn Sie einen Schlüssel in der Mauer versteckt haben, machen Sie so etwas sicher öfter. Warum benutzen Sie nicht den Vordereingang wie ein anständiger Graf?«

»Manchmal ziehe ich es vor, unbeobachtet zu kommen und zu gehen.« Er öffnete die Tür, die in einen schmalen, trübe erleuchteten Gang führte.

»Ich fange an zu glauben, daß Sie genauso ein Heimlichtuer sind wie ich.« Ganz bestimmt war es gefährlich, wenn sie sich einem ihrer Verdächtigen so verbunden fühlte. Sie half ihm hinein. »Da in der Ecke steht ein Stock. Ich nehme an, Sie kommen jetzt ohne mich zurecht.« Sie reichte ihm den Stock. »Gute Nacht, Lord Strathmore.«

Es war zu spät. Bevor sie einen Schritt machen konnte, schlang sich ein langer, kräftiger Arm um ihre Taille und hielt sie fest. »Nicht so schnell, meine kriminelle Schöne.«

Sie machte sich zum Kampf bereit, aber er sagte beruhigend: »Waffenstillstand, meine Liebe, wenigstens für heute abend. Es wäre nicht gerade höflich, Sie der Polizei zu übergeben, wo Sie mir gerade das Leben gerettet haben.«

»Was wollen Sie dann?« fragte sie mißtrauisch.

»Ich möchte, daß Sie mit nach oben kommen und sich aufwärmen, damit sie nicht erfroren in irgendeiner Gosse landen.«

Der Graf hatte recht, jetzt, da sein Körper sie nicht länger wärmte, zitterte sie unkontrollierbar. Nachdem er die Tür abgeschlossen hatte, folgte sie ihm die Treppe hinauf.

Strathmore stützte sich zwar schwer auf seinen Stock, aber er kam recht gut ohne Kits Hilfe zurecht. Sie fragte sich, ob er seine Verletzung übertrieben hatte, um sie dazu zu bringen, mit ihm zu kommen. Höchstwahrscheinlich, der Graf war eindeutig skrupellos – genau die Sorte Übeltäter, nach der sie suchte.

Doch trotz ihrer Vermutungen empfand sie keine Angst

vor ihm. Sie fühlte eine eigenartige Nähe zwischen ihnen, ein Gefühl, als seien sie gleichgestimmte Seelen. Ihr Verstand sagte ihr, daß dieses Gefühl eine Illusion war, hervorgerufen durch ihre Sehnsucht nach einem Gefährten. Sie war nie gerne alleine gewesen; und das brachte sie in die schreckliche Versuchung, ihre Probleme anderen aufzubürden. Wenn sie Strathmore nur trauen könnte. Vielleicht wäre sie das Risiko eingegangen, wenn sie dabei nur ihr eigenes Leben aufs Spiel gesetzt hätte, aber sie konnte unmöglich die Sicherheit eines anderen Menschen gefährden.

Und doch, selbst wenn der Graf ein Ungeheuer war, für heute nacht war sie sicher. Sie hatte ihn gerettet, und das brachte ihr ein Quentchen Gnade ein. Sie zuckte zusammen, als sie daran dachte, wie entsetzt sie gewesen war, als er dem sicheren Tod entgegenfiel. So erschreckend und unbequem Strathmore sein mochte, seinen Tod wollte sie nicht.

Als sie in der nächsten Etage ankamen, führte er sie in die Bibliothek, wo noch Reste eines Feuers im Kamin glommen. Kit kniete sich davor, um es wieder anzufachen, während Strathmore ein paar Kerzen anzündete. Dann hinkte er zu einem Schränkchen hinüber und holte eine Karaffe mit Brandy und zwei Gläser. Er schenkte großzügig ein und leerte sein Glas mit einem Zug. Nachdem er es wieder gefüllt hatte, setzte er sich in einen der Ohrensessel, die vor dem Kamin standen und begann, mit seinen Stiefeln zu kämpfen. Der linke machte ihm keine Schwierigkeiten, aber das verletzte Bein erwies sich als hartnäkkig.

Sobald das Feuer flackerte, nahm Kit einen Schluck Brandy. Der starke Weinbrand machte sie husten, aber er wärmte. Nach einem vorsichtigeren zweiten Schluck kam sie dem Grafen zu Hilfe.

Als sie sich bückte, fühlte sie, wie er ihr den Schal von Kopf und Schultern zog. »Das ist Ihre echte Haarfarbe, nicht? Hübsch.«

Sie sah auf, und ihr Atem stockte. Seine Augen schimmerten golden, mit einer Wärme, die berauschender war als Brandy.

So gleichgültig, wie sie vermochte, sagte sie: »Einfach hellbraun, nichts Besonderes.«

Er schob die Strähnen zurück, die ihrem einfachen Knoten entkommen waren. »Sie tun Ihrem Haar Unrecht. Es ist wie Seide, mit schimmernden Strähnen aus Bernstein und Bronze.«

Sie erbebte, als seine Finger ihre Schläfen berührten. Als Wüstling war er unübertrefflich. Entschlossen bückte sie sich und zerrte an seinem Stiefel, allerdings ohne Erfolg. Sie hörte, wie er heftig einatmete, und sagte: »Vielleicht wäre es das beste, wenn Sie ihn aufschneiden.«

»Und mein bestes Paar Stiefel ruiniere?« sagte er entsetzt. »Versuchen Sie es noch einmal. Ich werd's schon überleben.«

Kit zuckte die Achseln und zerrte mit aller Kraft. Fast wäre sie auf dem Boden gelandet, als der Stiefel mit einemmal nachgab. Sein Gesicht verzerrte sich, und er unterdrückte einen Fluch.

Vorsichtig betastete sie den geschwollenen Knöchel. »Sind Sie sicher, daß er nicht gebrochen ist?«

»Vollkommen.« Er nahm sein Halstuch ab und benutzte es, um einen Verband um den Knöchel zu schlingen. Dann zog er einen gepolsterten Schemel heran und legte das verletzte Bein darauf. »Wie gesagt, das ist schon öfter passiert. Er ist nur verstaucht.«

»Schade, daß Sie kein Lachgas mehr haben, um den Schmerz zu betäuben.«

Er schnitt eine Grimasse. »Es war ein interessantes Erlebnis, aber vielen Dank, lieber nicht. Man verliert die Kontrolle über sich, und ich schätze diesen Zustand nicht besonders.«

»Das überrascht mich nicht.« In dem Drang, sich um ihn zu kümmern, fand sie eine Decke, die zusammengefaltet auf dem Sofa lag, und breitete sie über ihn. Dann legte sie ihr feuchtes Cape ab, holte ihr Glas und setzte sich ihm gegenüber ans Feuer.

Strathmore sank seufzend zurück. »Was für eine bemerkenswerte Nacht.« Er sah sie mit erhobenen Brauen an. »Ich muß Ihnen zu Ihren Lügen gratulieren. Ich bilde mir ein, Menschen durchschauen zu können, aber Sie haben mich neulich abend bei Chiswick ordentlich an der Nase herumgeführt. Was zum Teufel führen Sie wirklich im Schilde?«

Ihr Mund wurde streng. »Ich hätte mir denken können, daß Sie mich hierher mitgenommen haben, um mich auszufragen. Es wäre klüger gewesen, wenn ich draußen in der Kälte geblieben wäre.«

»Ich müßte tot sein, bevor ich nicht mehr neugierig bin«, sagte Lucien trocken. »Sie waren sehr überzeugend als liebende Schwester. Haben Sie überhaupt einen Bruder?«

Sie starrte in das Glas in ihrer Hand. »Falls ich überzeugend war, dann deswegen, weil meine Geschichte einen – einen Hauch von Wahrheit enthalten hat. Aber es war reine Erfindung. Ich habe keinen Bruder, weder in der Armee noch sonstwo.«

»Warum sind Sie dann hinter den Höllenhunden her?«

Herausfordernd sah sie zu ihm auf. »Warum sollte ich Ihre Fragen beantworten?«

»Zählt der Umstand, daß ich doppelt so groß und berüchtigt skrupellos bin, gar nichts?«

Ein flüchtiges Lachen erhellte ihr Gesicht. »Nicht heute

nacht, Mylord. Von unserem Waffenstillstand ganz abgesehen, Sie können sich gar nicht schnell genug bewegen, um mich zu fangen.«

Er schnitt eine wilde Grimasse. »Nicht einmal in seinem eigenen Haus wird man mehr respektiert.«

Als sie wieder lachte, fragte er leise: »Wer sind Sie?«

Fast hätte sie geantwortet, aber sie beherrschte sich rechtzeitig. »Teuflischer Mann! Wollten Sie mich mit Ihrem Humor entwaffnen?« Sie stellte ihr Brandyglas ab. »Aber so leicht fangen Sie mich nicht.«

»Es war einen Versuch wert.« Seine Heiterkeit verflog. »Heute nacht wollen wir Frieden halten, aber ich kann Ihnen nicht gestatten, Ihre kriminellen Ausflüge fortzusetzen. Ganz abgesehen davon, daß Sie das Gesetz brechen – das Ganze ist ein verdammt gefährlicher Zeitvertreib.«

»Warum sind Sie ein Höllenhund, wenn Sie so moralisch denken?«

Er hatte sich schon gefragt, wann sie darauf kommen würde. »Ich bin noch kein offizielles Mitglied.«

Erstaunt fragte sie: »Warum wollen Sie dann beitreten? Die Bande paßt überhaupt nicht zu Ihnen.«

»Ich habe alle möglichen Freunde. Die Höllenhunde sind amüsant und unkompliziert. Nach intellektuelleren Freuden schaue ich mich anderswo um.« Er musterte sie nachdenklich über den Rand seines Glases. »Meine Entschuldigung ist mein schlechter Geschmack, aber warum interessieren Sie sich für sie? Sie sind erstaunlich hartnäckig.«

Mit unentschlossener Miene stand sie auf, und begann, mit unbewußter, geschmeidiger Grazie durch das Zimmer zu wandern. Die Maske, die sie bei ihren früheren Begegnungen getragen hatte, war verschwunden und enthüllte einen Blick auf die echte Frau.

Aber sie war immer noch ein Rätsel. Bei seiner Arbeit

hatte er mehr als genug Draufgänger getroffen – meistens männliche, aber auch ein paar Frauen – die die Gefahr und das Risiko genossen. Aber Jane war anders, ihr schienen ihre tollkühnen Abenteuer keinen Spaß zu machen. Sie hatte eine scheinbar aufrichtige Schüchternheit, aber darunter lag die stahlharte Stärke, die sie wieder und wieder dazu bewogen hatte, sich in die Höhle des Löwen zu wagen.

Sie nahm ihren Mut zusammen und drehte sich um. »Da wir einen Waffenstillstand haben und Sie noch kein vollgültiger Höllenhund sind, werde ich Ihnen die Wahrheit sagen. Sie scheinen so etwas wie ein Gewissen zu haben – vielleicht kann das, was ich Ihnen sage, sie davon abhalten, sich der Gruppe anzuschließen.«

Das Lachgas wirkte offenbar immer noch, denn er sagte heiter: »Was für eine nette Abwechslung – die Wahrheit.«

Sie runzelte die Stirn. »Das hier ist nicht zum Lachen. Ich bin Journalistin. Ich schreibe für ein paar Zeitschriften. Zur Zeit arbeite ich an einem Artikel über die Höllenhunde. Theoretisch ist er nicht schlimmer als jeder andere Club von reichen, lasterhaften Männern, aber ich habe Informationen, nach denen einige ihrer Bräuche die Verworfenheit des ursprünglichen Höllenfeuerclubs bei weitem übertreffen.«

»Zum Beispiel?«

»Entführung und Mord an unschuldigen jungen Mädchen als Bestandteil ihrer Rituale.«

Er wurde augenblicklich nüchtern. »Schockierend, falls es stimmt.«

»Ich bin mir sicher.«

Er dachte an die Mitglieder, die er kannte. Unvorstellbar, daß der junge Lord Ives zum Beispiel sich an rituellen Morden beteiligen würde. »Ich kann nicht glauben, daß ein Großteil der Höllenhunde sich an solchen Aktivitäten beteiligen.«

»Wahrscheinlich haben Sie recht. Ich glaube, die Verbrechen beschränken sich auf einen inneren Zirkel.«

»Die Satansjünger?«

Sie warf ihm einen scharfen Blick zu. »Sie kennen sie?«

»Ich weiß nur, daß sie existieren, nicht, wer sie sind oder welche Absichten sie verfolgen. Glauben Sie, daß sie die größere Gruppe nutzen, um ihre Aktivitäten zu verschleiern?«

»Haargenau. Ich habe Beweise, aber ich brauche mehr Material, bevor ich meinen Artikel schreiben kann.«

»Was für Beweise?«

»Ich habe ein Mädchen getroffen, das aus ihrem Gefängnis fliehen konnte. Sie hat mir erzählt, was sie von ihren Entführern und ein paar Dienstboten erfahren konnte. Sie wußte nicht allzuviel, deswegen versuche ich, mehr herauszufinden.«

Er trommelte mit den Fingerspitzen auf die Sessellehne. »Eine junge Frau, die Journalistin ist, ist ungewöhnlich genug, aber ein derartiges Thema strapaziert die größte Gutgläubigkeit.«

»Mit anderen Worten, Sie glauben, ich lüge wieder?« versetzte sie bitter. »Wenn es mehr weibliche Journalisten gäbe, würde mehr über solche Themen geschrieben. England ist voller Frauen und Kinder, denen Gewalt angetan wird, und die meisten Männer finden das vollkommen normal.«

Ihre Worte brannten vor Überzeugung. Und sie weckten ein schwaches Echo in seinem Unterbewußtsein. Er hatte irgend etwas gelesen ... »Wie heißen Sie? Vielleicht habe ich Ihre Artikel gelesen.«

»Da man keinen weiblichen Autor ernst nehmen würde, veröffentliche ich unter verschiedenen Namen, je nach der Zeitschrift.«

Das klang plausibel, fast alle Schreiberlinge, die für die vielfältige Klatschpresse schrieben, benutzten mehrere Namen. »Ich lese viel. Welchen Namen benutzen Sie regelmäßig?«

Sie zögerte. »Geben Sie mir Ihr Wort, daß Sie ihn nicht weitergeben?« Als er nickte, sagte sie: »Für den *Examiner* bin ich L.J. Knight.«

»Mein Gott!« rief er. Die Wochenzeitschrift war bekannt für ihren Mut und Reformeifer. Die beiden Brüder, die sie herausgaben, saßen zur Zeit sogar im Gefängnis, weil sie den Prinzregenten verunglimpft hatten. »Der Feuerspukker L.J. Knight ist eine junge Frau?«

»Man muß weder ein Mann noch alt sein, um zu sehen, daß vieles in unserer Gesellschaft anders werden muß. Genaugenommen sind mein Alter und mein Geschlecht von Vorteil. Ich sehe die Welt mit anderen Augen als männliche Autoren«, sagte sie kühl. »Ich war zwanzig, als ich dem *Examiner* meinen ersten Artikel geschickt habe. Leigh Hunt hat ihn sofort angenommen und nach mehr gefragt.«

Immer noch ungläubig sagte Lucien: »Ich frage mich, warum ich nie davon gehört habe, daß L.J. Knight eine Frau ist.«

»Ich verkehre mit Leigh Hunt und meinen anderen Verlegern nur per Post oder speziellem Boten.«

Er wollte sie auf die Probe stellen und sagte: »Ich finde, Sie sind ein wenig zu hart mit Lord Castlereagh umgesprungen, als Sie neulich über ihn geschrieben haben.«

»Sie verwechseln mich mit einem anderen Journalisten. Ich habe nie über den Außenminister geschrieben.« Der ironische Funke in ihren Augen bewies, daß sie die Falle erkannt hatte.

Er dachte an einen neuen Brandy, beschloß aber, daß er seinen Verstand brauchte. »Haben Sie bei Ihren Einbrüchen viel über die Höllenhunde erfahren?«

»Es würde bessergehen, wenn Sie mir nicht dauernd in die Quere kämen«, sagte sie. »Aber das ist nur ein Teil meiner Nachforschungen. Die Beweise sammeln sich, und bald bin ich in der Lage, meinen Artikel zu schreiben.«

»Was haben Sie herausgefunden?«

Sie schüttelte den Kopf. »Mehr sage ich nicht.«

Er betrachtete die schlanke weibliche Gestalt voller Respekt. Es erforderte Mut, nur mit einer Feder bewaffnet dem Laster die Stirn zu bieten. »Meine Liebe, Sie sind ein Quell ständiger Überraschungen.«

»Sie genauso. Für einen berufsmäßigen Nichtstuer haben Sie einen bemerkenswert scharfen Verstand.« Sie legte den Kopf zur Seite. »Nennen Sie alle Frauen ›meine Liebe‹?«

»Nur die, die ich mag. Das sind allerdings ziemlich viele.«

»Das ist bei einem Wüstling zu erwarten.«

»Ich sage mag, nicht begehre«, sagte er trocken. »Das ist ein großer Unterschied.«

»Ich glaube, es ist ziemlich selten, daß Männer Frauen aufrichtig schätzen. Warum sind Sie anders?«

Nach einer winzigen Pause antwortete er: »Als ich ein Kind war, war mein bester Kamerad ein Mädchen. Außerdem haben Sie mir immer noch nicht verraten, wie Sie wirklich heißen, und ›meine Liebe‹ ist beruhigend neutral.«

Sie lächelte ein wenig. »Ich heiße wirklich Jane.«

»Lydia Jane Knight? Oder Louise oder Laura?«

»Ich habe Ihnen soviel verraten wie ich beabsichtige, Mylord. Sie können aufhören, mir Fragen zu stellen.« Sie warf ihm einen gemessenen Blick zu. »Verstehen Sie jetzt, wo ich Ihnen die Wahrheit gesagt habe, warum ich hinter den Höllenhunden her bin?«

»Ja, aber ich kann es trotzdem nicht gutheißen. Sie spielen mit dem Feuer.«

»Dann verbrenne ich mich eben.« Sie stand auf und ergriff ihr Cape, das vor dem Kamin gehangen hatte. »Ich kann es nicht ändern. Gute Nacht, Mylord.«

Als sie anfing, sich in ihren Schal zu hüllen, kämpfte er sich hoch, ergriff seinen Stock und humpelte auf sie zu. »Nicht so hastig. Wie schon gesagt, ich möchte Sie wiedersehen. Wo wohnen Sie?«

Sie seufzte. »Sie sind sehr hartnäckig.«

»Dieser Charakterzug sollte Ihnen vertraut sein. Und das ist nicht das einzige, was wir gemeinsam haben.« Er hob seine freie Hand und strich ihr mit dem Handrücken über die Wange. »Wir sind keine Feinde.«

Sie wich zurück. »Ich bin nicht so überzeugt davon wie Sie.«

»Wollen Sie leugnen, daß irgendeine Anziehungskraft zwischen uns besteht?«

»Selbst ich bin keine so gute Lügnerin«, sagte sie sarkastisch. »Aber das ist unwichtig. Es mag Ihnen schwerfallen zu glauben, daß eine Frau sich mehr für Gerechtigkeit und geistiges Leben interessiert als für Männer, aber bei mir ist das so. Wir leben in verschiedenen Welten, Lord Strathmore.«

»Ist das hier unwichtig?« Er zog sie in seine Arme und küßte sie, nicht mit der berauschenden Wonne wie auf dem Dach, sondern mit den Empfindungen, die sich in ihm aufgestaut hatten, seit sie sich begegnet waren. Leidenschaft, Sehnsucht, Hoffnung.

Ihre Hände legten sich auf seine Arme. Während seine Hand ihre Brust liebkoste, öffneten und schlossen sie sich krampfhaft. Er fühlte durch den Stoff hindurch, wie ihre

Brustwarzen sich unter seinen Händen verhärteten. Sie erfüllte all seine Sinne, Berührung, Klang und Duft.

Als er sich vorbeugte, um ihren Hals zu küssen, flüsterte sie: »Nicht, Lucien. Ich . . . ich kann es mir nicht leisten, mich durch Leidenschaft ablenken zu lassen. Sie geben mir nur um so mehr Grund, Ihnen aus dem Weg zu gehen.«

Der köstliche Klang seines Namens von ihren Lippen verschleierte die Bedeutung ihrer Worte. Als sie einen halbherzigen Schritt rückwärts machte, kam er ihr nach und keuchte, als der Schmerz in seinen vergessenen Knöchel fuhr. »Verdammt!« Schweiß trat ihm auf die Stirn, und er griff nach einem Sessel, um nicht zu stürzen. »Bemerkenswert, wie der Schmerz jede Lust tötet.«

»Wenn ich das gewußt hätte, hätte ich Sie schon eher getreten.« Sie raffte ihr Cape enger um sich und ging zur Tür. »Ich muß gehen.«

Er hob eine Lampe und folgte ihr. »Ich zeige Ihnen den Weg.« Er schenkte ihr ein Lächeln, das ebenso verführerisch war wie seine Küsse. »Mit dem Stock in der einen und der Lampe in der anderen Hand kann ich nicht gerade viel anstellen. Wenn ich allerdings darüber nachdenke, fällt mir vielleicht doch etwas ein.«

»Lassen Sie es«, sagte sie. Aber als sie an der Treppe standen, nahm sie ihm wortlos die Lampe ab, so daß er sich am Geländer festhalten konnte. Es war ein weiterer Beweis für die eigenartige Art, mit der sie zusammenarbeiteten, eine instinktive Übereinstimmung, die er bisher nur mit einem Menschen erlebt hatte.

Sie sprachen nicht, bis sie wieder vor der Seitentür standen. Er drehte den Schlüssel im Schloß, hielt aber die Hand fest auf dem Griff, als er fragte: »Wo wohnen Sie, Jane?«

Im Lampenlicht waren seine Augen von strahlendem

Gold. Diesem Mann war sie nicht gewachsen, dachte sie verzweifelt. Er beherrschte Künste, die sie nie gelernt hatte, und er benutzte sein Wissen mit rücksichtsloser Subtilität, eher betörend als einschüchternd.

Sie wußte, daß sie gehen mußte, bevor sie den letzten Funken Verstand verlor, und so sagte sie hastig: »Wardour Street 96. Ich habe eine Wohnung dort. Aber ich habe gemeint, was ich eben gesagt habe, Lord Strathmore. In meinem Leben ist kein Platz für Sie.«

»Das läßt sich ändern.« Er ließ den Türgriff los und trat zurück, so daß sie an ihm vorbei konnte.

Das Wetter war noch schlimmer als vorher. Glücklicherweise lag ihr Ziel nur ein paar Straßen von hier entfernt. Während sie durch die stillen Straßen lief, ertappte sie sich bei dem Gedanken, wie es wohl wäre, wenn sie frei wäre, sein Interesse zu erwidern. Wenn seine Absichten ehrenhaft wären ... wenn sie ihre Mission erfolgreich zu Ende führte ...

Aber egal, wie sehr sie es versuchte, sie konnte sich keine echte Gemeinsamkeit mit ihm vorstellen. Sie hatte eine Unzahl von Rollen gespielt, würde noch mehr spielen, aber keine davon paßte in die üppige, glitzernde Welt des Grafen von Strathmore.

Zehntes Kapitel

Als Jane gegangen war, war Lucien so erschöpft, daß er kaum die drei Treppen bis hinauf in sein Zimmer zu erklimmen vermochte. Und doch fühlte er, als er mit pochendem Knöchel in sein Bett sank, tiefe Freude. Seine geheimnisvolle Dame hatte zugegeben, daß die Anziehung gegenseitig war, die ersten Schritte zu einer befriedigenderen Beziehung waren getan. Jane. Er dachte über diesen Namen nach. Sie kam ihm nicht vor wie eine Jane, aber er fing an, sich an den Namen zu gewöhnen. Jane, verstohlen sinnlich, schüchtern aber entschlossen, mit einer scharfen Zunge und dem Herzen einer Löwin.

Es war eine Wonne gewesen, sie ohne Perücken und Schminke zu sehen. Endlich hatte er ein Gesicht, das er sich vorstellen konnte. Er liebte ihr weiches, welliges Haar, und ihr ungeschminktes Gesicht hatte den zarten Schimmer einer Perle. Aber vor allem mochte er die Intelligenz, die Einzigartigkeit, die sie ausstrahlte, wenn sie sich nicht länger verstellte. Der Gedanke an klare, graue Augen und die sanfte Wärme ihres schlanken Körper lullte ihn in den Schlaf.

Das Lachgas hinterließ ihm ein Abschiedsgeschenk: eine unruhige Nacht voll lüsterner Träume. Im ersten fand er sich in leidenschaftlicher Umarmung mit Jane, die ein Dutzend Frauen zugleich war und trotzdem sie selber blieb. Aber nach der unvergleichlichen Erfüllung begann sie, sich in seinen Armen aufzulösen. Er versuchte, sie festzuhalten, aber sie verschwand in den Schatten und ließ ihn alleine mit seinem vernichtenden Kummer.

Er erwachte schweißbedeckt. Die Bilder verblaßten bereits und hinterließen lediglich das Gefühl eines schrecklichen Verlustes. Vielleicht war der Traum eine Warnung, Jane in Zukunft aus dem Weg zu gehen. Je mehr er sie begehrte, desto mehr würde es schmerzen, wenn eine tiefere Vertrautheit sich als unmöglich erwies. Es war kein Zufall, daß er seit Jahren praktisch das Leben eines Mönchs führte, und ganz bestimmt war es klüger, wenn er es beibehielt.

Seine Lippen wurden schmal. Es war zu spät – was immer es kostete, er mußte seine Suche fortsetzen, denn Jane hatte sich seines Verstandes und seiner Phantasie bemächtigt, mehr als je zuvor eine Frau. Er würde das Risiko eingehen.

Nüchtern sagte er sich, daß die einzige Warnung des Traums besagte, daß er in Zukunft Lachgas meiden sollte. Die kurze Euphorie forderte einen zu hohen Preis.

Luciens Knöchel hatte sich über Nacht erholt. Nachdem sein Kammerdiener ihn ausgiebig gebadet und geschickt verbunden hatte, konnte er gut genug gehen, um das Haus zu verlassen. Als Zugeständnis an seine Verletzung nahm er eine geschlossene Kutsche, statt selbst zu fahren.

Natürlich war sein Ziel die Wardour Street. Sie lag in Soho, einem Viertel, in dem Künstler, Schriftsteller, Exzentriker und Fremde sich sammelten, genau der Ort, an dem man eine unabhängige Frau wie Jane vermutete.

Als er mit dem Stock in der Hand aus seiner Kutsche kletterte, sprudelte die Spannung in ihm wie Champagner. Er hoffte, daß sie zu Hause war. Er würde sie zu einer Spazierfahrt einladen. Es würde ein Vergnügen sein, sie bei Tageslicht zu sehen statt in tiefer Dunkelheit. Ihre bisherige Bekanntschaft hätte nicht mitternächtlicher sein können, wenn sie Fledermäuse gewesen wären.

Er grinste, als er entdeckte, daß auf der anderen Straßenseite eine Taverne namens Tapferer Fuchs lag. Es schien angemessen, Jane auch als tapfere Füchsin zu bezeichnen.

Seine Vorfreude verblaßte, als er das Haus Nr. 96 betrachtete. Es schien eine einzelne Familie zu beherbergen. Aber Äußerlichkeiten konnten täuschen. Er klopfte.

Ein adrettes Dienstmädchen öffnete die Tür und machte große Augen, als sie den eleganten Herren auf der Treppe sah. Mit seinem bezauberndsten Lächeln sagte er: »Meine Kusine hat mich gebeten, unter dieser Adresse ihrer Freundin Jane einen Besuch abzustatten. Ich fürchte, ich erinnere mich nicht mehr an den Familiennamen der jungen Dame. Ist Miss Jane zu Hause?«

»Oh, hier gibt es keine junge Dame, Sir«, kicherte das Zimmermädchen. »Außer mir natürlich, aber ich bin Molly, nicht Jane. Sind Sie sicher, daß Sie die richtige Adresse haben?«

Kalter Zorn übermannte ihn, und seine Hand umklammerte den Stock fester. Die hinterhältige kleine Hexe hatte ihn wieder zum Narren gehabt. Er stand stockstill, bis er sich soweit in der Gewalt hatte, um mit ruhiger Stimme zu sagen: »Sicher habe ich einen Fehler gemacht. Vielleicht ist Nr. 69 das richtige Haus. Falls nicht, werde ich meiner Kusine schreiben und sie um genauere Auskunft bitten.«

Mit einem höflichen Nicken drehte er sich um und humpelte wieder zu seiner Kutsche. Wie zum Teufel hatte er so dumm sein können zu glauben, daß sie die Wahrheit sagte? Er hätte gerne das Lachgas für sein mangelndes Urteilsvermögen verantwortlich gemacht, aber der wahre Grund war Jane, oder wie immer ihr Name war, die einzige Frau, der es je gelungen war, ihm den Verstand zu rauben.

Er kletterte in seine Kutsche und befahl dem Kutscher: »Westminster Bridge. Zum Gefängnis.«

Leigh Hunt blickte zerstreut auf, als die Zellentür quietschend aufging. Als er seinen Besucher erkannte, erhob er sich mit erfreutem Lächeln. »Nett, daß Sie vorbeischauen, Strathmore.«

Die beiden Männer gaben einander die Hand. Lucien hatte den Verleger schon früher besucht, daher wunderte er sich nicht über die Rosentapete, die die Steinwände erhellte, auch nicht über den blauen Himmel und die Wolken, die die Decke zierten. Leigh Hunt war nicht der

Mann, der sich von einer Lappalie wie einer Gefängnisstrafe das Leben vergällen ließ.

Ein Wächter brachte eine große Vase mit Blumen. »Draußen stand ein Blumenhändler. Ich dachte, sie würden Ihnen gefallen«, erklärte Lucien, als der Wächter die Vase auf dem Klavier abstellte.

»Vielen Dank.« Der Verleger streichelte die bunten Blütenblätter einer Chrysantheme. »Sie sind wundervoll für diese Jahreszeit.«

»Sie werden bald entlassen, nicht wahr?«

»Im Februar.« Leigh Hunt verzog das Gesicht. »Ich zähle die Tage. Ich hab's mir hier so gemütlich wie möglich gemacht, aber es ist und bleibt ein Gefängnis.« Er zeigte auf einen Stuhl. »Bitte, setzen Sie sich und erzählen Sie, was in der Stadt los ist.«

»Da Sie den *Examiner* von hier aus herausgeben, wissen Sie wahrscheinlich mehr als ich. Aber vielleicht haben Sie nicht gehört, daß ...« Lucien gab ein paar Anekdoten zum besten, die seinen Gastgeber amüsieren würden.

Nach und nach lenkte Lucien das Gespräch auf das Thema, das ihn hierhergeführt hatte. »Übrigens, ich habe ein Gerücht gehört, daß einer Ihrer Schreiber, L.J. Knight, in Wahrheit eine Frau ist.«

Leigh Hunt lachte herzlich. »Was für ein Unsinn!«

»Ich dachte mir schon, daß es unwahrscheinlich klingt«, stimmte Lucien zu. »Wer ist Knight wirklich? Seinem Idealismus nach zu urteilen ist er jung.«

»Ich habe keine Ahnung. Ich habe ihn nie persönlich kennengelernt, wir verkehren per Post miteinander.«

Interessant. Lucien fragte: »Lebt er auf dem Land?«

»Nein, hier in London.«

»Dann wäre es möglich, daß Knight eine Frau ist, die ein Alias benutzt, um ihr Geschlecht zu verheimlichen.«

Der Verleger schüttelte den Kopf. »Theoretisch schon,

aber keine Frau könnte so wirkungsvolle, wohldurchdachte Artikel schreiben.«

Wenn Leigh Hunt jemals eine Frau wie Jane getroffen hätte, wäre er vielleicht weniger sicher gewesen. Natürlich konnte sie gelogen haben, was ihre Identität mit L.J. Knight anging, aber Lucien war geneigt, ihr zu glauben. Ihr Eifer und ihre Kenntnisse waren überzeugend gewesen. »Glauben Sie, Knight hätte etwas dagegen, wenn ich ihm einen Besuch abstatte? Ich würde ihm gerne die Hand schütteln, ich bin nicht immer seiner Meinung, aber er hat einen klaren Verstand. Es ist eine Freude, seine Artikel zu lesen.«

Leigh Hunt runzelte die Stirn. »Ich glaube nicht, daß er Besucher schätzt. Ich glaube, er ist nicht besonders gesund, daher lebt er sehr zurückgezogen.«

Lucien nickte. Das Leben eines Invaliden war die perfekte Tarnung für eine unkonventionelle Frau, und genau die Art Täuschung, die er von Jane erwartete.

»Ich möchte den Knaben nicht überanstrengen«, sagte er demütig, »aber ich habe ihm ein Angebot zu machen. Der Krieg ist vorbei, und es wird Zeit, daß England in die Zukunft sieht. Ich möchte eine Abhandlung über meine ökonomischen und sozialen Ideen veröffentlichen. Ich bin allerdings kein bemerkenswerter Schriftsteller, daher muß ich jemanden finden, der meine Ansichten wirkungsvoll darstellt. Wenn Sie mir Knights Adresse geben, schikke ich ihm einen Brief und mache ihm ein Angebot. Wenn er nicht interessiert ist, werde ich ihn nicht weiter behelligen.«

Der Verleger zögerte. »Knight hat mir nie erlaubt, ihn zu besuchen. Aber welcher Schreiberling wäre nicht an mehr Arbeit interessiert, ganz besonders für einen so großzügigen Gentleman, wie Sie es sind. Die Adresse ist Frith Street Nr. 20.«

Wieder Soho. Lucien glaubte nicht, daß das Zufall war. Jane hatte eine Adresse in Soho angeben, als er sie bedrängt hatte, und es bestand eine echte Chance, daß sie tatsächlich in der Gegend lebte. Das reduzierte seine Suche auf ein vernünftiges Maß. Er lenkte das Gespräch auf ein anderes Thema und verabschiedete sich wenig später.

Auf der Fahrt zurück nach London überdachte er, was er herausgefunden hatte. Er hatte bei seiner Arbeit mit jeder Sorte Lügner zu tun, einschließlich derer, für die es ein reiner Sport war und derer, die Wahrheit und Illusion nicht voneinander unterscheiden konnten. Jane war anders, sie erzählte ihre Lügen aus einem bestimmten Grund. Vermutlich konnte er ihr keinen Vorwurf daraus machen, daß sie ihm eine falsche Adresse gegeben hatte, immerhin hatte er sie gegen ihren Willen dazu gedrängt, ihm ihren Wohnort zu verraten. Aber wenn sein Zorn auch nachließ, seine Entschlossenheit, sie aufzuspüren, blieb bestehen.

Es war spät, der Besuch in der Frith Street mußte bis morgen warten. Er fragte sich, was ihn dort erwarten würde, die schlaue Jane ließ sich die Post bestimmt nicht nach Hause schicken. Aber vielleicht gab die Adresse ihm irgendeinen Hinweis.

Da er in der Zwischenzeit nichts mehr tun konnte, wandte er seine Gedanken dem Phantom zu. Ein französischer Spion war wichtiger als eine verwirrende junge Dame.

Das sagte ihm sein Verstand. Sein Herz widersprach.

In ein farbloses Cape gehüllt und eine tiefe Haube auf dem Kopf, betrat Kit den Gemüseladen. Die Besitzerin, eine stämmige, ältere Frau mit freundlichem Gesicht, war mit einer anderen Kundin beschäftigt, aber sie schenkte Kit ein rasches Willkommenslächeln.

Kit machte sich am Gemüse zu schaffen, bis die andere Kundin gegangen war. Dann sagte sie: »Guten Morgen, Mrs. Henley.«

»Schön, Sie wiederzusehen, Miss. Is' schon lange her«, sagte die andere Frau. »Was darf's heute sein?«

»Ein Dutzend Lauchstangen, bitte, und zwei Pfund von dem Rosenkohl.« Während Mrs. Henley das Gemüse abwog, murmelte Kit: »Vielleicht kommt jemand hierher und fragt nach L.J. Knight. Vermutlich ein sehr charmanter, redegewandter Gentleman.«

Mrs. Henley erwiderte: »Keine Angst, Mädchen, von mir erfährt er nichts.«

»Je weniger Sie sagen, desto besser. Er ist ziemlich schlau.«

Ein anderer Kunde betrat den Laden, und Mrs. Henley sagte mit lauterer Stimme: »Möchten Sie nicht ein paar von den Orangen, Miss? Sie sind ein bißchen teuer, aber sehr süß.«

»Die sehen wirklich gut aus«, bestätigte Kit. »Ich nehme sechs davon.«

Als die Orangen in ihrem Korb lagen, reichte sie der Frau das Geld für ihren Einkauf. Zwischen den Münzen versteckt lag eine Goldguinee. Leise sagte sie: »Das ist für die Unkosten. Ich möchte die Post jetzt gerade nicht selber abholen. Könnten Sie sie mir schicken?«

Mrs. Henley lächelte ihr verschwörerisch zu und steckte das Geld ein. Dann wandte sie sich ihrem neuen Kunden zu.

Kit verließ den Laden. Sie hätte Lucien – Strathmore, ermahnte sie sich streng – niemals soviel verraten dürfen. Natürlich war nicht alles wahr, aber sie glaubte nicht, daß er lange brauchte, um die Spreu vom Weizen zu trennen. Vielleicht fragte er in dieser Minute Leigh Hunt aus, und das würde in direkt zu Mrs. Henleys Laden führen.

Außerdem würde er, wie sie vermutete, wütend über ihren Betrug sein. Wie ironisch, daß sie, die immer eine Leidenschaft für die Wahrheit empfunden hatte, jetzt so viele Lügen erzählte, daß sie sie kaum noch auseinanderhalten konnte. Daß sie keine andere Wahl hatte, machte die Sache nicht wesentlich besser.

Mit einem Seufzer schob sie ihre Bedenken wegen Strathmore beiseite. Es wurde Zeit, daß sie an das dachte, was sie heute nacht vorhatte. Es hatte keinen Sinn, sich unnötig aufzuregen.

Lucien war nicht überrascht, als er feststellte, daß Frith Street Nr. 20 eine Kombination aus Gemüsehandlung und Poststelle war. In einem ständigen Strom überwiegend weiblicher Kunden war es ein leichtes für Jane, unauffällig ihre Briefe abzuholen.

Als die Kundinnen merkten, daß ein Mann – nicht nur das, sondern offensichtlich ein Mann von Stellung und Wohlstand – den Laden betreten hatte, warfen sie einander nervöse Blicke zu. Eine nach der anderen beeilte sich, ihre Einkäufe zu erledigen und zu gehen, wenn auch nicht ohne einen gründlichen Blick auf den Eindringling. Er stand gelassen da, die Hände über dem Stockknauf gefaltet, aber insgeheim amüsierte er sich über die Tatsache, daß seine bloße Anwesenheit ausreichte, einen Laden zu leeren.

Als die anderen Kunden gegangen waren, wandte die Händlerin sich ihm zu, ohne angesichts des eleganten Herren zwischen den Körben mit Rüben und Kartoffeln Überraschung zu zeigen. Höchstwahrscheinlich hatte Jane sie vorgewarnt. »Was kann ich für Sie tun, Sir?« fragte die Frau. »Ein paar schöne Orangen vielleicht?«

Zu seinem Bedauern sah sie nicht bestechlich aus. Er würde sich seine Informationen erschleichen müssen. »Ich bin auf der Suche nach meinem Onkel. Ein reizender alter Knabe, aber nicht mehr ganz klar im Kopf. Gelegentlich reißt er von zu Hause aus. Angeblich hat er diesmal eine Wohnung in Soho gemietet und läßt sich seine Post dahin zuschicken. Seine Name ist L.J. Knight. Holt er seine Post hier ab?«

Sie sah überrascht aus, als ob sie eine andere Frage erwartet hätte. »Der Name klingt irgendwie vertraut, aber ich kann kein Gesicht damit verbinden.«

Lucien schenkte der Frau ein entwaffnendes Lächeln. »Darf ich ehrlich zu Ihnen sein? Wir fürchten, daß der alte Knabe diesmal mit einer Abenteurerin durchgebrannt ist. Möglicherweise holt sie seine Post ab. Kommt Ihnen diese Frau bekannt vor?« Er zog eine Skizze, die er von Jane angefertigt hatte, aus der Tasche.

Wenn er die Ladenbesitzerin nicht so genau beobachtet hätte, wäre ihm das leise Staunen in ihrem Blick entgangen. Lucien hätte schwören können, daß sie sie erkannte.

Nach einer Sekunde sagte sie: »Vielleicht habe ich sie schon einmal gesehen, aber ich bin mir nicht sicher. Es ist nicht gerade ein bemerkenswertes Gesicht.«

Lucien war anderer Ansicht, aber es stimmte – Jane besaß keinen einzigen außergewöhnlichen Zug. Es hätte eines Künstlers bedurft, um ihre Einzigartigkeit festzuhalten, und sein Talent war dieser Aufgabe nicht gewachsen.

Die Ladenbesitzerin gab ihm seine Skizze zurück und bemerkte: »Sie sieht nicht wie eine Abenteurerin aus.«

»Das macht die Frau ja so gefährlich. Sie sieht völlig harmlos aus, aber sie hat einen erschreckenden Ruf. Wir fürchten um Onkel James' Leben, wenn sie erst einmal herausfindet, daß er kein eigenes Geld besitzt.«

Ein Funken Amüsement blitzte in den Augen der Frau auf, als sie erkannte, was für eine Lügengeschichte Lucien ihr auftischte. »Wenn das Mädchen zu anspruchsvoll wird, kommt Ihr Onkel bestimmt nach Hause.«

»Ich hoffe es. Er hat nicht immer ein allzugutes Urteilsvermögen, was Frauen betrifft.« Lucien fragte sich, ob er von seinem sagenhaften Onkel sprach oder von sich selbst.

Nachdem er der Händlerin dafür gedankt hatte, daß sie seine Fragen beantwortet hatte, verließ er das Geschäft. Er konnte einen Aufpasser vor dem Laden postieren, aber er bezweifelte, daß das etwas half. Jane war zu schlau, um jetzt noch persönlich hierher zu kommen.

Es würde ergiebiger sein, einen seiner Detektive auf sie anzusetzen. Er konnte die Skizze mitnehmen und in Soho nach ihr herumfragen. Das dauerte zwar, aber es brachte oft Resultate. Mit der Zeit würde er sie finden.

Aber was würde er tun, wenn er sie gefunden hatte?

Zwischenspiel

Als sie hörte, wie er den Vorraum betrat, trank sie ihren Tee aus und setzte leise die Tasse ab. Dann stand sie auf und schüttelte das schwarze Haar, das wie eine Kaskade bis zu ihrer Taille fiel. Heute abend trug sie ein schwarzes Spitzenkostüm, das wie eine zweite Haut auf ihrem Körper lag, vom tiefen Dekolleté bis zu den hohen Stiefeln. Die durchbrochene Spitze täuschte das Auge, indem sie mehr versprach, als sie tatsächlich enthüllte.

Ihre Lippen preßten sich aufeinander, als sie das leise Surren aus dem nächsten Zimmer vernahm. Sie ergriff eine Peitsche und schlenderte mit der Arroganz eines Herrenreiters in das Zimmer. »Ohne meine Erlaubnis hast du nichts anzufassen, Sklave«, fauchte sie und schlug nach seinen Händen.

Sie hatte die weichste Peitsche gewählt, aber der Hieb erzeugte trotzdem eine Schwellung. Er zuckte zusammen und stellte das mechanische Spielzeug hin, aber seine Augen glühten, als er auf die Knie fiel. »Ich bitte untertänig um Verzeihung, Gebieterin.«

Sie trat ihn ins Gesicht, ein rascher Tritt, der seine Augen verschonte und lediglich leichte Spuren hinterlassen würde. »Nein, Sklave, du mußt bestraft werden. Zieh dich aus, damit du so nackt bist wie alle Bestien.«

Er gehorchte, ungeschickt vor Eifer, während er seinen kräftigen, zähen Körper entblößte. Mit wütender Kraft versetzte sie ihm einen Hieb quer über den Rücken. Er keuchte auf und hob den Kopf, um sie mit dunklen Augen anzustarren.

Sie war zu schnell gewesen. Das hier war der schwierigste Teil, das langsame Steigern des Schmerzes. Wenn sie zu rasch vorging, verlor sie ihn und damit alles.

Noch einmal schlug sie zu, sanfter diesmal, und er entspannte sich mit einem rauhen Seufzer. Behutsam wie ein Künstler, der ein Porträt malt, begann sie, seinen gesamten Körper mit der Peitsche zu reizen und beobachtete dabei seine Erregung mit der Aufmerksamkeit eines Falken.

Und sie beschimpfte ihn, bedachte ihn mit jedem schmutzigen Namen, den sie kannte, sagte ihm, welch verachtungswürdige Kreatur er war. Ihre Tirade stachelte seine Erregung noch mehr an.

Als die weiche Peitsche die Grenze ihrer Wirksamkeit erreicht hatte, tauschte sie sie gegen eine mit einem härteren Riemen, der mit jedem Hieb das Blut hervortreten ließ. Er begann, sich unter den rhythmischen Schlägen zu winden, Hiebe zu genießen, die vorher zu schmerzhaft gewesen wären. Endlich konnte sie mit voller Kraft zuschlagen. Sie schlug ihn wieder und wieder, besessen von Gewalt, bis sie kaum noch menschlich war. Seine jämmerlichen Schreie wurden lauter und lauter, bis sein schweißbedeckter Körper vor Ekstase erschauerte.

Dann war es vorbei, und er lag breitbeinig auf einem Schaffell. Sein Blut färbte die weiße Wolle rot, sein Körper war schlaff vor Befriedigung. »Ihr seid exquisit, Gebieterin. Exquisit.«

Sprachlos vor Ekel, machte sie auf dem Absatz kehrt und stolzierte aus dem Zimmer.

Elftes Kapitel

Zitternd, mit schweißbedecktem Körper, erwachte Kit. Dieser Alptraum war der realistischste von allen gewesen, und ihr war übel. Sie versuchte, einen Sinn in den Bildern zu erkennen, aber ohne Erfolg; der Alptraum war ihrer eigenen Welt so fremd, daß es war, als versuche sie, chinesisch zu verstehen. Nur die Empfindungen waren erkennbar: Zorn und Angst, so intensiv, daß sie darin unterzugehen drohte.

Viola erhob sich vom Fußende des Bettes und strich mit leisem Miauen über das Laken. Kit weinte beinahe vor Erleichterung, als die Katze sie leise anstieß und ihr Frühstück einklagte. Die Normalität dieser Bitte half Kit, der Sturzflut von Elend standzuhalten, die sie umgab.

Zuerst entspannte sie sich, Muskel für Muskel, bis sie aufhörte zu zittern. Dann füllte sie ihre Gedanken mit positiven Gefühlen – Friede, Liebe, Hoffnung – bis alles Elend vertrieben war.

Als sie ihre Ruhe wiedergefunden hatte, kletterte sie aus dem Bett und zog gegen die kalte Morgenluft einen Morgenrock an. Dann hob sie Viola auf ihre Schulter und ging in die Küche. Immer wieder sagte sie sich, daß sie

Fortschritte machte. Sie hatte die vergangene Nacht überstanden, ohne sich zu blamieren, und sie hatte Gelegenheit gehabt, einen der Verdächtigen lange genug zu beobachten, um ihn auszuschließen. Das war zwar keine echte Information, aber ein winziger Schritt vorwärts.

Sie fütterte die Katze, stellte den Kessel auf den Herd und holte einen Laib Brot. Dann, als sie das Messer hob, um eine Scheibe abzuschneiden, schoß ihr ein Bild aus dem Alptraum durch den Kopf.

Die Einzelheiten waren vage, aber es war eindeutig eine Art mechanisches Spielzeug. Sie erstarrte. Ihr Magen drehte sich um. Sie kannte nur einen Mann, der imstande war, so etwas herzustellen. Lieber Gott, bitte, es durfte nicht Lucien sein, betete sie. Bitte nicht er.

Aber falls er es war ...

Blindlings starrte sie die blitzende Messerschneide an. Selbst wenn der Mann, den sie suchte, Graf Strathmore war – sie würde sich nicht beirren lassen.

Finster beäugte Lucien den Stapel von Informationen, die er über die Höllenhunde gesammelt hatte. Ein wahres Bollwerk von Einzelheiten über ihre finanzielle Situation, ihre politischen Ansichten, ihre Affären, ihre bekannten Laster und geheimen Tugenden. Und doch wußte er, nachdem er das Material durchgegangen war, nicht mehr als das, was seine Intuition ihm bereits gesagt hatte. Die meisten von ihnen hatten chronische Geldprobleme. Einige hatten direkten Zugang zu Staatsgeheimnissen, und alle bewegten sich in Kreisen, wo ein unbedachtes Wort eines Amtsinhabers reichhaltiges Material verschaffte. Jeder von ihnen konnte französisches Geld genommen haben.

Bei der Suche nach seiner geheimnisvollen Schönen erging es ihm nicht besser. Zwei Tage lang war sein Detektiv mit der Skizze von Jane durch Soho gestreift. Ein paar

Einwohnern und Ladenbesitzern war sie bekannt erschienen, aber niemand kannte einen Namen oder eine Adresse. Vielleicht lag es an der Skizze, aber er vermutete, daß das Problem in ihrer chamäleonartigen Fähigkeit lag, jedesmal anders auszusehen.

Einem Impuls folgend beschloß er, seine Papiere wegzulegen und zum Abendessen in seinen Club zu gehen. Vielleicht heiterte ein friedlicher Abend unter Freunden ihn auf.

Geschäft und Vergnügen fanden sich zusammen, als Lucien im Club Lord Ives traf. Er verdächtigte Ives zwar nicht, das Phantom zu sein, aber es bestand immer die Möglichkeit, daß der junge Höllenhund irgend etwas Interessantes über die anderen Mitglieder der Gruppe zu sagen hatte. Genauer gesagt mochte Lucien den jungen Mann gern. Wer über sich lachen konnte, wenn ihm ein künstlicher Busen über die Nase gezogen wurde, war sicherlich lohnende Gesellschaft.

Beim Portwein sagte Ives: »Ich muß Sie bald verlassen. Ich gehe heute abend ins Theater.«

»Drury Lane?«

»Nein, ins Marlowe, das neue Theater auf dem Strand. Sind Sie schon dort gewesen?«

»Noch nicht, aber ich habe es vor«, sagte Lucien mit plötzlich erwachendem Interesse. »Ich habe gehört, daß es den zwei königlichen Theatern ernsthafte Konkurrenz macht.«

»Das stimmt – ihre Komödien sind erstklassig.« Ives grinste. »Und sie haben die niedlichsten Tänzerinnen in ganz London.«

»Haben Sie Ihr Auge auf eine geworfen?«

»Mehr als mein Auge«, sagte Ives mit einem Hauch liebenswert jugendlichen Stolzes. »Hätten Sie Lust, sich mir anzuschließen? Ich treffe Cleo erst nach der Vorstellung, und ich habe eine ganze Loge für mich. Heute abend geben sie ihr erfolgreichstes Stück. Ich garantiere Ihnen, es ist sehr unterhaltend.«

»Mit Freuden. Ich gehe gerne ins Theater, aber in letzter Zeit hatte ich immer zuviel zu tun.«

Der jüngere Mann stürzte sich in einen kenntnisreichen Diskurs über das Theater in Vergangenheit und Gegenwart. Es war eindeutig eine Leidenschaft von ihm. Außerdem erwähnte er, daß er Lord Nunfield durch ihr beiderseitiges Interesse am Theater kennengelernt und diese Bekanntschaft ihn zu den Höllenhunden geführt hatte.

Während sie ihren Port austranken, bemerkte Lucien: »Das Theater ist eine besondere Welt, und seine Bewohner sind ebenso außergewöhnlich.«

»Ich bewundere ihre sorglose Lebensart«, sagte Ives nachdenklich, als sie das Speisezimmer des Clubs verließen. »Wäre es nicht wundervoll, wenn alle Frauen so wenig Hemmungen hätten wie Schauspielerinnen?«

»Ich bezweifle, daß die Welt darauf vorbereitet ist.« Lucien ließ ihre Hüte und Mäntel bringen. »Wenn Sie einmal heiraten, würden Sie sich dann wünschen, daß Ihre Frau so freizügig ist wie eine Operntänzerin?«

Ives lächelte zerknirscht. »Touché.«

Beide nahmen ihre eigenen Kutschen, so daß sie später getrennt das Theater verlassen konnten. Sie trafen sich im Foyer wieder und gingen sofort in ihre Loge, da die Vorstellung bereits begonnen hatte.

Nur die zwei Theater mit königlichen Patenten, Drury Lane und Covent Garden, durften »ernste« Stücke zeigen. Andere Theater wie das Marlowe umgingen das Gesetz, indem sie Musik und Tanz in ihre Vorstellungen einbauten und sie so als Konzerte verkauften. Lucien und Ives setzten sich, während das Orchester eine schwungvolle Darbietung von Händels »Wassermusik« beendete.

Nach der Musik begann die Hauptvorstellung. Dem Programm zufolge hieß das Stück *Die Zigeunerbraut.* Es war eine turbulente Komödie, zu deren Auftakt ein flotter junger Adliger namens Horatio auftrat, der von seinem strengen Vater, dem Grafen von Omnium enterbt worden war, nachdem ein verruchter Vetter den Anschein erweckt hatte, daß Horatio den Familiennamen entehrt hatte. Verzweifelt floh der junge Mann in die Wildnis, wo er von einer Truppe Zigeuner vorm sicheren Tod bewahrt wurde.

Als Horatio sich zu seinen neuen Freunden am Lagerfeuer gesellte, sagte Ives leise: »Gleich kommen die Tänzerinnen. Cleo ist die erste.«

In prachtvollen Kostümen und mit klimpernden Armreifen stolzierten die Mädchen auf die Bühne. Cleo war ein munteres Kind mit einem hübschen Gesicht und keckem Blick. Als sie das Tambourin über ihren Kopf hob, was ihre eindrucksvolle Figur noch mehr zur Geltung brachte, sah sie zu ihrer Loge hinauf und strahlte Ives an. Sie sah aus wie die wundervolle Antwort auf eines jungen Mannes Gebet.

Dann wichen die Tänzerinnen ein Stück zurück, und ein neues Zigeunermädchen wirbelte zu einem Solo auf die Bühne. Sie war keine große Schönheit, aber sie besaß die undefinierbare Eigenschaft, die den besten Schauspielern ermöglichte, jeden in Sichtweite in ihren Bann zu schlagen.

Das Mädchen drehte eine Pirouette und sprang voller Lebensfreude über die Bühne. Dabei hoben ihre Röcke sich und entblößten ein Goldkettchen an ihrem wohlgeformten Knöchel. Als das Tempo sich steigerte, flogen ihre Röcke höher und gestatteten verführerische Blicke auf ihre Waden und gelegentlich ihre Knie. Sie hatte wahrhaft göttliche Beine.

Als das Mädchen stehenblieb, traf ihr Blick den des hingerissenen Horatio. Die beiden starrten einander unverwandt an. Sie hatte ein elegantes Profil, edel wie das auf einer griechischen Münze ...

Lucien atmete scharf ein vor Schock. Es war unmöglich, vollkommen unmöglich. Mit gepreßter Stimme fragte er: »Dürfte ich ihr Opernglas ausborgen?«

Ives reichte ihm das Glas bereitwillig. Die Vergrößerung bewies, daß Luciens Augen ihn nicht getäuscht hatten. Die langen Glieder und das klassische Profil gehörten unzweifelbar Jane.

Seine Finger krampften sich um das Opernglas. Die Frau, die er für einen idealistischen, zurückhaltenden Blaustrumpf gehalten hatte, war *Schauspielerin.* Noch dazu eine, die keinerlei Hemmungen hatte, einem Theater voll Fremder ein unanständiges Maß ihres lieblichen Körpers darzubieten.

Er gab das Opernglas zurück. Mit gutverhohlener Neugier fragte er: »Wer ist die Solotänzerin?«

»Das ist Miss James – Cassie James. Sie spielt Anna, die Geliebte. Sie ist sehr gut, nicht wahr?«

Sie war mehr als gut, sie war atemberaubend. Ein Leuchten, das die gesamte Bühne erhellte, umgab sie und löschte die anderen Schauspieler aus.

Ebenso gebannt wie Lucien, erhob Horatio sich vom Lagerfeuer und fing an, mit Anna zu tanzen. Kokett warf sie ihr schwarzes Haar zurück und schwenkte ihre schäumenden Unterröcke, während sie tanzte. Mit jeder Drehung flog ihr Rocksaum höher und höher.

»Jetzt, gleich können Sie die berühmte Tätowierung sehen«, sagte Ives leise. »Passen Sie auf, über dem rechten Knie.«

Gleich darauf wirbelten die Röcke hoch genug, um eine Zeichnung an der Innenseite ihres Schenkels zu enthüllen. Der Anblick erzeugte ein ohrenbetäubendes Brüllen männlicher Zustimmung im Publikum.

Zuvorkommend ließ Anna ihre Röcke noch einmal fliegen und provozierte noch mehr Zurufe. Lucien hätte am liebsten mit den Zähnen geknirscht. »Was stellt die Tätowierung dar, eine Blume?«

»Nein, einen Schmetterling.«

Ives gab ihm das Opernglas wieder, und bei Annas nächstem Sprung war Lucien der Ausblick auf einen frivolen schwarz-weißen Schmetterling auf ihrem seidigen Schenkel vergönnt. Er sehnte sich danach, sie in ein Laken zu hüllen, das sie von Kopf bis Fuß bedeckte. Danach, ihr den lügnerischen Hals umzudrehen. Außerdem, und das beinahe bis zum Wahnsinn, danach, seine Lippen auf den lockenden, sinnverwirrenden Schmetterling zu pressen, dann höher . . .

In dem Gefühl zu ersticken, schloß er die Augen, bis er wieder atmen konnte. Als er sie wieder öffnete, senkte sich der Vorhang zur Pause. Er wandte sich seinem Begleiter zu. »Erzählen Sie mir mehr von Cassie James.«

»Sie interessieren sich für Sie?« Ives grinste. »Nun, es heißt, daß sie jede Aussicht hat, die nächste Mrs. Jordan zu werden. Sie ist vor drei oder vier Jahren zum erstenmal in London aufgetreten, glaube ich, aber nur in kleinen Rollen, deswegen ist sie in die Provinz gegangen. Vor zwei Jahren habe ich sie im Königlichen Theater in York gesehen, und sie war großartig. Der Intendant des Marlowe hat beschlossen, daß Cassie für London bereit ist, sie für diese Saison engagiert und *Die Zigeunerbraut* für sie geschrieben. Sowohl sie als auch das Stück sind ein großer Erfolg.«

Lucien interessierte sich keinen Pfifferling für ihre schauspielerischen Erfolge. »Hat Miss James einen Beschützer?«

»Nicht, daß ich wüßte. Ich glaube, sie zieht es vor, mehrere Liebhaber gleichzeitig zu haben.«

»Einzelheiten, bitte.«

»Sie sind wirklich interessiert, oder? Tut mir leid, aber ich weiß beim besten Willen nicht, wer in ihrem Bett gewesen ist – sie ist ziemlich diskret für eine Schauspielerin. In York habe ich sie mit irgendeinem Kolonialisten zusammen gesehen – einem Kanadier, glaube ich, oder einem Amerikaner, aber ich habe keine Ahnung, wie er heißt.« Ives überlegte einen Augenblick. »Nunfield war hinter ihr her. Ich war mit ihm zusammen, als sie letzten September ihre erste Vorstellung in London gegeben hat. Er reagierte genauso wie Sie.«

Luciens Atemnot kehrte zurück. »Hat er Erfolg gehabt?«

»Ich glaube nicht, aber wie gesagt, ich will nichts beschwören. Ich weiß, daß er ihr eine sehr großzügige Summe angeboten hat.«

Lucien fragte sich, mit wievielen Männern »Jane« geschlafen haben mochte, seit sie sich vor ihm als verzweifelte junge Dame ausgegeben hatte. *Schauspielerin.* Da lag der Schlüssel. Es erklärte die Perücken, die Schminke, die Fähigkeit, verschiedene Persönlichkeiten zu verkörpern. Selbst Ives, der Cassie James, die aufstrebende Komödiantin, kannte, hatte sie nicht erkannt, als er ihr als Sally zu nahe getreten war.

Die einzig ernste Frage stellte sich, warum sie hinter den Höllenhunden her war. Eine schreckliche Möglichkeit schwebte Lucien vor, daß sie Nunfields Mätresse war und in seinem Auftrag spionierte, entweder, um etwas Bestimmtes zu erfahren oder weil die beiden die Idee amüsant fanden. Oder vielleicht war sie seine Geliebte gewesen und er hatte ihr den Laufpaß gegeben, so daß sie sich rächen wollte.

Eins war vollkommen klar: sie hatte Lucien wieder einmal zum Narren gehalten.

Die Pause ging zu Ende, und der nächste Akt der *Zigeunerbraut* begann. Zarte Bande entspannen sich zwischen Anna und Horatio, und sie standen kurz vor einer Zigeunerhochzeit. Dann erschien der Herzog von Omnium und flehte seinen Sohn an, ihm zu vergeben, daß er die bösen Lügen seines Vetters geglaubt hatte.

Nach der Versöhnung mit seinem Vater bat Horatio Anna um ihre Hand. Er versprach ihr ein Leben in Luxus und eine Zukunft als die nächste Herzogin von Omnium. Tränenüberströmt wies sie ihn ab, weil ihre niedrige Geburt sie unwert machte, eine Herzogin zu sein.

Gerade, als die beiden Liebenden für immer voneinander schieden, hatte der König der Zigeuner seinen großen Auftritt, begleitet von einer ganzen Schar tambourinschlagender Tänzerinnen. Der König verkündete, daß Anna in Wahrheit die Tochter eines Herzogs war, die man wegen ihrer außergewöhnlichen Schönheit als Kind entführt hatte. Nachdem ihre Herkunft als akzeptables Mitglied des Hochadels bewiesen war, nahm Anna Horatios Antrag mit Freuden an. Das Stück endete damit, daß das gesamte Ensemble einschießlich des Herzogs von Omnium fröhlich ums Lagerfeuer tanzte.

Vom folkloristischen Aspekt her war das Stück lächerlich. Lucien nahm sich vor, seinem Freund Nicholas zu sagen, daß er es sich ansehen sollte, er würde die Darstellung der Roma sicherlich komisch finden. Aber als Komödie war es wirkungsvoll, und Cassie James war das Allerbeste.

Nachdem das Ensemble sich verbeugt und die Bühne verlassen hatte, sagte Ives: »Ich mache mich jetzt auf die Suche nach Cleo. Wollen Sie mit mir ins Künstlerzimmer kommen, oder sollen wir uns hier voneinander verabschieden?«

Lucien stand auf und nahm sein Cape, das er über einen leeren Stuhl geworfen hatte. »Ich komme mit. Ich kann Ihnen gar nicht sagen, wie sehr ich darauf brenne, die talentierte Miss James kennenzulernen.«

Zwölftes Kapitel

Das Künstlerzimmer wimmelte von überschwenglichen Schauspielern und ihren Freunden. Der Tumult nach einer Vorstellung war Kit immer unangenehm, daher stand sie mit dem Rücken zur Wand und hielt Hof. Ein Dutzend Männer stand im Halbkreis vor ihr, machte ihr ausgefallene Komplimente und wetteiferte um ihre Aufmerksamkeit.

Inzwischen beherrschte sie das zweideutige Geplänkel, das den Herren so gefiel. Als ein Bewunderer sagte: »Sie waren der reinste Engel heute abend, Miss James«, antwortete sie neckisch: »Wenn das wahr ist, sollten die Engel sich in acht nehmen.«

Die Männer lachten. Ein gezierter Kerl sagte seelenvoll: »Sind Sie sicher, daß Sie mein Angebot nicht akzeptieren wollen? Ich wäre überglücklich, Ihr Beschützer sein zu dürfen.«

Sie musterte ihn nachdenklich. »Männer versuchen andauernd, mich zu beschützen. Und ich weiß nie, wovor.«

Die Gruppe begann, lärmend Vorschläge zu machen, vor wem von ihnen sie am ehesten beschützt werden mußte. Während die Namen hin- und herflogen, behielt sie ein Auge auf den umliegenden Raum und suchte nach einem Anzeichen des Schrecks oder der Überraschung, irgend etwas, das ihr bei ihrer Suche weiterhelfen würde.

Lord Ives war gekommen und verließ gerade mit einer lächelnden Cleo am Arm das Künstlerzimmer. Nach dem, was Cleo sagte, war er ein anständiger junger Mann. Andere Höllenhunde sah sie nicht. Die Theatergänger unter ihnen hatten *Die Zigeunerbraut* sicher schon lange gesehen, sie würde heute abend also nicht viel herausfinden.

Sie wandte sich wieder ihren Bewunderern zu, als ein nüchterner junger Mann versuchte, ihr ein religiöses Traktat in die Hand zu drücken. »Das Theater ist nicht der rechte Ort für eine anständige Frau«, sagte er ernsthaft. »Lesen Sie das hier, dann werden Sie Ihren Irrweg erkennen.«

Sie lehnte ab und sagte mit verruchtem Lächeln: »Irren ist menschlich – und ein göttliches Gefühl.«

In dem brüllenden Gelächter, das folgte, zog der junge Mann sich hastig zurück. Ein würdiger älterer Herr sagte: »Du meine Güte, Sie haben wirklich eine scharfe Zunge.«

Sie senkte suggestiv die Lider. »Güte hat nichts damit zu tun.«

Mehr Gelächter. Sie sah sich um, um festzustellen, ob jemand Neues eingetroffen war. Dann wurde sie starr vor Schreck. Lord Strathmore kam durch die Menge auf sie zu wie ein hungriger Leopard auf Beutefang.

Sie fluchte stillschweigend. Sie hätte wissen müssen, daß ihr Glück nicht andauern würde. Strathmore hatte ein unheimliches Talent dafür, sie aufzuspüren.

Ihre erste Reaktion war Flucht, aber sie unterdrückte sie. Es würde ihr nie gelingen, sich in diesem Gedränge schnell genug zu bewegen. Außerdem war sie hier besser dran. An diesem öffentlichen Ort konnte er nichts allzu Fürchterliches anstellen.

Sie hatte ihn unterschätzt.

Während sie noch versuchte, ihre Fassung wiederzugewinnen, drängte Strathmore sich an ihren Bewunderern vorbei. Er war in seiner Luciferstimmung, mit einer Ausstrahlung von derartiger Bedrohlichkeit, daß die anderen Männer instinktiv zurückwichen.

Trotzdem waren seine Manieren untadelig, als er sie ansprach. »Du warst heute abend wundervoll, mein Engel.« Er hob ihr Kinn und gab ihr einen leichten, besitzergreifenden Kuß, als seien sie ein offizielles Paar.

Es war unmöglich, nicht darauf zu reagieren, aber sie mißtraute seinem strahlenden Lächeln. Sie preßte sich an die Wand und fragte sich, was er vorhatte. »Ich bin froh, daß es Ihnen gefallen hat«, sagte sie vorsichtig.

»Du setzt mich immer wieder in Erstaunen, meine Liebe«, sagte er mit rauher, vertraulicher Stimme. »Jedesmal, wenn ich dich spielen sehe, habe ich das Gefühl, eine neue, aufregende Frau zu treffen.«

Während sie nach einer angemessenen Antwort auf seine doppeldeutigen Worte suchte, breitete er das Cape aus, das er über dem Arm getragen hatte. Das umfangreiche Kleidungsstück war groß genug, um sie zweimal darin einzuwickeln. Mit raschen Bewegungen tat er genau das, bis ihre Arme fest an ihrem Körper anlagen.

Sie fauchte: »Was zum Teufel tun Sie?«

»Du hast dich darüber beklagt, daß ich zu berechenbar werde«, sagte er schmeichelnd, »und ich habe beschlossen, dem abzuhelfen.« Er nahm sie auf die Arme und drückte einen hauchzarten Kuß auf ihre Lippen, um rasch zurückzuweichen, bevor sie ihn beißen konnte. »Heute nacht werden wir die Romantik wieder zum Leben erwekken.«

Wütend versuchte Kit, sich zu befreien, aber in ihrem Kokon aus dunklem Stoff war sie hilflos.

Einer ihrer Bewunderer sagte jovial: »Ich hab' geahnt, daß ein Prachtstück wie Cassie einen Beschützer haben muß, aber ich hatte keine Ahnung, daß Sie der Glückliche sind, Strathmore. Kein Wunder, daß sie uns alle abgewiesen hat.«

»Ich bin mir meines Glückes wohl bewußt.« Sein zärtlicher Ton strafte das bedrohliche grüne Leuchten in seinen Augen Lügen, als er sie ansah. »Es gibt in ganz England keine zweite Frau wie Cassie James.«

Ihr Abgang quer durch das Künstlerzimmer war begleitet von zweideutigen Vermutungen, was seine Herzensdame romantisch finden mochte. Kit versuchte, sich zu befreien, aber seine Arme hielten sie an seine Brust gepreßt wie eiserne Bänder. Es gelang ihr, ihm einen Ellbogen in den Bauch zu rammen, und er krümmte sich leicht unter dem Stoß, aber sein Lächeln wich keine Sekunde.

Leise sagte er: »Ich würde Ihnen nicht raten, eine Szene zu machen, meine Liebe.«

Ein rascher Blick auf die lachenden Männer um sie herum machte ihr klar, daß ein Hilferuf ihr nichts eintragen würde. Jeder Protest würde als Bestandteil eines Schauspiels zwischen Liebenden gewertet werden.

Ein zuvorkommender Gast öffnete Strathmore die Tür, und der bedankte sich mit einem Nicken und trat in den Gang hinaus. Seine Schritte hallten, als er sie aus dem leeren Theater trug. Selbst wenn sie schrie, bei dem Lärm, der im Künstlerzimmer herrschte, würde sie niemand hören.

Als sie am Bühneneingang ankamen, verbeugte der Portier sich tief. »Ihre Kutsche wartet bereits, Mylord.«

Strathmore neigte den Kopf. »Vielen Dank, Smithson.«

Kit versuchte noch einmal, sich zu befreien, aber nach wie vor vergebens. »Helfen Sie mir, Mr. Smithson«, flehte sie. »Das hier ist kein Spiel – ich werde entführt.«

Der Portier lächelte nachsichtig, als er sie hinausließ. »Seine Lordschaft haben mir seine Pläne anvertraut,

Miss. Viel Vergnügen. Sie arbeiten schwer, und Sie haben ein bißchen Abwechslung verdient.«

Strathmores Kutsche stand direkt am Eingang. Smithson öffnete den Schlag und klappte die Treppe aus. Als der Graf Kit in die Kutsche gehoben und auf dem Ledersitz abgelegt hatte, warf er dem Portier eine Goldmünze zu.

Kit nützte den Augenblick, wo er ihr den Rücken zudrehte, um sich aus dem Cape zu befreien, aber noch ehe sie weitere Fortschritte machen konnte, stieg Strathmore ein und schlug die Tür zu. Die Kutsche setzte sich augenblicklich in Bewegung.

Als das Gerüttel Kit gegen die Wand des Gefährtes schleuderte, wuchs ihre Angst zu heller Panik. Bei all ihren unwahrscheinlichen Zusammentreffen hatte sie nie wirklich geglaubt, daß Strathmore ihr etwas antun würde, aber jetzt fragte sie sich, ob sie sich gründlich geirrt hatte. Von einer Sekunde auf die andere war sie eine Gefangene. So schnell, so einfach. Er konnte sie heute nacht ermorden und ihren Körper in die Themse werfen. Falls ihr Verschwinden jemals untersucht wurde, konnte er sagen, daß sie eine wundervolle Nacht miteinander verbracht hatten und er sie bei vollkommener Gesundheit verlassen hatte. Niemand würde das Wort eines so feinen, aufrechten Herrn bezweifeln, der mit solcher Eleganz log.

Ihre Hände ballten sich zu Fäusten, und sie biß sich auf die Lippen, bis sie Blut schmeckte. Sie hatte sich noch nie so hilflos gefühlt, einem Mann derartig ausgeliefert. Verzweifelt suchte sie nach der Kraftquelle, die sie bisher nie im Stich gelassen hatte.

Als sie sie fand, senkte Ruhe sich über ihr Entsetzen. Sie war nicht alleine. Ihr Atem ging tiefer, und ihre Angst ließ nach, bis sie wieder denken konnte. Sie mußte stark sein, dem Mann, der sie entführt hatte, ebenbürtig.

Sie schloß die Augen und erfand eine neue Rolle für sich: die einer weltgewandten, erfahrenen Schauspielerin, die vor nichts Angst hatte. Als sie glaubte, überzeugend sein zu können, öffnete sie die Augen und sagte kühl: »Machen Sie so etwas regelmäßig, Mylord?«

»Nicht direkt«, erwiderte er ebenso kühl, »aber in diesem Fall erschien es mir angebracht, da die fragliche Person offenbar außerstande ist, die Wahrheit zu sagen.«

»Meine Ehrlichkeit oder der Mangel daran gehen Sie nichts an.« Ihre harten Worte wurden von einem Satz der Kutsche unterbrochen, der sie hilflos gegen die Polster warf. Ohne Arme war es unmöglich, das Gleichgewicht zu behalten.

Strathmore packte ihre Schultern und lehnte sie wieder in ihre Ecke, wo sie sich vor den Bewegungen der Kutsche schützen konnte. »Bedenken Sie, daß Lucifer der Prinz der Lügner ist – das dürfte mir die Oberhand über Sie geben«, sagte er, während er sich in die Kissen zurücklehnte. »Sie sind eine meiner ergebensten Anhängerinnen.«

»Das könnte Ihnen so passen«, sagte sie grob. »Mein ergebenster Wunsch ist, Ihnen aus dem Weg zu gehen.«

Endlich zahlte sich ihr Kampf aus, und es gelang ihr, sich aus dem Cape zu befreien. Als sie es von sich warf, sagte er: »Ich würde Ihnen raten, das anzubehalten. Die Tür auf Ihrer Seite ist verschlossen, da kommen Sie also nicht hinaus, und es ist recht kühl heute abend.«

Zum Teufel mit ihm, er hatte recht: es war bitterkalt, und ihr Zigeunerinnenkostüm war nicht gerade warm. Sie hüllte sich wieder in das Cape. Dabei prüfte sie verstohlen nach, ob der Kutschenschlag auf ihrer Seite tatsächlich verschlossen war. Mit einem Seufzer lehnte sie sich in ihre Ecke und zog das Cape enger. Die schwere Wolle verströmte den schwachen, herben Geruch seines Rasierwassers. »Wohin bringen Sie mich?«

»Zum Essen. Wer so schwer arbeitet wie Sie da auf der Bühne, muß schrecklichen Appetit haben.«

Die Antwort war so nüchtern, daß sie beinahe gelacht hätte. Ihre Angst ließ weiter nach. »Sie haben recht – nach der Vorstellung bin ich immer halbverhungert. Aber warum haben Sie mich nicht einfach zum Essen eingeladen? Ich mag es nicht, wenn Männer so mit mir umspringen.«

»Nein?« sagte er mit beißendem Sarkasmus. »Wie ich höre, haben Sie einige Erfahrung damit.«

Sie keuchte und antwortete dann: »Noch einmal, was geht Sie das eigentlich an? Sie sind mit mir weder verwandt noch verheiratet, und Sie haben kein Recht, ein Urteil über meine Handlungen zu fällen.«

»Das tue ich auch nicht«, sagte er kühl. »Genaugenommen bin ich entzückt, von den Fesseln der Konvention befreit zu sein. Es war ziemlich schwierig, mir zu sagen, daß Sie eine anständige Frau sind. Jetzt kann ich stärkere Mittel anwenden.«

»Wenn Sie vorhaben, mich zu verführen, fangen Sie Ihre Sache sehr schlecht an«, sagte sie steif.

Bevor er antworten konnte, hielt die Kutsche, und ein Diener öffnete den Schlag. Strathmore stieg aus und half ihr mit äußerster Höflichkeit aus der Kutsche, so, als sei sie ein geehrter Gast und keine Gefangene.

Als Kit ausstieg, merkte sie, daß sie vor dem Clarendon standen. Offenbar wollte er sie wirklich zum Essen einladen. Hastig hüllte sie sich in das Cape, so daß ihr Gesicht verborgen blieb. Das letzte, was sie jetzt brauchen konnte, war, daß irgend jemand sie erkannte.

Strathmore führte sie die Treppe hinauf, eine Hand fest um ihren Ellbogen gelegt. Drinnen sagte er zu dem ehrerbietigen Maître d'hotel: »Ein privates Speisezimmer, Robecque, und so schnell wie möglich etwas zu essen für eine hungrige Dame. Und Champagner.«

Robecque zögerte und machte eine verzweifelte Miene. »Es tut mir unendlich leid, Lord Strathmore, aber ich fürchte, die Privaträume sind alle reserviert«, sagte er mit schwerem französischem Akzent.

Strathmore hob die Brauen. »Oh?«

Der Franzose reagierte auf diesen winzigen Laut, als habe er ein Messer an der Kehle. Augenblicklich sagte er: »Hier entlang, Mylady. Gerade fällt mir ein, daß ein Zimmer frei ist.«

Er führte sie durch einen privaten Gang in ein kleines, üppig ausgestattetes Gemach. »Champagner und eine angemessene Erfrischung werden sofort serviert.«

Nachdem Robecque sich verbeugt und den Raum verlassen hatte, sagte Kit ironisch: »Ich vermute, daß Sie dem armen Mann eben einen Raum abgepreßt haben, den ein bloßer Sterblicher für heute abend reserviert hatte.«

»Vermutlich.« Unbeeindruckt nahm Strathmore ihr das Cape ab und glitt dabei mit den Fingern über ihre nackten Arme.

Sie erschauerte und wich zurück.

»Mein Anliegen war dringlicher«, erklärte der Graf, während er das Kleidungsstück an einen Haken hängte.

»Und ihre Börse ergiebiger.« Mit dem Gefühl, im Nachteil zu sein, wenn sie sich setzte, schlenderte sie durch den Raum. Ihre bauschigen Röcke flogen ihr um die Knöchel, und der dicke Teppich verschluckte das Geräusch ihrer Schritte. Sie hatte schon ein- oder zweimal im Clarendon diniert, aber nie in einem Privatraum. Es war eine Welt voller Treibhausrosen, blitzendem Kristall und dem sanften Glanz polierten Holzes.

Ihr Blick fiel auf die samtbezogene Chaiselongue in der Zimmerecke. Hastig sah sie weg. Nichts fehlte für denjenigen, der ein kostspieliges Abenteuer suchte.

Die Tür ging auf, und ein Geschwader von Kellnern

stürmte herein. Während einer den Kronleuchter herabließ und die Kerzen anzündete, entfachte der andere das Feuer. Ein dritter öffnete eine Flasche Champagner, und der letzte schob einen hochbeladenen Servierwagen herein, unter dessen Silberglocken aromatische Dampfwolken hervorquollen. Das Essen roch himmlisch, und es war so schnell erschienen, daß Kit den Verdacht hatte, das Essen eines anderen zu erhalten.

Strathmore wandte sich an den Oberkellner. »Vielen Dank, Petain. Sie können gehen. Wir werden uns selbst bedienen. Wir brauchen Sie heute abend nicht mehr.«

Der Kellner verbeugte sich und scheuchte seine Mannschaft aus dem Raum. Als sie alleine waren, sagte Kit: »Nach der Behandlung zu urteilen, die Ihnen hier zuteil wird, fange ich an mich zu fragen, ob Ihnen das Hotel gehört.«

Er zuckte die Achseln. »Ich habe dem Maître d'hotel einmal einen kleinen Gefallen getan. Er hat es nicht vergessen.«

»Das heißt vermutlich, er hat beim Kartenspiel ein Vermögen an Sie verloren, und Sie haben großzügig beschlossen, ihn nicht in den Schuldturm werfen zu lassen.«

»So ungefähr.« Er zog einen Stuhl an den Tisch und machte eine einladende Handbewegung. »Sollen wir anfangen?«

Sie beschloß, daß sie es sich genausogut bequem machen konnte, und zog die Haarnadeln aus ihrer Perücke. Sie nahm sie ab und hängte sie neben das Cape. Dann schüttelte sie ihr eigenes, flachgedrücktes Haar auf. Sie vermutete, daß sie aussah wie eine Pusteblume. Und doch trat Bewunderung in des Grafen Augen, als sie sich setzte.

Er goß ihnen beiden Champagner ein und hob sein Glas. »Auf die begabteste, unaufrichtigste Frau, die ich je kennengelernt habe.«

»Ist das ein Kompliment oder eine Beleidigung?«

Er lächelte ein wenig. »Eine bloße Feststellung.« Er sah elegant aus und atemberaubend attraktiv. Sie hätte ihn für einen vollendeten Gentleman gehalten, wäre da nicht das gefährliche Leuchten in seinen grün-goldenen Augen gewesen.

Sie war sich der sexuellen Spannung zwischen ihnen wohl bewußt, und so nippte sie nervös an ihrem Glas. Bläschen tanzten auf ihrer Zunge, wirbelten durch ihr Blut und besänftigten ihre angespannten Nerven. Etwas entspannter widmete sie ihre Aufmerksamkeit dem Essen. Es schmeckte noch besser als es roch. Nach einer Seezunge in Salbei mit Artischocken, gedünstetem Lauch, Huhn in Aprikosensoße und Pistaziencreme fühlte sie sich eher imstande, ihrem Gegner ins Auge zu sehen.

Er hatte sehr wenig gegessen und lehnte jetzt mit übereinandergeschlagenen Beinen in seinem Stuhl. Sein Haar glomm im Kerzenlicht wie gesponnenes Gold. Jetzt, wo sie sich von den Strapazen der Vorstellung erholt hatte, war sie sich seiner körperlichen Nähe nur allzu bewußt. Jedesmal, wenn sie sich trafen, wurde das, was zwischen ihnen vorging, intensiver, und sie fragte sich nervös, was dieser Abend bringen würde.

In der Hoffnung, die Stimmung heiter und gesellig zu halten, sagte sie: »Vielen Dank für das ausgezeichnete Essen.«

»Ich bin der Meinung, daß es ergiebiger ist, jemanden zu befragen, der nicht hungrig ist.« Er nippte an seinem Champagner. »Und ich habe eine ziemlich lange Liste von Fragen an Sie.«

Sie atmete tief ein und legte ihr Besteck beiseite.

Das Gefecht konnte beginnen.

Dreizehntes Kapitel

Kit sah ihn an. »Ich habe Ihnen nichts zu sagen.«

»Was, kein neues Märchen? Ich bin enttäuscht«, sagte er mit feinem Sarkasmus. »Sie sind eine der erfinderischsten Lügnerinnen, die ich je getroffen habe.«

»Sie haben es nötig«, erwiderte sie. »Ich bezweifle, daß Sie nur einen Funken Ehrlichkeit im Leib haben. Jeder im Theater hat geglaubt, daß wir ein Paar sind.«

»Ich bin ehrlich, wenn es angebracht ist und nicht allzuviel kostet«, sagte er schlicht. »Wir haben viel gemeinsam. Sind Sie sicher, daß Ihnen kein neuer Bruder oder weitere journalistische Nachforschungen einfallen?«

Sie schüttelte den Kopf. »Ich habe keine Lust mehr zu lügen. Wie ich bereits sagte, ich bin nicht verpflichtet, Ihre Fragen zu beantworten, daher werde ich es nicht tun. Ich gebe Ihnen mein Wort, daß ich nicht die Absicht habe, einem Unschuldigen Schaden zuzufügen. Mehr sage ich nicht.«

»Ich wünschte, ich hätte eine Ahnung, wie Sie Schuld und Unschuld gegeneinander abwägen.« Er musterte sie scharf. »Sehr schlau von Ihnen, sich als L.J. Knight auszugeben. Da niemand weiß, wie der Knabe aussieht, ist Ihre Behauptung schwer zu widerlegen. Vielleicht stimmt es sogar, obwohl ich nicht darauf wetten würde. Wahrscheinlicher ist, daß sie lediglich eine regelmäßige Leserin von Knights Artikeln sind. Wollen Sie darauf antworten?«

»Ich möchte lieber meinerseits ein paar Fragen stellen.« Ihre Augen wurden schmal. »Ich glaube, Sie haben selber Geheimnisse. Ihr Verhalten ist nicht gerade das eines ehrlichen, aufrechten Bürgers. Warum sind Sie so erpicht darauf, mich auszufragen?«

»Es fällt mir schwer, angesichts eines weiblichen Wesens, das regelmäßig Betrug, Einbruch und diverse andere Verbrechen begeht, meine Neugier zu zügeln.« Er untermalte diese Erklärung mit einem Lächeln, das ihren Atem zum Stocken brachte.

Selbst, wenn Strathmore nicht der war, den sie suchte, er blieb eine Bedrohung für sie und ihre Mission. Warum zog er sie dann trotzdem noch an? Die Erinnerung an seine Küsse war so lebendig wie die Flammen, die im Kamin flackerten. Und ebenso wärmend.

Sie mußte gehen, bevor die Stimmung noch intimer wurde. »Wenn Sie mich für eine Verbrecherin halten und entsprechende Beweise haben, sollten Sie die Polizei rufen«, sagte sie nüchtern. »Aber bevor Sie sich dazu entschließen, bedenken Sie, daß ich einflußreiche Freunde habe, die mir zu Hilfe kommen würden.«

Diese Worte provozierten ein dunkles Aufblitzen in seinen Augen. »Es wäre reine Verschwendung, Sie ins Gefängnis zu stecken, meine Liebe. Es würde Ihnen nicht gefallen, und Sie wären von keinerlei Nutzen für mich.«

»Ich nehme an, ihr Ziel ist Verführung, aber ich muß die Ehre ablehnen.« Sie erhob sich. »Ich kenne den Weg.«

Als sie um den Tisch herum auf die Tür zuging, hob er die Hand. Obgleich er sie nicht berührte, blieb sie wie gebannt stehen.

»Verführung beinhaltet den Mißbrauch einer widerstrebenden oder hilflosen weiblichen Person«, sagte er. »Sie sind weder das eine noch das andere.«

»Vielen Dank«, sagte sie trocken. »Aber ich habe bereits abgelehnt, Lord Strathmore. Haben Sie die Absicht, mich mit Gewalt hier festzuhalten?«

Leise sagte er: »Ich glaube nicht, daß das nötig sein wird.«

Er saß, und das machte ihn weniger bedrohlich. Aber seine Augen – oh, seine Augen waren immer noch gefährlich, denn sie versprachen Genüsse, die ihre Seele bloßlegen würden. Sie wappnete sich innerlich gegen seine machtvolle Anziehungskraft, und sagte: »Wenn Sie hoffen, mich mit Überredung in Ihr Bett zu locken, haben Sie sich geirrt.«

Er schenkte ihr ein träges Lächeln. »Ich verfüge über unendliche Geduld, solange ich am Ende bekomme, was ich will.« Er ergriff ihre Hand und verschränkte seine Finger mit den ihren. »Sie weigern sich, mich Lucien zu nennen.«

Sie schluckte und versuchte, dem vernichtenden Effekt seiner warmen Umklammerung zu widerstehen. »Das würde einen Grad der Vertrautheit zwischen uns voraussetzen, den ich mir nicht wünsche.«

»Nein?« Er zog sie an sich, legte ihre Hand an die Lippen und küßte die Innenseite ihres Handgelenkes. Seine Zunge verfolgte den blauen Schatten einer Ader.

Der Effekt war erschreckend – jede Zelle ihres Körpers begann zu pulsieren vor Lust. Sie versuchte, ihm auszuweichen, doch sein leichter Griff war unerbittlich. Er begann, mit dem Daumen über ihre weiche Handfläche zu streichen, und sie brachte nicht die Willenskraft auf, sich zu befreien. Leicht verzweifelt sagte sie: »Eine Schauspielerin ist nicht notwendigerweise auch eine Hure, Mylord.«

»Nein, aber vermutlich . . . unkonventioneller als andere.« Er lächelte träge. »Und eins weiß ich. Unkonventionell sind Sie.«

Er verstärkte den Druck seiner Hand, aber es war das goldene Leuchten in seinen Augen, das sie zu ihm hinzog. Ihr Atem ging schneller, und das nicht nur vor Angst, sondern auch vor Spannung.

Er hatte eine unheimliche Fähigkeit, ihre Stimmung zu erahnen, denn statt sie zu küssen, zog er sie auf seinen Schoß. »Sie müssen erschöpft sein.« Sanft legte er seine Arme um sie. »Soll ich Sie Cassie nennen oder Jane?«

»Cassie ist ein Künstlername. In Wirklichkeit heiße ich Jane.«

Er begann, ihr geschickt den Nacken zu massieren. »Jane. So ein gewöhnlicher Name für eine ungewöhnliche Frau.«

»Ich bin nicht ungewöhnlich – höchstens erfinderisch, was das Erzeugen von Illusionen betrifft«, sagte sie, und fragte sich dann, warum sie soviel verraten hatte. Er war sogar noch gefährlicher als sie geahnt hatte, denn er erweckte den Wunsch in ihr, sich ihm anzuvertrauen. Es schien das Natürlichste von der Welt, ihm ihre Ängste zu beichten und sich seiner Stärke zu überlassen, denn sie war ihres einsamen Kampfes müde – unendlich, quälend müde.

Auch wenn sie nicht so töricht war, ihrer Sehnsucht nach Vereinigung nachzugeben, ließ ihre anfängliche Steifheit bald nach. Sie ließ sich treiben, zufrieden, in seinen Armen zu sein, undeutlich den üppigen Duft von Essen und Blumen wahrnehmend. Weit entfernt ertönte Gelächter. Aber das war lediglich der Hintergrund für Luciens faszinierende Nähe. Er erfüllte all ihre Sinne, sein ruhiger Atem fuhr sanft durch die Haare an ihrer Schläfe.

Er war geduldig, wie er versprochen hatte. Lange Zeit hielt er sie einfach nur und massierte ihre verspannten Muskeln. Seine Wärme und seine Begierde hüllten sie ein, ein Schmelztiegel, in der ihre Glut sich der seinen anglich.

Sie merkte kaum, wann seine Lippen zum erstenmal ihre Stirn berührten, wann sie begannen, zärtlich über ihr Gesicht zu streifen. Eine hauchzarte Liebkosung auf ihren geschlossenen Lidern, ein spielerischer, erotischer Atemhauch an ihrem Ohr. Endlich hob er mit sanftem Druck ihr Kinn und küßte sie auf die Lippen.

Die samtige Berührung seiner Zunge heilte die Stelle, die sie sich in der Kutsche blutig gebissen hatte. Sie wußte kaum mehr, warum sie solche Angst vor ihm gehabt hatte. Ihre betäubende Lust steigerte sich zu wilder Begierde, als er ihre Brust umfaßte.

Sein Kuß vertiefte sich, wurde forschend, suggestiv. Er zog ihr die Zigeunerbluse von der Schulter, und sie genoß den kühlen Lufthauch und die Wärme seiner Hand.

Während er mit ihrer Brustwarze spielte, murmelte er: »Jane ist zu einfach. Ich werde dich Lady Jane nennen.«

Woher wußte er das? Der Gedanke rüttelte sie aus ihrer Trance. Sie hob verwirrt den Kopf und erkannte ihre Dummheit. »Ich muß gehen.«

»Diesmal nicht, Lady Jane«, sagte er heiser.

Er neigte den Kopf und preßte den Mund auf ihre Brust. Seine Zunge paßte sich dem Rhythmus ihres Pulses an. Sie bäumte sich auf und wand sich in seinem Schoß, voller Schuldbewußtsein, weil sie nicht versuchte, ihm zu entfliehen, sondern sich ihm darbot.

Eine ihrer achtlosen Bewegungen brachte sie aus dem Gleichgewicht, und sie wären beinahe zu Boden gestürzt. Seine blitzschnelle Reaktion bewahrte sie davor. Nach einer kurzen Schrecksekunde hob er sie auf und trug sie zur Chaiselongue.

Er legte sie auf die gepolsterte Fläche und setzte sich neben sie. Ohne ihren Blick freizugeben, zog er ihr die Bluse von den Schultern und knüpfte die Bänder ihres Korsetts auf. Darunter hob und senkte sich ihr Musselinhemd von ihrem hastigen Atem, bis er ihr die Kleidungsstücke bis zur Taille herunterzog. Ebenso mühelos fegte er ihre Scheu beiseite und machte sie in der Wärme seiner Bewunderung schmelzen.

Er legte seine warmen, starken Hände auf ihre nackten Brüste und beugte sich vor, um an ihnen zu saugen. Sie erschauerte und schloß die Augen, durchflutet von unbekannten, schwindelerregenden Gefühlen. Das leise Kratzen seines Kinns auf ihrer zarten Haut, seine Zähne, die zärtlich und doch spürbar an ihr knabberten, seine Hände, die über ihre Glieder und ihren Leib glitten, als versuchten sie, sich jede Wölbung einzuprägen. Sie hatte ihre Pantoffeln verloren, und der Samt unter ihren Füßen war wie eine sinnliche Liebkosung. Es gab nur ihn, nur diesen Augenblick . . .

Aber das stimmte nicht. Es gab viel wichtigere Dinge in ihrem Leben als die Befriedigung von Lust. In einer verzweifelten Bitte um Gnade zog sie ihre Beine an und stemmte ihre Hände gegen seine Schultern, um ihn wegzustoßen. »Bitte nicht! Sie machen mir angst.«

Er wurde ganz ruhig, hob dann den Kopf und sah sie forschend an. »Nicht körperlich.«

»Nein«, gestand sie aufrichtig. »Ich habe Angst, daß alles zu schnell geht. Daß ich etwas tue, was ich später bereue.«

Er verzog reumütig den Mund. »Fühlen Sie sich besser, wenn ich Ihnen sage, daß Sie mir genausoviel Angst machen? Sie werden mich teuer zu stehen kommen, Lady Jane. Genaugenommen tun Sie das jetzt schon.«

Zu wissen, daß sie einen solchen Mann derart beeinflussen konnte, verlieh ihr ein Gefühl von Macht. Und doch . . . »Besser vielleicht, aber nicht sicherer.«

»Laufen Sie deswegen vor mir weg? Denn Sie können unmöglich leugnen, daß irgend etwas Besonderes zwischen uns vorgeht.« Während er sprach, glitt seine Hand ihr linkes Bein hinunter.

Ein verwirrender Schauer durchrann sie, als sein Daumen langsame, kreisende Bewegungen auf ihrem Fuß beschrieb. »Ich leugne nicht, daß eine gewisse Anziehung vorhanden ist«, sagte sie stockend, »aber das bedeutet nicht, daß ich ihr nachgebe.«

Und doch wurden ihre Worte Lügen gestraft von dem

unwiderstehlichen Drang, ihn zu berühren. Ihre Hände gaben nach, streiften über seine Schultern und spürten die harten Muskeln unter seiner elegant geschnittenen Kleidung. Sie schob seinen Rock beiseite und strich mit den Handflächen gierig über seinen Brustkorb und seine schmale Taille.

Er verspottete sie nicht wegen ihrer Schwachheit, sondern lächelte ihr mit leisem Triumph in die Augen, während er wieder begann, ihr Bein zu streicheln. Diesesmal führte die Bewegung aufwärts, schob ihre bauschigen Röcke hoch und entblößte ihr Fußkettchen. Sein Blick wanderte zu dem schimmernden Gold. »Das da bringt Ihre hinreißenden Beine angemessen zur Geltung«, sagte er, während er mit einer Fingerspitze die Spur des goldenen Kettchens nachzog.

Sie atmete scharf ein und krallte sich in seine Brust. »Es gehört zu dem Zigeunermädchen. Die langweilige Jane, die ich wirklich bin, würde so etwas nie tragen.«

»Langweilig?« Er sah sie fragend und leicht spöttisch an. »Ein Goldkettchen kann man abnehmen, aber das da« – er schob ihre Röcke höher, bis er den tätowierten Schmetterling über ihrem rechten Knie entdeckte – »Das hat nur einen Zweck – die Männer um den Verstand zu bringen. Mich zum Beispiel.«

Er beugte sich vor und fuhr die Konturen des Bildes mit der Zunge nach. Sein warmer Atem streifte über die Innenseite ihres Schenkels. Ihre Augen weiteten sich, und ihr Unterleib verspannte sich vor Sehnsucht. »Lucien«, keuchte sie. »O Gott, Lucien . . .«

Seine bisherige Selbstbeherrschung verflog augenblicklich. Er streckte sich neben ihr aus und schmiegte sich an sie. Während er sie mit wilder Begierde küßte, schob sich seine Hand zwischen ihren Schenkeln aufwärts, bis sie den Saum der kurzen Unterhosen erreicht hatte, die sie für ihren aufreizenden Tanz trug. Eine warme, breite Handfläche fuhr zart über das leichte Gewebe. Seine Fingerspitzen entdecken den offenen Saum und tasteten sich durch weiche Locken in ihr heißes, feuchtes Fleisch. Sie glitten in sie, tief, tief, und entfachten dort süße, betäubende Qual.

Sie wimmerte hilflos, als die Leidenschaft sie durchfuhr und ihr jeden Sinn für Anstand raubte. Sie konnte diesen Aufruhr nicht ertragen, sie konnte nicht . . .

Die Erlösung war vernichtend. Sie schrie auf, aber der Laut wurde von seinen Lippen erstickt, als er sie küßte. Er nahm sie in sich auf, löschte sie aus und erschuf sie neu in ihrer frisch erwachten Lust.

Sie kam nur langsam wieder zu sich. Ihr Unterleib pulsierte mit den Nachbeben der Erfüllung. Sie war körperlich befriedigt wie noch nie, und das band sie auf eine Weise an Lucien, die sie sich vor heute abend nicht hatte vorstellen können.

Dieser Erkenntnis folgten augenblicklich wütende Selbstvorwürfe. Wie hatte sie so den Verstand verlieren können? Sie konnte es sich nicht leisten, sich ihm hinzugeben. Selbst, wenn sie keine Mission zu erfüllen gehabt hätte, wäre es der Gipfel der Idiotie, einem Wüstling Herrschaft über ihre Seele einzuräumen. Sie hatte geradezu verbrecherisch unverantwortlich gehandelt, solche Intimität zu dulden.

Und es war noch nicht vorbei. Er ergriff ihre Hand und führte sie an die Wölbung von hartem Fleisch, die gegen ihre Hüfte preßte. Sie fühlte das heiße, dringliche Pulsen unter dem Stoff.

Behutsam drückte sie zu. Er stöhnte und drängte sich gegen ihre Hand, mit geschlossenen Augen und rauhem Atem. Es lag tiefe Wonne darin, ihn zu befriedigen und zu sehen, daß er ebenso hilflos war wie sie ein paar Minuten zuvor. Undeutlich wurde ihr bewußt, daß dieses gegenseitige Ausgeliefertsein ein wesentliches Element der Liebe war.

Ihre Gedanken wurden unterbrochen, als er begann, sich die Hosen aufzuknöpfen. Er wollte ihre Vereinigung vollkommen machen, und danach sehnte sie sich mit wachsender Intensität. Sie wollte ihn umhüllen, ihn sich einverleiben, ihn in Ekstase versetzen, in der er sich verlor.

Aber sie wagte es nicht.

Ihre rasenden Gedanken suchten und fanden die passende Ausrede. Sie flüsterte: »Noch nicht. Ich . . . ich muß vorher etwas tun.«

Seine Augen gingen auf, golden vor Leidenschaft. »Ich passe auf.« Federleicht fuhren seine Fingerspitzen über ihre Schläfe. »Ich würde dir nie wehtun.«

Seine Zärtlichkeit war ebenso gefährlich wie die Begierde. Atemlos entwandt sie sich ihm, ehe ihre Kraft sie wieder im Stich ließ. »Es wird besser, wenn Sie sich nicht beherrschen müssen«, versprach sie, als er die Hand ausstreckte, um sie zurückzuhalten.

Er lachte leise und ließ die Hand sinken. »Du weißt sehr genau, daß das ein fast unwiderstehliches Argument ist.«

Voller Selbstverachtung stand sie auf und strich ihm über das wirre Haar. Er sah weniger einschüchternd aus als sonst – nicht Lucifer sondern Apollo, Sohn der Sonne.

Tiefes Bedauern erfüllte sie, aber ihre falsche, lügnerische Zunge sprach weiter: »Es dauert nur eine Minute . . . Ich habe alles dabei, und draußen ihm Gang gibt es einen Puderraum.« Hastig ordnete sie ihre Kleidung, um ihr wenigstens einen Anschein von Anstand zu verleihen.

Sein Lächeln war eine Liebkosung. »Beeil dich, Lady Jane.«

Sie beugte sich vor und küßte ihn. »Ich versprech's«,

sagte sie mit brüchiger Stimme. »Ich gehe nur ungern, und sei es nur für einen Augenblick.« Und das wenigstens war die Wahrheit.

Er sank auf die Chaiselongue zurück und legte einen Arm über seine geschlossenen Augen. Er wirkte gelassen, aber sein Körper war immer noch angespannt, unbefriedigt.

Nie wieder würde sie ihn so vertrauensvoll sehen. Selbst, wenn sie sich irgendwann unter weniger komplizierten Umständen wiedertrafen, würde er ihr nie vergeben.

Bevor die Reue ihren Entschluß vollkommen untergraben hatte, hastete sie durch das Zimmer, fand ihre Pantoffeln und zog sie wieder an. Sie zögerte, als sie das Cape und die Perücke sah, die neben der Tür hingen. Sie würde zu Fuß gehen müssen, und sie brauchte das Cape, um nicht zu erfrieren und ihr albernes, auffälliges Kostüm zu verstecken. Auch die Perücke konnte sie nicht hierlassen. Leise hob sie beide Gegenstände vom Haken und schlüpfte aus der Tür.

Der Gang war leer, und sie stülpte sich die Perücke auf und stopfte ihre eigenes Haar darunter. Dann hüllte sie sich so tief in das Cape, daß niemand sie erkannte hätte.

Fast niemand – sie lief dem Maître d'hotel in die Arme, als sie gerade durch eine Seitentür entschlüpfen wollte. Seine Augen wurden schmal, als er sah, wie aufgelöst sie war und daß sie keine Begleitung hatte, aber er war zu diskret, um eine Bemerkung zu machen. »Ich hoffe, Mylady haben das Diner genossen?«

In ihrer hochmütigsten Manier neigte sie den Kopf und sagte auf Französisch: »Das Essen war superb, Monsieur. Wie immer.«

Hocherfreut öffnete er ihr die Tür.

Bevor sie hinaustrat, veranlaßte reine Neugier sie zu

sagen: »Lord Stathmore erwähnte einen kleinen Dienst, den er Ihnen einmal erwiesen hat.«

Die professionelle Höflichkeit des Franzosen verflog. Eindringlich sagte er: »Kein kleiner Dienst, Mademoiselle. Er hat meine Familie aus Frankreich hinausgeschmuggelt. Dafür schulde ich ihm mein Leben.«

Es war ein Schock mehr in einer Nacht, die bereits zu viele Überraschungen geboten hatte. Während sie sich auf den Weg zur nächsten ihrer Unterkünfte machte, verfluchte sie den Grafen leise für seine Vielschichtigkeit. Sie vermutete zwar, daß er vieles getan hatte, das man besser keiner genauen Untersuchung unterzog, aber es war durchaus glaubwürdig, daß er großzügig und heldenhaft handelte. Doch wie zum Teufel war es ihm gelungen, Leute aus Frankreich zu befreien, wenn der Kontinent den Engländern seit fast zwei Jahrzehnten verschlossen war? Vielleicht besserte er seine Einkünfte mit Schmuggel oder ähnlich üblen Machenschaften auf.

Trotz der intimen Stunde, die sie gerade miteinander verbracht hatten, blieb er ihr ein Rätsel. Und das war gefährlich.

Der Gedanke an Jane verfolgte Lucien, während er auf ihre Rückkehr wartete. Ihre geschmeidigen Glieder, ihre faszinierende Wechselhaftigkeit, die weiche, rauchig-süße Sinnlichkeit ihrer Reaktionen. Sie zog ihn an wie noch keine Frau zuvor, und er sehnte sich schmerzhaft danach, sie zu besitzen. Vielleicht konnte er in der Hitze der Paarung die Tiefe ihrer quecksilbrigen Seele ausloten.

Er wunderte sich darüber, daß sie ein Verhütungsmittel bei sich trug. Bei anderen Frauen hätte er es für ein Zeichen von Promiskuität gehalten, aber in Janes Fall hieß es vielleicht nur, daß sie zu klug war, um sich unvorbereitet fangen zu lassen. Und doch konnte er die Möglichkeit nicht ausschließen, daß er sich selber etwas vormachte, weil er den Gedanken nicht ertrug, der heutige Abend könne nur eine weitere flüchtige Episode im Leben einer freizügigen Schauspielerin sein. Seine eigenen Gefühle zu analysieren widerstrebte ihm, aber sie waren ganz bestimmt nicht flüchtig.

Seine Finger trommelten unablässig auf der Chaiselongue. Er fragte sich, wie lange sie schon fort war. Ein paar Minuten. Zehn? Ganz bestimmt fünf. Es kam ihm länger vor. Er hätte sie nie aus den Augen lassen dürfen.

Nie und nimmer hätte er sie aus den Augen lassen dürfen . . .

Seine Augen öffneten sich abrupt, und plötzlich wußte er mit schrecklicher Gewißheit, daß sie nicht wiederkommen würde. Die selbstsüchtige kleine Schlampe hatte sich ihre Befriedigung geholt und ihn sitzen lassen. Gott im Himmel, wie hatte er so dumm sein können? Was war an dieser Frau, daß es ihr fortwährend gelang, einen Verstand zu umnebeln, der normalerweise bekannt für seine Präzision war? Er war einer Frau gegenüber noch nie gewalttätig geworden, aber wenn Jane jetzt da gewesen wäre, hätte er höchstwahrscheinlich eine Ausnahme gemacht.

Wenn sie da gewesen wäre, würde er sich nicht so aggressiv fühlen – jedenfalls nicht auf diese Art.

Zum Teufel! Er setzte sich auf, packte wütend die Kante des Eßtisches und warf ihn um. Das Geschirr polterte mit befriedigendem Krachen zu Boden und zersprang in tausend Scherben. Sein Mund zuckte, als er zusah, wie Wein sich über den Perserteppich ergoß. Das hier würde in jeder Hinsicht das teuerste Diner seines Lebens sein.

Diskretes Klopfen ertönte an der Tür, und der Maître d'hotel ließ sich vernehmen: »Ist alles in Ordnung, Mylord?«

Grimmig glättete Lucien seine Kleidung und seine Miene. Das fehlte gerade noch, daß jemand ihm ansah, was diese kleine Hexe ihm antat.

Sein Zorn flackerte erneut auf, als er entdeckte, daß sie sein Cape gestohlen und ihre Perücke wieder an sich genommen hatte. Kaltblütige, intrigante, flinkfingrige ...

Er öffnete die Tür und sagte: »Ein kleiner Unfall, Robecque. Ich war schrecklich ungeschickt. Schicken Sie mir die Rechnung.«

Der Franzose warf einen Blick auf das Durcheinander, behielt seine Gedanken aber wohlweislich für sich. »Wie Sie wünschen, Mylord.«

Lucien blieb in der Tür stehen. »Ist meine Bekannte schon gegangen? Ich wollte sie nur ungern alleine gehen lassen, aber sie ist ein halsstarriges Ding – sie liebt ihre Unabhängigkeit.«

»Eine bemerkenswerte Frau«, sagte Robecque bewundernd. »Ihr Französisch ist exquisit. Genausogut wie das Ihre.«

»Sie ist eine Frau von außerordentlichen Fähigkeiten.« Und das nächstemal, wenn sie sich trafen – und das würden sie – sollte sie für das bezahlen, was sie heute abend angerichtet hatte.

Vierzehntes Kapitel

Ebenso wie sein Opfer war auch Lucien ziemlich gut darin, sein Äußeres zu verändern. Am nächsten Morgen war er verkleidet und in der Oxford Street auf der Suche nach einer Mietdroschke, als er den Herzog von Candover erspähte. Übermütig sprach er ihn mit dickem Yorkshireakzent an: »Verzeihen Sie, Sir, aber ist das Englische Opernhaus hier in der Nähe?«

Mit gequälter Miene, da ein Unbekannter ihn belästigte, erwiderte Rafe abweisend: »Ein Stück weiter auf der linken Seite.«

In seinem normalen Tonfall sagte Lucien: »Vielen Dank, Euer Gnaden.«

Rafe blieb stehen und fuhr herum. »Bist du das, Luce?«

»Höchst leibhaftig«, antwortete Lucien, »und zutiefst gerührt, daß du mich nicht ganz geschnitten hast.«

Der Herzog schnaubte und ging neben ihm her. »Was hast du diesmal vor?«

»Eine kleine Nachforschung, aber ich wäre dir dankbar, wenn du nicht ganz Mayfair davon in Kenntnis setztest.«

»Wie stellst du das an?« fragte Rafe mit leiserer Stimme. »Deine Haare sind dunkler, und die Brille und die schäbigen Kleider machen einen Unterschied, aber das sind nur oberflächliche Veränderungen.« Er warf seinem Freund einen forschenden Blick zu. »Dein Gesicht ist dasselbe, aber du wirkst kleiner und gedrungener als sonst, und ganz und gar unscheinbar. Wenn ich dich nicht kennen würde, seit du zehn Jahre alt bist, hätte ich keine Ahnung, wer du bist.«

»Verstellung beginnt im Kopf«, erklärte Lucien. »Reichtum, Macht und Ansehen verleihen einer Person ein unverkennbares Selbstbewußtsein. Wenn man das ablegt und sich als bedeutungslos und finanziell ungesichert sieht, ändert sich die Ausstrahlung völlig.«

»Wahrscheinlich«, gab Rafe zu, »obwohl ich den Gedanken wenig verlockend finde. Ich genieße das alles sehr.«

»Du spielst die Rolle des arroganten Aristokraten so

gut, daß es eine Schande wäre, sie aufzugeben«, bestätigte Lucien. »Apropos, wir sollten uns trennen. Es könnte deinem Ruf schaden, wenn du mit einem so unbedeutenden Subjekt wie James Wolsey aus Leeds gesehen wirst.«

»Ich bin ausgesprochen höflich zu den unteren Ständen, solange sie mir die angemessene Ehrerbietung beweisen«, sagte Rafe schlicht. »Vergiß nicht zu katzbukkeln, wenn du gehst.«

Lucien grinste. »Ich hab' gehört, daß die Verhandlungen in Gent vorangehen.«

Der Herzog nickte. »Mit etwas Glück haben wir bis Weihnachten Frieden mit den Amerikanern.«

»Hoffen wir es.« Sie verabschiedeten sich flüchtig, und Lucien hielt eine Mietdroschke an, um zum Marlowe zu fahren. Dort stellte er sich als junger Journalist vor, der einen Artikel über Cassie James schrieb. Die junge Dame hatte das Publikum in Nordengland oft mit ihrer Kunst beglückt, und seine Leser waren brennend interessiert an ihren Erfolgen in London.

Seine Anwesenheit wurde als selbstverständlich hingenommen, und er verbrachte ein paar Stunden damit, Fragen zu stellen und sich Notizen zu machen. Er hatte Erfahrung darin, sich Informationen zu verschaffen, aber unglücklicherweise hatte niemand ihm etwas Nützliches zu sagen. Man war sich allgemein einig, daß Miss James eine charmante junge Dame war, überhaupt nicht eingebildet. Und sehr professionell.

Aber sie war äußerst auf ihre Privatsphäre bedacht, mehr als die meisten. Niemand kannte ihre Adresse oder irgendwelche Details über ihr Privatleben, abgesehen von der Tatsache, daß sie in der vergangenen Nacht von ihrem aristokratischen Liebhaber aus dem Künstlerzimmer entführt worden war. Ziemlich aufsehenerregend. Zwar wurde allgemein angenommen, daß sie einen Gönner hatte, aber niemand hatte geahnt, daß der Mann von so hohem Stand war. Das Mädchen hatte es weit gebracht.

Lucien zog eine gewisse Genugtuung daraus, daß niemand in James Wolsey den Grafen Strathmore erkannte. Es war die einzige Genugtuung an diesem Tag.

Selbst der Theaterdirektor konnte ihm nicht weiterhelfen. Während einer Pause in den Proben zu einem neuen Stück, die hauptsächlich darin zu bestehen schienen, daß er ungeschickte Tänzerinnen anbrüllte, erklärte er Lucien, daß Miss James in zahlreichen Stücken kleinere Rollen spielte, sich aber für ein oder zwei Wochen von der zweiten Besetzung vertreten lassen würde. Sie wollte ihrer kranken Tante einen Besuch abstatten. Ein satirischer Unterton in seiner Stimme bewies, daß er die Tante für reine Erfindung hielt. Er war im Künstlerzimmer gewesen, als sein aufgehender Stern entführt worden war.

Zur nächsten Vorstellung der *Zigeunerbraut* würde sie allerdings wieder da sein, schließlich war das ihre wichtigste Rolle. Mr. Wolsey sollte nicht unterlassen, seinen Lesern mitzuteilen, daß ein weiteres Stück mit Miss James in der Hauptrolle in Vorbereitung war. Sie würde eine Hosenrolle spielen, und er wagte vorherzusagen, daß ganz London ihr zu Füßen liegen würde.

Nein, er hatte keine Ahnung, wo die junge Dame wohnte. Wenn man bedachte, was für temperamentvolle Geschöpfe die meisten Schauspielerinnen waren, dankte er seinen Sternen, daß Cassie so häuslich war, pünktlich zur Arbeit erschien und ihrem leidgeprüften Direktor keine Gegenstände an den Kopf warf. Wenn Mr. Wolsey ihn entschuldigen wollte, er mußte wieder an die Arbeit.

Lucien verließ das Theater frustriert, aber nicht überrascht. Wieder einmal hatte Lady Jane ihre Spur geschickt verwischt.

Als er nach Hause kam, hatte ein anonymer Junge dort

ein Paket abgegeben. Er öffnete es in seinem Arbeitszimmer und entdeckte darin das fehlende Cape und einen Brief ohne Unterschrift: »Was immer Sie von mir denken mögen, ich bin keine Diebin.«

Es besserte seine Stimmung nicht gerade, einen Beweis ihrer – relativen – Ehrlichkeit in Händen zu halten. Am liebsten hätte er das Cape an die Wand geschleudert, aber er beherrschte sich, der schwere Wollstoff hätte keinen zufriedenstellenden Lärm gemacht.

Ganz abgesehen davon, er hatte sich schon viel zu viele Emotionen erlaubt, was Jane betraf. Es wurde höchste Zeit, daß er seine Begierde vergaß und die Frau neutral betrachtete wie jedes andere Objekt seiner Nachforschungen. Er warf das Cape über ein Sofa und setzte sich mit Papier und Feder an seinen Schreibtisch.

Zuallererst: Was wußte er eigentlich von ihr?

Die eine unbestreitbare Tatsache war, daß sie eine Schauspielerin war, eine weltliche Frau mit einem außergewöhnlichen Talent, jede Rolle von der scheuen Naiven bis zur engagierten Intellektuellen zu spielen.

Sie war ihm in vieler Hinsicht ähnlich – viel zu ähnlich, denn dieser Umstand lag sowohl seiner Besessenheit wie auch seinem Zorn zugrunde.

Sie waren beide unaufrichtig, imstande, mit äußerster Überzeugungskraft zu lügen. Er war überzeugend, weil er immer einen Grund für seine Lügen hatte; er war ehrlich davon überzeugt, daß er im Interesse seines Landes handelte.

In Jane mußte ein ähnlicher Kern von Aufrichtigkeit stecken, sonst wäre sie keine so gute Lügnerin gewesen. Eigentlich hatte sie es selbst zugegeben, als sie ihm erklärte, warum ihre Geschichte über einen nichtexistenten Bruder so überzeugend gewesen war. Dieser zugrundeliegenden Ehrlichkeit war es zuzuschreiben, daß er ihr wieder und wieder glaubte.

Was trieb sie dazu, unaufhörlich ihr Leben und ihren Ruf aufs Spiel zu setzen? Er schrieb diese Frage auf und unterstrich sie zweimal. Wenn er die Antwort kannte, würde er sie endlich verstehen.

Er dachte an die Geschichten, die sie ihm erzählt hatte. Zuerst war sie eine Schwester gewesen, die versuchte, einem jüngeren Bruder zu helfen, dann eine Journalistin, die entschlossen war, Vergewaltigung und Mißbrauch von schutzlosen jungen Frauen anzuprangern. Das gemeinsame Thema war Schutz, und ihre leidenschaftliche Anteilnahme war ungemein überzeugend gewesen.

Fazit: ihr irritierendes, unberechenbares Verhalten wurde wahrscheinlich von dem Wunsch gelenkt, jemanden zu schützen. Möglicherweise einen Liebhaber?

Sein Mund wurde hart. Der Gedanke mißfiel ihm, aber ein Liebhaber in Not hätte die Widersprüchlichkeit ihrer Reaktion auf Lucien erklärt. Sie schwankte zwischen der Anziehung, die er auf sie ausübte, und der Treue zu einem Liebhaber, und das Ergebnis waren fieberhafte Küsse im einen und kopflose Flucht im nächsten Augenblick.

Einen Moment lang erschütterte die Vorstellung von ihr mit einem anderen Mann seine entschlossene Neutralität. Er brauchte eine Weile, ehe er das Bild so weit unterdrückt hatte, um in seiner Analyse fortzufahren.

Ihre hartnäckigen Versuche, die Höllenhunde auszuspionieren, deuteten darauf hin, daß ihr Ziel innerhalb der Gruppe lag. Anscheinend hatte eines der Mitglieder etwas, das sie wollte, und sie hatte noch nicht gefunden, was sie suchte.

Wenn er sich an die Höllenhunde hielt, würde sie vermutlich wieder auftauchen, aber er wollte nicht länger warten. Nachdenklich klopfte er mit der Feder auf die lederbezogene Platte des Schreibtischs, während er über andere Wege des Zusammentreffens nachdachte.

Jane war sehr bewandert in der Arbeit von L.J. Knight. Vermutlich war ihre Behauptung, jener Schriftsteller zu sein, falsch, aber möglicherweise bewegte sie sich in Kreisen, wo die Arbeit des Mannes regelmäßig diskutiert wurde. Vielleicht besuchte sie Salons, in denen Autoren, Künstler, Schauspieler und zahlreiche andere Exzentriker sich trafen und über Leben, Politik und Kunst redeten. Dort konnte sie gehört haben, daß der Journalist ein Einsiedler war und sie sich ohne Gefahr seine Identität ausborgen konnte, zumindest zeitweilig.

Er selbst hatte diese Salons immer gerne besucht – dort fanden die anregendsten Gespräche von ganz London statt – aber in letzter Zeit war er zu beschäftigt gewesen, um sie aufzusuchen. Es wurde Zeit, daß er wieder einmal die Runde machte. Er würde bei Lady Graham beginnen. Sie war eine wohlhabende Witwe mit liberalen Ansichten und einer geselligen Veranlagung, und ihre zweiwöchentlichen Salons zogen die interessantesten Personen von England an. Ganz bestimmt würde er dort jemanden treffen, der eine aufstrebende Komödiantin kannte.

Er legte seine Feder beiseite. Endlich hatte er das Gefühl, Fortschritte zu machen. Aber es wurde Zeit, das Rätsel Jane beiseitezuschieben und sich auf das Abendessen mit Lord Mace vorzubereiten. Mit etwas Glück würde er heute abend erfahren, wann das nächste Ritual der Höllenhunde stattfand. Bei dieser Gelegenheit konnte er offiziell in die Gruppe aufgenommen werden. Das dürfte ihn seinem Ziel, den Verräter zu finden, näher bringen.

Während er sein Halstuch knotete, lächelte er bitter. Vielleicht würde Jane heute abend auftauchen, verkleidet als einer von Maces Dienern. Diesesmal würde er nicht so dumm sein, sie aus den Augen zu lassen.

Fünfzehntes Kapitel

Sobald Lucien Maces Haus betrat, warf jemand ihm ein dunkles, schweres Tuch über den Kopf, und eine Stimme – Roderick Harford? – verkündete feierlich: »Der Augenblick ist gekommen, Strathmore. Um einer der Unseren zu werden, müssen Sie sich unseren Riten unterziehen. Ist es Ihre freie Wahl, ins Unbekannte vorzudringen, oder schrecken Sie zurück und verschmähen es, einer der Unseren zu sein?«

Lucien unterdrückte einen Seufzer. Er hätte wissen müssen, daß die Höllenhunde irgend etwas Albernes anstellen würden. »Ich wünsche, Teil Ihrer Gemeinschaft zu sein«, sagte er ernst, »beginnen Sie.«

»Gehorchen Sie allen Befehlen«, intonierte Harford. »Erwarten Sie das Unerwartete, und lassen Sie sich vom Feuer der Hölle läutern.«

Unbekannte Hände zerrten das dunkle Tuch über Luciens Schultern. Offenbar handelte es sich um eine formlose Kutte mit einer Kapuze, die das gesamte Gesicht bedeckte. Nachdem man ihm nachlässig die Hände gefesselt hatte, wurde er durch das Haus und ins Freie zu einer Kutsche geführt. Leises Flüstern warnte ihn vor Treppen und Kurven, aber es war verwirrend, nichts sehen zu können. Er vermutete, daß diese Behandlung dazu dienen sollte, das Selbstvertrauen eines Kandidaten zu untergraben und ihn empfänglicher für den nachfolgenden Firlefanz zu machen.

Die Fahrt dauerte lang und führte über die Stadtgrenzen Londons hinaus. Niemand sprach, aber Menschen sind selten vollkommen still. Nach den Atemgeräuschen zu urteilen begleiteten ihn drei Männer.

Endlich blieb die Kutsche stehen, und jemand half Lucien hinaus. Der kalte Wind trug einen würzigen Landgeruch mit sich, und Lucien hörte das Geräusch von Wellen. Nach einem kurzen Gang über weichen Boden wurde er in ein flaches Boot gesetzt. Es war schmal wie ein Kahn, der durch flaches Wasser gestakt wurde, und es schwankte bedenklich, als er einstieg. Er setzte sich hastig.

Drei weitere Erschütterungen, als die anderen einstiegen. Der Kahn legte ab und glitt geräuschlos über das Wasser. Vor ihnen begann eine Kirchenglocke feierlich zu läuten, als zähle sie die Jahre eines soeben Verstorbenen.

Die Reise war kurz, und bald lief der Kahn knirschend auf eine Kiesbank. Die Passagiere stiegen aus, und Lucien schlug sich das Kinn an der Bordwand. Am Ufer warteten weitere Männer. Er hörte Scharren und ein unterdrücktes Husten. Es war eine wesentlich größere Gruppe, etwa zwei Dutzend Personen. Irgend jemand drehte Lucien nach rechts und zog an seiner Kapuze. Plötzlich konnte er wieder sehen.

Auf dem Hügel vor ihm dehnte sich eine mittelalterliche Burg, deren Gemäuer vom Vollmond in ein kaltes, unwirkliches Licht getaucht wurde. Das schicksalsträchtige, melancholische Läuten der Glocke ließ Lucien die Haare zu Berge stehen. Er ermahnte sich, sich nichts anmerken zu lassen. Es war bloß Theater, aber ziemlich effektiv. Wenn er abergläubisch gewesen wäre, hätte er den Verstand verloren vor Angst.

Um ihn herum standen etwa dreißig Männer in weißen Kutten, flackernde Kerzen in den Händen. Sie wirkten wie eine Versammlung von Gespenstern. Sein eigenes Gewand war schwarz, vermutlich wegen seines Novizentums.

Ihm am nächsten stand Roderick Harford. Er hob die Arme und rief: »Wie lautet unser Wahlspruch?«

»Tu, was dir beliebt!«

»Was ist unser Begehr!«

»Vergnügen!«

»Dann folgt mir, meine Brüder, zu unserem geheiligten Ritual.«

Ein Mann, der ein Medaillon um den Hals trug, ging den Hügel hinauf, und der Rest der Gruppe schloß sich ihm der Reihe nach an. Der Wind peitschte in die Kerzenflammen und warf groteske Schatten über die Landschaft. Harford bedeutete Lucien, sich am Ende der Prozession einzureihen und trat hinter ihn.

Die Burg war von hohen Mauern umgeben. Ein schweres Eisentor öffnete sich vor den Wallfahrern. Der Pfad wand sich zwischen den Büschen und schwach beleuchteten Statuen eines gepflegten Gartens. Soweit Lucien erkennen konnte, stellte eine der Statuen einen riesigen marmornen Phallus dar. Reines Wunschdenken zweifellos.

Ihr Ziel war die Kapelle, die das einzig intakte Gebäude zu sein schien. Als sie näher kamen, sah er, daß die Tür von den Statuen eines nackten Mannes und einer ebenso nackten Frau flankiert wurde, die beide in einer Mahnung zum Schweigen einen Finger an die Lippen legten. Über dem Eingang eingemeißelt waren die Worte *Fais ce que voudras.* Tu, was dir beliebt. Die Worte waren ihm gleich bekannt vorgekommen, und jetzt erkannte Lucien das Motto des alten Höllenfeuerclubs. Er fragte sich, was Jane von all dieser männlichen Selbstüberschätzung halten würde, und unterdrückte ein Lächeln bei dem Gedanken.

Die eisenbeschlagene Tür öffnete sich ächzend, und die Prozession trat in die Kapelle ein. Überall glühten Fackeln und erfüllten die Luft mit überwältigendem Weihrauch-aroma. Der Anschein von Alter war sorgfältig gewahrt worden, aber Lucien vermutete, daß das Gebäude vor kurzem restauriert worden war. Ganz sicher waren die Glasfenster mit den Darstellungen der zwölf Apostel in lasterhaften Stellungen neu und unbestreitbar phantasievoll.

Er sah nach oben und entdeckte, daß das Deckengewölbe mit einem entsprechend obszönen Fresko dekoriert worden war. Wie der Rest der Abtei entsprangen die Bilder einer wilden Mischung aus christlichen und heidnischen Elementen. Ziegenfüßige Satyrn paarten sich mit Engeln, und wollüstige Mönche verfolgten griechische Nymphen. Offenbar hatten die Höllenhunde Spaß an der Vielfalt.

Während die Mönche einen Kreis bildeten, flüsterte Harford: »Gehen Sie zum Altargitter und legen Sie sich mit ausgebreiteten Armen auf den Boden. Wenn die Priester Ihnen befehlen, sich zu erheben, bleiben sie am Gitter stehen. Sprechen Sie den Priester mit Meister an.«

Lucien gehorchte mit dem unehrerbietigen Gedanken, daß er etwas gegessen hätte, wenn man ihm gesagt hätte, daß er so lange auf sein Essen warten mußte. Sich mit leerem Bauch auf einen kalten Steinboden zu legen war kein besonderes Vergnügen.

Eine Tür hinter dem Altar öffnete sich, und das Geräusch von Schritten und raschelndem Brokat war zu hören. Lucien sah nicht auf, aber Maces rauhe Stimme war leicht zu identifizieren. »Erkennst du den Ernst deines Unterfangens, Novize?«

Bemüht um angemessene Ehrfurcht erwiderte Lucien: »Ja, Meister.« Die Steine unter seiner Wange waren schmierig.

»Steh auf und sieh mich an, Novize.« Lucien gehorchte, und Mace fuhr fort: »Schwörst du feierlich, dieser Bruderschaft anzugehören? Begreifst du, daß Verrat den Fluch der Höllenhunde über dich bringen wird?« Seine Worte rollten wie Donner, und in seinen Augen lag echte Drohung.

Luciens Erheiterung verflog. Er ermahnte sich, daß man seinen Gegner nie unterschätzen sollte, und sagte: »Das schwöre ich, Meister.«

Maces Blick war scharf und prüfend. Schließlich nickte er. »So sei es.« Er drehte sich um und entzündete ein Feuer in einem steinernen Becken, das auf dem Altar stand. Der beißende Geruch von brennenden Kräutern mischte sich unter den Weihrauch.

Die folgende Zeremonie war keine schwarze Messe, sondern eine eigenartige Mischung aus heidnischen und blasphemischen Elementen, unheimlich und ironisch zugleich. Mace sprach lateinische, französische und englische Sätze, und der Rhythmus seiner Worte wob einen geheimnisvollen Schleier von Mysterien.

Der Rauch wurde dichter, und Lucien wurde schwindlig. Er vermutete, daß die brennenden Kräuter Belladonna und Bilsenkraut enthielten. Die aromatische Mischung erzeugte einen Zustand gesteigerten Bewußtseins, der es leicht machte zu glauben, daß hier übersinnliche Kräfte beschworen wurden. Er zwang sich, im Geiste Notizen zu machen und daher unbeteiligt zu bleiben. Es war ihm lieber so, Gotteslästerung war nicht sein Stil.

Auf dem Höhepunkt des Rituals rief Mace: »Du bist einer der Unseren!« Er tauchte seine Finger in einen schwarzen Kelch und besprengte Lucien in einer Parodie der Taufe mit pechgeschwängertem Brandy. »In der Bruderschaft der Höllenhunde sei unser neues Mitglied unter dem mystischen Namen Lucifer bekannt.«

»Willkommen, Lucifer!« intonierten die Mönche.

Mace drehte sich um und warf eine Handvoll Puder in das Feuer auf dem Altar. Violette Flammen schossen zur Decke empor, und Rauch wirbelte in alle Richtungen. Über dem Altar verdichtete er sich zu einer bedrohlichen Gestalt, als sei der Teufel erschienen. Die Luft in der Kapelle knisterte vor Spannung.

Mace hob die Arme und bellte etwas Unverständliches. Die diabolische Gestalt löste sich auf und damit die Spannung, die die Umstehenden ergriffen hatte.

Lucien mußte zugeben, daß die rauchige Erscheinung ein guter Effekt war. Er traute sich zu, sie ihm Laufe der Zeit reproduzieren zu können. Offenbar wandte Mace seine technischen Fähigkeiten auf anderes an als nur seine obszönen Spielzeuge.

Mace senkte die Arme, und das fanatische Glühen wich aus seinen Augen. »Kommt Brüder, jetzt laßt uns tafeln.«

Ein Mönch schob einen schwarzen Vorhang beiseite und enthüllte einen Gang, der in den Bankettsaal führte. Augenblicklich wich die feierliche Atmosphäre fröhlichem Stimmengewirr, und die Höllenhunde strömten in die Halle und machten es sich auf den Bänken im römischen Stil, die die Wände säumten, bequem.

Als Lucien zögerte, zeigte Mace ans Kopfende des Raumes. »Setzen Sie sich zu mir, Lucifer.« Er ließ sich auf seine eigene Bank fallen. »Wie gefällt Ihnen die Zeremonie?«

»Eindrucksvoll«, sagte Lucien wahrheitsgemäß, während er sich auf den Ledergurten niederließ. »Ganz sicher nicht so simpel wie die Teufelsverehrung des alten Höllenfeuerclubs. Es muß langer Nachforschungen bedurft haben, eine derartig einmalige Mischung aus klassischen, christlichen und heidnischen Bräuchen zusammenzustellen.«

»Ich wußte, daß Sie die verschiedenen Bedeutungsebenen zu schätzen wissen. Nicht alle unsere Mitglieder sind so gebildet.« Amüsement blitzte in seinen Augen. »Selbstverständlich muß man dem Teufel seine Schuldigkeit tun, aber schlichter Satanismus ist zu banal, nichts weiter als eine Umkehr christlicher Bräuche. Es ist wesentlich verlockender, seine eigene Religion zu erfinden.«

Er beschrieb seine Nachforschungen, als ein Reigen von Sklavinnen in die Halle wirbelte. Ihre durchscheinenden

Seidengewänder enthüllten jede bezaubernde Kurve. Nur ihre Gesichter waren hinter üppigen Federmasken verborgen.

Nunfield lag auf der anderen Liege neben Lucien. Als die Dienerinnen eintraten, sagte er: »Der heutige Abend ist türkisch. Ich persönlich ziehe es vor, wenn die Weiber als Nonnen verkleidet sind – die Kutten überlassen alles der Phantasie. Aber viele unserer Brüder ziehen das Überdeutliche vor.« Er winkte einer der Dienerinnen. Die Frau beugte sich vor und goß Wein in ihre Gläser. Ihre üppigen Brüste bebten unter dem Schleier, der ihren Körper umwehte.

»Entzückende Geschöpfe, nicht?« Wohlwollend tätschelte Mace ein rundes Hinterteil. Die Frau kicherte rauh und rieb sich an seiner Hand. »Roderick ist für die Mädchen zuständig, und er hat einen ausgezeichneten Geschmack.«

»Sind sie Professionelle?« fragte Lucien, wenig überrascht, daß Roderick der Oberkuppler war.

»Die meisten, aber nicht alle.« Mace lächelte lüstern. »Ein paar sind Frauen der besten Gesellschaft, die Sorte, die man im Salon der Königin antrifft. Deswegen sind sie maskiert. Wenn Sie eine Schwester hätten, würden Sie sie möglicherweise hier antreffen. Oder Ihre Frau.«

Lucien unterdrückte seinen Abscheu. »Ein verlockender Gedanke. Ein Jammer, daß ich keins von beiden habe.«

Mace hob sein Glas. »Auf das Laster!« Er warf Lucien einen herausfordernden Blick zu und leerte sein Glas mit einem Zug. Lucien tat es ihm nach.

Eine andere Sklavin erschien mit einer Schüssel voll dampfender Würste, die geformt waren wie Phalli. Lucien nahm eine und biß das Ende ab. Was tat er nicht alles für sein Land!

Das Fest artete rasch in die moderne Version einer römischen Orgie aus. Wann immer es möglich war, wurden Speisen in suggestiver Form serviert, und der Wein floß unmäßig.

Mit fortschreitender Stunde zogen die Männer immer mehr kichernde Dienerinnen auf die Liegen. Einige Paare, unter ihnen Nunfield und eine üppige Brünette, fielen an Ort und Stelle übereinander her, andere standen auf und torkelten in die Privaträume, die an einem benachbarten Gang lagen. Als Mace mit einer der Frauen verschwunden war, stand Lucien auf und zog sich unauffällig in den Garten zurück. Er hatte das Gefühl, die schwüle Atmosphäre keinen Augenblick länger ertragen zu können.

Die kalte Luft war erfrischend, wenn sein Kopf auch immer noch schwirrte von all dem Alkohol, den er zu sich genommen hatte. Mit Mace Schritt zu halten, strapazierte selbst den härtesten Schädel.

Er wanderte die mondbeschienenen Wege entlang und registrierte dabei automatisch ihren Verlauf, falls ihm das irgendwann einmal nützlich sein konnte. Als er eine steinerne Treppe erklomm, die auf die Mauer führte, stellte er fest, daß die Burg nicht auf einer Insel lag. Das Wasser, das sie überquert hatten, war ein Fluß, der den Hügel zur Hälfte um floß. Die Burg selbst war vermutlich ein Überbleibsel aus normannischer Zeit, das von den Höllenhunden wieder instandgesetzt worden war.

Der Garten war prachtvoll, allerdings wurden die obszönen Statuen rasch ermüdend. Einmal bog er um eine Ecke und prallte gegen eine marmorne Venus, die sich bückte, um einen Dorn aus ihrem Fuß zu entfernen. Sie war mitten auf dem Weg plaziert worden, so daß jeder Neuling mit ihrem nackten Hinterteil zusammenstoßen mußte.

Er merkte, daß er nicht der einzige Wanderer war, als

er Lord Ives begegnete, der gedankenversunken einen Zeus betrachtete, der gerade dabei war, einen Schwan zu vergewaltigen. Lucien zeigte auf die Figuren. »Nennen Sie mich prüde, wenn Sie wollen, aber ich bezweifle, daß ein Schwan mich verlocken könnte. Außer ich wäre selbst ein Schwan, natürlich.«

Der junge Mann grinste. »Vor mir wäre Leda auch sicher gewesen. Diese griechischen Götter waren schon ein wüster Haufen.«

Die Männer setzten ihren Weg gemeinsam fort. Lucien sagte: »Erholen Sie sich von den Strapazen?«

Ives zögerte und lachte dann verlegen. »Eigentlich hatte ich mir überlegt, ob ich nach Hause fahren soll. Sie werden mich für verrückt halten, aber ich habe mich nicht besonders amüsiert. Ich habe immerzu daran gedacht, daß ich viel lieber bei Cleo wäre.«

»Ich finde das ganz und gar nicht verrückt.« Lucien dachte an Jane, die mit einem spöttischen Blick mehr Sinnlichkeit ausstrahlte als all die entkleideten Sklavinnen zusammen. »Leidenschaft ohne Gefühl befriedigt vielleicht den Körper, aber sie ist ebensoschnell verflogen wie gewonnen, und zurück bleibt nur Leere.«

»Genau. Ich bin froh, daß ich nicht der einzige bin, der so fühlt.« Ives zog eine Grimasse. »Wenn Cleo wüßte, daß ich mit einer anderen Frau geschlafen habe, würde sie mich verlassen. Sie ist nicht aufs Geld aus, wissen Sie. Es gibt andere Männer, die ihr mehr Geld bieten könnten als ich, aber sie hat sich für mich entschieden, weil sie gern mit mir zusammen ist.«

»Vielleicht sollten Sie aus dem Club austreten, wenn Ihnen das Mädchen so viel bedeutet.«

Ives nickte, als bestätige der Vorschlag seine eigenen Gedanken. »Ich glaube, Sie haben recht. Es ist dumm, für ein paar Minuten Vergnügen etwas aufs Spiel zu setzen, das einem wertvoll ist.«

Lucien beschloß, ein paar Erkundigungen einzuholen, und so fragte er: »Nehmen die Höllenhunde dieses Ritual ernst?«

»Mace vielleicht, aber eigentlich gehört es nur zum Spiel. Die meisten von uns sind wegen der Unterhaltung und den Mädchen dabei.«

Ihre Wanderung hatte sie zurück zur Kapelle geführt, in der es still geworden war. Im Westen ging der Mond unter. »Wann und wie kommen alle nach Hause?« fragte Lucien.

»Die meisten schlafen hier ihren Rausch aus, aber ich gehe jetzt. Möchten Sie mit mir nach London zurückfahren?«

Der Gedanke war verlockend. Lucien zögerte und schuttelte dann den Kopf. »Das wäre unhöflich beim ersten Mal. Ich bleibe bis zum Schluß.«

Die Männer verabschiedeten sich voneinander, und Lucien betrat wieder die Festhalle. Nach der Frische der Nacht war die schale, überhitzte Atmosphäre zum Erstikken. Reglose Leiber, männliche und weibliche ineinander verknäult, lagen auf Liegen und Fußboden verstreut. In einer Ecke lag Westley kichernd auf dem Rücken, während eine nackte Frau ihm Wein in den Mund goß. Niemand sonst schien wach zu sein.

Lucien sah sich nach einem ruhigen Platz zum Schlafen um. In diesem Augenblick tauchte Nunfield aus einem der Privatzimmer auf. Er bewegte sich mit der übertriebenen Vorsicht des sinnlos Betrunkenen. An seinem Arm hing ein deftiges Weibsstück mit einer Halbmaske aus Fasanenfedern.

»Lucifer! Sie hab' ich gesucht«, strahlte Nunfield. »Sie müssen mit Lola hier gehen. Sie is' ungemein talentiert.«

»Vielen Dank, Liebling«, gurrte sie mit blitzenden Augen. »Es ist mein Ziel, zu gefallen.« Sie streckte eine sehnige Hand aus und packte Luciens Handgelenk. »Komm mit, ich werd' dich nicht enttäuschen.«

Lucien suchte nach einer Ausrede, aber dann sah er, wie scharf Nunfield ihn beobachtete. Es wäre verdächtig, wenn er ablehnte, also mußte er zum Schein auf das Angebot eingehen. Sobald er mit der Frau alleine war, würde er sie abwimmeln, wie er es in Chiswicks Haus getan hatte. Er gab sich den Anschein, betrunken zu sein, und sagte mit schwerfälliger Galanterie: »Das Vergnügen ist ganz auf meiner Seite, Madame Lola.« Er bot ihr seinen Arm und verlor dabei scheinbar fast das Gleichgewicht.

Sie fing ihn geschickt auf und führte ihn in eines der Zimmer. Er fühlte, wie Nunfields Blicke ihn durchbohrten, als sie die Halle durchquerten.

In dem Zimmer stand eine Liege, die breit genug war für zwei. Lola warf ihre Maske beiseite und zwang Lucien, sich auf die Kante zu setzen. Dann kletterte sie in seinen Schoß und umschlang ihn in einem hitzigen Kuß. Wie Nunfield gesagt hatte, sie war außergewöhnlich erfahren. Trotzdem spürte er, daß der überschwenglichen Zurschaustellung von Leidenschaft ein Charakter zugrundelag, der kalt und berechnend war wie ein Reptil.

Angewidert machte er sich los und sagte undeutlich: »Ein Jammer, daß ich dich nicht eher getroffen hab', Lola, bevor ich all meine Energie verbraucht hab'.« Zur Unterstützung stieß er kräftig auf. »'schuldigung. Ich hätt' nich' so viel trinken sollen.«

Er wollte sie sich gerade vom Schoß hieven, da glitt ihre Hand über seinen Oberkörper. Der prinzipienlose Schurke, der an seinem Unterleib angewachsen war, begann, sich unter ihren geschickten Fingern aufzurichten.

Sie lachte zufrieden. »Keine Angst, Junge, da steckt

noch Leben drin. Lola macht das schon.« Nach dem harten Glanz ihrer Augen zu urteilen, verachtete sie Männer insgeheim und genoß es, sie sich hilflos ausgeliefert zu sehen. Den meisten Männern wären ihre privaten Ansichten gleichgültig gewesen, denn ihr Benehmen war der Stoff, aus dem männliche Wunschbilder sich speisen. Aber nicht seine. O Gott, nicht seine. Er wollte einfach gehen, aber er wußte, daß er seine lasterhafte Rolle weiterspielen mußte.

Während er zwischen Pflicht und Neigung schwankte, drückte Lola ihn nach hinten auf die Liege. Dann hob sie den Saum seiner Mönchskutte und machte sich an seiner Hose zu schaffen. Als ihre heißen Lippen sich um sein Glied schlossen, durchschoß ihn rohe Begierde und legte seinen Verstand lahm. Es war schon lange her, zu lange, seit er bei einer Frau gewesen war, und sein Körper ließ sich nicht länger verleugnen.

Lolas Dienste brachten ihn in Minutenschnelle zum Höhepunkt, aber die körperliche Erleichterung verschaffte ihm keine Befriedigung. Sobald seine wütende Gier gestillt war, überfiel ihn Verzweiflung.

Was tat er hier mit einer vulgären Schlampe? Warum glaubte er, seine Ränke seien notwendig, um England zu retten? England hatte Jahrhunderte ohne ihn bestanden, und würde noch lange nach ihm weiterbestehen. Er war ein Narr zu glauben, daß seine Handlungen irgendeinen Unterschied machten; sein Lebenswerk war so flüchtig wie kalte Asche.

Er versuchte, sein Unglück zu mildern, indem er sich seine Freunde und Familie ins Gedächtnis rief, aber er ließ es sofort wieder. Er fühlte sich zu beschmutzt, um ihres Andenkens würdig zu sein. Was würde Jane denken, wenn sie ihn so sah? Bei diesem Gedanken drehte sich ihm der Magen um, und er schmeckte bittere Galle auf der Zunge.

Wenn er so weitermachte, verlor er den Verstand. Er

unterdrückte seine rasenden Gedanken und zwang sie zurück in das tiefe Verlies seiner Seele, wo sie ihm nichts anhaben konnten.

Als er einen äußerlichen Anschein von Fassung wiedererlangt hatte, öffnete er die Augen. Lola lag neben ihm auf der Liege, schläfrig und selbstzufrieden. Er konnte sich nicht dazu überwinden, sie zu berühren, aber er machte die Bemerkungen, die Männer in derlei Situationen machten, dankte ihr und pries ihre Fähigkeiten. Ihr Bericht an Mace und Nunfield sollte unauffällig sein, das war alles, was zählte. Nicht wahr?

Sobald er konnte, verließ er die billige Schlampe und den widerlichen Raum. Ein Jammer, daß er seinem eigenen Gewissen nicht ebenso leicht entfliehen konnte.

Sechzehntes Kapitel

Als Lucien endlich wieder daheim ankam, war es heller Nachmittag, und er war es zum Sterben leid, den Wüstling zu spielen. Als allererstes nahm er ein langes, heißes Bad, als könne er die geistige Verunreinigung der Orgie so von sich abspülen.

Zwar hätte er einen ruhigen Abend mit seinen mechanischen Objekten vorgezogen, aber es war der Abend von Lady Grahams Salon, und so mußte er sich wieder auf den Weg machen. Er tröstete sich mit dem Gedanken, daß eine Dosis intelligenter Konversation seine Depression vertreiben würde, selbst wenn er nichts über Cassie James erfuhr.

Als er Lady Grahams riesiges Haus betrat, begrüßte die Gastgeberin ihn mit holdem Lächeln. »Lucien, was für eine freudige Überraschung. Ich habe Ihren boshaften Humor vermißt.«

Er gab ihr einen flüchtigen Kuß. »Ich bin schon viel zu lange nicht mehr hiergewesen. Ich kann mir gar nicht denken, was so wichtig gewesen sein soll, daß es mir keine Zeit für Erfreuliches gelassen hat.«

Lady Graham warf ihm einen wissenden Blick zu. »Wahrscheinlich war es wirklich wichtig, und ganz und gar nichts, worüber Sie sprechen möchten. Kommen Sie, lassen Sie sich die anderen Gäste vorstellen. Eine gute Mischung. Sie kennen viele hier, aber ich garantiere Ihnen, daß Sie ein paar interessante neue Gesichter entdecken werden. Meine blaustrümpfige Freundin Lady Jane Travers zum Beispiel. Ich kenne sie seit meinem Debut vor dreißig Jahren. Sie bewegt sich sonst nicht in modischen Kreisen, und Sie haben sie vermutlich nie kennengelernt. Sie hat einen sehr skurrilen Witz und entschiedene Ansichten darüber, wie das Land regiert werden sollte. Halten Sie nach einer großen, rothaarigen Frau Ausschau.«

»Das klingt wie eine leibhaftige Amazone. Vermutlich ist sie eine Anhängerin von Mary Wollstonecraft Godwin?«

Lady Grahams Brauen hoben sich. »Selbstverständlich, wie jede intelligente Frau. Und Sie auch, Sie verkappter Radikaler. Sie haben sich einmal einen ganzen Abend lang mit einem Tory um die Gleichberechtigung der Frauen gestritten, also versuchen Sie nicht, mich hinters Licht zu führen.«

Er lachte. »Ich hätte wissen müssen, daß Sie das nicht vergessen haben.« Während seine Gastgeberin ihn in den Salon geleitete, fragte er beiläufig: »Kommt diese Schauspielerin, Cassie James, je hierher?«

»Nein, aber ich würde mich freuen, wenn sie es täte«, erwiderte Lady Graham. »Ich hab' sie in irgendeinem Zigeunerstück im Marlowe gesehen – ein sehr talentiertes Mädchen. Wir werden bestimmt noch von ihr hören.« Sie bemerkte einen jungen Mann, der etwas verloren herumstand, und winkte ihn heran. »Mr. Haines, hier ist jemand, den ich Ihnen vorstellen möchte.«

Nachdem sie die beiden Männer miteinander bekanntgemacht hatte, überließ Lady Graham Lucien sich selbst und begrüßte einen neuen Gast. Mr. Haines erwies sich als aufstrebender Poet, der die Verdienste von Byrons neuem Gedicht *Der Corsar* erörtern wollte. Da Lucien es nicht gelesen hatte und keine allzuhohe Meinung von Byrons selbstherrlicher Dichtkunst hatte, war ihr Gespräch von kurzer Dauer.

Lucien verbrachte die nächste Stunde damit, sich durch den Raum zu bewegen und zuzuhören. Die Gesprächsthemen variierten von hitzigen Diskussionen über Zar Alexanders Politik über die Friedensverhandlungen bis zu Miss Austens jüngstem satirischen Roman.

Er genoß die Unterhaltung, aber seine versteckten Erkundigungen über Cassie James blieben fruchtlos. Fast alle hatten von der Schauspielerin gehört und zahlreiche Gäste sie auf der Bühne gesehen, aber niemand kannte sie persönlich.

Derlei war normal für Nachforschungen dieser Art, und er nahm sein Pech gelassen hin und ging in den angrenzenden Raum, der kleiner aber ebenso überfüllt war. Sofort tauchte Lady Graham neben ihm auf. »Kommen Sie, ich stelle Sie Lady Jane vor. Sie steht da drüben in der Ekke. Sie interessiert sich fürs Theater und kennt diese Schauspielerin möglicherweise.«

Lucien entdeckte Lady Jane sofort, denn sie überragte die Umstehenden fast um Haupteslänge. Ihr rotes Haar war zu Bernstein verblaßt und mit Silber gesträhnt, aber sie war immer noch eine attraktive Frau.

Halb verdeckt an ihrer Seite stand eine junge Frau in einem grauen Kleid. Sie war leicht zu übersehen, denn ihr

Blick war gesenkt, und sie hatte die farblose Art einer armen Verwandten. Neben Lady Jane wirkte sie klein, aber sie mußte mehr als mittelgroß sein. Er hätte sie gar nicht bemerkt, hätte ihre Ruhe nicht in derartigem Kontrast zu den lebhaften Menschen um sie herum gestanden.

Die junge Frau trat zurück und wandte sich zur Seite, um nicht von einer enthusiastisch geschwenkten Hand getroffen zu werden. Sie hatte ein entzückendes Profil, edel wie das einer griechischen Münze ...

Lucien blieb wie angewurzelt stehen. *Nein, das war unmöglich, nicht schon wieder.* »Das Mädchen da neben Ihrer Freundin«, sagte er gepreßt. »Ich glaube, ich kenne sie. Wer ist sie?«

»Welches Mädchen?« Lady Graham blieb ebenfalls stehen und sah in dieselbe Richtung. »Ach, Sie meinen Lady Kathryn Travers, Janes Nichte. Natürlich ist sie eigentlich kein Mädchen mehr. Sie muß mindestens vierundzwanzig sein, hoffnungslos sitzengeblieben. Eine nette junge Frau, obwohl sie nie etwas zu sagen weiß. Ihre Eltern sind tot, und sie lebt jetzt bei Jane.«

Heiße Wut durchrann ihn. Er hatte gedacht, er wäre vor Überraschungen gefeit, was sie anging, aber die kleine Hexe hatte ihn wieder einmal überrumpelt. Ihre neueste Rolle übertraf sogar ihre eigenen intriganten Maßstäbe. Die Unverschämtheit: eine schamlose Schauspielerin gab sich als anständige junge Dame aus. Nicht nur das, sondern noch dazu als Mitglied der Aristokratie!

Wie immer war ihr Spiel vollkommen. Wenn er sie nicht so gut gekannt hätte – sie in seinen Armen gehalten und ihre lügnerischen Lippen geküßt – hätte sie ihn womöglich getäuscht. Ihr Verhalten war so reserviert, daß sie ihm wie eine Unbekannte vorkam. Und doch war ihr Gesicht unleugbar das von Emmie und Sally und Jane und Cassie James.

Die Erinnerung daran, wie sie halbnackt und mit von Leidenschaft verschleiertem Blick neben ihm gelegen hatte, huschte ihm durch den Kopf. Damals hatte er ihr vertraut, aber jetzt nicht mehr. Diesesmal würde er nicht so leichtgläubig sein.

Mit einer Stimme, die nur leichtes Interesse verriet, sagte er: »Natürlich, Lady Kathryn Travers. Ich habe sie zuerst nicht erkannt. Eine sehr zurückhaltende junge Frau. Aber ein scharfer Verstand unter der schüchternen Oberfläche.«

»Ich bin überrascht, daß Sie sie je getroffen haben«, meinte Lady Graham. »Wie Sie bestimmt wissen, ist die Familie sehr alt, aber die männlichen Travers sind schon immer für ihre Zügellosigkeit bekannt gewesen, und keiner von ihnen hat je einen Penny gehabt. Es war nicht genug Geld da, um Lady Kathryn eine Saison in London zu ermöglichen, und ihr jetziges Leben mit Jane ist sehr ruhig.«

»Nichtsdestotrotz hatte ich das Vergnügen, ihre Bekanntschaft zu machen.« Mit einem funkelnden, gefährlichen Lächeln bahnte er sich einen Weg durch die Menge. »Und ich kann Ihnen gar nicht sagen, wie ich mich freue, sie erneuern zu dürfen.«

Als sie die Gruppe in der Ecke des Raumes erreicht hatten, sagte Lady Graham: »Jane, ich möchte Ihnen einen Freund von mir vorstellen, Lord Strathmore. Lucien, Lady Jane Travers.«

Als Luciens Name erklang, fuhr Lady Kathryn herum, und ihr schlanker Körper erstarrte. Aber nur jemand, der sie so aufmerksam beobachtete wie er, bemerkte es, denn ihr Gesicht blieb ausdruckslos.

Lucien beugte sich über Lady Janes Hand und sprach die angemessenen Worte. Sie war beinahe so groß wie er, und ihre grauen Augen waren voll lebhafter Intelligenz.

»Was für ein Vergnügen, Lord Strathmore«, sagte sie. »Sie haben einige bemerkenswerte Reden im Oberhaus gehalten. Haben Sie je daran gedacht, ein Regierungsamt anzutreten?«

»Niemals«, erwiderte er, ohne zu zögern. »Es ist wesentlich einfacher, auf Mißstände hinzuweisen, als sie zu beseitigen.«

Lady Graham lachte und fuhr fort: »Lady Kathryn Travers kennen Sie ja bereits.«

Liebenswürdig sagte er: »Es ist schon viel zu lange her, Lady Kathryn.«

Ihre Stirn furchte sich. »Kennen wir uns, Lord Strathmore?«

Er widerstand der Versuchung, ihr zu ihrem meisterhaften Spiel zu gratulieren, und stieß einen bedauernden Seufzer aus. »Wie ernüchternd, daß Sie sich an einen Abend nicht erinnern, der mir unauslöschlich ins Gedächtnis gegraben ist. Wir waren mitten in einer *ausgesprochen* faszinierenden Diskussion, als wir unterbrochen wurden.«

Sie machte den Fehler, ihn anzusehen. Wenn es ihr auch gelungen war, ihr Gesicht zu beherrschen, so konnte sie weder die Anspannung in ihren Augen noch den heftigen Pulsschlag in ihrer Kehle unterdrücken. Eine weniger tapfere Frau hätte die Flucht ergriffen.

Mit einem Blick auf die älteren Damen sagte er: »Ich war sehr eingenommen von Lady Kathryns Ansichten über Mary Wollstonecraft Godwin's Theorie. Ihre Überlegungen zur Erziehung der Frau sind höchst faszinierend. Ich denke daran, eine Rede im Oberhaus zu halten, in der ich einige Ungerechtigkeiten, die Lady Kathryn erwähnte, zur Sprache bringen möchte. Ich muß unbedingt noch einmal mit ihr darüber sprechen. Wenn Sie uns entschuldigen wollen?«

Ohne auf eine Antwort zu warten, ergriff er Kathryns Ellbogen und zerrte sie durch den vollen Raum. Wenn er sich recht erinnerte, gab es im hinteren Teil des Hauses ein Arbeitszimmer, wo er ihr in vollkommener Ungestörtheit den Hals umdrehen konnte.

Als er seine widerstrebende Begleiterin in den leeren Gang hinausmanövrierte, versuchte sie, sich gegen ihn zu wehren. »Lord Strathmore, es ist höchst unpassend, daß ich alleine mit einem Fremden verschwinde.«

Er sah sie finster an. »Ich weiß nicht, was wir füreinander sind, aber ganz bestimmt keine Fremden.« Als sie wieder protestieren wollte, sagte er mit flötengleicher Stimme: »Soll ich laut werden und allen hier sagen, wie entzückend Ihre nackten Brüste sind? Oder wie Sie gestöhnt haben, als ich die Tätowierung an Ihrem Schenkel geküßt habe?«

Sie blieb stehen und wurde feuerrot. Dann erblaßte sie und gab ihren Widerstand auf.

Er zerrte sie in den schwach beleuchteten Raum und schlug die Tür hinter ihnen zu. Sobald er sie losließ, wich Kathryn in die äußerste Zimmerecke zurück, rieb sich den Arm und beobachtete ihn so mißtrauisch, als sei er ein entsprungener Irrer.

»Ist Lady Jane Ihre Komplizin oder ein weiteres Opfer Ihrer Lügen?« Er riß ein Streichholz an und entzündete die Kerzen, die in vielarmigen Leuchtern im Zimmer verteilt waren. Er wollte jede Regung ihres intriganten Gesichts beobachten. »Ich würde Ihnen durchaus zutrauen, eine unschuldige Frau davon zu überzeugen, daß Sie eine bis dato unbekannte Verwandte von ihr sind.«

Mit einem heftigen Atemstoß blies er das Streichholz aus. »Sie haben sich sogar ihren Namen angeeignet. Ich denke an Sie als Jane, seit Sie darauf bestanden haben, daß der Name echt ist. Ich muß allerdings zugeben, daß

Kathryn besser zu Ihnen paßt, als alle anderen Namen, die Sie sich zugelegt haben.«

»Ich habe keine Ahnung, wovon Sie reden«, sagte sie unsicher.

Die Tränen in ihren grauen Augen waren ein Meisterwerk, aber statt ihn zu besänftigen, flackerte sein Zorn erneut auf. »Was, kein Zigeunertanz, kein leidenschaftlicher Kreuzzug für die Gerechtigkeit? Nicht einmal der zweideutige Witz eines Schankmädchens?« Er ging auf sie zu. »Ich bin enttäuscht. Bestimmt fällt Ihnen eine neue Geschichte ein – vermutlich ein halbes Dutzend. Vielleicht sind Sie eine napoleonische Spionin, die harte Zeiten durchlebt hat, seit der Kaiser abgedankt hat? Oder die verfolgte Herrscherin eines Balkanlandes, die versucht, ihren Thron wiederzuerlangen?«

Sie brachte sich hinter dem Sofa in Sicherheit. »Sie müssen verrückt sein, Lord Strathmore. Oder sehr, sehr betrunken.«

Er umkreiste das Sofa. »Ich versichere Ihnen, daß ich nicht betrunken bin, und wenn ich verrückt bin, so haben Sie mich um den Verstand gebracht.«

Wieder wich sie zurück. »Bleiben Sie mir vom Leib!«

»Seien Sie kein Hasenfuß. Das eine, was ich von Ihnen erwarte, ist tollkühner Mut.«

Sie entwischte ihm, bevor er sie packen konnte. »Ich bin nicht die, für die Sie mich halten!«

Er blieb stehen und musterte sie mit übertriebener Sorgfalt. »Dasselbe Gesicht, dieselbe Figur, dieselben Farben.« Sein Mund wurde hart. »Und dieselben unaufrichtigen grauen Augen. Nur der Name ist anders, und das zählt nicht, da Sie jedesmal, wenn wir uns treffen, eine andere sind.«

Sie versuchte noch einmal, ihm zu entschlüpfen, aber das Zimmer war zu klein. Mit zwei raschen Schritten hatte er sie in die Enge getrieben. Sie preßte sich an die Wand und stammelte: »Was haben Sie vor?«

»Der Gedanke an Mord liegt nahe.« Er griff nach ihr. »Aber ich begnüge mich damit, das zu beenden, was neulich unterbrochen wurde.«

»Rühren Sie mich nicht an!« schrie sie. »Ich ... ich schreie um Hilfe.«

»So wie da draußen alle schwatzen, wird Sie niemand hören.« Sobald er sie berührte, merkte er, wieviel von seinem Zorn in Wahrheit frustriertes Verlangen war. Er begehrte sie – weiß Gott, wie sehr er sie begehrte, selbst wenn er ihr nicht trauen konnte.

Er nahm sie in die Arme, begierig, ihren schlanken Körper an seinem zu spüren. »Hören Sie auf, sich gegen das Unvermeidliche zu wehren«, sagte er leise.

Sie versuchte, sich ihm zu entwinden. »Das hier ist alles andere als unvermeidlich!«

»Ach ja?« Sanft aber unerbittlich hielt er seine Gefangene in den Armen. »Entspannen Sie sich, meine Liebe, ich werde Ihnen nicht wehtun. Ich kann Ihnen nicht böse sein, egal, wie sehr ich es versuche.«

Sie gab einen erstickten Laut von sich und versteckte ihr Gesicht an seiner Schulter. Er streichelte ihr den Rücken, während er geduldig darauf wartete, daß der Zauber zwischen ihnen seine Wirkung tat. Nach und nach wurde ihr Körper weich und warm, ganz nelkenduftende Weiblichkeit.

Er legte seine Wange auf ihr aufgestecktes Haar und genoß den eigenartigen Zustand zwischen Frieden und knisternder Begierde. »Ein Jammer, daß es nicht immer so sein kann«, murmelte er, als er mit den Händen über die vertraute Kurve ihrer Taille fuhr.

Seine Worte rüttelten sie aus ihrem nachgiebigen Zustand. Sie legte ihre Hände auf seine Brust und stieß ihn fort. »Wir dürften überhaupt nicht zusammensein!«

Er hielt sie fest. »Gibt es einen anderen Mann in Ihrem Leben? Ist das das Problem? Sagen Sie es mir, damit ich wenigstens weiß, worauf ich gefaßt sein muß.«

»Sie wollen nicht mich!« sagte sie wild.

»Sie irren sich. Sehr sogar.« Mit federleichter Zärtlichkeit strich er ihr über die Wange. Ihre Haut hatte die weiche, zerbrechliche Zartheit einer Blüte. »Und diesesmal bekomme ich Sie.«

»Nein!« Sie biß sich auf die Lippen, als kämpfe sie mit einer Entscheidung. Schließlich atmete sie tief ein und sagte stockend: »Ich wollte es Ihnen nicht sagen.«

»Was?« fragte er ermunternd.

Sie lächelte verzerrt. »Lord Strathmore, ich befürchte, daß Sie mich mit meiner Schwester verwechseln – meiner eineiigen Zwillingsschwester Kristine.«

Siebzehntes Kapitel

Nach einem Augenblick der Verblüffung lachte Lucien laut auf. »Ich bin froh, daß Ihre Phantasie Sie nicht im Stich gelassen hat, aber ganz bestimmt fällt Ihnen etwas Besseres ein als eine sagenhafte Zwillingsschwester. Dieser Einfall gehört in einen Schundroman.«

»Kristine ist keine Erfindung – sie ist eine Schauspielerin, die unter dem Namen Cassie James auftritt. Offenbar kennen Sie sie, aber mich kennen Sie ganz bestimmt nicht.« Sie schluckte schwer. »Daher bitte ich Sie inständig, machen Sie mir keine Vorwürfe wegen etwas, das meine Schwester Ihnen angetan hat.«

Lucien zögerte. Zum Teufel mit ihr, das Mädchen war überzeugend. Er studierte ihr ernstes Gesicht. Jede Einzelheit war genauso wie in seiner Erinnerung. Das weiche braune Haar mit den goldenen Reflexen und die schlanke, grazile Gestalt waren ihm ebenso vertraut. Nichts deutete auf die laszive Vitalität von Sally oder Cassie James hin, aber ihr Verhalten glich dem von »Jane«, als sie behauptet hatte, eine junge Dame zu sein, die ihrem Bruder helfen wollte.

Nach dem, was er bis jetzt gesehen hatte, war Lady Nemesis durchaus fähig, die Rolle der scheuen Lady Kathryn Travers, mittellose Verwandte, zu spielen. Außerdem hatte sie seine Umarmung eine Sekunde lang erwidert, als sei sie ihr vertraut. Und doch brachte etwas in ihrer Stimme ihn dazu, sich zu fragen, ob sie womöglich die Wahrheit sagte.

Es gab nur einen Weg, es herauszufinden. Selbst eine begnadete Schauspielerin würde ihre Identität nur schwer verleugnen können, wenn sie küßte. Er zog sie an sich und beugte sich über sie.

Ehe ihre Lippen sich berühren konnten, fuhr sie zurück und versetzte ihm eine schallende Ohrfeige. »Wie können Sie es wagen!«

Ja, sie war stark. Aber was ihn dazu brachte, sie loszulassen, war nicht Kraft, sondern der Unterton empörter Tugend in ihrer Stimme. Selbst die beste Schauspielerin konnte unmöglich so sehr wie eine beleidigte Jungfrau klingen.

Mit prickelnder Wange sah er Kathryn noch einmal gründlich an. Aber obwohl er seine ganze, wohlgeschulte Beobachtungsgabe einsetzte, sah sie immer noch genauso aus wie die doppelzüngige Schlange, die sein wohlgeordnetes Leben in ein Chaos verwandelt hatte. Nur in ihren klaren grauen Augen lag vielleicht mehr Verletzlichkeit, als er zuvor entdeckt hatte. »Zwillinge sind nie wirklich identisch«, sagte er langsam. »Es gibt immer leichte Unterschiede, und in diesem Fall kann ich keinen entdecken.

Und glauben Sie mir, ich spreche als einer, der sie mit großer Aufmerksamkeit studiert hat.«

Sie errötete und zog den Kopf ein, als beschäme sie die Wärme in seinen Augen. »Seit ich denken kann, haben alle gesagt, daß Kristine und ich die ähnlichsten Zwillinge sind, die sie je gesehen haben« sagte sie stockend. »Aber glauben Sie mir, wenn Kristine hier wäre, wüßten Sie augenblicklich, wer von uns sie ist. Sie würden gar nicht merken, daß ich im Zimmer bin, denn sie besitzt die Art Feuer, die alle Aufmerksamkeit auf sich zieht.«

»Viele Schauspieler haben diese Fähigkeit, und sie können sie nach Belieben abstellen«, sagte er wenig beeindruckt. Seine Augen wurden schmal. »Als Lady Graham uns vorgestellt hat, haben Sie mich wiedererkannt, auch wenn Sie versucht haben, Ihre Reaktion zu überspielen.«

»Das war kein Erkennen, sondern Schreck«, sagte sie trocken. »Sie haben mich angestarrt wie eine Kakerlake.«

»Ganz bestimmt keine Kakerlake«, sagte er mit unwillkürlichem Lächeln.

»Ihre Miene hätte ausgereicht, jedes unschuldige weibliche Wesen in Angst und Schrecken zu versetzen.« Mit gesenktem Kopf stellte sie sich ans Feuer. »Ich weiß nicht, was zwischen Ihnen und Kristine ist, und ehrlich gesagt, ich will es nicht wissen. Mein einziger Wunsch ist, daß man mich in Frieden läßt.«

»Ich bin immer noch nicht davon überzeugt, daß Sie eine Schwester haben.« Er verschränkte die Arme und lehnte sich an die Wand, um sie nachdenklich zu betrachten. »Da Sie meiner Erfahrung nach eine glänzende Lügnerin sind, wird es stärkerer Beweise bedürfen als ihrer unbewiesenen Behauptungen.«

Sie hob den Kopf und warf ihm einen eisigen Blick zu. »Ich verstehe nicht, warum die Beweislast bei mir liegen sollte. Sie haben mich überfallen, nicht umgekehrt.«

Gott, wenn sie nun wirklich eine ahnungslose Unbekannte war, die ihn noch nie zuvor gesehen hatte? Ein bestürzender Gedanke. »Wenn Sie mir die Wahrheit sagen, schulde ich Ihnen eine untertänige Entschuldigung.«

Der Schatten eines Lächelns zeigte sich in ihren Augen, als gefiele ihr die Aussicht. »Bereiten Sie sich auf eine Niederlage vor, Lord Strathmore. Kristine ist ebenso real wie Sie.«

Je mehr sie sich entspannte, desto größer wurde die Ähnlichkeit zu der Frau, die er kannte. Und gleichzeitig geringer. Sie hatte den gleichen raschen Verstand, aber er war gepaart mit einer Reserve, die für ihn neu war. Natürlich, eine Schauspielerin konnte so etwas spielen.

Er würde mehr erfahren, wenn er sich versöhnlich gab. »Ich weiß, daß es unverschämt von mir ist, Lady Kathryn, aber wären Sie bereit, mir zu erklären, warum Sie und Ihre Schwester so unterschiedliche Leben führen?«

Nach diesem Beweis, daß er ihre Geschichte akzeptierte, entspannte sie sich noch mehr und setzte sich ans Feuer. »Eigentlich ist es ganz einfach. Mein Vater war der vierte Graf Markland. Die Travers haben sich nie durch etwas anderes ausgezeichnet als durch Charme, Wildheit und einen Hang zu eineiigen Zwillingen. Der Familiensitz, Langdale Court, lag in Westmoreland.«

Er setzte sich ihr gegenüber. »Lag?«

Sie seufzte. »Mein Vater hat eine Menge Schulden geerbt und prompt einen Berg von eigenen hinzugefügt. Als wir Kinder waren, bröckelte das Haus um uns herum an allen Ecken und Enden. Unsere Mutter starb, als wir zehn waren, und danach waren wir ganz ohne Aufsicht. Wenn sich nicht ein paar Damen in der Nachbarschaft um uns gekümmert hätten, wären wir vollkommen verwildert. Papa konnte die Gläubiger in Schach halten, so lange er am Leben war, aber nach seinem Tod vor fünf Jahren wurde der Besitz versteigert, der Titel ging an einen Vetter zweiten Grades in Amerika, und Kristine und ich blieben ohne einen Penny zurück.«

»Ihr Vater war so verantwortungslos, daß er keine Vorkehrungen für Ihre Zukunft getroffen hat?«

»Es lag nicht in seiner Natur, an die Zukunft zu denken«, sagte sie nüchtern. »Wahrscheinlich hatte er vor, uns mit dem Gewinn aus irgendeinem Kartenspiel auszustatten, aber er ist nie dazu gekommen. Meine Mutter war eine Pastorentochter, die von ihrer Familie enterbt wurde, als sie mit meinem Vater durchbrannte. Von ihrer Familie konnten wir also auch keine Hilfe erwarten. Kristine und ich waren in derselben Lage wie alle anderen mittellosen jungen Damen aus gutem Hause.«

»Und die ist alles andere als angenehm.«

»Richtig. Man kann heiraten, Arbeit finden oder eine arme Verwandte werden, die von Mildtätigkeit lebt.«

»Heirat erscheint mir die logische Wahl. Sie sind zwei sehr attraktive junge Frauen.«

»Man muß schon ausnehmend schön sein, um den Mangel an jeglicher Mitgift auszugleichen«, sagte sie zynisch. »Und es gab . . . andere Gründe.«

Er fragte sich, was sie sein mochten, wollte sich aber nicht ablenken lassen. »Sind Sie damals zu Lady Jane gekommen?«

Sie nickte. »Glücklicherweise hat Tante Jane von ihrer Großmutter ein bescheidenes Einkommen geerbt, das es ihr erlaubt, unabhängig zu sein und eine kleine Wohnung in London zu unterhalten. Ich war sehr dankbar, als sie uns ein Heim anbot, da ich bezweifle, ob ich eine gute Gouvernante wäre und ganz bestimmt zu nichts anderem qualifiziert bin.«

Als sie nicht weitersprach, fragt er: »Und was ist mit Kristine?«

Sie starrte in die tanzenden Flammen. »Meine Schwester ist zehn Minuten älter als ich, und sie hat den Charme und die Wildheit der Travers geerbt. Sie ist zu willensstark, um sich mit dem ruhigen Leben bei einer blaustrümpfigen Tante zufriedenzugeben. Sie hat immer gerne auf der Bühne gestanden und oft Aufführungen und Konzerte organisiert. Deswegen hat sie beschlossen, den Anstand in den Wind zu schlagen und es beim Theater zu versuchen.«

»Und so wurden Sie beide das klassische Beispiel von ›gutem Zwilling, schlechtem Zwilling‹.«

Sein ironischer Ton entging ihr nicht, und so sagte sie scharf: »Kristine ist nicht schlecht, nur mutiger als die meisten. Sie würde nie den einfachen Ausweg wählen.«

Sah Kathryn ihr eigenes Leben so – als den einfachen Ausweg? »Natürlich ist das Theater nicht schlecht«, räumte er ein, »aber eine ungewöhnliche Wahl für ein wohlerzogenes Mädchen. Ihr Ruf wäre für immer ruiniert.«

»Kristines Worte waren: Was nützt einem ein guter Ruf, wenn es darum geht, Essen auf den Tisch zu bringen? Wenn sie schon arm sein mußte, dann konnte sie sich ebensogut amüsieren. Sie benutzt einen Bühnennamen, um die Familie nicht in Verlegenheit zu bringen, was auch immer davon übrig ist. Sie hat ein paar Jahre gebraucht, aber jetzt geht es ihr, wie Sie wissen, sehr gut.«

»Stehen Sie in engem Kontakt mit ihr?«

Kathryn wandte ihr beunruhigtes Gesicht wieder dem Feuer zu. »Tante Jane hat zwar radikale politische Ansichten, aber ihre persönliche Vorstellung von Moral ist sehr anspruchsvoll. Sie hat Kristines Entscheidung ganz und gar nicht gebilligt und ihr das Haus verboten. Das macht es ... schwierig für mich, meine Schwester zu sehen.«

»Mit anderen Worten, Sie mußten sich zwischen ihrem

Zwilling und einem Dach über dem Kopf entscheiden«, schloß Lucien. »Eine schwierige Wahl.«

»Überhaupt nicht. Kristine hat für uns beide entschieden, so wie stets in der Vergangenheit.«

Der Schmerz in ihrer Stimme ging zu tief, um Lucien zu entgehen. »Bestimmt vermißt sie Sie ebenso wie Sie.«

Kathryns Gesicht verschloß sich. »Das kann niemand wissen, Lord Strathmore. Sie wollten wissen, warum meine Schwester und ich so verschieden leben, und jetzt wissen Sie es. Ich wäre Ihnen dankbar, wenn Sie Ihr Wissen nicht weitergeben würden. Jane wäre nicht entzückt, wenn allgemein bekannt würde, daß Cassie James in Wahrheit das schwarze Schaf der Familie Travers ist.«

»Ihre Tante klingt ein bißchen nach einem Tyrann.«

»Sie ist sehr gut zu mir gewesen«, sagte Kathryn mit noch größerer Reserve. »Ich dulde keinerlei Kritik an ihr.«

Er bewunderte ihre Loyalität und hoffte, daß sie entsprechend erwidert wurde. Trotz ihrer spröden Art war Kathryn eine Verletzlichkeit eigen, die den Wunsch in ihm weckte, sie zu beschützen – selbst wenn er immer noch nicht davon überzeugt war, daß sie ihn nicht einfach anlog.

»Schauspielerinnen gibt es in den besten Familien, aber ich begreife, warum Lady Jane die Verbindung lieber geheimhalten möchte. Da Sie beide eineiige Zwillinge sind, erscheint es mir allerdings ausnehmend sinnlos, die Verwandtschaft leugnen zu wollen.«

Sie zuckte die Achseln. »Nicht unbedingt. Wir gelten zwar allgemein als attraktiv, aber wir haben keinen auffälligen Zug wie rotes Haar oder ungewöhnliche Größe. Wenn Kristine auf der Bühne steht, trägt sie Kostüme und Schminke, so daß sie kaum aussieht wie sie selber und schon gar nicht wie ich. Da mein Bekanntenkreis klein ist, gibt es nur wenige Menschen, die in der Lage wären, die Ähnlichkeit festzustellen. Bis jetzt hat noch niemand eine Verbindung hergestellt.«

Er lächelte. »Ich begreife, aber Sie tun sich und Ihrer Schwester Unrecht. Ihre Erscheinung mag nicht eben dramatisch sein, aber der allgemeine Effekt ist ... bemerkenswert.« Sein Blick blieb an dem schweren Haarknoten in ihrem Nacken haften. »Ihr Haar zum Beispiel könnte man schlicht als braun bezeichnen, aber es ist trotzdem hinreißend. Dicht, schimmernd und voll goldenem Glanz.«

Sie berührte verlegen ihr Haar. »Ich hätte eher daran denken sollen – unser Haar ist der eine offensichtliche Unterschied zwischen meiner Schwester und mir. Meines ist nie geschnitten worden, aber Kristine hat ihres abgeschnitten, damit es besser unter ihre Perücken paßt.« Ihre Augen blitzten triumphierend. »Selbst die beste Schauspielerin wäre außerstande, ihr Haar so wachsen zu lassen, seit Sie meine Schwester zum letztenmal gesehen haben, Lord Strathmore. Überzeugt Sie das, daß wir zwei verschiedene Frauen sind?«

Die lebhafte Erinnerung an weiches, schulterlanges Haar huschte ihm durch den Kopf. Er fluchte insgeheim. Verwünscht, sein Verstand ließ ihn im Stich. Er hätte selber darauf kommen können. Eine scheinbar unterschiedliche Haarlänge war kein unumstößlicher Beweis, daß er es mit zwei verschiedenen Frauen zu tun hatte, aber immerhin. »Sie könnten natürlich ein Haarteil tragen.«

Sie verdrehte die Augen. »Sie sind ein mißtrauischer Mann, aber selbst Sie müssen zugeben, daß das Haarteil, falls ich wirklich eins trage, genau mit meinem natürlichen Haar übereinstimmt.«

Wieder hatte sie recht, ihre leuchtendbraunen, goldgetupften Locken hatten durchgängig dieselbe Farbe. Halb im Scherz sagte er: »Um sicherzugehen, müßte ich die Haarnadeln aus ihrem Haar ziehen, so daß es offen ist.«

Ihre Augen wurden schmal wie bei einer beleidigten Katze. »Genug jetzt, Lord Stathmore. Ich sehe Ihnen einiges nach, weil Sie mich mit meiner Schwester verwechselt haben, aber ich dulde keine weiteren Übergriffe auf meine Person. Selbst ein Mann von Ihrem Ruf dürfte wissen, daß für Schauspielerinnen und Damen verschiedene Regeln gelten.«

Er mußte lachen. »Ich gebe mich geschlagen, Lady Kathryn. Eine letzte Frage, bevor ich mich verabschiede. Schreibt Ihre Schwester politische Artikel unter dem Namen L.J. Knight?«

Kathryn hob erstaunt die Brauen. »Selbstverständlich nicht. Sie ist eine ausgezeichnete Schauspielerin, aber ganz sicher keine Schriftstellerin. Wer hat Sie auf diese absurde Idee gebracht?«

»Kristine.«

»Sie muß eine erstklassige Vorstellung geliefert haben, wenn sie Ihnen weisgemacht hat, daß ein vierundzwanzigjähriges Mädchen mit derselben Hellsichtigkeit schreiben kann wie L.J. Knight.«

»Sie ist eine sehr überzeugende junge Frau.« Einem vagen Verdacht folgend fragte er: »Kennen Sie Mr. Knight?«

»Nicht persönlich, aber Tante Jane. Ihr zufolge ist er ein alternder Invalide mit einer scharfen Zunge und wenig Geduld für menschliche Schwächen. Sie kommen hervorragend miteinander aus.«

Was Kathryn über L.J. Knight wußte, wußte sicherlich auch Kristine, und das erklärte, warum sie keine Scheu gehabt hatte, sich seine Identität anzueignen.

Lucien stand auf. »Sie waren sehr hilfsbereit, Lady Kathryn. Ich bedaure, daß ich Ihnen vorhin solche Unannehmlichkeiten bereitet habe.«

»Das ist nicht gerade eine untertänige Entschuldigung, aber ich nehme sie trotzdem an.« Sie warf ihm einen nüchternen Blick zu. »Sie werden Kristine nichts antun, wenn Sie sie finden?«

»Nein.« Er lächelte freudlos. »Außerdem habe ich nicht die mindeste Ahnung, wo sie sich aufhält. Es sei denn, Sie können es mir sagen?«

»Selbst wenn ich es wüßte, Lord Stathmore, ich würde es Ihnen nicht verraten. Ich mag das Leben, das Kristine gewählt hat, mißbilligen, aber sie ist immer noch meine Schwester.«

Er hatte nichts anderes erwartet. »Nun gut. Bis zum nächstenmal, Lady Kathryn.«

»Ich hoffe inständig, daß es kein nächstes Mal geben wird«, sagte sie mit wiederkehrender Schärfe. »Angesichts der Tatsache, wie lange wir hier miteinander eingeschlossen waren, wäre es das beste, wenn wir getrennt gingen. Ich werde ein paar Minuten hier warten.«

Er zögerte, als wolle er etwas sagen, begnügte sich dann jedoch mit einer Verbeugung und einem höflichen Gruß.

Als die Tür sich geschlossen hatte, sank Kit zitternd in ihren Stuhl zurück. Hatte Strathmore ihr geglaubt? Es hatte den Anschein, aber sie war sich nicht sicher, er war schwer zu durchschauen. Sie fragte sich, was er mit den Informationen, die er ihr entlockt hatte, anfangen würde. Selbst wenn er kein Feind war, er blieb eine Gefahr.

Gefahr . . .

Sie erbebte, als die lebhafte Erinnerung an seine Umarmung ihr durch den Kopf schoß. Mein Gott, sie hätte ihn gleich ohrfeigen sollen, statt sich an ihn zu klammern wie eine Kletterpflanze! Sie hatte sich ganz und gar nicht aufgeführt wie die prüde, damenhafte Lady Travers mit ihrem doppelten Erbteil von Anstand. Aber es war so schön gewesen, sie hatte sich so unendlich sicher gefühlt, daß sie wie gelähmt gewesen war. Das Travers'sche Blut in ihr war schamlos.

Sie merkte, daß sie die juckende Stelle an ihrem Schenkel kratzte und ließ hastig die Hand sinken. Gott sei Dank hatte er die Tätowierung nicht gesehen. Sonst wäre sie wirklich in Schwierigkeiten.

Achtzehntes Kapitel

Als er wieder zu Hause war, konnte Lucien nicht einschlafen. Und als es ihm endlich gelang, schreckten seine Träume ihn auf. Er war gefangen in einem wirbelnden Nebel, der jede Orientierung unmöglich machte. Er wußte, daß er einen lebenswichtigen Auftrag zu erfüllen hatte. Während er sich vorwärtstastete, sah er plötzlich seine liebliche, ungreifbare Lady Nemesis vor sich, ihr schlanker Körper nur in Nebel gehüllt. Ihre Schönheit benahm ihm den Atem.

Sie lächelte und streckte ihre Hand aus. Er ging ihr entgegen, aber bevor sie sich berührten, verzerrte Entsetzen ihr Gesicht. Sie drehte sich um und floh. Ohne auf die bedrohlichen Gestalten, die sie umgaben, zu achten, lief er ihr nach. Sie führte ihn vor eine Burg, deren Mauern schwarz waren wie der Tod. Er ahnte, daß ein Eindringen tödlich sein würde und rief ihr eine Warnung zu, aber sie lief durch das dunkle Tor, ohne auf ihn zu achten.

Verzweifelt stürzte er ihr nach. Er kam in einen hellerleuchteten Raum voller Spiegel. Jeder einzelne zeigte ihm ein anders Bild von ihr. Sie war ein ängstliches Zimmermädchen, eine aufreizende Schauspielerin, eine kühle Intellektuelle – jede Maske, die er kannte und viele, die ihm unbekannt waren.

Und um ihn herum erscholl das verzweifelte Weinen einer Frau.

Er wollte ihr helfen und streckte die Hand nach ihr – Kristine? Kathryn? – aus, aber seine Hand stieß an die kalte, undurchdringliche Oberfläche eines Spiegels.

Hinter ihm flüsterte eine heisere Stimme: »Hilf mir, Lucien – um Gottes Willen, bitte, hilf mir.«

Er fuhr herum, aber er konnte nicht feststellen, welches der blitzenden Spiegelbilder wirklich war. Mit wachsender Verzweiflung suchte er die Halle ab, bis seine Lungen brannten und seine Hände von Spiegelscherben bluteten. Aber er konnte die warme, lebendige Frau, die er suchte, nicht finden – nur Spiegel und grausame Spottbilder.

Er erwachte zitternd und mit bösen Vorahnungen, aber er wußte nicht, ob sie ihm galten oder ihr. Er zwang sich, sich wieder hinzulegen und zu entspannen.

Als sein Atem ruhiger wurde, kam ihm der freudlose Gedanke, daß er diesmal wenigstens nicht die lähmende Leere empfand, die ihn nach seiner Begegnung mit Lola überfallen hatte. Mit seiner Lady Nemesis bestand das Problem nicht in einem Mangel an Gefühlen, sondern einem Übermaß, das meiste davon Frustration.

Obwohl Lucien zu neunzig Prozent überzeugt war, daß seine Beute Kristine Travers war, eine flatterhafte Schauspielerin mit einer sittsamen Zwillingsschwester, war er doch zu erfahren, um Kathryns Geschichte ohne Bestätigung zu akzeptieren. Seine Großtante Josephine, die Herzoginwitwe von Steed, konnte ihm vielleicht sagen, was er wissen wollte. Sie hatte eine Neigung zum Klatsch – ein Familienzug.

Glücklicherweise war seine Tante bereit, ihn zu einer unpassend frühen Stunde zu empfangen. Winzig und mit silbrigem Haupt, in zahllose Schals gehüllt, saß sie am Feuer, als er in ihren Salon gebeten wurde. »Bestell uns Tee, mein Junge«, befahl sie. »Und dann komm her und gib deiner alten Tante einen Kuß.«

Er gehorchte, und sie winkte ihn zu einem Sessel neben dem ihren. »Bist du hergekommen, um mir zu sagen, daß du im Begriff bist, dich zu verheiraten?«

Er lachte. »Die Antwort ist dieselbe wie immer: nein. Ich verspreche, daß du eine der ersten sein wirst, die davon erfahren, wenn ich meine Meinung ändere, aber bis dahin wirst du dich mit den Sprößlingen von anderen Zweigen des Stammbaumes begnügen müssen.«

Lady Steed nickte resigniert. »Dann bist du vermutlich gekommen, um meinem vertrottelten alten Hirn ein paar Fakten zu entlocken.«

»Vertrottelt – du? Dein Verstand und dein Gedächtnis sind so scharf wie ein Florentiner Dolch.«

Sie versuchte, eine mißbilligende Miene aufzusetzen, aber sie konnte ihr Lächeln nicht verbergen. »Was willst du diesmal wissen?«

»Du hast doch Freunde in Westmoreland, nicht wahr?«

»Die Miltons, in der Nähe von Kendal. Die verwitwete Lady Milton und ich sind seit fast sechzig Jahren Busenfreundinnen. Ich besuche sie jeden Sommer auf dem Weg nach Schottland. Der derzeitige Viscount ist mein Patenkind.« Sie funkelte ihn drohend über ihre goldgeränderte Halbbrille an. »Lord Milton hat mit zweiundzwanzig geheiratet und ist Vater von drei Söhnen. Das ist ein Mann, der seine Pflichten gegenüber der Familie kennt.«

Er überhörte die Spitze mit langjähriger Übung und fragte: »Hast du dort je einen Lord Markland kennengelernt?«

»O ja, ein charmanter Mann, allerdings vollkommen wertlos. Sein Landsitz lag nur ein paar Meilen von Milton

Hall entfernt.« Sie schnaufte verächtlich. »Alles, was er zustande gebracht hat, war ein Paar Zwillingstöchter. Nach seinem Tod ist der Titel an einen amerikanischen Kusin gegangen, und ich vermute, daß er damit praktisch erloschen ist. Soweit ich weiß, halten die Amerikaner nicht viel von solchen Dingen.«

Bevor sie zu den Vorzügen des erblichen Adels abschweifen konnte, sagte Lucien: »Erzähl mir von den Zwillingstöchtern. Hast du sie je gesehen?«

»Fast jedesmal, wenn ich die Miltons besucht habe. Sie waren alle beide entzückend, Kristine und Kathryn, beides mit einem K. Die Travers hatten schon immer einen Hang zur Originalität.« Sie schüttelte den Kopf. »Markland hat seine Töchter schandbar vernachlässigt. Anne Milton hatte die Mädchen gern und hat sich große Mühe gegeben, ihnen beizubringen, wie man sich benimmt.«

»Waren die beiden sich ähnlich?«

Sie nickte. »Wie ein Ei dem anderen. Ich habe so etwas noch nie gesehen. So oft ich sie auch gesehen habe, ich konnte sie nie auseinanderhalten. Ihre Persönlichkeiten waren allerdings ganz verschieden. Lady Kristine war die Ältere, und sie war wild, ganz wie ihr Vater.«

Der Tee kam, und die Herzogin goß ein. »Kristines Streiche waren im ganzen Landkreis berühmt. Sie ist um Mitternacht nackt im Fluß geschwommen, auf Klippen geklettert, in Hosen bei der Fuchsjagd mitgeritten, und sie hat mit dem Vikar Philosophie diskutiert, bis der arme Mann weder aus noch ein wußte. Sie hätte ein Junge sein sollen.«

Das erklärte ihr Talent für Einbruch und Dachakrobatik. »Und Lady Kathryn?«

»Die ist nach ihrer Mutter, einer Pastorentochter, geraten, und war eine sehr sittsame junge Dame. Sie ist ständig ihrer Schwester nachgelaufen und hat versucht, sie aus Schwierigkeiten herauszuhalten. Ein liebes Kind, aber leicht zu übersehen – Kristine hat für alle beide geredet.« Lady Steed hob die silberne Zuckerzange und ließ ein Stück Zucker in ihre Tasse fallen. »Man hat den Mädchen einiges nachgesehen, weil sie keine richtige Erziehung genossen haben. Sie waren nicht bösartig, aber Kristine war eindeutig dazu bestimmt, in Schwierigkeiten zu geraten. Wahrscheinlich ist sie mit dem ersten Mann durchgebrannt, der sie gefragt hat, oder sie ist zur Bühne gegangen, oder irgend etwas in der Art.«

Lucien hob die Brauen. »Glaubst du wirklich, daß sie Schauspielerin geworden ist?«

Sie schmunzelte. »Ich glaube, nicht einmal Kristine wäre so weit gegangen, aber sie war sehr talentiert. Sie und Kathryn haben immerzu mit den anderen jungen Leuten aus der Nachbarschaft Stücke aufgeführt. Sie hatten ganz besonderen Erfolg mit *Wie es euch gefällt* und *Was ihr wollt*.«

Lucien lächelte bei der Vorstellung. »Man sieht diese Stücke selten mit echten Zwillingen. Kristine war vermutlich der Sebastian zu Kathryns Viola?«

»Ja, und sie war ein sehr flotter junger Kavalier. Man konnte Olivia keinen Vorwurf machen.« Die Herzogin nippte nachdenklich an ihrem Tee. »Wo immer Kristine jetzt sein mag, ich bin sicher, daß sie irgendeinen Unfug anstellt. Das Mädchen braucht einen starken Mann in ihrem Leben.« Sie überlegte einen Augenblick und fügte hinzu: »Und in ihrem Bett.«

Lucien grinste. »Glaub nicht, daß du mich mit deinen Anzüglichkeiten schockieren kannst, Tante Josie – ich bin vollkommen immun. Weißt du, wo die Zwillinge jetzt sind?«

»Nachdem ihr Vater gestorben und das Haus verkauft war, haben sie Westmoreland verlassen. Das muß ungefähr fünf Jahre her sein. Sie sind zu ihrer Tante nach London gezogen.« Lady Steed schürzte die Lippen. »Markland hat sie vollkommen mittellos zurückgelassen. Selbst aller Charme der Welt könnte einen derart schockierenden Mangel an Verantwortunsgefühl nicht ausgleichen.«

»Hat eine von beiden noch einen zweiten Vornamen – Jane?«

»Beide. Kathryn Jane Anne und Kristine Jane Alice, glaube ich. Anscheinend hat Markland seine Schwester gebeten, Taufpatin für sein erstes Kind zu sein, und er sah keinen Grund, das zu ändern, nur weil seine Frau ihm Zwillinge geboren hatte.« Sie zuckte die Achseln. »Oder vielleicht fanden die Eltern, daß die Mädchen auch dieselben Initialen haben sollten, wenn sie sich schon so ähnlich waren.«

Er erinnerte sich daran, wie »Cassie James« geschworen hatte, daß Jane ihr wirklicher Name war. Dies eine Mal wenigstens hatte sie nicht gelogen. Die kleine Hexe war schlau. Aber das hatte er bereits gewußt.

Während er vor sich hin brütete, sagte Lady Steed: »Ein faszinierendes Phänomen, Zwillinge. Oft haben sie eine gemeinsame Geheimsprache, schon von frühester Kindheit an.« Als sie Luciens Gesicht sah, senkte sie den Blick. »Aber das weißt du natürlich. Wie dem auch sei, die Traversmädchen hatten besondere Namen füreinander. Ich hab' sie einmal gehört, als sie miteinander schwatzten.«

»Erinnerst du dich an die Namen?«

»Ich glaube, es war Kit und Kara.« Die Herzogin biß sich auf die Lippen. »Nein, das stimmt nicht. Kira, das war's. Kit und Kira.«

Luciens Interesse erwachte. »Und wer war wer? Beide klingen ähnlich genug, daß man Namen und Spitznamen beliebig kombinieren kann.«

»Kit ist gewöhnlich die Kurzform für Kathryn.« Seine Tante legte ihre Stirn in Falten. »Aber das kann nicht stimmen – Kit hat die meiste Zeit geredet, das muß also wohl Kristine gewesen sein.«

»Kit ist auch eine Kurzform für Kristine«, sagte Lucien. Als er sie das erstemal getroffen hatte, auf Rafes Jagdpartie, hatte sie ihren Namen mit Kitty angegeben. Eigentlich waren das ihre genauen Worte gewesen: »Kit ... Kitty«, als ob sie sich nachträglich korrigiert hätte. »Dann ist Kathryn also Kira.«

Nachdem dieser Punkt geklärt war, kam er zu einer wichtigeren Frage. »Hatten die Mädchen Verehrer?«

»Nicht wirklich. Jeder in Westmoreland wußte, daß sie keinen Penny hatten, deswegen kamen sie nicht ernsthaft in Frage. Oh, viele junge Männer haben mit Kristine geflirtet, und sie hat mitgespielt. Und einmal hat Anne Milton etwas von einem Witwer erwähnt, der Kathryn als eine geeignete Stiefmutter für seine fünf Kinder betrachtete, aber ich habe nie etwas wirklich Wichtiges gehört.«

Er grinste sie liebevoll an. »Wenn du nichts gehört hast, ist nichts gewesen. Ich staune immer wieder, wieviel du weißt.«

Sie legte den Kopf schief wie ein Spatz. »Ich habe all deine Fragen beantwortet, aber vermutlich wirst du mir eine Antwort schuldig bleiben, wenn ich dich frage, was du diesmal im Schilde führst.«

»Belassen wir es dabei: ich habe mich gefragt, ob ich es mit einer Frau zu tun habe oder zweien.« Er stand auf. »Ich danke dir. Du hast mir bestätigt, daß die Damen Travers wirklich Zwillinge sind. Ich stehe in deiner Schuld.«

»Du kannst sie einlösen, indem du ihnen bestellst, daß sie mich besuchen sollen, wenn sie in London sind«, sagte sie prompt. »Allein oder zu zweit. Ich wäre entzückt, unsere Bekanntschaft zu erneuern.«

»Das werde ich tun«, versprach er. Die Einladung seiner Tante lieferte ihm eine gute Entschuldigung, Kathryn einen Besuch abzustatten. Möglicherweise wollte sie ihn nicht wiedersehen, aber sie war immer noch seine beste Spur zu Kristine.

Er brauchte etwas Bewegung, und so schickte er seine Kutsche voraus und machte sich zu Fuß auf den Heimweg. Er benahm sich sehr eigenartig, was Kristine anging – Kit. Er probierte den Namen in Gedanken aus und fand ihn passend. Ein Name mit scharfen Kanten wie sie selbst. Er hoffte inständig, daß er keine neuen Namen für sie lernen mußte, er war schon verwirrt genug.

Obgleich er endlich Fortschritte machte, spürte er eine tiefe innere Unruhe, ohne zu wissen, warum. Er vermutete, daß sie erst verschwinden würde, wenn er Kit ein für allemal eingeholt hatte.

Neunzehntes Kapitel

Sein nächster Schritt war ein Besuch bei der ehrbaren Lady Kathryn Travers. Lady Graham hatte ihm Lady Janes Adresse gegeben, und er sprach dort am selben Nachmittag vor. Das Haus lag zwischen Mayfair und Soho und war respektabel aber bescheiden. Ein kesses Zimmermädchen öffnete die Haustür. Sie zog erstaunt die Brauen hoch, als er ihr seine Karte überreichte. »Meine Güte, 'n echter Lord.«

Mit ernster Stimme sagte er: »Ist Lady Kathryn zu Hause?«

»Sie wär' schön blöd, wenn sie für Sie nich' da wär'«,

sagte das Mädchen unehrerbietig, als sie ihn ins Wohnzimmer führte.

Ein paar Minuten später kam Kathryn herein. Ihre Miene war feindselig. »Ich hatte gehofft, Ihnen nicht wieder zu begegnen, Lord Strathmore.« Sie forderte ihn nicht auf, sich zu setzen. »Haben wir einander noch irgend etwas zu sagen?«

»Nun, ich schulde Ihnen eine ernsthafte Entschuldigung für die Art, wie ich Sie behandelt habe. Soll ich niederknien?«

Er machte Anstalten dazu, aber sie hielt ihn mit einer Handbewegung auf. »Seien Sie nicht albern«, sagte sie gereizt. »Das würde höchstens Ihren teuren Anzug ruinieren. Ich vermute, logische Überlegung hat Sie davon überzeugt, daß ich die Wahrheit sage.«

»Das und ein Besuch bei meiner Tante, der verwitweten Lady Steed.«

Ihr Gesichtsausdruck wurde noch mißtrauischer. »Ich wußte nicht, daß Lady Steed Ihre Tante ist.«

»Meine Großtante, um genau zu sein. Sie lädt Sie ein, sie zu besuchen. Sie würde Sie und Ihre Schwester gerne wiedersehen.«

Ehe Kathryn antworten konnte, schlich eine große, gestreifte Katze in den Raum und begann, um die Beine des Besuchers zu streichen, nicht ohne haarige Spuren zu hinterlassen. Lucien warf einen Blick nach unten und erwischte die Katze dabei, wie sie eine Kralle in seine glänzenden Stiefel hakte. »Ich hätte mich ebensogut vor Ihnen auf die Knie werfen können. Wenn dieses Raubtier mit mir fertig ist, ist mein Anzug ohnehin ruiniert.«

Kathryn büßte etwas von ihrer Würde ein, als sie sich hastig bückte und das Tier aufhob. Sie verbannte es aus dem Zimmer und sagte: »Es tut mir leid, Mylord. Wie alle Katzen hat Sebastian einen untrüglichen Instinkt dafür, wo er am wenigsten erwünscht ist.«

»Kristine hat eine Katze mit Namen Viola, wie ich vermute?«

Sie erstarrte. »Woher wissen Sie das?«

»Reine Spekulation«, sagte er milde. »Ich dachte an das, was meine Tante Josephine mir erzählt hat, daß Sie und Ihre Schwester die Stücke von Shakespeare aufgeführt haben, in denen Zwillinge vorkommen.«

Sie wurde ein ganz klein wenig lockerer. »Wir hatten einen natürlichen Vorteil bei der Sache. Was die Katzen betrifft, sie sind aus demselben Wurf. Kristine hat ihre Viola genannt, und so wurde mein Kater zu Sebastian.«

Er war froh, daß sie aufzutauen begann, wenn der Katze auch mehr Anteil daran zukam als seinem eigenen berühmten Charme. »Der Hauptgrund für meinen Besuch betrifft Ihre Schwester.«

Ihre Augen wurden schmal. »Erklären Sie.«

Mit sorgsam gewählten Worten sagte er: »Als ich Kristine kennenlernte, war sie in ... illegale Aktivitäten verwickelt. Ich glaube nicht, daß sie eine Verbrecherin im üblichen Sinne ist, aber ich fürchte, sie ist in etwas verwickelt, was sich als gefährlich erweisen könnte.«

Kathryn seufzte schwach. »Wahrscheinlich haben Sie recht, aber was soll ich dagegen unternehmen?«

»Ich verstehe, daß Sie mir ihren Aufenthaltsort nicht verraten wollen, aber bitte, übermitteln Sie ihr eine Nachricht von mir«, drängte er. »Was immer es sein mag, ich glaube, ich kann ihr helfen.«

Mit eiskaltem Blick fragte Kathryn: »Sind Sie einer von Kristines Liebhabern?«

Kathryn konnte also genauso direkt sein wie ihre Schwester. »Nein, das nicht«, sagte Lucien ruhig. »Ich gebe zu, daß ich es mir wünschen würde, aber mir geht es in erster Linie um ihre Sicherheit. Ich fürchte, sie befindet sich in größerer Gefahr, als ihr bewußt ist.«

Mit einem Gesicht, das sie plötzlich älter erscheinen ließ, als sie war, sagte Kathryn: »Ich wünschte, ich könnte Ihnen helfen, Lord Strathmore, aber ich habe wirklich keine Ahnung, wo Kristine ist. Ich wär' froh, wenn es nicht so wäre.«

Ihre Worte waren absolut überzeugend, und Lucien spürte, daß sie ebenso besorgt um ihre Schwester war wie er. »Machen Sie eine Spazierfahrt mit mir. Das Wetter ist wie im Oktober, und die frische Luft wird Ihnen guttun.«

Als sie zögerte, setzte er hinzu: »Was soll Ihnen mit mir passieren, in einem offenen Gefährt, noch dazu, wenn ich lenke?«

Die Spur eines Lächelns trat in ihre Augen. »Ein überzeugendes Argument. Na schön, ich hole meinen Hut und mein Cape.«

Beide Kleidungsstücke waren, wie vorauszusehen, dunkel, nüchtern und praktisch. Lady Kathryn hielt sich vielleicht nicht für eine Gouvernante, aber ganz bestimmt kleidete sie sich so. Lucien war fasziniert von der Tatsache, daß sie ihrer Schwester so ähnlich und trotzdem so unscheinbar sein konnte.

Als hätte sie seine Gedanken gelesen, sagte sie: »Kristine könnte dasselbe Cape tragen und darin so elegant aussehen, daß ihr alle Blicke folgen würden. Einmal hat sie mir gesagt, daß eine gute Schauspielerin in der Lage sein muß, eine Straße entlangzugehen und jedem aufzufallen, oder dieselbe Straße entlangzugehen und von niemandem bemerkt zu werden.« Kathryn lächelte ironisch. »Wenn meine Schwester nicht auffallen will, tut sie so, als sei sie ich. Dann bemerkt niemand sie.«

»Sicher ist auch das Gegenteil wahr«, sagte Lucien, während er ihr in die Kutsche half. »Wenn Sie auffallen wollen, brauchen Sie nur auf die Straße zu gehen und so zu tun, als seien Sie sie.«

Sittsam ordnete sie ihre Röcke. »Ich hätte nie den Wunsch, derart vulgäre Aufmerksamkeit zu erregen.«

Er beobachtete sie aus den Augenwinkeln, als sie durch die belebten Londoner Straßen fuhren. Sie saß schweigend da, ohne das Bedürfnis, die Luft mit Geschnatter zu erfüllen. Ihr Benehmen war zwar zurückhaltender als das ihrer Schwester, aber sie hatte dasselbe prachtvolle Profil. Bei dem Anblick sehnte er sich inbrünstig nach Kit.

Als sie den relativen Frieden des Parks erreicht hatten, fragte er: »Haben Sie Ihre Schwester je darum beneidet, daß sie alle bezaubert?«

»Beneidet man die Sonne, weil sie scheint?« antwortete sie. »Außerdem genießt Kristine es, der Mittelpunkt zu sein, und ich nicht, deswegen bestand nie eine Konkurrenz zwischen uns.«

»Niemals?« fragte er ungläubig.

»Niemals.« Sie warf ihm einen schrägen Blick zu. »Ich weiß nicht, ob ein Nichtzwilling das nachvollziehen kann. Weil wir uns in so vielen Dingen ähnlich sind, freut mich ein Kompliment an sie ebensosehr, als hätte ich es erhalten. Ich habe mich immer über ihre Erfolge gefreut.«

Das klang aufrichtig, aber er hatte den Eindruck, daß sie nicht die ganze Wahrheit sagte. Ganz sicher hatte es Zeiten gegeben, in denen Kathryn sich nach Beachtung sehnte.

Sie sprach weiter. »Das trifft auch umgekehrt zu. Einmal hat ein muffiger Witwer, der mich zu seiner nächsten Frau machen wollte, behauptet, ich wäre viel hübscher als Kristine. Selbst, wenn die Vorstellung nicht unsinnig gewesen wäre, hätte ich mich geärgert. Wie kommt er darauf, daß mir ein Kompliment auf Kosten meiner Schwester Freude machen würde?«

»Das war ungeschickt«, stimmte Lucien zu. »Und doch ist es durchaus möglich, daß der Knabe Sie wirklich anziehender gefunden hat. Der Glanz der Sonne mindert die Lieblichkeit des Mondes nicht.«

Sie warf ihm einen erstaunten Blick zu. Dann starrte sie auf ihre behandschuhten Hände. »Sie haben eine glatte Zunge, Mylord.«

»Ja«, gestand er, »aber das heißt nicht, daß ich nicht gelegentlich die Wahrheit sage wie eben.«

Plötzliches Gelächter erhellte ihr Gesicht, und einen Augenblick lang war es, als säße Kit neben ihm, Kit mit all ihrem flatterhaften Charme. Luciens Hände umklammerten die Zügel, als er sich zur Ordnung rief. Dies war nicht die Schwester, die er wollte.

Aber wenn Kathryn auch nicht die sinnliche Ausstrahlung ihrer Schwester hatte, so lauerte doch eine verlokkende Andeutung von Sinnlichkeit unter der ehrbaren Fassade. Wie gut, daß sie eine respektable Frau war, der man den Hof machen konnte, aber keine unsittlichen Anträge. Sonst wäre er versucht gewesen, ihre Bekanntschaft zu vertiefen, und sein Leben war schon kompliziert genug.

Kit war etwas anders. Sie hatte beschlossen, bürgerliche Moralvorstellungen in den Wind zu schlagen, sie war Freiwild. Falls – wenn – sie ein Liebespaar wurden, waren sie einander ebenbürtig.

Aber er war sich der Gegenwart der Frau an seiner Seite immer noch deutlich bewußt. Innerlich lächelnd sagte er sich, daß Kathryn gottlob eine kräftige Rechte besaß, von der sie, ohne zu zögern, Gebrauch machte. Nein, es war seine rechte Wange gewesen, sie hatte also mit der linken Hand zugeschlagen.

Er fragte: »Kira, sind Sie und Ihre Schwester beide Linkshänderinnen?«

Ihr früheres Mißtrauen kehrte zurück. »Warum nennen Sie mich so?«

»Meine Tante sagt, daß Sie und Kristine einander Kit und Kira nennen. Ich habe Ihren Namen benutzt, weil er mir gefällt.«

»Lady Steed ist äußerst aufmerksam«, sagte sie abweisend. »Aber diese Namen sind nur für meine Schwester und mich. Es ist eigenartig, sie aus dem Mund eines Fremden zu hören.«

»Verzeihen Sie«, sagte er zerknirscht. »Ich werde mich auf Kathryn beschränken, wenn Sie das vorziehen.«

»Lady Kathryn, bitte. Wir stehen nicht auf vertrautem Fuß miteinander.«

»Noch nicht.«

Sie sah ihm voll ins Gesicht. »Ich bin nicht Kristine, Lord Strathmore, und ich schätze es nicht, als Mittel zum Zweck benutzt zu werden.«

Er war überrascht, wie wenig ihm gefiel, daß sie so dachte. Er brachte seine Pferde am Rande des Fahrweges zum Stehen, so daß er ihr seine volle Aufmerksamkeit zuwenden konnte. »Es ist wahr, ich möchte Ihre Schwester finden, aus egoistischen Gründen ebenso wie aus selbstlosen. Aber Sie sind selber eine faszinierende Frau. Ich glaube, wir könnten Freunde werden, wenn Sie es zulassen würden, statt mich anzufauchen wie eine Wildkatze.«

Sie wandte den Blick ab. »Es tut mir leid, wenn ich unhöflich war. Mein Vater war sehr unzuverlässig, das hat mich männlichen Absichten gegenüber mißtrauisch gemacht.«

»Ich habe keine unehrenhaften Absichten Ihnen gegenüber, und ich würde die Unterhaltung mit Ihnen auch dann genießen, wenn Sie keine Zwillingsschwester hätten. Würde das als Basis für eine Freundschaft ausreichen?«

»Vielleicht«, sagte sie nervös. »Aber ich weiß nicht, ob ich mir diese Freundschaft wünsche.«

»Sie sind eine harte Frau, Lady Kathryn.«

»Es ist mir lieber so, Mylord.« Als wolle sie das Thema wechseln, fragte sie: »Haben Sie einen Bruder?«

»Nein.« Jetzt war es an Lucien, nervös zu werden. Er ließ die Pferde mit unnötiger Heftigkeit antraben. »Ich hatte eine Schwester, aber sie ist sehr jung gestorben.«

»Das tut mir leid«, sagte sie mit ehrlichem Mitgefühl. »Geschwister können die besten Verbündeten gegen eine verwirrende Welt sein. Niemand sonst begreift so gut, welche Kräfte uns fürs Leben prägen.«

»Ich habe in Eton drei Brüder adoptiert, und die waren ein großartiger Ersatz«, sagte er leichthin.

Sie seufzte. »Eine Familie, die man sich aussucht, ist vielleicht viel erfreulicher als die, in die man hineingeboren wird.«

»Normalerweise schon, aber wenn es Probleme gibt, sind sie genauso schmerzhaft wie mit Blutsverwandten«, sagte er und dachte an die Aufregung, die Michael im vergangenen Frühjahr verursacht hatte. »Sie kennen Kristine besser als irgend jemand. Bestimmt haben Sie eine Idee, wo ich sie suchen könnte. Ich habe Grund zu der Annahme, daß sie in Soho wohnt.«

»Früher hatte sie dort eine Wohnung, aber jetzt nicht mehr«, antwortete Kathryn. »Ich glaube, sie tritt in den nächsten Wochen nicht auf. Vielleicht hat sie London verlassen.« Sie warf ihm einen rätselhaften Blick zu. »Wenn Sie etwas erfahren, lassen Sie es mich wissen?«

»Ich wollte Sie um dasselbe bitten. Vermutlich wird sie eher mit Ihnen in Kontakt treten als mit mir.«

Kathryn starrte auf ihre festverschlungenen Hände. »Wir sind einander nicht mehr so nahe wie früher. Ich wäre überglücklich, von ihr zu hören, aber ich erwarte es nicht.«

Er dachte an die vielfältigen Bande zwischen Zwillingen und litt im Stillen mit Kathryn. Es mußte schwierig sein, von der Mildtätigkeit einer willensstarken Tante zu leben, abgeschnitten von ihrer Schwester, die ihre engste Vertraute war. Und noch schlimmer mußte es sein, zu glauben, daß ihre Schwester nichts mehr für sie empfand.

Er entschied, daß er seine Begleiterin für heute genug strapaziert hatte, und begann auf dem Rückweg ein Gespräch über Literatur. Wenn Kathryn entspannt war und ein abstraktes Thema diskutierte, war ihr trockener Humor sehr amüsant.

Er war in Gedanken versunken, als er sie verließ. Auf ihre Art war Kathryn ebenso rätselhaft wie ihre Schwester. Und, wie er wider Willen zugeben mußte, fast ebenso anziehend. Er wollte diesen verborgenen Funken von Leidenschaft zu heller Flamme anfachen. Er wollte ihr Mißtrauen mit Küssen vertreiben und sie hemmungslos zum Lachen bringen. Er wollte ...

Zum Teufel! Er wußte nicht, was er wollte. Nein, das stimmte nicht. Er wollte Kit, und in seiner Enttäuschung übertrug er seine Begierde auf Kits Zwillingsschwester. Natürlich waren die Ähnlichkeiten zwischen den beiden verlockend, aber die Unterschiede waren viel offensichtlicher. Beide waren einzigartig, jede mit ihren eigenen Träumen und Ängsten. Sie miteinander zu verschmelzen hieße, ihre eigentliche Natur zu verleugnen.

Außerdem war Kathryn viel zu prüde für Luciens Geschmack. Das sagte er sich – mehrfach.

Als er zu Hause ankam, war seine sonst so ausgeglichene Laune miserabel. Er mußte Kristine finden, bevor er völlig die Kontrolle verlor. Leider hatte sein scheinbarer Fortschritt sich als Illusion erwiesen. Er war nicht näher daran, seine Lady Nemesis zu finden, als vor seiner Begegnung mit Kathryn.

Zwischenspiel

Sie wartete an der Tür auf ihn. Sobald er den Vorraum betrat, versetzte sie ihm einen Peitschenhieb über die Schultern. Er fuhr herum, überrascht und erregt. Heute trug sie jungfräuliches Weiß wie das unschuldige Mädchen, das sie nicht war, und einen weißen Schleier über weichen, künstlichen blonden Locken. Aber ihr Satingewand reichte ihr kaum bis zu den Hüften, und ihre langen Beine steckten in Leder und schwarzer Spitze. »Ihr seid wunderschön heute abend, Gebieterin«, hauchte er.

»Schweig!« Sie dehnte sich verführerisch, so daß der weiße Satin sich über ihrer Brust spannte. »Natürlich bin ich schön, aber ich bin nicht für dich und deinesgleichen, Sklave. Wag nicht, mich zu berühren. Wag nicht, mich anzusehen. Wag nicht, auch nur an mich zu denken.«

»Ihr seid grausam, Gebieterin«, wimmerte er. »Ich kann nicht anders, ich muß an Euch denken, und an die Erfüllung, die es mir bringt, Euch zu dienen.«

Sie schluckte die Galle, die bei seinen Worten in ihr aufstieg. Als sie ihre Stimme wieder in der Gewalt hatte, fauchte sie: »Unverschämtes Schwein! Du verdienst Strafe für deine Frechheit. Komm in mein Verlies.«

Obwohl er begierig gehorchte, blieb er einen Augenblick bei dem widerlichen mechanischen Spielzeug stehen. Sie hieb ihm mit der Peitsche auf die Finger, um in wieder aufzurütteln.

In der Mitte des steinernen Gemaches stand ein großer Holzrahmen. Ohne ihn mehr zu berühren als unbedingt nötig, fesselte sie ihn an Hand- und Fußgelenken, so daß er ausgespreizt in dem Rahmen stand.

Dann hob sie die härteste Peitsche, die sie hatte, und benutzte sie, um ihm die Kleider vom Leib zu reißen. Endloses Üben hatte sie zur Expertin gemacht, und sie beherrschte ihr Werkzeug meisterhaft. Sie wußte genau, wieviel Kraft sie brauchte, um Stoff zu zerfetzen, und wieviel mehr, um das Fleisch darunter zu zeichnen – mit einer Schwellung oder mit Blut. Bald blinkte schweißnasse Haut durch die Risse in seiner Kleidung, und scharlachfarbene Flecken besudelten die Fetzen seines Hemdes.

Sie beurteilte ihr Vorgehen anhand der Schwellung, die sich unter seinen Hosen abzeichnete. Je mehr sie ihn entblößte, um so heftiger wand er sich in seinen Fesseln, und sein Stöhnen wurde lauter und lauter.

Erst, als er vollkommen nackt war, versetzte sie ihm den letzten, brutalen Hieb auf den Hintern, der ihn zum Höhepunkt bringen sollte. Er stieß einen langen, tierischen Schrei aus, und seine Hüften pumpten wie rasend, während sein Samen in silbrigem Bogen aus ihm hervorschoß. Dann sank er in sich zusammen und hing schlaff in seinen Fesseln. Nur sein heftiges Atmen verriet, daß er noch am Leben war.

Sie zog die Peitsche durch ihre zitternden Finger und fragte sich, wie lange es dauern würde, bis er tot war, wenn sie ihm den Lederriemen um die Kehle knotete. Der Impuls war so stark, daß ihr Mund trocken wurde. Sein Gesicht würde rot anlaufen, und er würde verzweifelt um sich schlagen, wenn er merkte, daß es dieses Mal kein Entrinnen gab, daß er ihrer mörderischen Wut hilflos ausgeliefert war.

Bevor sie ihrem Verlangen nachgeben konnte, wirbelte sie herum und floh aus dem Verlies.

Zwanzigstes Kapitel

Kit erwachte mit einem erstickten Schrei. Ihre Finger waren verkrampft. Entsetzt sah sie sie im Licht der Morgendämmerung an. Sie erwartete fast, den Abdruck eines ledernen Riemens in ihrem Fleisch zu entdecken, aber ihre Hände waren leer. Sie hatte niemanden ermordet. Es war nur ein neuer Alptraum gewesen.

Sie kamen jetzt häufiger, jeder schrecklicher und erschütternder als der vorige, aber heute hatte sie zum erstenmal von Mord geträumt. Sie versuchte, sich an die Einzelheiten zu erinnern, aber sie waren zu entstellt – von Haß? Von Angst?

Sie stolperte aus ihrem Bett an den Waschtisch und zerbrach die dünne Eisschicht, die sich auf der Oberfläche des Wassers gebildet hatte. Dann badete sie Gesicht und Hände, wie Lady Macbeth in ihrem verzweifelten Bemühen, sich reinzuwaschen.

Während sie sich das Gesicht abtrocknete, versuchte sie, sich genauer an den Traum zu erinnern, aber sie erkannte nur Bruchstücke, nichts, was sich identifizieren ließ. Sie war angezogen und bürstete ihr Haar, als ein deutliches Bild vor ihr auftauchte. Das einer unanständig bekleideten Frau, die den nackten Körper eines Mannes auspeitschte.

Es dauerte einen Moment, bevor sie merkte, daß sie keine wirklichen Menschen sah, sondern mechanische Figuren. Sie waren in allen Einzelheiten ausgearbeitet, bis hin zu den roten Streifen auf des Mannes Rücken. Eine klingelnde Barockmelodie begleitete das rhythmische Auf und Ab der Peitsche. Sie sah eine Spieluhr vor sich – eine obszöne, raffinierte Spieluhr, vor der ihr graute.

Strathmore machte solche Dinge. Konnte ein Mann, der purzelbaumschlagende Pinguine konstruierte, auch ein derart abstoßendes Spielzeug ersinnen? Sie sagte sich, daß es noch andere Männer mit dieser Fähigkeit gab, aber Lucien war der einzige, den sie kannte, und er war ein Höllenhund und daher verdächtig.

Mehr als einmal war sie versucht gewesen, ihm die Wahrheit zu sagen und ihn um Hilfe zu bitten. Er würde viel besser wissen, wie sie zum Ziel kommen konnte als sie. Die Vision war eine Mahnung, daß sie ihm nicht trauen durfte, egal, wie sehr sie es sich wünschte.

Das Klopfen an der Wohnungstür war eine Erlösung. Das würde Henry Jones sein, der sie gestern brieflich um diese frühe Zusammenkunft gebeten hatte. Hastig öffnete sie die Tür. »Haben Sie irgend etwas herausgefunden?«

»Sie haben Glück, Mädel. Fast all Ihre Freunde von den Höllenhunden verbringen demnächst ein paar Tage auf Mace's Schloß, Blackwell Abbey.«

Sie nahm ihm den Umhang ab. »Ist es eins von den Treffen, wo nur Männer zugelassen sind?«

»Diesmal nicht. Es ist Tradition bei den Harfords, kurz vor Weihnachten einen Maskenball zu geben. Um ihren Nachbarn zu zeigen, wieviel Geld sie haben, schätz' ich. Fast der ganze Landkreis ist eingeladen. Blackwell Abbey ist riesig, es gibt bestimmt Hunderte von Gästen und noch mehr Diener.«

Er setzte sich mit einem tiefen Seufzer und nahm eine dampfende Tasse Tee entgegen. »Vielen Dank, Mädel. 's gibt nichts Besseres als Tee, wenn man die ganze Nacht unterwegs war.«

Sie schenkte sich selbst eine Tasse ein und setzte sich zu ihm. »Es dürfte kein Problem sein, sich unter die Gäste zu mischen.«

Trübselig sagte er: »Verraten Sie mir, was Sie vorhaben?«

»Ich bin fast sicher, daß Roderick Harford mein Mann

ist. Wenn ich ihn noch einmal sehen kann, weiß ich es genau.«

»Warum klopfen Sie nicht einfach bei Harford an und fragen ihn geradeheraus, ob er der ist, den Sie suchen?« fragte Henry mit beißendem Spott.

»Ich habe daran gedacht, aber ich glaube, das wäre keine gute Idee«, sagte sie vollkommen ernsthaft. »Es wäre gefährlich, ihn auf meinen Verdacht aufmerksam zu machen, und das nicht nur für mich.«

Jones begann, mit seiner Tasse zu spielen. »Inzwischen sind Wochen vergangen. Haben Sie daran gedacht, daß es vielleicht zu spät ist?«

»Es ist nicht zu spät!« rief sie hitzig. »Das weiß ich genau.«

Aber als sie an ihren Traum zurückdachte, wußte sie mit schrecklicher Gewißheit, daß die Zeit knapp wurde.

Kit war inzwischen eine Expertin in der Kunst, in die Behausungen der Reichen und Berühmten einzudringen, aber dieses Mal waren ihre Fähigkeiten nicht vonnöten. Aus ihrem Versteck in einem kleinen Pavillon beobachtete sie die wirbelnden Gestalten im Ballsaal von Blackwell Abbey. Ganz offensichtlich war der Ball ein Treffpunkt für die gesamte Nachbarschaft.

Trotz der spätherbstlichen Frische des Abends traten immer wieder erhitzte Paare auf die Terrasse hinaus, um sich vom Tanzen zu erholen, und auch aus anderen, privateren Gründen. Alle trugen Halbmasken und Dominos.

Die Masken verliehen ihren Trägern ein berauschendes Gefühl von Anonymität, und die scherzhaften Bemerkungen, die durch die Luft flogen, prickelten vor erregter Zweideutigkeit. Die meisten Gäste gingen nach ein paar Minuten wieder hinein, aber einige heißblütigere gingen von der Terrasse in den schattigen Garten. Kit hoffte, daß das Vergnügen das Risiko einer Lungenentzündung wert war.

Nach ein paar Stunden, als Champagner und Musik ihre Wirkung auf die Gäste taten, schlüpfte sie unter ihrer Wolldecke hervor und ließ sie auf den Boden des Pavillons fallen. Jeder, der sie fand, würde annehmen, daß sie von einem heimlichen Paar benutzt worden war.

Sie schüttelte die Falten ihres mitternachtsblauen Dominos aus und prüfte den Sitz ihrer Maske. Dann konzentrierte sie sich auf die Person, die sie heute abend verkörperte – selbstbewußt, erfahren, schamlos. Dann ging sie durch den Garten auf die Terrasse zu. Ihr seidener Domino flatterte in der leichten Brise.

Sie wußte, daß sie wie jeder andere weibliche Gast aussah. Trotzdem fühlte sie sich, als sie den Ballsaal betrat, wie Daniel, der in die Löwengrube eindringt. Nach ein paar Schritten blieb sie stehen und bewegte lässig ihren Spitzenfächer vor ihrem Gesicht, um in seinem Schutz ihre Umgebung zu übersehen.

Alles war wie erwartet: Hitze und Schweiß, Stimmengewirr und Musik, eine unaufhörliche Parade von wirbelnder Seide. Schwarz war die häufigste Farbe unter den Dominos, aber es gab genug andere Farben, um die ganze Palette des Regenbogens zu beschwören. Die Mitte des Raumes wurde von tanzenden Paaren eingenommen, während andere Gäste am Rand sich unterhielten und miteinander flirteten. In einem anschließenden Salon wurden Erfrischungen gereicht, und irgendwo gab es sicher ein Spielzimmer.

Zum Glück hatte ihr Erscheinen keine besondere Aufmerksamkeit erregt. Sie suchte den Raum nach Lord Strathmore ab, der sicher hier sein würde. Es war nicht schwer, ihn auszumachen, seine Größe und sein blondes Haupt waren zu auffallend, um von einem Cape und einer

Maske verdeckt zu werden. Er tanzte mit einer Frau, deren aufgeschlagener Domino ein aufsehenerregendes, rotes Ballkleid und eine noch aufsehenerregendere Figur enthüllte.

Genau die Sorte, der kein Mann widerstehen konnte, dachte Kit bitter. Des Grafen Domino, Maske und exquisit geschnittene Abendkleidung waren schwarz, nur das weiße Hemd und seine eigene Hellhäutigkeit stachen davon ab. Ein perfektes Porträt von Lucifer auf der Pirsch. Sobald sie ihn identifiziert hatte, drehte Kit sich um und ging in die entgegengesetzte Richtung.

Sie hatte sich große Mühe mit ihrem heutigen Aussehen gegeben. Er hatte sie noch nie so gesehen. Ihre Größe konnte sie nicht verbergen, aber sie hatte Kieselsteine in ihre Ziegenlederschuhe getan, um Gang und Haltung zu verändern. Ihr Haar war weich und aschblond, ihr tiefdekolletiertes, eisblaues Gewand lag wie angegegossen an einer wohlgeformten, nur minimal gepolsterten Figur.

Sie hatte sich für Blau entschieden, weil die Farbe einen blauen Schimmer in ihre grauen Augen brachte. Die Schminke unter der Maske veränderte die Form ihres Mundes und ihrer Wangen. Außerdem hatte sie sich ein paar Altersfalten in die Mundwinkel gemalt und sich dick gepudert, als versuche sie, sie zu verbergen. Der Effekt war der einer reifen Frau, die versuchte, fünfzehn Jahre jünger zu wirken. Selbst Strathmore würde sich täuschen lassen. Trotzdem wollte sie kein Risiko eingehen.

Roderick Harford ausfindig zu machen, war schwieriger. Seine Erscheinung war weniger auffallend als Lord Strathmores. Während sie sich auf der Suche nach ihm durch die Menge drängte, sprach ein behäbiger Mann sie an: »Göttin der Nacht, tanzen Sie mit mir?«

Eine Ablehnung hätte unwillkommene Aufmerksamkeit erregt, daher nahm sie an. Der nächste Tanz war eine Polka, und sie tanzte bis zur Erschöpfung. Am Ende bat ihr heftig keuchender Partner sie, sie in den Erfrischungsraum zu begleiten. Sie tat es, entschlüpfte aber nach dem ersten Glas Champagner.

Sie tanzte mit einem anderen Mann, der aussah, als könne er Roderick Harford sein. Irrtum. Dann forderte sie selbst einen Mann auf, aber auch er erwies sich als der falsche.

Vier weitere Tänze und zwei Gläser Champagner brachten sie ihrem Ziel nicht näher. Sie fing an, nervös zu werden, denn die Reihen der Gäste lichteten sich, als die einheimischen Gäste den Ball verließen. Wenn sie ihr Opfer nicht fand, war diese wunderbare Gelegenheit verschwendet.

Sie wollte gerade im Spielzimmer nach ihm suchen, als sie Harfords Stimme hörte. Hastig drehte sie sich um und sah, daß er sich von einer Gruppe von Freunden verabschiedete. Sobald er alleine war, näherte sie sich ihm und gurrte: »Ich suche nach einem tapferen Ritter mit fester Hand und starker Lanze. Sind Sie so ein Mann?«

Nach einem Moment der Überraschung grinste er sie lüstern an. »Sie werden keinen kühneren Krieger finden als mich, Mylady.«

Sie ließ ihren Fächer verführerisch flattern. »Dann tanzen Sie mit mir, Herr Ritter.«

»Mit Vergnügen.« Er zog sie auf die Tanzfläche, als das Orchester gerade einen Walzer anstimmte. Nach seinem Atem zu urteilen, hatte er viel getrunken. Sie versuchte nicht daran zu denken, wie er sie in ihrer Rolle als Zimmermädchen überfallen hatte, und gurrte: »Ich bin sehr froh, daß all die süßen jungen Dinger von ihren Mamas nach Hause gebracht worden sind. Soviel Unschuld ist bedrückend.«

»Ganz meine Meinung«, erwiderte Harford. »Mein Bruder Mace hält es für unsere Familienpflicht, jedes Jahr die Nachbarn einzuladen, und ich hab' den halben Abend damit verbracht, mit jedem Mauerblümchen aus der Umgebung zu tanzen. Aber jetzt ist die Pflicht erfüllt, die kleinen Mädchen sind weg, und wir können tun, was uns beliebt. Für den Rest des Abends gibt's nur noch extra lange Walzer. Die taugen viel besser dazu, einander kennenzulernen, finden Sie nicht?«

»Allerdings.« Sie strich mit den Fingerspitzen über seine Schulter: »Ich liebe starke Ritter.«

Er reagierte, indem er sie heftig an sich zog. Während des Tanzes fuhren sie fort, Anzüglichkeiten miteinander zu tauschen. Kit benahm sich so freizügig, wie sie nur vermochte, und Harford ging begeistert darauf ein. Aber es war, wie sie befürchtet hatte, der Ballsaal war zu verwirrend, um ihr einen klaren Eindruck zu vermitteln. Sie konnte nicht feststellen, ob er der Mann war, den sie suchte. Sie mußte das Risiko eingehen, mit ihm alleine zu sein.

Die Musik verstummte. Mit vielversprechendem Händedruck sagte sie: »Zeigen Sie mir später Ihre Lanze?«

Er starrte bewundernd in ihren Ausschnitt. »Kommen Sie mit mir in den Garten, dann zeige ich sie Ihnen gleich.«

»Viel zu kalt«, sagte sie schmollend.

»Ich kann bestimmt irgendwo einen Wandschrank finden, obwohl die meisten bestimmt schon besetzt sind. Könnte verdammt peinlich werden.«

»Warum muß es ein Wandschrank sein? Ein wahrer Ritter läßt sich Zeit – das ist der Sinn von Ritterlichkeit.« Sie klapperte mit den Wimpern, in der Hoffnung, daß die Maske den Effekt nicht ruinierte. »Können wir nicht in Ihr Zimmer gehen und die Sache richtig angehen?«

Er zögerte. »Ich bin einer der Gastgeber, und es ist ein bißchen zu früh, um den Ball zu verlassen.«

Sie strich ihm mit dem geschlossenen Fächer um das Kinn. »Warum treffen wir uns nicht in einer Stunde in Ihrem Zimmer?«

»Gute Idee.« Er zog einen Schlüssel aus seiner Westentasche. »Meine Zimmer liegen im Westflügel, die letzte Tür links. Es gibt keine Karte an der Tür, aber Sie können sie nicht verfehlen. Warum gehen Sie nicht gleich und warten dort auf mich?«

Was für ein unverhofftes Glück. Sie nahm den Schlüssel und versenkte ihn umständlich in ihrem Mieder. »Sie können ihn suchen, wenn Sie nach oben kommen.« Sie versetzte ihm einen spielerischen Schlag mit dem Fächer. »Nicht, daß Sie mich vergessen und eine andere Dame mitbringen. Sonst müßten Sie wirklich einen Drachen erschlagen.«

Er lachte und kniff ihr in den Hintern, als sie sich umdrehte. Sie war grenzenlos erleichtert, als sie die Tanzfläche verließ. Mit etwas Glück würde sie erfahren, was sie wissen wollte, während sie einfach in seinem Zimmer auf ihn wartete. Das war sicherlich einfacher, als auf seine Rückkehr zu warten und dann einen Fluchtweg aus seinen Krallen zu suchen. Obwohl sie sich geschworen hatte, alles zu tun, was notwendig war, wurde ihr übel bei der Vorstellung, mit ihrem Feind zu schlafen.

Sie hatte den Ballsaal beinahe hinter sich, als die Musiker einen neuen Walzer anstimmten. Hinter ihr sagte eine tiefe, vertraute Stimme: »Darf ich bitten?«

Und noch ehe sie protestieren konnte, lag sie in den Armen des Grafen von Strathmore.

Einundzwanzigstes Kapitel

Natürlich mußte Strathmore ihr in die Quere kommen, dachte Kit empört. Man hätte sie beide mitten in der Sahara aussetzen können, und sie würden zusammenfinden wie die beiden Pole eines Magneten. Aber er schien sie nicht zu erkennen, und das war das einzige, was zählte. Mit den paar Quadratzentimetern, die von ihrem Gesicht zu sehen waren, und die noch dazu geschminkt, war ihre jetzige Tarnung selbst für Strathmore unmöglich zu durchschauen.

Das hieß allerdings nicht, daß sie ihm Gelegenheit dazu geben durfte. Sie änderte die Stellung ihres Mundes, um das sinnliche Schmollen einer Französin anzudeuten, und sagte mit Pariser Akzent: »Isch 'abe diese Tanz einem anderen versprochen, Monsieur.«

»Wenn der Kerl uns findet, ziehe ich mich augenblicklich zurück«, sagte Strathmore in makellosem Französisch. »Aber bis dahin wäre es schade um die Musik.«

Da er sie nicht losließ, war sie gezwungen, sich mit ihm in den Rhythmus des Tanzes zu fügen – den verruchten, skandalösen Walzer, den moralische Bürger verteufelten, weil er unreine Gedanken erregte. Strathmore hatte ständig diesen Effekt auf sie, und der Himmel mochte wissen, was ein Walzer auslösen würde.

Sie hatte das Gefühl, daß er sie mit ungewöhnlicher Eindringlichkeit beobachtete. Hatte er irgendeinen Verdacht? Sie versuchte, in seiner Miene zu lesen, aber seine schwarze Maske machte das unmöglich.

Ihre Schritte harmonierten vollkommen. Auch das überraschte sie nicht. Sie waren seit ihrer ersten Begegnung in einer Art Tanz befangen. Schweigend glitten sie über die Tanzfläche.

Konversation war notwendig, Schweigen ließ sie seine

Nähe zu deutlich spüren. Ohne ihre Hand von der Schulter ihres Partners zu nehmen, öffnete sie ihren Fächer und fing an, sich das Gesicht zu kühlen, während sie nach einer unverfänglichen Bemerkung suchte. Sie hätte das dritte Glas Champagner nicht trinken dürfen, denn jetzt ließ ihre übliche Erfindungsgabe sie im Stich.

Er löste das Problem, indem er fragte: »Wenn junge französische Damen tanzen lernen, bringt man ihnen dann auch bei, sich zu fächeln, ohne einen Schritt auszulassen? Eine interessante Kunst.«

Sie lachte trillernd. »Französinnen stecken voller interessanter Künste, Monsieur.« Zu spät dachte sie daran, daß ihre Bemerkung zu der freizügigen Art paßte, in der sie mit Harford geflirtet hatte.

»Großartig. Ich liebe solche Frauen«, sagte Strathmore schmeichelnd.

Er zog sie an sich, so daß ihre Körper sich leicht berührten. Jede Bewegung wurde zu einer Liebkosung – ihr Busen streifte seine Brust, noch ehe sie es merkte, sein Atem strich über ihre Wange, sein Knie preßte sich an ihren Schenkel.

Jede Berührung war flüchtig, aber der Gesamteindruck war ungemein erregend. Sie wollte sich an ihn schmiegen und diesen zufälligen Kontakt in eine wilde Umarmung verwandeln. Lebhafte Erinnerungen an den Abend im Clarendon stiegen in ihr auf und trieben hitzige Röte in ihre Wangen. Sie zog den Kopf ein, dankbar, daß Strathmore ihre Gedanken nicht lesen konnte.

Er murmelte in ihr Ohr: »Sie tanzen gut, Madame.«

»Ebenso wie Sie, Monsieur, aber Sie kommen mir näher als der Anstand erlaubt«, erwiderte sie mit sanftem Tadel.

Sie versuchte, sich ihm zu entziehen, aber sein Arm um ihre Taille vereitelte ihre Absicht. »Anstand in einem Ballsaal um Mitternacht ist sehr verschieden von dem um zwölf Uhr mittags in einem Salon, Madame. Sehen Sie sich um.«

Allerdings hielten viele Paare einander enger umschlungen als sie und ihr Partner. Aber ganz sicher hatte keiner der anderen Männer Strathmores Fähigkeit, die Glieder einer Frau zu Pudding zu machen . . .

»Sie erinnern mich an jemanden«, sagte er nachdenklich.

In ihrem Inneren schrillten Alarmglocken und rüttelten sie aus ihrer trägen Stimmung. »Gute Erinnerungen oder schlechte, Monsieur?«

»Beides. Eine hinreißende Frau, aber entsetzlich flatterhaft. Sie war ungefähr so groß wie Sie« – seine Wange streifte ihr Haar – »und ebenso angenehm zu halten« – er zog sie zur Bekräftigung an sich – »und sie war voller Grazie, wie Sie.« Er sah ihr so bedeutungsvoll in die Augen, daß sie erschrak. »Ich frage mich, ob auch Ihre Küsse dieselben sind.«

Ehe er seinen Worten Taten folgen ließ, wich sie ihm aus und sagte frostig: »Nur ein ausgesprochen dummer Mann macht einer Frau Komplimente, indem er sie mit einer anderen vergleicht.«

»Sie haben vollkommen recht. Ich bin oft sehr dumm, was Frauen angeht.« Er hob ihre Hand und küßte ihre Fingerspitzen. »Vergeben Sie mir. Ich will versuchen, klüger zu sein.«

Mehr Zweideutigkeiten. Eindeutig vermutete er, wer sie war, war sich aber nicht sicher. Dem Himmel sei gedankt für die Maske und ihre sorgfältige Tarnung. Trotzdem, die intensive Anziehungskraft zwischen ihnen ließ sich nicht leugnen, und je länger sie zusammen waren, desto mißtrauischer würde er werden. »Ich glaube nicht, daß es vernünftig ist, weiter mit Ihnen zu tanzen, Monsieur.«

»Warum sollten wir vernünftig sein?« Sein rechter Arm

glitt um ihre Taille, und sein Domino umhüllte sie wie schützende Schwingen, als er sie wieder in den Tanz zog. Sie hielt den Atem an, so süß war seine Umarmung. Sie hatte recht gehabt, sich vor ihrem Schweigen zu fürchten, denn ohne die Waffe der Worte hatte sie keinen Schutz vor ihm.

Hin- und hergerissen zwischen dem Wunsch zu bleiben und der Gewißheit, daß sie es nicht durfte, beschloß sie zu gehen, sobald der Walzer endete. Aber die Musik erklang weiter und weiter, viel länger als ein normaler Walzer, und ein Schleier von Klang und Begierde senkte sich über sie. Nach und nach legte sich die Angst, die sie seit Wochen antrieb. Ihre Augen schlossen sich, und sie legte ihre Wange an seine Schulter.

Sie spürte, daß ihr Tanz ein ebenso eindeutiger Akt der Paarung war, als lägen sie gemeinsam unter seidenen Laken, aber sie konnte sich nicht losreißen. Sie drehten sich im Takt des Walzers, umwirbelt von ihren Dominos, wie in einer schwarzen und mitternachtsblauen Gewitterwolke.

Endlich – und doch viel zu früh – war der Tanz zu Ende. Sie blieben unter einem Kronleuchter stehen und starrten einander an wie unter einem Zauberbann. Sie sah, daß seine Augen hinter der Maske golden leuchteten wie frischgeprägte Münzen.

Sie fragte sich, wieviel ihre eigenen Augen verrieten, und wußte, daß sie sofort gehen mußte. »Gute Nacht, Monsieur«, sagte sie mit trockener Kehle.

Als sie sich umdrehte, hielt er sie am Handgelenk fest. »Gehen Sie nicht«, sagte er hastig. »Oder besser, gehen wir zusammen.«

Sie machte sich los. »Es tut mir leid, aber ich habe bereits andere Pläne.«

Von einer der Kerzen tropfte heißes Wachs auf ihre Wange. Sie hob die Hand, aber seine Finger waren schneller und rieben die Fragmente von getrocknetem Wachs fort. »Kommen Sie mit mir. Ihre ›Pläne‹ können bestimmt eine Stunde warten.«

Er sprach mit der ruhigen Zuversicht eines Mannes, der keinen Zweifel daran hatte, daß er sie in einer Stunde alle anderen Verpflichtungen vergessen machen konnte. Aber ihre waren wichtiger als bloße sexuelle Lust, so verlokkend der Gedanke auch war. Sie schüttelte den Kopf. »Es tut mir leid, Monsieur, aber meine Ehre verbietet es. Vielleicht ein andermal.«

Sie merkte gerade noch rechtzeitig, was er vorhatte. Bevor er ihr die Maske abnehmen konnte, wehrte sie mit dem Fächer seine Hand ab, so daß die elfenbeinernen Stäbe zersplitterten und die zarte Spitze riß. »Versuchen Sie nicht, die Regeln zu brechen, Monsieur«, sagte sie schroff. »Die Intimität, die eben zwischen uns entstanden ist, war nur möglich, weil wir maskiert sind. Wenn ich Sie nicht zufriedenstelle, suchen Sie die Dame, an die ich Sie erinnere. Vielleicht ist sie zuvorkommender.«

»Ich frage mich immer noch, ob ich sie gefunden habe«, sagte er weich. »Die Erscheinung mag eine andere sein, aber das Feuer ist dasselbe. Kann es mehr als eine Frau geben, die in so hellem Glanz erstrahlt und solche Begierde erweckt?«

O Gott. Trotz ihrer Anstrengungen war Strathmore mehr als halb von ihrer Identität überzeugt. Aber nicht ganz, wenn er es gewesen wäre, hätte er sie bereits von der Tanzfläche in eine privatere Umgebung verschleppt.

Angriff war sicherer als Verteidigung. Sie stieß einen sehr französischen Fluch aus, den sie von einem Pariser Kindermädchen gelernt hatte, und wandte sich mit wirbelndem Domino ab. »Sie werden ermüdend, Monsieur. Belästigen Sie mich nicht weiter.«

Während sie sich von ihm entfernte, konnte sie seinen

durchbohrenden Blick im Rücken spüren. Sie brauchte all ihre Willenskraft, um nicht loszurennen. Nur das Bewußtsein, daß Flucht seinen Verdacht bestätigen würde, machte ihren Gang langsam und gleichmäßig.

Sie schloß sich der größten Gruppe von Gästen an, damit er sie aus den Augen verlor, und schlüpfte dann aus dem Ballsaal. Als sie sicher draußen angekommen war, lehnte sie sich zitternd an die Wand. Wie hatte sie nur so unbedacht sein können? Sie hätte sofort gehen sollen, als er sich ihr genähert hatte. Und wie lange war sie mit ihm zusammen gewesen? In einer Stunde, hatte Harford gesagt, und mindestens die Hälfte davon mußte verstrichen sein. Sie hatte keine Zeit zu verlieren.

Hastig schüttelte sie die Kiesel aus ihren Schuhen. Sie waren unbequem und jetzt auch unnötig. Dann lief sie so schnell wie möglich die Treppe hinauf. Ein paarmal sah sie andere Paare in den Ecken oder auf dem Weg in ein Schlafzimmer, aber sie waren alle viel zu sehr mit sich beschäftigt, um sie zu beachten.

Blackwell Abbey war in Form eines U's angelegt, mit einem Mittelteil, der von zwei kürzeren Flügeln eingerahmt wurde. Dutzende von identischen Türen öffneten sich auf schwach beleuchtete Gänge. Um Gäste vor peinlichen Irrtümern zu bewahren, verkündeten elegant geschriebene Karten die Insassen jedes einzelnen Raumes. Mißtrauisch beäugte sie die Tür, an der Strathmores Name stand, obwohl sie wußte, daß er noch unten sein mußte.

Sie erreichte das Ende des Ganges und zog den Schlüssel aus ihrem Mieder. Dann vergeudete sie zwei Minuten mit dem Versuch, die Tür zu öffnen. Vielleicht spielte Harford irgendein idiotisches Spiel mit ihr.

War sie vielleicht an der falschen Tür? Sie dachte nach und merkte, daß sie im Ost- statt im Westflügel war. Innerlich fluchend und mit einem weiten Bogen um Strathmores Tür ging sie zurück. Rechts um die Ecke, den Hauptkorridor entlang, dann wieder rechts. Die letzte Tür links.

Diesesmal griff der Schlüssel, und sie trat in ein Wohnzimmer. Sie schloß hinter sich ab, so daß sie vorgewarnt war, wenn Harford kam, falls sie nicht schon vorher verschwunden war.

Im Raum brannte eine einzelne Kerze. Sie sah sich um und fragte sich, wonach sie suchen sollte. Sie hatte schon einmal ein Zimmer durchsucht, in dem Harford wohnte, aber damals war er Gast in einem fremden Hause gewesen. Dieses Wohnzimmer und das anschließende Schlafzimmer waren Orte, an denen er tatsächlich einen Teil des Jahres verbrachte, und er mußte die Spuren seiner Persönlichkeit hinterlassen haben.

Sie fing an zu suchen. Der Bücherschrank enthielt eine eindrucksvolle Auswahl an schlüpfriger Lektüre, abstoßend und ohne Nutzen für sie. Sie öffnete den Schrank und fuhr mit den Händen zwischen die Kleider, um irgendeine undefinierbare Spur zu finden. Dann wandte sie sich seinem Schreibtisch zu und fing an, in panischer Hast seine Papiere zu durchwühlen, während sie betete, daß er unten aufgehalten wurde.

Der Schreibtisch enthielt zwei Schubladen voller Rechnungen, allesamt unbezahlt. Eine andere Schublade enthielt detaillierte Liebesbriefe in verschiedenen Handschriften. Sie überflog sie, fand aber nichts als Unsinn. Offenbar hatte Harford keine Vorliebe für intelligente Frauen.

In der mittleren Schublade lag ein Tagebuch mit knappen Eintragungen. Sie studierte sie ein paar Minuten lang und merkte voller Abscheu, daß sie eine Aufstellung der Frauen enthielten, mit denen er geschlafen hatte, komplett mit einer Beurteilung ihrer Geschicklichkeit und ihrer Bereitwilligkeit, auf seine besonderen Vorlieben einzugehen. Wenn sie wirklich die Dirne gewesen wäre, die sie ihm vorgespielt hatte, wäre sie dazu bestimmt gewesen, auf diesen Seiten zu enden. Sicher hätte er eine Notiz über ihre Tätowierung gemacht.

Sie blätterte die Eintragungen der letzten Monate durch, fand aber nichts, was ihren Verdacht bestätigte. Sie beugte sich gerade vor, um die unterste Schublade herauszuziehen, da bellte eine wütende Stimme: »Was zum Teufel treibst du da?«

Sie fuhr hoch und sah Harford in der Tür stehen. Himmel, warum hatte sie nicht daran gedacht, daß er vielleicht einen zweiten Schlüssel hatte? Sie hatte nur eine Chance – sie mußte frech sein. »Ich wühle in Ihrem Schreibtisch, was sonst«, sagte sie unschuldig. »Ich habe angefangen, mich zu langweilen, Monsieur, da hab' ich beschlossen, mich ein wenig umzusehen.«

»Laß das nächstemal deine Finger von Schreibtischen«, sagte er mit nachlassendem Zorn. »Du bist Französin? Vorhin habe ich das gar nicht gemerkt.«

Sie hatte die Rolle gespielt, die sie für Strathmore angenommen hatte! »Im Schlafzimmer bin ich immer Französin«, sagte sie mit kehliger Stimme. »Die Franzosen mögen unsere Feinde sein, aber sie sind Meister in der Kunst der Liebe.«

»Unsere Feinde? Ich weiß nicht. Napoleon ist ein verdammt kluger Bursche, unserer eigenen königlichen Familie haushoch überlegen. Wir werden noch von ihm hören.« Harford nahm seine Maske ab und warf seinen Domino über einen Stuhl. »Zieh dich aus. Ich will sehen, ob dein Gesicht genausogut ist wie deine Titten.«

Das war der Moment, auf den sie gewartet hatte. Sie trat ins Licht und griff nach ihrer Maske. Ihre Haarfarbe war anders, aber wenn er der Mann war, den sie suchte, mußte er sie erkennen. Als sie ihr Gesicht entblößte, beobachtete sie ihn mit Adleraugen, um sich die Reaktion nicht entgehen zu lassen, die ihr verraten würde, was sie wissen wollte.

Nichts! Kein Zusammenzucken, kein Lidschlag, nur der gleichgültige Kommentar: »Ein bißchen abgestanden, aber für eine Nacht geht's. Ich habe bemerkt, daß ältere Frauen gute Bettgefährtinnen abgeben, weil sie so dankbar sind.«

Ein kalter Klumpen lag ihr im Magen. Er war's nicht. *Er war's nicht!* Sie hätte nicht erklären können, woher sie das wußte, aber sie war sich vollkommen sicher. Vielleicht war er eine unbedeutende Randfigur, aber er war nicht der eigentliche Verbrecher.

Sie hatte herausgefunden, was sie wissen wollte. Jetzt mußte sie hier herauskommen, ohne vergewaltigt zu werden. »Es ist nicht gerade galant von Ihnen, mein Alter zu erwähnen«, klagte sie, während sie sich der Tür näherte. »Ein wahrer Ritter würde so etwas nicht erwähnen.«

»Laß den Unsinn.« Er zog sich den Rock aus und knotete sein Halstuch auf. »Du bist hergekommen, um dich besteigen zu lassen. Bitte sehr, aber vergeude meine Zeit nicht mit albernem Geschwätz.«

»Sie sind ganz und gar nicht ritterlich.« Mit schmollender Miene streckte sie die Hand nach der Türklinke aus. »Ich glaube, Sie gefallen mir nicht mehr.«

Mit einer Behendigkeit, die seine Betrunkenheit Lügen strafte, packte er ihre Schultern und drehte sie gewaltsam um. »Du gehst nirgendwohin«, grollte er. »Es ist zu spät, um eine andere Frau zu finden. Du bleibst hier und kriegst genau das, was du haben wolltest.«

Seine heißen, alkoholstinkenden Lippen preßten sich auf ihren Mund. Es war genauso wie damals auf Bourne Castle, als er sie für ein Zimmermädchen gehalten hatte.

Sie unterdrückte ihren Abscheu, stöhnte kehlig, als sei sie von seiner rauhen Umarmung erregt, und preßte sich an ihn.

Er keuchte, als sie ihre Hüften an ihm rieb, und fing an, sich hastig die Hose aufzuknöpfen. Sie wartete, bis er sie herunterzog und sein Stand unsicher war. Dann stieß sie ihn mit aller Kraft vor die Brust. Er fiel rückwärts gegen den Schreibtisch und ging dann zu Boden.

Ohne nachzusehen, ob er verletzt war, rannte sie aus der Tür. Links lag nur noch das Ende des Flügels, also wandte sie sich nach rechts in Richtung des Hauptkorridors. Sie lief gerade um eine Ecke, als sie einen Wutschrei, gefolgt von schweren Schritten, hörte. Natürlich war es ein Glück, daß er nicht tot war, aber wie schade, daß er nicht wenigstens das Bewußtsein verloren hatte.

»Dafür wirst du bezahlen, du kleine Schlampe!« hallte es lautstark durch die Gänge. Normalerweise hätte ein derartiger Lärm jemanden angelockt, aber die anderen Gäste waren vermutlich zu beschäftigt, um etwas zu bemerken.

Sie wußte, daß er sie sehen würde, sobald er um die Ekke bog, und verlangsamte ihren Schritt, um die nächste Klinke herunterzudrücken. Abgeschlossen! Sie fing wieder an zu laufen, auf die Treppe zum Erdgeschoß zu. Wenn sie durch den Ballsaal in den Garten gelangte, würde Harford sie niemals finden.

Ihre Pläne änderten sich, als sie Lord Mace und zwei andere Männer am Ende der Treppe entdeckte. Möglicherweise war sie bei ihnen in Sicherheit, aber sie wollte sich lieber nicht darauf verlassen.

Sie schlug einen Haken und lief weiter den Gang entlang. Nach ein paar Sekunden verklangen die Schritte hinter ihr. Harford rief: »Mace, ist gerade eine Frau die Treppe hinuntergerannt?«

»Nein«, erwiderte sein Bruder. »Was zum Teufel machst du da?«

»Jagd auf eine hinterhältige, kleine Hexe«, sagte Harford haßerfüllt. »Sie soll bereuen, daß sie mich je gesehen hat.«

»Mach wenigstens nicht soviel Lärm dabei, Roderick«, näselte Mace. »Womöglich versucht schon jemand zu schlafen.«

Außer Atem nutzte Kit die kurze Schonfrist, um an den Türen des Ostflügels zu rütteln. Eine gehörte zu Strathmores Zimmer, die beiden anderen waren verschlossen. Die vierte ging auf, und sie atmete auf, aber ihre Erleichterung dauerte nur ein paar Sekunden, bis sie die fiebrigen Geräusche eines leidenschaftlichen Paares vernahm. Hastig zog sie sich zurück und machte die Tür wieder zu.

Harfords Schritte kamen unaufhörlich näher. In ein paar Sekunden würde er um die Ecke biegen und sie sehen. Verzweifelt suchte sie den Korridor ab. Noch eine Sackgasse. Hinter einer der Türen lag vermutlich eine Dienstbotentreppe, aber sie wußte nicht, hinter welcher, und die Zeit wurde knapp.

Es wäre fatal, sich von Harford erwischen zu lassen, solange sie ihr Ziel nicht erreicht hatte. Verprügelt und vergewaltigt zu werden, war die glimpflichste Behandlung, die sie erwarten konnte. An etwas anderes wagte sie nicht zu denken.

Es gab nur eine Hoffnung. Lieber Gott, bitte, er mußte im Zimmer und bereit sein, ihr zu helfen, trotz allem, was sie ihm angetan hatte.

Mit einem Gefühl von Unausweichlichkeit wirbelte sie herum und rannte geradewegs auf Strathmores Tür zu.

Zweiundzwanzigstes Kapitel

Nach seiner Begegnung mit der Dame in dem mitternachtsblauen Domino kehrte Lucien in einer Mischung aus körperlicher und seelischer Frustration auf sein Zimmer zurück. Er hatte seinen Diener schlafen geschickt, und so entfachte er, nachdem er Domino und Maske abgelegt hatte, ein Feuer, goß sich ein kleines Glas Brandy ein und setzte sich.

Es gab keine vernünftige Erklärung für seinen Verdacht, daß die Dame in Blau Kristine Travers gewesen war, abgesehen von der Größe gab es keinerlei Ähnlichkeit zwischen den beiden Frauen. Und doch war er außerstande gewesen, das Gefühl abzuschütteln, daß sie es gewesen war, die ihn unter der Maske angelacht hatte. Vielleicht war es reine Besessenheit, das und der Umstand, daß sie eine Meisterin der Verstellungskunst war.

Aber er war zweiunddreißig Jahre alt geworden, ohne daß eine Frau ihn je so intensiv angezogen hätte wie Kit. Es mochte angehen, daß er auch ihre Zwillingsschwester attraktiv fand, aber warum sollte eine vollkommen Unbekannte ihn in der gleichen Weise erregen? Wenn er sich bei Kathryn Travers nicht so blamiert hätte, hätte er der geheimnisvollen Dame die Maske mit Gewalt weggenommen. Wie gut, daß sie in der Menge verschwunden war, bevor er der Versuchung nachgeben konnte.

Mit bitterem Lächeln trank er seinen Brandy aus. Es war schwer, vernünftig zu sein, während Walzermusik aus dem Ballsaal die Luft erfüllte. Jeder Takt erinnerte ihn daran, wie seine letzte Tanzpartnerin in seinen Armen gelegen hatte. Vielleicht war die Dame in Blau irgendeine verdammte Kusine und hatte deswegen denselben Effekt auf ihn wie Kristine und Kathryn. Am Morgen würde er ein paar Fragen stellen und sehen, ob er herausfinden konnte, wer die Dame wirklich war, aber jetzt wurde es Zeit fürs Bett.

Als er Rock und Stiefel ausgezogen hatte, fiel ihm ein, daß er nicht abgeschlossen hatte. Er ging auf die Tür zu und streckte gerade die Hand nach dem Schlüssel aus, da flog die Tür auf und verfehlte nur knapp sein Gesicht. Direkt danach stürzte Lady Nemesis ins Zimmer, in dem blauen Domino, den aschblonden Locken und falschen Altersfalten seiner früheren Partnerin.

Die Augen weit aufgerissen, keuchte sie: »Harford ist hinter mir her. Bitte . . .«

Für Erklärungen war später Zeit. Er schloß die Tür hinter ihr und drehte den Schlüssel um. »Los, ins Bett, und ziehen Sie sich die Decke über den Kopf. Und kein Wort.«

Während sie ins Bett kletterte, riß er sich das Halstuch ab, warf es zur Seite und zerrte dann sein Hemd aus der Hose. Als er sich den Hemdkragen aufknöpfte, hämmerte eine Faust an die Tür und Harfords Stimme bellte: »Machen Sie auf!«

»Verschwinden Sie«, rief Lucien mit scharfer Stimme zurück. »Ich bin beschäftigt.« Dabei brachte er mit einer Hand seine Frisur in Unordnung und kniff sich mit der anderen in den Hals, so daß ein roter Fleck entstand.

»Verdammt, Strathmore«, brüllte Harford. »Lassen Sie mich rein!«

»Schon gut, schon gut«, sagte Lucien gereizt. »Ich komme.« Er warf einen prüfenden Blick auf das Bett, in dem Kits lange Gestalt sich abzeichnete. Sie war verdeckt, bis auf ein Stück blaue Seide, das an einer Stelle aus dem Bett hing. Er stopfte das verräterische Stück Stoff unter die Decke und bewegte sich dann ohne Eile durch den Raum.

Nachdem er alle Kerzen bis auf eine gelöscht und eine Miene äußerster Entrüstung aufgesetzt hatte, öffnete er die Tür. »Steht das Haus in Flammen? Ich kann mir nicht vorstellen, was sonst so wichtig sein könnte, daß es nicht bis morgen warten kann.«

Im Gang stand Roderick Harford mit funkelndem Blick und aufgelöster Kleidung. »Ich will die Frau, die Sie da drinnen haben!«

Lucien hob die Brauen. »Das geht nicht. Sie gehört mir, und ich bin sehr daran interessiert, das fortzusetzen, wobei wir gerade unterbrochen wurden.«

»Das unverschämte Miststück hat versucht, mich zu bestehlen! Ich hab' sie an meinem Schreibtisch erwischt.«

»Ach?« Lucien verschränkte die Arme und lehnte sich an den Türrahmen. »Das muß schon länger her sein. Sie ist schon mindestens eine halbe Stunde lang hier.«

»Aber ich hab' sie eben hier reingehen sehen!«

»Ganz bestimmt nicht«, sagte Lucien nachdrücklich. »Ihr Liebesvogel muß durch eine andere Tür entwischt sein. Sie sehen alle gleich aus.«

Mit kriegerischer Miene versuchte Harford, sich an ihm vorbeizudrängen. »Ich will sehen, wer in Ihrem Bett liegt, vorher gehe ich nicht.«

Luciens Arm versperrte ihm den Weg. »Das kann ich unmöglich gestatten«, sagte er mit gefährlich leiser Stimme.

»Ich habe Sie nicht um Erlaubnis gefragt, Strathmore.« Wieder wollte Harford ihn beseitestoßen.

Lucien packte den rechten Arm des anderen und drehte ihn ihm auf den Rücken. Als Harford begann, sich zu wehren, verdrehte Lucien ihm das Handgelenk, bis der Schmerz unerträglich wurde. »Wenn Sie darauf bestehen, werde ich Sie fordern müssen«, sagte er kühl. »Das wäre bedauerlich – sehr unfein, den Bruder seines Gastgebers zu erschießen.«

Als Harford sich über die Umstände klarwurde, hörte

er auf zu kämpfen. Lucien ließ sein Handgelenk los, aber sein Widersacher war noch nicht fertig. Wütend sagte er: »Sie und die Schlampe arbeiten zusammen, was?«

Luciens Augen wurden schmal. »Sie fangen an, mich zu ärgern, Roderick. Ich habe Gründe, die Identität der Dame geheimzuhalten, und sie haben ganz und gar nichts mit Ihnen zu tun.«

»Was für Gründe?«

Lucien hob den Blick zum Himmel. »Ganz abgesehen von der selbstverständlichen Diskretion ist es eine bedauerliche, aber nicht zu leugnende Tatsache, daß nicht alle Gatten den Zeitvertreib ihrer Frauen tolerieren.«

Nach einem weiteren Schweigen lachte Harford betreten. »Eine verheiratete Frau. Daß ich nicht daran gedacht habe.«

»Allerdings. Jetzt seien Sie so gut und suchen Sie Ihre kriminelle Schöne anderswo. Die nächste Tür führt zur Dienstbotentreppe, nicht wahr? Vielleicht ist sie da entlang.«

Harford furchte die Stirn. »Wahrscheinlich. Bei der schlechten Beleuchtung und auf die Entfernung war schwer zu sehen, welche Tür sie aufgemacht hat.« Beim Hinausgehen setzte er schroff hinzu: »Tut mir leid. Ich habe mich sehr unpassend benommen.«

»Angenommen. Aber stören Sie mich heute abend nicht noch einmal.« Lucien schlug die Tür zu und schloß ab. Dann schob er den Schlüssel unter das Polster eines Sessels.

Diesmal würde sie ihm nicht entwischen.

Er horchte auf das verhallende Geräusch von Harfords Schritten, und dann auf das leise Quietschen der nächsten Tür. Mit der ihm angeborenen Neugier hatte Lucien die Treppe gleich nach seiner Ankunft erkundet. Harford würde lange im Haus herumirren, bevor er seine Suche schließlich aufgab.

Dann sagte er: »Sie können jetzt herauskommen.«

Vorsichtig schob sie die Decke zurück und setzte sich auf, umgeben von Leinen und blauer Seide. Die Atmosphäre vibrierte von vielfältigen Emotionen: Zorn, Betrug, Verzweiflung und Verlangen. Das vor allem, Verlangen.

Aber für Lucien kam der Zorn gleich danach. »Dann waren das vorhin tatsächlich Sie«, sagte er leise und unerbittlich. »Ich bin froh, daß mein Instinkt noch gesund ist. Was haben Sie diesmal als Entschuldigung anzubieten?«

Sie verzog das Gesicht. »Daß Ihnen unter diesen Umständen gegenüberzutreten in vieler Hinsicht schlimmer ist, als mit Roderick Harford fertigzuwerden.« Unter eindrucksvoller Mißachtung gegenüber der teuren Seide wischte sie sich mit dem Saum ihres Dominos einen Großteil der Schminke vom Gesicht. Leicht verschmiert und sehr verjüngt, setzte sie widerwillig hinzu: »Immerhin habe ich ihn nur einmal provoziert.«

Ihr Sarkasmus steigerte seinen Zorn noch. »Vielleicht hätten Sie Ihr Glück mit ihm versuchen sollen. Sie haben mich um Hilfe gebeten, aber es wird Sie etwas kosten. Und dieses Mal, meine doppelzüngige Dame, glaube ich Ihnen gar nichts mehr.«

Ihr Ausdruck wurde ernst. »Das ist kaum überraschend, wenn man bedenkt, wie ich Ihnen mitgespielt habe.«

Während des langen Schweigens, das folgte, sah er einen Schimmer wechselnder Emotionen in ihren Augen: Bedauern, Zweifel, Sehnsucht und endlich Entschlossenheit. Sie verschränkte ihre Hände im Schoß. »Ich weiß, daß ich schon lange in Ihrer Schuld stehe«, sagte sie ruhig. »Sie wollten mich einmal in Ihrem Bett haben. Wenn das noch immer so ist – hier bin ich.«

Wieder einmal überraschte sie ihn, diesmal durch ihre schlichte Offenheit. Er atmete tief ein. Wenn ihm die Vorstellung, daß ihr Angebot eher der Verpflichtung als dem Verlangen entsprang, auch mißfiel, so dachte er doch nicht daran abzulehnen. Moralische Skrupel hatten keine Chance gegen die Leidenschaft, die in ihm kochte. »Ich hoffe, Sie meinen es ernst«, sagte er gepreßt. »Wenn Sie diesmal um Gnade betteln, wird es Ihnen nichts helfen.«

»Falls irgend jemand um Gnade bittet, dann bestimmt nicht ich, Lucien.« Sie hielt ihm eine schmale, kräftige Hand hin. »Ich will nicht länger lügen. Es wird Zeit für die Wahrheit.«

Er war sich sicher, daß sie nicht wieder weglaufen würde. Aber sie wirkte gehetzt, und in ihren Augen stand immer noch der Schock über ihre Begegnung mit Harford.

Lucien runzelte die Stirn. Furcht war ein armseliger Bettgenosse. Er wollte sie ebenso hungrig, ebenso ausgeliefert, wie er selber war. Das bedeutete, daß er sich zügeln mußte, bis er sie zu gleicher Glut angestachelt hatte. Es würde ihm nicht leichtfallen.

In dem gespannten Schweigen, das sich zwischen ihnen auftat, war die schwungvolle Musik von unten deutlich vernehmbar. Natürlich, dachte er erleichtert: tanzen würde den Zauber wiederherstellen, der sie vorhin verbunden hatte. Er ergriff ihre Hand: »Darf ich bitten, Mylady?«

Sie stutzte. Dann schob sie ihre wundervollen langen Beine über die Bettkante und streifte ihre Schuhe ab. Sie ließ seine Hand los und machte einen graziösen Knicks, als seien sie einander eben erst vorgestellt worden. »Mit Vergnügen, Lord Strathmore.«

»Wir sind einander zwar nicht formell vorgestellt worden«, sagte er mit entsprechender Höflichkeit, »aber ich nehme an, Sie sind Lady Kit Travers?«

Sie richtete sich auf. In ihren Augen stand ein Lächeln. »Ich wußte, daß es nur eine Frage der Zeit war, bis Sie herausfinden, wer ich bin. Jane ist allerdings einer meiner Vornamen.«

»Ich habe mir einhundert Namen für Sie ausgedacht – Lady Jane – Lady Nemesis – Lady Quecksilber. Aber Kit ist besser, frisch und ungewöhnlich, wie Sie.« Er nahm ihr die blonde Perücke ab. Dann lockerte er ihr Haar zu einer seidigen Wolke. Jede federleichte Berührung war eine Liebkosung.

»Mm-m-m.« Sie lächelte träge. »Himmlisch. Kein Wunder, daß Katzen sich gerne den Kopf kraulen lassen.«

Sie trug immer noch ihre Ziegenlederhandschuhe, und er hob ihre linke Hand und zog ihn ihr aus. Dann küßte er die zarte Haut an der Innenseite ihres Handgelenks. Ihre Finger krümmten sich, und ihr Puls klopfte warm gegen seine Lippen.

Als er dasselbe mit ihrer rechten Hand machte, flatterten ihre Fingerspitzen über seine Wange. »Lucifer, Lichtträger«, murmelte sie. »Strahlender Sohn des Morgens.«

»Und jetzt bar aller Gnade, fürchte ich.« Er legte eine Hand an ihre Taille. Ihr Rückgrat bebte vor geschmeidiger Kraft. Mit der freien Hand umschloß er ihre Finger und zog sie in den Rhythmus des Walzers. »Aber jetzt sehe ich eine Ahnung des Paradieses vor mir.«

Sie wurde rot und sah zu Boden. Im Kerzenlicht war ihr Haar ein zimtfarbener Heiligenschein. Mit mehr Raum als auf der dichtbesetzten Tanzfläche konnten sie sich der Musik überlassen und die direkte Reaktion ihrer Körper aufeinander spüren. Das Gefühl des rotgemusterten Teppichs unter ihren Füßen war seltsam sinnlich, während sie durch das Zimmer schwebten.

Sie tanzte geschickt, wie es einer Schauspielerin zukam, aber anfänglich waren ihre Bewegungen steif, als seien ihre Gedanken und ihr Körper nicht ganz bei der Sache. Als sie dann frei im Raum kreisten, begann der

Zauber der Musik auf sie einzuwirken, und die Anspannung wich aus ihren Muskeln und ihrem Gesicht.

Ihr Tanz wurde zu fließender Harmonie. Er spürte den leichten Frauenkörper in seinen Armen mit beunruhigender Intensität. Und jede seiner Bewegungen löste eine direkte Reaktion in ihr aus, ein unaufhörliches Wechselspiel zwischen Mann und Frau.

Als sie am Ende des Zimmer angelangt waren, löste er mit einer Hand die Bänder ihres Dominos. Die Seide blähte sich in der nächsten Drehung und flatterte zu Boden. Ihre nackten Schultern glühten wie warme Milch. Sein Mund wurde trocken. Noch nicht. Noch . . . nicht.

Sie hatte die Augen geschlossen, um sich ganz der Bewegung zu überlassen. Sie lag leicht wie eine Feder in seinen Armen. Er war merkwürdig gerührt, daß sie sich ihm derart auslieferte, wenigstens für den Augenblick.

Jetzt, da sie entspannt war, wurde es Zeit, sie wieder aufzurütteln. Er beugte sich vor und küßte den zarten Fleck zwischen ihrem Hals und ihrem Kinn. Ihr Atem stockte, und ihre Lippen öffneten sich, während er sie im Walzertakt drehte.

Wie konnte er sie dazu bringen, ihre Augen zu öffnen? Mit einem extravaganten Schwung warf er sie nach hinten in seine Arme. Gleichzeitig schob er ein Bein zwischen ihre Schenkel, so daß sie einander intim berührten. Erstaunt öffnete sie die Augen, und in ihren klaren grauen Tiefen erkannte er die Leidenschaft, die er erzeugen wollte.

Sie erholte sich sofort von ihrem Schreck. »Sir«, murmelte sie züchtig, »ich glaube, wir sind einander unangebracht nahe.«

Während sie sprach, preßte sie ihre Hüften gegen sein Becken. Hitze durchströmte seinen Unterleib. Atemlos sagte er: »In der Tat.« Er richtete sie wieder auf und wirbelte sie durch den Raum. »Und wir werden einander noch viel näher kommen.«

Er begann, Schritte zu improvisieren, die zu schamlos und zu erotisch waren, um in der Öffentlichkeit geduldet zu werden. Ihr biegsamer Tänzerinnenkörper paßte sich mühelos dem seinen an, als sei sie eine Erweiterung seiner selbst. Ihre Körper begegneten sich in wilden Liebkosungen, trennten sich und fanden sich mit noch größerem Feuer. Sie wurden eins mit der Musik, jeder Takt pulste in ihren Adern, während sie ihren feurigen Paarungstanz vollzogen.

Als die Musik unten endete, verschmolzen sie in einer wilden Umarmung. Sie küßten sich gierig, und sie preßte ihre Scham in wilder Herausforderung an sein Becken. Er stöhnte, als er spürte, wie sein Glied sich unter der Bewegung ihrer Hüften versteifte.

Genug der Selbstbeherrschung. Er zog die Schleifen an ihrem Mieder auf, so daß das Kleid von ihren Schultern glitt. Mit lustverhangenen Augen schüttelte sie es ab, und stand nur noch in Hemd und kunstvoll gepolstertem Korsett vor ihm.

Ohne ihren Blick freizugeben, hakte er es auf. Es ging auf und enthüllte die sanft gerundete Andeutung ihres Busens unter dem hauchzarten Musselinhemd. Er legte seine Hände um ihre Brüste und spielte leise mit den Brustwarzen. Ihre Augen wurden groß, und sie fuhr sich mit der Zunge über die Lippen, als die empfindsamen Knospen sich sträubten.

Jede Bewegung ihres Körper drückte Verlangen aus. Und doch verriet der Anblick ihm, daß das nicht genug war. Sogar noch mehr als sinnliche Leidenschaft wünschte er sich innere Nähe, die all die leeren Stellen seiner Seele ausfüllte.

Während er ihr das Korsett abnahm, versuchte er, ihren Blick festzuhalten, sie zu zwingen, ihn anzusehen, ihm die Rätsel ihrer unfaßbaren Seele zu verraten.

Statt dessen trat sie vor und fuhr mit den Armen unter sein Hemd, um seine nackte Taille zu umarmen und ihr Gesicht an seiner Brust zu verbergen. Ihre Brüste preßten sich gegen seinen Brustkorb, als sie die harten Muskeln in seinem Rücken streichelte.

Voll widerwilliger Bewunderung für ihr geschicktes Ausweichmanöver, zog er ihr das Hemd über den Kopf und warf es beiseite. »Du hast viel zuviel an.«

»Du auch«, antwortete sie. Sie zog ihm das Hemd aus und ließ es fallen. »›Angenehm war seine Gestalt‹«, zitierte sie mit rauchiger Stimme, »›und lieblich zu schauen.‹«

Er mußte über ihre ausufernde Phantasie lachen. »Soweit ich mich erinnere, hatte Lucifer die Gestalt einer Schlange, als Milton das schrieb.«

»Ist hier nicht irgendwo eine Schlange in der Nähe?« Sie nutzte seinen hemdlosen Zustand aus und preßte feurige Küsse auf seine nackte Brust.

Ihre Hände fuhren in seinen Hosenbund. Er keuchte, und seine Hände krampften sich um ihr Hinterteil. Die vollen Kurven paßten genau in seine Handflächen. Er hob sie halb vom Boden auf und drückte ihr weiches Fleisch an seinen harten Körper.

Sie biß ihm in die Schulter, und der letzte Rest seiner Beherrschung schmolz. Er riß sich die Kleidung vom Leib und trug sie zum Bett. Der Aufprall ihrer Körper ließ das Bett erbeben.

Er drückte sie in die Kissen in seinem Verlangen, sie ganz in sich aufzunehmen, ihre berauschende Weiblichkeit zu trinken. Ihre Münder trafen sich, offen und fordernd. Sie wanden sich wie zwei Wildkatzen, mit kreisenden Hüften.

Fieberhaft vergrub er das Gesicht in der duftenden Tiefe ihres Busens – salzig-süß, Meerluft und Nelken. Er konnte sich nicht satttrinken.

Als er ihre Brustwarze in seinen Mund nahm, erschauerte sie am ganzen Körper. Mit zurückgeworfenem Kopf lag sie da und rang um Atem. Sie trug nur noch ihre Seidenstrümpfe.

Außerstande, der hinreißenden Wölbung ihres Bauches länger zu widerstehen, bedeckte er ihn mit einer Spur von Küssen. Sie stöhnte, nahm seinen Kopf in beide Hände und preßte sein Gesicht in ihren Unterleib. Ihre seidige Wärme berauschte ihn.

Er stemmte sich hoch und schob sich zwischen ihre Beine. Sie spreizte die Schenkel weit, um ihn zu empfangen. Dabei erhaschte er einen Blick auf den tätowierten Schmetterling, der verführerisch gerade oberhalb ihres Strumpfbandes flatterte. Er beugte sich vor, preßte seine Lippen darauf und spürte ihren Puls unter seiner Zunge. Sie keuchte und krallte ihre Finger in die Laken.

Seine Finger glitten durch ihr weiches Schamhaar in ihre Scham. Sie wimmerte auf, als seine Finger den feuchtheißen Eingang fanden und darin zu kreisen begannen. Zitternd vor Sehnsucht legte er sich so, daß sein Glied sich daran rieb.

Ihr Rücken wölbte sich in Breitschaft, und ihre seidenumhüllten Schenkel umschlangen ihn, als er sich auf sie legte. Dann, mit einem einzigen wilden Stoß, drang er in sie ein.

Sie schrie auf – nicht lustvoll, sondern entsetzt. Ihre Nägel gruben sich in seinen Rücken, als sie vor Schmerz zusammenzuckte.

Er hielt inne, die Muskeln an seinen Armen und Schultern wie aus Granit gemeißelt, und starrte ungläubig auf sie herunter. »Verdammt noch mal!« entfuhr es ihm. »Warum hast du mir nichts gesagt?«

Dreiundzwanzigstes Kapitel

Zitternd schloß Kit die Augen. Vielleicht war das hier nur ein neuer Alptraum und sie wachte gleich auf. Aber das Gewicht und der Geruch des männlichen Körpers, der sie aufs Bett niederdrückte, der scharfe Schmerz in ihrem Unterleib, all das war unentrinnbar wirklich.

Sie öffnete die Augen. Lucien ragte vor ihr auf, muskulös und gefährlich, die breiten Schultern vom Kerzenlicht umstrahlt. »Ich ... ich dachte nicht, daß du es wissen mußt«, flüsterte sie. »Ich hatte keine Ahnung, wie weh es tut.«

Er ließ den Kopf sinken und legte seine Stirn an ihre Schulter, während ein Schauer ihn durchlief. Nach einer Weile seufzte er und hob den Kopf wieder. »Es hätte viel weniger weh getan, wenn ich es vorher gewußt hätte. Selbst die erfahrenste Schauspielerin kann nicht alles vortäuschen.« Sein Ärger war verflogen und hinterließ nichts als reumütige Zärtlichkeit. Er beugte sich vor und küßte sie leicht. »Es tut mir leid. Ich hätte wissen müssen, daß mit dir gar nichts einfach ist. Versuch, dich zu entspannen. Das Schlimmste ist vorbei.«

Er hatte recht. Der scharfe Schmerz hatte nur eine Sekunde gedauert, und auch das unangenehme Gefühl, überdehnt zu werden, ließ bereits nach. Er bewegte sich nicht, sondern beruhigte sie weiter mit zarten Küssen auf ihr Gesicht und ihren Hals. Sein Drängen hatte sich in Geduld verwandelt, und nur der Schweiß auf seinem Torso verriet, daß seine Beherrschung ihn Mühe kostete.

Ihr Körper begann, seine ungewohnte Anwesenheit zu akzeptieren. Gleichzeitig erwachte die sinnliche Begierde, die bei ihrer ersten Vereinigung verflogen war, aufs neue. Behutsam hob sie die Hüften. Sie spürte keinen Schmerz, nur eine unbekannte Art Druck, der äußerst ... anregend war.

Wieder bewegte sie sich, diesmal heftiger. Er stöhnte auf und sie fühlte, wie sein Glied in ihr pulsierte. »Sei lieber vorsichtig«, keuchte er, »ich kann mich kaum noch beherrschen.«

»Dann tu es nicht, Lucien«, sagte sie heiser. »Aber du mußt mir sagen, was ich tun soll.«

»Du brauchst nur meine Bewegungen zu erwidern, weiter . . . weiter nichts.«

Er drang tiefer in sie ein. Sie paßte sich der Bewegung an. Scharfe Lust durchrieselte sie an neu entdeckten Stellen. »So?« fragte sie atemlos.

»O Gott, ja«, stöhnte er. »Genauso.«

Wieder stieß er zu, und diesmal reagierte ihr Körper instinktiv. Er wußte bereits, was ihr Verstand noch nicht ganz begriffen hatte. Der Rhythmus lag ihr im Blut. Seltsame Sehnsucht. Schlüpfrige Glätte und rauhe Hitze. Verlangen.

Er stieß einen erstickten Laut aus und begann, mit unerbittlicher Gewalt in sie einzudringen, Gewalt, die in sich selbst Befreiung war. Das hier war nicht der rücksichtsvolle Liebhaber aus dem Clarendon, der sie langsam zum Höhepunkt brachte, sondern ein Mann, der sich nahm, was ihm zustand. Er füllte ihre Arme und ihre Sinne mit Geschmack, Geruch und Hitze. Sie war nicht länger alleine . . .

Mit plötzlicher Panik wurde sie sich bewußt, daß er in ihren Geist ebenso eindrang wie in ihren Körper, daß er ihre sorgsam aufgebauten Schutzwälle einen nach dem anderen niederriß. Sie versuchte, sich in die sichere Position des Beobachters zu retten, aber das war unmöglich. Sie war unendlich verletzlich in ihrer Sehnsucht nach seiner Wärme und Stärke.

Er schob seine Hand zwischen sie und berührte sie so, daß ihre gewaltsame Lust sie in einen besinnungslosen

Taumel stürzte. Als sie aufschrie, vergrub er sein Gesicht an ihrer Schulter. Er atmete tief ein, und sein wildes Erschauern vibrierte in ihrem Körper nach. Sie hatte das Gefühl, aus ihrer Haut schlüpfen zu müssen, alle Kontrolle fahren zu lassen, so heftig waren seine sengende Glut und ihre eigene Erlösung.

Der Sturm ging vorüber und ließ sie zitternd vor Schreck zurück. O Gott, wenn sie das geahnt hätte, wäre sie eher aus dem Fenster gesprungen, statt ihm zu gestatten, daß er sie berührte. Sie hätte wissen müssen, daß ihre Bitte um Hilfe das Gleichgewicht zwischen ihnen auf immer zerstören würde. Statt dessen hatte sie ihm ihren Körper freiwillig – begierig – anvertraut, im Glauben, daß sie immer noch Herrin über ihre Seele und ihre Geheimnisse bleiben würde.

Sie war verrückt gewesen, das zu glauben. Voller Angst erkannte sie, daß sie ihm alles geben würde, was er von ihr verlangte. Und Gnade ihr Gott, wenn er ihres Vertrauens nicht würdig war.

Während sie versuchte, ihre Tränen hinunterzuschlucken, rollte er auf die Seite und nahm sie in die Arme. Er streichelte sie sanft. Leise sagte er: »Du warst es jedes einzelne Mal, nicht wahr?«

Sie nickte, das Gesicht an seine Schulter gedrückt.

»Und du bist Kathryn, nicht Kristine.« Es war eine Feststellung, keine Frage.

In einem instinktiven Versuch, ihn auf Abstand zu halten, fragte sie: »Warum sagst du das?«

»Mein Verstand mußte akzeptieren, daß ihr zwei verschiedene Frauen seid, aber mein Instinkt hat sich gewehrt.« Ihr Hemd war auf dem Bett gelandet, und er benutzte es, um den winzigen Tropfen Blut zwischen ihren Schenkeln wegzutupfen. »Du warst großartig in deiner Rolle als mondäne Schauspielerin, aber selbst, wenn du am allerprovozierendsten warst, hattest du diese grundlegende Zurückhaltung. Ich habe mich immer ein wenig darüber gewundert.«

Sie verzog das Gesicht. »Wie du schon sagtest, es gibt eine Grenze für jede Schauspielkunst. Ich kann Kira sehr gut imitieren, aber ich habe nicht immer Freude daran.«

»Der endgültige Beweis war deine Jungfräulichkeit. Kristine mag vieles sein, aber vermutlich keine Jungfrau.« Er schnitt eine Grimasse. »Wenn ich meiner Intuition mehr vertraut hätte als meinem Verstand, hätte ich dir nicht so weh getan.«

»Jungfräulichkeit ist die Rache der Natur an den Frauen«, sagte sie trübe.

Er grinste, streckte sich dann neben ihr aus und stützte den Kopf auf den Ellbogen. »Ich hab' gehört, daß du immer hinter deiner Schwester hergelaufen bist. Das sollte heißen, daß du eine armselige Zweitausgabe von ihr warst, aber das stimmt nicht, oder? Alles, was Kira konnte, konntest du genausogut. Wenn sie Sebastian, den männlichen Zwilling gespielt hat, warst du Viola, und das ist eigentlich die größere, wichtigere Rolle. Wenn sie nackt im Fluß schwimmen oder in Hosen auf die Jagd ging, warst du an ihrer Seite, ebenso mutig und ebenso sportlich. Und wenn man die Gewohnheiten von eineiigen Zwillingen bedenkt, hast du sicher deinen eigenen Anteil an Unfug beigetragen.«

Sie starrte ihn entsetzt an. »Woher weißt du das? Niemand sonst hat das je gemerkt, nicht einmal Tante Jane. Jeder hat angenommen, daß Kira immer die Anführerin war.«

»Eineiige Zwillinge sind identisch und verschieden zugleich, deswegen haben manche Menschen Schwierigkeiten im Umgang mit ihnen«, sagte er ausweichend. »Es ist einfacher, sie in Kategorien einzuordnen. Der freche Zwilling, der schüchterne Zwilling. Die gute und die böse Schwester.« Seine Augen blitzten vor Amüsement. »Meine Vermutung ist, daß Kira weniger wild ist als allgemein angenommen und du weniger respektierlich, trotz der großartigen Vorstellung, die du als Lady Kathryn gegeben hast.«

»Es stimmt, manche Menschen ziehen es vor, uns als Gegensätze und nicht als Variationen eines Themas zu sehen«, bestätigte Kit. »Und dann gibt es noch diejenigen – Kira und ich nennen sie ›diese Leute‹ – die nur mit einer von uns beiden sprechen und die andere ignorieren, als würde sie gar nicht existieren. Wir haben uns immer darüber lustig gemacht.«

»Wahrscheinlich habt ihr auch damit euer Spielchen getrieben und insgeheim über die Leichtgläubigkeit der Welt gelacht.«

Sie lächelte ein wenig. »Wenn jemand sagte: ›Kristines Schleife ist rot und Kathryns blau‹, haben wir sofort unsere Schleifen und unser Benehmen getauscht. Aber wir sind wirklich sehr verschieden. Wie ich schon bei Jane gesagt habe, Kira hat die Art Charme und Lebhaftigkeit, die ein ganzes Theater bezaubern. Sie ist immer extrovertiert gewesen und immer zu etwas Neuem bereit. Ich bin die Gesetzte, Langweilige.«

Er hob in spöttischem Unglauben die Brauen. »Gesetzt? Langweilig? Die Frau, die mich über alle Dächer und durch alle Schlafzimmer von London gelockt hat?«

»Das war nicht meine freie Wahl«, sagte sie deprimiert.

Sein Amüsement verflog. »Das alles hat mit Kira zu tun, oder? Irgend etwas ist ihr zugestoßen.«

Die Angst, die sich während ihrer scherzhaften Unterhaltung ein wenig gelegt hatte, flammte wieder auf und griff mit eisigen Klauen nach ihr. »Meine Schwester geht dich nichts an.«

Ruhig, aber unerbittlich sagte er: »Erzähl.«

Sie rollte zur Seite, setzte sich auf und hüllte sich in ein Laken. »Warum willst du das wissen?«

»Du wärst nicht auf diesen Ball gekommen und mit Roderick Harford gegangen, wenn du nicht in einer verzweifelten Lage wärest. Du brauchst Hilfe, Kit. Warum willst du die meine nicht annehmen?«

Sie wich seinem Blick aus. Sie wußte, warum sie ihn fürchtete, aber sie wollte ihm den Grund nicht sagen.

Als habe er ihre Gedanken gelesen, fragte er: »Warum traust du mir nicht?«

»Ich kann mir keinen Fehler erlauben«, sagte sie gepreßt. »Es steht zuviel auf dem Spiel.«

»Ich würde dir oder deiner Schwester nie etwas zuleide tun, und das weißt du auch.«

Sie wußte es, aber das beschwichtigte ihr Mißtrauen nicht. Sie suchte nach einer Ausflucht. »Ich habe nie viel Vertrauen zu Männern gehabt. Mein Vater konnte mit seinem Charme einer Schlange die Schuppen abschwatzen, aber wehe dem, der sich auf ihn verließ.«

»Ich bin nicht dein Vater.« Er nahm ihre kalte Hand und umschloß sie mit seinen warmen Fingern. »Ich gebe mir viel Mühe, meine Versprechen einzuhalten, und im allgemeinen gelte ich als ziemlich gut im Lösen von Problemen. Laß mich versuchen, deines zu lösen.«

Gegen ihren Willen gestand sie, was sie lieber für sich behalten hätte. »Ich mißtraue nicht dir, sondern mir. Ich habe kein Talent zum Alleinesein, Lucien. In den ersten achtzehn Jahren meines Lebens war Kira da. Wir waren eher zwei Hälften eines Ganzen als eigenständige Menschen. Wir wußten, daß wir uns irgendwann trennen und jede unser eigenes Leben leben mußten, aber ich hab' mich dabei nicht besonders geschickt angestellt. Ich fühle mich unvollkommen, wie eine . . . eine Schlingpflanze, die nach einer Stütze sucht, um die sie sich winden kann. Ich glaube nicht, daß dir das gefallen würde. Es gefällt mir selber nicht.«

»Du unterschätzt deine Stärke, Kit. Vielleicht tritt das, wovor du dich fürchtest, nie ein.« Sein Daumen kreiste sanft in ihrer Handfläche. »Laß nicht zu, daß deine Angst vor etwas, das vielleicht geschieht, deiner Hilfe für Kira im Weg steht.«

Ihr Widerstand brach zusammen. Sie vergrub ihr Gesicht in ihren Händen. Er hatte den Nagel auf den Kopf getroffen. Kiras Sicherheit war viel wichtiger als die Möglichkeit, daß Kit sich zum Gespött machte, indem sie sich in den reichen, mächtigen, lasterhaften Grafen von Strathmore verliebte.

Außerdem hatte sie das unbehagliche Gefühl, daß er, wenn sie ihm nicht sagte, was los war, selber darauf kommen würde. Und sie konnte nicht dulden, daß er sich noch mehr in ihren Gedanken einnistete als jetzt schon. Sie hob den Kopf und sagte müde: »Es ist eine lange Geschichte.«

»Dann machen wir es uns lieber bequem.« Er stand auf und zog ein Hemd aus dem Kleiderschrank. »Zieh das an. Es ist einfacher für einen Mann und eine Frau, vernünftig miteinander zu reden, wenn sie angezogen sind.«

Sie schälte sich aus ihrem Laken und gehorchte. Die weiten Falten seines Hemdes bedeckten sie fast bis zu den Knien. Sie trug immer noch ihre Strümpfe. Jetzt zog sie sie aus und warf sie in die allgemeine Richtung ihrer anderen Kleidungsstücke. Dann hockte sie sich im Schneidersitz aufs Bett.

Lucien schlüpfte in einen luxuriösen blauen Morgenrock, der sein Haar schimmern ließ wie gesponnenes Gold. Er fachte das Feuer neu an und zog einen flachen Silberflakon aus seiner Reisetasche, goß den bernsteinfarbenen Inhalt in zwei Gläser und reichte ihr eines. »Trink.«

Sie gehorchte. Der Brandy konnte den kalten Knoten in ihrem Magen nicht vertreiben, aber er hielt ihre Hände vom Zittern ab.

Er setzte sich neben sie auf das Bett und lehnte sich an die Wand. »Was ist mit Kira geschehen?«

Sie starrte in ihr Glas. »Ich weiß es nicht, und ich weiß nicht, wo ich anfangen soll.«

»Wo du willst. Wir können die ganze Nacht hier sitzen, wenn es nötig ist, und die Nächte sind sehr lang in dieser Jahreszeit.«

»Das meiste, was ich dir bei Jane erzählt habe, ist wahr.« Sie verzog das Gesicht. »Obwohl ich Jane unrecht getan habe. Sie ist nicht die Tyrannin, zu der ich sie gemacht habe. Ohne ihre Hilfe hätte ich das, was ich getan habe, nicht zustande gebracht.«

»Sie hat Kira nicht das Haus verboten?«

»Nein. Allerdings war sie von der Entscheidung meiner Schwester nicht eben entzückt. Ich ebensowenig. Aber Kira war felsenfest entschlossen, zur Bühne zu gehen, also habe ich mich damit abgefunden. Wir sind in ziemlich engem Kontakt geblieben und haben einander jede Woche geschrieben, solange sie in der Provinz war. Als sie nach London kam, haben wir uns alle ein, zwei Wochen getroffen, meistens auf dem Markt.« Kit stockte. Sie fragte sich, ob jemand, der keinen Zwilling hatte, das verstehen würde. »Nicht unbedingt, um zu reden, einfach, um uns zu sehen. Wir haben nie etwas verabredet. Wir . . . wußten einfach, daß wir uns treffen würden.«

Sie warf Lucien einen raschen Blick zu, aber er nahm es hin. »Wohnt Kira in Soho?«

Kit nickte. »Sie besitzt ein kleines Haus und wohnt im Erdgeschoß. Das obere Stockwerk hat sie an eine Freundin vermietet, eine andere Schauspielerin, Cleo Farnsworth.«

Als sie verstummte, half er ihr weiter. »Wann hast du gemerkt, daß etwas nicht stimmt?«

»An unserem Geburtstag, dem einundzwanzigsten Oktober. Wir feiern immer zusammen. Immer. Solange sie in der Provinz aufgetreten ist, ist sie nach London gekommen. Einmal, als sie sich nicht freimachen konnte, bin ich mit der Postkutsche bis nach Yorkshire gefahren, damit wir zusammen sein konnten. Dieses Jahr hatten wir verabredet, daß wir uns bei ihr zu einem ruhigen Abendessen treffen würden.« Sie unterdrückte das Entsetzen, das bei dieser Erinnerung in ihr aufstieg. »Am Abend vorher hatte ich einen Alptraum und bin voller Panik aufgewacht, aber ich habe dabei überhaupt nicht an Kira gedacht. Aber als ich in ihre Wohnung kam, habe ich sofort gemerkt, daß etwas nicht stimmt.«

»Gab es Spuren irgendeines Kampfes?«

»Nein, bloß . . . Leere. Entsetzliche, hohle Leere, obwohl alles an seinem Platz war.« Kits Hände krampften sich um ihr Brandyglas. »Das einzige war, daß ihre Katze, Viola, ganz ausgehungert war, so als ob sie den ganzen Tag nichts zu fressen bekommen hatte.

Ich hab' Viola gefüttert und bin dann nach oben zu Cleo gegangen, die ich ein paarmal getroffen hatte. Zuerst hielt Cleo mich für Kira und machte mir Vorwürfe, daß ich eine Probe versäumt hatte. Als ich ihr sagte, daß ich Kathryn bin, wurde sie auch besorgt. Sie sagte, daß Kira am vorigen Abend aus dem Theater gegangen wäre wie immer, und daß sie sie seitdem nicht gesehen hatte. Aber Kira verpaßt nie eine Probe. Sie muß auf dem Weg in ihre Wohnung entführt worden sein.«

Nach kurzem Zögern sagte er behutsam: »Ich nehme an, du hast an die Möglichkeit gedacht, daß sie von irgendwelchen Halunken umgebracht und in den Fluß geworfen worden ist.«

»Du glaubst, daß sie tot ist, nicht? Sie ist nicht tot«, sagte Kit wild. »Du wirst es vielleicht nicht verstehen, aber einen Zwilling zu haben ist, als ob man mit ihm durch eine unsichtbare Nabelschnur verbunden wäre. Auf irgendeiner Bewußtseinsebene stehe ich immer mit Kira in Kontakt. Wenn sie sterben würde, wüßte ich es sofort. Sie ist unglücklich und hat manchmal schreckliche Angst, aber sie ist ebenso lebendig wie ich.«

Sie hatte Skepsis erwartet, aber er sagte lediglich: »Wenn das der Fall ist, ist eine Entführung die wahrscheinlichste Möglichkeit. Weißt du, ob irgend jemand sie möglicherweise entführen wollte, und warum?«

Er glaubte ihr! Fast schwindlig vor Erleichterung erwiderte sie: »Das letztemal, als ich mit Kira gegessen habe, etwa einen Monat zuvor, hat sie flüchtig einen Verehrer erwähnt, der entschlossen war, sie zu seiner Mätresse zu machen. Sie hat darüber gelacht, aber damals dachte ich mir, daß sie nichts gesagt hätte, wenn sie dadurch nicht beunruhigt gewesen wäre.«

»Du glaubst also, der Mann hat beschlossen, sie mit Gewalt zu erobern, wenn sie nicht freiwillig kommen will«, sagte Lucien stirnrunzelnd.

»Alles andere ergibt keinen Sinn. Sein Risiko dabei war minimal – niemand wäre überrascht vom Verschwinden einer jungen Schauspielerin«, sagte sie mit bitterer Ironie. »Da alle Schauspielerinnen von vorneherein als Dirnen gelten, würde jeder annehmen, daß sie mit irgendeinem Mann durchgebrannt ist, der ihr ein verlockendes Angebot gemacht hat.«

»Als Kira den Mann erwähnte, hat sie irgend etwas gesagt, das dir helfen würde, ihn zu identifizieren?«

»Nein, aber sie hat immer ein kleines Notizbuch benutzt, um sich an Verabredungen und anderes zu erinnern. Ich habe ihre Wohnung durchsucht, bis ich es gefunden habe. Das meiste war nicht wichtig, aber es gab ein paar empörte Kommentare über einen Mann, der ein ›Nein‹ nicht akzeptieren wollte.« Kits Gesicht wurde angespannt. »Kira nannte ihn Lord Höllenhund. Außerdem hat sie ein paar kritische Bemerkungen über den Club der Höllenhunde gemacht.«

»Kein Wunder, daß du hinter ihnen her gewesen bist.« Lucien runzelte die Stirn. »Aber warum hast du derartige Risiken auf dich genommen? Du hättest genausogut einen Fachmann engagieren können, vielleicht einen Detektiv aus der Bow Street.«

Sie warf ihm ein freudloses Lächeln zu. »Genau das habe ich getan. Mr. Jones hat sein Bestes versucht. Er hat einen Säufer ausfindig gemacht, der gesehen hat, wie in der fraglichen Nacht nicht weit vom Marlowe entfernt eine Frau in eine Kutsche gezerrt wurde. Aber es hat geregnet, und der Mann konnte keine Einzelheiten über die Frau oder die Entführer angeben. Mehr konnte Mr. Jones nicht in Erfahrung bringen, obwohl er Informanten in ganz London hat. Kira ist wie vom Erdboden verschluckt.«

»Und da hast du beschlossen, die Angelegenheit in deine eigenen Hände zu nehmen und dabei dein Leben und deine Freiheit aufs Spiel zu setzen.«

»Die beste Art, etwas über Kiras Leben zu erfahren, war, es zu führen – Cassie James zu werden und die Menschen in ihrer Umgebung kennenzulernen«, sagte Kit abwehrend. »Cleo war die einzige im Theater, die wußte, daß Kira eine Zwillingsschwester hatte, und niemand ist je auf die Idee gekommen, daß ich nicht die echte Cassie James sein könnte. Ich habe Kira oft spielen sehen, daher war es nicht allzu schwer, in ihre Rolle zu schlüpfen.«

»›Nicht schwer‹, so zu tun, als wärst du die aufsehenerregendste junge Schauspielerin, die London seit Jahren gesehen hat«, murmelte Lucien. »Das ist eine meisterhafte Untertreibung.«

»Ohne Cleos Hilfe hätte ich es nicht geschafft. Sie hat mir alles gesagt, was ich wissen muß, über die Truppe und das richtige Benehmen hinter der Bühne. Was die eigentliche Imitation angeht, so hattest du recht: ich habe mir vorgestellt, ich wäre sie.« Kit lächelte bitter. »Ich kann die Illusion ein paar Stunden lang aufrechterhalten, aber es ist schrecklich anstrengend, die ganze Zeit blenden zu müssen.«

Er bewegte sich leicht, und sein Morgenrock fiel auseinander und bot einen verwirrenden Blick auf seine Brust. »Und die berühmte Tätowierung?«

Kit zwang sich, ihre Augen von dem faszinierenden Anblick der goldenen Haare auf seinem muskulösen Torso abzuwenden. »Ich bin zu demselben Mann gegangen, der Kira tätowiert hat.« Sie kratzte die Stelle. »Es juckt immer noch ein bißchen.«

Er zog den Saum von Kits Hemd beiseite und studierte den Schmetterling, der auf ihrem Schenkel flatterte. »Ich hätte selbst drauf kommen können. Als ich es geküßt habe, fühlte die Stelle sich ein wenig geschwollen an. Jemand hat mir einmal gesagt, daß eine frische Tätowierung wie ein Relief wirkt, aber ich hatte es vergessen.« Er fuhr über die Umrisse des Schmetterlings. »Wenn ich in deiner Nähe bin, funktioniert mein Verstand nicht allzu gut.«

Da war er nicht allein. Unter seiner Berührung wurde ihr heiß und zittrig. Sie zog sich zurück und schob das Hemd wieder über die Tätowierung. Bemüht, ihre instinktive Reaktion auf ihren Gefährten zu ignorieren, fuhr sie fort: »Als Kira zur Bühne ging, hat sie ihr Haar abschneiden lassen, um besser Perücken tragen zu können. Jane hat meins genauso geschnitten. Von den abgeschnittenen

Haaren hab' ich ein Haarteil anfertigen lassen, das ich immer trug, wenn ich Kathryn war.«

Er grinste. »Dann hätte ich also die Wahrheit herausgefunden, wenn ich deinen Chignon untersucht hätte. Kein Wunder, daß du an dem Tag so kratzbürstig warst.«

»Kathryn ist oft kratzbürstig«, sagte sie in ihrer besten Kathrynart. In normalem Tonfall setzte sie hinzu: »Es hat funktioniert, oder nicht?«

»Allerdings«, bestätigte er. »Ist Kira wirklich Linkshänderin?«

»Nein, sie ist rechtshändig. Wir sind Spiegelbilder voneinander – selbst unsere Scheitel gehen in entgegengesetzte Richtungen. Ich mußte lügen, weil du mich als Linkshänderin erwischt hast, als ich Kira spielte. Niemand sonst hat den Unterschied bemerkt.«

»Dein Doppelleben muß dich ganz schön in Atem gehalten haben.«

»Gelinde gesagt.« Sie schob sich das Haar aus den Augen. Nach dem ersten Schock über den Verlust eines Großteils ihrer Haare hatte sie das geringere Gewicht befreiend gefunden. »Ohne Jane, Cleo und Mr. Jones wäre ich nie zurechtgekommen. Ich war abwechselnd Kathryn und Kristine und habe jeweils in dem Haus geschlafen, das am einfachsten zu erreichen war.«

»Hat deine Vorstellung bis jetzt irgendwelche Ergebnisse gebracht?«

Sie seufzte. »Nicht wirklich. Ich habe jeden Mann, der je in Cassie James' Nähe gekommen ist, genau beobachtet, ganz besonders nach der Vorstellung im Künstlerzimmer. Ich hatte gehofft, daß jemand, der wissen muß, daß ich nicht die echte Cassie James bin, sich durch irgendein Anzeichen verrät. Aber ich hatte kein Glück.«

»Vielleicht ist der Mann, der sie entführt hat, in letzter Zeit nicht im Marlowe gewesen und weiß nicht einmal, daß Cassie James immer noch auftritt.«

»Das glaube ich auch.« Ihre Stimme bekam einen zynischen Klang. »Wenn der Kerl mich gesehen hätte und auf den Gedanken gekommen wäre, daß ich Kiras Zwillingsschwester bin, wäre ich wahrscheinlich auch entführt worden. Meine Schwester und ich haben schon früh entdeckt, daß manche Männer fasziniert sind von dem Gedanken, mit Zwillingen ins Bett zu gehen. Nach dem Tod meines Vaters hat einer seiner Gläubiger uns tausend Pfund angeboten, wenn wir mit ihm schlafen.«

Luciens Augen verengten sich zu raubtierhaften Schlitzen. »Sag mir seinen Namen, damit ich das Schwein fordern kann. Ich bin ein ziemlich guter Schütze.«

Kit blinzelte. »Du meinst es ernst, oder? Keine Sorge. Kira hat ihm eine heiße Tasse Tee in den Schoß gegossen. Wir fanden, das sei eine angemessene Antwort auf seine Unverschämtheit.«

»Ich hätte mir denken können, daß ihr zwei durchaus imstande seid, euch selbst zu verteidigen.«

»Früher schon, aber dieses Mal nicht.« Sie starrte in ihr Glas und schwenkte den Brandy. »Die Chance, den Verbrecher auf diese Weise zu finden, war ziemlich gering. Deswegen habe ich angefangen, mich in die Häuser und die Treffen der Höllenhunde einzuschleichen.«

»Wonach hast du eigentlich gesucht? Hat Kira in ihrem Tagebuch irgendeine verräterische Andeutung hinterlassen?«

»Leider nicht.« Kit glitt vom Bett. Dieses Mal würde er ganz bestimmt nicht verstehen, was sie ihm sagte. Mr. Jones und Cleo hatten es nicht begriffen, selbst Jane glaubte ihr nicht wirklich, und die kannte die Zwillinge seit ihrer Geburt. »Zuerst war ich mir selbst nicht sicher, aber nach und nach merkte ich, daß ich nach einer . . . einer Art geistigem Abdruck suche – einem Gefühl, daß ein Mann Kira sehr nahe gewesen ist. Ich komme mir vor wie ein Bluthund auf der Suche nach einer Fährte, aber das, was ich suche, ist nicht wirklich faßbar.«

»Kannst du das besser erklären?« bat Lucien fasziniert.

Sie zögerte. »So etwas wie ein Bewußtsein von Kits Gegenwart, glaube ich. Ich konnte immer schon ein Geschäft oder ein Haus betreten und spüren, ob sie vor kurzem dagewesen ist.«

»Faszinierend. Kann Kira das auch?«

»Bis zu einem gewissen Grade, aber nicht so gut.« Sie lächelte verzerrt. »Es ist eigenartig – als wir noch jünger waren und viel zu viele billige Romane lasen, haben Kira und ich Pläne geschmiedet, was wir tun würden, wenn eine von uns von einem bösen Prinzen entführt würde. Wir schworen einander, daß wir intensiv an den Unhold denken würden, so daß die andere imstande sein würde, ihn zu erkennen. Wenn wir zusammen ausritten, hat eine von uns sich ein Versteck für eine Nachricht ausgedacht, und die andere mußte es erraten. Wir waren beide ziemlich gut darin.«

Lucien trank seinen Brandy aus und stellte sein Glas auf den Nachttisch. »Haben deine nächtlichen Nachforschungen irgendeinen Erfolg gehabt?«

»Nicht so viel, wie ich mir wünschen würde«, sagte sie zerknirscht. »Die meisten jüngeren Höllenhunde konnte ich sofort ausschließen. Mit den älteren, den Satansjüngern, ist es schwieriger. Ich habe das Gefühl, daß Kira sie alle gekannt hat und keinen von ihnen mochte.«

Sie fing an, im Zimmer auf- und abzulaufen. »Ich bin nach Blackwell Abbey gekommen, weil ich dachte, Harford wäre der richtige. Im Ballsaal konnte ich keinen genauen Eindruck bekommen, deswegen habe ich mich mit ihm in seinem Zimmer verabredet. Dort habe ich gemerkt, daß er der falsche ist. Ich bin mir sicher, daß er Kira kennt, aber ebenso sicher bin ich, daß er sie nicht gefangen hält. Wäre er es, hätte er reagiert, als ich meine Maske abgenommen habe.«

»Was ist mit Lord Mace?«

»Der ist ein anderer Hauptverdächtiger. Ich hatte gehofft, hier irgendeine Spur von Kira zu entdecken, aber ich könnte schwören, daß sie niemals in Blackwell Abbey gewesen ist. Und auch nicht auf Chiswicks Landsitz.«

»Der Mann, der sie entführt hat, muß sie nicht unbedingt zu sich nach Hause gebracht haben.«

»Das ist wahr.« Kit rieb sich die Schläfe, um den Schmerz zu vertreiben, der sie plagte, sobald sie über das Verschwinden ihrer Schwester nachdachte. »Es gibt viel zu viele Möglichkeiten. Aber ich weiß nicht, was ich sonst tun soll. So mächtige Männer wie die Satansjünger kann man nicht beschuldigen, ohne stichhaltige Beweise zu haben, und die habe ich nicht. Alles, was ich habe, ist mein Instinkt. Und ich habe schreckliche Angst, weil ich das Gefühl habe, daß mir die Zeit ausgeht.«

»Deine Verbindung zu deiner Schwester ist die beste Waffe, die wir haben«, sagte Lucien nachdenklich. »Wir müssen einen Weg finden, sie anzuwenden.«

Sie empfand grenzenlose Erleichterung darüber, wie selbstverständlich er sich ihr Problem zu eigen gemacht hatte. Lucien würde ein fabelhafter Verbündeter sein. Außerdem hatte er erstaunliches Verständnis für ihr Verhältnis zu Kira.

Geradezu unheimlich, wenn man es bedachte. Ihre Augen wurden schmal, als sie ihn ansah. »Woher weißt du soviel über Zwillinge?«

Sein Blick wich ihr aus. Nach einer fast unmerklichen Pause sagte er: »Ich fand das Phänomen immer faszinierend, deswegen unterhalte ich mich mit Zwillingen, wann immer ich ihnen begegne.«

Jetzt, wo sie nicht mehr an Kira dachte, merkte sie, daß die Strömung zwischen ihr und Lucien in beide Richtungen lief. Ebenso wie er imstande war, ihre Stimmungen zu spüren, hatte sie eine Ahnung von seinen Gefühlen. Und es gab etwas, etwas Wichtiges . . . »Das ist nicht alles. Sag es mir, Lucien.«

Er schloß die Augen, und sein Gesicht verzog sich. Dann, genauso unfähig, ihren Fragen zu widerstehen wie sie zuvor den seinen, sagte er gequält: »Ich habe einmal erwähnt, daß ich eine Schwester hatte, die gestorben ist. Elinor war mehr als eine Schwester. Sie war mein Zwilling.«

Vierundzwanzigstes Kapitel

Entgeistert starrte Kit ihn an. »Um Gottes Willen, du hattest eine Zwillingsschwester, und sie ist gestorben? Wie hast du das ertragen?«

»Es war furchtbar.« Seine übliche Ruhe verflog, und sein Gesicht wurde starr und verletzlich. »Es war, als ob . . . als ob ich entzweigerissen würde.«

Sie hielt den Atem an, ging dann wortlos zum Bett hinüber und umarmte ihn.

Seine Arme umschlangen sie, und er vergrub den Kopf an ihren Brüsten, am ganzen Körper zitternd. Aber er weinte nicht. Vielleicht wäre es dann nicht so schrecklich gewesen.

Wieder und wieder streichelte sie sein Haar und seinen steifen Nacken. Sie ahnte, daß er selten über seinen Verlust gesprochen hatte, vielleicht noch nie. Sie spürte auch, daß es an der Zeit für ihn war, es zu tun. Als seine Umklammerung nachließ, flüsterte sie: »Erzähl mir von Elinor.«

Langsam machte er sich los und kletterte aus dem Bett. »Linnie war eine halbe Stunde jünger als ich. Angeblich hat der Arzt geglaubt, daß sie den Tag nicht überleben würde, aber sie hat alle überrascht. Wir waren natürlich keine eineiigen Zwillinge, aber wir sahen einander sehr ähnlich, außer, daß sie so viel kleiner war, daß sie allgemein für ein oder zwei Jahre jünger gehalten wurde.«

Er wanderte lautlos, auf nackten Füßen, durch den Raum. »Meine frühesten Erinnerungen haben alle mit ihr zu tun. Sie war still und sah so zerbrechlich aus, als sei sie nicht von dieser Welt, aber sie war sehr klug und verständig. Einmal, als wir vier oder fünf waren, habe ich gehört, wie ihr Kindermädchen gesagt hat, Lady Elinor wäre nur zu Besuch da von den Engeln und würde nicht lange bei uns bleiben.

Ich habe geschworen, daß ich ihr beweisen würde, wie unrecht sie hat, daß ich Linnie nicht sterben lassen würde. Ich hatte einen sechsten Sinn, was sie betraf – wenn sie in der Klemme war, wußte ich es sofort. Wenn sie krank war, habe ich ihr meine ... meine Kraft geliehen. Einmal bin ich von meinem Schaukelpferd gesprungen und in den Gang gerannt und hab' sie gerade noch gefangen, bevor sie aus dem Fenster gefallen ist. Sie hatte einen Vogel herein locken wollen und nicht aufgepaßt.«

Er lächelte ein wenig. »Sie wußte auch immer alles von mir. Einmal hat mein Pony mich abgeworfen, und ich war bewußtlos. Sie hat unseren Vater direkt zu mir geführt. Alle hielten mich für den ›dominanten‹ Zwilling, aber so war es nicht. Sie war zwar ruhig, aber sie war die eigentliche Anführerin. Es war mir fast unmöglich, ihr irgend etwas abzuschlagen. Sie liebte Streiche, aber wenn wir Ärger bekamen, habe ich immer darauf bestanden, daß es meine Schuld war und ich die Strafe verdient hatte, weil ich der Ältere war. Es hat ihr nicht gefallen, aber ich konnte nicht ertragen, daß sie bestraft wurde, und in diesem Punkt hab' ich mich durchgesetzt.«

»Ich dachte, daß ich sie immer beschützen könnte.« Er blieb am Fenster stehen und schob die Vorhänge zur Seite, um in die dunkle Nacht hinauszustarren. »Aber ich habe versagt.«

»Wie alt warst du, als du sie verloren hast?«

»Elf.« Er schwieg lange, bevor er weitersprach. »Meine Eltern waren nachgiebig, aber sie bestanden darauf, mich, als ich neun war, nach Eton zu schicken, obwohl ich sie angefleht habe, mich zusammen mit Linnie in Ashdown unterrichten zu lassen. Die Trennung war die bitterste Erfahrung meines Lebens. Man mußte uns mit Gewalt voneinander losreißen, und wir weinten beide hysterisch. Es war schrecklich für meine Eltern, besonders für meine Mutter, aber ich war der zukünftige Graf von Strathmore, und alle Grafen von Stathmore waren nach Eton gegangen und damit hatte es sich. In den ersten Wochen habe ich jede Nacht geweint, und Linnie hat dasselbe in Ashdown getan. Wir haben einander jeden Tag geschrieben. Ich habe für ihre Briefe gelebt.«

Die Vorstellung, wie die Kinder voneinander getrennt worden waren, machte Kit erschauern. Kira und sie waren wenigstens schon erwachsen gewesen. »Als Zwilling warst du an Teilen und Nähe gewöhnt. Vielleicht hast du deswegen so tiefe, dauerhafte Freundschaften in Eton geschlossen.«

Seine Stirn furchte sich. »Ich habe nie daran gedacht, aber vielleicht hast du recht. Auf jeden Fall hatte ich Glück mit meinen Freunden. Zuerst habe ich Michael getroffen, ungefähr zwei Wochen nach Schulbeginn. Er hat mich gefunden, als ich weinend in einer Ecke der Kapelle hockte. Die meisten Jungen hätten sich über mich lustig gemacht, aber Michael hat nur gefragt, was los ist. Ich hab' ihm erzählt, wie sehr ich meine Zwillingsschwester vermisse. Er hat darüber nachgedacht und gesagt, daß sein großer Bruder gemein ist und ob ich Lust hätte, sein Stiefbruder zu sein.« Lucien lächelte ein wenig bei der Erinnerung.

»Danach wurde Eton erträglicher. Linnie und ich gewöhnten uns daran, voneinander getrennt zu sein, selbst, wenn es uns nicht gefiel. Ich glaube, die Trennung war schwerer für sie, weil sie keine neuen Freunde hatte, die sie ablenken konnten. Wenn ich in den Ferien nach Hause kam, sah sie so zerbrechlich aus, daß sie fast durchsichtig wirkte. Sie war wie eine Flamme, die zu hell brennt.«

»Ist sie an einer Krankheit gestorben?« fragte Kit leise.

»Es war ein Unfall. Ein dummer, schrecklicher Unfall.« Luciens Finger krampften sich in den Samtvorhang. »Es war gegen Ende der Weihnachtsferien, kurz bevor ich wieder nach Eton mußte. Wir hatten einen Besuch bei Verwandten gemacht und waren auf dem Rückweg nach Ashdown. Die Reisekutsche, in der wir fuhren, war riesig und schwerfällig. Nicht weit von der Straße gab es ein paar römische Ruinen. Linnie wollte sie sehen, deshalb habe ich meinen Vater gequält, daß er uns hinfahren läßt. Zu guter Letzt war er einverstanden – ich konnte ziemlich hartnäckig sein. Wenn ich es nicht gewesen wäre ...« Er verstummte, und sein Gesicht wurde totenbleich.

»Hattet ihr einen Unfall?«

Er schluckte schwer. »Es hatte seit Tagen geregnet, und die Erde war sehr weich. Wir fuhren eine steile Strecke am Ufer eines Sees hinauf und der Boden gab unter dem Gewicht der Kutsche nach. Wir rollten den Hügel hinunter. Der Fahrer und sein Kompagnon wurden vom Kutschbock geschleudert und waren nur leicht verletzt. Im Inneren der Kutsche herrschte das reinste Chaos, und wir vier wurden gnadenlos herumgeworfen.«

Er ließ den Vorhang los und drehte sich um. »Die Kutsche rollte in den See. Wasser strömte durch ein zerbrochenes Fenster. Ich kann mich nicht erinnern, daß ich überhaupt an meine Eltern gedacht habe. Sie waren beide bewußtlos, glaube ich. Sie hatten nie eine Chance. Ich packte Linnie und zerrte sie aus dem Fenster. Das Wasser war eiskalt, und mein Körper war in Sekundenschnelle taub. Eines der Pferde hatte mit seinen Hufen meinen Knöchel getroffen, aber ich habe überhaupt nichts gespürt.

Ich konnte mit Linnie ans Ufer schwimmen, obwohl unsere nassen Kleider so schwer waren, daß ich Angst hatte, sie würden uns nach unten ziehen. Der Wind war bitterkalt. Sie atmete noch, aber ich wußte, daß sie sterben würde, wenn ich sie nicht schnell in Sicherheit brachte. Wir waren kurz vorher an einem Bauernhof vorbeigekommen, und ich habe versucht, sie dorthin zu tragen. Ich weiß noch, wie wütend ich war, weil mein Knöchel mich behinderte. Ich hab' erst später gemerkt, daß er gebrochen war. Ich hab' ihn an dem Tag so mißhandelt, daß er mir immer noch von Zeit zu Zeit Ärger macht.

Der Bauernhof war schon in Sichtweite, als Linnie ihre Hand hob und mein Gesicht streichelte. Sie hat gelächelt, ein süßes, trauriges Lächeln, und ich wußte, daß sie Lebewohl sagte. Und dann ... und dann ...« Seine Stimme versagte, und es dauerte lange, ehe er mit kaum hörbarem Flüstern fortfuhr: »Ich habe gespürt, wie Ihre Seele ihren Körper verließ.«

Noch einmal lief Kit zu ihm hin und hielt ihn fest. »Es war nicht deine Schuld«, sagte sie nachdrücklich. »Wenn du nicht gewesen wärst, wäre Linnie vielleicht nicht einmal elf geworden. Du hast alles Menschenmögliche getan.«

»Aber es war nicht genug«, sagte er trübe. »Es ist absurd, nicht wahr? Ein erwachsener Mann trauert um ein Kind, das vor über zwanzig Jahren gestorben ist. Ich habe meine Eltern und meine Kindheit verloren, beides an einem Tag. Es war entsetzlich, aber ich habe überlebt, und mit der Zeit ist der schlimmste Schmerz vergangen. Aber die Trauer um meine Schwester ist immer gegenwärtig.«

»Linnie war dein Zwilling, dein anderes Ich«, sagte sie mit Tränen in den Augen. »Eine Zigeunerin hat Kira und mir einmal erzählt, daß Zwillinge einander in einem früheren Leben sehr nahegestanden haben. Diese Bindung reicht über den Tod hinaus.«

»Du verstehst mich«, sagte er unsicher. »Ich glaube, das kann nur ein anderer Zwilling. Deswegen habe ich nie irgend jemandem davon erzählt, Oh, Kit, Kit, Kit . . .«

Sein Mund fand ihre Lippen, und er küßte sie mit einer Art Verzweiflung. Ihre Erschütterung entflammte zu Leidenschaft. Er warf seinen Morgenrock ab, sie zerrte sich das Hemd über den Kopf. Ein paar kurze Schritte zum Bett, dann lag sie unter ihm auf der Matratze. Ihre Hände erkundeten seinen Körper und entdeckten, was ihm Freude bereitete. Seine hitzigen Lippen fanden geheime, empfindsame Stellen und erregten einen Hunger, der sie beschämt hätte, wenn sie nicht jenseits aller Scham gewesen wäre.

Ihre Vereinigung war so natürlich wie das Atmen. Ihre Erregung betäubte den Schmerz und war doch selber fast eine Art Schmerz. In ihrer Umarmung lag Trost für sie beide. Dann wirbelte blendender Wahnsinn sie davon, bis sie an ihm zerbrach. Sie krallte nach ihm, ihr Körper zuckte, als er wieder und wieder in sie eindrang.

Hinterher lagen sie einander in den Armen, erschöpft,

ohne sich zu bewegen. Sie empfand nichts außer leisem Staunen und tiefer Zufriedenheit in jeder Zelle ihres Körpers und jeder dunklen Kammer ihrer verängstigten Seele. Zum erstenmal, seit sie und Kira getrennte Wege gingen, fühlte sie sich ganz.

Es war ein gefährlicher Gedanke, einer, den sie sofort unterdrückte. Zufriedenheit war sicherer. Zärtlich streichelte sie ihm den Rücken. Sie hatte nicht gewußt, daß der Körper eines Mannes so schön sein konnte, genauso, wie sie nie verstanden hatte, wie eine Frau der Leidenschaft ihren Ruf und ihre Zukunft opfern konnte. Es war immer noch töricht, aber mochte der Himmel ihr gnädig sein, sie verstand es nun.

Lucien legte sich neben sie und sagte heiser: »Das könnte zu einer schlechten Angewohnheit werden.«

Sie lächelte leise. Sie verstand sein Bedürfnis, leichtfertig von etwas zu sprechen, was so intensiv war.

Abwesend flocht er seine Finger in ihr Haar. »Wir werden heiraten müssen, glaubst du nicht?«

Seine Worte wirkten, als hätte er ihr einen Schwall eisiges Wasser ins Gesicht geschüttet. »Was!« Sie wäre aus dem Bett gesprungen, wenn sein Arm sie nicht festgehalten hätte. »Du bist verrückt!«

»Ganz und gar nicht«, sagte er ruhig. »Du kennst die Regeln ebensogut wie ich. Wenn ein Gentleman eine Dame kompromittiert, kann nur sein Name den Schaden wiedergutmachen. Daher biete ich dir den meinen an.«

In dem wilden Chaos ihrer Gedanken fragte sie: »Würdest du das auch sagen, wenn ich Kristine wäre?«

»Die Situation wäre eine andere. Deine Schwester hat sich entschlossen, bürgerlicher Konvention den Rücken zu kehren. Du nicht – du hast ein vollkommen respektables Leben bei deiner Tante geführt.« Er lächelte und strich ihr zart über das Ohr. »Du selbst hast gesagt, daß ein Gentleman eine Dame nicht genauso behandelt wie eine Schauspielerin. Trotz deiner kriminellen Aktivitäten bist du zweifelsohne eine Dame, und ich ein Gentleman, zumindest dem Namen nach. Ergo, wir heiraten.«

Trotz seines scherzhaften Tons wußte sie, daß es ihm vollkommen ernst war. Sie spürte sein Bedürfnis, andere, ganz besonders Frauen, zu beschützen. Es wurzelte in seinem Versagen, seine Schwester zu retten. Und das war keine gute Basis für eine Ehe.

Das Kerzenlicht spielte auf seinem muskulösen Körper und verwandelte sein Haar in einen silbernen Heiligenschein. Er war strahlend schön, ein nackter, unanständig männlicher Engel, der den Himmel verlassen hatte, um die Kunst irdischer Sinnlichkeit zu erlernen. Wie würde es sein, seine Frau zu sein, diese Leidenschaft wieder und wieder zu erleben?

Es war eine gefährlich verlockende Vision. Mit aller Nüchternheit, die ihr zur Verfügung stand, sagte sie: »Du bist nicht sehr überzeugend als Moralapostel, Lucien. Du glaubst nicht an Konventionen, und ganz bestimmt befolgst du sie nicht immer.«

»Das vielleicht nicht«, gab er zu, »aber ich glaube an sie. Gesellschaftliche Ächtung ist eine Realität – jeden Tag steht jemand, der die Regeln bricht, vor den Trümmern seiner Existenz. Und ich lasse nicht zu, daß dir das zustößt, nur weil ich dir unachtsamerweise die Unschuld geraubt habe.«

»Innerlich bin ich genauso unkonventionell wie Kit – alles, was mir fehlt, ist ihr Mut und ihr Talent«, sagte sie bitter. »Was heute nacht passiert ist, war genauso meine Schuld wie deine. Du brauchst dich also nicht auf dem Altar der Ehre zu opfern.«

Er zuckte die Achseln. »Es wäre kein großes Opfer. Wie meine weibliche Verwandtschaft mir bis zum Überdruß erklärt hat, ist es an der Zeit, daß ich heirate, und du bist eine höchst erstrebenswerte Braut.« Seine Hand strich über ihren Bauch und kam auf den seidigen Locken zwischen ihren Schenkeln zur Ruhe. »Außerdem besteht immer die Möglichkeit einer Schwangerschaft. Das ist eine Folge, die nicht leicht zu verbergen wäre.«

Sein Kind ... Die Vorstellung war ungemein verlokkend, beinahe unwiderstehlich. »Die Chancen dafür sind nach einer einzigen Nacht ziemlich gering«, sagte sie unerschütterlich. »Falls das passiert, können wir uns immer noch Sorgen machen.«

Als er den Mund öffnete, um zu protestieren, versuchte sie, Verbindung mit Kira aufzunehmen und so die Kraft zu finden, Lucien noch einmal zurückzuweisen.

Kira war nicht da.

Fünfundzwanzigstes Kapitel

Entsetzen packte sie. Sie erstarrte. »Kira?«

»Was ist los?« fragte Lucien mit scharfer Stimme.

»Ich kann sie nicht finden!« keuchte sie. Ihr war, als müsse sie ersticken. »Ich hab' versucht, sie zu erreichen, aber sie ist nicht da.«

Lucien sah ihr tief in die Augen und preßte seine Hände an ihre Schläfen. Seine Stärke durchfloß sie. »Schließ die Augen, entspann dich und atme tief«, befahl er. »Eins. Zwei. Drei. Atme, verdammt noch mal. Eins – zwei – drei – vier – fünf ...«

Sie zwang sich dazu, seinem Rhythmus zu folgen. Als ihr Atem ruhiger ging, sagte er leise: »Versuch's noch einmal.«

Verzweifelt suchte sie in ihrem Inneren nach der Essenz, die ihr vertraut war wie ihr eigenes Leben. Mit einer Erleichterung, die genauso lähmend war wie ihre Panik, spürte sie das hauchzarte Band, das sie mit ihrer Schwester verband. Es war stark wie eh und je. »Sie ist am Leben«, flüsterte Kit gebrochen. »Ihr ist nichts geschehen.«

»Gott sei Dank.« Lucien breitete sorgsam die Decke über ihren zitternden Körper und zog sie an sich, um sie zu wärmen.

Sie öffnete die Augen und sah in seinem Gesicht, wie besorgt er gewesen war. Nie zuvor hatte sie jemanden getroffen, der das Entsetzen, das sie erfüllt hatte, derart begriff.

Nüchtern sagte er: »Ich glaube, wir sollten so bald wie möglich heiraten. Es würde die Suche nach Kira leichter machen.«

»Nein, Lucien«, sagte sie in dem Tonfall, den ihre Schwester als unerschütterlich erkannt hätte. »Begreifst du nicht? Das, was gerade passiert ist, kommt daher, daß meine Sinne von der Leidenschaft betäubt waren. Ich kann nicht riskieren, daß es noch einmal passiert. Du hast selbst gesagt, daß meine Verbindung zu Kira ungeheuer wichtig ist. Wenn wir ein Liebespaar werden, verliere ich diese Gabe vielleicht ganz.«

»Ich habe von Heirat gesprochen, nicht von einer Affäre«, sagte er mit unerforschlicher Miene.

»Das wäre noch schlimmer.« Sie schloß die Augen, weil sie nicht wagte, ihn anzusehen. »Lucien, ich darf nicht wieder mit dir schlafen und auch nicht an die Zukunft denken, solange Kiras Leben in Gefahr ist.« Ihre Stimme versagte. »Und wenn sie stirbt, habe ich vielleicht keine Zukunft. Ich kann mir ein Leben ohne sie nicht vorstellen.«

»Man lernt, es zu ertragen«, sagte er mit einer Stimme, die seinen Schmerz nicht ganz überspielen konnte. »Aber ich verstehe dich. Na schön, unsere Heiratspläne sind solange aufgeschoben, bis wir deine Schwester gefunden haben. Aber ich warne dich, wenn es soweit ist, will ich kein Nein hören.«

Sie lächelte ihn freudlos an. »Wenn du erst einmal Zeit gehabt hast, darüber nachzudenken, wirst du dich von deinem Moralitätsanfall bestimmt erholen. Ich bin ein exzentrischer Blaustrumpf, ganz und gar nicht die geeignete Gattin für einen Gesellschaftslöwen wie dich.«

»Mit anderen Worten: du hast Angst, daß ich zu frivol bin, um deine Karriere als politische Schriftstellerin zu tolerieren. Genaugenommen ist das Teil deines Charmes«, stellte er fest. »Eine Frau zu heiraten, die soviel verschiedene Masken trägt wie du, wäre, als hätte man einen ganzen Harem in einer Person. Es gäbe nicht einen langweiligen Augenblick. Und ich stimme mit den meisten deiner Ansichten überein, außer wenn du zu sehr darauf aus bist, zu provozieren.«

Aufs neue verunsichert, starrte sie ihn an. »Was meinst du damit?«

»Ich habe nie ganz geglaubt, daß Kristine L.J. Knight ist, aber zu Kathryn paßt diese Art Arbeit großartig.« Seine Mundwinkel zuckten. »Irre ich mich?«

»Nein«, sagte sie reumütig. »Alles, was ich über meine Arbeit als Journalistin gesagt habe, ist wahr. Knight war der Mädchenname meiner Mutter. Allmählich fange ich an zu glauben, daß du dich nie irrst.«

»Und das von der Frau, die mich seit Wochen an der Nase herumführt.«

Sie musterte sein Gesicht. Wieder spürte sie die elektrische Strömung zwischen ihnen. Sie hatte immer gefunden, daß sein öffentliches Gesicht und sein wahres Ich im Widerspruch zueinander standen, und jetzt war sie sich sicher. »Du bist nicht der reiche Müßiggänger, für den du dich ausgibst, nicht? Ich hätte früher darauf kommen können, daß die Art, wie du beobachtest und analysierst, alles andere als zufällig ist. Was bist du wirklich?«

Jetzt war er an der Reihe, unruhig zu werden. »Ich hatte die schwache Hoffnung, daß du es nicht herausfinden würdest«, sagte er nach einer kurzen Pause. »Nur so viel: der Krieg mit Frankreich hat Informationen wertvoll gemacht, und ich habe gelernt aufzupassen und Material, das für die Regierung von Interesse sein könnte, weiterzugeben.«

»Wenn du das sagst«, sagte sie skeptisch. »Ich halte es für wahrscheinlicher, daß du eine Art Meisterspion bist, der sich hinter einer frivolen Fassade versteckt.«

Seine Augen wurden grün. Jemand anders hätte es vielleicht nicht bemerkt, aber für Kit war es der Beweis, daß sie den Nagel auf den Kopf getroffen hatte. »Deswegen wolltest du also ein Höllenhund werden«, sagte sie triumphierend. »Das erklärt vieles.«

»Ich gebe mich geschlagen.« Er machte eine Geste scherzhafter Kapitulation. »Ich werde ein Geständnis ablegen müssen, nicht wahr?«

»Ich glaube, das ist nur fair. Immerhin ist mein Leben heute nacht bis in die letzten Winkel erforscht worden.«

»Es gibt keinen offiziellen Namen für meine Position, aber ich bin seit meiner Zeit in Oxford im Geheimdienst der Regierung. Ein Freund hat einmal gesagt, daß ich einer Spinne ähnele, die in der Mitte eines riesigen Netzes hockt und Berichte aus ganz Europa verschlingt.«

»Du siehst nicht aus wie eine Spinne. Nicht annähernd genug Beine.«

Er grinste. »Manchmal kümmere ich mich auch um innere Angelegenheiten, wenn es internationale Verwicklungen gibt. Diesmal habe ich Grund zu der Annahme, daß einer der Höllenhunde seit Jahren für die Franzosen spioniert. Jetzt, wo Gerüchte umgehen, daß Napoleon wieder an die Macht will, ist es besonders wichtig, den Mann unschädlich zu machen. Bisher habe ich allerdings keinen Erfolg gehabt.« Er zog eine wilde Grimasse und schob seine Hand unter die Decke, um ihre Brust zu streicheln. »Meine Aufmerksamkeit ist in letzter Zeit stark von einer gewissen Frau in Anspruch genommen worden.«

Sie lachte und hielt dann den Atem an, als er ihre Brustwarze zwischen Daumen und Zeigefinger nahm. Unglücklich hielt sie seine Hand fest und zog sie unter der Decke hervor. »Nicht, Lucien. Leidenschaft ist ein Luxus, den ich mir jetzt nicht leisten kann. Die Verbindung zwischen mir und Kira ist nicht mehr so stark wie früher, und ich wage nicht, etwas zu tun, was sie noch weiter schwächen könnte.«

Er legte seine Hand wieder auf ihren Oberkörper, aber dieses Mal über der Decke. »Das Band zwischen euch scheint bemerkenswert stark zu sein, wenn man bedenkt, daß ihr seit Jahren getrennt lebt und ganz verschiedene Interessen habt.«

»Es hatte weniger mit Geographie zu tun, sondern mit der Tatsache, daß Kira angefangen hat, Dinge vor mir zu verheimlichen.« Kit lächelte frostig. »Wahrscheinlich dachte sie, ich sei zu naiv, um die schmutzige Wahrheit über das Leben einer Schauspielerin zu ertragen. Es war ziemlich schwierig – ich konnte ihre emotionalen Höhen und Tiefen spüren, aber meistens wußte ich nicht genug, um mir einen Reim darauf zu machen.«

Er runzelte die Stirn. »Das könnte möglicherweise nützlich sein. Hast du in all den Jahren irgend etwas gefühlt, das mit ihrem Verschwinden in Zusammenhang stehen könnte?«

»Die bemerkenswerteste Episode war eine Zeit, in der sie strahlend glücklich war. Sie endete sehr plötzlich, und danach war sie lange Zeit sehr elend. Ich glaube, sie war verliebt, und es ist nicht gut ausgegangen.« Kit seufzte. »Sie hat sich geweigert, darüber zu sprechen oder auch nur zuzugeben, daß es jemanden gab, aber danach hat sie sich verändert. Sie hat etwas von ihrem Feuer verloren.«

»Es hat sicher weh getan, so ausgeschlossen zu sein«, sagte er leise.

Kit antwortete nicht. In diesem Moment wünschte sie sich, daß Lucien etwas weniger einfühlsam gewesen wäre. Es war schwer gewesen zu wissen, daß ihre Schwester Kummer hatte, noch schwerer, nicht helfen zu dürfen.

»Wir sind davon ausgegangen, daß Kiras ›Lord Höllenhund‹ der Übeltäter ist, aber vielleicht ist das falsch«, fuhr er fort. »Könnte dieser andere Mann eine Rolle spielen?«

Sie dachte nach und schüttelte dann den Kopf. »Ich glaube nicht – das ist zwei oder drei Jahre her. Außerdem hatte ich das Gefühl, daß er sie verlassen hat, nicht umgekehrt. Das macht ein Verbrechen aus unerwiderter Leidenschaft ziemlich unwahrscheinlich.«

»Hast du je bemerkt, daß sie Angst hatte?«

»Nur, wenn sie in einem neuen Stück auftreten mußte, und diese Art Angst ist verschieden von der um die eigene Sicherheit.« Kit schnitt eine Grimasse. »Ich hab' gelernt, was Lampenfieber ist, seit ich angefangen habe, an Kiras Stelle aufzutreten.«

»Macht dir die Schauspielerei Spaß? Du bist großartig, und du hast dieselbe Fähigkeit, dein Publikum zu verhexen, wie du es von Kira behauptest.«

»Das ist nicht mein Verdienst, ich hab's von Kira ausgeliehen.« Sie dachte nach. »Der Applaus ist aufregend, und ich bin froh, daß ich Gelegenheit hatte, das zu erleben. Ich verstehe Kira jetzt besser. Aber um gut zu sein, muß man sein gesamtes Inneres bloßlegen, und das ist mir zuwider. Ich bin viel glücklicher hinter der Bühne.«

»Offenbar bist du zur Schriftstellerin geboren, ebenso wie Kira zur Komödiantin.« Er fuhr ihr zärtlich über die Wange. »Zwillinge sind noch interessanter in ihren Unterschieden als in ihren Gemeinsamkeiten. Wenn dir noch irgend etwas einfällt, schreib es auf und erzähl es mir später. Vielleicht entdecke ich etwas, was du nicht siehst, weil du Kira zu nahe bist.«

Sie lagen noch eine Weile schweigend nebeneinander. Kit fragte sich traurig, ob es je wieder so sein würde. Schließlich setzte sie sich auf und stellte die Füße auf die Erde. »Es wird Zeit für mich. Es muß schon fast Morgen sein.«

Er richtete sich ebenfalls auf. Seine Miene war düster. »Ich lasse dich nur äußerst ungern aus den Augen.«

»Kein Wunder, wenn man an deine bisherigen Erfahrungen denkt.« Sie stand auf und schlupfte in ihre zerknitterten Kleider. »Aber mach dir keine Sorgen. Du hast vorhin recht gehabt. Ich kann jede Hilfe gebrauchen. Ich verspreche dir, daß ich nicht wieder verschwinde.«

»Wo ist Kiras Wohnung?«

Er stellte sie auf die Probe, und sie antwortete, ohne zu zögern. »Marshall Street Nr. 7. Ich bin abwechselnd dort und bei Jane. Wenn ich auftrete, übernachte ich immer bei Kira.«

Die Spannung in seinem Gesicht ließ nach. »Wenn ich hier abreise, muß ich eine kurze Reise nach Ashdown machen, aber ich bin spätestens am Dienstag nachmittag wieder in London.«

»An dem Abend trete ich wieder in der *Zigeunerbraut* auf. Warum treffen wir uns nicht hinterher in meiner Garderobe?« Sie zwinkerte. »Diesmal gehe ich freiwillig mit dir zum Essen. Du brauchst mich nicht zu entführen.«

»Das war natürlich ganz und gar unangebracht, wenn man die Umstände bedenkt. Kein Wunder, daß du wütend warst.« Er sah sie nachdenklich an. »Hast du den Verdacht gehabt, daß ich deine Schwester entführt haben könnte?«

»Nicht wirklich. Es wäre logisch gewesen – die Informationen über dich waren ziemlich bedrohlich – aber ich konnte nicht glauben, daß jemand, der mich fortwährend vor betrunkenen Höllenhunden beschützt, tatsächlich ein Verbrecher ist.« Sie schmunzelte. »Ganz abgesehen davon, wenn du und Kira einander getroffen hättet, wärt ihr fabelhaft miteinander ausgekommen. Da wäre keine Entführung vonnöten gewesen.«

»Ich bin erleichtert zu hören, daß meine tugendhafte Seele sich nicht verleugnen läßt.« Er stand auf und begann, seine eigenen Kleider anzuziehen. »Dann sehen wir uns Dienstag abend, es sei denn, die Straßen sind außergewöhnlich schlecht. Wenn ich eine halbe Stunde nach Ende der Vorstellung nicht da bin, wurde ich aufgehalten. Dann komme ich am nächsten Morgen in Kiras Wohnung.« Er lachte. »Ist dir eigentlich klar, wie selten wir einander bei Tageslicht getroffen haben? Es ist wie die Werbung von zwei Eulen.«

Sie legte den Kopf schief, während sie ihren zerknitterten Domino zuband. »Ist das hier eine Werbung?«

»Vermutlich, immerhin werden wir bald vorm Traualtar stehen.«

Er ging auf sie zu und streckte die Arme nach ihr aus. Sie wich ihm nervös aus. »Ich sollte dich nicht küssen, Lucien. Wie schon gesagt, Leidenschaft lenkt mich zu sehr ab.«

Er blieb wie angewurzelt stehen. »Ich dachte, der Bann beginnt erst bei intimeren Handlungen.«

Sie errötete und wandte den Blick ab. »Bei dir reicht sogar ein Kuß, um mich vollkommen durcheinanderzubringen.«

Er seufzte. »Schmeichelhaft, aber frustrierend. Es wird schwer sein, dich nahe bei mir zu haben und dich nicht berühren zu dürfen, Kitty.«

»Ich bin viel zu groß und zu ernst für eine Kitty.«

»Unsinn.« Er grinste. »Deine Größe ist genau richtig, und ich finde dich unglaublich amüsant.« Bevor sie protestieren konnte, zog er sie in seine Arme. »Die heutige Nacht ist sowieso schon hoffnungslos verloren, was klare Sinne angeht«, murmelte er in ihr Haar. »Wäre ein letzter Kuß soviel schlimmer als das, was wir bis jetzt getan haben?«

Er mußte geahnt haben, daß sie ihm nicht widerstehen konnte, wenn er ihr so nahe war. »Vielleicht . . .« sagte sie zögernd, »ein Kuß wird schon nichts schaden.« Sie hob den Kopf und preßte ihre Lippen auf seinen Mund. Er empfing ihren Kuß, warm und tief. Er war ihre Welt, stark wie die Erde und ebenso unzerstörbar. Sie klammerte sich zitternd an ihn, noch lange, nachdem ihr Kuß vorbei war.

Er selbst konnte kaum atmen, als er sagte: »Wir werden Kira finden, und dann heiraten wir. Finde dich damit ab, mein Löwenkind, denn wir sind schon zu weit gegangen, um umzukehren.« Er küßte sie noch einmal, diesmal zärtlich und leicht. »Ich freue mich schon darauf, dich das nächstemal zu kompromittieren.«

Sie lächelte ein wenig traurig, als er sie freigab. Wenn sie nur an eine gemeinsame Zukunft hätte glauben können. Aber sie konnte es nicht.

Niemand sah sie, als Lucien Kit durch das stille Haus zu einem unauffälligen Ausgang führte. Sie hatte darauf bestanden, alleine zu gehen, aber es fiel ihm schwer, sie aus seiner Nähe zu lassen, und als er wieder in seinem Zimmer war, konnte er nicht schlafen. Unruhe und Sehnsucht klopften in seinen Adern. Und doch, wenn diese Empfindungen auch nicht gerade angenehm waren, so waren sie doch ein großer Fortschritt gegenüber der schwarzen Melancholie, die ihn in der Vergangenheit heimgesucht hatte.

Er war von ihr besessen. Quecksilbrige, verwirrende Kit mit ihrem Mut und ihrer Treue, ihrer Intelligenz und ihrer scheuen Sinnlichkeit. Es gab die verlockende Aussicht, daß er mit ihr die Nähe wiederfinden konnte, die seinem Leben seit Elinors Tod gefehlt hatte.

Aber noch war es nicht soweit, und vielleicht kam es nie dazu. Kits oberste Pflicht galt ihrer Schwester, und tot oder lebendig würde Kira vielleicht immer zwischen ihm und Kit stehen. Aber wenigstens bestand eine Hoffnung. Es würde sich lohnen, Kit zu heiraten, allein deswegen, ganz abgesehen davon, daß der Anstand es erforderte.

Es würde *sehr* schwer sein, sie in Ruhe zu lassen, solange sie nach Kira suchten.

Er lächelte in die Dunkelheit. Kit hätte sich keinen besseren Ansporn ausdenken können. Sie mußten Kira so schnell wie möglich finden.

Zwischenspiel

Schlimmer als die Angst und ebenso furchtbar wie die Erniedrigung war die Langeweile. Eigenartig, wie selbst das Entsetzen banal wurde. Manchmal glaubte sie, sie würde vor Einsamkeit den Verstand verlieren. Vermutlich mußte sie dankbar dafür sein, daß ihr Gefängnis so komfortabel war, aber es blieb ein Gefängnis.

Wie lange war sie schon hier eingesperrt? Wochen, vielleicht Monate. Es war schwer, das Zeitgefühl nicht zu verlieren. Sie sehnte sich nach dem Anblick der Sonne oder eines regenverhangenen Himmels.

Ihre einzige Ablenkung war das schmale Regal mit den Büchern, die sie nie in ihrer Nähe geduldet hätte, wenn sie eine Wahl gehabt hätte. Die abstoßenden Machwerke hatten ihr wichtige Einblicke in die perverse Psyche ihres Entführers verschafft. Außerdem hatte sie sich dort die Ideen für ihre Auftritte verschafft. Er liebte Überraschungen, und an dem Tag, wo sie ihn langweilte, war sie erledigt.

Sie lief ruhelos auf und ab, als das Dienstmädchen mit den harten Zügen eintrat. Als die eisenbeschlagene Tür aufging, erhaschte sie einen Blick auf den vierschrötigen, bewaffneten Wächter, der vor der Tür stand. Das Wissen um seine Anwesenheit war das einzige, was sie von einem Fluchtversuch abhielt. Sie hatte nicht soviel ertragen, um ihr Leben einfach wegzuwerfen. Wenn sie abwartete, würde sich irgendwann eine bessere Gelegenheit ergeben.

Das Mädchen sagte: »Er kommt in einer Stunde. Du sollst den Pelz tragen.«

Sie nickte müde. Ihr Entführer liebte dieses Kostüm ganz besonders. Mit Hilfe des Mädchens legte sie es an. Zuerst kam ein Kleidungsstück aus rotem Satin, das einem raffinierten französischen Korsett ähnelte. Dann die unvermeidlichen schwarzen Stiefel und Spitzenstrümpfe. Endlich ein Nerzcape, das sie mit dramatischem Schwung umwirbelte, wenn sie mit ihrer Peitsche umherstolzierte.

Falls ... wenn ... sie hier herauskam, würde sie mit Freuden für den Rest ihres Lebens weißen Musselin tragen.

Sie schob gerade ihre silbrig-blonde Perücke zurecht, als das Mädchen voller Abscheu sagte: »Du glaubst, daß du sicher bist, weil er mag, was du mit ihm machst, aber du wirst schon sehen. In zwei Wochen geht es dir wie allen anderen.«

Sie fuhr herum und starrte das Mädchen an. »Was für ›andere‹? Und was ist mit ihnen passiert?«

Das Mädchen lächelte gehässig. »Glaubst du etwa, du bist die erste, die er hierher gebracht hat? Und was passiert – das wirst du schon sehen, du schmierige Hure.« Sie klopfte an die Tür, und der Wächter ließ sie hinaus.

Ihre kalten Hände umkrampften den Peitschenstiel. Sie hatte immer gewußt, daß ihre Gefangenschaft kein gutes Ende nehmen würde, aber sie hatte weniger Zeit, als ihr bewußt gewesen war.

Zwei Wochen. Sie gelobte sich, daß sie sich, wenn die Zeit kam, nicht wie ein Lamm zur Schlachtbank führen lassen würde.

Sechsundzwanzigstes Kapitel

Die *Zigeunerbraut* lief gut, obwohl Kit in der vergangenen Nacht wieder von Alpträumen aufgeschreckt worden war. Während sie durch ihre Rolle tanzte, fragte sie sich, ob Lucien früh genug eingetroffen war, um im Publikum zu sitzen. Sie hatte den Verdacht, daß er da war, denn sie fühlte, daß jemand sie intensiver beobachtete als gewöhnlich. Sie hoffte, daß der Anblick ihrer Tätowierung ihm gefiel.

Nach der Vorstellung war sie erschöpft und schweißgebadet, und so ging sie am Künstlerzimmer vorbei. Ihre Garderobe war winzig, aber sie gehörte ihr alleine, da sie jetzt die Hauptattraktion der Truppe war. Sie nahm ihre schwarze Perücke ab, wusch sich die Schminke vom Gesicht und zog eines von Kiras Kleidern an, das ein wenig offenherziger war als ihre eigene Garderobe. Wenn sie auch nicht wagte, noch einmal mit Lucien intim zu werden, so wollte sie ihn doch in Versuchung bringen. Sie stellte erstaunt fest, daß die prüde Kathryn eine schamlose Seite hatte.

Sie lächelte, während sie sich das Haar bürstete. Die drei Tage, in denen sie ihn nicht gesehen hatte, schienen wie eine Ewigkeit. Zwar konnten sie sich nicht berühren – oder zumindest nur ein bißchen – aber es würde herrlich sein, einfach nur mit ihm zusammen zu sein. In seiner Gegenwart gelang es ihr zu glauben, daß alles gut werden konnte.

Ihre Gedanken wurden durch ein Klopfen unterbrochen. Sie sprang auf. Gott, sie benahm sich wie eine alberne Gans. Aber das würde Lucien nichts ausmachen.

Die Worte erstarben ihr auf den Lippen, als sie die Tür aufriß. Es war nicht Lucien. Statt dessen stand ein großer, dunkelhaariger Mann im dunklen Gang. Ihre erste Reaktion war eine Art Wiedererkennen, aber als sie ihn genauer ansah, merkte sie, daß er ein vollkommen Unbekannter war.

Er war nicht der erste Bewunderer von Cassie James, der den Weg in ihre Garderobe fand. Sie schluckte ihre Enttäuschung hinunter und lächelte ihn freundlich an, so wie Kira es getan hätte. »Guten Abend. Hat die Vorstellung Ihnen gefallen?«

»Gefallen?« Sein Mund zuckte. »Ich hab' nicht aufgepaßt. Alles, was ich gesehen habe, warst du.«

Offenbar kannte er Kira gut. Im helleren Licht sah Kit, daß er ein gutes Gesicht hatte, aber es war hager, und eine bedrohliche Narbe zog sich von seiner Schläfe bis unter den Ansatz seines zu langen Haars. Er war schäbig gekleidet, aber er hatte die Haltung eines befehlsgewohnten Mannes. Sie versuchte, seine Erscheinung mit den knappen Beschreibungen, die Cleo ihr gegeben hatte, in Einklang zu bringen, aber vergebens. Natürlich konnte Cleo unmöglich alle Männer kennen, die Kira je kennengelernt hatte.

Sie beschloß, daß unverbindliche Freundlichkeit der beste Weg war, und sagte: »Es ist schon lange her.«

»Eine Ewigkeit.« Er hob die Hände. »Du hast gewonnen, Liebling. Ich gebe auf.«

Es war noch schlimmer, als sie angenommen hatte. Er hatte Kira eindeutig sehr gut gekannt. Als sie mit der Antwort zögerte, sagte er mit schmerzlichem Humor: »Ich weiß, daß ich aussehe wie eine tote Maus, die deine Katze auf der Schwelle abgelegt hat, aber du hast doch bestimmt nicht vergessen, was du gesagt hast, als wir uns das letztemal gesehen haben. Vielleicht braucht dein Gedächtnis eine Auffrischung.«

Bevor sie seine Absicht erraten konnte, trat er auf sie zu und nahm sie in seine Arme. Sein Kuß verriet nackte Begierde und ein Besitzrecht, das sie ein wenig erschreckte.

Sie schob ihn weg und sagte leichtfertig: »Nicht so hastig. Wie gesagt, es ist schon lange her. Sag mir, wo du gewesen bist und was du getrieben hast.« Sie zog sich ans andere Ende des Raums zurück. Wie lange mochte die Vorstellung schon vorbei sein? Würde Lucien noch kommen? »Möchtest du ein Glas Sherry?«

Er starrte sie fieberhaft an. »Ist es dir egal, daß ich mein Leben riskiert habe, um hierher zu kommen? Du führst dich auf, als ob das hier ein verdammter Salon wäre.«

Als Kathryn hätte sie versucht, ihn zu beruhigen, aber heute abend war sie Kira. Sie erwiderte: »Und du tust so, als wäre ich dein Eigentum. Das bin ich nicht, und wenn du dich nicht anständig benehmen kannst, muß ich dich bitten zu gehen.«

Endloses Schweigen breitete sich zwischen ihnen aus. Dann sagte er leise: »Du willst also, daß ich mich anständig benehme.« Er ergriff den Stuhl an ihrem Schminktisch. Sie erwartete, daß er ihn ihr anbieten würde.

Statt dessen hob er den Stuhl über seinen Kopf und schmetterte ihn gegen die Wand. Holzsplitter flogen in alle Richtungen. »Tut mir leid, Kira, aber ich bin nicht in der Stimmung dafür«, sagte er mit einer Stimme, deren Beherrschung nur um so erschreckender wirkte. »Ich hätte die letzten zwei Jahre nie überlebt, ohne zum Barbaren zu werden, und das legt man nicht einfach ab wie ein altes Hemd.«

Sie preßte ihren Rücken an die Wand und überlegte mit klopfendem Herzen, ob sie um Hilfe rufen sollte. Nein, bei dem Lärm im Künstlerzimmer würde niemand sie hören.

Dann hielt sie den Atem an. Er hatte zwei Jahre entsetzliche Qualen erduldet . . .

Endlich paßte alles zusammen. Er mußte der Mann sein, in den Kira sich verliebt hatte, und deswegen war er Kit bekannt vorgekommen, obwohl sie ihn nie getroffen hatte. Vielleicht hatte er ihre Schwester nicht freiwillig verlassen, sondern war ins Gefängnis gekommen. Seine jetzige Wut schien zu bestätigen, daß er ein Verbrecher war, oder vielleicht ein Irrer. Beide Möglichkeiten hätten Kiras Kummer und ihre Weigerung, darüber zu sprechen, erklärt.

»Es tut mir leid, daß du so viel erdulden mußtest«, sagte sie, wie sie hoffte, in versöhnlichem Ton. »Erzähl mir davon.«

»Ich bin nicht hierhergekommen, um über mein Pech zu sprechen«, grollte er. »Ich will dich holen.«

Kit zögerte. Wenn ihre Schwester diesen Mann liebte, konnte sie ihn nicht wegschicken. Sie mußte ihm sagen, wer sie war, und hoffen, daß er ihr Vertrauen nicht mißbrauchte. Vielleicht wußte er sogar etwas, das ihr bei der Suche nach Kira helfen konnte.

Aber sie hatte zu lange gewartet. »Du suchst nach einer taktvollen Art, mir beizubringen, daß Gefühle sich in zwei Jahren ändern können, nicht wahr?« sagte er. Verzweiflung stand in seinem Gesicht. »Meine haben sich nicht geändert, und das werden sie nie.«

Sie konnte nicht zulassen, daß dieser Unbekannte der falschen Frau sein Herz eröffnete. Sie hob die Hand, um ihm das Wort abzuschneiden. »Bitte, sprechen Sie nicht weiter. Ich bin nicht die, für die Sie mich halten.«

Noch bevor sie mehr sagen konnte, änderte sich seine Miene. »Nein, das bist du nicht«, sagte er bitter. »Ich dachte, du bist treu und aufrichtig, obwohl du eine Schauspielerin bist, aber du bist genauso eine Hure wie alle anderen. Na schön, dann behandle ich dich eben so. Ich fürchte, ich habe kein Geld bei mir, aber ich habe bestimmt Kredit, nach all den Geschenken, die ich dir gemacht habe.«

Er drückte sie an die Wand und küßte sie noch einmal, diesmal mit strafender Brutalität. Sie wehrte sich gegen ihn, aber hinter seiner Magerkeit verbarg sich stählerne Kraft. Seine Hüften preßten sich an die ihren, und er umklammerte ihre Brust. Sie biß ihm in die Zunge.

Er fuhr zurück und keuchte: »Du kleines Miststück!«

Sie versuchte, sich loszureißen, aber er packte sie wieder und hielt sie fest. Sie starrten einander an. In seinen brennenden Augen sah sie den Kampf zwischen Wut und Vernunft.

Die Tür öffnete sich mit lautem Quietschen. Kit und ihr Angreifer sahen auf, und vor ihnen stand ein staubbedeckter Lucien. Er schätzte die Situation augenblicklich richtig ein und stürmte mit mordlüsternem Blick in den Raum. »Lassen Sie sie sofort los!«

»Aha, deswegen spielst du die Unnahbare!« brüllte der dunkelhaarige Mann. »Ich hab' dich zu gut unterrichtet. Ich hätte wissen können, daß du die Beine nicht zusammenhalten kannst, sobald du erst einmal in die Freuden des Beischlafs eingeweiht warst. Wie viele Liebhaber hast du in den letzten zwei Jahren gehabt? Oder weißt du's nicht mehr?«

Bevor sie antworten konnte, stieß er sie von sich und stürzte mit geballter Faust auf Lucien zu. Kit schrie auf, aber Lucien hatte bereits reagiert. Mit einer geschmeidigen Bewegung wich er dem Schlag aus und versetzte seinem Gegner einen Kinnhaken. Der Mann stieß ein gurgelndes Geräusch aus und fiel wie vom Schlag getroffen zu Boden.

Lucien trat über ihn hinweg und drückte Kit an sich. »Hat er dir weh getan?«

»Ei – eigentlich nicht.« Sie vergrub ihr Gesicht an seiner Schulter. Er roch nach Erde und Pferden und Geborgenheit.

Lucien küßte sie auf die Stirn und massierte die Angst aus ihrem Nacken und ihren Schultern. »Wer ist das?«

Sie lachte zittrig. »Wir hatten keine Gelegenheit, uns miteinander bekanntzumachen, aber ich glaube, er ist der Mann, in den Kira vor ein paar Jahren verliebt war. Sie hätte ihm nie ihren Spitznamen verraten, wenn es ihr nicht ernst gewesen wäre.«

Lucien musterte den dunkelhaarigen Mann, der inzwischen wieder zu sich kam. »Seine Manieren lassen zu wünschen übrig.«

»Er war ziemlich durcheinander.« Sie erschauerte. »Aber ich bin sehr froh, daß du rechtzeitig gekommen bist.«

Der Mann richtete sich benommen auf. Auf seinem Kinn zeichnete sich bereits eine Schwellung ab. »Na los«, sagte er müde. »Rufen Sie die Wache oder die Polizei oder wie zum Teufel ihr das in London nennt. Es ist mir vollkommen gleichgültig.«

Lucien sah ihn scharf an. »Ihrem Akzent nach zu urteilen sind Sie Amerikaner oder Kanadier.«

»Amerikaner.« Der Fremde warf Kit einen sarkastischen Blick zu. »Natürlich bist du zu klug, um dem derzeitigen Liebhaber von den vorigen zu erzählen.«

»Wenn Sie nicht aufhören, die Dame zu beleidigen, breche ich Ihnen den Unterkiefer«, sagte Lucien höflich. Er ließ Kit los, bückte sich und zerrte den anderen Mann hoch. »Hast du irgendwas zu trinken, Kit? Ich glaube, der Herr hat eine Erfrischung nötig.«

Sie ging an den Schrank, in dem der Sherry stand. Lucien hatte den leichten Akzent natürlich bemerkt. Sie dachte sich, daß auch ihm nach der langen Reise ein Schluck guttun würde, goß zwei Gläser ein und reichte sie den Männern. Der Fremde saß inzwischen mit gesenktem Kopf auf der Chaiselongue. »Erschrecken Sie nicht«, sagte sie. »Ich bin nicht Kira. Ich bin ihre Zwillingsschwester Kit. Offenbar hat sie mich nie erwähnt.«

Er schrak hoch und starrte sie ungläubig an. Dann hob er seine freie Hand und fuhr mit den Fingern über ihr Gesicht. »O Gott«, flüsterte er. »Es ist wahr – Sie sind nicht Kira.« Sein Gesicht wurde aschfahl. »Es tut mir entsetzlich leid. Wenn ich das geahnt hätte, hätte ich mich anders benommen.«

»Ich möchte nicht hoffen, daß Sie das für eine angemessene Art halten, meine Schwester zu behandeln«, sagte sie spröde. »Natürlich hätte ich mich auch anders benommen, wenn ich Kira wäre.«

Er konnte ihr nicht in die Augen sehen. »Zwei endlose Jahre lang hat der Gedanke an Kira mich am Leben erhalten. Ich habe mir vorgestellt, sie würde mir um den Hals fallen. Als Sie mich wie einen flüchtigen Bekannten behandelt haben, habe ich den Verstand verloren. Ich hoffe, Sie können mir verzeihen.«

Sie studierte sein bleiches Gesicht. Armer Teufel. »Vergeben und vergessen. Aber wer sind Sie?«

»Jason Travers.« Sein Mund zuckte. »Zu Ihren Diensten, wenn auch etwas verspätet.«

»Ein Verwandter?« fragte Lucien.

Kits Augen wurden groß. »Ich glaube, das hier ist der amerikanische Kusin zweiten Grades, von dem ich dir erzählt habe – der fünfte Graf von Markland.«

Lucien pfiff leise. »Interessant. Der Umstand, daß er ein Mitglied des Adels ist, dürfte nützlich sein, falls die Behörden herausfinden, daß er hier ist.« An den Amerikaner gewandt, sagte er: »Sie sind von einem Gefängnisschiff geflohen?«

Entsetzt rief Kit: »Diese schrecklichen Kerker, die draußen auf der Themse verankert sind? Sicher nicht!«

Jason lächelte bitter. »Ich fürchte, es ist so – ein schwimmender Hades. Gestern ist es mir gelungen, über Bord zu springen. Ich wäre fast erfroren und um ein Haar ertrunken.« Er musterte Lucien mißtrauisch. »Wie haben Sie das rausgefunden? Und wer sind Sie?«

»Lucien Fairchild, der zukünftige Gatte der jungen Dame, die Sie überfallen haben.« Lucien streckte die Hand aus. »Sie sehen aus wie jemand, der lange von Gefängniskost gelebt hat. Es gibt einige amerikanische Kriegsgefangene da draußen, daher war es eine logische Erklärung.«

Jason schüttelte die angebotene Hand und trank einen Schluck Sherry. Er zitterte und schien kurz davor, zusammenzubrechen.

Lucien sagte zu Kit: »Wir sollten ihn zu mir bringen. Er braucht eindeutig etwas zu essen, Kleider und Ruhe.«

Sie nickte. Ihr neuer Kusin sah verwirrt auf. »Sie schikken mich nicht zurück? Nach dem, was ich zuletzt gehört habe, führen unsere Länder Krieg gegeneinander.«

»Nicht mehr lange, so Gott will. Dieser Krieg war Wahnsinn von Anfang an. Und ehrlich gesagt, ich würde keinen tollwütigen Hund wieder auf die Schiffe schicken.« Lucien half dem Amerikaner auf die Beine. »Können Sie laufen? Gut – Sie zu tragen wäre ein wenig auffällig.« Er legte seinen Arm um Kits Taille, und sie gingen zu dritt zum Bühneneingang, wo Luciens Kutsche wartete.

Eine halbe Stunde später saßen sie in der Küche von Strathmore House. Kit stellte fest, daß Lucien erstaunlich vertraut mit dieser Umgebung war. Mitternächtliche Raubzüge durch die Speisekammer waren für ihn anscheinend nichts Ungewöhnliches. Er entdeckte sogar einen Topf Suppe. Kit wärmte sie auf, während er Brot, Käse und eine Pastete zutage förderte.

Trotz seines offensichtlichen Hungers konnte Jason Travers nicht viel essen. Als er seine Suppenschüssel von sich geschoben hatte, beobachtete er Kit. Sie fühlte seinen Blick und sah fragend auf.

»Verzeihung«, sagte er. »Ich weiß, daß Sie nicht Kira sind. Wenn ich nicht erwartet hätte, sie zu sehen, hätte ich es sofort bemerkt. Aber die Ähnlichkeit ist erstaunlich.«

»Sie sind nicht der erste, dem das passiert«, sagte sie. »Selbst unser Vater konnte uns nicht voneinander unterscheiden.«

»Dann hat er nicht genau hingeschaut.« Seine Hand krampfte sich um seinen Bierkrug. »Wo ist Kira? Ich vermute, sie ist irgendwie in der Klemme.«

Mit knappen Worten berichtete Kit von dem Verschwinden ihrer Schwester und ihrer eigenen Rolle. Jasons Gesicht verfinsterte sich, während sie sprach. Als sie fertig war, sagte er mit kaum verhohlener Wut: »Zum Teufel, ich habe seit Wochen das Gefühl, daß irgend etwas nicht stimmt, aber ich dachte, es ist eine von diesen fixen Ideen, die man im Gefängnis kriegt.« Er rieb die Narbe an seiner sichtbar pochenden Schläfe. »Wahrscheinlich bin ich deshalb geflohen – ich wußte, daß ich sie finden muß.«

Kit spürte, daß er beinahe so verzweifelt war wie sie, und sagte beruhigend: »Wo sie auch ist, sie ist gesund – wenn es nicht so wäre, wüßte ich es. Und wir tun alles, was wir können, um sie zu finden.«

»Sagen Sie mir, was ich tun kann«, sagte er mit steinerner Miene.

»Machen Sie sich keine Sorgen«, sagte Lucien und goß ihm und sich mehr Bier ein. »Wenn nötig, werden Sie rekrutiert. Zuerst müssen wir herausfinden, wo sie ist. Aber jetzt sind Sie an der Reihe.«

»Ja, ich möchte gerne wissen, wie Sie meine Schwester kennengelernt haben.«

Jason schloß kurz die Augen, um seine Gedanken zu ordnen. »Vor vier Jahren setzte Ihr Familienanwalt mich davon in Kenntnis, daß ich der neue Graf war. Aufgrund der mangelnden Voraussicht des verstorbenen Grafen gab es kein finanzielles Erbe, deswegen schenkte ich dem Brief kaum Beachtung. Mein Großvater war ein jüngerer Sohn, der nach Amerika auswanderte und nur eine sehr lockere Verbindung zu seiner Familie unterhielt. Als Amerikaner konnte ich den Titel nicht in Anspruch nehmen, daher war das ganze Thema nur von theoretischem Interesse.

Trotzdem, als meine Geschäfte mich nach England führten, merkte ich, daß ich neugierig war, woher meine Familie stammte. Als ich in Liverpool fertig war, fuhr ich nach Kendal. Der jetzige Besitzer führte mich durch das Haus und lud mich zum Essen ein. Ich besuchte die Dorfkirche mit all den Grabmälern verstorbener Travers und ritt über die Hügel und fand den ganzen Ausflug hoch interessant.« Er schnitt eine Grimasse. »Aber ich kann verstehen, warum mein Großvater weggegangen ist – ich hab' noch nie einen so nassen, trübseligen Ort gesehen.«

Kit lächelte. »Westmoreland ist feucht, selbst für englische Verhältnisse, aber man gewöhnt sich daran. Die Landschaft ist sehr schön.«

»Auf eine einförmige Art und Weise«, stimmte er zu. »Ich wollte gerade abreisen, als der Besitzer des Gasthofes mir sagte, daß eine der Töchter des verstorbenen Grafen eingetroffen ist. Er sagte, Lady Kristine sei hier, weil sie und ihre Schwester nach und nach die Schulden ihres Vaters abbezahlten, und daß sie wahrscheinlich die letzte Rate bezahlen und sich bei den Gläubigern für ihre Geduld bedanken wollte.«

Lucien warf Kit einen fragenden Blick zu.

»Nicht Papas Spielschulden«, sagte sie. »Seine widerwärtigen Zechkumpane sollen meinetwegen in der Hölle schmoren. Aber wir wollten die Kaufleute bezahlen. Wir wären in Lumpen gegangen und hätten Porridge gegessen, wenn die Ladenbesitzer von Kendal der Familie keinen Kredit gegeben hätten.«

Aus seinen Augen strahlte die Zärtlichkeit, die sie zu Gold werden ließ. »Was für ein ehrbares Paar ihr seid.«

Sie malte eine Acht in das verschüttete Bier. »Kira hat mehr dazu beigetragen als ich; erfolgreiche Schauspielerinnen verdienen mehr als Zeitungsschreiber.«

»Um so tapferer von dir.« Er suchte unter dem Tisch nach ihrer Hand und schob seine Finger in die ihren.

»Der Gastwirt hat von Ihnen beiden mit großer Achtung gesprochen«, sagte Jason. »Da ich neugierig auf meine englische Verwandte war, habe ich ihn gebeten, mich Lady Kristine vorzustellen. Sie war . . . anders, als ich erwartet hatte.« Ein wehmütiges Lächeln spielte auf seinen Lippen.

Als das Schweigen überhand zu nehmen drohte, sagte Lucien: »Dürfen wir annehmen, daß die Sterne in ihrer Bahn verharrten und Engelschöre ihr Lied anstimmten?«

Jason schrak aus seinen Erinnerungen auf. »Das wäre eine angemessene Beschreibung. Ich bin ihr nach York nachgefahren, wo sie auftrat. Die nächsten Wochen . . .« Seine Stimme brach.

»Wollte Kira heiraten, aber Sie konnten sich nicht überwinden, eine Schauspielerin zur Frau zu haben?« fragte Kit ärgerlich.

»Nein!« Er warf ihr einen vernichtenden Blick zu. »Ich habe ihr die Ehe angeboten – ich bin sogar vor ihr auf die Knie gefallen und habe sie angefleht – aber sie hat sich geweigert, mich zu heiraten, es sei denn, daß ich mich in England niederlasse. Ich weiß nicht, ob sie Gräfin sein wollte oder ob ihr ihre Karriere zu wichtig war, aber ich konnte ihr nicht versprechen, mein Zuhause und mein Land zu verlassen.«

»Keine leichte Wahl«, sagte Lucien mitfühlend.

»Wir hatten einen fürchterlichen Streit. Ich hab' ihr gesagt, falls sie ihre Meinung ändert, weiß sie, wo ich in Boston zu finden bin. Sie hat gesagt, falls ich meine ändere, empfängt sie mich mit offenen Armen, aber ansonsten soll ich mich nicht wieder blicken lassen.«

»Kein Wunder, daß Sie so wütend waren, als sie wiedergekommen sind und meine Arme nicht offen waren«, sagte Kit.

Er fuhr sich verzweifelt durch das dunkle Haar. »Ich hatte keine ruhige Minute, seit ich York verlassen habe. Als ich Kira lange genug verflucht hatte, fing ich an, sie schrecklich zu vermissen. So habe ich angefangen, ernsthaft darüber nachzudenken, ob ich hierher zurückkommen sollte, obwohl ich die britische Regierung verachte wie jeder gute Amerikaner. Sie ist verrottet bis ins Mark.«

Kit sah hastig zu Lucien hin, der einen Großteil seines Lebens damit verbracht hatte, diese Regierung zu verteidigen. Er sagte lediglich: »Es gibt viele, die mit Ihnen übereinstimmen würden, aber eine Regierung ist kein Volk.«

Jason lächelte verzerrt. »Das ist wahr, und als ich so darüber nachdachte, habe ich gemerkt, daß ich die Engländer im einzelnen sehr gut leiden kann. Ich habe in Amerika keine nahen Verwandten mehr, und das Handelsgeschäft kann ich genausogut von England wie von Boston aus führen. Deswegen habe ich beschlossen, mit dem Hut in der Hand zu Kira zurückzugehen und hierzubleiben. Dann ist der Krieg ausgebrochen. Ich habe mich freiwillig gemeldet, und ein paar Monate später saß ich auf einem der Gefängnisschiffe, hab' von Schweinefraß gelebt und gebetet, daß ich nicht am Fieber krepiere.«

»Die Schiffe sind die schlimmsten Verliese von England«, sagte Kit erschüttert. Sie hatte mehrere wütende Artikel gegen diese unmenschliche Einrichtung geschrieben. »Sie haben Glück, überhaupt am Leben zu sein.«

»Glauben Sie mir, das weiß ich«, sagte Jason mit unwillkürlichem Erschauern.

»Sie waren Kapitän auf einem Freibeuterschiff?« erkundigte sich Lucien.

Der Amerikaner starrte ihn an. »Allmählich werden Sie mir unheimlich. Wie haben Sie das erraten?«

»Nur jemand, der auf See gefangengenommen worden ist, landet in einem englischen Gefängnis statt in Kanada«, erklärte Lucien. »Sie sagten, daß Sie Kaufmann sind, und Sie wirken wie jemand, der lieber Befehle erteilt als sie befolgt. Daher meine Schlußfolgerung. Aber ich bin trotzdem überrascht, daß ein Offizier auf ein Gefängnisschiff geschickt worden ist.«

»Der Kapitän der Fregatte, die die *Bonnie Lady* gekapert hat, konnte mich nicht ausstehen und hat seinen ganzen Einfluß benutzt, um mich in das schlimmste Gefängnis zu stecken, was es gab.«

»Sie sagen, daß Sie über Bord gesprungen und ans Ufer geschwommen sind«, sagte Kit. »Wie haben Sie sich Geld und Kleidung verschafft?«

»Ich bin in ein Geschäft am Hafen eingebrochen und habe mich ausstaffiert, so gut es ging«, sagte der Amerikaner unglücklich. »Zufällig habe ich unter einem Stapel Hemden auch ein bißchen Geld gefunden.«

»Wenn Sie sich an den Namen und die Lage des Geschäftes erinnern, schicke ich die Summe, die Sie schuldig sind, dorthin«, sagte Lucien.

Jason warf ihm einen kurzen Blick zu. »Das wäre nett. Ich schwöre, daß ich es Ihnen zurückzahle.«

Lucien machte eine wegwerfende Geste. »Nach dem Friedensvertrag. Was ist dann passiert?«

»Ich wollte eine Kutsche nach York nehmen, in der Hoffnung, daß Kira immer noch im Norden auftritt, aber an der Poststation hab' ich einen Anschlag für die *Zigeunerbraut* gesehen, und deshalb bin ich ins Theater gekommen.« Er seufzte. »Ich dachte, mein Glück hat sich gewendet. Statt dessen . . .«

Nach erneutem Schweigen sagte er: »Das klingt undankbar. Glauben Sie mir, ich weiß, wieviel Glück ich habe, daß Sie mich nicht wieder in diese Hölle zurückschikken.«

Lucien lächelte ein wenig. »Da wir praktisch angeheiratete Verwandte sind, wäre es höchst unpassend von mir, sie zum Hungertod auf einem gottverlassenen Kahn zu verdammen.« Er stand auf. »Sie sehen völlig erledigt aus. Ruhen Sie sich aus. Wir können am Morgen weiterreden.«

Kit nahm die magere Hand des Amerikaners. »Wir werden sie finden, Jason – oder bei dem Versuch sterben.«

»Ich hoffe, daß es nicht dazu kommt«, sagte Lucien ruhig.

Kit räumte auf, während Lucien Jason in ein Gästezimmer brachte. Als er wiederkam, legte er seine Arme um sie, als sei es die natürlichste Sache von der Welt. Sie schmiegte sich an ihn, und Müdigkeit und Anspannung fielen von ihr ab wie die Blütenblätter einer vollerblühten Rose.

»Beneidest du ihn um seine Nähe zu Kira?« fragte er.

»Mein neuer Kusin hat recht – du siehst zuviel.« Sie zögerte, bevor sie die richtigen Worte fand. »Ich mag Jason . . . er scheint ehrlich zu sein, und offenbar liebt er Kira sehr. Wenn ich ihre Gefühle richtig interpretiert habe, liebt sie ihn genauso. Gott weiß, daß ich ihr aufrichtig wünsche, daß sie glücklich wird.«

Sie seufzte leise und unglücklich. »Aber trotzdem gefällt es mir nicht, daß er sich zwischen uns gedrängt hat. Nachdem sie ihn getroffen hat, hat sie angefangen, mich auszuschließen. Sie hat natürlich das Recht dazu. Trotzdem . . .« Kit verbarg ihr Gesicht an seiner Schulter und sagte niedergeschlagen: »Sie hat ihm nicht einmal erzählt, daß wir Zwillinge sind! Das war immer der wichtigste Faktor in meinem Leben, aber ihr war es nicht wichtig genug, um es ihm zu sagen.«

Er strich ihr zärtlich über den Kopf. Er wußte inzwischen sehr gut, wie er sie trösten konnte, dachte sie leicht hysterisch.

»Vielleicht lag es nicht daran, daß die Beziehung ihr unwichtig war, sondern daran, daß sie ihr zuviel bedeutet«, schlug er vor. »Ich vermute, ein Grund, warum eineiige Zwillinge andere so gerne an der Nase herumführen, besteht darin, daß es die Leute auf Abstand hält und die einzigartige Verbindung von Zwillingen schützt. Du bist ein so besonderer Teil von Kiras Leben, daß sie sich ihm nicht anvertrauen wollte, bevor sie seiner sicher war. Vielleicht hatte sie von Anfang an Bedenken gegen die Beziehung und hat es ihm deshalb nicht gesagt.«

Jetzt konnte Kit wieder etwas leichter atmen. »Ich weiß nicht, ob das wahr ist, aber es ist eine sehr nette Erklärung. Sie gefällt mir.« Sie sah zu ihm auf. »Wer hat dir beigebracht, so gütig zu sein?«

Obwohl die Frage rhetorisch gewesen war, beantwortete er sie: »Linnie. Sie hatte nicht nur eine sanfte Seele, sie hat mich auch Verständnis für die weibliche Natur gelehrt.« Seine Stimme wurde ironisch. »Ich weiß auch, daß ich ihren Mann verabscheut hätte, wenn sie erwachsen geworden wäre und sich verliebt und geheiratet hätte. Nicht wegen irgendeiner perversen körperlichen Eifersucht auf meine Schwester, sondern weil ich Angst gehabt hätte, daß die besondere Nähe zwischen uns zerstört würde.«

Und er hatte diese Nähe verloren, als er kaum mehr als ein Kind war. Der Gedanke beschämte Kit. Sie umarmte ihn fester. Am liebsten hätte sie die Vergangenheit geändert, so daß Elinor noch am Leben wäre. »Du hättest deine Eifersucht überwunden und ihr von ganzem Herzen Glück gewünscht.«

»Das wirst du auch.« Er vergrub sein Gesicht in ihrem Haar. »Es ist schon sehr spät. Warum bleibst du nicht einfach hier?«

Als sie zögerte, sagte er: »Nur zum Schlafen, Kit, ich versprech's. Ich möchte nichts tun, was deinen Kontakt zu Kira gefährdet. Aber es war ein langer, anstrengender Tag, und ich werde wesentlich besser schlafen, wenn du neben mir liegst.«

»Lieber nicht. Was sollen deine Diener denken?«

»Sie sind alle wegen ihrer Fähigkeit zur Diskretion eingestellt worden«, sagte er heiter. »Und sie gewöhnen sich besser gleich an deinen Anblick. Schließlich bist du ihre zukünftige Herrin.«

Er mußte gespürt haben, wie sie erstarrte, denn er legte ihr die Hände auf die Schultern und sah sie scharf an. »Es ist meiner Aufmerksamkeit nicht entgangen, daß du, sobald ich das Wort Heirat erwähne, reagierst wie ein aufgescheuchter Hase. Ist die Vorstellung, meine Frau zu sein, wirklich so abstoßend?«

Es wäre leichter gewesen, mit Lucien umzugehen, wenn er weniger hellsichtig gewesen wäre. Mit sorgsam gewählten Worten sagte sie: »Nicht abstoßend, aber unwirklich. Ich kann mir einfach keinen Zeitpunkt vorstellen, zu dem das Leben wieder normal ist, solange Kira verschwunden ist.«

»Und mehr willst du dazu nicht sagen, oder?« sagte er trocken. »Na schön, ich will dich nicht drängen. Aber ich werde meine Meinung nicht ändern, und ich kann erstaunlich hartnäckig sein.«

»Das weiß ich, aus eigener Erfahrung.« Sie legte ihre Stirn an seine Wange. »Du bist überhaupt erstaunlich.«

»Bleib bei mir«, sagte er leise. »Bitte.«

Es war ebenso schwer für sie, ihm etwas abzuschlagen wie sich mit Kira zu streiten. Und die schlichte Wahrheit war, daß sie bei ihm bleiben wollte. »Gut«, flüsterte sie. »Ich bleibe.«

Siebenundzwanzigstes Kapitel

In Anbetracht der Umstände brachte Lucien zwei seiner kaum benutzten Nachthemden zum Vorschein. Kits hüllte sie von Kopf bis Fuß ein. Sie sah zum Anbeißen aus, als sie sich an ihn kuschelte und sofort einschlief. Obwohl der lange Tag auf unwegsamen Straßen ihn müde gemacht hatte, blieb er noch eine Weile wach und genoß die Wonne, sie bei sich zu haben.

Hatte sie prinzipiell etwas gegen die Ehe, oder lag es an ihm? Vielleicht ein wenig von beidem. Er würde sie davon überzeugen müssen, daß er keinerlei Absicht hatte, ihr die Flügel zu stutzen und sie in einen Vogel im goldenen Käfig zu verwandeln. Sie konnte unter seinem Dach dieselbe radikale Denkerin sein wie unter dem ihrer Kusine.

Er döste ein, um nach kurzer Zeit wieder hochzuschrekken, weil Kit einen erstickten Schrei ausstieß und ihn beinahe mit einer geballten Faust ins Auge schlug. Er packte ihr Handgelenk und hielt es fest. »Kit, wach auf! Du hast einen Alptraum.«

Ihre Augen öffneten sich, aber sie kämpfte weiter. »Kit, ich bin's, Lucien. Du bist in Sicherheit«, sagte er scharf. »Du bist in Sicherheit.«

Sie hörte auf, um sich zu schlagen. »Lucien?« flüsterte sie unsicher.

»Ich bin hier, Kit.« Er ließ ihre Handgelenke los und zündete die Kerze auf dem Nachttisch an. »Erzähl mir deinen Traum.«

»Es war entsetzlich. Ich ... ich hatte irgendein eigenartiges, obszönes Kostüm an, und ich habe einen Mann ausgepeitscht. Er war in Ketten, und er hat sich unter meinen Schlägen gewunden.« Sie erschauerte. »Und obwohl ich mich selber haßte, habe ich bei jedem Schlag innerlich gejauchzt. Das merkwürdigste von allem war das Gefühl, daß er ... daß er es genossen hat.« Sie legte ihr Gesicht in ihre eiskalten Hände. »Verraten Träume unsere wahre Natur? Wenn es so ist, ist meine abscheulich.«

»Manchmal zeigen Träume uns unser eigenes Ich«, sagte er nachdenklich. »Aber sie verraten uns auch andere Dinge.« Er stopfte sich ein paar Kissen in den Rücken und zog sie an seine Brust. »Erzähl mir, woran du dich noch erinnerst, bevor du es vergißt.«

»Ein enger Raum – zum Ersticken. Schweißgetränkte Hitze. Die Ausstattung ist prächtig und ziemlich vulgär.« Sie zerrte gereizt an dem obersten Knopf ihres Hemdes. »Ich trage enge schwarze Stiefel mit unwahrscheinlich hohen Absätzen und ein merkwürdiges Gewand wie eine ... eine Schlangenhaut aus schwarzem Satin. Und eine langhaarige Perücke. Rot, glaube ich.«

»Wie sieht der Mann aus?«

Sie massierte sich die Schläfen und schüttelte enttäuscht den Kopf. »Ich weiß nicht mehr. Es tut mir leid. Ich brauche etwas Wasser.« Sie setzte sich auf und wollte aus dem Bett steigen. Dann brach sie auf dem Fußboden zusammen.

»Kit!« Lucien sprang aus dem Bett und nahm sie in die Arme. Er legte sie aufs Bett und deckte sie zu.

Sie war totenblaß, und sie zitterte am ganzen Körper, aber sie brachte ein schwaches Lächeln zustande. »Mir geht es gut, wirklich. Das ist schon öfter passiert. In ein paar Minuten bin ich wieder in Ordnung.«

Er blieb überrascht stehen. »Wie oft kommt so etwas vor?«

»In leichterer Form schon mein ganzes Leben.« Sie seufzte erschöpft. »In letzter Zeit ist es schlimmer geworden. Jetzt bin ich nicht nur müde, sondern so ausgelaugt, daß ich kaum stehen kann. Auch die Alpträume sind anders. Ich glaube, es hängt mit meiner Angst um Kira zusammen.«

»Möglicherweise.« Er goß ihr ein Glas Wasser ein und brachte es ans Bett. »Kommt das Auspeitschen in allen Alpträumen vor?«

Sie überlegte. »Ich glaube schon.«

Er stützte sie beim Trinken und half ihr dann, sich in

die Kissen zurückzulegen. Während er vor dem Kamin kniete und das Feuer anfachte, fragte er: »Könnte es sein, daß du nicht träumst, sondern Kiras Gedanken und Erlebnisse mitempfindest?«

»Das glaube ich nicht«, sagte sie zweifelnd. »Zwischen dem Erraten von Gefühlen und Gedanken lesen besteht ein großer Unterschied.«

»Denk nach. Die Peitsche – hast du sie in der rechten Hand gehalten oder in der linken?«

Sie starrte ihre Hände an, und ihr Gesicht wurde bleich. »In der rechten – Kiras Hand, nicht meiner.« Sie sah verblüfft zu Lucien auf. »Aber die Bilder waren wie in einem Alptraum, vollkommen unwirklich. Kira würde nie absichtlich jemandem weh tun.«

Nüchtern sagte er: »Du hast gesagt, daß der Mann es zu genießen schien. Vielleicht wollte er, daß sie ihn auspeitscht.«

»Niemand kann derartige Qualen genießen!«

»Nicht unbedingt.« Er setzte sich auf die Bettkante und nahm ihre Hand. »Der Ursprung der Lust ist vielfältig und rätselhaft. Für manche Menschen sind Lust und Schmerz so dicht miteinander verwoben, daß die richtige Art Schmerz sie erregt.«

Er sah ihren Unglauben. »Ich weiß, daß es unglaublich klingt, aber es gibt hier in London mehrere Bordelle, die auf Auspeitschungen spezialisiert sind. Ich kenne eine der Besitzerinnen, und sie lebt sehr gut davon.«

Kit biß sich auf die Lippen, als ihre journalistische Neugier ihre persönlichen Gefühle überwältigte. »Hat sie dir je erklärt, warum Männer zu ihr kommen?«

»Dolly sagt, daß viele ihrer Kunden sehr einflußreiche Männer mit großer Verantwortung sind. Es erregt sie, in einer Lage zu sein, in der sie hilflos sind und deren einziges Ziel Sex ist. Genauso gibt es Frauen, die gerne die

Peitsche schwingen, weil es ihre einzige Gelegenheit ist, einen Mann vollkommen zu beherrschen.«

»Irgendwie klingt das sogar logisch.«

»Erwarte nicht zuviel Logik – das Thema ist nicht besonders rational«, sagte er trocken. »Es gibt Männer und Frauen mit diesem besonderen Hang, und manchmal wechseln sie sich an beiden Enden der Peitsche ab. Und nicht nur das. Dolly hat Kunden, die hingerissene Schilderungen davon geben, wie sie als Kinder von Kindermädchen oder Schulmeistern verprügelt worden sind. Seitdem suchen sie nach der gleichen Mischung von Lust und Schmerz. Wieder andere –« Er stockte. »Egal. Ich vermute, du hast eine Vorstellung.«

Kit umklammerte seine Hand. »Glaubst du, daß Kira in eines von diesen Bordellen verschleppt worden ist?«

»Das ist unwahrscheinlich – diese Etablissements haben es nicht nötig, Angestellte zu entführen. Es gibt Damen der Gesellschaft, die gelegentlich zu Dolly gehen und dort umsonst arbeiten.« Es war ihm unangenehm, Kit diese Dinge erklären zu müssen. »Ich glaube, dein ursprünglicher Verdacht war richtig. Kira ist von jemandem entführt worden, der besessen von ihr ist. Aber er bevorzugt ungewöhnlichere Methoden als eine einfache Vergewaltigung. Sobald sie seine Gefangene war, konnte er ihr beibringen, was ihm gefällt und ihr klarmachen, daß es in ihrem eigenen Interesse ist, ihm zu Willen zu sein.«

»O Gott!« Kit preßte eine Hand an ihren Mund. »Wie widerlich.«

»Ihr hätte viel Schlimmeres passieren können«, sagte er eindringlich. »Es würde erklären, warum du spürst, daß es ihr körperlich gutgeht, obwohl sie seelisch leidet.«

Kit runzelte die Stirn. »Wenn dieser Mann davon erregt wird, daß er hilflos ist, warum hält er sie dann gefangen? Er ist immer noch in Kontrolle, selbst wenn sie die Peitsche in der Hand hat.«

Lucien zuckte die Achseln. »Vielleicht ist er unfähig zu echter Hilflosigkeit und verschafft sich die Illusion von Unterwerfung, während er letztendlich die Oberhand behält.«

Mit einem Ausdruck, als wolle sie die Antwort nicht wirklich wissen, fragte sie: »Hast du je so etwas gemacht, Lucien?«

Er lächelte und schüttelte den Kopf. »Dolly hat mir angeboten, mich von einer Künstlerin wie ihr in die Wonnen des Masochismus einweihen zu lassen, aber ich habe abgelehnt. Die einzige Freude, die ich Schmerzen je abgewonnen habe, ist die Erleichterung, wenn sie nachlassen.«

Weil Kit immer noch verwirrt schien, setzte er hinzu: »Vieles, was als pervers angesehen wird, ist in Wahrheit nur eine Variante eines als vollkommen normal angesehenen Verhaltens. Die meisten Paare spielen Spiele, um einander Freude zu bereiten – sie necken sich oder sie ringen oder sie verführen einander. Manche Leute gehen einfach weiter.«

Sie verzog das Gesicht. »Sehr viel weiter. Trotzdem, so gesehen verstehe ich es ein bißchen besser. Glaubst du, daß Dolly dir die Namen ihrer Kunden verraten würde?«

»Ich bezweifle, daß sie sie mir einfach geben wird, aber vielleicht bestätigt sie die Namen, die ich ihr nenne. Aber denk dran, es gibt keine Garantie dafür, daß der Mann, den wir suchen, ihr Kunde ist.«

»Immerhin ist es ein Anfang. Frag sie nach Mace, Chiswick, Nunfield, Westley und Harford. Ich halte Harford zwar nicht für den Entführer, aber möglicherweise ist er indirekt beteiligt.« Sie sah jetzt kräftiger aus. »Wie bist du auf die Idee gekommen, daß meine Alpträume von Kira kommen?«

»Linnie und ich hatten manchmal dieselben Träume, obwohl wir erst darauf gekommen sind, als wir neun waren und nach einer schlechten Nacht unsere Träume verglichen haben. Und dann war da noch die Kraft, die ich ihr geliehen habe. Erinnerst du dich?«

»Ja, aber ich weiß nicht genau, was du damit meinst.«

Sein Blick wurde verschwommen. »Das ist schwer zu erklären. Als wir noch klein waren, habe ich an ihrem Bett gesessen und ihre Hand gehalten, wenn sie krank war. Ich habe ihr gesagt, daß sie von meiner Kraft nehmen soll. Es war eine Art Spiel, aber es schien zu funktionieren. Sie wurde schneller gesund, und ich wurde leichter müde. Es funktionierte sogar, als ich nach Eton kam. Manchmal wachte ich morgens völlig erschöpft auf und erfuhr später davon, daß Linnie krank gewesen war.« Er unterdrückte die Erinnerung, bevor sie zu schmerzhaft wurde. »Ist es zwischen dir und Kira auch so?«

»Vielleicht, ohne daß eine von uns beiden es erkannt hat. Wenn ich in einer schwierigen Situation bin, suche ich im Geiste nach Kira. Ich dachte immer, daß ich seelische Unterstützung suche, aber vielleicht habe ich ihr auch physische Energie genommen, ohne es zu beabsichtigen.«

»Und jetzt hat der Strom sich umgekehrt, weil deine Schwester in Schwierigkeiten ist und sie von deiner Kraft zehrt, um ihre Lage ertragen zu können.« Er lachte auf. »Kannst du dir vorstellen, wie verrückt dieses Gespräch einem Nichtzwilling erscheinen würde?«

»Ich finde es sehr aufschlußreich.« Kit verstummte. In seinem riesigen Nachthemd sah sie schmal und zerbrechlich aus. Jetzt, wo sie den obersten Knopf aufgemacht hatte, klaffte das Kleidungsstück weiter als jede noch so gewagte Abendrobe. Sein Blick blieb an den schattigen

Wölbungen haften, die sich undeutlich darunter abzeichneten. Er wußte, wie ihr Körper unter dem Leinen aussah. Sie waren ein Liebespaar, und er kannte die liebliche Kurve ihrer Taille, die Form ihrer weichen Brüste, die zärtliche Wärme ihrer Schenkel.

Sein Mund wurde trocken. Bisher hatte er auf etwas, das er wollte, warten können, aber diese Fähigkeit schien ihm jetzt vollkommen abhanden gekommen zu sein. Seine Leidenschaft war wie ein Fieber und Kit das einzige Heilmittel. Er wollte mit ihr schlafen, mehr als alles auf der Welt, nicht nur, um seine Begierde zu befriedigen, sondern um die Nähe, nach der er sich sehnte, zu vertiefen.

Das Bewußtsein, daß er die Macht hatte, sie von ihrem Entschluß abzubringen, half nichts. Es wäre so leicht gewesen: ein flüchtiger Kuß, ein zärtliches Streicheln, eine Hand auf ihrem Knie. Eine Liebkosung würde zur anderen führen. Bald würde ihre Leidenschaft der seinen ebenbürtig sein, und sie würde ihn mit unschuldigem Feuer empfangen.

Und hinterher mußte sie ihn wegen seiner kurzsichtigen Selbstsucht verachten. Er fluchte im Geist herzhaft, zwang sich, sie anzusehen, und fragte ruhig: »Woran denkst du? Du siehst aus, als ob du etwas ausheckst.«

»Am Freitag gibt das Marlowe die erste Vorstellung von *Straße der Skandale*«, antwortete sie. »Das Stück war in der Provinz ein großer Erfolg, und jetzt spielt es zum erstenmal in London. Meine Rolle ist klein, deswegen wird Cassie James auf dem Spielplan nicht erwähnt. Glaubst du, du könntest die Hauptverdächtigen ins Theater einladen? Du könntest sie beobachten, wenn ich zum erstenmal auf die Bühne komme, und aufpassen, ob einer von ihnen ungewöhnlich überrascht wirkt.«

»Eine gute Idee, aber . . .« Er runzelte die Stirn. »Wenn der Entführer dich sieht, weiß er, daß du Kiras Zwillingsschwester bist. Du hast selbst gesagt, daß manche Männer den Gedanken, mit Zwillingen zu schlafen, aufregend finden. Möglicherweise bringt dich das in Gefahr.«

»Wenigstens finde ich Kira, falls ich auch entführt werde.«

»Das ist nicht witzig, Kit«, sagte er scharf. »Wenn dir etwas zustößt . . .«

Was immer sie in seinem Gesicht las, es ließ sie den Blick senken. Einen Augenblick lang erfüllten wilde Gefühle den Raum zwischen ihnen. Dann wichen sie beide in wortloser Übereinstimmung zurück. Er sagte: »Morgen versuche ich, eine Theatergesellschaft zu arrangieren. Von jetzt an möchte ich nicht, daß du irgendwo alleine hingehst. Kann dein Detektiv von der Bow Street dich begleiten, wenn ich nicht bei dir bin?«

Sie nickte. »Ich glaube schon. Er benimmt sich mir gegenüber wie ein Hirtenhund mit einem verlorenen Schaf.«

»Ein sehr vernünftiger Mann.« Lucien sah sie nachdenklich an. »Ich habe an etwas gedacht. Glaubst du, du könntest bewußt mit Kira in Verbindung treten? Wenn das möglich ist, könntest du vielleicht etwas über den Mann erfahren, der sie gefangenhält, und wo sie ist.«

»Du meinst, das nächste Mal, wenn ich einen Alptraum habe, soll ich versuchen, Kira Fragen zu stellen?« Sie verzog das Gesicht. »Ich glaube nicht, daß ich mich so in der Gewalt habe. Und selbst wenn, ich bezweifle, daß die Ergebnisse sehr hilfreich wären. Die Alpträume bestehen nur aus verschwommenen Bildern und einer Ahnung von ihren Empfindungen.«

Er sah forschend in ihr Gesicht und fragte sich, ob sie Lust hatte, etwas Neues zu wagen. »Statt auf einen neuen Alptraum zu warten und alles weitere dem Zufall zu überlassen, könnten wir es mit Hypnose versuchen.«

Ihre Augenbrauen hoben sich. »Ich dachte, das sei reine Scharlatanerie.«

»Ich bin nicht überzeugt davon, daß Dr. Mesmers animalischer Magnetismus tatsächlich existiert«, gab er zu, »aber seine Techniken können in empfänglichen Menschen einen schlafähnlichen Zustand hervorrufen. Wenn es dir möglich wäre, auf diese Weise mit deiner Schwester in Kontakt zu treten, könnte ich ihr durch dich Fragen stellen.«

»Du weißt, wie man jemanden hypnotisiert?« Als er nickte, fing sie an zu lachen. »Lucien, wo lernst du solche Sachen?«

»In diesem Fall von einem Arzt, der bei Mesmer studiert und danach seine eigene Methode entwickelt hat. Es klang interessant, und ich habe ihn gebeten, es mir beizubringen. Ich habe keine Ahnung, ob Hypnose dir helfen wird, Kira zu erreichen, aber ich bin mir ziemlich sicher, daß ein Versuch nichts schaden kann.«

»Also gut.« Sie rieb sich nervös die Handflächen. »Was soll ich tun?«

Er runzelte die Stirn. »Du bist bestimmt erschöpft. Vielleicht sollten wir bis morgen warten, wenn du dich etwas ausgeruht hast.«

»Müdigkeit baut innere Widerstände ab. Ich glaube, unsere Chance sind am besten, wenn Kira und ich müde sind.« Kit verzog das Gesicht. »Ich bin sehr müde, und wenn Kira gerade eine Sitzung mit ihrem Entführer hinter sich hat, ist sie es auch. Es ist einen Versuch wert.«

»Na schön. Mach es dir bequem.«

Während sie sich in den Kissen zurechtlegte, so daß ihr Oberkörper leicht aufgerichtet war, nahm er die Kerze aus dem Leuchter auf dem Nachttisch und hielt sie etwa einen Meter von Kit entfernt in einer Höhe, wo sie sie ohne Anstrengung sehen konnte. »Fertig?«

Sie nickte und strich die Decke glatt, aber in ihren Augen stand Angst.

»Es ist wirklich nicht besonders aufregend. Vielleicht spürst du überhaupt nichts«, sagte er betont beiläufig. »Du mußt dich nur entspannen und die Kerzenflamme ansehen. Stetig und hell, alle deine Sorgen und deine Müdigkeit verglühen darin. Du fühlst nur noch Ruhe und Frieden. Du bist müde, sehr müde, und jetzt darfst du dich ausruhen. Du fühlst dich leicht und friedlich, wie eine Feder im Wind.« So sprach er weiter, in weichem Singsang, wie warmer, glatter Honig.

Kira war ein gutes Medium, wie er vermutet hatte. Muskel für Muskel entspannte sich, ihr Gesicht wurde friedlich und ihr Blick blieb stetig auf die Kerze geheftet. Als er glaubte, daß sie soweit war, sagte er: »Dein linker Arm ist ganz leicht, so leicht, daß er schweben möchte. Laß ihn schweben.«

Langsam hob sich ihr Arm, bis er deutlich über der Decke war. »Gut, sehr gut, Kit. Jetzt wird deine Hand schwer. Laß sie wieder sinken.« Ihr schlaffer Arm senkte sich.

Während er sich auf den nächsten Schritt vorbereitete, spürte er den bizarren Drang, sie zu fragen, ob sie ihn liebte. Er unterdrückte den Gedanken. Dies war weder die Zeit noch der Ort, und er war sich nicht sicher, ob er eine ehrliche Antwort hören wollte.

»Such nach Kira«, sagte er leise. »Sie ist müde und einsam, und es wird ihr bessergehen, wenn sie weiß, daß du da bist. Kannst du ihre Nähe spüren?«

Kits graue Augen erhellten sich. »Ja. Kira, Kira, mein Schatz . . .«

Zwischenspiel

Sie war zum Sterben müde, als er sie verließ, aber sie fand die Kraft, sich das widerliche Kostüm vom Leib zu zerren. Dann rieb sie sich mit einem rauhen Handtuch ab, denn obwohl er sie nie körperlich mißbraucht hatte, fühlte sie sich nach jeder Sitzung beschmutzt. Heute nacht war es schlimmer als sonst. Er hatte eine Andeutung über ihr Schicksal gemacht, und es war schwer, der Angst, die sie empfand, nicht nachzugeben.

Sie zog das längste, undurchsichtigste Hemd in ihrem Schrank an und legte sich hin. Sie hatte sich geschworen, sich keinerlei Selbstmitleid zu gestatten, aber die Verzweiflung war schwerer im Zaum zu halten.

Wie immer benutzte sie den Gedanken an ihre Schwester als Schutzschild. Das Bewußtsein, daß sie nie wirklich alleine war, wirkte wie ein Zauberbalsam.

Ihre Sinne verwirrten sich bereits, als sie einen warmen Hauch und eine sanfte Frage in ihrem Inneren vernahm: »Kira?«

»Kit!« Sie war so überrascht, daß sie mit einem Schlag wieder wach war, während sie nach ihrer Schwester tastete. Das Gefühl von Nähe erlosch.

Entsetzen, Angst, Einsamkeit.

Nach einer Phase verzweifelten Suchens wurde ihr klar, daß sie sich entspannen mußte, wenn sie den Kontakt wieder herstellen wollte. Mit der gnadenlosen Willenskraft, die ihr bis jetzt den Verstand bewahrt hatte, zwang sie sich zur Ruhe. Dann öffnete sie sich ihrer Zwillingsschwester.

Achtundzwanzigstes Kapitel

Kits Gesicht verkrampfte sich. »Sie ist nicht mehr da!«

»Bleib ruhig, entspann dich«, sagte Lucien beruhigend. »Kira war bestimmt erschrocken. Laß ihr Zeit, dich zu finden.«

Mehrere angespannte Minuten vergingen, bevor Kira erleichtert aufatmete. Sie hatte den Kontakt zu ihrer Schwester wiedergefunden.

Lucien fragte: »Ist Kira in London oder auf dem Land?«

Kits Stirn krauste sich. »L-land.«

»Weiß sie, wo?«

Als Kit verwirrt aussah, schlug er vor: »Stell dir eine Karte von England vor. Da, wo London liegt, ist ein Kreuz eingezeichnet. Hat sie eine Vorstellung, wo sie, von London aus gesehen ist?« Nachdem eine Minute lang Schweigen geherrscht hatte, half er ihr weiter: »Norden? Westen? Süden? Osten?«

»Weiß nicht«, sagte Kit unglücklich. Langes Schweigen, dann: »Aber . . . nicht weit außerhalb. Vielleicht zwei Stunden oder so.«

Wenn das stimmte, engte das die Suche erheblich ein. »Wie sieht ihr Gefängnis aus?«

»Dunkel. Immer dunkel, bloß Lampen. Schweigen. Wächter.« Die Decke hob und senkte sich über ihrer Brust, als ihr Atem heftiger wurde. »Nicht unangenehm, aber es ist schrecklich, die Sonne nicht sehen zu können.«

»Weiß sie, wer ihr Entführer ist?«

Kit keuchte, und Entsetzen huschte über ihr Gesicht. »Nein! *Nein*!«

»Alles ist gut, Kit, du bist in Sicherheit«, sagte er rasch. »Sag Kira, daß wir sie finden werden und daß alles gut wird.«

Statt sie zu beruhigen, riefen seinen Worte noch mehr

Kummer hervor. »Nicht mehr viel Zeit. Die Tage ... die Tage werden kürzer, und ich werde das neue Jahr nicht mehr sehen.« Tränen begannen, ihr über die Wangen zu fließen. Verzweifelt flüsterte sie: »Wein nicht, Kira, bitte, wein nicht, ich kann es nicht ertragen.«

Ihr Jammer war herzzerreißend. Er stellte die Kerze weg und nahm ihre Hand. »Wir suchen nach dir, Kira«, sagte er eindringlich. »Und wenn wir dich gefunden haben, bringen wir dich so schnell wie möglich nach Hause.«

Kits Gesicht verzerrte sich vor Erregung. »Ich will jetzt nach Hause.«

»Je mehr du uns über deine Situation erzählen kannst, desto schneller können wir dich finden, Kira. Gibt es irgend etwas, das du uns über den Mann sagen kannst, so daß wir ihn identifizieren können?«

»Ein ... ein langer Teufel aus dem Höllenfeuer.« Kit warf den Kopf hin und her. »Ich will weg!«

Es wurde Zeit, dem Ganzen ein Ende zu bereiten, bevor einer von ihnen dreien vollkommen zusammenbrach. Er atmete tief durch und sagte mit ruhiger Stimme: »Sag Kira, daß du sie liebst, Kit. Daß du sie liebst und daß sie die Hoffnung nicht aufgeben darf.«

Kits Gesicht wurde ruhiger. »Immer, Kira, immer und ewig.«

»Ich zähle jetzt bis zehn, und wenn ich bei zehn bin, wachst du auf und erinnerst dich an alles, was passiert ist. Eins ... zwei ...«

Bei zehn sagte er aufmunternd: »Wach auf, Kit.«

Sie blinzelte und kam zu sich. »Es hat funktioniert«, sagte sie kaum hörbar. Sie massierte sich die Stirn. »Aber ich war noch nie im Leben so müde. Es war noch anstrengender als die Alpträume.«

Er legte sich hin und legte seine Arme um sie, um ihren zitternden Körper zu wärmen. »Sie wußte, daß ich Informationen brauchte, aber es war offenbar unmöglich, in Worten zu kommunizieren, egal, wie sehr wir es versucht haben. Das meiste waren Empfindungen und ein paar Bilder. Sehr enttäuschend.«

»Ich vermute, ›ein langer Teufel‹ heißt, daß ihr Entführer groß und wahrscheinlich auch dünn ist. Paßt das zu deinem Eindruck?«

»Ja, und auch zu dem vagen Bild von dem Mann in meinem Alptraum. Ich hatte es ganz vergessen.« Sie rieb sich die Schläfe. »Hab' ich irgendwas von Höllenfeuer gesagt?«

»Ja. Ich vermute, das war deine unbewußte Interpretation eines Höllenhundes. Das haben wir schon vermutet, aber es ist gut, eine Bestätigung zu haben. Außerdem wissen wir jetzt, daß Kira außerhalb Londons ist, wenn auch nicht weit weg, und daß sie in einem geschlossenen, isolierten Gebäude gefangengehalten wird.« Er runzelte die Stirn. »Das könnte fast alles sein, von einem Bauernhaus mit vernagelten Fenstern bis zu einem echten Burgverlies. Hast du noch irgend etwas gespürt, das du nicht laut gesagt hast?«

»Nur ihre Angst, daß ihr bald etwas Entsetzliches zustoßen wird.« Kit erschauerte. »Wir haben kaum noch Zeit.«

»Aber wir machen endlich Fortschritte. Ab morgen lasse ich alle Verdächtigen überwachen. Vielleicht führt der Entführer uns direkt zu deiner Schwester. Außerdem versuche ich herauszufinden, was für Häuser oder Ländereien die einzelnen Männer im Umkreis von zwei Stunden haben.« Er dachte nach, während seine Finger sanft ihren Oberarm massierten. »Ich kann meine Akten über die Höllenhunde noch einmal durchgehen. Ich glaube nicht, daß sie irgend etwas Wichtiges enthalten, aber man kann nie wissen.«

»Das wäre gut«, stimmte Kit zu. »Ich mußte meine Suche so eng begrenzen wie möglich, weil mir die Hilfsmittel fehlten, aber ich will nicht ausschließen, daß der Schuldige jemand ist, an den ich nie gedacht habe.« Wieder erschauerte sie. »Selbst, wenn wir sicher sind, daß einer der Männer der Schuldige ist, wie sollen wir Kira finden?«

»Wir benutzen dich als Wünschelrute. Wenn das, was du sagst, stimmt, müßtest du imstande sein, sie zu finden, wenn wir in ihrer Nähe sind.«

Kit biß sich auf die Lippen. »Wenn die Entfernung nicht zu groß ist, aber ich glaube, wir dürfen nicht weiter als eine Viertelmeile von ihr weg sein.«

»Wir könnten die einzelnen Landsitze bei Nacht absuchen und dabei das ganze Grundstück durchkämmen.« Er zog sie an sich. Sie fühlte sich zart und zerbrechlich an. Es schmerzte zu wissen, daß er sie nicht vor dem schützen konnte, was sie am allermeisten fürchtete. Ernsthaft sagte er: »Es wird anstrengend für dich, Kitty.«

»Ich tue alles, was nötig ist«, sagte sie. Unter ihren Augen lagen tiefe Schatten. »Aber wenn wir sie gefunden haben, wie sollen wir sie dann befreien? Ich glaube, sie wird schwer bewacht.«

»Wir gehen einfach hin und holen sie. Dein Kusin Jason will bestimmt dabei sein, und er macht den Eindruck eines äußerst fähigen Mitstreiters. Außerdem hole ich meine allergefährlichsten Freunde zusammen. Mit Männern wie denen könnten wir Kira aus dem Tower herausholen.« Er fing an, ihr den Rücken zu massieren. Er wollte, daß sie sich ausschlief. »Versuch dich zu entspannen, Kit. Wenn es menschenmöglich ist, bringen wir sie heil und gesund zurück.«

»Du bist sehr lieb.« Sie schloß die Augen und legte ihren Kopf an seine Schulter. Bald flatterten leise, regelmäßige Atemzüge an seiner Kehle.

Er starrte mit ernstem Gesicht an die Zimmerdecke.

Trotz seiner zur Schau getragenen Zuversicht war er zutiefst beunruhigt. Es gab zu viele Möglichkeiten, und, falls Kiras Botschaft zutraf, nur sehr wenig Zeit. Dem Monstrum, das sie entführt hatte, war durchaus zuzutrauen, daß es seines Spielzeugs müde wurde und sie umbrachte, um eine neue Frau zu finden, die es quälen konnte.

Soviel hing von dem hauchzarten Band ab, das Kit zu ihrer Schwester hatte. Es war eine verheerende Bürde für sie; wenn sie Kira nicht rechtzeitig fanden, würde Kit sich nie vergeben. Dann war sie verdammt zu Schuld und Einsamkeit, demselben Gefühl der Unvollkommenheit, das Lucien sein Leben lang verfolgt hatte. Das konnte er niemandem wünschen, am allerwenigsten Kit. Und ganz selbstsüchtig fürchtete er, daß Kit ihn nie wiedersehen wollte, falls ihre Schwester starb, weil er bei ihrer Rettung versagt hatte. Bei dem bloßen Gedanken verkrampften sich seine Muskeln vor nervöser Anspannung.

Als er sicher war, daß sie schlief, befreite er sich behutsam aus ihrer Umarmung, stieg aus dem Bett und ging an seinen Schreibtisch. Dort kritzelte er eine knappe Nachricht. *Michael, ich brauche deine Hilfe. Kannst du sofort nach London kommen? Lucien.*

Er adressierte sie an »Lord Michael Kenyon, Bryn Manor, Penreith, Caermarthenshire, Wales«. Dann versiegelte er sie mit seinem Ring, der das Wappen der Strathmores trug. Er würde die Nachricht gleich morgen früh per Boten losschicken. Wenn eine Suchaktion im militärischen Stil notwendig wurde, konnte Michael eine unschätzbare Hilfe sein. Aber zuerst mußten sie herausfinden, wo Kira war.

Als er wieder neben Kit unter die Decke schlüpfte, hoffte er inständig, daß er ihr Vertrauen nicht enttäuschen mußte.

Lucien blieb in der offenen Tür stehen. »Guten Morgen, Dolly. Dein Portier hat gesagt, ich soll einfach heraufkommen.«

Die prachtvolle Blondine, die mit gefurchter Stirn über einem Kontobuch saß, sah auf und lächelte. »Strathmore, was für eine Überraschung. Bist du hier, um deinem faden Leben ein bißchen Würze zu verleihen?«

Er grinste und machte die Tür hinter sich zu. »Denk an unsere Abmachung. Ich sage nicht, daß du eine abscheuliche Perverse bist, und du nennst mich keinen phantasielosen Puritaner, der jede vernünftige Frau zu Tode langweilt.«

Sie warf sich lachend zurück. »Mir hat die Art, wie du über mein Geschäft sprichst, immer gefallen. Die meisten Männer halten mich entweder für die sündhafteste Kreatur seit Eva, oder sie nehmen mich und meine Arbeit so ernst, daß sie vergessen, ihren Spaß zu haben.«

»Hast du ein paar Minuten Zeit?«

Sie machte eine abfällige Handbewegung. »Ich erwarte einen Kunden, aber der kann warten. Die Frustration wird ihn in Stimmung bringen.« Sie nahm einen riesigen Fächer aus Straußenfedern vom Tisch, stand auf und drehte sich, eine Hand in die Hüfte gestemmt. »Ein neues Kostüm. Was meinst du – verdreh ich so allen Männern den Kopf?«

Feierlich musterte Lucien ihr aufsehenerregendes rotes Samtkleid. Sie mußte ein furchtbar unbequemes Korsett tragen, denn ihre leicht füllige Figur war geschickt in verblüffende Formen gepreßt. Ihr Dekolleté hätte einen steinernen Heiligen zum Erröten gebracht. Als sie sich im Kreis drehte, sah er, daß der Rock hüfthohe Schlitze hatte, unter denen sich Reitstiefel, silberne Sporen und schwarze Spitzenstrümpfe verbargen.

»Findest du es nicht ein bißchen zu konservativ?« fragte er. »Vor ein paar Wochen habe ich eine Herzogin in einem ganz ähnlichen Kleid gesehen, aber ihres war viel gewagter.«

»Frechheit!« Sie schlug ihm mit ihrem Fächer auf den Handrücken. Es tat weh, und er sah, daß in den krausen Federn schmale Lederriemen saßen, die, wenn sie mit entsprechender Kraft angewandt wurden, Schmerzen zufügen konnten. Schönheit und Schmerz in einem, das perfekte Sinnbild für Dollys besondere Talente.

»Ich muß zugeben, es ist nicht immer leicht, vulgärer zu sein als eure Damen der Gesellschaft, aber ich bin die richtige Frau dazu.« Sie setzte sich und schlug die Beine übereinander, so daß der geschlitzte Rock ihre wohlgeformten, spitzenbedeckten Beine bis zur Hüfte enthüllte. »Setz dich. Ich nehme nicht an, daß das hier ein gesellschaftlicher Besuch ist.«

»Leider nicht.« Er setzte sich und wurde ernst, während er ein Stück Papier aus der Tasche zog und es ihr reichte. »Ist irgendeiner dieser Männer ein Kunde von dir?«

»Du weißt, daß ich über solche Dinge nicht spreche, Strathmore«, sagte sie mißbilligend. »Meine Kunden erwarten Diskretion.«

»Das verstehe und respektiere ich, aber ich hoffe, daß du diesmal eine Ausnahme machen wirst. Einer dieser Männer hat höchstwahrscheinlich eine junge Schauspielerin aus guter Familie entführt und zwingt sie, an Aktivitäten teilzunehmen, wie sie deinen Kunden gefallen.«

Dolly runzelte die Stirn. »Das ist nicht richtig. Spiele sind nur gut, wenn die Spieler aus freien Stücken mitmachen und die Grenzen des anderen respektieren. Am besten ist es, wenn wirkliche Zuneigung im Spiel ist.« Sie studierte die Liste. »Ich glaube nicht, daß es der erste da ist. Harford. Ich habe von ihm gehört, aber er ist nie hier gewesen. Manchmal besucht er ein normales Bordell, das einer Freundin von mir gehört. Ich glaube, er ist ebenso anspruchslos wie du.«

Lucien machte ein unglückliches Gesicht. »Es wäre mir lieber, wenn du keine Vergleiche zwischen Harford und mir anstellst.«

Sie grinste und sah wieder auf die Liste. »Alle anderen sind hiergewesen, aber keiner ist regelmäßiger Kunde. Mace ist rein aktiv – ziemlich gut im Bestrafen. Chiswick mag beides, manchmal ist er der Meister, manchmal der Sklave. Westley ist rein passiv – er mag Fesseln, und er wird wild, wenn man ihm die Fußsohlen kitzelt. Nunfield.« Sie klopfte mit einem langen, spitzen Fingernagel auf das Papier. »Der geht zu weit. Nach seinem letzten Besuch habe ich ihm gesagt, daß er nicht wiederkommen soll.«

»Gibt es einen, den du deiner Erfahrung nach als besonders verdächtig einstufen würdest?«

Sie zögerte. »Möglicherweise Nunfield, aber das ist schwer zu sagen. Sie sind alle viel zu sehr daran gewöhnt, daß sie genau das kriegen, was sie wollen. Das könnte eine Entführung einschließen und auch, daß sie einem Mädchen, das ihnen nicht zu Willen ist, mit der Peitsche Respekt einbleuen.«

»Ich habe Grund zu der Annahme, daß die junge Dame gezwungen wird, die Domina zu spielen.«

Dolly schürzte die Lippen. »Eigenartig. Von einem Mann, der gerne dominiert wird, hätte ich etwas wie eine Entführung nicht erwartet. Aber man kann nie wissen.« Sie gab ihm die Liste zurück. »Ich hoffe, das hat geholfen.«

»Hat es.« Er stand auf. »Vielen Dank, Dolly. Ich weiß deine Hilfe zu schätzen.«

»Gib mir Bescheid, wenn du das Mädchen gefunden hast«, sagte sie ernst. »Ein Kerl, der imstande ist, eine junge Frau zu entführen und sie zu etwas zu zwingen, das gegen ihre Natur ist, ist zu allem fähig.«

Leise sagte Lucien: »Das befürchte ich auch.«

Lucien saß in seinem Arbeitszimmer, als Jason Travers nach einem ausgedehnten Schlaf zum Vorschein kam. Gebadet, rasiert und in der Kleidung seines Gastgebers sah er recht manierlich aus, auch wenn die Kleider an seinem hageren Körper schlotterten. Lucien winkte ihn herein. »Guten Morgen. Wie fühlen Sie sich?«

Der Amerikaner kam herein und fing an, ruhelos im Zimmer hin- und herzulaufen. »Ein bißchen mehr bei Verstand als gestern nacht, aber ich bin immer noch nicht ganz davon überzeugt, daß ich nicht doch Fieber habe und alles eine Halluzination ist.«

»Haben meine Diener sich gut um Sie gekümmert?«

»Ausgezeichnet.« Humor blitzte in seinen dunklen Augen. »Alle nennen mich Lord Markland. Komisch, daß das ich sein soll.«

Lucien lehnte sich in seinen Stuhl zurück. »Ich hielt es für eine gute Vorsichtsmaßnahme. Selbst, wenn Sie gesucht werden sollten, wird niemand einen Grafen mit einem entflohenen Kriegsgefangenen in Verbindung bringen.«

»Ich habe jedenfalls große Schwierigkeiten damit.« Jasons Blick wanderte über die Regale voll ledergebundener Bände, die eleganten Möbel, die gedämpft leuchtenden Farben des Teppichs unter seinen Füßen. »Alles, was ich sehe, ist eine Wonne für meine Augen. Ziemlich überwältigend nach der Eintönigkeit auf dem Gefängnisschiff. Ich hatte Kaffee, ein weiches Ei und Toast zum Frühstück. Nektar und Ambrosia.« Er berührte die Blüten in einem Blumenstrauß, der den Raum mit seinem Duft erfüllte. Seine Finger strichen fast ehrfürchtig über die seidigen Blütenblätter. »Wie es scheint, sind Sie selber ein Lord.«

Lucien neigte formell den Kopf. »Der neunte Graf von Strathmore, letzter in einer langen Linie von Männern, die wußten, mit welcher Seite sie es in einem Krieg zu halten hatten und daß man den Spieltisch verläßt, solange man den Vorteil auf seiner Seite hat. Nicht gerade heroisch, aber es hat den Vorteil der Langlebigkeit.«

Jason musterte seinen Gastgeber. »Vielleicht muß ein Mann nicht vollkommen wertlos sein, nur weil er ein Lord ist.«

Lucien grinste. »Die amerikanische Direktheit ist so erfrischend.«

Jason wurde rot. »Verzeihung, ich habe es nicht so gemeint. Ich habe vergessen, wie man sich in anständiger Gesellschaft benimmt.« Er hob eine antike Sanduhr hoch, die im Regal stand, und streichelte das polierte Holz. Dann drehte er sie um und sah zu, wie der weiße Sand vom oberen in das untere Glas lief. »Zwei Jahre meines Lebens vorbei, und ich habe nichts dafür vorzuweisen.«

»Mit der Zeit vergehen auch die schlimmsten Erinnerungen«, sagte Lucien leise. »Wenigstens hat mir das ein Freund gesagt, der ein paar schreckliche Jahre damit verbracht hat, gegen die Franzosen zu kämpfen. Sie können so lange bleiben, wie Sie wollen – wie Sie sehen, gibt es hier mehr als genug Platz. Oder, falls Ihnen das lieber ist, kann ich Ihnen helfen, auf den Kontinent zu kommen. Von dort aus können Sie nach Amerika zurück oder in aller Ruhe darauf warten, daß der Krieg zu Ende geht. Mit großer Wahrscheinlichkeit wird noch vor Jahresende ein Friedensvertrag geschlossen.«

»Ihr Wort in Gottes Ohr. Aber ich verlasse England nicht, ohne zu wissen, was mit Kira ist.« Er stellte die Sanduhr ins Regal zurück und fuhr fort: »Ich kann mich also ebensogut Ihrer Gastfreundschaft erfreuen, aber nur unter der Bedingung, daß Sie über Ihre Ausgaben für mich Buch führen.« Er befühlte die feine Wolle seines blauen Gehrockes. »Ich habe auf meinen Schiffen genug Stoff befördert, um erstklassige Qualität zu erkennen, wenn ich sie sehe.«

Beruhigend sagte Lucien: »Ich werde jeden Penny aufschreiben und Ihnen Zinsen berechnen.«

»Ich bin Ihnen sehr verbunden.« Jasons Miene wurde finster. »Jetzt erzählen Sie mir alles über Kiras Verschwinden.«

Lucien sagte ihm, was er wußte oder vermutete. Zuletzt beschrieb er Kits Alptraum und die bruchstückhaften Informationen, die sie durch die Hypnose gewonnen hatten.

Das Gesicht des Amerikaners versteinerte, nur seine Augen verrieten seine Erregung. Am Ende von Luciens Bericht sagte er mit tödlicher Präzision: »Wenn der Mann, der Kira entführt hat, gefunden ist, werde ich ihn mit einem sehr stumpfen Messer in sehr kleine Stücke schneiden.«

»Möglicherweise müssen Sie für dieses Privileg anstehen«, sagte Lucien trocken.

»Daß sie das neue Jahr nicht sieht – meinen Sie, das hat sie wörtlich gemeint? Himmel, es sind nur noch zwei Wochen bis Januar!«

»In ein paar Tagen sollten wir genug Informationen haben, um etwas unternehmen zu können.« Obwohl seine Worte beruhigend klangen, wanderte Luciens Blick zu der Sanduhr hinüber. Er konnte den entsetzlichen Gedanken nicht abschütteln, daß die Stunden von Kiras Leben ebenso unerbittlich verrannen wie der Sand. Und wenn sie starb, verlor er Kit möglicherweise für immer.

Neunundzwanzigstes Kapitel

Lord Chiswick spähte über das Geländer der Loge. »Wann immer ich ins Theater gehe, habe ich ein fast unwiderstehliches Verlangen, den Kreaturen da unten im Parkett faules Obst an den Kopf zu werfen.«

»Die Schauspieler würden Ihnen nicht dafür danken«, stellte Lucien fest. »Das Obst würde mit Sicherheit bei ihnen landen.«

Lord Mace nahm eine Prise Schnupftabak. »Nur, wenn sie es verdient haben.«

Nunfield sagte: »Vielleicht sollten wir eine Orangenverkäuferin kommen lassen und ihr ihren Vorrat abkaufen, für den Fall, daß wir ihn benötigen.«

»Ich glaube nicht, daß das heute abend der Fall sein wird«, sagte Ives munter. »Soweit ich gehört habe, ist das Stück ziemlich amüsant.«

»Hoffentlich«, schnarrte Nunfield. »Ansonsten mißbrauche ich Ihre Gastfreundschaft und gehe, Strathmore. Auf Pall Mall gibt es einen neuen Spielclub, der etwas ganz Besonderes sein soll, und ich will heute abend meinen Besuch abstatten.«

»Wenn das Stück langweilig ist, gehe ich mit«, sagte Lucien lässig. Zum Glück hatten bis auf Harford alle Verdächtigen seine Einladung angenommen. Um das Ganze nicht zu auffällig zu machen, hatte er auch Lord Ives eingeladen, der immer gerne ins Marlowe ging, um seine Cleo zu bewundern.

Ein Großteil der guten Gesellschaft hatte die Stadt verlassen, um die Feiertage auf ihren Landsitzen zu verbringen, und viele der besten Logen waren leer. Parkett und Galerie hingegen waren gestopft voll mit Londonern, die begierig auf die erste Vorstellung von *Straße der Skandale* warteten.

Um sich als Konzert auszuweisen, begann der Abend mit einem vom Publikum weitgehend ignorierten Concerto grosso. Die Unterhaltung verstummte, als die Musik endete und der erste Akt begann. Die Geschichte drehte sich um die hinterhältigen Versuche eines korrupten Kaufmanns, einen aufrechten Regierungsbeamten, Sir Digby Upright, zu verleumden. (Die bloße Vorstellung eines ehrlichen Regierungsbeamten erzeugte brüllendes Gelächter.)

Die Dialoge waren witzig und treffend, voller Anspielungen auf Themen wie die Extravanganzen des Prinzregenten bis zu den Friedensverhandlungen in Wien und Gent. Das Publikum amüsierte sich großartig, sogar die gelangweilten Lebemänner in Luciens Loge.

Die Schlüsselszene des ersten Aktes war ein Ball, den Sir Digby anläßlich der Verlobung seiner Tochter gab. Ohne sein Wissen hatte der Feind einen finsteren Plan geschmiedet, um ihn vor seinen Gästen, unter denen sich zahlreiche wichtige Mitglieder der Regierung befanden, zu erniedrigen. Die Szene begann, als Sir Digby den Tanz unterbrach, um seine errötende Tochter, gespielt von einer sehr sittsamen Cleo Farnsworth, und ihren feschen jungen Verlobten vorzustellen.

Kaum hatte er seine Ankündigung gemacht, als zwei Komiker mit einer riesigen Teppichrolle auf die Bühne marschierten. Unter den Augen der Gäste entrollten sie ihn inmitten des Ballsaals. Kit kam zum Vorschein, geschmeidig wie eine Schlange, in einer grellblonden Perükke und einem blutroten Satinkleid, das fast so freizügig war wie das, was Dolly getragen hatte. Es war nicht nur vorne tief dekolletiert, sondern auch hinten fast bis zur Taille ausgeschnitten, so daß sich dem Publikum ein hinreißender Streifen cremefarbener Haut darbot.

Lucien hatte sich an den Rand der Loge gesetzt, so daß

er seine Begleiter unauffällig beobachten konnte. Ives und Westley lachten bei Kits Erscheinen ebenso wie der Rest des Publikums. Chiswick beugte sich aufmerksam vor und legte die Arme auf das Geländer. Nunfield lehnte sich mit studierter Lässigkeit zurück und trommelte mit den Fingern auf sein Knie, den scharfen Blick auf die Bühne gerichtet. Mace zeigte überhaupt keine Reaktion, abgesehen von einem flüchtigen Zucken der Lippen.

Lucien verfluchte die Dunkelheit, die alle Einzelheiten verwischte. Zwar hatte er nicht erwartet, daß der Schuldige aufspringen und »Ich bin's!« rufen würde, aber er hatte auf irgendeinen Hinweis gehofft, irgendein Anzeichen von Überraschung oder Unbehagen beim Anblick von »Cassie James«. Nicht, daß der Mangel an Reaktionen irgend etwas bewies; alle Satansjünger waren hartgesottene Spieler, gewohnt, ihr Mienenspiel zu beherrschen.

Zu Sir Digbys Entsetzen küßte Kit ihn mit dem Anschein langer Vertrautheit, beleidigte seine Frau und seine Tochter, flirtete mit dem hingerissenen Verlobten und erzählte den Gästen fröhlich, daß »Diggy« sie freizügig aushielt, weil er so viel Geld mit Bestechung verdiente. Als Sir Digby einen Protest stotterte, brachte sie ihn mit einem trägen Wink zum Schweigen, eine prachtvolle weibliche Kreatur, die ihre Macht über die Männchen ihrer Spezies genoß.

Kit drehte sich zum Publikum um, und ihr Blick huschte kurz zu Luciens Loge hinauf. Dann, zu einem Trommelwirbel, stürzte sie sich mit fliegenden Unterröcken und flinken Füßen in einen Tanz. Lucien bemühte sich, seine Begleiter zu beobachten, aber sein Blick wurde unwiderstehlich von Kit angezogen. Ihre Vitalität zog jedes Auge auf sich.

Ihre Bewegungen hatten eine neue Sinnlichkeit. In der *Zigeunerbraut* hatte sie geschickt Leidenschaft vorgetäuscht. Jetzt war sie ein Teil von ihr. Jede Bewegung ihrer Hand, jede grazile Biegung ihres Halses, jeder schräge, lockende Blick war eine Verheißung irdischer Wonnen. Sein Körper straffte sich vor Verlangen. Die zwei Tage seit ihrem letzten Zusammensein erschienen ihm wie eine Ewigkeit.

Spontaner Applaus brach aus, als ihre Röcke hoch genug flogen, um ihre Tätowierung zu zeigen. Er war hin- und hergerissen zwischen dem Wunsch, jedem Mann im Zuschauerraum etwas Schreckliches anzutun, und primitivem männlichem Stolz, daß er der einzige war, der diesen verlockenden Schmetterling je geküßt hatte, der einzige, der die Geheimnisse ihre Körpers und die strahlende Klarheit ihres Geistes kannte.

Außerdem war er auf dem besten Weg, den Verstand zu verlieren. Wahrscheinlich würde er ihn erst wiederfinden, wenn Kit einwilligte, ihn zu heiraten.

Am Ende ihres Tanzes sank Kit in einer graziösen Pose der Ergebenheit dem entgeisterten Sir Digby zu Füßen. Seine Frau und seine Tochter stürmten von der Bühne, den widerstrebenden Verlobten im Schlepptau. Die empörten Gäste folgten und ließen Sir Digby mit seiner heimlichen Mätresse allein. Kit sprang auf die Füße, warf Sir Digby eine flüchtige Kußhand zu und lief davon. Der arme Diener der Öffentlichkeit blieb allein in den Trümmern seiner Existenz zurück.

Der Akt ging unter tosendem Applaus zu Ende. Lord Chiswick sagte mit einer ungewohnten Zurschaustellung von Enthusiasmus: »Was für eine hinreißende Schauspielerin.«

»Allerdings«, sagte Sir James. »Kennt irgend jemand ihren Namen?«

»Cassie James.« Nunfield nahm eine Prise und hielt die Schnupftabaksdose Mace hin, der sich bediente. »Ich habe dem Mädchen einmal eine *carte blanche* angeboten, aber sie hat abgelehnt, leider Gottes. Vielleicht versuche ich es noch einmal mit einem großzügigeren Angebot.« Sein Blick wanderte zu Lucien. »Natürlich ist es möglich, daß sie bereits einen Gönner gefunden hat.« Der ironische Unterton in seiner Stimme bewies, daß er gehört hatte, wie Lucien Kit aus dem Künstlerzimmer entführt hatte, aber seine Miene verriet keine Eifersucht. War sein Gleichmut echt oder gespielt? Unmöglich zu sagen.

Mace meinte gelangweilt: »Ich habe genug von Schauspielerinnen. Ein gieriges, egozentrisches Pack. Ich persönlich bevorzuge gelangweilte Ehefrauen. Sie sind wesentlich billiger, und so dankbar für die Aufmerksamkeit.« Er stand auf. »Ich glaube, ich vertrete mir vor dem nächsten Akt etwas die Beine.«

Die anderen Männer verließen ebenfalls die Loge, um etwas zu sich zu nehmen oder andere Logen zu besuchen. Lucien blieb allein zurück und überdachte, was er gesehen hatte. Er wollte gerade selber nach unten gehen, als ein sechster Sinn ihn zwang, den Kopf zu heben. Kit hatte die Loge betreten. Sie trug ein dunkles Cape mit einer Kapuze, die ihr Haar verbarg, und sie wirkte keusch und bescheiden wie eine mittelalterliche Nonne.

Einen Augenblick lang starrten sie einander nur an. Dann lagen sie sich in den Armen. Ihr Körper war warm und biegsam von ihrem Tanz, ihre Küsse ebenso gierig wie die seinen. Sie umarmten sich für ein paar besinnungslose Sekunden, bis sie mit schuldbewußtem Lachen den Kopf abwandte. »Eigentlich bin ich gekommen, um zu fragen, was du herausgefunden hast.«

Eingedenk ihrer Umgebung sagte er: »Wir sollten nicht hier sprechen. Die anderen können jederzeit zurückkommen.«

»Ich weiß. Ich habe mich vor der Vorstellung erkundigt.

Die Loge am Ende dieser Reihe müßte leer sein. Dort können wir reden.« Sie spähte in den Gang hinaus, nahm seine Hand und führte ihn rasch in die leere Loge.

Kit hatte gut gewählt, die Loge war tief und so dunkel, daß sie vermutlich niemand sehen konnte. Trotzdem nahm er sie, um ihre Ungestörtheit zu gewährleisten, in die Arme. Falls sie beobachtet wurden, würde derjenige annehmen, daß sie ein heimliches Liebespaar waren. Leise flüsternd erzählte er ihr, was Dolly ihm gesagt hatte und seine eigenen Beobachtungen.

Als er fertig war, sagte sie nichts. Ihre Enttäuschung war spürbar. »Tut mir leid, Kitty«, sagte er reumütig. »Vielleicht habe ich etwas übersehen, aber als du angefangen hast zu tanzen, mußte ich einfach hinsehen. So wie alle anderen. Du warst großartig.«

»Ich habe für dich getanzt«, sagte sie so leise, daß er sie fast nicht verstand.

»Das hatte ich gehofft.« Er fuhr mit der Hand unter ihr Cape. Sie trug immer noch das Kostüm, und er begann, ihre samtigen Schultern zu streicheln. Sie unter dem Stoff zu berühren, gab ihm das köstliche Gefühl, etwas Verbotenes zu tun.

Sie erschauerte leise, und ihre grauen Augen verdunkelten sich. Langsam, als habe sie Schwierigkeiten, sich an das zu erinnern, was sie sagen wollte, fragte sie: »Wenn du raten müßtest, rein intuitiv, wen von den vieren würdest du für schuldig halten?«

»Mace.« Obwohl er sofort antwortete, waren die Gründe für seine Entscheidung schwer zu analysieren. »Er hat am wenigsten reagiert, so wenig, daß es fast auffällig wirkte, weil jeder andere Mann im Theater von deiner Vorstellung hingerissen war. Und ich habe keinen Zweifel, daß er zur Grausamkeit neigt.«

»Deine Freundin Dolly hat gesagt, er ist die Sorte, die

gerne die Oberhand hat«, erinnerte Kit ihn. »Warum sollte er eine Frau dazu zwingen, ihn zu mißhandeln?«

»Ich weiß es nicht.« Lucien schob ihre Kapuze leicht zurück. Wilde blonde Locken ringelten sich um ihren Kopf. Kaum sichtbar unter der üppigen Perücke lag ihr Ohr, zart und vollkommen wie eine Frühlingsblüte. Er fuhr die Wölbung mit seiner Zunge nach. Ein süßsalziger Geschmack von Gewürzen und Weiblichkeit. Er riß sich zusammen. »Aber Dolly hat auch gesagt, daß es unmöglich ist vorherzusagen, wozu so ein Mann fähig ist.«

Kit atmete tief. Ihre Hände öffneten und schlossen sich rhythmisch auf seinem Rücken. »Was . . . was ist mit Nunfield? Er hat zugegeben, daß er Kira zur Mätresse haben wollte.«

Seine Hände wanderten tiefer, über glatte, samtweiche Haut und festgeschnürten Satin, um ihr Hinterteil zu umfassen. Sanft drückte er zu und spürte die verlockenden Rundungen in seinen Handflächen. »Er wirkte nicht wie ein hartnäckiger Verehrer, der vor Besessenheit auf eine Entführung verfallen ist. Natürlich könnte er auch ein erstklassiger Schauspieler sein, der insgeheim das Wissen genießt, Kira irgendwo gefangen zu halten.«

»Und Chiswick?«

»Der hat sich benommen, als hätte er Cassie James noch nie gesehen. Vielleicht stimmt es – ich glaube, er ist kein regelmäßiger Theaterbesucher.« Lucien wußte, daß er Kit loslassen sollte, aber seine Hände verweigerten ihm den Gehorsam. Halb amüsiert und halb ärgerlich auf sich selber sagte er: »Es ist schwer, vernünftig zu bleiben, wenn du in meinen Armen liegst.«

»Ich weiß genau, was du meinst.« Scheu beugte sie sich vor und fuhr mit der Zungenspitze über sein Kinn. Wärme durchrieselte ihn. Er hielt den Atem an und hoffte, daß sie nicht aufhörte.

Schweigend erfüllte sie seinen Wunsch. Ihre weichen Lippen fanden die Höhlung unter seinem Ohr. Winzige Wonneschauer gingen durch seinen Körper, ein wachsender Sturm, der sich entlud, als sie vorsichtig an seinem Ohrläppchen knabberte. Er drehte den Kopf, und sie küßten sich mit rücksichtsloser Hingabe. Sie war die reservierte Kathryn, die extravagante Cassie und die kläräugige Kit, alles zugleich. Sein Griff wurde fester, und sie standen eng aneinandergepreßt, ihr Becken an sein hartes Glied geschmiegt.

Irgendwo weit, weit entfernt von ihrer fieberhaften Umarmung, kehrten Theaterbesucher hustend und füßescharrend auf ihre Plätze zurück. Atemlos sagte er: »Du mußt bestimmt zum nächsten Akt nach unten.«

Nach einer ungewissen Pause sagte sie: »Ich ... ich bin erst wieder am Ende des dritten Aktes dran.« Ihr Atem kam in hastigen Stößen, die die empfindliche Haut unter seinem Ohr kitzelten.

Er verstand ihre Angst, die Verbindung zu ihrer Schwester zu unterbrechen und akzeptierte ihren Wunsch, dem Ansturm der Leidenschaft aus dem Weg zu gehen. Aber seine Hand, seine egoistische, boshafte Hand, glitt um ihre Hüfte nach unten, über den roten Satin und in die geheimnisvolle Spalte zwischen ihren Schenkeln.

Sie stöhnte erstickt und verkrallte sich in seiner Taille. »Wir ... wir sollten so etwas nicht tun.«

»Ich weiß«, sagte er, während seine Hand tiefer glitt. Selbst durch den Stoff hindurch fühlte er feuchte Wärme. »Aber es ist schwer aufzuhören.«

Ihr Becken wölbte sich seiner Hand entgegen, und sie stieß ein leises Jammern aus, der verführerischste Laut, der sich denken ließ. Er küßte sie, um den verräterischen, wilden Ton zu ersticken.

Ein lauter Dialog auf der Bühne wurde von wildem Gelächter gefolgt. Er bemerkte es kaum, denn erstaunlicherweise wanderte ihre Hand zögernd und forschend über seine Taille und seinen Bauch. Seine Hüften schoben sich vorwärts, und er preßte sich an ihre Handfläche. Ohne zu zögern, legte ihre Hand sich um sein Glied. Er stand wie gelähmt, als ob eine einzige Bewegung ihn zerspringen lassen müßte.

Aber er konnte nicht ruhig stehenbleiben. Er ergriff eine Handvoll Röcke und hob sie hoch. Unter dem schäumenden Stoff waren ihre Strümpfe einzeln mit adretten Schleifen an ihrem Korsett befestigt. Ohne auf die Bänder zu achten, schob er seine Finger zwischen ihre seidenbedeckten Schenkel, bis er das lockige Dreieck ihres Venushügels fand. Darunter lag heißes, süßes, weibliches Fleisch, bereit und feucht.

Sie vergrub ihr Gesicht an seiner Schulter, um nicht aufzuschreien, als er sie berührte. »Wir dürfen nicht«, sagte sie schwach, ungewiß, ob sie hoffte, daß er stärker sein würde als sie oder nicht. »Was ... was ist, wenn jemand in die Loge kommt?«

»Es ist zu dunkel ... niemand kann uns sehen«, sagte er heiser, als koste es ihn Mühe, einen einfachen Satz zu formen.

Ihr war schwindlig, und sie konnte sich nicht mehr erinnern, warum sie aufhören mußten. Hitze pulste gegen ihre Handfläche, unverkennbare, kräftige Männlichkeit selbst unter dem Stoff, der sie trennte. Ihr Griff wurde fester, als sie sich an das Gefühl erinnerte, ihn in sich zu haben. Bei dem Gedanken wurde sie schwach vor Verlangen. Ohne es zu wissen, begann sie, sein hartes Glied zu massieren.

Er stöhnte und zerrte ungeduldig an seinem Hosenschlitz. Dann trat er zurück, zog sie mit einer Hand mit und faßte mit der anderen hinter sich. Er fand einen Stuhl und setzte sich. Dann zog er sie mit gespreizten Beinen auf seinen Schoß und half ihr, sich auf ihn zu setzen.

Als er in sie glitt, wurde sie regungslos vor Überraschung. Die Art, wie ihre Körper sich unter den Falten ihrer Kleidung vereinigten, hatte etwas schamlos Intimes. Schamlos und beinahe unerträglich erotisch.

Er bewegte sich in ihr, und ihr Verlangen flackerte lichterloh auf. Sie lehnte sich nach vorn, schmiegte ihren Oberkörper an seine Brust und ihre Wange an seine. Er umarmte sie so fest, daß sie kaum atmen konnte. Sie bewegten sich rhythmisch gegeneinander, in kleinen, wilden Stößen. Die Stuhlbeine rutschten quietschend über den Fußboden, aber das Geräusch wurde von lautem Gelächter übertönt.

Das Blut klopfte in ihren Schläfen wie Urwaldtrommeln, immer schneller, immer heftiger. Gewicht und Druck konzentrierten sich an einer einzigen namenlosen, inneren Stelle, die mit vernichtender Hitze brannte, bis ein heftiger Krampf sie durchzuckte. Ihre Zähne gruben sich in die rauhe Wolle an seiner Schulter.

»O Gott, Kit . . .« Seine Finger krallten sich in ihre Hüften, während er aufwärts stieß, ein rauhes, wortloses Grollen in der Kehle.

Sein Glied klopfte mit wilder Heftigkeit, dann folgte ein erstarrter Moment, in dem keiner von ihnen atmete. Langsam gaben ihre angespannten Muskeln nach und sie schöpften wieder Atem.

»Oh«, keuchte er. »Es tut mir leid, Kit. Das hatte ich nicht vor.« Keuchend preßte er seine Stirn an ihre. »Kannst du deine Schwester noch spüren?«

»Es war genauso meine Schuld wie deine«, flüsterte sie. Aber wie hatte sie Kira so vergessen können? Wie egoistisch mußte eine Frau sein, daß sie über ihrer eigenen Lust ihren Zwilling vergaß?

Sie suchte ihm Geiste nach Kira, voller Angst, daß das Band zwischen ihnen eine derartig sengende Leidenschaft nicht überstanden hatte. Diesmal verlor sie nicht die Nerven, als sie den Kontakt zu ihrer Schwester nicht sofort herstellen konnte. Geduldig konzentrierte sie sich und ignorierte die träge Befriedigung ihres Körpers. Endlich spürte sie die schwache Präsenz ihrer Schwester. Grenzenlos erleichtert sagte sie: »Alles in Ordnung. Ich kann Kira noch fühlen.«

Mit einem atemlosen Lachen sagte er: »Dann tut es mir nicht leid, daß wir die Beherrschung verloren haben.«

Sie hob den Kopf und sagte scharf: »Das ist nicht komisch. Das hier bringt mich immer vollkommen durcheinander. Ich hätte es nie zulassen dürfen.«

»Es ist ganz normal, daß man durcheinander ist, wenn man miteinander geschlafen hat«, erwiderte er. »Meistens ist der Effekt nur vorübergehend. Du darfst nicht zu streng mit dir sein – bis jetzt scheint die Leidenschaft die Verbindung zu deiner Schwester nicht gestört zu haben, und wir haben es beide sehr genossen.«

Das war einer der Gründe, warum sie sich so schuldig fühlte. Wütend sagte sie: »Und du willst dein Vergnügen nicht aufgeben. Ist das der Preis für deine Hilfe? Muß ich mich deinen Annäherungsversuchen fügen?«

Seine Hände legten sich schmerzhaft um ihre Oberarme, und sie fühlte, wie rohe Wut ihn durchzuckte. Er war immer noch in ihr, und sie fühlte sich grenzenlos verletzlich und von seiner Stärke überwältigt. Aber als er sprach, war seine Stimme sanft, gefährlich sanft. »Habe ich je irgend etwas getan oder gesagt, aus dem hervorgeht, daß ich für meine Hilfe eine Gegenleistung erwarte?«

»Nein.« Sie sah zu Boden. »Aber ich werde das Gefühl nicht los, daß ich dir vollkommen ausgeliefert bin.«

Noch ein spannungsgeladenes Schweigen. Dann fragte

er: »Versuchst du, mich zu provozieren, damit ich in sicherem Abstand bleibe?«

Sie erschrak. Wieso kannte er ihre geheimen Beweggründe besser als sie selbst? »Vielleicht . . . vielleicht hast du recht. Ich fühle mich überfordert, Lucien. Ich habe schreckliche Angst um Kira, ich bin erschöpft von der Mühe, die es mich kostet, ihr Leben zu führen, und jetzt bist du auch noch da. Ich komme mir vor wie ein Blatt im Wind, ohne Kontrolle über mein eigenes Leben. Nicht gerade ein angenehmes Gefühl.«

»Wahrscheinlich nicht«, sagte er ruhig. Er lockerte seinen Griff und zog sie wieder an sich. »Es dauert nicht mehr lange. Bald hast du dein eigenes Leben wieder.«

Als sie schwiegen, ertönte Sir Digby Uprights Stimme, als er in einem Monolog seine Pläne zur Vernichtung seines Feindes und Wiederherstellung seines guten Rufes zum besten gab. Sie konnte ihre verführerische Trägheit noch eine Weile länger genießen.

Sie hatten sich noch nicht getrennt, und während sie in seinen Armen lag, spürte sie, wie sein Glied sich wieder in ihr aufrichtete. Wenn sie sich noch einmal liebten, würde es langsamer und sanfter sein als das erstemal. Sie würden mehr Zeit haben, das Wachsen der Begierde zu genießen . . .

Das letzte, was sie jetzt brauchen konnte, war noch größere Abhängigkeit von einem Mann, der ihren Körper und ihren Verstand in Butter verwandelte. Unter Aufbietung all ihrer Willenskraft machte sie sich los und stand auf.

Sie fühlte einen Schauer des Protestes in seinen Muskeln, als sie sich befreite. Gleich darauf hatte er sich damit abgefunden. Er reichte ihr ein Taschentuch, mit dem sie sich abtrocknen konnte, und begann, seine Kleidung in Ordnung zu bringen.

Bemüht, realistischer zu klingen als sie war, sagte sie:

»Als ob es nicht schon genug gute Gründe für mich gäbe, mich zu benehmen – da ist immer noch das Risiko einer Schwangerschaft. Das wäre eine solche Katastrophe, daß ich nicht einmal daran denken möchte.«

»So katastrophal nun auch wieder nicht.« Er glättete seinen Gehrock. »Selbst, wenn du bereits schwanger bist, bis du dir sicher bist, sind wir schon lange verheiratet.«

Ihre Hände umklammerten den Saum ihres Capes. Unwillkürlich murmelte sie: »Ich wünschte, du würdest nicht mehr davon sprechen.«

Dreißigstes Kapitel

Sobald sie das gesagt hatte, wünschte Kit, sie könnte ihre Worte zurücknehmen.

Sie hoffte vergebens, daß er ihre Bemerkung überhören würde. Er heftete seinen allzu hellsichtigen Blick auf sie, ohne daß sie in dem trüben Licht in seiner Miene lesen konnte. »Was stört dich? Der Gedanke an ein Kind oder die Ehe an sich?«

Sie wußte, daß die einzige Methode, ihn abzulenken, in einem teilweisen Geständnis bestand, und so sagte sie: »Mir mißfällt die Idee, zum Altar geschleift zu werden, um deiner Vorstellung von Ehre zu genügen. Das scheint mir eine sehr schwache Grundlage für eine Ehe.«

Er drehte leicht den Kopf, und ein Lichtstrahl fiel in seine grünen Katzenaugen. »Das ist es also. Das hätte ich mir denken können.«

Er nahm ihre Hand, ohne sie an sich zu ziehen. »Ich bin nicht ehrlich gewesen. Obwohl ich von der Ehe als dem richtigen, moralischen und ehrenhaften Weg gesprochen habe, hätte ich sie dir nicht angeboten, wenn ich dich nicht heiraten wollte.« Er hob ihre verschlungenen Hände und küßte ihre Fingerspitzen. »Es gibt schon so viel zwischen uns. Ich hoffe, daß es mit der Zeit noch viel mehr wird.«

Sie versuchte, ihre Hand wegzuziehen. »Aber ich glaube, ich will nicht heiraten.«

Seine Finger umschlossen die ihren und hielten sie fest. »Ich verlange nicht dein ganzes Herz. Mir reicht ein kleines Stück. Ich verspreche dir, daß ich mich weder in deine Arbeit noch in das Verhältnis zwischen dir und deiner Schwester hineindränge.«

»Mach keine Versprechungen, die du hinterher bereust«, sagte sie unglücklich. »Je weniger wir jetzt sagen, um so einfacher wird es uns fallen, uns zu trennen.«

»Ich habe nicht die Absicht, mich von dir zu trennen, mein Liebling«, sagte er ruhig. »Außer du verabscheust mich so sehr, daß du es nicht erträgst, im selben Raum mit mir zu sein, und das scheint mir nicht der Fall.«

»Du glaubst, daß du mich willst«, sagte sie spröde, »aber du kennst Kira noch nicht. Wenn du sie siehst, wirst du das Interesse an mir verlieren.«

Seine Hand krampfte sich zusammen. Sie spürte seinen Schock und die aufkeimende Wut so deutlich, als hätte er gesprochen.

Aufbrandender Applaus erfüllte das Theater. Bald war der zweite Akt zu Ende. Als es wieder ruhig wurde, sagte Lucien mit beißendem Hohn: »Ich habe einmal einen Mann getroffen, der sagte, daß Frauen genauso sind wie Teppiche – beide müssen regelmäßig ausgeklopft werden, damit sie in gutem Zustand bleiben. Ich war nie seiner Meinung, aber vielleicht hatte er recht. Woher hast du die idiotische Idee, daß ich mich unsterblich in Kira verliebe, sobald ich sie sehe?«

»Das geht allen so!« sagte Kit wütend. »Sie ist alles, was dir an mir gefällt, und noch hundertmal mehr.«

»Selbst wenn du recht hast, sind ihre Gefühle bereits gebunden. Zumindest scheint Jason Travers das anzunehmen«, bemerkte er trocken. »Ich muß mich wohl oder übel damit zufriedengeben, dich zu heiraten.«

Sie wußte, daß seine Worte ironisch gemeint waren, aber sie schmerzten trotzdem zu sehr, um amüsant zu sein. »Die Ehe ist ein Punkt, in dem ich mich nicht damit abfinde, an zweiter Stelle hinter meiner Schwester zu stehen. Lieber werde ich eine alte Jungfer. Genaugenommen habe ich mich mein ganzes Leben lang darauf eingestellt.«

Sie riß sich los. »Wenn es soweit ist, mach dich darauf gefaßt, daß du um Kira kämpfen mußt. Jason ist ein bemerkenswerter Mann, aber du übertriffst ihn. Wenn du sie willst, wird es dir vielleicht gelingen, sie für dich zu gewinnen.« Sie drehte sich um und ging zur Tür. »Ich muß jetzt gehen. Ich muß mich für den dritten Akt umziehen.«

Lautlos wie ein Panther huschte er durch die Loge und versperrte ihr den Weg. »Es ist viel einfacher, einen Zwilling vom anderen Geschlecht zu haben. Weniger Konkurrenz«, sagte er mit so viel Mitgefühl, daß sie am liebsten geweint hätte. »Du hast keine allzu hohe Meinung von der Liebe, nicht wahr? Sie ist kein Wettkampf, den es zu gewinnen gilt, sondern ein Bund, der zwischen zwei Herzen geschlossen wird. Die Tatsache, daß ihr äußerlich praktisch identisch seid, macht euch nicht austauschbar für die, denen ihr etwas bedeutet. Und wenn ich dir auch sehr verbunden bin, daß du mich für attraktiver hältst als Travers, so wage ich doch zu bezweifeln, daß deine Schwester deine Meinung teilt.«

Erschöpft sagte sie: »Du glaubst, daß ich Unsinn rede, aber du kennst Kira nicht. Du weißt nicht, was für einen Effekt sie auf dich haben wird.«

»Das brauche ich auch nicht – ich weiß schon, welchen Effekt du auf mich hast.« Er umfing ihre Taille und küßte sie heftig, mit einer Intensität, die seinen Zorn und seine Entschlossenheit verriet und sie zutiefst erschütterte.

Er hob den Kopf. »Ich gestehe dir zu, daß das Verschwinden deiner Schwester dich durcheinandergebracht hat. Aber glaub nicht, daß dieses Thema abgeschlossen ist. Wenn Kira in Sicherheit ist, reden wir weiter, und wenn ich fertig bin, wirst du mir glauben, das schwöre ich dir.«

Zum Glück ließ er sie los, nachdem er das gesagt hatte, denn sie war außerstande zu antworten. Sie schob die Kapuze über ihr Haar und raffte das Cape um sich. Dann floh sie, gerade noch rechtzeitig. Der Applaus im Theater zeigte, daß der zweite Akt zu Ende ging, und in ein paar Augenblicken würde der Gang sich mit Menschen füllen.

Über eine enge Treppe gelangte sie wieder in den unteren Stock. Sie hätte an ihre nächste Szene denken sollen, aber sie konnte nicht. Ihre Gedanke drehten sich um den Mann, der sich weigerte zu gehen, selbst wenn sie ihn wegstieß.

Lucien wußte, daß er nicht in der Verfassung war, seinen Gästen gegenüberzutreten, und so blieb er in der leeren Loge, als die zweite Pause begann. Kaum zu glauben, daß er und Kit sich vor wenigen Minuten mit betäubender Intensität miteinander vereinigt hatten – mitten im Theater! Er verlor eindeutig den Verstand.

Warum hatte er sich nicht mit einer weniger komplizierten Frau einlassen können?

Weil unkomplizierte Frauen ihn nicht interessierten, nicht herausforderten, nicht so verrückt vor Verlangen machten, daß er seinem ruhelosen, überaktiven Verstand entfliehen konnte. Und natürlich hatte es ihn immer mehr gekostet, sich mit gleichgültigen Frauen einzulassen, als es wert war. Kit mochte ihn zur Weißglut bringen, aber wenigstens war er nicht deprimiert.

Es wäre einfacher gewesen, wenn er Kits böse Vorahnungen einfach hätte in den Wind schlagen können, aber das gelang ihm nicht ganz. In tiefstem Herzen glaubte er nicht daran, daß er eine andere Frau mehr begehren könnte als sie. Aber sein ach so rationaler Verstand flüsterte ihm zu, daß er Lady Kristine Travers nie kennengelernt hatte. Konnte sie wirklich eine zweite Kit sein, nur noch gesteigert – noch erfrischender, noch anregender, noch begehrenswerter?

Unsinn! Aber solange Kit glaubte, daß er ihre Schwester unweigerlich vorziehen mußte, würde sie ihm ihr Herz vorenthalten. Noch ein Grund mehr, Kira so schnell wie möglich zu finden.

Er beugte sich über das Geländer und spähte ins Parkett, ohne die dichtgedrängte Menge unter ihm zu sehen. Der Streit mit Kit hatte ihn mit einem heimlichen Motiv seinerseits konfrontiert. In der Vergangenheit hatte er immer sehr darauf acht gegeben, kein Kind zu zeugen. Seine Enthaltsamkeit in den letzten Jahren hatte das leichtgemacht.

Aber bei Kit hatte er überhaupt nicht aufgepaßt. Die einfache Erklärung war, daß sie ihn zu sehr erregte, als daß er Zurückhaltung hätte üben können. Aber er kannte sich gut genug, um zu erkennen, daß er sie schwängern wollte, so daß sie ihn heiraten mußte. Statt die Frau zu beschützen, die er liebte, versuchte er, sie zu nötigen und so in die Falle zu locken, daß sie unmöglich entkommen konnte. Schlimmer noch, sein egoistisches Verhalten gefährdete möglicherweise Kits wichtigen Kontakt zu ihrer Schwester.

Er war nicht gerade stolz auf diese Erkenntnis. Aber

falls er noch eine Gelegenheit finden konnte, mit ihr zu schlafen, würde er es wieder tun.

Seine Gedanken sprangen zu einem Zwischenfall aus seinen Studientagen. Ein adeliger Flegel in Christ Church College hatte einen anderen Studenten gefordert, einen sanftmütigen jungen Mann namens Whitman, der die Frechheit besessen hatte, ihm zu widersprechen. Obwohl Whitman keine Erfahrung in Duellen hatte, verlangte die Ehre, daß er die Herausforderung annahm, selbst wenn Verletzung oder Tod die Folge waren.

Das herannahende Duell hatte sich unter den anderen Studenten herum gesprochen. Jeder bedauerte die ungleichen Chancen, aber dem Ehrenkodex zuliebe wollte niemand einschreiten, abgesehen von Lucien. Ein paar Erkundigungen ergaben, daß der Flegel sexuelle Vorlieben hatte, die ihn in den Augen der Gesellschaft für immer unmöglich gemacht hätten. Lucien hatte sein Wissen rücksichtslos benutzt, um dem Flegel die Rücknahme der Herausforderung und eine Entschuldigung bei Whitman abzupressen.

Zufällig hatte Rafe von der Rolle erfahren, die Lucien bei der Verhinderung des Duells gespielt hatte. Mit kühlem, nachdenklichem Blick hatte er gesagt: »Du bist wirklich ziemlich amoralisch, nicht wahr?«

Das war nicht als Verurteilung gemeint gewesen – Rafe war erleichtert, daß das Duell verhindert worden war –, sondern als unbeteiligte Beobachtung. Trotzdem hatten die Worte ihn getroffen. Es war eine Zeichen für die Tiefe ihrer Freundschaft, daß sie davon unbeeinflußt geblieben war.

Und natürlich hatte Rafe recht gehabt. Wenn Lucien sich selbst auch nicht für ehrlos hielt, so hatte er doch nie gezögert, Ehre zugunsten eines guten Grundes in den Wind zu schlagen. Dieser Zug hatte ihn zu einem erstklassigen Geheimdienstchef gemacht, aber er bewies, daß der Umstand, seine Vorfahren bis zu der normannischen Eroberung und weiter zurückführen zu können, einen nicht zu einem echten Gentleman machte.

Mit mißmutigem Lächeln betrat er den Gang und ging zu seiner eigenen Loge. Kit hatte das Temperament einer Revolutionärin; er würde ihr reichlich Gelegenheit geben, ihre Talente zu erproben.

Lucien betrat seine Loge, als das Publikum sich für den letzten Akt zurechtsetzte. Lediglich Ives, Chiswick und Westley waren da. Chiswick warf ihm einen amüsierten Blick zu. »Sie sehen aus, als hätten Sie sich bessere Unterhaltung verschafft als den zweiten Akt.« Das war nicht nur zutreffend, ein Geständnis würde außerdem seinen Ruf als Wüstling fördern. »Ich habe mit jemandem über Politik diskutiert«, sagte Lucien schlicht. »Eine äußerst anregende Unterhaltung.«

»Nach dem zerknitterten Zustand ihres Halstuches zu schließen, muß die Diskussion recht lebhaft gewesen sein«, stellte Sir James fest.

»Allerdings. Ein fesselndes Thema.« Jason setzte sich. »Haben Mace und Nunfield das Interesse verloren?«

Ives sagte: »Ja, sie haben mich gebeten, mich bei Ihnen für ihr Weggehen zu entschuldigen. Nunfield hat gemeint, er fühle eine Glückssträhne kommen, und wollte so schnell wie möglich an einen Spieltisch.«

Lucien fragte sich, ob der Abgang der beiden etwas zu bedeuten hatte. Vielleicht nicht, immerhin waren die betreffenden Herren schnell gelangweilte Lebemänner. Mit innerem Achselzucken wandte er seine Aufmerksamkeit Sir Digby Uprights kluger Rache an seinem Feind zu.

Auf dem Höhepunkt des Aktes trat Kit in einem züchtigen Gewand auf und gestand unter Tränen, daß der Bösewicht sie gezwungen hatte, auf dem Ball zu erscheinen und Sir Digby zu verleumden. Er hatte ihr gedroht, ihre geliebte alte Großmutter in den Schuldturm werfen zu lassen. Ihre Aussage besiegelte das Schicksal des Bösewichts. Die Gesellschaft applaudierte der rücksichtslosen Vernichtung von Sir Digbys Widersacher, seine hübsche Frau nahm ihn mit offenen Armen wieder auf und der Premierminister beförderte ihn auf einen Posten mit noch mehr Macht, Ansehen und Wohlstand als zuvor. Ein Triumph der Gerechtigkeit und eine sehr erfolgreiche Vorstellung für das Theater. *Straße der Skandale* würde das Repertoire des Marlowe voraussichtlich für Jahre zieren.

Kit erhielt besonderen Applaus vom Publikum, obwohl ihre Rolle nur klein gewesen war. Sie hatte in der letzte Szene so überzeugend verweint ausgesehen, daß Lucien sich schuldig fühlte. Es gefiel ihm nicht, mit ihr entzweit zu sein und noch zu der schrecklichen Anspannung beizutragen, unter der sie stand. Er würde sie morgen früh besuchen und die Informationen, die er über den Grundbesitz der einzelnen Verdächtigen hatte, mit ihr besprechen.

Bestimmt war er imstande, seine Hände solange von ihr zu lassen, daß sie vernünftig miteinander sprechen konnten.

Statt sich die kurze Farce anzusehen, die auf die Hauptvorstellung folgte, beschlossen Lucien und seine Gesellschaft, zu Watier's zu gehen, einem Club, wo man gut spielen und noch besser essen konnte. Während ihre Kutsche über den Piccadilly Circus ratterte, brachte Lucien das Gespräch auf Cassie James.

Chiswick machte mehrere bewundernde Kommentare und klang dabei genau wie ein Mann, der sie gerade zum erstenmal gesehen hatte. Westley war ebenfalls von ihr beeindruckt, aber seine Reaktion war gelassener. Selbst für einen Zuhörer, der ein so feines Gespür für Lügen hatte wie Lucien, gab es keinen Hinweis darauf, daß einer von beiden der Entführer war.

Lucien versuchte, sich auf sein heimliches Verhör zu konzentrieren, aber er machte sich zunehmend Sorgen um Kit. Obwohl er dafür gesorgt hatte, daß sie sicher nach Hause kam, konnte er das Gefühl nicht abschütteln, daß er sie selbst hätte begleiten sollen. Erst recht, nachdem seine Unterhaltung mit den übriggebliebenen Höllenhunden sich als so fruchtlos erwies.

Seine Nervosität wuchs, während die Kutsche sich einen Weg über den belebten Piccadilly bahnte. Sie waren schon beinahe bei Watier's, als Westleys Stimme ihn aus seiner Abwesenheit aufrüttelte. »Strathmore, hören Sie uns eigentlich zu?«

Luciens Gedanken wandten sich wieder der Gegenwart zu, und er merkte, daß Westley ihm eine Frage gestellt hatte. Außerdem merkte er, daß ihm völlig gleichgültig war, worum es ging. Er mußte sofort zu Kit.

Er pochte an das Dach der Kutsche. Als die Kutsche langsamer wurde, sagte er: »Mir ist gerade eingefallen, daß ich eine andere Verabredung habe. Ich werde auf Watier's verzichten müssen. Tut mir leid.«

Bevor einer der anderen Männer etwas sagen konnte, sprang er aus der Kutsche und lief über die Straße, um eine Mietkutsche anzuhalten, deren Passagiere eben ausstiegen. »Zum Marlowe Theater«, rief er ungeduldig. »Und Er bekommt fünf Shilling extra, wenn Er es in weniger als zehn Minuten schafft.«

»Kein Problem«, rief der Fahrer voller Begeisterung.

Die Kutsche fuhr so schnell an, daß Lucien sich an einem abgewetzten Lederriemen festklammern mußte, um nicht auf den Boden zu fallen. Warum zum Teufel war er nur so unruhig?

Kit schaute im Künstlerzimmer vorbei, überflog die Gesichter der Anwesenden und forschte nach Reaktionen, nur für alle Fälle. Aber sie bemerkte nichts Auffälliges, und so ging sie nach kurzer Zeit in ihre Garderobe. Sie war zu Tode erschöpft, und das nicht nur wegen ihrer Kapriolen auf der Bühne. Leidenschaft war anstrengend, und ein Streit mit Lucien noch mehr.

Als sie sich umgezogen hatte, erschien Henry Jones. »'n Abend, Miss«, sagte er mit respektvollem Nicken. »Sind Sie soweit?«

»Aber ja.«

Henry sah auf seine Taschenuhr. »Lord Strathmores Kutsche sollte in einer Viertelstunde hier sein.«

Sie legte ihr Cape um. »So lange will ich nicht warten. Lassen Sie uns zu Fuß gehen. Es ist nicht weit, und ich kann etwas frische Luft gebrauchen.«

»Seine Lordschaft hat ausdrücklich angeordnet, daß Sie mit seiner Kutsche fahren sollen. Er schickt zwei bewaffnete Diener mit«, sagte Henry, während er ihr in den Gang folgte. »Möglicherweise sind Sie in Gefahr.«

»Morgen abend vielleicht, aber ich bezweifle, daß selbst der geschickteste Verbrecher direkt unter Lord Strathmores Augen eine Entführung organisieren könnte.« Als Henry noch einmal protestieren wollte, setzte sie hinzu: »Falls ich Sie daran erinnern muß, ich habe Sie engagiert, und ich möchte zu Fuß gehen.«

Der Detektiv runzelte die Stirn. »Ich möchte Seine Lordschaft nicht verärgern. Er ist ein sehr willensstarker Mann.«

Sie setzte ihre finsterste Miene auf, die, die Kira und sie als Kinder geübt hatten, wenn sie die Gespenster unter dem Bett erschrecken wollten. »Und ich bin eine sehr willensstarke Frau, Mr. Jones. Begleiten Sie mich oder nicht?«

Er schmunzelte und gab sich stillschweigend geschlagen. »Ich sage dem Portier, daß wir gegangen sind, damit er Strathmores Kutscher wegschicken kann.«

Die frische Luft auf dem Strand vertrieb ihre Müdigkeit ein wenig, aber sie konnte ihre Niedergeschlagenheit nicht zerstreuen. Wie hatte sie so närrisch sein können, Lucien zu erzählen, daß er sich in Kira verlieben würde, wenn sie sich, so Gott wollte, begegneten. Natürlich war er außer sich gewesen, kein Mann von Anstand oder Empfindsamkeit hätte Kits Behauptung hinnehmen können. Aber er kannte Kira nicht.

Kit hatte ihre Schwester nie um ihre Fähigkeit beneidet, jedes männliche Wesen zwischen zwei und fünfundneunzig zu bezaubern, hauptsächlich, weil Kit sich nie irgendeinen Mann wirklich für sich allein gewünscht hatte. Abgesehen von Philip Burke, der bei Freunden in Westmoreland zu Besuch gewesen war, als die Zwillinge sechzehn waren. Er war ein hübscher, lustiger, zwanzigjähriger Student gewesen. Zum erstenmal in ihrem Leben hatte Kit sich sehnlichst gewünscht, daß ein Mann sie für etwas Besonderes hielt.

Aber trotz ihrer größten Anstrengungen war es Kira gewesen, die Philip schließlich erobert hatte. Er hatte sich der begeisterten Schar ihrer Bewunderer angeschlossen und Kits Existenz kaum zur Kenntnis genommen. Es hatte ein bißchen weh getan – mehr als ein bißchen –, aber Kit hatte ihrer Schwester keine Schuld gegeben. Sie hatte nicht etwa versucht, Philips Aufmerksamkeit zu erregen, sie war einfach sie selbst gewesen.

Mit Lucien würde es viel schlimmer sein. Es bestand eine große Chance, daß Kira Jason wählen würde, da bereits so viel zwischen ihnen war. In diesem Fall würde Jason sich zweifellos verpflichtet fühlen, zu seinem Angebot zu stehen. Aber sie konnte ihn nicht heiraten, wenn sie wußte, daß er in Wahrheit ihre Schwester wollte – und so klug Lucien auch war, er würde sie nicht darüber hinwegtäuschen können, welche Schwester er wirklich vorzog.

Es war eines der wenigen Male in ihrem Leben, wo Kit sich wünschte, keine Zwillingsschwester zu haben. Der Gedanke verschwand so schnell, wie er gekommen war, denn sie konnte sich ein Leben ohne ihre Schwester unmöglich vorstellen. Als sie noch sehr klein waren, hatten sie einander geschworen, nicht zu heiraten, es sei denn, sie fanden passende Zwillingsbrüder. Als sie älter waren, hatten sie darüber gesprochen, wie schrecklich es für die Überlebende sein würde, wenn eine von ihnen starb. Feierlich hatten sie beschlossen, wenn sie uralt und schwach waren, Hand in Hand von einer Klippe zu springen, so daß sie zur selben Zeit sterben würden.

Oh, Kira, Kira . . .

Sie erschauerte und raffte das Cape um ihren Hals. Mit einemmal war ihr kalt. Falls ihre Schwester starb, würde sie vielleicht alleine von der Klippe springen.

Einunddreißigstes Kapitel

Angesichts ihrer trüben Gedanken war Kit dankbar, daß Henry nicht zum Plaudern neigte. Sie bogen vom Strand in eine ruhigere Seitenstraße ein.

Nach wenigen Minuten ertönte hinter ihnen das Klappern von Hufen und Kutschenrädern. Eine schäbige Mietdroschke rumpelte vorbei und hielt dann an. Kit bemerkte, daß die Pferde ungewöhnlich rassig für ein derartiges Gefährt waren. Dann ging der Kutschenschlag auf, drei maskierte Männer sprangen heraus und rannten auf Kit und ihren Begleiter zu.

Henry schrie: »Laufen Sie weg, Miss!«

Er gab ihr einen Stoß in Richtung Strand, zog eine Pistole unter seinem Mantel hervor und stellte sich zwischen sie und die Angreifer. Zwei Halunken stürzten sich auf Henry und schlugen ihm die Pistole aus der Hand, ehe er feuern konnte. Der dritte und kräftigste griff Kit an.

Sie rannte los. Bevor sie zehn Schritt weit gekommen war, packte der Verfolger sie am Arm und brachte sie schmerzhaft zum Stehen. Sie versuchte, um Hilfe zu schreien, aber ehe sie einen Laut von sich geben konnte, legte er eine Hand auf ihren Mund.

Sein brutaler Griff drückte ihr den Kopf in den Nacken. Die Augen hinter der Maske waren stumpf wie Kieselsteine – die Augen eines Mannes, der einen Menschen ebenso bedenkenlos umbrachte wie eine Spinne. Hatte er bei Kiras Entführung geholfen? Wütend biß Kit in seine ledrigen Finger.

»Kleines Miststück!« Er versetzte ihr einen Hieb gegen die Schläfe, daß ihr schwindlig wurde. »Wenn du das noch mal machst, tu ich dir wirklich weh.«

Über seine Schulter hinweg sah sie, daß Henry mit einem der beiden Männer rang, während der andere mit gezückter Pistole daneben stand, ohne schießen zu können. Dann verlor sie ihn aus den Augen, weil ihr Angreifer anfing, sie auf die Kutsche zu zu zerren. Sie wehrte sich verzweifelt, aber sie war ihm nicht gewachsen.

Eine zweite Kutsche bog in die Straße ein und ratterte auf sie zu. Mit übermenschlicher Anstrengung versetzte Kit ihrem Entführer einen Schlag mit der Handkante, der ihn am Hals traf. Er gab ein gurgelndes Geräusch von sich, und sein Griff wurde schlaff. Sie riß sich los. Ihr Cape blieb in seinen Händen. Mit einem Stoßgebet, daß der Fahrer oder die Passagiere nicht einfach Reißaus nehmen würden, rannte sie auf das Gefährt zu und rief um Hilfe.

Hinter ihr hörte sie die schweren Schritte ihres Verfolgers.

Die Kutsche blieb knirschend stehen. Noch bevor sie zum Stillstand gekommen war, öffnete sich der Schlag, und Lucien sprang heraus, seine Miene so wild wie die des gefallenen Erzengels, nach dem er benannt war. Er schrie: »Stell dich hinter mich, Kit!«

Sie gehorchte, und der andere Mann grinste gehässig. »So ein feiner Gentleman«, spottete er. »Gecken wie dich eß ich zum Frühstück.«

Bevor er noch etwas sagen konnte, holte Lucien mit seinem Stock aus. Der schwere Goldknauf traf den Schädel des Halunken mit häßlichem Knirschen, und er ging zu Boden.

Mit tänzerhafter Grazie wirbelte Lucien herum und kam dem Bow Street-Detektiv zu Hilfe. Henry lag am Boden und der Mann mit der Pistole legte gerade auf ihn an, als Lucien die Waffe mit einem Stockhieb in den Rinnstein beförderte. Im gleichen Moment warf der dritte Mann sich auf ihn und riß ihn mit sich zu Boden.

Der Angreifer landete auf Lucien. Statt zu kämpfen, sprang er auf die Füße und schrie: »Weg hier, Kameraden!« Er packte den Arm seines gestürzten Gefährten und zerrte ihn zu ihrer Kutsche.

Lucien stand auf und wollte ihnen nach, aber sein Knöchel versagte ihm den Dienst. Er stolperte, und währenddessen kletterten die drei Angreifer hastig in ihr Gefährt. Der Kutscher trieb die Pferde an, und sie verschwanden in Richtung Strand.

Lucien fluchte, als er auf die Füße kam. Dann drehte er sich um und humpelte zu Kit. »Bist du in Ordnung?«

»Ich glaube schon«, sagte sie zitternd. Sie machte einen zögernden Schritt auf ihn zu, dann noch einen. Einen

Augenblick später lag sie in seinen Armen, und er preßte sie fast brutal an sich.

Jetzt, da die Gefahr vorüber war, wurden ihr die Knie weich. Sie verbarg ihr Gesicht an seiner Schulter und fühlte, wie sein hämmerndes Herz sich allmählich beruhigte.

»Haben sie versucht, dich zu entführen?«

Als sie den Drang, in hysterische Tränen auszubrechen, unter Kontrolle hatte, sagte sie: »Ich glaube schon. Das war kein normaler Überfall.«

Er strich ihr das zerzauste Haar aus der Stirn. »Hast du einen von ihnen erkannt?«

»Ich bin sicher, daß kein Höllenhund dabei war. Ich hatte das Gefühl, daß sie bezahlte Verbrecher sind.« Sie versuchte, sich an die vergangenen chaotischen Minuten zu erinnern. »Als der Große mich zur Kutsche gezerrt hat, habe ich mich gefragt, ob er das gleiche mit Kira gemacht hat. Vielleicht war er an ihrer Entführung beteiligt und ich habe das irgendwie gespürt.«

»Mace und Nunfield haben das Theater während des zweiten Aktes verlassen. Möglicherweise hat einer von ihnen in dieser kurzen Zeit einen Überfall arrangiert. Wahrscheinlich wußte er, an wen er sich wenden muß.« Luciens Umarmung wurde fester. »Aber es ist genauso möglich, daß der Angriff nichts damit zu tun hat, daß du heute vor den Hauptverdächtigen aufgetreten bist. Es gibt einfach nicht genügend Beweise.«

Sie hob ihren Kopf und sah ihm ins Gesicht. »Woher hast du gewußt, daß wir überfallen worden sind?«

Er zögerte mit seiner Antwort. »Ich wußte es nicht. Ich hab' einfach . . . gespürt, daß ich dich finden muß.«

Er hatte gesagt, daß er einen sechsten Sinn für die Sicherheit seiner Schwester gehabt hatte. Offenbar erstreckte sich seine Fähigkeit auch auf andere Frauen in Not. Und er hatte genau gewußt, wann er kommen mußte.

Sie schüttelte erstaunt den Kopf. »Kein Wunder, daß du Lucifer genannt wirst – dein Instinkt ist geradezu unheimlich. Gut, daß du auf meiner Seite bist.«

»Immer, Kit«, sagte er ruhig. »Daran darfst du nie zweifeln.«

Ihr Geliebter, ihr Beschützer. Mit fast schmerzlichem Verlangen klammerte sie sich an ihn. Sie wollte mit ihm verschmelzen, für immer in seiner Stärke und Güte Zuflucht finden. Eine Art Schauer durchfuhr sie, als ob die Wände, die einen Menschen vom anderen trennten, im Begriff waren, sich aufzulösen. Dann würde sie nie wieder imstande sein, sich von ihm zu befreien.

Qualvoll ermahnte sie sich, daß die Trennung nur um so schmerzhafter sein würde, je mehr sie sich jetzt an ihn klammerte. Sie mußte ihren sicheren Abstand wahren, nicht nur um Kiras, sondern auch um ihrer selbst willen.

Sie entzog sich ihm und fragte: »Tut dein Knöchel sehr weh?«

Sie machte den Fehler, ihn anzusehen, während sie sprach. Er wurde vollkommen regungslos, und das Lampenlicht beleuchtete seine Augen, aus denen das warme Gold gewichen war. Er hatte ihre Zurückweisung gespürt, und sie wußte genau, wie sehr sie ihn verletzt hatte.

Ohne daß sie ein Wort gesprochen hätten, geschah etwas zwischen ihnen. Eine Verhärtung, ein Mißtrauen, das die Barrieren zwischen ihnen wieder aufrichtete. Er hatte sich ihr geöffnet, aber sie hatte ihn abgewiesen, und sein Stolz würde ihm verbieten, es noch einmal zu tun.

Mit kühler, betonungsloser Stimme sagte er: »Er ist nur verrenkt. Morgen ist er wieder in Ordnung.«

Sie hob ihr Cape auf und schlang es um ihren zitternden Körper. Dann nahm sie seinen Hut und seinen Stock und reichte sie ihm. Diesmal wich sie seinem Blick aus.

Zwanzig Meter weiter weg war Henry Jones inzwischen

aufgestanden und hatte sich den Staub abgeklopft. Sein Kinn begann anzuschwellen, und seine Lippe war blutig, aber er schien nicht ernsthaft verletzt zu sein. »Ihr Erscheinen war sehr willkommen, Mylord«, sagte er herzlich, ohne die Spannung zwischen Lucien und Kit zu bemerken. »Sie in Aktion zu sehen, war es beinahe wert, sich den Mantel ruinieren zu lassen.«

Lucien fuhr herum. Mit einer Stimme, die Granit zum Schmelzen gebracht hätte, fragte er: »Dürfte ich fragen, warum Sie nicht auf meine Kutsche gewartet haben?«

Kit merkte, daß er seinen Zorn über sie auf Henry übertrug. Hastig sagte sie: »Es war meine Schuld, Lucien. Ich dachte nicht, daß ich in Gefahr bin, deswegen habe ich darauf bestanden, zu Fuß zu gehen.«

Ohne sie zu beachten, starrte er den Detektiv aus schmalen Augen an.

Henrys Gesicht wurde nüchtern. »Ich habe keine Entschuldigung, Mylord. Ihre Ladyschaft wußte nicht, welches Risiko sie eingeht, aber ich hätte es wissen müssen.«

»Allerdings. Wenn Sie noch einmal so achtlos sind, werden Sie mehr von mir zu befürchten haben als von einer ganzen Bande von Straßenräubern.« Luciens Ton war immer noch unerbittlich, aber seine Miene entspannte sich, als der Detektiv seinen Irrtum freiwillig zugab. Er zeigte auf die Kutsche. »Soll der Fahrer Sie zu Hause absetzen, wenn er Lady Kathryn und mich nach Strathmore House gebracht hat? Sie können eine Fahrt bestimmt gebrauchen.«

»Vielen Dank für das Angebot, Mylord, aber das Gehen wird mir guttun.« Henry verzog das Gesicht, als er sich bückte, um seinen zerbeulten Hut aufzuheben. »Wenn man so oft in der Klemme gesteckt hat wie ich, findet man raus, was die alten Knochen in Gang hält.«

Der Detektiv wünschte Kit eine gute Nacht und ging.

Sobald er außer Hörweite war, sagte sie: »Wenn du glaubst, daß ich bei Kira nicht sicher bin, bring mich zu Tante Janes Haus. Der Schurke kann unmöglich wissen, wo sie wohnt.«

»Red keinen Unsinn«, sagte er schroff. »Du bleibst bei mir. Ich hätte dich nie aus den Augen lassen dürfen.« Er hielt ihr den Schlag auf und rief dem faszinierten Kutscher zu: »Hanover Square, bitte.«

Sie öffnete den Mund, um noch einmal zu protestieren, aber Lucien schnitt ihr das Wort ab. »Versuch erst gar nicht, den Schaden zu erwähnen, den dein Ruf nehmen könnte. Du hast selbst gesagt, daß dir solche Bedenken fremd sind.«

Er stieg hinter ihr ein und schlug die Tür zu. »Wenn du dir Sorgen um den Anstand machst, kann Lady Jane auch nach Strathmore House ziehen. Falls du sagen willst, daß diese Shakespearesche Katze von deiner Schwester versorgt werden muß, hol das Vieh auch her.« Er saß auf der gegenüberliegenden Bank und hielt sich fest, als die Kutsche sich in Bewegung setzte.

»Und für den Rest der Fahrt kannst du mir sagen, was für ein anmaßender Flegel ich bin.«

Genau das hatte sie vorgehabt, aber sein letzter Satz entwaffnete sie. Dankbar für seinen lockeren Ton, der die verlorene Nähe zwischen ihnen ersetzte, sagte sie: »Um ehrlich zu sein, mir fällt nichts mehr ein. Ich werde bis morgen damit warten.«

»Morgen hast du Besseres zu tun. Ich habe sieben Grundstücke entdeckt, die unseren Verdächtigen gehören und im näheren Umkreis von London liegen.« Er stieß einen Seufzer aus. »Es ist ein Anfang, aber solche Informationen sind nicht leicht zu beschaffen. Möglicherweise gibt es andere Anwesen, von denen ich nichts weiß.«

»Ich bin sicher, daß du mehr herausgefunden hast, als

es sonst irgend jemandem gelungen wäre.« Sie biß sich auf die Lippen. Wieder hatte sie das Gefühl, daß die Zeit viel zu rasch verging. »Ich muß morgen abend auftreten, aber wenn wir nach Kira suchen, kann ich mich von der zweiten Besetzung vertreten lassen.«

»Das ist nicht nötig. Die zwei Landsitze, die London am nächsten liegen, können wir tagsüber besuchen. Beide sind klein, und wahrscheinlich müssen wir gar nicht einbrechen.«

»Gott sei Dank«, sagte sie nachdrücklich. »Wenn ich nur endlich etwas tun kann.«

Ein paar Minuten später erreichten sie Strathmore House, und Lucien begleitete sie hinein, nachdem er dem Kutscher eine üppige Summe gegeben hatte. Der Gedanke, daß sie sein Bett teilen könnte, kam gar nicht erst auf. Mit untadeliger Höflichkeit überließ er sie der Fürsorge eines Kammermädchens, ohne ihr auch nur einen Gutenachtkuß zu geben.

Während sie sich in einem der Gästezimmer einrichtete, ermahnte sie sich, daß es viel klüger war, alleine zu schlafen. Sie ersparte sich die Zweifel und die anschließende Schuld, wenn sie miteinander schliefen, und das würden sie, wenn Lucien ernsthaft versuchte, sie zu überreden.

Ein Jammer, daß Weisheit mit Kälte und Einsamkeit verbunden war.

Kit war so erschöpft, daß sie tief und fest schlief und erst aufwachte, als jemand ausdauernd und heftig an ihre Tür klopfte. Benommen sah sie sich um, ohne ihre luxuriöse Umgebung gleich zu erkennen. Als sie wieder wußte, wo sie war, ging bereits die Tür auf und ihre Tante kam herein, gefolgt von zwei wohlbekannten Katzen und einem Zimmermädchen mit einem Teetablett. Die Katzen sprangen auf das Bett und ließen sich links und rechts von Kit nieder, von wo aus sie einander mißtrauisch beäugten. Viola und Sebastian hatten offensichtlich vergessen, daß sie Geschwister waren.

Ohne auf die beiden Miniaturraubtiere zu achten, sagte Jane munter: »Guten Morgen, Katherine. Du siehst fürchterlich aus. Trink eine Tasse Tee und iß etwas.« Sie schickte das Mädchen weg und schenkte zwei Tassen Tee ein, denen sie eine großzügige Dosis Zucker hinzufügte.

Kit unterdrückte ein Stöhnen; ihre Tante hatte immer zu der betrüblichen Spezies der sogenannten Morgenmenschen gehört. »Was machst du hier, Jane?« fragte sie, nachdem sie dankbar einen kochendheißen Schluck Tee getrunken hatte.

»Dein Graf ist heute morgen in aller Herrgottfrühe gekommen und hat Sebastian und mich hierhergeschleift, angeblich um den Anstand zu wahren.« Jane machte es sich in einem Sessel bequem. »Obwohl ich den Verdacht habe, daß an deinem Ruf ohnehin nicht mehr viel zu retten ist.«

Als Kit errötete, fügte Jane hinzu: »Du brauchst nicht zu antworten.«

»Das habe ich auch nicht vor.« Kit hatte Jane zwar alles über ihre Suche nach Kira erzählt, war aber sehr verschwiegen gewesen, was ihre Beziehung zu Lucien betraf. »Und er ist nicht mein Graf.«

Jane grinste. »Er scheint es anzunehmen. Da ich nicht dein gesetzlicher Vormund bin, hat er sich nicht die Mühe gemacht, mich um deine Hand zu bitten, aber er hat mich von eurer bevorstehenden Heirat in Kenntnis gesetzt.«

»Das steht noch nicht fest«, sagte Kit scharf.

Ihre Tante runzelte die Stirn. »Bedroht er dich, Kit? Männer können solche Bestien sein.«

Kit starrte in ihre dampfende Tasse. »Lord Strathmore

ist keine Bestie. Er denkt lediglich, daß er mich kompromittiert hat und daß wir heiraten sollten. Aber ich bezweifle, daß etwas daraus wird.«

»Wenn du das sagst, mein Kind«, sagte Jane skeptisch. »Er wirkt ziemlich energisch. Aber er gefällt mir. Du könntest einen wesentlich schlechteren Mann erwischen.«

Voller Angst, ihre zarten Hoffnungen zu zerstören, wenn sie sie laut aussprach, sagte Kit milde: »Ich weiß nicht, ob ich mir einen Ehemann wünsche, und ich glaube nicht, daß er wirklich eine Ehefrau haben will. Ich vermute, daß wir beide unsere getrennten Wege gehen werden, sobald Kira gefunden ist.« Kit stellte ihre Tasse weg, um beide Katzen gleichzeitig streicheln zu können. »Wie hat er Viola hierhergebracht?«

»Wahrscheinlich hat er Cleo Farnsworth aufgeweckt und sie gebeten, ihn in Kiras Wohnung zu lassen.« Augenzwinkernd setzte Jane hinzu: »Andererseits – vielleicht hat er auch das Schloß aufgebrochen. Ich würde es ihm zutrauen.«

»Ich auch. Genau das macht ihn bei meiner Suche so nützlich.« Kit brach ein Stück Brot und schützte es dabei automatisch vor Katzenpfoten. »Es ist mir egal, ob der Graf ein professioneller Einbrecher ist. Wichtig ist nur, daß er mir bei der Suche nach Kira hilft.«

Janes Miene wurde nüchtern. Kiras Verschwinden hatte sie fast ebenso schwer getroffen wie Kit. »Hast du irgend etwas erfahren?«

Kit berichtete kurz, was geschehen war, seit sie ihre Tante zum letztenmal gesehen hatte, einschließlich ihres Vorhabens, heute die zwei Landhäuser zu durchsuchen.

Zweifelnd sagte Jane: »Glaubst du wirklich, daß du Kits Anwesenheit spüren kannst, wenn du in ihrer Nähe bist?«

»Ich hoffe es wenigstens.« Kits Finger verkrampften sich. Brotkrumen flogen über die Bettdecke, gierig verfolgt von den Katzen. »Wenn nicht, weiß ich nicht mehr weiter.«

Kit hielt es für weniger auffällig, wenn sie als junger Mann verkleidet über Land ritt, und nach dem Frühstück sahen sie die Kleidung durch, die Jane von zu Hause mitgebracht hatte. Vorausschauend hatte sie auch Kits Einbrecherkluft eingepackt, und so machte sie sich in Stiefeln und Kniehosen zusammen mit Lucien und Jason auf den Weg nach Surrey.

Ihr erstes Ziel war ein kleiner Landsitz, der Lord Chiswick gehörte und an einen reichen Kaufmann aus der Stadt vermietet war. In Begleitung der beiden Männer umrundete Kit den Besitz auf einer Reihe kleiner Landstraßen und Wege, die der Umzäunung so nahe kamen wie möglich. Dann banden sie ihre Pferde in einem Gebüsch an und wanderten auf einem öffentlichen Spazierweg über das Gelände.

Während dessen lauschte Kit innerlich ununterbrochen auf ein Anzeichen von Kiras Anwesenheit. In der Mitte des Grundstücks blieb sie stehen und schloß die Augen. Dann drehte sie sich langsam um sich selbst, wie ein Bluthund, der nach einer Spur sucht, während die Männer sie schweigend beobachteten. Ihre Seele blieb ebenso leer wie die brachen Felder um sie herum, ohne irgendeine Spur von Kiras charakteristischer Wärme.

Sie öffnete die Augen und sagte mutlos: »Nichts.«

Jason wirkte ebenso enttäuscht wie sie. Er sagte: »Schließlich konnten wir nicht erwarten, daß wir sie gleich beim erstenmal finden.«

»Und das hier war ohnehin der unwahrscheinlichste Ort.« Lucien legte seine Hand leicht auf Kits Schulter. »Komm, wir reiten zum nächsten Haus. Es gehört Nunfield, und ein paar alte Verwandte von ihm leben dort. Ich glaube, dort haben wir bessere Chancen.«

Kit antwortete nicht. Sie war nicht nur enttäuscht über den Fehlschlag, sondern voller Angst. Was, wenn sie sich irrte und einfach nicht imstande war, Kiras Nähe zu spüren? Was, wenn die Fähigkeit, die Kit früher besessen hatte, unter dem Druck ihrer Verzweiflung versagte?

Wenn das der Fall war, war ihre Schwester verloren.

Zwischenspiel

Sie hatte nicht erwartet, daß er so bald wiederkommen würde, und sie hatte wenig Zeit, sich auf ihn vorzubereiten. Kaum, daß sie ihre schwarze Perücke aufsetzen und die schwarzen Stiefel und ein kurzes, rotes Samtgewand anziehen konnte. Aber Kleidung war nichts im Vergleich zu der richtigen inneren Einstellung. Es war nie einfach, das herrische Biest zu werden, nach dem er sich verzehrte; es bedurfte äußerster Konzentration all ihrer Schauspielkunst und feinen Einfühlungsvermögens in seine Wünsche. Da sie keine Zeit gehabt hatte, sich vorzubereiten, war ihre Vorstellung schwach und ließ ihre unterschwellige Furcht durchscheinen.

Aus diesem Grund fesselte sie ihn und zog seine Ketten durch den Ring, der von der Decke ihres Verlieses herabbaumelte. Unter einem Strom von Verwünschungen peitschte sie ihn mit aller Kunstfertigkeit, die ihr zur Verfügung stand, aus. Es war eine Sitzung wie alle anderen, sie voller Verachtung, er demütig zu ihren Füßen. Aber er brauchte länger als sonst, um zum Höhepunkt zu gelangen, und in seinen Augen flammte ein dunkles Leuchten, das ihr angst machte. Vielleicht war sie nicht mehr neu genug, um ihn zu erregen. Und wenn er ihrer müde war...

Ihre Ängste bestätigten sich, als sie ihn von seinen Ketten befreite. Vorher hatte sie sich immer in den anderen Raum zurückgezogen, und er war gegangen, wenn er sich erholt hatte. Diesesmal umklammerte er ihre Handgelenke und hielt sie fest. »Mit der Zeit wird der Sklave zum Herren und die Herrin zur Sklavin«, sagte er mit eisiger Drohung. »Bald ist es soweit, meine Dame mit der Peitsche.«

Sie mußte ihm seinen Platz zeigen, als sei er ein wildes Tier. Sie riß das Knie hoch und stieß ihn vor die Brust, um seinem Griff zu entkommen. »Aber ein Nichts bleibt ein Nichts«, zischte sie. »Wie ein Hund, der sich vor seinem Herrn im Staub wälzt. Du brauchst, was ich dir gebe, und dafür erträgst du jede Erniedrigung.«

Er packte ihre Schultern und drückte sie gegen die Wand. Sein schweißbedeckter Körper preßte sich an sie. Panik durchfuhr sie. Er hatte sie noch nie körperlich angegriffen.

»Bald wirst du wissen, was wahre Angst ist, und ich werde jede Nuance genießen.« Sein Atem ging schwer vor Erwartung. »Die letzte, beste Vorstellung deines Lebens wirst du geben, wenn ich den Spieß umdrehe. Aber keine Angst – du wirst nicht alleine sein.«

So abrupt die Sitzung begonnen hatte, so schnell war sie zu Ende.

Er hob seinen Mantel auf und legte ihn sich über die striemenbedeckten Schultern. Dann ging er.

Sie sank zitternd in die Knie. Wieviel Zeit blieb ihr noch? Sie versuchte, nicht über die Andeutungen nachzudenken, die er gemacht hatte, aber das war unmöglich, selbst wenn die einzig wirklich wichtige Frage war, wie lange und wie sehr sie leiden würde, bevor der Tod sie gnädig in seine Arme nahm.

Was hatte er damit gemeint – sie würde nicht alleine sein?

Ihr Magen hob sich, als ein unaussprechlicher Gedanke ihr durch den Kopf schoß. Nein, das war unmöglich. Kit war zu klug, und sie wußte, welcher Gefahr sie sich aussetzte.

Aber war sie dem hier gewachsen?

O Kit, Kit, dachte sie verzweifelt. Um Gottes willen, sei vorsichtig.

Nachdem er das Gefängnis verlassen hatte, ging er zu der mürrischen Zofe, die seine Gefangene versorgte. »Mach noch ein Kostüm mit Schlitzen und Lederbändern«, befahl er.

»Ja, Mylord«, sagte sie gleichgültig. »Wie groß?«

»Dieselbe Größe wie das, was die Herrin schon hat.« Er stockte einen Moment, während seine Gedanken sich mit den berauschenden Bildern füllten, die bald Wirklichkeit werden sollten. »Das Kostüm muß haargenau gleich sein.«

Zweiunddreißigstes Kapitel

Es war spät, schon beinahe Mitternacht. Nachdem er Kit vom Theater abgeholt und ins Bett geschickt hatte, wandte Lucien seine Aufmerksamkeit der Arbeit zu, die er zugunsten der Suche nach Kira vernachlässigt hatte. Als jemand leise an die Tür zu seinem Arbeitszimmer anklopfte, antwortete er, ohne wirklich achtzugeben, was er tat.

Sobald er den hochgewachsenen, staubbedeckten Mann, der in der Tür stand, erkannte, waren seine Gedanken wieder in der Gegenwart. Er sprang auf und ging ihm mit ausgestreckter Hand entgegen. »Du meine Güte, Michael, bist du das, oder habe ich Halluzinationen?«

Lord Michael Kenyon lächelte und ergriff Luciens

Hand. »Keine Angst. Ich hab' geklopft, aber deine Diener schlafen schon, deswegen hab' ich den Schlüssel benutzt, den du mir letztes Jahr gegeben hast.«

»Möchtest du etwas essen?«

»Nein danke, ich hab' in Berkshire zu Abend gegessen. Aber zu einem Drink würde ich nicht nein sagen.«

Lucien schob seinem Freund einen Sessel hin. »Ich hatte gedacht, daß du frühestens in ein paar Tagen in London sein kannst. Wie hast du das gemacht?«

Michael streckte sich genüßlich auf dem Ledersofa aus. Seine schlammbespritzten Stiefel und Hosen legten stummes Zeugnis von seiner langen Reise ab. »Deine Nachricht hat mich ziemlich beunruhigt, deswegen habe ich mich beeilt. Was ist los?«

Lucien dachte, wieviel Glück er doch hatte, solche Freunde zu haben, die sofort, ohne zu fragen, zu ihm kamen. Er öffnete einen Schrank und holte eine Karaffe mit schottischem Whisky heraus, Michaels Lieblingssorte. »Eine Entführung, und die Zeit wird knapp.« Er schenkte ein, setzte sich und berichtete ihm in knapper Form von Kira und Kit.

Michael hörte kommentarlos zu, äußerlich entspannt, aber mit wachsamen grünen Augen. Am Ende von Luciens Bericht sagte er: »Ich vermute, du hast bereits daran gedacht, jeden der Verdächtigen zur Rede zu stellen oder die Wahrheit aus ihnen herauszuprügeln.«

Eine pragmatische Lösung, echt Michael. »Glaub mir, ich hab's mir überlegt«, gab Lucien zu, »aber wir haben zuviel Verdächtige, und es ist durchaus möglich, daß der Schuldige nicht darunter ist. Ich fürchte, daß es keine gute Idee wäre, mehrere reiche, mächtige Männer ohne Beweise unter Druck zu setzen.«

Michael grinste. »Eins, was mir immer an dir gefallen

hat, ist, daß du deine Zeit nicht mit Prinzipien vergeudest, wenn Not am Mann ist.«

»Ein Charakterzug, den wir gemeinsam haben«, bemerkte Lucien. »Er wird im allgemeinen nicht als Tugend betrachtet.«

»Manchmal sind Prinzipien ein unerschwinglicher Luxus.« Michael musterte seinen Gastgeber neugierig. »Du hast zwar nichts davon erwähnt, aber ich habe den Eindruck, daß du ebensosehr durch den Wunsch motiviert bist, Lady Kathryn zu helfen, wie durch allgemeinen Edelmut.«

»Du hast recht. Ich habe die Absicht, sie zu heiraten, sobald wir ihre Schwester gefunden haben.«

Michaels dunkle Brauen hoben sich. »Du siehst ziemlich trübselig aus für einen zukünftigen Bräutigam.«

»Es gibt ... Komplikationen.« Lucien starrte in sein Glas. Seit dem Entführungsversuch waren er und Kit umeinander herumgeschlichen wie ihre beiden mißtrauischen Katzen. Er wußte, daß sie unter schrecklichem Druck stand, und er akzeptierte ihren Wunsch, körperliche Nähe zu vermeiden, während sie nach ihrer Schwester suchten.

Trotzdem fühlte er, daß sie ihm stillschweigend entglitt, und er wußte nicht, wie er das verhindern sollte. Am Anfang war er überzeugt gewesen, ihr Herz erobern zu können, aber er fing an zu befürchten, daß er Kit ganz verlieren würde, falls ... wenn sie Kira wiederhatte. Dann würde sie ihn nicht mehr brauchen. »Michael, warum treiben Männer und Frauen einander zum Wahnsinn? Und warum versuchen wir trotzdem, miteinander zu leben?«

Michael beugte sich vor und stemmte die Ellbogen auf die Knie. »Ich bin der letzte, den du zu diesem Thema befragen darfst, Luce«, sagte er bitter. »Meine Erfahrungen auf diesem Gebiet sind deprimierend. Aber ich glaube,

Frauen haben etwas, das Männer brauchen – und ich meine nicht das Offensichtliche.«

Lucien sah auf. »Was meinst du dann?«

Sein Freund zögerte mit der Antwort. »Männer und Frauen ergänzen einander. Oft heißt das, daß sie Gegensätze sind, mit allen Konflikten, die das mit sich bringt, aber es heißt auch, daß sie einander helfen. Eine echte Frau besitzt Wärme und Verständnis, eine Erlösung nach all den Widerständen, denen man im Leben begegnet.« Er lächelte. »Denk an Nicholas' Frau.«

»Wenn es nur noch zehntausend wie Clare gäbe.«

»Darauf trinke ich.« Michael hob sein Glas und schüttete dann den Inhalt hinunter. »Aber wenn ich mich recht erinnere, lagen einige Steine auf ihrem Weg zum ehelichen Glück. Nicholas und Clare haben sich verdient, was sie haben.«

Luciens Gedanken gingen zurück zu einem Gespräch, das er vor der Hochzeit mit einer besorgten Clare geführt hatte. »Das hatte ich vergessen. Ich danke dir. Das waren die ermutigendsten Worte, die ich seit Tagen gehört habe.«

»Tiefe Weisheit, und noch dazu kostenlos.«

Lucien lachte, und ihm wurde leichter ums Herz. Mit Michael an ihrer Seite mußten sie Erfolg mit ihrer Suche haben. Und dann, bei Gott, dann würde er Kit davon überzeugen, daß sie ihn ebensosehr brauchte wie er sie.

Lady Janes Rolle als Anstandsdame beschränkte sich darauf, ihre Nächte in Strathmore House zu verbringen. Tagsüber kehrte sie in ihr eigenes Heim zurück und ging ihren üblichen Tätigkeiten nach. Aus diesem Grund frühstückte Kit auf ihrem Zimmer, um nicht zufällig mit Lucien alleine zu sein. Bis jetzt war es ihnen gelungen, ihre zahlreichen Ausflüge zu den Landhäusern der Höllenhunde einigermaßen gut zu überstehen, und sie wollte das nicht gefährden. Außerdem hatte sie Angst vor dem, was sie sagen oder tun würde, wenn sie zuviel Zeit mit ihm verbrachte. Aber sie vermißte seine Gesellschaft schrecklich.

Nach dem Frühstück zog sie sich an und versuchte, an einem Artikel über die neuen Getreidegesetze zu arbeiten, aber sie konnte sich nicht konzentrieren. Sie hatte seit Kiras Entführung keinen einzigen brauchbaren Artikel geschrieben.

Ruhelos verließ sie ihr Zimmer und ging in die Porträtgalerie im zweiten Stock, die sie schon lange hatte besuchen wollen. Es würde interessant sein zu sehen, ob Luciens Verwandte genauso attraktiv waren wie er. Sie bezweifelte, daß das möglich war.

Als sie die Galerie betrat, entdeckte sie eine hochgewachsene, braunhaarige Gestalt am anderen Ende. Froh über die Gesellschaft ihres Kusins rief sie: »Guten Morgen, Jason.«

Der Mann drehte sich um, und sie merkte, daß er ein Unbekannter war, größer als Jason und nicht so hager. Auch seine Haare waren heller, mit einem Schimmer von Rot.

Er ging ihr lächelnd entgegen und sagte: »Verzeihung, wir sind einander noch nicht vorgestellt worden. Ich bin Michael Kenyon, ein Freund von Lucien. Sie müssen Lady Kathryn Travers sein.«

»Allerdings.« Sie trat vor und streckte ihre Hand aus. »Es ist mir ein Vergnügen. Lord Michael, nicht wahr? Lucien hat Sie erwähnt.«

»Für Freunde von Lucien genügt Michael.« Er beugte sich über ihre Hand. Als er sich wieder aufrichtete, sah sie, daß seine Augen bemerkenswert grün waren, nicht von Luciens wechselhaftem Grün-Gold, sondern smaragdgrün.

»Dann müssen Sie mich Kit nennen.« Sie musterte sein Gesicht. Selbst wenn sie nicht bereits gewußt hätte, daß Michael ein Soldat war, hätte sie es an der stahlharten, gebündelten Kraft erraten, die von ihm ausging. »Lucien hat gesagt, daß er seinem gefährlichsten Freund schreiben würde. Das sind vermutlich Sie?«

»Möglich, aber wenn Lucien jemand Gefährlichen haben will, braucht er nur in den Spiegel zu sehen. Ich bin lediglich ein Soldat im Ruhestand, der sein Gnadenbrot ißt wie ein altes Kavalleriepferd.«

Sie lächelte über seinen trockenen Humor. »Und trotzdem verlassen Sie die Weide, um meiner Schwester zu helfen. Ich bin Ihnen zutiefst verbunden.«

»Ich hoffe, ich kann Ihnen zu Diensten sein.« Er warf ihr einen langen, anerkennenden Blick zu. »Gibt es Sie wirklich zweimal?«

»Ja, nur noch besser. Sie werden sich bald mit eigenen Augen überzeugen können, hoffe ich wenigstens.« Da der Gedanke an ihre Schwester sie nur nervös machte, fuhr sie fort: »Ich wollte mir die Bilder ansehen. Kennen Sie Luciens Familie?«

»Ja, und was ich nicht weiß, kann ich erfinden.« Er nickte dem Porträt eines blonden Gentlemans in Höflingskleidung zu. »Das ist Gareth, der dritte Graf, soweit ich weiß. Er hat im Bürgerkrieg auf Seiten der Royalisten gekämpft, hat aber vorsichtshalber seinen Bruder dazu gebracht, Puritaner zu werden. Als die Royalisten ins Exil mußten, hat der Bruder die Familiengeschäfte übernommen und Cromwell die Treue geschworen. Nach der Restauration ist Gareth zurückgekommen, hat seine Ländereien wieder in Besitz genommen und dafür gesorgt, daß sein Bruder reichhaltig für seine Dienste entschädigt wurde.«

Kit musterte das kühle, ironische Gesicht. »Lucien hat

einmal gesagt, daß er von einer langen Linie von Pragmatikern abstammt.«

»Deswegen haben die Fairchilds so viele Stürme der englischen Geschichte überstanden.« Michael zeigte auf ein anderes Porträt, das einen gezierten Herrn in Rokokogewandung zeigte. Neben ihm stand eine elegante Dame in fließender grüner Seide. »Das ist der fünfte Graf, Charles, mit seiner Frau Maria. Er war ziemlich haltlos und ein rücksichtsloser Spieler. Sein Sohn beerbte ihn, als er sechs Jahre war und Charles unter mysteriösen Umständen ums Leben kam.«

Sie warf ihm einen mißtrauischen Blick zu. »Ist das wahr, oder erfinden Sie das?«

Er schmunzelte. »Das ist die Geschichte, die Lucien mir erzählt hat. Er behauptet, daß es Gerüchte gab, nach denen Maria beschlossen hatte, das Erbe für ihren Sohn zu erhalten, um den Preis des Lebens ihres Ehemannes. Vielleicht stimmt die Geschichte, vielleicht entstammt sie auch nur Luciens eigentümlichem Sinn für Humor. Er nimmt seine erlauchten Vorfahren nicht sehr ernst.«

»Immer noch besser, als sie zu ernst zu nehmen.«

Seine Heiterkeit verflog. »Eine Schwäche der Kenyons, fürchte ich.«

Kenyon . . . Kit hätte eher darauf kommen können. »Ihr Vater ist der Herzog von Ashburton?«

»Ja«, sagte er in einem Ton, der weitere Fragen unterband. Er nickte dem Porträt am Ende des Korridors zu. »Haben Sie das schon einmal gesehen? Lucien und seine Familie, als er neun oder zehn war.«

Wenn man das Bild betrachtete, wußte man, daß dies eine wirkliche Familie gewesen war, nicht einfach eine Verbindung zwischen zwei Adelshäusern. Der Beweis lag in der zärtlichen Geste, mit der die Gräfin ihre Hand auf den Arm ihres Gatten legte, dem liebevollen Blick, mit dem der Graf Frau und Kinder betrachtete, den lachenden Gesichtern von Lucien und dem feenhaften Mädchen, dem silberblondes Haar über die Schultern floß. Der Anblick schnürte Kit die Kehle zu. Lucien hatte soviel verloren, und er war noch so jung gewesen. Und doch war er dadurch stark geworden. Leise fragte sie: »Kannten Sie seine Familie gut?«

»Ziemlich.« Er betrachtete das Gemälde mit entrücktem Blick. »Ich hatte nie Lust, die Ferien bei meiner eigenen Familie zu verbringen, deswegen haben meine Freunde mich zu sich mitgenommen wie einen streunenden jungen Hund. Ashdown war mein Lieblingsaufenthalt, weil Luciens Eltern so glücklich miteinander waren. Das ist nicht gerade häufig.«

Kits Blick wanderte zu dem kleinen blonden Mädchen, dessen strahlendes Lächeln die Jahre überdauert hatte. »Und Lady Elinor?«

»Sie war bezaubernd«, sagte er schlicht. »Klug und süß und grazil. Sie und Lucien hatten ein bemerkenswertes Verhältnis zueinander. Meiner Erfahrung nach sind nicht alle Brüder und Schwestern einander so nahe, aber ich glaube, ihre zarte Gesundheit schmiedete sie zusammen. Er hat sie sehr beschützt. Ihr Tod war eine Katastrophe für ihn.«

In seiner Stimme lag ein Ton, der sie aufblicken ließ. »Und für Sie?«

Nach langem Schweigen erwiderte er: »Ich habe sie alle vermißt, aber Elinor ganz besonders. Sie sah zwar aus wie ein Engel aus Zuckerwatte, aber sie war eine sehr energische junge Dame. Bei meinem ersten Besuch in Ashdown entschied sie, daß wir zueinander paßten, und teilte mir mit, daß wir heiraten würden, sobald wir mündig wären. Ich habe ihren Antrag bereitwillig angenommen.« Nach einem weiteren langen Schweigen sagte er: »Wenn sie am

Leben geblieben wäre . . .« Er wandte sich abrupt ab. »Natürlich war das alles kindisches Gerede. Es hatte nichts zu bedeuten.«

Offenbar bedeutete es sehr viel, selbst nach so vielen Jahren. Die Geschichte erweckte Elinor für Kit zum Leben. Sie mußte genauso klug gewesen sein wie ihr Bruder, denn selbst als kleines Mädchen war sie imstande gewesen, einen Jungen zu erkennen, der zu einem bewundernswerten Mann heranwachsen sollte. »Vielen Dank, daß Sie mir soviel erzählt haben, Michael. Ich möchte so viel wie möglich über Luciens Vergangenheit erfahren.«

Er sah sie durchbohrend an. »Meine Dienste sind nicht kostenlos, Kit. Eine Bitte: versuchen Sie, ihm nicht weh zu tun. Luce verdient etwas Besseres.«

Ihr stockte der Atem bei dieser unerwarteten Bemerkung. »Glauben Sie mir, das Letzte, was ich möchte, ist, Lucien wehzutun.«

Was immer er in ihrem Gesicht las, es schien ihn zu beruhigen. Zu der früheren Leichtigkeit zurückkehrend sagte er: »Da hinten ist ein Porträt des siebten Grafen. In den Augen der Gesellschaft hat er sich unmöglich gemacht, weil er Handel trieb, aber er wurde dadurch entschuldigt, daß er damit ein Vermögen gemacht hat.«

Exzentrische Verwandte waren wesentlich einfacher zu handhaben als verschwundenes Glück.

In dieser Nacht besuchten Kit und ihre mittlerweile drei Begleiter Maces Besitz, Blackwell Abbey. Sie hatten damit bis jetzt gewartet, weil Kit schon einmal dagewesen war und keine Spur von Kira entdeckt hatte, aber das Areal war so groß, daß sie es vom Haus aus unmöglich ganz erforschen konnte.

Wie bei den anderen Anwesen hatte Lucien auch diesmal eine genaue Karte dabei, diesmal von der Hand eines

Anwohners, der dort gearbeitet hatte. Sie zeigte jedes Bauernhaus, jedes Feld, jeden Weg und die Steinmauer, die das gesamte Anwesen umgab.

Bevor sie sich auf den Weg machten, hatten sie einzeln die Karte studiert, so daß sie ihren Weg im Dunkeln finden konnten, ohne gesehen zu werden. Selbst so wäre die Suchaktion ohne Michael nicht möglich gewesen. Er hatte nicht nur eine katzengleiche Fähigkeit, im Dunkeln zu sehen, sondern auch ein untrügliches Erinnerungsvermögen für Landkarten. Wie ein Spähtrupp in feindlichem Gebiet führte er sie auf einer weitausgreifenden Fährte, die Kit auf hundert Meter an jeden Teil des Grundstücks heranführte.

Lucien blieb an ihrer Seite und paßte auf, daß sie nicht stolperte. Ihre Aufmerksamkeit war eher nach innen gerichtet als auf das unebene Gelände. Hinter ihnen, mit den geschmeidigen Bewegungen eines Jägers, kam Jason Travers. In ihrer dunklen Kleidung waren sie Schatten in einer mondlosen Nacht.

Blackwell Abbey verstörte sie auf unerklärliche Weise. Während sie das Herrenhaus weiträumig umkreisten, stutzte sie und starrte die dunkle, bedrohliche Silhouette an. Die Männer blieben stehen. »Spürst du etwas?« fragte Lucien mit einer Stimme, die nicht weiter als drei Meter trug.

Sie war sich nur allzu bewußt, daß Lucien und sie in diesen Mauern zum erstenmal miteinander geschlafen hatten, und sie hatte das unbehagliche Gefühl, daß er das gleiche dachte. Aber das war es nicht. »Dieser Ort hat irgend etwas. Kira ist nicht hier. Ich glaube auch nicht, daß sie je hiergewesen ist. Aber ich fühle, daß es hier irgendeine Verbindung zu ihr gibt.«

»Vielleicht ist irgend jemand in Blackwell Abbey mit ihr zusammengewesen?«

»Vielleicht.« Sie biß sich auf die Lippen, um nicht aufzuschreien vor Enttäuschung. »Mir ist, als ob man mich mit verbundenen Augen in eine Menschenmenge gestoßen hätte und ich jemanden am Geruch erkennen sollte.«

Lucien berührte ihren Ellbogen. »Keine Angst, Kit, du schaffst es. Wir müssen nur nahe genug an Kira herankommen.«

Wieder las er ihre Gedanken. Sie atmete tief und versuchte es noch einmal. Sie machten sich wieder auf ihren langsamen Weg über das Grundstück.

Bei ihren früheren Expeditionen hatten sie keine Schwierigkeiten gehabt, aber dieses Mal ließ ihr Glück sie im Stich. Als sie hinter einer Reihe von Pächterhütten vorbeischlichen, fingen mehrere Hunde an, wie wild zu bellen. Statt anzunehmen, daß ein Hirsch oder ein Hase die Aufmerksamkeit der Tiere erregt hatte, kamen Männer aus einigen Hütten gestürzt. Eine heisere Stimme grollte: »Wahrscheinlich nichts.«

»Das is' nich' unsere Sache«, sagte eine zweite Stimme streng. »Vielleicht sind's Wilderer. Laß die Hunde los.«

Kits Herz setzte aus vor Schreck. Michael zischte: »Vor uns ist ein Bach. Ihr drei watet das Bett entlang, und ich lenke sie ab.«

Lucien packte ihren Arm und führte sie hastig eine Böschung hinunter. Das Hundegebell hinter ihnen wurde lauter, als die Tiere von ihren Ketten gelassen wurden.

Am Ufer stolperte sie über einen Felsen, aber Lucien fing sie auf. Zusammen mit Jason stiegen sie ins Wasser.

So lautlos sie es vermochten, wateten sie stromaufwärts um eine scharfe Flußbiegung. Dort entdeckten sie eine Vertiefung mit einem Überhang aus nackten Zweigen. Lucien führte sie in die dunkelste Ecke und blieb stehen. Das eisige Wasser ging Kit bis über die Hüfte.

Hundert Meter weiter flußabwärts, dort, wo sie in den

Bach gewatet waren, ertönte hysterisches Hundegebell. »Hier lang schrie einer der Verfolger.«

Das Gebell wurde leiser. Leicht benommen erkannte Kit, daß Michael sie in die entgegengesetzte Richtung lockte. Sie begann so heftig zu zittern, daß ihre Zähne klapperten.

Wortlos nahm Lucien sie in die Arme, um die Eiseskälte des Wassers mit der Wärme seines Körpers zu vertreiben. »Keine Angst, Michael kommt schon durch«, flüsterte er.

Und falls nicht, war es ihre Schuld. Sie schlang ihre Arme um Luciens Taille. Seit der Nacht des Überfalls hatte er seine Gefühle hinter einer Mauer von Zurückhaltung verborgen, aber auf einer neutraleren Ebene hatte er ihr nie seine Unterstützung versagt. Wenn er nicht gewesen wäre, hätte sie schon lange den Verstand verloren.

Er hielt sie fest und streichelte ihr den Rücken. Selbst hier, angesichts von kaltem Wasser, Angst und Gefahr, rührte sich leises Verlangen in ihren Adern, eine spielerische Erinnerung an die Leidenschaft, die sie geteilt hatten. Sie fragte sich, ob sie einander je wieder nahesein würden. Es war schwer, sich ein derartiges Glück vorzustellen.

Als das Bellen nur noch ein entferntes Echo war, kletterten sie an das gegenüberliegende Ufer und setzten ihren Weg fort. An der äußeren Mauer sagte Lucien: »Wenn wir eine Viertelmeile nach Westen gehen und das Grundstück noch einmal überqueren, haben wir alles abgesucht. Schaffst du das, Kit?«

»Natürlich«, sagte sie finster entschlossen, obwohl ihre nassen Füße taub vor Kälte waren.

»Unermüdliche Kit«, sagte er mit einem Lächeln. »Wenn ich je entführt werde, hoffe ich, daß du nach mir suchst.«

Dieser Beweis von Vertrauen richtete sie ein wenig auf. Sie begannen ihren letzten Marsch über das Gelände. Er schien eine Ewigkeit zu dauern, und Kit fror so, daß sie nicht sicher war, ob sie sich auf ihre Sinne verlassen konnte, aber schließlich erreichten sie die andere Seite des Grundstücks.

Lucien sprang und zog sich an der Mauer hoch. Dann streckte er seine Hand aus, um ihr zu helfen. Jason sprang hinauf, ebenso wie Lucien. Gutes Essen und regelmäßiges Reiten hatten einen Großteil der Kraft, die er im Gefängnis eingebüßt hatte, wiederhergestellt.

Nachdem sie sich auf der anderen Seite der Mauer heruntergelassen hatten, suchten sie nach ihren Pferden. Michael wartete schon auf sie.

»Sind Sie unverletzt?« fragte Kit.

»Vollkommen«, versicherte er sie. »Der beste Sport, seit ich aus der Armee ausgeschieden bin.«

Sie erschauerte, als sie ihren müden Körper aufs Pferd schwang. Wenn das seine Vorstellung von Sport war, überließ sie ihm neidlos das Vergnügen.

Sie ritten schweigend nach London zurück. Ihre Expedition war gut verlaufen, und sie waren mit heiler Haut entkommen. Es gab nur ein Problem.

Kit hatte immer noch keine Spur von ihrer Schwester gefunden.

Dreiunddreißigstes Kapitel

Es war beinahe drei Uhr morgens, als sie wieder in Strathmore House ankamen, und Kit taumelte vor Kälte und Erschöpfung. Sie wollte sofort ins Bett gehen, aber Lucien sagte: »Es ist Zeit für eine Lagebesprechung.«

Seine Miene war finster, und der Stahl unter der charmanten Oberfläche kam zum Vorschein. Sein Blick ging von Michael und Jason zu ihr. »Können wir gleich reden, oder seid ihr zu müde?«

»Jetzt«, sagte Jason schroff. »Wir haben keine Zeit zu verlieren.« Michael willigte mit stummem Nicken ein.

Wohl wissend, daß sie ebenso müde sein mußten wie sie selbst, richtete Kit sich auf. »Wenn alle weitermachen, kann ich das auch.«

»Tapferes Mädchen.« Lucien schenkte ihr ein Lächeln, das einen Gutteil Kälte aus ihren Knochen vertrieb. »Zuerst wollen wir uns umziehen. Wir treffen uns in der Küche.«

Eine Viertelstunde später saßen sie alle um den Küchentisch. Die Küche war ein behaglicher Raum, mit aromatischen Kräuterbündeln an den Deckenbalken und hellem Feuerschein, der sich in den Kupferkesseln spiegelte. Lucien hatte für etwas zu essen und zu trinken gesorgt. Kit trank ihre erste Tasse Tee in zwei kochendheißen Schlucken. Brot, Käse, Schinken und eine Schüssel dicke Linsensuppe gaben ihr fast das Gefühl, wieder ein Mensch zu sein.

Nachdem sie ihren Hunger gestillt hatten, schob Lucien seinen Stuhl zurück und stellte sich an den Kamin. Er warf eine Schaufel Kohlen ins Feuer und drehte sich zu den anderen um, während die Flammen hinter ihm aufflackerten. »Wir sind in einer Sackgasse«, sagte er schlicht. »Hat irgend jemand einen Vorschlag, was wir als nächstes tun sollen?«

Nach langem Schweigen sagte Michael: »Nur den, über den du und ich gesprochen haben – wir suchen die Hauptverdächtigen aus und zwingen sie zu reden.«

Entsetzt sagte Kit: »Durch Folter?«

Lucien sah sie an. »Wenn es nötig ist.«

Er meinte es ernst. Sie beugte den Kopf und preßte ihre Fingerspitzen an die Stirn. Allein aufgrund ihrer unbewiesenen Behauptung waren diese Männer – drei starke, fähige Männer – bereit, jemandem, der möglicherweise unschuldig war, Schmerz zuzufügen. Der Gedanke war entsetzlich.

»Die Vorstellung ist nicht schön, Kit, aber vielleicht ist das unsere einzige Hoffnung«, sagte Lucien ruhig. »Gibt es einen Mann, den du für den Hauptverdächtigen hältst? Nunfield vielleicht, oder Mace?«

Sie hatte sich immer für eine zivilisierte Frau gehalten, aber offenbar hatte sie sich geirrt, denn sie ertappte sich dabei, wie sie Luciens Vorschlag ernsthaft erwog. Immerhin stand Kiras Leben auf dem Spiel. Die Gesichter der Verdächtigen zogen an ihr vorüber. Nachdem sie jeden sorgfältig erwogen hatte, sah sie auf. »Ich kann beim besten Willen keinen Hauptverdächtigen nennen. Es tut mir leid. Ich würde es tun, wenn es möglich wäre.«

»Wir suchen nach einer Nadel im Heuhaufen«, sagte Michael wütend. »Das einzige, was wir sicher wissen, ist, daß Lady Kristine nach einer Vorstellung auf offener Straße entführt worden ist. Dafür gibt es einen Zeugen. Alles andere sind Spekulationen aufgrund von Kits Intuition.«

»Glaubst du ihr nicht?« fragte Lucien in neutralem Ton.

»Doch, doch. Intuition ist manchmal präziser als Logik. Die Frage ist: wie können wir uns Kits Fähigkeit, ihre Schwester zu finden, zunutze machen?«

Es war dieselbe Frage, die Lucien früher gestellt hatte, aber dieses Mal gab es eine unerwartete Antwort. Zögernd sagte Jason Travers: »Es gibt eine Methode, die uns vielleicht helfen könnte. Man benutzt ein Pendel und eine Karte, um einen verlorenen Gegenstand wiederzufinden. Vielleicht kann Kit Kira so ausfindig machen.«

Als die anderen ihn anstarrten, sagte er: »Ich weiß,

daß es unwahrscheinlich klingt, aber es ist eigentlich dasselbe Prinzip wie bei einer Wünschelrute.«

»Ich habe selbst gesehen, wie Wünschelrutengänger Erfolg gehabt haben«, sagte Lucien nachdenklich. »Obwohl es keinen logischen Grund gibt, funktioniert es oft genug. Kit?«

Sie zuckte die Achseln. »Es kann bestimmt nichts schaden. Was sollen wir als Pendel benutzen?«

»Ich weiß nicht, ob das eine Rolle spielt.« Jason dachte einen Augenblick nach. »Vielleicht ein Schmuckstück von Kira, falls du eines hast.«

»Ich habe ihren Schmuckkasten oben.« Sie sprang auf. »Ich werde nachsehen, ob es etwas Geeignetes gibt.«

»Ich hole die beste Karte von Südengland, die ich habe.« Lucien zündete zwei Kerzen an und gab eine an Kit weiter. Dann hielt er ihr die Tür auf, während Jason begann, den Tisch abzuräumen.

Sie gingen die Treppe hinauf, Kit voran. Als sie den ersten Absatz erreicht hatten, drehte Kit sich zu ihm um. »Hab' ich dir eigentlich je gesagt, wie dankbar ich dir für alles bin? Du hast mir geglaubt, wo jeder andere mich ins Irrenhaus geschickt hätte, und du hast alles getan, um so gründlich nach Kira zu suchen, wie niemand sonst es könnte.«

»Du kannst mir danken, wenn wir sie gefunden haben«, sagte er mit müdem Lächeln.

Bei seinen Worten änderte sich ihr Gesichtsausdruck. Ausnahmsweise hatte Lucien sie mißverstanden. »Laß mich noch einmal sagen, daß dies kein Tauschhandel ist – deine Freiheit als Gegenleistung für meine Hilfe. Ich helfe dir, egal, wie du dich später entscheidest.« Seine Miene wurde wehmütig. »Meine Skrupellosigkeit hat Grenzen. Kira zu finden, ist eine ganz andere Sache als mein Wunsch, dich zu heiraten.«

»Das weiß ich.« Sie legte ihm zärtlich eine Hand auf die Wange. »Jetzt ist nicht der richtige Zeitpunkt, um an die Zukunft zu denken. Warte mit deiner Entscheidung, bis diese Krise vorüber ist. Dann werde ich dir alles geben, was in meiner Kraft steht.« Selbst, wenn es bedeutete, sich von ihm trennen zu müssen, denn es war weniger ihre Freiheit, um die sie besorgt war, als die seine. Ihre Hand sank herab. Wenn er Kira kennenlernte, würde er nicht mehr so erpicht darauf sein, den stillen, unscheinbaren Zwilling zu heiraten.

Leise sagte er: »Ich nehme dich beim Wort.« Zum erstenmal seit Tagen küßte er sie – flüchtig, aber der Kuß erschütterte sie immer noch bis ins Mark. Die Zurückhaltung, die seit Tagen zwischen ihnen herrschte, schmolz und wich innerem Frieden. Dann wandte er sich ab, um in sein Arbeitszimmer zu gehen, während Kit die Treppe zu ihrem Schlafzimmer hinaufging, mit etwas weicheren Knien als zuvor.

Kira liebte Schmuck, und die samtgefütterte Schatulle enthielt ein Wirrwarr von Perlen und Anhängern. Kit zögerte mit ihrer Wahl. Selbst wenn dieses Experiment absurd war, sie mußte ihr Bestes versuchen.

Weder ein Armband noch eine komplizierte Halskette, auch keine von den Broschen. Ihr Blick fiel auf ein Paar tropfenförmige Saphirohrringe. Das würde gehen.

Sie streckte die Hand nach einem Ohrring aus und erstarrte. Eine merkwürdige Empfindung von Hitze wärmte ihre Handfläche. Nein, keine Hitze, und auch kein Jukken, aber ... irgend etwas.

Sie kam sich beinahe albern vor, aber sie suchte in den Schmuckstücken herum, bis sie am Boden der Schatulle ein herzförmiges Medaillon entdeckte. Es war ein entzückendes Stück mit einem zarten Muster auf der goldenen Oberfläche und einer schmalen Kette, das sich hervorragend als Pendel eignete.

Noch besser, es fühlte sich an wie die richtige Wahl. Erschöpfung und Sorge mußten sie wunderlich gemacht haben. Sie klappte den Schmuckkasten zu und kehrte in die Küche zurück.

Jason lief nervös in dem langen Raum auf und ab. In scharfem Gegensatz dazu lehnte Michael mit übereinandergeschlagenen Beinen in seinem Stuhl, der Inbegriff eines Kämpfers, der auf dem Schlachtfeld die Tugend der Geduld erlernt hatte. Zweifellos half es, daß er am wenigsten zu verlieren hatte; er kannte Kit kaum und Kira gar nicht. Und doch machte es seine Bereitwilligkeit, sich einer Mission anzuschließen, die möglicherweise tödlich enden konnte, nur um so bewundernswerter. Sie fragte sich, wie es sein mochte, soviel Mut zu haben. Sie war es grenzenlos leid, Angst zu haben.

Lucien war vor ihr zurückgekehrt und schlug eben ein riesiges Buch auf. Als sie näher kam, sah sie, daß es ein Band mit hervorragend gezeichneten und kolorierten Karten der englischen Grafschaften war. Sie bewunderte gerade die Qualität, als er unbewegt die Seite herausriß, die Surrey darstellte.

Als sie einen unwillkürlichen Protestlaut ausstieß, sah er auf. »Ich habe keine Ahnung, wie ein Pendel funktioniert, aber vielleicht hat es Schwierigkeiten mit einer Karte, die mit anderen Karten zusammengebunden ist.«

»Das klingt logisch«, stimmte sie zu. Sie öffnete ihre Hand und zeigte das Medaillon. »Ist das hier geeignet, Jason?«

Sein Gesicht verzog sich, als er sah, was sie in der Hand hielt. »Das hab' ich Kira geschenkt. Hat ... hat sie es je getragen?«

Obwohl Kit sich wünschte, ja sagen zu können, mußte sie den Kopf schütteln. »Nein, aber ich habe sie in den letzten Jahren sehr selten gesehen.«

Er nahm das Medaillon und öffnete es mit dem Fingernagel. Es enthielt eine dunkle Haarsträhne. »Wenigstens hat sie es behalten. Das muß etwas bedeuten.«

Er tat ihr unendlich leid. Er mußte nicht nur um Kiras Leben Angst haben, sondern auch um ihre Liebe. »Glaub mir, wenn meine Schwester dich hätte vergessen wollen, hätte sie das hier nicht mehr.« Kit nahm das Medaillon wieder an sich und drehte es zum Licht, so daß sie die eingravierten Initialen sehen konnte. K.T. + J.T. Darunter die liegende Acht, das mathematische Symbol für die Ewigkeit. Kira und Jason, auf ewig. Sie unterdrückte ihre Rührung und sagte: »Offenbar habe ich das richtige Pendel ausgesucht.«

Mit finsterer Miene sagte Jason: »Hoffen wir es.«

Sie ließ das Medaillon zuschnappen. »Und jetzt? Ich merke gerade, daß ich nicht die leiseste Ahnung habe, was ich tun muß.«

»Setz dich und mach es dir bequem. Es dauert eine Weile.«

Gehorsam setzte sie sich in einem der Stühle zurecht. Jason redete weiter: »Leg deine Ellbogen auf den Tisch und laß das Pendel frei in deiner rechten Hand schwingen.«

Lucien sagte: »Spielt es eine Rolle, daß Kit Linkshänderin ist?«

»Dann benutz deine linke Hand. Laß das Medaillon hängen, bis es sich nicht mehr bewegt.«

Während Kit darauf wartete, daß die Schwingungen des Medaillons aufhörten, erklärte Jason: »Im allgemeinen wird ein Pendel für Fragen benutzt, die mit Ja oder Nein beantwortet werden können. Aber die Richtung ist von Person zu Person verschieden. Um herauszufinden, wie das Pendel für dich funktioniert, müssen wir Fragen stellen, für die wir die Antwort kennen.«

Lucien nickte und fragte dann: »Bist du in London?«

Das Medaillon erbebte. Dann begann es zu Kits Verblüffung, langsam entgegen dem Uhrzeigersinn zu schwingen, obwohl sie hätte schwören können, daß sie nichts tat.

Jason sagte: »Die Richtung muß Ja bedeuten.«

Fasziniert fragte Lucien: »Bist du je in Indien gewesen, Kit?«

Das Pendel wurde langsamer, hielt an und begann dann, sich im Uhrzeigersinn zu bewegen. »Das muß Nein sein.«

Jetzt stellte auch Michael eine Frage: »Wird der Wiener Kongreß Napoleon gestatten, den französischen Thron zu behalten?«

Das Medaillon zuckte nervös und blieb stehen.

»Ein Pendel eignet sich nicht besonders dafür, die Zukunft vorherzusagen«, sagte Jason. »Am besten funktioniert es bei verlorenen Objekten, oder um Leuten bei einer Entscheidung in einer verwirrenden Situation zu helfen.«

Lucien begann, Kit eine Reihe von Fragen mit einfachen Antworten zu stellen. Offensichtlich bedeutete eine Bewegung im Uhrzeigersinn immer Nein und die Gegenrichtung Ja. Wider Willen beeindruckt fragte Kit: »Wo hast du das gelernt?«

»Von meiner Mutter, einer wildäugigen Irin.« Jason lächelte liebevoll. »Ihr zufolge waren die weiblichen O'Hanlons immer schon die weisen Frauen des Dorfes und gaben ihr Wissen an ihre Töchter weiter. Mein Vater starb, als ich noch klein war, und meine Mutter hat nie wieder geheiratet, und so hat sie mir beigebracht, was sie wußte, mit der strikten Anweisung, es an meine eigene Tochter weiterzugeben.« Sein Lächeln verblaßte. »Falls ich je eine habe.«

Er und seine Mutter waren einander offenbar sehr nahe gewesen. Vielleicht lag es an der »wildäugigen Irin«, die ihn aufzog, daß Jason sich in eine starke, unkonventionelle Frau verlieben konnte, die es gewagt hatte, Schauspielerin zu werden. Je besser Kit ihren Kusin kennenlernte, desto besser verstand sie auch, warum ihre Schwester ihn liebte.

Sie wandte ihre müden Gedanken wieder dem zu, was sie vorhatten. »Und jetzt? Was muß ich jetzt tun?«

»Konzentrier dich darauf, Kira zu finden«, antwortete er. »Wenn du dein Ziel genau vor Augen hast, halt das Pendel ruhig in deiner linken Hand und beweg die andere langsam über die Karte. Wenn es klappt, müßte das Pendel ausschlagen, sobald deine rechte Hand an den Ort kommt, wo sie gefangengehalten wird.«

»Warte einen Moment, ich will die Karten ordnen«, sagte Lucien. »Sollen wir mit London anfangen?«

Die anderen waren einverstanden, und so riß er die Karte aus dem Buch. Während sie wartete, dachte Kit wieder daran, daß Jason gesagt hatte, das Pendel könne jemandem helfen, seine wahren Gefühle zu erkennen. Stumm fragte sie: *»Liebe ich Lucien?«*

Das Pendel schlug in ihrer Hand aus und begann, wie wild entgegen dem Uhrzeigersinn zu kreisen. *Ja, ja, ja.*

Deprimiert starrte sie das schwingende Medaillon an. Es war töricht gewesen zu fragen. Natürlich liebte sie ihn, was sonst? Aber ihr feiges Herz hatte sich geweigert, die Wahrheit anzuerkennen, weil es nicht zugeben wollte, wie schmerzhaft es sein würde, ihn zu verlieren. Eigentlich war es sogar eine Erleichterung zu akzeptieren, daß sie ihn liebte. Es zu leugnen, hatte ihr auch nicht geholfen.

Bevor sie sich besann, formte ihr Geist die Worte: *»Wird er immer noch glauben, daß er mich liebt, wenn das hier vorbei ist?«*

Das Pendel kam zum Stillstand und hing bewegungslos von seiner Kette herab. Nun, Jason hatte gesagt, daß ein

Pendel nichts taugte, wenn es um die Zukunft ging. Und sie wollte gar nicht wirklich wissen, was später sein würde; der Gedanke tat jetzt schon viel zu weh.

Jason fragte: »Bist du bereit?«

Lucien legte die Karte von London vor sie. Sie schloß die Augen und dachte an ihre Schwester, ihr anderes, besseres Ich. *Kira wo bist du? Sag mir, wo du bist, mein Liebling.* Sie wiederholte diese Sätze wie eine Litanei, bis ihr ganzes Bewußtsein mit dem Gedanken an ihre Schwester erfüllt war.

Dann begann sie, ihre rechte Hand langsam über die Karte zu bewegen. Die Spannung im Raum war unerträglich. Überraschenderweise störte ihr Publikum sie nicht, im Gegenteil, die drei Männer gaben ihr das Gefühl, einen Schutz gegen das Unbekannte zu haben, in das sie sich vorwagte.

Das Ganze erwies sich als langer, mühseliger Prozeß. Wie erwartet, erzeugte London keine Reaktion, auch wenn ihre Handfläche leise zu prickeln begann. Wahrscheinlich lag es daran, daß Kira soviel Zeit dort verbracht hatte.

Als nächstes kam Surrey, dann Kent. Lucien legte die Grafschaften rings um die Stadt aus. Jetzt Essex. Kit sah die Landkarten nicht genau an. Statt dessen versuchte sie, so weit wie möglich an nichts zu denken, um nichts weiter zu sein als ein Werkzeug für die geheimnisvolle Macht, die das Pendel bewegte.

Plötzlich begann das Pendel auszuschlagen. Mit vor Hoffnung zitternder Stimme fragte Jason: »Ist Kira in oder in der Nähe von Romford?«

Das Pendel schlug im Uhrzeigersinn aus. Nein. Kit atmete wieder. »Kira hat früher oft Freunde in Romford besucht. Wahrscheinlich hat das Pendel deswegen reagiert.«

»Immerhin beweist es, daß die Methode funktioniert.

Du hast die Karte nicht einmal angesehen, also konntest du nicht wissen, daß du über Romford warst.« Lucien sah sie an und runzelte die Stirn. »Willst du dich ausruhen?«

Sie ahnte, daß sie bleich vor Erschöpfung sein mußte, schloß die Augen und lehnte sich zurück, die Hände locker im Schoß gefaltet. Lucien legte ihr eine Hand auf die Schulter, und ein wenig von seiner Stärke und seiner Zuversicht übertrug sich auf sie. Als sie sich wieder etwas kräftiger fühlte, hob sie das Medaillon wieder hoch und machte weiter. Nach Essex kam Hertford.

Middlesex. Immer noch nichts. Ihre Kehle wurde trokken. Es funktionierte nicht; sie hatten jede Grafschaft um London abgesucht, ohne Resultat.

Schweigend legte Lucien ihr eine neue Karte hin. Ein kurzer Blick zeigte ihr, daß es Berkshire war, westlich von Middlesex. Er hatte mit dem zweiten Ring von Grafschaften angefangen.

Geduldig ließ sie ihre Hand über Windsor wandern, dann nach Norden in Richtung Maidenhead. *Kira, wo bist du?* Wieder südlich nach Bracknell.

Das Pendel zuckte wie ein Fisch an einer Angel und begann, wild entgegen dem Uhrzeigersinn auszuschlagen. Gleichzeitig spürte sie ein fast schmerzhaftes Stechen in ihrer rechten Hand. Kit war sofort hellwach, und ihr Körper brannte vor Aufregung. Sie fühlte die Gegenwart ihrer Schwester ganz nahe, nicht den kaum wahrnehmbaren Puls, der sie immer begleitete, sondern die intensive Verbindung, die sie unter Hypnose gespürt hatte.

Mit erstickter Stimme fragte Jason: »Ist Kira in der Nähe von Basildon?«

Das Medaillon wurde langsamer, aber es kreiste weiter. Kit merkte, daß Lucien hinter ihr stand. Er sagte: »Ist sie näher an Hycombe?«

Das Pendel begann, schneller zu schwingen. Kit merkte

es kaum. Sie tauchte immer tiefer in die Gedanken und Gefühle ihrer Schwester ein, so tief, daß sie nicht sagen konnte, wo die eine endete und die andere begann.

»Du bist über einem kleinen Dorf, West Hycombe«, sagte Lucien. Seine Stimme schien von weit weg zu kommen. »Ist sie in der Nähe?«

Kits Kopf schmerzte, und sie spürte, daß das Medaillon wieder wild ausschlug. *Auf und ab, auf und ab. Rote Wunden auf glänzender Haut. Ein gutturaler, tierhafter Schrei, Schmerz gemischt mit Ekstase. Irre Augen voller Lust und Drohung ...*

Weit, weit weg fragte Lucien: »Ist Kira in Castle Raine oder in der Nähe dieses Ortes?«

Die Wirklichkeit zersplitterte in tausend Scherben. *Schwester ... ich ... du ... Feind ... Gefahr ... Gefahr ... Gefahr!*

Schreiend stürzte sie ins Leere.

Vierunddreißigstes Kapitel

Sobald Lucien die Worte »Castle Raine« ausgesprochen hatte, stieß Kit einen Entsetzensschrei aus, der ihm das Blut in den Adern gefrieren ließ.

Michael sprang auf und stürzte an den Tisch. »Was ist los, zum Teufel?«

Auch Jason sagte etwas, aber Lucien achtete nicht auf sie. Er stellte sich vor Kit und sah, daß sie ihre Umgebung nicht wahrnahm. Ihre Augen waren blind, ihre Hand verkrampft, ihre gequälte Stimme ein einziger Jammerschrei. Sie war wie eine Irre – oder eine Frau, die in Irrsinn befangen ist.

Er ergriff ihre Hände und sagte eindringlich: »Wach auf, Kit, du hast es geschafft. Es ist vorbei.«

Sie wand sich verzweifelt und versuchte, ihre Hände loszureißen. »Ich ertrage es nicht, ich hasse ihn, *ich hasse ihn, ICH HASSE IHN*!«

Mit bleichem Gesicht fragte Jason: »Was ist passiert?«

»Ich glaube, sie ist in Kiras Angst gefangen«, sagte Lucien grimmig. Mit schärferer Stimme sagte er: »Komm zurück, Kit. Um Gottes willen, komm zurück!«

Sie hörte auf zu schreien, aber ihre Augen waren immer noch trübe, und sie keuchte wie ein Hirsch, der bis zur äußersten Erschöpfung gejagt worden ist. Er beugte sich vor und legte seine Arme um sie. Sie bebte und fühlte sich genauso kalt an wie vorhin im Bach. Wieviel mehr konnte sie ertragen, bevor sie zusammenbrach? Sanft sagte er: »Es ist gut, Kira, du bist in Sicherheit. Ich bin bei dir.«

»Bitte . . . bitte, halt mich fest, Lucien.« Sie fing an zu weinen, aber ihre Stimme war normal.

Erleichtert, daß sie wieder bei sich war, hob er sie hoch, drehte sich um und setzte sich in ihren Stuhl. Während er sie in den Armen hielt, fragte er: »Ist Pendeln immer so aufregend?«

Mit blassem Gesicht sagte der Amerikaner: »So etwas habe ich noch nie erlebt.«

»Vermutlich haben Sie noch nie mit einer Frau gearbeitet, die ihre Zwillingsschwester sucht.« Er streichelte Kits bebende Schultern. Sie wirkte entsetzlich fragil.

Obwohl es ihm widerstrebte, ihr weiter zuzusetzen, fragte er: »Du hast Kiras Emotionen gespürt?«

Kit schluckte. »Ja, genau am Ende einer Auspeitschung. Es war schrecklich, wie ein Alptraum in hellwachem Zustand. Ich konnte alles hören und sehen und Kiras Empfindungen spüren, aber ich konnte nichts tun. Ich war wie gelähmt, wie eine Fliege, die im Spinnennetz gefangen ist und sieht, wie die Spinne immer näher kommt.«

»Was ist mit Kira?«

Kit runzelte die Stirn und entspannte sich. »Ihr ist nichts geschehen. Er ist jetzt weg. Sie wußte, daß ich bei ihr war. Ich glaube, das hat ihr geholfen.«

»Du glaubst, daß sie an einem Ort namens Castle Raine ist?«

Sie erschauerte und verbarg wieder ihr Gesicht. »Ich glaube schon.«

Lucien streckte einen Arm aus. »Michael, gib mir die Karte.«

Sein Freund reichte sie ihm schweigend. Nachdem er das Gebiet genau studiert hatte, sagte Lucien: »Castle Raine ist eine mittelalterliche Burgruine, und es ist wahrscheinlich kein Zufall, daß sie auf halbem Weg zwischen Maces und Nunfields Landsitzen liegt.«

»Wahrscheinlich nicht.« Michael warf Kit einen Blick zu. »Ein Burgverlies würde zu Ihrem Bild von einem unterirdischen Gefängnis ohne Tageslicht passen.«

Sie verzog das Gesicht. »Sie haben recht. Selbst die komfortabelste Ausstattung kann diese Atmosphäre nicht vertreiben.«

Lucien war noch immer mit der Karte beschäftigt. In der Nähe gab es einen Fluß, nicht ungewöhnlich für eine Burg. Was seine Aufmerksamkeit erregte, war das hartnäckige Gefühl, daß er diesen Ort kannte. Ein Bild schoß ihm durch den Kopf: er stand auf einer Anhöhe zwischen alten Steinmauern und sah auf einen gewundenen, mondbeschienenen Fluß. Steinmauern und Mondlicht . . . »Zum Teufel, ich glaube, ich bin dort gewesen!« rief er. »Castle Raine muß der Ort sein, an dem die Höllenhunde ihre Messen abhalten.«

»Du warst auf einer von ihren berüchtigten Orgien?« sagte Michael mit gekrauster Stirn.

Kit hob den Kopf, und ihre grauen Augen wurden schmal, während sie auf Luciens Antwort wartete. Er erinnerte sich an die hartgesichtige Hure und seine Verzweiflung, nachdem er ihr gestattet hatte, sich ihren Lohn zu verdienen. Er legte seinen Arm fester um Kits Schultern. »Rein geschäftlich, nicht zum Vergnügen.«

Sie entspannte sich wieder. Gut, daß sie so müde war, sonst hätte sie erraten, daß seine Antwort nicht ganz der Wahrheit entsprach. Lucien zog es vor, jene Nacht zu vergessen.

Jason sagte: »Wissen Sie, ob die Burg ein Verlies hat?«

»Ich habe nichts gesehen, aber es ist möglich. Das Areal ist ziemlich groß. Man könnte beinahe alles, oder jeden, dort verstecken.«

Schweigen senkte sich über den Raum, bis Michael mit bedrohlicher Ruhe sagte: »Ich nehme an, daß wir Castle Raine einen Besuch abstatten.«

»Das tun wir«, sagte Lucien. »Aber zuerst gehen wir schlafen. Morgen früh statten Kit und ich Lord Ives einen Besuch ab. Er ist ein Höllenhund, aber wir können ihm trauen. Er kann uns bestimmt mehr über die Burg sagen.«

»Man kann nie genug über das Ziel einer Suchaktion wissen.« Müde fuhr Michael sich durch das kastanienbraune Haar. »Aber je eher wir nach Berkshire kommen, desto besser. Ein schlimmer Sturm ist im Anzug. Regen oder Hagel, glaube ich.«

»Dann brauchen wir eine Unterkunft in der Nähe der Burg. Ein Privathaus wäre besser als ein Gasthof.« Lucien klopfte auf die Landkarte. »Rafe hat ein kleines Haus in der Nähe von Basildon. Der Mieter ist neulich gestorben, und es steht noch leer. Ich bin sicher, daß er es uns überläßt. Wir können morgen nachmittag hinreiten. Nach der Suche können wir die Nacht dort verbringen, ohne den ganzen Weg nach London zurückreiten zu müssen.«

Trotz ihrer Müdigkeit war Kits Neugier geweckt. Sie sagte zu Michael: »Sie können einen Sturm so genau vorhersagen, daß Lucien ihr Wort akzeptiert, ohne mit der Wimper zu zucken?«

»In der Schule haben mich alle den Regenmacher genannt. Schon als kleiner Junge habe ich immer gewußt, wann ein Sturm aufziehen und wie schlimm er sein würde.« Michael beugte einen Arm. »Meine Voraussagen sind noch besser geworden, seit ich eine Kugel in die Schulter bekommen habe.« Er stand auf und setzte hinzu: »Allseits eine gute Nacht, zumindest, was noch davon übrig ist.«

Jason unterdrückte ein Gähnen. »Morgen ist Wintersonnenwende. Wenigstens haben wir noch ein paar Stunden Dunkelheit.«

Lucien stand auf, Kit immer noch in den Armen. »Gute Nacht.«

Als er auf die Treppe zuging, protestierte sie. »Ich kann laufen.«

»Das bezweifle ich«, sagte er trocken. »Erinnerst du dich, wie erschöpft du bisher immer warst, wenn du mit Kira in Verbindung getreten bist?«

»Oh.« Sie gab nach, schloß die Augen und ließ ihren Kopf an seine Schulter sinken.

Wieder war er erschrocken, wie zerbrechlich sie wirkte. Arme, tapfere, müde Kit. Wahrscheinlich hielt nur noch ihre Willenskraft sie aufrecht.

Er trug sie in ihr Zimmer und setzte sie auf die Bettkante. Dann zog er ihr die Oberbekleidung aus. Sie ließ es geschehen. Als sie nur noch ihren Unterrock trug, schlug er das Bett auf. Bevor er ihr unter die Decke helfen konnte, legte sie ihm die Arme um den Nacken. »Bleib hier, Lucien«, sagte sie. »Bitte.«

Er zögerte. Die Versuchung war groß, aber . . .

»Ich möchte nur zu gerne, aber ich kann nicht versprechen, daß ich die angemessene Zurückhaltung aufbringe«, sagte er, bemüht, einen leichten Ton anzuschlagen. »Ich verstehe vollkommen, warum du den Wirrungen der Leidenschaft aus dem Weg gehen mußt, aber wenn ich in deiner Nähe bin, geht mein Verstand zum Teufel. Heute nacht schützt dich deine Erschöpfung, aber für morgen früh kann ich keine Verantwortung übernehmen.«

Sie lächelte schwach. »Ich bin bereit, die Konsequenzen zu tragen. Jetzt, wo wir wissen, wo Kira ist, ist es nicht mehr absolut notwendig für mich, jede Ablenkung zu vermeiden.« Sie legte ihren Kopf an seine Brust und setzte mit erschöpftem Flüstern hinzu: »Und heute nacht will ich nicht alleine sein.«

Er drückte einen Kuß auf ihre Stirn. »Solange ich lebe, brauchst du das auch nicht, Kit.«

Ihr Gesicht straffte sich, aber sie sagte nichts. Er fragte sich, ob sie ihm je glauben würde, oder ob ihr unzuverlässiger Vater ihre Fähigkeit, einen Mann beim Wort zu nehmen, für immer zerstört hatte. Nun, Lucien konnte die nötige Geduld aufbringen. Er zog sich aus, löschte die Kerzen und legte sich zu ihr unter das Federbett.

Mit leisem Seufzen schmiegte Kit sich an ihn. Die Laken waren kalt und sie fror, aber langsam blühte Wärme auf, wo immer sie sich berührten. Er lächelte, als ein schlankes Bein sich zwischen seine Knie schob und ein eisiger Fuß an seinen Waden lag. Er konnte sich nicht vorstellen, warum jemand es vorzog, alleine zu schlafen.

Obwohl Erschöpfung ein ausgezeichneter Dämpfer für Sinnlichkeit war, war es angenehm, sie zu streicheln. Ihr weicher, geschmeidiger Körper wurde nach und nach warm. Als seine Hand auf ihrer Brust zur Ruhe kam, drückte er spielerisch ihre Brustwarze. Sie verhärtete sich zu einer festen Knospe unter dem leichten Hemd.

Er lehnte sich ein wenig vor, so daß seine Lippen die ihren berührten. Ihre Münder preßten sich aufeinander. Ihre Zungen trafen sich in samtiger Vereinigung, und sie stieß einen erstickten Wonnelaut aus. Nach einem ausgedehnten Kuß hob er den Kopf. »Das ist verrückt«, sagte er mit rauher Stimme. »Wir brauchen beide unsere Ruhe.«

Sie murmelte zustimmend, aber ihre Hand glitt um seine Taille und begann, sich in trägen, zart erotischen Zirkeln zu bewegen. Er fühlte, wie seine Begierde erwachte. Er neigte den Kopf und küßte ihre Brüste. Ihr Atem ging schneller und bezeugte, daß sie gegen ihre Begierde ebensowenig gewappnet war wie er.

Seine Liebkosungen wurden heftiger. Seine Hand glitt an ihrer Hüfte hinunter. Auf dem Rückweg blieb der Saum ihres Hemdes an seinem Daumen hängen und verschob sich. Es war nicht absichtlich geschehen, aber er konnte der Versuchung nicht widerstehen, in die duftende Dunkelheit unter dem Federbett einzutauchen und die weiche Wölbung ihres Bauches zu küssen. Ihre schlanken Finger fuhren in seinen Nacken und liebkosten ihn mit köstlicher Zärtlichkeit.

Sie tauchten mit traumtänzerischer Leichtigkeit in den Rhythmus der körperlichen Liebe ein, jeder nicht ganz unschuldige Schritt gefolgt von einem noch weniger zufälligen – die Berührung von nackter Haut mit zart gekräuseltem Haar, spielerische Bisse, biegsame Weiblichkeit geschmiegt an kantige Härte, der Duft zweier Körper.

Als ihre Hand sein starres Glied umschloß, schlüpften seine Finger in die geheimen Tiefen ihres Schoßes. Ihre Schenkel öffneten sich einladend. Selbst, als er sich auf sie legte und sie sich vereinigten, geschah es ohne Dringlichkeit. Leidenschaft, ja, und ein Klopfen in den Adern, das ihr Blut in Feuer zu verwandeln schien. Aber keine Verzweiflung, denn ihre Vereinigung schien das einzig Richtige zu sein, ein gemeinsames Tragen von Sorgen, das sie beide stärker machte.

Sie schliefen engumschlungen ein und schlummerten tief und traumlos.

Kit öffnete die Augen im perlgrauen Morgenlicht. Die Sonne ging spät auf in dieser Jahreszeit, aber selbst so konnte sie nicht mehr als vier Stunden geschlafen haben. Sie fühlte sich erstaunlich ausgeruht, und dafür mußte sie Lucien dankbar sein. Seine Nähe schien so natürlich, daß es schwer war, sich je wieder etwas anderes vorzustellen.

Sie würde nie bedauern, ihn zu lieben, egal, wieviel es sie kosten würde. Und sie würde nie vergessen, daß er sie begehrt hatte.

Sie studierte sein schlafendes Gesicht, umrahmt von wirrem, goldenem Haar. Er war herzzerreißend schön und entspannter, als sie ihn je gesehen hatte.

Ein winziger, rebellischer Gedanke begann, sich im hintersten Winkel ihres Bewußtseins zu regen. Lucien war der klügste Mann, dem sie je begegnet war, und er neigte nicht zur Selbsttäuschung. Vielleicht konnte sie glauben, daß er sie wirklich liebte, vielleicht würde er sie tatsächlich ihrer Schwester vorziehen.

Sie seufzte leise. Das war noch nie vorgekommen. Kira war nicht nur lebendiger und charmanter, sondern auch stärker. Sie war in ihrem unabhängigen Leben aufgeblüht, ganz anders als Kit, die kaum zu zusammenhängendem Handeln imstande gewesen war, als sie nicht mehr Teil eines größeren Ganzen war. Lucien würde Kiras Stärke ebenso bewundern, wie er von ihrer Lebhaftigkeit bezaubert sein würde.

Die Situation war zutiefst ironisch. Wenn Kira starb, war Kit vielleicht so vernichtet, daß sie nie wieder zu irgend etwas taugen würde, aber ihre Zwillingsschwester zu retten, bedeutete, daß sie die Hoffnung auf Liebe auf immer begraben mußte.

Aber für diesen einen flüchtigen Moment gehörte Lucien ihr. Kit reckte sich und küßte ihn hauchzart. Seine Lider hoben sich ein wenig und enthüllten den goldenen Schimmer der Zufriedenheit in seinen Augen.

»Ich hab' dich gewarnt, daß ich mich vielleicht nicht beherrschen kann, wenn ich bleibe«, sagte er heiter. »Allerdings dachte ich, daß ich der Versuchung ein bißchen länger widerstehen könnte.«

»Unsinn«, sagte sie mit einem Lächeln. »Du benimmst dich nur dann anständig, wenn du Lust dazu hast.«

»Und jetzt habe ich keine Lust dazu.« Er schlang die Arme um sie und zog sie auf sich.

Sie quietschte vor Überraschung und entspannte sich dann, ihre Beine über den seinen, ihre Brüste an seine Rippen gedrückt. Bedauernd sagte sie: »Wir müssen eigentlich bald aufstehen. Es wird ein langer Tag.«

»Dann sollte er richtig anfangen.« Er brachte sie mit einem Kuß zum Schweigen. Seine Hände glitten unter ihr Hemd und umfaßten ihr Gesäß.

Sie fühlte, wie der Druck seines Gliedes gegen ihren Unterleib zunahm. Sie streckte sich mit katzenhafter Geschmeidigkeit und genoß das Gefühl seines muskulösen Körpers und die Art, wie ihre Körper verschmolzen. Ihr Kuß vertiefte sich, und flüssige Hitze begann, in ihren Adern zu brennen.

Sie wollte sich von ihm herunterrollen, so daß er in sie eindringen konnte, aber er hielt ihre Hüften fest und schob sich mit einer geschickten Bewegung in sie. Sie hielt den Atem an. »Oh. Jetzt verstehe ich, warum du mich hier oben haben wolltest.«

Er lächelte und hob seinen Unterleib. »Erziehung ist eine wundervolle Sache.«

»Allerdings«, sagte sie atemlos. »L.J. Knight hat einige provokante Artikel zu diesem Thema geschrieben.«

»So provokant wie das, was wir gerade tun?«

»Das ist keine Provokation.« Sie lachte erstickt. »Das ist pure Wollust.«

»Mmm, Wollust, meine liebste Todsünde.« Wieder stieß er zu. Sie erbebte, als die Hitze in ihren Körper fuhr.

Sie hielt sich sorgfältig aufrecht, so daß sie rittlings auf ihm saß. Dann streifte sie mit einer absichtlich verführerischen Geste ihr Hemd ab und warf es beiseite. Lucien antwortete, indem er seinen Kopf hob und ihre linke Brust in den Mund nahm. Während er daran saugte, wiegte sie sich stöhnend vor und zurück und nahm ihn immer tiefer in sich auf, bis er keuchend in die Kissen zurückfiel.

Sie beugte sich vor und hielt seine Handgelenke auf dem Bett fest. Als sie in sein Gesicht hinuntersah, hatte sie die angenehme Illusion, genauso stark zu sein wie er. Sie wollte ihn hilflos vor Begierde sehen. Langsam rieb sie ihr Becken gegen das seine. Schutzlos und seiner Lust ausgeliefert keuchte er, auf jede ihrer Bewegungen reagierend.

Etwas grenzenlos Intimes lag darin, sich bei hellem Tageslicht und mit offenen Augen zu lieben. Sie entdeckte ganz neue Arten, wie Mann und Frau sich zusammen bewegen konnten. Jede Bewegung des einen spiegelte sich augenblicklich im Gesicht des anderen, als hätten sie einen gemeinsamen Körper.

Sie neigte sich vor und küßte ihn mit heißer Begierde. Jetzt waren sie doppelt miteinander verbunden, einer im anderen. Mit schmerzhafter Intensität sehnte sie sich nach einer geistigen Vereinigung, die ebenso tief war wie die körperliche, danach, ihre zerrissene Seele mit seiner Stärke zu füllen.

Sobald ihr dieser Gedanke gekommen war, trieb die Angst sie dazu, wieder im Humor ihre Zuflucht zu suchen. Sie brach den Kuß ab und sagte leicht: »Jetzt begreife ich einen Witz, den ich neulich im Theater gehört habe. Es ging um eine Frau, die einen Mann reitet.«

Sie sah, wie ein Schatten über sein Gesicht huschte, und fühlte, wie er sich ihr innerlich entzog. Traurig erkannte sie, daß sie ihn in ihrem Wunsch nach Selbstschutz wieder einmal enttäuscht hatte.

Er überspielte seine Reaktion geschickt und antwortete in gleichem Ton: »Wahrscheinlich werden dir jetzt eine Menge neue Doppeldeutigkeiten auffallen. Unsere Sprache ist voll davon.«

Kit hatte nie geahnt, daß Leidenschaft so spielerisch sein konnte. Sie beherrschte die Kunst, ihn mit einem Rollen ihrer Hüften zu entflammen und ihn durch ihre Reglosigkeit am Rande der Erfüllung zittern zu lassen. Sie entdeckte, daß sie sich wie eine Dirne aufführen konnte, und er genoß ihre Schamlosigkeit. Und sie erstickte beinahe vor Gelächter, als er keuchte: »Riecht es nicht verbrannt? Ich glaube, wir versengen die Laken.«

Aber ihre Heiterkeit verging rasch wieder. In den nächsten vierundzwanzig Stunden würde alles anders werden. So Gott wollte, würde ihre Schwester frei sein, aber der Preis dafür war vielleicht, daß sie nie wieder so mit Lucien zusammen sein würde. Und dann war da noch die Gefahr, echte, greifbare Gefahr, sie fühlte, wie sie sich um Kira legte wie dichter Londoner Nebel.

Mit plötzlicher Hast nutzte sie ihre neuentdeckten Fähigkeiten, um sie beide zum Höhepunkt zu bringen. Im Sturm der Erfüllung gab es weder Angst noch Bedauern.

Die Kur hielt nicht an. Als sie hinterher keuchend in seinen Armen lag, war es fast unmöglich, die Melancholie, die in ihren Adern klopfte, zu verbergen. *Nie wieder, nie wieder, nie wieder.*

Lucien starrte an die Decke. Er fühlte Kits Herzschlag

ebenso deutlich wie sie. Sie lag dicht an ihn geschmiegt, sie hatten sich gerade mit sengender Intensität geliebt. Warum hatte er nur das Gefühl, daß sie sich wortlos von ihm verabschiedete?

Je näher sie Kira kamen, desto mehr entfernte Kit sich von ihm; das war blendend klar geworden, als sie miteinander geschlafen hatten. Das logische Ergebnis war, daß er Kit, wenn sie Kira gefunden hatten, ganz verlieren würde.

Anfangs war er zuversichtlich gewesen, daß ihre körperliche Intimität sie immer enger aneinanderbinden würde, aber das stimmte nicht mehr. Obwohl er nicht bezweifelte, daß er sie zu einer Hochzeit überreden konnte – Dankbarkeit war eine mächtige Waffe, und er war ein Meister der subtilen Manipulation –, war er nicht mehr davon überzeugt, daß eine Ehe mit ihr ihm geben würde, wonach er sich sehnte.

Er war von gar nichts mehr überzeugt.

Es war eine Erlösung, als Kit zu sprechen begann. »Ich habe das schreckliche Gefühl, daß es schwieriger sein wird, sie zu befreien, als du denkst. Michael hat gesagt, daß es Wächter gibt, erinnerst du dich? Es wird gefährlich, Lucien.«

Dankbar, zu weltlicheren Themen zurückkehren zu können, sagte er: »Wieviele Wächter kann es schon geben? Wir haben schließlich nicht vor, eine Stadt zu belagern. Der Entführer ist nichts weiter als ein reicher, perverser Mann. Vermutlich gibt es einen einzigen Wachtposten, höchstens zwei oder drei.« Er zuckte die Achseln. »Selbst wenn es ein halbes Dutzend ist, und das glaube ich nicht, gewinnen wir, weil Michael bei uns ist.«

»Ich staune immer wieder, daß er sein Leben aufs Spiel setzt, wo das Ergebnis überhaupt keine Rolle für ihn spielt. Jason und ich lieben Kira, und du tust es um meinetwillen« – Kit gab ihm einen flüchtigen Kuß – »und dafür bin ich dir unendlich dankbar, aber Michael handelt aus Freundschaft zu dir und aus der Güte seines Herzens. Das sind ziemlich abstrakte Beweggründe.«

»Ich vermute, daß er froh ist, seine kriegerischen Fähigkeiten für eine so gute Sache einzusetzen. Er hätte einen großartigen Ritter abgegeben.«

»Der Drachen erschlägt und Jungfrauen in Not rettet?«

»Genau.« Lucien schlang einen Arm um ihre Taille, um sie etwas länger zu halten.

Aber die Zeit drängte. Kit setzte sich auf. »Wenn wir uns beeilen, erwischen wir Lord Ives vielleicht noch bei Cleo.«

»Leben sie zusammen?«

»Beinahe.« Sie lächelte ein wenig. »Er möchte sie in einem größeren, komfortableren Haus unterbringen, aber sie weigert sich. Sie sagt, sie ist lieber ihr eigener Herr als nur die Mätresse eines Lords. Es ist komisch; sie meint es wirklich ernst, aber womöglich endet es damit, daß er um ihre Hand anhält, um sie nicht zu verlieren.«

»Es wäre nicht das erstemal, daß ein Lord sich seine Lady aus dem Theater holt«, stellte Lucien fest. »Ich habe gehört, wie er von ihr spricht. Sie scheinen sehr gut zusammenzupassen.« Er verlor das Interesse an diesem Thema, ergriff Kits Hand und drückte einen Kuß in ihre Handfläche. »In vierundzwanzig Stunden werden wir Kiras Freiheit feiern. Dann können wir über ein Datum für die Hochzeit nachdenken. Ich persönlich bin für eine Sondergenehmigung und sofortige Heirat. Wäre dir das recht?«

Er wollte, daß sie reagierte, als ob sie es sich genauso wünschte wie er – oder wenigstens überhaupt wünschte. Statt dessen lächelte sie sanft, ohne die Melancholie in ihren Augen verbergen zu können. »Ich bin mit allem einverstanden, was du dir wünschst. Das habe ich dir gestern versprochen.«

Wenn das ein Sieg war, schmeckte er verdächtig nach Niederlage.

Zwischenspiel

Als er gegangen war, war sie so erschöpft, daß sie sich kaum bewegen konnte. Sie fiel in tiefen, traumlosen Schlaf, aus dem sie ruckartig erwachte. Wieviel Zeit war vergangen? Ihr blieb so wenig davon, sie konnte nichts davon vergeuden. Nachdem er seine Befriedigung erlangt hatte, hatte er ihr mit genüßlicher Grausamkeit ihr Schicksal beschrieben. Das nächstemal würde er kommen, um ihr Leben zu fordern.

Aber was konnte sie tun, außer verzweifelt in ihrem luxuriösen Gefängnis auf- und abzulaufen? Sie hatte schon früher nach einer Waffe gesucht, aber ihr Folterer hatte darauf geachtet, die Räume mit nichts auszustatten, das gefährlich sein konnte. Die schweren Möbel waren am Boden festgeschraubt, ihr Besteck war aus dünnem Blech und Teller und Tasse waren aus Zinn, das sich nicht in scharfe Stücke zerbrechen ließ.

Sie konnte den Riemen von einer der festeren Peitschen nehmen und versuchen, ihren Feind damit zu erwürgen, aber sie bezweifelte, daß sie die Kraft hatte, einen ausgewachsenen Mann zu überwältigen. Und selbst wenn es ihr gelang, würde sie nicht an dem Wächter vorbeikommen, der draußen wartete. Sie würde es versuchen, natürlich, sie würde sich nicht einfach in den Tod fügen, aber sie machte sich keine Illusionen über ihre Erfolgsaussichten.

Ihr Blick fiel auf das widerliche kleine Spielzeug. Mit

plötzlicher Wut hob sie es hoch und schmetterte es zu Boden. Dann zertrat sie die Figuren unter ihren Stiefelabsätzen. Wenn sie doch dasselbe mit ihm machen könnte ...

Ihr kam ein Gedanke und sie kniete sich hin, um die Stücke zu untersuchen. Auf dem Fußboden lagen ein paar metallene Zahnräder. Sie nahm das größte und prüfte die scharfen Zähne. Es war aus gehärtetem Stahl. Richtig angewandt würde es Holz durchfeilen.

Sie sah sich sorgfältig in ihren drei Räumen um. Ah, der Nachttisch. Wenn sie genug Zeit hatte, konnte sie eines der Beine durchsägen. Vielleicht konnte sie es dann aus seiner Verankerung brechen. Wenn nicht, mußte sie das Bein ein paar Zentimeter über dem Boden absägen.

Sie setzte sich im Schneidersitz neben den Tisch und machte sich entschlossen an die Arbeit. Wenn sie fertig war, würde sie einen Stock haben, mit dem sie ihm den Schädel einschlagen konnte. Das würde nicht ausreichen, um sie zu befreien, aber wenn sie schon sterben mußte, wollte sie ihren Mörder wenigstens mit sich nehmen.

Fünfunddreißigstes Kapitel

Cleo ließ sich Zeit. Als sie endlich die Tür aufmachte, lachte sie, und ihr blondes Haar fiel ihr locker und ungezähmt über die Schultern. Als sie Lucien neben Kit sah, raffte sie hastig ihren grünsamtenen Morgenrock zusammen. »Cassie, meine Liebe, du bist heute aber früh auf«, sagte sie mit einer Stimme, die bis in die hinteren Räume der Wohnung zu hören war. »Ich fürchte, jetzt ist gerade nicht der richtige Zeitpunkt für eine Tasse Tee. Soll ich später auf einen Schwatz herunterkommen?«

Kit sagte: »Wir wollten mit Lord Ives sprechen. Ist er hier? Wir wissen vielleicht, wo meine Schwester festgehalten wird, und möglicherweise kann er uns helfen.«

Cleos Augen weiteten sich. »Gott sei Dank.« Dann rief sie: »John, du hast Besuch.«

Ein hemdsärmeliger, leicht überraschter Ives tauchte aus dem Schlafzimmer auf. Als er sah, wer auf ihn wartete, lächelte er und verbeugte sich galant vor Kit. »Strathmore, Miss James, was für eine angenehme Überraschung. Ich hoffe, Sie sind wohlauf.«

»Ich bin nicht Cassie James, sondern ihre Zwillingsschwester. Sie ist entführt worden, und ich spiele seit Wochen ihre Rolle«, sagte Kit ohne Umschweife. »Ich hoffe, Sie können uns helfen, sie zu finden.«

Ungläubig sagte er: »Es gibt zwei Frauen, die so spielen können?« Er musterte ihr Gesicht gründlich, bevor er zögernd nickte. »Ja. Setzen Sie sich. Ich vermute, daß das eine lange Geschichte ist.«

Genaugenommen war Kits Beschreibung von Kiras Verschwinden und ihrer eigenen Rolle sehr kurz, weil sie die interessantesten Details ausließ, zum Beispiel, wie sie den Höllenhunden nachspioniert und ihre Schwester mit Hilfe eines Pendels gefunden hatten. Sie erwähnte nicht einmal ihre Vorstellung als Kellnerin, bei der sie Ives ihren falschen Busen um die Ohren geschlagen hatte. Da er sie nicht erkannt hatte, war es in seinem Interesse, das Thema nicht anzuschneiden.

Als sie die Situation in Umrissen geschildert hatte, setzte Lucien den Bericht fort. »Wir glauben, daß Cassie auf Castle Raine in Berkshire gefangengehalten wird. Ist es richtig, daß das der Schauplatz für die Messen der Höllenhunde ist?«

»Allerdings.« Ives nagte unglücklich an seiner Unterlippe. »Glauben Sie wirklich, daß einer der Satansjünger sie entführt hat? Keiner von ihnen hat so etwas nötig. Sie können sich so viele Frauen leisten, wie sie haben wollen.«

Knapp sagte Lucien: »Es gibt Männer, die widerspenstige Frauen vorziehen. Und solche, die ein Nein nicht gelten lassen.«

Ives' Gesicht wurde ernst. Kit vermutete, daß er sich an Gespräche erinnerte, die bestätigten, was Lucien gesagt hatte. Er sah auf und sagte nur: »Was kann ich tun?«

»Wir müssen soviel wie möglich über Castle Raine wissen«, sagte Lucien. »Zum Beispiel, ob es dort ein Verlies gibt.«

»Ich glaube ja, aber ich habe es nie gesehen«, antwortete Ives. »Die Jünger haben eine besondere Weihestätte für ihre Geheimrituale. Neuere Mitglieder wie ich sind dort nicht zugelassen, aber ich glaube, der Eingang ist irgendwo hinter der Kapelle.«

»Wissen Sie irgend etwas über diese Rituale?«

»Nichts Genaues. Aber ein anderer jüngerer Höllenhund ist eines Abends an der Burg vorbeigekommen und hat angehalten, weil er die Ruine unbedingt bei Mondlicht sehen wollte. Er ist weitergeritten, als er Frauengeschrei hörte.« Ives fuhr sich nervös durchs Haar. »Er dachte, daß er sich das alles nur eingebildet hat. Er hatte etwas getrunken, und man kann sich alles mögliche einbilden, wenn man dort ist. Aber vielleicht hat er recht gehabt.«

»Wann war das?«

»Letzten Sommer. Ende Juni, glaube ich.«

Vor Kiras Entführung, dachte Lucien erleichtert. Aber das machte es wahrscheinlich, daß vorher schon andere Frauen gequält worden waren. Da keine von ihnen jemals Anklage gegen die Höllenhunde erhob, hatten sie ihre Gefangenschaft vermutlich nicht überlebt. »Wie kommt man zu der Burg?«

Nachdem Ives ihnen eine genaue Wegbeschreibung gegeben hatte, stellte Lucien eine Reihe weiterer Fragen, aber abgesehen von ein paar Einzelheiten der Burganlage erfuhr er nichts, das er nicht schon wußte. Abschließend fragte er: »Ob es dort irgendwelche Wachposten gibt?«

»Ich glaube, einen Wächter, wenn die Burg unbewohnt ist«, sagte Ives. »Vielleicht haben Sie es nicht bemerkt, aber außerdem gibt es bei den Banketten immer ein paar männliche Diener, als türkische Haremswächter verkleidet. Sie werden Eunuchen genannt, aber sie sind bestimmt keine. Eigentlich sehen sie eher aus wie Boxer. Sie würden erstklassige Wächter abgeben, aber ich vermute, daß sie nur bei besonderen Anlässen da sind.«

»Hoffentlich haben Sie recht.« Lucien stand auf. »Vielen Dank für Ihre Hilfe. Ich muß sicher nicht erwähnen, daß Sie mit niemandem über diese Unterredung sprechen sollten.«

»Keine Angst.« Ives erhob sich ebenfalls. »Ich nehme an, daß Sie jetzt nach Castle Raine reiten, um die echte Cassie James zu finden. Brauchen Sie noch einen Freiwilligen?«

»Vielen Dank, aber nein. Ich habe schon mehrere Freunde verpflichtet.«

Ives warf Kit einen Blick zu. »Besteht die Aussicht, daß Sie und Ihre Schwester einmal zusammen auftreten?« fragte er. »Das wäre ein denkwürdiger Abend.«

Sie schüttelte den Kopf. »Sobald sie frei ist, ziehe ich mich für immer von der Bühne zurück.«

Sie verabschiedeten sich, verließen das Haus und stiegen in die Kutsche. Lucien murmelte: »Ich wünschte, du würdest nicht mit uns nach Castle Raine reiten.«

»Ich muß dabei sein, um Kira zu finden«, protestierte sie. »Wenn das Areal wirklich so groß ist, findet ihr sie nie ohne meine Hilfe.«

»Ich weiß. Aber es gefällt mir trotzdem nicht.«

Obwohl sie besorgt aussah, sagte Kit heiter: »Warum

machst du dir Sorgen? Denk dran, wir haben Michael, den streitbaren Engel, Führer der himmlischen Heerscharen, auf unserer Seite.«

Lucien lächelte verzerrt. »Stimmt, und es gibt keinen Grund, irgendwelche Komplikationen zu erwarten. Wahrscheinlich können wir einfach einbrechen und deine Schwester befreien, aber man kann nie wissen. Mir gefällt die Vorstellung nicht, dich irgendeiner Gefahr auszusetzen.«

Sofort schnaubte sie: »*Ich* war nicht diejenige, die vor lauter Unbeholfenheit fast vom Dach gefallen ist.«

Er lächelte und nahm ihre Hand. »Ich gebe mich geschlagen. Du mußt heute nacht bei mir sein und auf mich aufpassen.«

Aber trotz seines Scherzes wollte seine Besorgnis nicht weichen. Während sie nach Strathmore House zurückfuhren, ging ihm ein Vers von Shakespeare nicht aus dem Kopf: *»Nach dem Schmerz in meinem Schuh, kommt ein Unglück auf uns zu.«*

Der Mann, der seit Tagen die Marshall Street beobachtete, fluchte, als die Schauspielerin mit Strathmore in die Kutsche stieg und davonfuhr. Sein Arbeitgeber war außer sich gewesen, als die Entführung mißlungen war, und er hatte darauf bestanden, daß das Mädchen bis heute in seiner Gewalt sein mußte. Aber es war einfach unmöglich. Das dumme Ding war seit Tagen nicht zu Hause gewesen. Endlich war sie aufgetaucht, aber nur ein verdammter Narr hätte versucht, sie diesem schwächlichen Grafen, der sich als viel härter als seine Schale entpuppt hatte, unter der Nase wegzuschnappen.

Er zuckte die Achseln und zog sich in den Raum zurück, den er gegenüber dem Haus seines Opfers gemietet hatte. Er wurde für seine Zeit bezahlt, also konnte er ebensogut hier sitzen und Ausschau halten, bis es Zeit für seinen Bericht wurde.

Er gähnte. Wenn man ihn fragte, er hätte sich jemanden mit mehr Fleisch auf den Knochen geschnappt.

Die hohen Eisentore von Castle Raine waren verschlossen, und weit und breit war kein Wächter zu sehen. Wenn es einen gab, dann vermutlich drinnen, wo es warm und trokken war.

Michael hatte recht gehabt. Es stürmte, und Kit zitterte vor Kälte und Nässe, während sie am Tor wartete. Wenn es noch kälter wurde, würde die Welt sich in Eis verwandeln. Wenn alles gutging, waren sie bis dahin in Sicherheit und Kira wieder frei.

Mit leisem metallischem Klirren beugte Lucien sich über das Schloß einer mannshohen Tür, die in das größere Tor eingesetzt war. Sie konnte nicht genau sehen, was er tat, aber er schien einen Schlüsselbund mit einer Vielfalt an Schlüsseln und Metallgeräten zu handhaben. Sie war nicht überrascht, als die Tür leise quietschend aufging, ein Geräusch, das sofort von Wind und Regen verschluckt wurde.

Hinter ihr sagte Jason Travers mit einer Andeutung von Gelächter: »Wollen Sie mir weismachen, daß ich das lernen muß, wenn ich ein richtiger Graf werden will?«

»Die wahre Wonne eines Daseins als Mitglied des englischen Adels besteht darin, daß man so exzentrisch sein kann wie man will«, erwiderte Lucien, während er die Tür hinter den anderen schloß.

»Es geht weniger um deine Exzentrizität, Luce, sondern deine unglückseligen kriminellen Neigungen«, sagte Michael sanft. Die anderen schmunzelten.

Kits Nerven waren zum Zerreißen gespannt, und sie hätte die Männer für ihre Frivolität am liebsten geohrfeigt. Sie beherrschte sich, weil sie vermutete, daß der leichtfertige Ton eine männliche Art war, mit der Anspannung fertigzuwerden. Es war einfacher, eine Frau zu sein und ihre Angst zeigen zu dürfen. Lucien mußte ihren Zustand gespürt haben, denn er legte ihr eine beruhigende Hand auf den Rücken, während sie sich lautlos am Rand der Einfahrt entlang auf das Hauptgebäude zu bewegten.

Der objektive, journalistische Teil ihres Verstandes machte sich Notizen darüber, wie es sein mußte, Krieg zu führen. Alle vier trugen dunkle Kleidung, Kit wieder einmal ihr Einbrecherkostüm. Selbst die Pferde im nahen Gebüsch waren unsichtbar, weil Michael alle weißen Markierungen in ihrem Fell schwarz übermalt hatte.

Sie hätte nie daran gedacht; es war eine kleine, tröstliche Erinnerung daran, wieviel Erfahrung Michael in derartigen Missionen hatte. Mit seinem entschlossenen Gesicht, untrüglichem Blick und dem abgenutzten Karabiner auf der Schulter war er ein prachtvoller Anblick. Lucien und Jason sahen mit ihren Pistolen ebenso gefährlich aus. Kit betete, daß es nicht zu Gewalttätigkeiten kommen würde, aber falls doch, waren sie gut vorbereitet.

Lucien hatte sie gefragt, ob sie eine Pistole wollte, aber sie hatte schaudernd abgelehnt. Das war einer der Züge, in denen sie sich von ihrer Schwester unterschied. Kira war eine ausgezeichnete Schützin, Kit hingegen hatte sich immer rundheraus geweigert, eine Schußwaffe auch nur anzufassen, und jetzt war es zu spät, um schießen zu lernen.

Die Kapelle war eine undeutliche Silhouette vor dem Sturmhimmel. Auf halbem Wege keuchte sie und blieb stehen, die Finger an die Schläfen gepreßt.

»Was ist?« fragte Lucien leise.

»Sie ist hier.« Kits Stimme zitterte bei der Bestätigung, daß ihr Instinkt sie nicht getrogen hatte. *»Sie ist wirklich hier!«*

Jason gab einen Laut von sich, der bewies, wieviel Anstrengung seine lässige Haltung ihn kostete. Michael fragte: »Können Sie die Richtung feststellen?«

Kit konzentrierte sich so, daß ihre Schläfen zu klopfen begannen. »Direkt vor uns, in der Nähe der Kapelle. Darunter, glaube ich.«

Mit hämmerndem Herzen rannte sie auf das Gebäude zu, ohne auf ihre Umgebung oder den Regen zu achten. Sie stand vor der Kapelle und suchte nach dem Türgriff, als Lucien rief: »Mach die Tür nicht auf. Ich sehe Licht.«

Sie sah auf den Boden. Er hatte recht.

Ebenso ungeduldig wie Kit sagte Jason: »Wahrscheinlich nur der Wächter. Mit dem werden wir fertig.«

»Zweifellos«, erwiderte Lucien. »Trotzdem, suchen wir lieber nach einem anderen Eingang. Ich glaube, an der rechten Seite gibt es eine Tür, die in den Festsaal führt.«

Sie umkreisten das Gebäude, bis sie sie gefunden hatten. Lucien machte sich am Schloß zu schaffen, so behutsam, daß Kit nichts hörte, obwohl sie keine zwei Meter entfernt stand. Ein schwaches Klicken, dann zog er die Tür auf und schlüpfte hindurch.

Er lauschte einen Moment und winkte den anderen zu, ihm zu folgen. Der Festsaal war ein großer Raum, in dem die Formen von Tischen und Stühlen undeutlich zu erkennen waren. Wortlos führte er sie auf das schwache Licht zu, das in der hinteren linken Ecke des Raumes schimmerte.

Am Eingang zum Festsaal berührte er Kits Schulter in einem schweigenden Befehl, zurückzubleiben. Jason blieb bei ihr, während Lucien und Michael durch den Gang, der in die Kapelle führte, schlichen.

Sie schienen endlos zu warten. Sie ballte ihre Hände zu

Fäusten und zwang sich, ruhig zu bleiben. Dann, fast unhörbar im Geräusch des Regens, der gegen die Fenster prasselte, hörte sie einen erstickten Schrei und einen dumpfen Aufprall. Ein paar Minuten später kamen die Männer zurück, Michael mit einem brennenden Holzspan, den er benutzte, um die zwei Lampen anzuzünden, die Jason trug. Sie waren abgedunkelt und sandten nur einen schmalen Lichtstrahl aus, aber sie waren besser als die Dunkelheit.

»Alles in Ordnung«, sagte Lucien. »Es gab nur einen Wächter.«

»Ist er . . .« sagte Kit nervös.

»Er ist bewußtlos und gefesselt«, versicherte Michael. »Ich würde nie jemanden grundlos umbringen.«

Sie fragte sich, ob seine Nonchalance trockenem Humor entsprang. Nein. Er hatte in einer ganz anderen Welt gelebt als sie. Während die Männer begannen, die kleinen Räume und die Gänge hinter der Kapelle zu durchsuchen, ließ sie den Kopf sinken und horchte in sich hinein, um ihre Schwester ausfindig zu machen.

Sie keuchte, als es ihr gelang. Kiras Ausstrahlung war übermächtig – nicht nur durch ihre Nähe, sondern auch vor Panik. Kit versuchte, ihrer Schwester eine Botschaft zu senden, aber ohne Erfolg. Kira war zu verzweifelt, um die Anwesenheit ihrer Schwester zu spüren.

Kit hob ihren Kopf wieder. Fast unbewußt spürte sie ein dumpfes Vibrieren. Unfähig, es zu identifizieren, ging sie zu Lucien hinüber. »Was ist das für ein Geräusch?«

Er lauschte. An seinem Ausdruck erkannte sie, daß er es vorher nicht wahrgenommen hatte.

»Maschinen«, sagte er stirnrunzelnd. »So etwas wie ein Dampfkessel, glaube ich. Ein sehr großer.« Wenn Maschinen liefen, mußten andere Menschen hier sein. Kit hatte recht gehabt, es würde schwieriger sein als erwartet.

»Hier«, rief Jason leise.

Als die drei anderen bei ihm waren, öffnete Jason die Tür, die er entdeckt hatte. Stufen führten in einen beleuchteten Gang, und das Geräusch von singenden Stimmen erfüllte die Luft.

Behutsam schloß Lucien die Tür wieder. »Zum Teufel, die Jünger halten eines ihrer Rituale ab.«

»Heute ist Wintersonnenwende«, sagte Jason gepreßt. »Wahrscheinlich versuchen sie sich an irgendeinem heidnischen Brauch.«

Lucien dachte zurück. »Wahrscheinlich. Es war um die Mittsommernacht herum, als Ives Freund hier die Schreie gehört hat.«

»Haben die Druiden nicht Menschen geopfert?« fragte Michael.

Kit stieß einen Entsetzensschrei aus und wollte die Tür aufreißen und die Treppe hinunterstürzen. Lucien hinderte sie daran. »Warte«, sagte er scharf, als er ihren Arm packte. »Bleib hinter mir.«

Sie starrte ihn blind an, und er vermutete, daß sie wieder mit Kira in Verbindung stand. Er schüttelte sie leicht. »Kit, wenn wir Kira befreien wollen, mußt du bei uns bleiben, körperlich und geistig.«

Sie schluckte und nickte dann. Ihre Augen wurden klar. »Ich verstehe.«

Michael öffnete die Tür wieder und ging den anderen voran die Treppe hinunter. Die ausgetretenen Stufen und rauhen Wände verrieten ihre mittelalterliche Herkunft. Je tiefer sie kamen, desto lauter wurde der Gesang. Eine einzelne tiefe Stimme intonierte eine Phrase, gefolgt von einer vielstimmigen Antwort. Die Sprache war größtenteils nicht zu erkennen, schien aber eine mittelalterliche Abart von Latein zu sein.

Das Vibrieren nahm ebenfalls zu und schien selbst die

Steinmauern zu erschüttern. Das Gefühl von Bedrohung wurde mit jedem Schritt stärker, bis Lucien vor Nervosität am liebsten aus der Haut gefahren wäre.

Er nahm an, daß sein Unbehagen weniger eine Vorahnung kommender Katastrophen war als Angst um Kit. Lebensgefahr war ihm nicht fremd, aber in der Vergangenheit hatte er lediglich sein Leben riskiert. Jetzt machte er sich viel mehr Sorgen um Kits Sicherheit, als er je um seine eigene gehabt hatte.

Daß Kit offenbar kurz davor war, die Nerven zu verlieren, half auch nicht gerade. Das Band zwischen ihnen war vielleicht nicht so eng, wie er sich wünschte, aber es war stark genug, daß er von ihren Empfindungen beeinflußt wurde. Das Ausmaß ihrer Angst erweckte quälende Erinnerungen an die verzweifelte Panik, die er empfunden hatte, als er versucht hatte, Elinor zu retten.

Sein Mund wurde hart. Er hatte seiner Schwester nicht helfen können, aber diesmal würde er nicht versagen.

Der Gang am Fuße der Treppe führte in beide Richtungen, während die Stufen noch weiter abwärts gingen. Rechts gab es mehr alte Mauern, aber Gesang und Licht kamen von links, wo der Gang direkt in den Kalkstein des Hügels gehauen worden war.

Fragend berührte Lucien Kits Schulter. Sie verzog das Gesicht und zeigte auf die Wand direkt vor ihnen. Offenbar war Kira dahinter, und es war nicht klar, auf welchem Weg sie sie erreichen konnten.

Lautlos schlich Michael auf das Licht zu und verschwand um eine Biegung. Ein paar Augenblicke später kam er wieder und machte ihnen ein Zeichen, das sowohl Vorsicht als auch Schweigen gebot. Die anderen drei folgten ihm.

Was sie sahen, war verblüffend. Der Gang führte in eine dunkle Galerie, die um alle vier Seiten eines riesigen Raumes herumführte. Dieser schien eine natürliche Höhle zu sein, die zu annähernd rechteckiger Form erweitert worden war. Die Wände glänzten vor Nässe. Tief unter ihnen, in der Mitte des Raumes, standen die Jünger, gewandet in scharlachrote Roben und priesterlich anmutende Kopfbedeckungen. Lucien war überrascht zu sehen, daß es nur dreizehn Anwesende gab. Das unheimliche Echo ihres Gesanges hatte die Gruppe wesentlich größer erscheinen lassen.

In jeder Ecke des Raumes stand ein kräftiger Mann in schwarzem Gewand und Turban, ein Krummschwert vor sich aufgepflanzt. Ives hatte recht gehabt, die Wachen sahen aus wie pensionierte Faustkämpfer.

Am erstaunlichsten von allem waren die Statuen, die in doppelter Reihe rings um die Gruppe standen. Es waren mindestens dreißig überlebensgroße Figuren. Jede Statue stellte einen waffenschwingenden Krieger dar, und keine glich der anderen. Ein römischer Gladiator mit kurzem Schwert und rundem Schild stand einem wilden Afrikaner gegenüber, der ein riesiges Buschmesser schwang. Ein bärtiger Wikinger mit einer Streitaxt bleckte einem Türken mit Krummschwert die Zähne entgegen, während ein Landsknecht mit Hellebarde drohend einen mittelalterlichen Ritter mit Morgenstern anstarrte.

Sie waren aus bemaltem Metall und wirkten beunruhigend lebensecht. Lucien hatte eine alptraumhafte Vision, wie sie zum Leben erwachten und ihre Wappen benutzten, um jeden zu vernichten, der versuchte, sich den Satansjüngern zu nähern.

Genau im Zentrum des Raumes zwischen zwei flackernden Feuern stand der Zeremonienmeister, der einzige, der den Eindringlingen das Gesicht zuwandte. Es war Mace, die Arme hoch über den Kopf erhoben. Über ihm hing ein riesiger Kronleuchter und hinter ihm stand ein großer, flacher steinerner Altar. Luciens Magen hob sich. Der Altar sah aus, als sei er für Menschenopfer entworfen.

Kit mußte das ebenfalls erraten haben, denn ein Schauer durchfuhr sie. Zum Glück gab es keine Spur von Kira. Falls sie als Opfer irgendeines barbarischen Rituals auserkoren war, hatte es noch nicht stattgefunden.

Kit wich zurück und zeigte nach unten. Kira mußte auf derselben Ebene sein, auf der die Zeremonie stattfand. Nach einem letzten Blick auf die bizarre Szene folgte Lucien den anderen, die zur Treppe zurückkehrten und weiter abwärts gingen.

Die Treppe endete im nächsten Geschoß. Diesmal gab es drei Gänge, einen geradeaus, einen nach links und einen nach rechts. Ohne zu zögern betrat Kit den mittleren Gang. Kerzen brannten in Nischen entlang der Wände und beleuchteten Teufelsmasken, die in den weichen Kalkstein gemeißelt worden waren. Sie waren beunruhigend lebendig und glänzten schweißig von der Feuchtigkeit, die die Wände ausschwitzten.

Während sie Kit folgten, begann Lucien zu hoffen, daß es ihnen gelingen würde, Kira zu befreien, ohne die Jünger zu alarmieren. Das war der sicherste Weg, obwohl Lucien bedauerte, keine Chance zu haben, es dem arroganten Bastard, der für die Entführung verantwortlich war, heimzuzahlen. Er tröstete sich mit dem Gedanken, daß der Lauf der Gerechtigkeit damit höchstens etwas verzögert wurde. Aber er würde dafür sorgen, daß ihr Genüge geschah.

Kit ging ein paar Meter vor ihm, ohne nach links oder rechts zu sehen. Die zwei anderen waren hinter ihnen und beobachteten ihre Umgebung aufmerksam. Lucien sah, daß vor ihnen ein Streifen dunklerer Steine über den Boden lief. Darin verborgen waren Löcher von mehreren Zentimetern Durchmesser. Der dunkle Streifen zog sich die

Wände hinauf und verlief weiter über die Decke. Während er sich noch fragte, wozu er diente, trat Kit auf einen der dunklen Steine.

Der Stein bewegte sich knirschend, und Chaos brach aus.

Sechsunddreißigstes Kapitel

Dumpfe Glocken begannen zu läuten, und der Gang füllte sich mit ohrenbetäubendem Lärm. Kit erstarrte und fuhr herum, um herauszufinden, was passiert war.

Lucien hörte ein Quietschen und sah nach oben. Ein schweres Eisengitter begann, sich durch einen Schlitz in den dunklen Steinen herabzusenken – und Kit stand direkt darunter. Er schrie ihren Namen und warf sich nach vorn, um sie aus dem Bereich der spitzen Eisenstäbe wegzubringen. Sie stürzte zu Boden, und er fiel auf sie.

Mit einem Poltern, das im Gang widerhallte und Steinsplitter von der Decke niederrieseln ließ, krachte das Gitter zu Boden. Irgend etwas streifte seinen rechten Knöchel, und als er sich umsah, merkte er, daß er nicht weit genug gesprungen war, um dem Gitter zu entgehen.

Durch reines Glück lag sein Bein genau zwischen zwei Gitterstäben. Ein paar Zentimeter weiter rechts oder links und es wäre durchbohrt und an den Boden genagelt worden. Jetzt war sein Fuß in dem engen Zwischenraum zwischen Fußboden und unterem Balken gefangen.

Die Glocken läuteten noch, und in der Höhle bellte eine wütende Stimme: »Eindringlinge. Sucht sie!«

Zum Teufel! Lucien riß seinen Fuß los und sprang taumelnd auf. Wenn sich das Fallgitter nicht heben ließ, saßen Michael und Jason in der Falle.

Michael hatte die Gefahr bereits erkannt. Er stemmte sich gegen das Gitter und schüttelte den Kopf. »Das Ding kriegen wir nie hoch. Ihr müßt ohne uns weiter.« Gelassen nahm er den Karabiner von der Schulter und spannte den Abzug. »Travers und ich werden mit der Meute schon fertig.«

Kit war aufgestanden und starrte die Männer entsetzt an. Lucien ergriff ihren Arm. »Wir können nichts tun. Mach dir keine Sorgen, sie sind bewaffnet. Unsere Aufgabe ist es, Kira zu finden.«

Kit schluckte und nickte. Dann drehte sie sich wieder um. »Sie ist ganz nahe.«

Der Gang bog nach links ab. Fünfzig Meter weiter teilte er sich in vier engere, vielfach gewundene Tunnel. Kit blieb stehen und starrte dieses neue Hindernis an.

Lucien fragte: »Hast du eine Ahnung, welchen Gang wir nehmen müssen?«

Bevor sie antworten konnte, erklangen hinter ihnen Schüsse und Schmerzensschreie. Kit umklammerte seinen Arm. »O Gott, das klang wie Jason! Wir müssen zurück und ihnen helfen.«

»Ich glaube nicht, daß er das war.« Er runzelte die Stirn. »Und ich will verdammt sein, wenn ich dich in einen Gang gehen lasse, in dem Kugeln herumschwirren.«

»Dann geh allein«, drängte sie. »Ich bleibe hier. Wenn du nicht am Fallgitter vorbeikommst, kannst du wenigstens durchschießen.«

Neue Schüsse und noch ein Schrei. Lucien schnitt eine Grimasse. »Na schön, ich sehe nach. Bleib hier – rühr dich nicht von der Stelle. Falls irgend jemand aus diesen Tunnel kommt, lauf mir nach.«

Sobald sie genickt hatte, rannte er geduckt den Gang entlang. Das Gefecht hatte beißende Rauchwolken erzeugt, aber sobald er wieder sehen konnte, erkannte er, daß Michael und Jason unverletzt waren. Beide hockten mit gezückten Waffen an der Wand, während weiter hinten Gestalten auf dem Rückzug waren. Ein schwarzbeturbanter Wächter lag regungslos auf dem Boden, und eine Blutspur bezeugte, daß mindestens einer der Flüchtenden verwundet worden war.

Er beschloß, daß seine Freunde die Situation unter Kontrolle hatten, machte kehrt und ging zu Kit zurück. Sobald er um die Ecke bog, stieß er einen deftigen Fluch aus.

Sie war nicht mehr da.

Als Lucien verschwunden war, lehnte Kit sich gegen die Wand, dankbar für die Gelegenheit, zu Atem zu kommen. Aber während sie sich entspannte, drangen ihr die läutenden Glocken ins Bewußtsein. Das Geräusch durchbohrte sie wie ein Dolch und löste Panik aus, die wirklicher schien als die Außenwelt.

O Gott, das Läuten muß bedeuten, daß er mich holen kommt! Heute nacht, hat er gesagt. Ich muß bereit sein.

Kit preßte die Hände an die Schläfen. Sie wußte, daß sie Kiras Gedanken dachte, Kiras Furcht spürte. Keuchend versuchte sie, der Panik ihrer Zwillingsschwester zu entrinnen. Sie konnte nicht riskieren, jetzt die Kontrolle über sich zu verlieren.

Sie dachte an Lucien, und es gelang ihr, sich von ihrer Schwester zu lösen. Als sie wieder klarer denken konnte, sandte sie einen stummen Hilferuf aus. *Wo bist du? Wir sind ganz in deiner Nähe. Zeig mir, wie ich dich finden kann!*

Aber sie drang nicht zu ihr durch. Kiras Entsetzen war undurchdringlich und grell wie ein lodernder Brand, und Kit spürte, wie sie wieder in seinen Bann gezogen wurde. Noch einmal versuchte sie, bei Sinnen zu bleiben, aber noch ehe sie sich befreien konnte, packte die Angst sie wieder. Diesmal kam sie aus einer anderen Quelle. Irgendwie spürte sie, wie der Entführer sich ihrer Schwester näherte.

Ihre Vernunft ließ sie ihm Stich. Blindlings, ohne zu denken, stieß Kit sich von der Wand ab und rannte in den linkesten Tunnel. In ihrer Vorstellung hatte sie eine undeutlich Karte, die ihre Schwester als stilles, weißes Licht zeigte, und den Entführer als eine schleimige Masse von Dunkelheit, die sich ihr von links näherte.

Ihr Tunnel endete in einer breiteren, helleren Passage. Sie betrat sie und stand vor Lord Mace. Er war ein furchteinflößender Anblick, groß und in scharlachrot, mit barbarischen Ketten über der Brust und Waffen an seiner Hüfte. Als er sie sah, blieb er wie angewurzelt stehen.

Keuchend von ihrem schnellen Lauf sagte sie wütend: »Ich lasse nicht zu, daß Sie sie noch einmal anfassen, Sie Ungeheuer.«

Seine Augen leuchteten auf. »Nun, nun, bei meiner verderbten Seele, da ist die andere, Cassie die Zweite. Das Glück lacht mir.« Er begann, auf sie zuzupirschen. »Anscheinend wird mir die Erfüllung meines Wunschtraums doch noch vergönnt.«

Erst jetzt schüttelte Kit die Trance ab, die sie hierher gebracht hatte. O Gott, sie mußte verrückt gewesen sein, daß sie nicht auf Lucien gewartet hatte. Jetzt stand sie diesem bösartigen Irren vollkommen unbewaffnet gegenüber. Sie hatte keine Chance gegen ihn.

Aber sie konnte ihn aufhalten. Je länger er behindert war, desto größer war die Wahrscheinlichkeit, daß Lucien entweder sie oder Kira fand.

Sie wußte, daß Mace keinen Angriff von ihr erwartete, und so stürzte sie sich auf ihn. Ihre plötzliche Attacke brachte ihn aus dem Gleichgewicht. Sie fiel auf ihn. Bevor sie sich befreien konnte, packte er sie an den Schultern und rollte sich auf sie. »Was für ein flinkes Geschöpf du bist«, sagte er mit erschreckender Kälte. »Genau wie deine Zwillingsschwester.«

Sie spie ihm ins Gesicht.

Ein wildes Handgemenge folgte. Sie trat, schlug um sich und kratzte. Es gelang ihr, ihn zu verletzen, und sie fand wilde Befriedigung in dem Bewußtsein, daß dies nicht die Art Schmerz war, die ihm gefiel. Aber sie konnte nicht mehr erreichen, als das Unvermeidliche hinauszuzögern. Als er ihr eine Faust in den Unterleib rammte, war sie derartig gelähmt, daß sie keinen Widerstand leistete, als er ihr die Hände mit einem Taschentuch hinter dem Rücken zusammenband.

Er zerrte sie hoch und sagte im Plauderton: »Ich hatte sogar schon eine Unterkunft für dich vorbereitet. Unglücklicherweise waren die Männer, die ich für deine Entführung angeworben hatte, ihrer Aufgabe nicht gewachsen. Ich hätte selber daran teilnehmen sollen, wie bei deiner Schwester. Aber das spielt jetzt keine Rolle mehr, du bist ja hier.«

Halb versteckt in den Falten seiner Robe hingen ein Dolch und eine Pistole. Sie vermutete zwar, daß er die Waffen zu zeremoniellen Zwecken trug, aber sie waren nichtsdestoweniger tödlich. Er zog die Pistole aus dem Halfter und setzte ihr den kalten Lauf in den Nacken. »Hier entlang, Cassie die Zweite. Wenn du das Kostüm, das ich für dich vorgesehen habe, angezogen hast, wird es Zeit für unsere Feier. Dort wirst du deine Schwester wiedersehen. Ich hoffe, Sie weiß zu schätzen, daß du dein Leben gibst, um sie zu finden. Äußerst rührend. Ich frage mich, ob mein Bruder Roderick sich um meinetwillen opfern würde. Irgendwie bezweifle ich es, obwohl er immer bereitwillig den Kuppler für mich gespielt hat.«

Mit zusammengebissenen Zähnen zischte Kit: »Sie sollten aufgeben und sich aus dem Staub machen, solange es noch geht, Mace. Meine Begleiter werden sich nicht so leicht fangen lassen wie ich, und falls mir etwas zustößt, werden sie Gerechtigkeit fordern.«

Er blieb stehen und schloß eine Tür auf. »Wenn sie noch nicht tot sind, werden sie es bald sein. Wir sind in der Überzahl und besser bewaffnet, und sie haben keine Ahnung von den Fallen, die ich in meinem unterirdischen Königreich ausgelegt habe.«

Er nahm die Kerze aus einer der Nischen und schob sie in den Raum. Als er eine Lampe anzündete, sah sie, daß er als Schlafzimmer eingerichtet war. Er öffnete einen Schrank und entnahm ihm eine Kollektion schwarzer Gewänder. Kit erkannte sie als die dekadenten Kostüme, die sie in ihren Träumen an Kira gesehen hatte.

Er zog einen blitzenden Krummdolch aus der Scheide, die neben der Pistole hing, und schnitt ihre Fesseln durch. »Zieh das an«, befahl er.

»Nein.«

Er schwang das Messer, so daß die Klinge bedrohlich blitzte. »Es würde mir großes Vergnügen bereiten, dir die Kleider vom Leibe zu schneiden und dich selbst anzuziehen.«

Ihr wurde übel bei der Vorstellung, daß er sie berührte. Unter Zuhilfenahme ihrer Schauspielkünste sagte sie ruhig: »Das wäre Zeitverschwendung. Werden ihre Genossen des Wartens nicht müde?«

Er runzelte die Stirn. »Du hast recht. Ich darf meine Gäste nicht vernachlässigen. Aber ich muß auf dem Kostüm bestehen. Du mußt genauso aussehen wie deine Schwester, wenn du vor den Altar trittst.«

Als er einen Schritt auf sie zu machte, mußte sie den Impuls unterdrücken, wegzulaufen. Resigniert sagte sie: »Ich ziehe das Kostüm freiwillig an, aber Sie müssen draußen warten.«

»Ein annehmbarer Kompromiß. Später kann ich soviel mit dir ringen, wie es mir beliebt. Aber paß auf, daß du das Kostüm fest genug schnürst.« Er fuhr sich mit der Zunge über die Lippen. »Der Effekt ist äußerst anregend.«

Als er den Raum verlassen und die Tür hinter sich zugemacht hatte, sank Kit zitternd auf einen Stuhl. Wie immer, wenn sie nicht weiter wußte, rief sie innerlich um Hilfe. Aber diesmal wandte sie sich nicht an Kira, die selbst dem Zusammenbruch nahe war, sondern an Lucien. Der Gedanke an seine Kraft und Zuversicht gab ihr einen Teil ihrer Ruhe wieder.

Sie stand auf und durchsuchte den Raum in der Hoffnung auf eine Waffe, aber sie fand nichts. Auch die Tür ließ sich von innen weder verriegeln noch verbarrikadieren.

Mit schmalen Lippen begann sie, sich so langsam wie möglich anzuziehen.

Als Lucien feststellte, daß Kit nicht mehr da war, bedachte er sich selbst mit den ausgesuchtesten Verwünschungen. Er hätte wissen müssen, daß er sie nicht alleine lassen durfte, wenn sie jederzeit in diesen tranceartigen, auf ihre Schwester fixierten Zustand sinken konnte.

Sie mußte in einen der vier Tunnel gegangen sein, aber in welchen? Mit einem Stoßgebet betrat er den zweiten von links. Er verlief in wilden Windungen durch den Kalkstein, mit scheußlichen katakombenartigen Nischen voller Tierknochen.

Wo zum Teufel war Kit?

Er umrundete eine Biegung und stieß mit jemand zusammen. Es war nicht Kit, leider, sondern ein vierschrötiger Wächter mit einer Pistole, der den Schüssen nachgegangen sein mußte. Der Aufprall brachte sie beide aus dem Gleichgewicht. Als der Wächter sich soweit erholt hatte, daß er seine Waffe heben wollte, war es bereits zu spät. Lucien trat dem Mann die Waffe aus der Hand und versetzte ihm dann zwei harte Schläge aufs Kinn.

Der Wachposten ging bewußtlos zu Boden. Lucien nahm ihm Pistole und Munition ab und fesselte den Mann mit seinem eigenen schäbigen Halstuch. Dann stand er auf und sah sich um. Er stand in einer kleinen Kammer, zu der noch ein weiterer Gang zu seiner Linken führte. Ein Tisch, zwei Stühle und eine Lampe standen in der Mitte das Raumes. Auf dem Tisch verstreut lagen Spielkarten.

Keine Spur von Kit, aber in der gegenüberliegenden Wand gab es eine schwere, eisenbeschlagene Tür. Er durchsuchte den Wächter und fand einen großen Messingschlüssel. Er paßte in das Schloß. Als er ihn drehte, betete er, daß Kira dahinter war. Wenn er sie gefunden hatte, konnten sie sich in Sicherheit bringen, sobald sie Kit wiedergefunden hatten. Sie konnte nicht weit sein.

Die Tür ging auf und er ging mit gezückter Pistole hinein. Er fand sich in einem behaglich ausgestatteten Raum wieder, der bis auf den Mangel an Fenstern wirkte wie ein echter Salon. Eine Tür führte zu einem Schlafzimmer, eine andere in ein Verlies. Genau wie Kit es beschrieben hatte.

Als er sich vorwärtsbewegte, sah er aus dem Augenwinkel eine Bewegung. Er drehte sich um und stand Lady Kristine Travers gegenüber. Einen Augenblick lang lähmte ihn der Schock. Die Tatsache, daß Kit und Kira eineiige Zwillinge waren, war die Grundlage seiner Mission. Trotzdem war es zutiefst beunruhigend, eine Frau zu sehen, die genau wie Kit aussah, aber gleichzeitig eine vollkommen Fremde war.

Und während er sie anstarrte, versuchte sie, ihm den Schädel einzuschlagen.

Lucien duckte sich instinktiv, so daß ihr Stock ihn nur am rechten Arm traf und ihm die Pistole aus der Hand schlug. Geschmeidig wie eine Katze und mit wilden grauen Augen sprang sie auf, um es noch einmal zu versuchen.

Er wich zurück und sagte eindringlich: »Legen Sie das weg, Kira. Ich bin ein Freund von Kit.«

Sie erstarrte, hin- und hergerissen zwischen Erleichterung und tödlicher Gewalt.

»Mein Name ist Lucien Fairchild.« Er sprach beruhigend wie zu einem ängstlichen Kind. »Kit ist hier irgendwo in der Nähe. Sie hat sich bei der Suche nach Ihnen verirrt. Kommen Sie, wir müssen sie finden.«

Mit zitternder Stimme fragte Kira: »Kit ist hier?«

Er nickte. »Ich hab' sie in dem Labyrinth hier unten verloren, aber sie kann nicht weit sein.« Er trat vor und nahm den Stock aus ihrer widerstandslosen Hand.

Sie massierte sich die Schläfen, mit derselben Geste wie ihre Schwester. »Es . . . es tut mir leid, daß ich Sie geschlagen habe«, sagte sie mit versagender Stimme. »Ich dachte, Sie sind Lord Mace.«

»Mace hat Sie entführt?«

Sie nickte. »Er hat mich auf der Bühne gesehen und war von mir besessen. Als ich mich geweigert habe, seine Mätresse zu werden, hat er mich nach einer Vorstellung entführt. Und dann hat er mich gezwungen, ihn zu . . . zu . . .«

Er unterbrach sie, bevor sie zusammenbrach. Körperlich wirkte sie unversehrt, aber Monate der Gefangenschaft hatten sie seelisch labil gemacht.

»Sie müssen mir nichts erklären«, sagte er ruhig. »Kit hat das meiste in ihren Träumen gesehen.«

Das provozierte ein schwaches Lächeln. »Das sieht ihr ähnlich.«

Er betrachtete Kiras Gesicht. Die Ähnlichkeit zwischen den beiden war in der Tat verblüffend. Dieselbe schlanke Figur und das braune Haar, dieselben grauen Augen und das edle Profil, das ihm geholfen hatte, Kit wieder und wieder zu erkennen.

Aber es gab Unterschiede. Kiras Gesicht und Mund waren einen Hauch voller, und die Tatsache, daß sie Rechtshänderin war, verlieh ihren Zügen einen anderen Schnitt. Und natürlich war ihre Persönlichkeit einmalig.

Außerdem hatte er Kit nie in einem kurzen schwarzen Satinkostüm mit Lederverschnürung gesehen, das dramatische Ausschnitte cremiger Haut enthüllte, auch nicht in kniehohen Stiefeln und Spitzenstrümpfen. Aber er wußte, daß Kit genauso unwiderstehlich darin aussehen würde wie ihre Zwillingsschwester.

Als sie seinen Blick bemerkte, sagte Kira bitter: »Ich hab' geschworen, für den Rest meines Lebens weißen Musselin zu tragen, wenn ich heil hier herauskomme.«

Er lächelte. Offenbar erholte sie sich bereits. »Haben Sie ein Cape? Das Wetter ist fürchterlich, und wir müssen ein paar Meilen reiten, wenn wir hier heraus sind.«

Kira lief in den anderen Raum und kam mit einem Nerzcape zurück, das einer Königin würdig gewesen wäre. Während sie sich darin einhüllte, musterte sie Lucien genauso gründlich, wie er sie studiert hatte. »Sind Sie der Grund, warum Kit in letzter Zeit glücklich war?«

Überrascht sagte er: »Ich hoffe es. Sie können ihre Empfindungen genauso spüren wie Kit die Ihren?«

»Nicht so gut wie sie, aber meistens habe ich eine Ahnung. In letzter Zeit hat sie sich entsetzliche Sorgen um mich gemacht, aber ich habe auch intensive Freude gespürt.«

Interessant, sehr interessant. Er beschloß, diese Unterhaltung auf einen geeigneteren Zeitpunkt zu verschieben, und fragte: »Gibt es noch irgend etwas, das Sie mitnehmen wollen? Je eher wir hier wegkommen und Kit finden, desto besser. Unglücklicherweise zelebrieren die Jünger heute eine Messe, und sie haben unsere kleine Rettungsaktion entdeckt.«

Kiras Gesicht wurde bleich, und er sah, daß die Furcht ihr immer noch in den Knochen saß. »Das letztemal, als er hier war, hat Mace mir gesagt, daß ich die Hauptattraktion für eine Vergewaltigung durch alle Satansjünger sein würde«, sagte sie stockend. »Hinterher sollte es eine private Zeremonie für ihn und seine engsten Verbündeten geben. Die ganze Zeit, seit ich hier gefangen bin, hat er auf heute nacht hingearbeitet. Er liebt es, die Rolle des sexuellen Sklaven zu spielen, aber sein endgültiges Ziel war, daß ich von seiner Hand sterben sollte.«

Lucien sah ihr fest in die Augen. »Halten Sie noch ein bißchen durch, Kira«, sagte er nachdrücklich. »Sie dürfen die Nerven noch nicht verlieren.«

Sie schloß die Augen. Dann sagte sie: »Ich schaff's schon.« Sie lächelte verzerrt und schob sich mit einer ganz und gar ihr gehörenden Geste das Haar aus der Stirn. »Hier gibt es nichts, das ich haben möchte. Außer . . .«

Sie durchquerte den Raum und öffnete einen Wandschrank. Er enthielt Peitschen aus verschiedenen Materialien. Sie ergriff die schwerste und erklärte: »Falls ich eine Waffe brauche.«

Er hob seine Pistole auf und schob sie aus der Tür. Im Wachraum sagte er: »Ich bin aus dieser Richtung gekommen, aber ich weiß nicht, ob wir so hinauskommen. Ein Fallgitter blockiert den Hauptgang. Außerdem muß Kit auf dieser Seite sein. Wissen Sie, wohin der andere Gang führt?«

Sie zuckte die Achseln. »Ich habe keine Ahnung, aber sehen wir doch einfach nach.«

Sie betraten den breiteren Gang. Lucien hoffte zu

Gott, daß sie Kit schnell fanden, denn seine Angst um sie wuchs von Minute zu Minute.

Siebenunddreißigstes Kapitel

Gut, daß der Feind sich zurückzog, denn der Rauch biß Michael so schrecklich in der Kehle, daß er eine Zeitlang außerstande war zu feuern. Als er wieder sprechen konnte, sagte er: »Geschlossene Räume sind nichts zum Kämpfen – es geht nichts über offenes Gelände.«

»Ich persönlich ziehe Schiffskanonen vor.« Jason lud seine Pistole nach. »Viel frische Luft, und der Feind bleibt auf Abstand. Sollen wir hier raus, bevor sie zurückkommen?«

»Ausgezeichnete Idee.« Nach einem neuen Hustenanfall keuchte Michael: »Zurück auf die Galerie. Es gab eine Tür am anderen Ende, die uns vielleicht um das Gitter herumführt.«

Hastig gingen sie zurück bis zu der Stelle, wo die zwei Korridore sich kreuzten. Sie wollten eben auf die Treppe zugehen, als sie aus dieser Richtung wütende Stimmen hörten. Die Wachen planten einen neuen Angriff. Der Saal mit den Satansjüngern lag in der anderen Richtung, und so rannten sie über die Kreuzung in den Gang, der eine Fortsetzung desjenigen darstellte, aus dem sie gekommen waren.

Als sie außer Sicht waren, blieben sie stehen, um ihren nächsten Schritt zu planen. Jason sagte: »Sollen wir nicht doch die Treppen versuchen? Mit der Bande werden wir bestimmt fertig.«

»Wahrscheinlich«, stimmte Michael zu, »aber wir sind hergekommen, um jemanden zu befreien, nicht um einen

Krieg anzuzetteln. Sehen wir zuerst nach, wohin dieser Gang führt. Es gibt einen Luftzug, er kann also keine Sackgasse sein. Wenn wir Glück haben, finden wir noch einen Weg nach oben oder zumindest zu Luce und den Damen. Egal, was für ein verdammtes Labyrinth das hier ist, so riesig kann es nicht sein.«

Jason nickte, und sie setzten im Schein der einen Laterne, die den Angriff überstanden hatte, ihren Weg fort. Wie Michael gehofft hatte, machte der Gang eine Biegung und führte wieder zu seinem Anfang zurück. Der weiche Kalkstein war in diesem Teil mit Holzpfeilern abgestützt. Als Bergwerksbesitzer kannte er die Technik. Das Gestein mußte hier besonders schlecht sein, denn der Boden war mit Bohlen abgedeckt.

Er runzelte die Stirn. Irgend etwas stimmte nicht mit dem Pfeiler vor ihnen ...

Weil er ihn ansah, bemerkte er den Lichtreflex, als irgend etwas in Kopfhöhe auf ihn niederging. Er warf sich auf den Boden. »Runter!«

Der Amerikaner folgte seinem Beispiel gerade noch rechtzeitig, um nicht von einer riesigen Klinge enthauptet zu werden. Sie sah aus wie eine riesige Sense mit einer Schneide, die einen Eindringling ohne weiteres zweiteilen konnte.

»Himmel«, sagte Jason atemlos. »Was für hinterhältige Fallen es hier gibt. Womit haben wir die hier ausgelöst?«

Michael beobachtete, wie die Klinge zurückschwang und in einem Schlitz in der Wand verschwand. Sie mußte von einer riesigen Sprungfeder im Holzboden in Bewegung gesetzt worden sein. »Die Bohlen sind gelegt worden, um den Auslöser zu verdecken. Ich glaube, das helle Brett da hat sich bewegt, als ich draufgetreten bin.«

Er drückte mit der Hand dagegen. Wieder sauste die Sense mit bösartigem Zischen über ihre Köpfe hinweg.

Als sie wieder verschwunden war, sagte Michael: »Der Auslöser muß so auffällig sein, daß derjenige, der diese Fallen entworfen hat, sie selbst umgehen kann. Wenn wir aufpassen, müßten wir sie ausfindig machen können.«

»Ich wünschte, ich hätte Ihre rührende Zuversicht.« Jason stand vorsichtig auf und trat über das gefährliche Brett. »Nicht einmal die Blockade war so schlimm.«

»Eines von den Dingen, die ich an Lucien schätze, ist, daß es in seiner Gesellschaft nie langweilig ist.« Michael stand auf und hob die Laterne, die immer noch ganz war. »Sollen wir weitergehen?«

Travers deutete einen spielerischen Salut an. *»›Nur zu, Macduff, und sei verdammt, wer ruft: ›Halt ein, genug!‹«*

Kit versuchte Zeit zu gewinnen, aber Mace machte dem ein Ende, indem er die Tür öffnete, bevor sie fertig umgezogen war. Als sie seinen gierigen Blick sah, zog sie hastig die hohen schwarzen Stiefel über ihre Spitzenstrümpfe. Sie wagte nicht, ihn noch weiter zu reizen. Mochte Mace es bis jetzt auch genossen haben, ausgepeitscht zu werden, heute abend schien er es auf schlichte Vergewaltigung abgesehen zu haben.

Als sie sich aufrichtete, befahl er: »Dreh dich um.«

Sie gehorchte langsam, voller Angst, was eine hastige Bewegung mit ihrem Kostüm anrichten würde, der schamlosesten Aufmachung, die man sich vorstellen konnte. Vorne war es bis zum Nabel geschlitzt und mit Lederriemen geschnürt, so daß ihre Brüste und ihr Oberkörper halb entblößt waren. Die Rückseite wies ähnliche Schlitze auf. Sie fühlte sich nackter, als wenn sie gar nichts getragen hätte.

Mace starrte auf den Schmetterling, der durch die schwarze Spitze blinkte. »Wunderbar! Sogar die Tätowierung ist gleich. Aber die Bänder sind zu locker. Ich schnüre sie selbst zu.«

Sie versuchte, ihm auszuweichen, als er auf sie zu kam, aber er zog seinen Dolch aus der Scheide und hielt ihr die Spitze an die Kehle. »Halt still«, zischte er.

Aus irgendeinem Grund war das Messer mit seiner Fähigkeit zu stechen und zu verstümmeln furchteinflößender als die Pistole. Sie stand starr, während er den Dolch wegsteckte und die Riemen ergriff, die das Hemd über ihren Brüsten zusammenhielten. Er schnürte sie so fest, daß ihre Brustwarzen sich deutlich unter dem schwarzen Satin abzeichneten. Sie konnte kaum atmen, und die Schnüre würden rote Striemen auf ihrer Haut hinterlassen, falls sie lange genug lebte.

»Ihr seid doch bestimmt nicht vollkommen identisch.« Statt seine Hände sinken zu lassen, als er fertig war, begann er, die satinbedeckten Kurven ihres Körpers abzutasten. Die Hitze seiner Handflächen auf ihren Brüsten machte sie schaudern.

»Bevor ich mit euch fertig bin, habe ich die Unterschiede entdeckt«, sagte er heiser. »Deine Schwester ist die böse Schwester, ich vermute also, du bist die gute.« Er kniff mit brutaler Gewalt in ihre Brustwarzen. »Irgendwie ist das sogar noch erregender.«

Sie biß sich auf die Lippen, um nicht aufzuschreien. Die Befriedigung würde sie ihm nicht gönnen. Sie spürte, daß er sich an der Angst einer Frau ergötzen würde.

Mit sichtlichem Bedauern ließ er von ihr ab. »Später. Jetzt müssen wir Cassie die Erste holen.«

Er fesselte ihr mit einem breiten, blutroten Tuchstreifen die Hände auf dem Rücken. Dann stieß er sie vorwärts.

Das Verlies war ein Labyrinth von Gängen. Nach mehreren verwirrenden Abzweigungen betraten sie einen Wachraum mit einer massiven Tür. Auf dem Boden schlummerte friedlich ein gefesselter Mann.

Maces Gesicht wurde dunkel. »Idiot!«

Er hielt Kira an seiner Seite, riß die Tür auf und stieß sie hindurch. Sie wußte sofort, daß dies Kiras Gefängnis gewesen war, die Luft war erfüllt von der Gegenwart ihrer Schwester. Aber sie war nicht mehr da; Lucien mußte sie gefunden haben. Kit hätte vor Erleichterung gejubelt, wenn sie nicht gefürchtet hätte, damit Maces Wut anzustacheln.

Er fluchte ausgiebig und fauchte dann: »Ich bring' dich ins Heiligtum. Meine Genossen sollen sich mit dir vergnügen, während ich deine Schwester wieder einfange. Jetzt setz dich in Bewegung.« Er versetzte ihr einen Stoß in die Rippen.

Er gab ihr keine Gelegenheit zur Flucht. Als sie sich dem großen Saal näherten, hörten sie aufgeregtes Stimmengewirr. Es verstummte, sobald sie den Raum betraten. Alle Blicke wandten sich auf Kit. Am liebsten hätte sie sich auf den Boden gekauert und mit den Händen vor den gierigen Augen geschützt. Da das unmöglich war, dachte sie an Anna Boleyn, die mit unerschütterlicher Würde zum Richtblock gegangen war.

Sie zog sich in sich selbst zurück, soweit es nur ging, als sei sie auf der Bühne. Das hier war nicht real, es war nur ein Spiel. Mit hocherhobenem Kopf ging sie auf den Altar zu. Die zwei flackernden Feuer erzeugten ungeheure Hitze, sehr willkommen angesichts ihrer luftigen Aufmachung. Ein anderer Vorteil ihrer Lage fiel ihr beim besten Willen nicht ein.

Ihr Weg führte sie durch den Doppelkreis von metallenen Kriegern. Aus der Nähe wirkten sie sogar noch größer als von oben. Sie ging zwischen einem speertragenden Indianer und einem geharnischten Kreuzritter hindurch, ohne aufzusehen. Aber sie konnte die Menge der rotgewandeten Männer mit ihren hungrigen Augen und obszönen Bemerkungen nicht ignorieren. Schlimmer noch, einige von ihnen betasteten sie mit empörender Zudringlichkeit, während sie an ihnen vorbeiging. Sie ging weiter, die Augen starr geradeaus gerichtet, bis sie vor dem Altar stand.

Alle ihre Hauptverdächtigen standen in der ersten Reihe. Die Männer hinter ihnen waren ebenfalls Höllenhunde, aber keiner war ihr wichtig erschienen, als sie ihnen nachspioniert hatte. Das stimmte auch jetzt, sie waren einfach nur Nachahmer. Das Böse ging von den Anführern aus – es stand ihnen in die Gesichter geschrieben.

Lord Nunfield und Roderick Harford betrachteten sie mit unverstellter Begierde. Der unbeteiligtere Chiswick stellte fest: »Sie haben Cassie James engagiert. Ausgezeichnet, Mace. Die kann selbst den müdesten Geschmack reizen.«

Sir James Westley sagte munter: »Ich selbst hab' sie gern mit ein bißchen mehr Fleisch auf den Knochen, aber immerhin haben wir noch nie eine so bekannte Frau geopfert. Sie wird sich großartig machen.«

Mit unheilschwangerer Stimme verkündete Mace: »Es ist sogar noch viel besser, meine Herren. Das hier ist nicht Cassie James, sondern ihre Zwillingsschwester. Sicher haben Sie alle schon davon geträumt, Zwillinge zu besitzen, beide gleich schön und gleich hilflos.« Seine dunklen Augen flackerten. »Die echte Cassie hat sich hier unten verirrt. Ich muß sie suchen.«

Das löste neues Stimmengewirr aus. Unbeteiligt bemerkte Kit, daß alle Männer die zeremoniellen Dolche und Pistolenhalfter trugen. Sie fragte sich, ob sie die Dolche an ihr ausprobieren würden.

Mace winkte seinen Bruder heran. »Kümmer dich um die hier, bis ich die andere gefunden hab'«, sagte er mit leiser Stimme.

Harford runzelte die Stirn. »Die hab' ich doch schon mal gesehen.« Er schnippte mit den Fingern. »Das ist die

Schlampe, die auf dem Ball versucht hat, mich zu bestehlen!«

»Wirklich?« Mace betrachtete Kit beinahe mit Respekt. »Du hast dich für deine Schwester nach Blackwell Abbey gewagt. Tapferes Kind.« Dann wandte er sich wieder an seinen Bruder. »Strathmore ist auch hier, und anscheinend hat er die Schwester befreit. Habt ihr die beiden anderen Männer unschädlich gemacht?«

Harford sah finster drein. »Leider nicht – die Wächter sind abgehauen, als Strathmores Kumpane angefangen haben zu schießen, und bis sie ihren Mut wieder zusammen hatten, waren die Burschen entkommen. Sie werden verfolgt, aber es könnte eine Weile dauern, sie in die Enge zu treiben.«

Mace runzelte die Stirn. »Ich halt' die Augen auf, während ich nach Strathmore und der Schwester suche. Sie kennen sich hier unten nicht aus, es dürfte also nicht allzu lange dauern, bevor ich sie gefunden hab'. Dann erledige ich ihn und bring' sie her, damit wir endlich mit der Messe beginnen können.«

Kit dankte dem Himmel, daß Mace auch einer von denen war, die Lucien unterschätzten. Aber es stimmte unglücklicherweise, daß Mace das Terrain kannte und daher entschieden im Vorteil war.

Sie öffnete sich genug, um nach ihrer Schwester zu rufen. Sobald es ihr gelang, zuckte ihr Herz vor Entsetzen.

Lucien und Kira kamen näher, gefährlich näher.

Die Windungen der Gänge waren hoffnungslos verwirrend. Während sie nach einem Ausweg suchten, nahm Luciens Angst ständig zu. Da blieb Kira mit totenbleichem Gesicht stehen. »O Gott, er hat Kit!«

Ihre Worte bestätigten Luciens schlimmste Befürchtungen. »Sind Sie sicher?«

»Absolut.« Kira zeigte nach rechts. »Sie ist dort.« Ihr Gesicht verzerrte sich, und Tränen traten ihr in die Augen. »Sie ist halb tot vor Angst.«

Derselbe abwesende Gesichtausdruck, den er so oft an Kit beobachtet hatte, trat jetzt auf Kiras Gesicht. Er wußte, daß er sie erreichen mußte, bevor sie ihm entglitt. »Ist sie verletzt?«

»Ich glaube nicht.« Er atmete auf, und ihr Blick wurde klarer. »Es ist meine Schuld, daß Kit in Gefahr ist. Wenn ich nicht zum Theater gegangen wäre, wäre das nie passiert. Kit hatte recht – sie hat immer recht.«

Er ergriff ihren Ellbogen und sagte nachdrücklich: »Sie können sich später Vorwürfe machen. Jetzt müssen wir Kit finden und sie von Mace wegbringen.«

Mit äußerster Anstrengung riß Kira sich zusammen und ging weiter. Aber zu wissen, wo Kit sich befand, half ihnen noch nicht, den Weg zu ihr zu finden. Die Gänge wanden sich, führten in Sackgassen, zu Schreinen für monströse Götzen und zu noch mehr Knochen. Sie sprachen kein Wort, Kira brauchte all ihre Konzentration, um die Spur ihrer Schwester zu verfolgen.

Schließlich bogen sie um eine Ecke und entdeckten vor sich einen Brokatvorhang. Auf der anderen Seite gab es helleres Licht und murmelnde Stimmen. Lucien blieb stehen. »Ich glaube, wir haben sie.«

Kira biß sich auf die Lippen. »Kit ist dort.«

»Ja, aber nicht unbedingt im Raum selbst«, sagte er, als er sie wieder zurückführte. »Falls sie nicht dort ist, ist es sicherer, nicht da hineinzugehen. Warten Sie hier und rühren Sie sich nicht von der Stelle.« Er ließ sie nur äußerst ungern allein, aber falls er entdeckt und gefangen wurde, hatte sie wenigstens eine Chance, in den Gängen unterzutauchen.

Er erinnerte sich daran, daß Kit gesagt hatte, ihre

Schwester sei eine gute Schützin, und zog die Pistole, die er dem Wachtposten weggenommen hatte, aus dem Gürtel. »Wahrscheinlich sind Sie für die paar Minuten, die ich brauche, in Sicherheit, aber möchten Sie die hier haben, nur für alle Fälle?«

Sie nickte, klemmte sich die Peitsche unter den Arm und nahm die Waffe mit sichtlicher Erleichterung entgegen. Während sie die Pistole mit geübtem Griff auf ihre Schußfertigkeit prüfte, sagte sie: »Es ist ein gutes Gefühl, eine Waffe zu haben, wenn man monatelang hilflos gewesen ist.«

Nachdem er einigermaßen überzeugt sein konnte, daß sie in Sicherheit war, schlich er den Gang entlang bis zu dem Vorhang. Er schob ihn einen Spalt auf und spähte hindurch. Wie er vermutet hatte, lag dahinter die Weihestätte, komplett mit ihren Kriegerstatuen, Feuern und scharlachgekleideten Jüngern. Sein Blick ging sofort zu Mace, der mit arroganter Miene aus dem Kreis stolzierte.

Wenn Mace da war, konnte Kit nicht weit sein. Er suchte die Runde ab und fand sie vor dem Altar, wo Roderick Harford ihr ein Messer an die Brust hielt. Obwohl sie genau wie Kira gekleidet war, gelang es ihr, so würdevoll auszusehen wie Marie Antoinette vor einer Rotte von Bauern.

Bei diesem Anblick stieg besinnungslose Wut in ihm auf. Er wollte in den Raum stürzen und jeden Mann dort zerfetzen. Aber er ermahnte sich, daß impulsives Handeln sie nicht retten würde, bezwang seinen Zorn und wog die Möglichkeiten gegeneinander ab.

Da drin gab es mindestens ein Dutzend Männer, alle bewaffnet mit Dolchen und Pistolen. Möglicherweise waren nicht alle in das volle Ausmaß von Maces Verderbtheit eingeweiht, aber er konnte auf keinen von ihnen zählen. Es dauerte nur ein paar Sekunden, bis er zu dem Schluß kam, daß alles, was er tat, Kit gefährden würde.

Seine Intuition sagte ihm, daß das Risiko für sie um so größer wurde, je länger sie in Maces und Harfords Händen war. Ein Jammer, daß Michael und Jason nicht hier waren, aber er konnte nicht auf sie warten.

Es gab eine winzige Chance, daß er Kit durch reine Dreistigkeit befreien konnte. Mit gezückter Pistole schob er den Vorhang beiseite und trat ins Licht. Laut, so daß seine Stimme im ganzen Raum zu hören war, rief er: »Lassen Sie sie los, Harford.«

Alle drehten sich um und starrten ihn überrascht an. Kit warf ihm einen unendlich erleichterten Blick zu. Er hoffte bei Gott, daß ihr Vertrauen in ihn nicht enttäuscht wurde.

Mace erholte sich rasch von seinem Schock und sagte gönnerhaft: »Ah, Lucifer. Sie sind gekommen, um sich uns anzuschließen. Ich hatte schon befürchtet, daß das Wetter Sie davon abhalten würde, Ihre Rolle zu übernehmen.« Während er sprach, wich er hinter den Altar zurück.

»Hören Sie auf mit dem Versteckspielen«, sagte Lucien schroff. »Das hier ist kein Spiel, sondern verbrecherischer Unsinn. Wenn Sie sie nicht gehen lassen, sterben Sie oder Ihr Bruder.« Er begann, durch den Ring der Statuen hindurch auf ihn zuzugehen.

Mit böse funkelnden Augen schrie Mace: »Es ist an der Zeit, den Zirkel zu schließen!« Er beugte sich vor und betätigte einen langen Hebel, der neben dem Altar aus dem Boden ragte.

Die Statuen erwachten zum Leben.

Achtunddreißigstes Kapitel

Sobald Mace den Hebel bewegt hatte, füllte der Raum sich mit dem Surren von Rädern und zischendem Dampf. Augenblicklich verwandelten die mechanischen Krieger sich in eine Rasse altertümlicher Giganten, die ihre Waffen mit tödlicher Wucht schwangen.

Der Gladiator hob sein Schwert, der Wikinger ließ seine Streitaxt durch die Luft sausen – der Ritter ging mit seinem Morgenstern direkt auf Lucien los.

Wenn das Räderwerk nicht ein paar Sekunden gebraucht hätte, um in Gang zu kommen, wäre er auf der Stelle gestorben. So erkannte er die Gefahr und konnte sich gerade noch rechtzeitig ducken.

Mace brüllte vor Gelächter, als sei das Ganze ein großartiger Scherz. »Von allen Männern sollten Sie meine dampfbetriebenen Krieger zu schätzen wissen, Lucifer«, rief er. »So etwas hat es in der gesamten Weltgeschichte noch nicht gegeben.«

Lucien fluchte, als er sich zurückzog. Jetzt ergaben die dröhnenden Maschinen und die ungewöhnliche Wärme einen Sinn. Es mußte ganz in der Nähe riesige Dampfkessel geben, deren Rohre unter dem Fußboden verliefen und den Statuen Leben einhauchten. Jede der Waffen ging in einem festen Radius hin und her. Einer einzelnen Klinge hätte er leicht ausweichen können, aber die Figuren waren geschickt so aufgestellt, daß die Gefahrenzonen einander überschnitten.

Die Anordnung blockierte den Zugang zum inneren Bereich vollkommen. Wenn er dem Schwert auswich, würde er in Reichweite der Streitaxt oder des Krummschwertes geraten. Das Ganze war genial, und Lucien verfluchte seinen Feind aus tiefstem Herzen dafür, daß er es erdacht hatte.

»Sehr einfallsreich, Mace«, schnappte er. »Aber ich kann immer noch zwischen den Statuen hindurchschießen. Lassen Sie sie gehen!«

»Wollen Sie Blut sehen, Lucifer? Wenn Sie nicht mitspielen, fließt das des Mädchens.« Mace nickte seinem Bruder zu.

Das Gesicht verzerrt vor boshafter Erregung, zog Harford seine Messerspitze über Kits Kehle. Scharlachrote Blutstropfen bildeten sich entlang der Schnittstelle. Sie stieß einen winzigen, verzweifelten Laut aus, den sie sofort unterdrückte.

Lucien fühlte, wie das Blut aus seinem Gesicht wich. Das Glitzern in Maces Augen bestätigte Kiras Beschreibung; er gierte danach, der sexuellen Gewalt, die er für heute nacht geplant hatte, Erleichterung zu verschaffen. Sein Bruder mußte seinen Wahnsinn teilen, denn in der Luft lag die elektrisch aufgeladene Spannung, die manchmal einem Sturm vorausging. Jede Provokation würde als Entschuldigung dienen, Kit die Kehle durchzuschneiden.

»Wir sind in einer Sackgasse, finden Sie nicht auch?« Maces Stimme war unheimlich freundlich. »Wenn Sie wollen, daß Ihr Goldstück überlebt, werfen Sie die Pistole weg.«

Verzweifelt erkannte Lucien, daß er keine Wahl hatte. Er konnte Mace oder Harford erschießen, aber nicht beide. Und einen von ihnen am Leben zu lassen, konnte Kits Todesurteil sein, denn beide Brüder waren imstande, sie ohne einen Funken von Reue umzubringen.

Er hatte zwar kein Zutrauen zu Maces Wort, aber vielleicht würde die Anwesenheit von so vielen Zeugen seine schlimmsten Ausschreitungen im Zaum halten. Nach dem, was Kira gesagt hatte, waren nicht alle von ihnen Mörder. Mit steinerner Miene ließ er die Pistole fallen.

Im selben Augenblick entdeckte er huschende Schatten

auf der gegenüberliegenden Galerie. Er sah hin, ohne den Kopf zu bewegen, und erkannte Michael und Jason, die aus einem Seiteneingang kamen. Michael überblickte die Situation mit einem raschen Blick, hob seinen Karabiner und zielte auf Harford. Dann sah er zu Lucien hin und wartete auf sein Zeichen.

Wenn Michael schoß, war Harford ein toter Mann. Aber Lucien würde seine Waffe wieder aufheben und sich selbst um Mace kümmern müssen, denn Jason war zu weit weg, um mit seiner Pistole genau zielen zu können. Es war riskant – aber nicht so riskant, wie Kit in den Händen dieser beiden Irren zu lassen.

Sobald die Schießerei angefangen hatte, war alles möglich. Gott sei Dank hatte Kit die Intelligenz und den Mut, schnell zu reagieren. Mit wütender Konzentration bemühte Lucien sich, ihr eine stillschweigende Warnung zukommen zu lassen. Sie starrte ihn aschfahl an, aber er glaubte, in ihren stumpfen Augen so etwas wie Verstehen zu lesen.

Mit einem Stoßgebet, daß Michaels Kugel ihr Ziel nicht verfehlte, sah Lucien auf und nickte leicht.

Krachend ging der Karabiner los. Gleichzeitig bückte Lucien sich nach seiner Pistole. Roderick Harford schrie auf und drehte sich um sich selbst. Dann brach er zusammen. Einen Sekundenbruchteil, ehe er fiel, drehte Kit sich weg, bevor sein Messer ihr die Kehle durchschneiden konnte.

Ohne aufzustehen, schoß Lucien auf Mace, aber der Moment, den er brauchte, um die Waffe zu ergreifen, gab dem anderen Mann Gelegenheit, sich in Sicherheit zu bringen. Mace duckte sich hinter den steinernen Altar, der ihn vor beiden Angreifern schützte.

Bevor Lucien neu laden konnte, hörte er Kira schreien. »Kit!«

In seiner Sorge um Kit hatte er ihre Schwester vergessen. Jetzt stürmte Kira in den Raum. Er sah auf und entdeckte, daß sie nur wenige Meter entfernt war und mit besessener Miene auf ihre Schwester zulief.

Kit fuhr herum und starrte ihre Schwester an. »Kira!«

Aufgrund seiner eigenen Erfahrung mit dem engen Band, das zwischen Zwillingen bestand, erriet Lucien, daß für die beiden der Drang zusammenzusein in diesem Moment wichtiger war als alles andere. Der Rest der Welt war für die beiden verschwunden.

Aber trotzdem war er überrascht, als sie anfingen, auf einander zuzulaufen. Kira ließ ihre Peitsche und ihr Nerzcape fallen und warf sich mitten unter die waffenschwingenden Krieger. Sie wich dem Schwert aus, aber Lucien hielt den Atem an, als er sah, daß sie sich im Bereich der Streitaxt befand. Sie warf sich auf den Boden und glitt darunter hindurch. Einen Augenblick lang sah es so aus, als würde die Axt ihr das Rückgrat zertrümmern, aber sie war gerade schlank genug, um unversehrt zu bleiben.

So weit, so gut, aber das Krummschwert würde sie sicher treffen. Er hob die Peitsche auf, die sie hatte fallen lassen, und holte mit aller Kraft aus. Der Riemen wand sich um den Arm des mechanischen Türken. Die dampfbetriebene Maschine riß Lucien beinah um, aber er stemmte sich mit aller Kraft dagegen. Mit metallischem Kreischen drehte der Arm sich in seiner Metallfassung und wurde gerade lange genug aufgehalten, um Kira durchzulassen.

Während Kira ihren grausigen Spießrutenlauf absolvierte, wich Kit Nunfield aus, der versuchte, sie zu packen. Gleichzeitig kämpfte sie mit ihren Fesseln. Sie befreite sich gerade rechtzeitig, um ihrer Schwester in die Arme zu sinken. Sie umklammerten einander und standen eng umschlungen inmitten des sie umgebenden Chaos.

Nunfield hob seine Pistole und zielte auf die beiden Frauen, das Gesicht verzerrt vor bösartiger Wut. Hastig begann Lucien, seine Waffe neu zu laden, mit einem Stoßgebet, daß Nunfields erster Schuß danebenging.

Er wurde von einer Bewegung auf der Galerie abgelenkt. Er blickte auf und sah, wie Jason Travers das Seil packte, das von der Galerie zu dem riesigen Kronleuchter führte. Mit diesem Seil konnte der Kronleuchter von der Decke herabgelassen werden, aber Jason entdeckte einen neuen, tödlichen Nutzen dafür. Er sprang auf das Geländer und stieß wie ein Adler auf die Männer herab.

Unter seinem Gewicht sauste der Kronleuchter nach oben und prallte gegen die Decke. Flackernde Kerzen regneten auf die schreienden Satansjünger hinunter. Der Kronleuchter stürzte abwärts, als Jason das Seil losließ, und verfehlte Mace um Haaresbreite. Ein Großteil der Kerzen erlosch, als der Kronleuchter zu Boden ging, und der Raum lag nur noch im flackernden Licht der Scheiterhaufen.

Sobald Jason unten landete, zückte er seine Pistole und schoß aus nächster Nähe auf Nunfield. Noch bevor der andere Mann zu Boden ging, packte Jason den Hebel, der die Figuren in Gang gesetzt hatte. Er riß ihn herum, und die Krieger erstarrten wieder zu harmlosen Götzen.

In dem unheimlichen Schweigen, das folgte, rief Jason heiser: »Kira?«

Sie sah auf und keuchte vor Schock. Ihr Gesicht war kalkweiß. Langsam und ungläubig machte sie sich von Kit los und ging auf Jason zu. Sie flüsterte seinen Namen und hob zögernd eine Hand, um ihn zu berühren, so als könne sie nicht glauben, daß er wirklich war. Er hielt sie fest und zog sie voll sehnsüchtiger Inbrunst in seine Arme. Mit zuckenden Schultern vergrub sie ihr Gesicht an seiner Brust.

Lucien sah ihre Wiedervereinigung, während er ins Zentrum des Zirkels rannte, aber seine Aufmerksamkeit galt Mace, der immer noch frei, bewaffnet und gefährlicher denn je war. Mit gezückter Pistole begann Lucien den Altar zu umkreisen. Dann stand er seinem Feind gegenüber.

»Ich habe Sie gemocht, Strathmore«, sagte Mace mit resignierter Ruhe, als er seine Waffe auf Luciens Herz richtete. »Sie sind beinahe so intelligent wie ich selber. Ein Jammer, daß Sie ein so durchschnittlicher Puritaner sind.«

Lucien, erfahrener als sein Gegner, verschwendete keine Zeit auf Reden. Er schoß und warf sich gleichzeitig zur Seite. Seine Pistole versagte. Maces Waffe versagte nicht, aber Luciens Ausweichmanöver rettete ihn. Die Kugel pfiff harmlos an seinem rechten Ohr vorbei.

Mit einem wilden Fluch griff Mace nach seinem Messer. Lucien kämpfte darum, sein Gleichgewicht wiederzufinden, mußte aber feststellen, daß er sich wieder einmal seinen verdammten Knöchel verrenkt hatte. Er sank in die Knie, und der andere Mann drang mit blitzendem Dolch auf ihn ein.

Aus dem Augenwinkel sah er, wie Kira sich von Jason losmachte. Sie hob die Pistole, die Lucien ihr gegeben hatte – wo zum Teufel hatte sie sie versteckt? – und zielte mit wilden Augen auf Mace. Aber als sie abdrückte, waren ihre Hände vollkommen ruhig, und sie zielte genau.

Ihre Kugel traf Mace mitten in die Brust. Er keuchte überrascht auf und sank dann langsam zu Boden. Sein Blick haftete an Kira. In einem letzten, rauhen Flüstern sagte er: »Du warst die Beste. Ein Jammer...« Dann schloß er die Augen und starb. Die blutige Auseinandersetzung, bei der drei Männer ihr Leben gelassen hatten, hatte kaum zwei Minuten gedauert.

Kira starrte Mace einen endlosen Augenblick lang an. Wut und Triumph lagen auf ihrem Gesicht, der Triumph einer Frau, die nach einer endlosen Hölle der Hilflosigkeit die Macht in ihre eigenen Hände genommen hatte.

Allmählich verwandelte sich dieser Ausdruck in Entsetzen. Lucien, der ihre Gefühle erahnte, hinkte zu ihr hin und legte ihr brüderlich einen Arm um die Schultern. »Danke, Kira«, sagte er leise. »Sie sind genau, wie Kit Sie beschrieben hat.« Obwohl er sie erst vor einer halben Stunde kennengelernt hatte, war sie ihm wie eine alte Freundin.

Er sah sich nach Kit um, als eine neue Gefahr auftauchte. Fast alle überlebenden Jünger starrten das Blutbad entsetzt und ungläubig an. Alle außer Lord Chiswick. In der erschreckten Ruhe nach Maces Tod hatte er sich hinter dem Altar versteckt und seine eigene Pistole gezogen. Er richtete sie auf Lucien und behielt dabei die Galerie, wo Michael immer noch stand, aufmerksam im Blick. »Sie sind verrückt geworden, Strathmore«, schrie er. »Glauben Sie, wir halten still und lassen uns einfach abschlachten?«

Leise sagte Lucien: »Weg hier, Kira.« Während sie sich aus der Schußlinie zurückzog, ließ er seine nutzlose Waffe fallen und hob seine Hände, damit Chiswick sehen konnte, daß er unbewaffnet war.

Hoch über ihnen rannte Michael die Galerie entlang, um eine Stelle zu finden, wo der Altar ihm nicht im Weg war. Aber etwas in Chiswicks Stimme zeigte Lucien, daß der Kampf vorüber war. Er sagte: »Sie halten das hier für ein sinnloses Blutvergießen?«

Die Pistole in der zitternden Hand, sagte Chiswick mit wenig überzeugender Lässigkeit: »Meine Güte, wir veranstalten hier eine friedliche kleine Orgie, und dann kommen Sie und Ihre Freunde angerannt und fangen an, jeden in Reichweite zu erschießen.«

Michael erreichte eine Stelle, wo Chiswick in seiner Reichweite war, aber Lucien hob abwehrend die Hand.

Schroff sagte er zu Chiswick: »Wollen Sie behaupten, Sie haben nicht gewußt, daß Mace Cassie James vor zwei Monaten entführte und seitdem hier gefangenhielt? Oder daß er jede Anstrengung unternommen hat, um auch ihre Schwester in seine Gewalt zu bringen? Das sind Tatsachen, und er selbst hat vor seiner Gefangenen damit geprahlt, daß er in der Vergangenheit andere Frauen entführt, mißhandelt und schließlich ermordet hat.«

Chiswick blieb der Mund offenstehen. Vom anderen Ende des Raumes aus rief Westley: »Sie irren sich! Die Mädchen, die Mace für die Sonnwendrituale engagiert hat, sollten kämpfen und schreien und so tun, als seien sie Gefangene. Das gehörte dazu. Der Raub der Sabinerinnen und so weiter, verstehen Sie.« Sein Mund zitterte. »Ich hab' gedacht, sie gehören auch zur Vorstellung, bis Sie angefangen haben, Leute zu erschießen.«

Lucien warf dem Baronet einen harten Blick zu. »Hätten Sie den Unterschied zwischen einer echten und einer angeblichen Gefangenen erkannt?«

»Wollen Sie damit sagen, sie waren keine . . .?« Westleys Gesicht nahm eine grünliche Färbung an. »Ich habe angenommen, daß Mace Cassie James für heute abend engagiert hat. Sie wäre nicht die erste Schauspielerin, die sich für den richtigen Preis zu so etwas hergibt.«

Kira hatte sich wieder in Kits Arme geflüchtet, aber bei Westleys Worten hob sie den Kopf. »Nicht allein, daß er mir von seinen Morden erzählt hat, er hat auch gesagt, daß meine Schwester und ich die nächsten Opfer sein würden«, sagte sie bitter. »Nach der kollektiven Vergewaltigung wollten er und seine Kumpane eine kleine Privatorgie abhalten, die mit unserem Tod enden sollte.«

Ihre Aussage erschütterte die Satansjünger sichtlich. Chiswicks Blick huschte zwischen Harford, Mace und Nunfield hin und her, und der Schock in seinen Augen konnte nicht gespielt sein. »Ich hatte keine Ahnung«, sagte er entsetzt. »Ich schwöre bei Gott, daß ich nichts davon gewußt habe.«

Mit unversöhnlicher Miene sagte Kira: »Nicht bewußt vielleicht, aber mit Ihrer Grausamkeit und Ihrem Egoismus haben Sie Maces Verhalten unterstützt, Sie alle.«

Chiswick verstummte.

Lucien sagte: »Denken Sie nach, dann wird es Ihnen leichterfallen, uns zu glauben.«

Nach langem Zögern nickte Chiswick. »Ich habe immer geahnt, daß irgend etwas Merkwürdiges zwischen diesen dreien vorging, aber ich dachte, es sei irgendeine Exzentrizität, die in der Familie liegt.« Er richtete sich auf und ließ die Waffe sinken. »Manchmal habe ich mich allerdings gefragt . . .«

Fakten aus seinen eigenen Nachforschungen fügten sich in Luciens Kopf zusammen und machten ihn beinahe sicher. »Haben Sie je daran gedacht, daß einer von ihnen möglicherweise ein französischer Spion sein könnte?«

Chiswick sah verblüfft aus. »Merkwürdig, daß Sie das erwähnen. Einmal habe ich etwas mitangehört, das mich fast veranlaßt hätte, zu den Behörden zu gehen. Nunfield hatte Zugang zu Informationen, Mace besaß erstaunliche Autorität, und Roderick war dauernd in Geldnöten. Aber sie waren meine Freunde, und ich hatte Hemmungen, sie zu beschuldigen. Dann war der Krieg zu Ende, und das Ganze schien nicht mehr wichtig. Es . . . es ist mir nie in den Sinn gekommen, daß sie Mörder sein könnten.«

Das klang logisch. Später konnte Lucien Chiswick weiter befragen, aber seine Vermutungen bestätigten den Verdacht des anderen Mannes: das Phantom war kein einzelner Mann, sondern drei, und alle waren tot. »Ich glaube, ihre Laster waren mannigfaltig«, sagte er trokken. »Ich hatte es zwar nicht so geplant, aber was heute nacht vorgefallen ist, war Gerechtigkeit, nicht Blutvergießen.«

Chiswick sah seine Pistole an und steckte sie weg. »Wissen Sie, sie ist nicht geladen. Sie gehörte zum Kostüm.«

Das erklärte, warum er nicht auf Lucien geschossen hatte. Außerdem war es ein weiterer Beweis, daß Chiswick nicht zu Maces gewalttätigem inneren Zirkel gehört hatte.

Michael war von der Galerie heruntergekommen, immer noch wachsam, aber nicht länger in Kampfstimmung. Er fragte: »Hat sich alles zu deiner Zufriedenheit gelöst?«

Lucien legte seinem Freund die Hand auf den Arm. »Allerdings. Vielen Dank, Michael. Weiß der Himmel, was ich ohne dich angestellt hätte.«

Michael lächelte. »Nicht der Rede wert. Ich suche immer nach einer Möglichkeit, für meine Sünden zu büßen.« Er verließ Lucien, um die mechanischen Krieger genauer zu untersuchen.

Jetzt, wo die Gefahr überstanden war, war Lucien körperlich und seelisch am Ende. Seine Schulter schmerzte von dem Hieb, den Kira ihm versetzt hatte, sein Knöchel tat entsetzlich weh, und die lange Anspannung der Nacht forderte ihren Tribut. Instinktiv wandte er sich an Kit.

Sie war bei Kira, ihre Gesichter wie Spiegelbilder. Die Schwestern klammerten sich nicht mehr aneinander wie zuvor, aber ganz offensichtlich verband sie eine Nähe, die jeden anderen ausschloß.

Zögernd sagte er: »Bist du in Ordnung, Kit? Mace hat dir doch nichts angetan?«

Sie sah ihn mit stumpfen, undurchdringlichen grauen Augen an. »Danke, mir geht es gut. Er hatte keine Zeit, irgend etwas zu tun.«

Schlimmer als ihre steifen Worte war die bittere Erkenntnis, daß sie das stumme Band, das es zwischen ihnen gab, gekappt hatte. Wie stark es geworden war, merkte er erst jetzt, wo es verschwunden war und eisige Leere hinterließ.

Er fragte sich, wie Jason in diese Gleichung hineinpaßte. Vielleicht erwartete er nicht soviel von Kira wie Lucien von Kit. In diesem Fall mochte er vollkommen glücklich sein, ohne je zu wissen, was ihm entging. Wenn er sie bedrängte, würde Kit vielleicht seine Frau werden, aus Dankbarkeit, wenn schon aus keinem anderen Grund. Aber alles, was ihm an ihr etwas bedeutete, war dahin, denn sie hatte nie wirklich ihm gehört.

Er unterdrückte den Schmerz, bevor er ihn überwältigen konnte, und sah sich zu Chiswick um. »Wir werden jetzt gehen. Wollen Sie sich um das Chaos hier kümmern? Sie waren daran beteiligt, und Sie und die anderen haben am allermeisten zu verlieren, falls das Ganze in einen öffentlichen Skandal ausartet.«

Chiswick wirkte überrascht und dann nachdenklich. »Wenn bekannt würde, daß Nunfield, Mace und Harford bei einem Unfall auf den eisigen Straßen ums Leben gekommen sind, wäre das traurig, aber nicht aufsehenerregend.« Er sah seine Gefährten an. »Stimmen Sie mir zu?«

Erleichtertes Gemurmel. Nach den Gesichtern der anderen Jünger zu urteilen, hatten die Ereignisse der Nacht diese speziellen Anhänger des Lasters davon überzeugt, sich in Zukunft konventionelleren Spielen zu widmen.

»Da wir gerade beim Thema sind«, sagte Chiswick, »meine Kutsche hat besondere Räder, die bei Eis und Schnee besonders dienlich sind. Wenn Sie wollen, können Sie sie für die Damen ausborgen.« Er warf Kit und Kira einen Blick zu. »Ich glaube, sie haben genug erduldet für heute nacht.«

Lucien nahm das Angebot an, und innerhalb einer Viertelstunde waren sie auf dem Weg. Kit wich seinem Blick aus, selbst als er ihr in die Kutsche half. Sie hätte nicht zurückhaltender sein können, wenn sie sich eben erst kennengelernt hätten.

Michael kutschierte, während Lucien und Jason zu Pferd folgten. Der eisige Regen hatte aufgehört, die Temperatur war gesunken und hatte die Welt in ein glitzerndes Märchenland aus Eis verwandelt.

Lucien war dankbar für die beißende Kälte, die der seines Herzens entsprach. Er dachte an den Abend in Eton zurück, als er zu Lucifer geworden war – kühl, ironisch, unbeteiligt, jedem Schmerz weit entrückt. Damals hatte es funktioniert, und das würde es auch jetzt. Schließlich hatte er genug Übung.

Nachdem er seinen Kummer sicher im Griff hatte, fand er eine müde Art Frieden. Auch wenn Kit ihm entglitten war und seine Träume mit sich genommen hatte, so hatte er doch heute ein kleines Maß an Vergebung dafür gefunden, daß er das Leben seiner Schwester nicht hatte retten können.

Neununddreißigstes Kapitel

Zuerst saßen Kit und Kira schweigend in der Kutsche, zufrieden, einander einfach bei der Hand zu halten. Statt ihres Capes, das in dem Labyrinth von Gängen verloren gegangen war, trug Kit über ihrem unmöglichen Kostüm einen Umhang, den Chiswick ihr geliehen hatte. Sein üblicher Zynismus war verflogen. Sie vermutete, daß er versuchte, sein Versagen wiedergutzumachen.

Gnadenlos unterdrückte sie die Erinnerung an den Moment, als Lucien Kira umarmt und gesagt hatte, daß sie genauso war, wie Kit sie beschrieben hatte. Immerhin hatte sie so etwas erwartet. Wenn sie sich gestattete, ihren Schmerz zu fühlen, würde sie zusammenbrechen, und dazu wollte sie lieber allein sein. Jetzt wollte sie das Zusammensein mit ihrer Schwester genießen. Für Kummer war später noch Zeit.

Das Schweigen wurde gebrochen, als Kira mit zitternder Stimme sagte: »Ich habe gerade einen Mann umgebracht. Ich sehe das Blut vor mir, und sein Gesicht . . .«

»Bravo«, sagte Kit grob. »Ganz abgesehen von Maces anderen Vergehen, war er gerade dabei, Lucien niederzustechen. Es ist ein schöner Gedanke, seinen Feinden zu vergeben, aber erst, nachdem sie sicher am Galgen baumeln.«

Das schwache Lächeln ihrer Schwester verging rasch. »Er hat mich nie vergewaltigt, er hat mich nicht einmal geküßt. Wahrscheinlich hat er sich das für das große Finale aufgespart. Aber gezwungen zu sein, seine abscheulichen Spiele mitzuspielen, war fast genauso schlimm. Ich habe mich so hilflos und so besudelt gefühlt.«

»Aber du hast überlebt und dir deinen Verstand bewahrt«, sagte Kit ruhig. »So stark sind nur wenige Frauen.«

»Ohne dich hätte ich es nie geschafft. Egal, wie schlimm es dort war, ich wußte, daß du in irgendeiner Form ständig bei mir warst. Wenn es unerträglich wurde, habe ich mich auf deine Kraft gestützt. Und ich wußte, daß du mich finden würdest, wenn ich nur lange genug am Leben bleibe.« Kira hielt ihre Hand fester. »Und du hast mich gefunden.«

»Ich hatte Hilfe.« Kit warf einen Blick auf das vertraute Profil, das sich vor dem Kutschenfenster abzeichnete. Im Prinzip glaubte sie zwar nicht an Rache, aber diesmal befürwortete sie sie. Bestimmt hatte Kiras Akt rächender Gerechtigkeit einiges wiederhergestellt, das Mace zerstört hatte.

»Und noch dazu sehr eindrucksvolle«, sagte Kira und klang schon fast wieder wie sie selbst. »Erzähl mir alles, was passiert ist.«

Kit berichtete ihrer Schwester alles bis auf ihre Beziehung zu Lucien. Das Thema war zu schmerzhaft.

Kira stieß einen Fluch aus, als sie von Jasons Gefangennahme und Flucht erfuhr, aber sie unterbrach Kit nicht. Am Ende rief sie: »Meine schüchterne, adrette kleine Schwester ist als *Zigeunerbraut* aufgetreten?«

»Und hat sich die Haare abgeschnitten und sich diesen verdammten Schmetterling tätowieren lassen, damit niemand einen Unterschied bemerkt«, sagte Kit spöttisch.

Kira schmunzelte. »Wie waren die Besprechungen?«

»Die Kritiker fanden, ich sei in Hochform.« Kit zuckte die Achseln. »Ich habe einfach so getan, als wäre ich du. Das Publikum hat zu sehen bekommen, was es von Cassie James erwartet.«

»Vielleicht solltest du meinen Platz auf Dauer einnehmen«, schlug Kira vor. »Ich werde nicht wieder auftreten, aber es wäre ein Jammer, Cassie in Pension zu schicken, wenn ihr unsterblicher Ruhm winkt.«

Überrascht sagte Kit: »Du gibst das Theater auf?«

»Ich hab' genug davon. Manchmal war es wunderbar – es gibt nichts Schöneres, als sein Publikum vollkommen in Bann zu schlagen. Aber die Welt des Theaters ist eng und selbstbezogen und nimmt sich viel zu ernst. Ich habe oft die Geduld verloren.«

»Du hast vorher nie etwas davon gesagt.«

Kiras Finger zuckten nervös in der Hand ihrer Schwester. »Ich wollte nicht zugeben, daß es ein Fehler war. Und ganz so war es auch nicht – ich habe es ausprobiert und kann es jetzt ohne Bedauern aufgeben.« Ein wärmerer Ton stahl sich in ihre Stimme. »Das ist auch gut so. Es wäre Jason gegenüber nicht fair, wenn ich weiter auftreten würde. Theaterleute sollten nur ihresgleichen heiraten.«

»Dann willst du ihn heiraten?«

»Es gibt nichts auf der Welt, was ich mir mehr wünsche. Nachdem ich ihn getroffen habe, diesen amerikanischen Sturkopf, war mir kein anderer mehr gut genug. Ich nehme an, daß er genauso fühlt, sonst wäre er mir nie nachgekommen.« Plötzlich klang sie nervös. »Du magst ihn doch, oder nicht? Es wäre schrecklich, wenn er dir nicht gefiele.«

»Ich mag ihn sehr. Ihr zwei paßt großartig zusammen.«

»Er hat die Fähigkeit zu emotionaler Nähe. Das ist selten bei einem Mann. Wahrscheinlich liegt es daran, daß seine Mutter ihn aufgezogen hat – er nimmt Frauen ernst.« Kira lachte leise. »Wahrscheinlich hat er es nicht erwähnt, aber sein Schiffshandel geht sehr gut. Kannst du dir das vorstellen? Ein männlicher Travers, der Geld verdient, statt es zu verschleudern. Papa würde das für schändlichen Verrat halten.«

»Offensichtlich haben zwei Generationen Amerika den Stammbaum veredelt«, stimmte Kit zu. »Aber warum hast du ihn vor drei Jahren abgewiesen? Er hat gesagt, daß du England nicht verlassen wolltest, aber wenn du ihn so sehr liebst . . .«

»Ich konnte den Gedanken nicht ertragen, so weit weg von dir zu sein.« Wieder umklammerte Kira Kits Hand. »Es war so schon schlimm genug, getrennt zu sein, wo wir beide in England waren, aber einen ganzen Ozean zwischen uns zu haben . . . So sehr ich Jason geliebt habe, ich konnte einfach nicht mit ihm gehen.«

Kit war so gerührt, daß sie nicht gleich antworten konnte. »Mir wäre es so gegangen«, sagte sie leise, »aber ich wußte nicht, daß du genauso fühlst.« Sie zögerte und fragte sich, ob sie ihr die Frage stellen sollte, die sie quälte, seit sie Jason kennengelernt hatte.

Natürlich merkte Kira es. »Du verschweigst mir doch etwas?«

»Warum hast du ihm nichts von mir erzählt?« fragte Kit, bemüht, sich nicht anmerken zu lassen, wie verletzt sie war. »Er wußte nur, daß es mich gibt, aber nicht, daß wir Zwillinge sind, und noch viel weniger, was das bedeutet. Hast du dich meinetwegen geschämt?«

»Nein, Kit! Wie kommst du nur auf so etwas?«

»Warum hast du dann nichts gesagt?«

Nach langem Schweigen sagte Kira stockend: »Ich gebe es nur ungern zu – es kling so schrecklich albern. Aber... ich hatte Angst, daß du ihm besser gefallen könntest als ich.«

Kit setzte sich bolzengerade auf. »Bist du verrückt geworden? Kein Mann hat mich je dir vorgezogen!«

»Das ist nicht komisch«, sagte Kira ungeduldig. »Ich kann deine falsche Bescheidenheit nicht ausstehen. Es ist schlimm genug, daß du mir im Denken und im Reden überlegen bist – du mußt mich nicht auch noch beim Bescheidensein ausstechen.«

Kit keuchte über die Ungerechtigkeit dieser Bemerkung. »Wenn ich bescheiden bin, dann deswegen, weil ich allen Grund dazu habe.« Ihre Stimme zitterte bei dem Gedanken an Lucien. »Ich hab' mein ganzes Leben in deinem Schatten gestanden. Die ruhige Schwester. Die langweilige. Die, die nicht Kristine ist. Sie sieht genauso aus, aber aus irgendeinem Grund ist sie nicht so hübsch. Es hat mir nichts ausgemacht, aber du hast kein Recht, mir Heuchelei vorzuwerfen!«

Kira biß sich auf die Lippen. »O Kit, es tut mir schrecklich leid. Meine Nerven sind am Ende, aber ich sollte es nicht ausgerechnet an dir auslassen.«

Wieder fielen sie einander in die Arme, beide den Tränen nahe. Kit dachte an ihre Kindheit, als sie ins selbe Bett schlüpften und verknäult wie junge Katzen einschliefen. Ein Leben ohne ihre Zwillingsschwester war undenkbar.

Schließlich machte Kit sich los. »Hast du schon einmal gemerkt, daß wir uns nach einer Trennung immer streiten, und immer wegen irgendeiner Kleinigkeit?«

Kira setzte sich auf und nahm wieder die Hand ihrer Schwester. »Du hast recht, es passiert jedesmal. Was meinst du, woran es liegt?«

»Weil wir einander so vermissen.« Nach einer friedlichen Pause setzte Kit hinzu: »Ich kann immer noch nicht glauben, daß du mich je für eine Rivalin bei Jason gehalten hast. Zu allererst würde ich dir das nie antun, und außerdem vergöttert der Mann den Boden, den du betrittst.«

»Ich weiß, daß du nie absichtlich versucht hättest, ihn für dich zu gewinnen, aber Männer sind immer so fasziniert von dir«, sagte Kira reumütig. »Ich bin so ein leichtlebiges Geschöpf. Du bist klüger, und stärker, und du hast etwas Geheimnisvolles an dir, das Männer verrückt macht. Ich habe eigentlich weder an Jason noch an dir wirklich gezweifelt – aber weil ihr mir beide so wichtig seid, habe ich einfach ein bißchen Angst gehabt.«

»Sprechen wir über dieselbe Person?« sagte Kit ungläubig. »Ich als geheimnisvolle Circe? Du bist nicht ganz bei Trost, große Schwester. Damals in Kendal warst du diejenige, die ständig von Verehrern belagert wurde.«

Kira zuckte die Achseln. »Das waren dumme Jungen, keine Männer, und für die war es leichter, mit einer Plaudertasche wie mir zu reden als mit dir. Oh, ein paar von ihnen waren in mich verschossen, aber die Hälfte wollte über mich an dich herankommen. Deine Intelligenz hat sie alle furchtbar eingeschüchtert, weißt du. Ich habe immer gewußt, daß du dich selbst finden wirst, wenn du älter bist und erwachsene Männer mit gesundem Selbstvertrauen triffst.«

»Und was ist mit Philip Burke?« fragte Kit, und der Gedanke versetzte ihr selbst jetzt noch einen leisen Stich. »Ich habe mir so gewünscht, daß er mich bemerkt, aber für ihn habe ich gar nicht existiert.«

»Der? Ach, der war nur einer von diesen Leuten, die mit eineiigen Zwillingen Schwierigkeiten haben«, sagte Kira abschätzig. »Er brauchte etwas zu tun, während er in Kendal war, deswegen hat er beschlossen, mir hinterherzulaufen. Das hat er getan, und prompt bist du für ihn unsichtbar geworden. Tut mir leid, daß dir das soviel ausgemacht hat, aber ehrlich, er war es nicht wert.«

»Wenn man bedenkt, daß ich ihn einen ganzen Sommer angeschmachtet habe, ohne das zu sehen!« Kit seufzte. »Du überschätzt meine Intelligenz.«

»Tue ich nicht«, seufzte Kira. »Ich bin nicht so stark wie du, Kit. Ich wußte, daß Jane recht hatte, als sie darauf bestand, daß wir uns trennen und lernen, unabhängig voneinander zu leben. Ich hab' mein Bestes versucht, aber ich bin nicht so gut damit fertiggeworden wie du. Du bist eine einflußreiche Schriftstellerin, die von den wichtigsten Männern in England gelesen und respektiert wird. Noch wichtiger, du bist immer so gelassen, so zuversichtlich und so im Einklang mit dir. Ganz anders als ich.«

»Aber du hast viel mehr Erfolg als ich!« rief Kit. »Du hast zehnmal soviel Geld verdient wie ich. Du hast den größten Teil von Papas Schulden bezahlt, und du hast so viele Freunde und Bewunderer.«

Kira zuckte die Achseln. »Ich habe Erfolg als Schauspielerin gehabt, aber als Mensch bin ich – unvollkommen. Ich habe mich verzweifelt danach gesehnt, jemanden zu finden, der mich liebt und sich um mich kümmert. Deswegen war es ja so schlimm, daß ich mich in einen Amerikaner verliebt habe. England zu verlassen war undenkbar, aber Jason wegzuschicken war beinahe genauso schlimm.«

Wieder hatte Kit das Gefühl, sie sprächen über zwei verschiedene Menschen. »Hast du wirklich gedacht, ich bin erfolgreich und unabhängig? Ich habe Jane sehr gerne, und das Leben mit ihr war sehr behaglich, aber ich hätte ihr Angebot angenommen, und wenn sie Caligula gewesen wäre. Als ich Westmoreland verlassen habe, konnte ich den Gedanken, allein unter Fremden zu leben, nicht ertragen. Ich hatte soviel Respekt vor deinem Mut, eine ganz neue Welt zu betreten. Ich habe vier Jahre lang in meinem Zimmer gehockt und Artikel geschrieben, und weiter weg vom normalen Leben kann man gar nicht sein.«

»Ich hab' die Ablenkung gebraucht«, sagte Kira schlicht. »Ich wußte, daß es mir schrecklich ergehen würde ohne dich, aber der ständige Trubel und die Neuheit haben geholfen.«

Die Erkenntnis traf sie beide gleichzeitig. Sie starrten einander in der Dunkelheit an. »Jane hat immer wieder betont, wie gut du alleine zurechtkommst«, sagte Kit. »Hat sie dir auch von meinen Erfolgen vorgeschwärmt?«

»Ja!« rief Kira aus. »Wahrscheinlich hat sie bloß versucht, uns zu ermutigen, aber indem sie uns ständig miteinander verglichen hat, hat sie uns nur das Gefühl gegeben, daß wir beide zu nichts taugen!«

»Ihre Absicht war gut, aber nicht die Methode«, sagte Kit halb lachend, halb empört. »Vier Jahre lang habe ich mir Vorwürfe wegen meines schwachen Charakters gemacht.«

»Ich auch, bis ich Jason getroffen habe. Da habe ich gemerkt, daß es nicht meiner Natur entspricht, so schrecklich unabhängig zu sein wie Jane. Natürlich kann ich alleine überleben, das weiß ich jetzt, aber ich bin viel glücklicher mit jemandem, den ich liebe.«

Diese Worte lösten eine Kettenreaktion von Einsichten in Kit aus. Sie hatte sich mit aller Macht gegen Lucien zur Wehr gesetzt. Teilweise lag es an ihrer echten Angst, daß er ihr Kira vorziehen und sie verlassen würde, aber sie hatte auch geglaubt, daß sie sich nicht so abhängig von ihm machen durfte. Ihrer Erfahrung nach war es nicht sicher, sich zu sehr auf Männer zu verlassen, und Jane, die ihrerseits so imponierend unabhängig war, hatte das unterstützt.

Aber Lucien war kein Travers, und Kit durfte ihm nicht die Fehler ihres Vaters andichten. Und sie durfte nicht so viel in die Art hineinsehen, wie er Kira umarmt hatte. Kit hatte das Schlimmste erwartet, aber offenbar hatten sie und ihre Schwester einander seit Jahren falsch eingeschätzt. Wenn ihr das mit ihrem Zwilling geschehen war, dann konnte sie sich auch bei Lucien irren.

Außerdem wurde es Zeit zu akzeptieren, daß sie genausowenig imstande war, allein glücklich zu sein wie Kira. Nachdenklich sagte sie: »Wir haben seit vier Jahren nicht mehr so miteinander geredet, Kira. Danke. Du hast mir einen neuen Ausblick auf das Leben und die Liebe gegeben.«

»Apropos, wirst du Lucien Fairchild heiraten? Er ist ziemlich eindrucksvoll.«

»Das ist er. Was das Heiraten anbelangt . . .« Kit zögerte. Sie wollte nicht über etwas sprechen, das noch so schrecklich in der Schwebe lag. »Wir werden sehen. Er findet, daß wir heiraten sollten, aber das liegt hauptsächlich daran, daß er sich schuldig fühlt, weil wir zusammen in so vielen kompromittierenden Situationen waren. Es war meine Schuld, nicht seine, deswegen ist es albern, daß er mich um meines guten Rufs willen heiraten sollte.«

»Das ist nur ein Vorwand – in Wahrheit ist er ein weiteres Opfer deines fatalen Charmes.« Nach einer kurzen Pause atmete Kira überrascht auf. »Kit, du hinterhältiges Ding, bist du etwa schwanger?«

»Was?« keuchte Kit. »Das ist unmöglich!«

»Wirklich?« fragte Kira voller Interesse.

Kit fühlte, wie sie rot wurde. »Na ja, unmöglich nicht, aber unwahrscheinlich.«

Kira lachte boshaft. »Trotzdem glaube ich, daß es wahr ist. Ich werde mich seelisch darauf vorbereiten, Tante zu werden.«

Vielleicht hatte sie recht, so etwas wußte ein Zwilling vom anderen. Kit dachte an die Möglichkeit, Luciens Kind zu tragen. Wärme blühte in ihrem Herzen auf und verbreitete sich in ihrem ganzen Körper. Eine wundervolle Aussicht – aber sie komplizierte ihre Situation ungemein.

Den Rest der Fahrt über schwatzten sie miteinander und schwemmten vier Jahre leiser Entfremdung in einer Sturzflut von Worten davon. Dann spähte Kira aus dem Fenster und sah das Herrenhaus, das sich gegen den Nachthimmel abzeichnete. »Übrigens, wo fahren wir eigentlich hin? Ich habe gar nicht gefragt.«

»Auf einen kleinen Landsitz, der einem Freund von Lucien gehört. Das Haus steht momentan leer, und wir sind einfach eingezogen. Lucien hat ein paar Diener mitgebracht, die uns versorgen.«

»Hast du ein paar vernünftige Kleider mitgebracht? Sobald wir drinnen sind, mußt du mir helfen, dieses schreckliche Kostüm auszuziehen, damit ich es verbrennen kann.«

»Ich hab' ein paar von deinen Kleidern eingepackt«, versicherte Kit. »Warme, konservative. Ich dachte mir, daß dir das recht ist.«

Kira sah an sich herunter. »Jason würde mich bestimmt

gerne in diesem Aufzug sehen, aber ich will nichts von dem haben, was Mace mir aufgezwungen hat. Apropos, würde es dir etwas ausmachen, dein Cape mit mir zu tauschen? Du kannst den Nerz behalten, ich ertrage ihn nicht in meiner Nähe.«

Mühevoll bei der Enge tauschten sie die Kleidungsstükke. Während sie sich in den üppigen Pelz einhüllte, sagte Kit: »Mace ist nicht gerade eine meiner Lieblingsgestalten, und ich will es auch nicht behalten. Vielleicht sollten wir es Cleo geben. Sie hat mir großartig geholfen, und sie würde sich freuen.«

»Eine gute Idee.« Mit einer Spur von Trotz in der Stimme sagte Kira: »Sobald ich mich umgezogen habe, suche ich Jason und schleppe ihn auf sein Zimmer. Wir haben viel nachzuholen.«

Kit merkte, daß ihre Schwester auf einen Tadel gefaßt war. Früher wäre die sittsame Lady Kathryn über ein derartig unmoralisches Benehmen entsetzt gewesen, aber nun nicht mehr. Nicht, seit sie etwas über Leidenschaft und das Band, das sie zwischen einer Frau und einem Mann schmieden konnte, erfahren hatte. »Allerdings. Ihr habt beide eine schreckliche Gefangenschaft hinter euch, und ihr werdet einander bestimmt näher sein als je zuvor.«

»Daran hatte ich nicht gedacht, aber du hast recht.« Nach leisem Zögern sagte Kira: »Weißt du, du brauchst nicht auf Jason eifersüchtig zu sein. Die Verbindung zwischen dir und mir hat sich mit den Jahren verändert und entwickelt, aber sie wird immer bestehen. Immer.«

Natürlich verstand Kira sie, und voll überschwenglicher Liebe sagte Kit: »Und du behauptest, ich sei klug. Was die wichtigen Dinge im Leben angeht, warst du mir schon immer voraus.«

»Nur zehn Minuten oder so.« Die Kutsche hielt rumpelnd vor dem Herrenhaus an. Ohne auf die schrecklichen Erlebnisse, die hinter ihr lagen, noch allzu viele Gedanken zu verschwenden, rief Kira überschwenglich: »Jetzt komm und hilf mir, dieses gräßliche Ding loszuwerden!«

Vierzigstes Kapitel

Lucien war wenig überrascht, als er sah, wie Kit und Kira das Herrenhaus gemeinsam betraten und dann zusammen nach oben verschwanden. Er vermutete, daß es in den nächsten Tagen eines Brecheisens bedürfen würde, sie voneinander zu trennen. Unter den gegebenen Umständen höchst verständlich.

Er hielt sich fern, weil er in Kits Nähe kein Vertrauen zu sich hatte. Es war eine Sache, mit dem Verstand zu akzeptieren, daß ihre Affäre vorbei war, eine andere, sie nicht mehr zu begehren. Aber auch das würde vergehen.

Nachdem er sein halbes Glas Brandy getrunken hatte, stand er auf und wanderte ruhelos im Schlafzimmer herum. Die beiden anderen Männer entspannten sich beim Essen und einem feierlichen Umtrunk, aber er hatte sich ihnen nicht angeschlossen. Er hatte keinen Appetit, und ihm war nicht nach Feiern zumute. Michael hatte die Stirn gerunzelt, als er sich entschuldigte, aber nichts gesagt. Freundschaft bedeutete genauso, im rechten Moment zu schweigen wie im rechten Moment zu reden.

Er öffnete die Flügeltüren und trat auf den kleinen Balkon. Der Wind war grausam kalt, aber der Sturm war vorbei, und der Mond stand hoch am Himmel. Sein weißes Licht brach sich strahlend in dem Eis, das auf Zweigen und Ästen glitzerte. Eis überall, ganz besonders in seinem Herzen.

Er lehnte sich an das Geländer und starrte hinaus in die kristallene Nacht. Langsam nippte er an seinem Brandy. Vielleicht konnte er hinterher schlafen.

Kit half ihrer Schwester, das Kostüm aus- und ein schlichtes blaues Kleid anzuziehen. Mit offenem, gebürstetem Haar war Kira wunderschön, mit ihrer eigenen, ganz speziellen Wärme. Ganz so, wie eine Frau aussehen sollte, die zu ihrem Geliebten ging. Kit vermutete, daß Kira und Jason morgen früh, wenn sie die beiden wiedersah, zum erstenmal seit Jahren miteinander im reinen sein würden. Zumindest Kira.

Dann wollte sie sich selber umziehen, aber sobald ihre Schwester ihr Zimmer verlassen hatte, überkam sie rasende Angst. Irgend etwas stimmte nicht mit Lucien.

Erst als Kit versuchte, ihn zu erreichen, und nichts als Schweigen fand, merkte sie, wie sehr sie sich an seine ständige Anwesenheit in ihren Gedanken gewöhnt hatte, genau wie an die ihrer Schwester. Die jetzige Leere fühlte sich anders an als damals, als sie geglaubt hatte, ihre Schwester sei tot. Es war, als habe er eine Tür zugeschlagen, die er ihr vorher allmählich geöffnet hatte.

In plötzlicher Panik griff sie nach dem Cape und rannte den eisigen Gang entlang zu Luciens Zimmer. Vielleicht war er verärgert, weil sie weggelaufen war und sich hatte fangen lassen. Als es geschah, hatte sie genausowenig Kontrolle über sich wie eine Schlafwandlerin, aber ihr Verhalten hatte alles sehr viel komplizierter gemacht. Wenn sie und Lucien zusammengeblieben wären, hätten sie Kira vielleicht ohne Blutvergießen befreien können – nicht daß Mace und die anderen ein großer Verlust für die menschliche Gesellschaft gewesen wären.

Sie verlangsamte ihren Schritt, als sie sich seinem

Raum näherte. Was, wenn er sie wirklich nicht wollte? Was dann . . .?

Bevor sie die Nerven verlieren konnte, klopfte sie energisch an seine Tür. Keine Antwort. Leise drückte sie die Klinke herunter und trat ein.

Die Lampe brannte, und das Bett war aufgeschlagen, aber er lag nicht darin. Kälte strömte vom Fenster ins Zimmer. Sie sah hinaus und entdeckte Lucien auf dem Balkon, mit dem Rücken zu ihr.

Er mußte das Klopfen gehört haben, denn er sagte, ohne sich umzudrehen: »Du brauchst nicht nach mir zu sehen, Michael. Mir fehlt nichts, was eine ungestörte Nacht nicht bessern würde.«

Unsicher sagte sie: »Geht es dir nicht gut, Lucien?«

Seine breiten Schultern wurden steif. Nach langem Zögern drehte er sich um und lehnte sich lässig an das Geländer. Er sah kühl und elegant aus, ohne eine Spur des früheren Kriegers. »Ich bin nur müde, Kit. Es war eine anstrengende Nacht.«

Sie ging auf ihn zu. Sie raffte das Cape enger, um sich gegen die bittere Kälte zu schützen, und dabei fiel ihr ein, daß sie genauso gekleidet war wie vorhin ihre Schwester. Von dem Wunsch erfüllt zu wissen, ob er sie auseinanderhalten konnte, schenkte sie ihm Kiras Lächeln und Kiras Glanz. »Bist du sicher, daß ich Kit bin?«

Wohl wissend, daß er auf die Probe gestellt wurde, sagte er sarkastisch: »Natürlich, selbst wenn du immer noch die Rolle von Cassie James spielst.« Sein Blick glitt über das Cape. »Ich nehme an, daß ihr eure Capes getauscht habt, weil Kira nichts haben wollte, das von Mace kommt.«

Daß er sie mühelos voneinander unterscheiden konnte, war eine Erleichterung. Und offenbar konnte er ihre Gedanken immer noch erraten. Aber seine Miene war ebenso distanziert und unnahbar wie der gefallene Erzengel seines Spitznamens. Das schweigende Einverständnis, das zwischen ihnen geherrscht hatte, war so vollkommen verschwunden, als habe es nie existiert.

Einen Augenblick lang war sie sicher, Kira habe ihn wirklich so bezaubert, daß er hoffte, sie, Kit, würde stillschweigend aus seinem Leben verschwinden. Natürlich, wenn sie ihm sagte, daß sie schwanger war, würde er sie heiraten. Aber das war nicht die Ehe, die sie sich wünschte.

Ihr Mund wurde schmal. Sie hatte nie aufgegeben, nach Kira zu suchen, und jetzt würde sie nicht aufgeben, bis sie ganz sicher war, daß Lucien sie nicht wollte.

Das Nerzcape schwang um ihre Beine, als sie neben ihn auf den Balkon trat. Das Haus war L-förmig, mit einem französischen Park zwischen den beiden Flügeln. Da sie nicht wagte, ihn anzusehen, betrachtete sie den gefrorenen Springbrunnen, den das Mondlicht in eine schimmernde Eisstatue verwandelt hatte. »Ich habe gesagt, ich würde dir mit Freuden alles geben, was du dir wünschst, wenn alles vorbei ist. Hast du dich schon entschieden?«

Das Schweigen war so tief, daß sie den klirrenden Laut der eisverkrusteten Zweige hören konnte, die im Wind aneinanderschlugen. Endlich sagte er: »Was ich mir wünsche, kann niemand mir geben. Du bist mir zu nichts verpflichtet, Kit. Ich bin froh, daß ich helfen konnte, Kira zu finden. Gleichzeitig habe ich die Spione gefunden, die ich gesucht habe, wir sind also quitt. Geh, wohin du willst, und sei glücklich.«

Eine klare Abfuhr. Sie hielt den Atem an. »Dann hast du deine Meinung geändert? Du willst mich nicht mehr heiraten?«

»Seit Linnie gestorben ist, habe ich vergebens nach meiner zweiten Hälfte gesucht«, sagte er niedergeschlagen. »Wann immer ich sie bei einer Frau gesucht habe, fand ich statt dessen Einsamkeit. Ich hatte gehofft, daß ich mit dir eine Chance haben würde. Du bist selber ein Zwilling, du kannst geben, dich öffnen, ohne Rückhalt lieben. Das alles habe ich mir gewünscht.«

Er stemmte die Hände auf das Geländer und sah zum Himmel hinauf. Das Mondlicht versilberte sein Gesicht und machte es atemberaubend schön. Heller Stern des Morgens, schönster von Gottes Engeln, allen Sterblichen entrückt.

»Aber ich war ein Narr zu glauben, daß diese Art Nähe mit einem anderen Menschen existieren kann«, fuhr er fort. »Elinor und ich wurden in derselben Stunde geboren. Wir haben gemeinsam gelernt zu spielen, zu reden, zu lachen – all unsere Gedanken und Empfindungen zu teilen. Und selbst mit Linnie wäre es anders geworden, sobald wir erwachsen gewesen wären. Vielleicht ist es ebenso ein Fluch wie ein Segen, einen Zwilling zu haben. Man gewinnt Geschmack an etwas, das man nie wieder erreichen kann.«

Nach einer langen Pause sagte er kaum hörbar: »Wahrscheinlich wollte ich die goldenen Tage meiner Kindheit wieder heraufbeschwören, die Zeit, bevor ich entdeckt habe, wieviel Kummer es in der Welt gibt. Du kannst mir diese Zeit nicht wiedergeben. Niemand kann das, ebensowenig wie ich Kira in deinem Herzen ersetzen könnte, wenn ihr etwas zugestoßen wäre. Sie steht für dich an erster Stelle. Das wird immer so sein. Heute nacht habe ich begriffen, daß ich mich nicht mit den Resten zufriedengeben kann und es besser ist, es erst gar nicht zu versuchen.«

Dann sah er sie an, seine Augen ein blasses, mondsüchtiges Grün. »Es war mir ein Vergnügen, Sie kennenzulernen, Lady Kathryn. Ich habe viel über mich gelernt.«

Sie erschauerte von der Kälte, die nicht vom bitteren Wind, sondern von seiner Distanziertheit ausging.

Er bemerkte es und sagte: »Du solltest hineingehen. Es wäre dumm, sich nach all den Strapazen eine Lungenentzündung zu holen.«

Bevor sie antworten konnte, ging das Licht in einem Schlafzimmer im gegenüberliegenden Flügel an. Kiras Schatten wurde sichtbar. Sie ging auf das Fenster zu, um die Vorhänge zu schließen. Bevor sie es tat, trat Jason hinter sie und schlang seine Arme um ihre Taille. Sie lehnte sich an ihn und legte in vollkommenem Vertrauen ihren Kopf an seine Brust.

Lucien hatte es auch gesehen, und seine Hände umklammerten das Geländer. Als Kira sich in Jasons Armen umdrehte und sie sich mit einer Innigkeit küßten, die die Kälte der Nacht besiegte, wandte Lucien sich abrupt ab und schob Kit ins Zimmer. Sie war ganz seiner Meinung, dieses Bild der Zärtlichkeit war nicht für fremde Augen bestimmt, nicht einmal für die eines Zwillings.

»Tut mir leid, daß du das sehen mußtest, Kit. Es tut bestimmt weh, ausgeschlossen zu sein.« Er sah sie an, und das Grün in seinen Augen wurde dunkler. »Bist du zu mir gekommen, weil du dich zurückgewiesen fühlst und Gesellschaft brauchst, während Kit bei ihrem Geliebten ist?«

»Um Himmels willen, nein!« Sie holte tief Atem. Sie wußte, daß sie, um seine Barriere zu durchbrechen, genauso hellsichtig sein mußte wie er, als er sie errichtet hatte. »Du hast recht, daß ein Zwilling sehr hohe Ansprüche an Nähe hat, aber ich glaube, du irrst dich, wenn du glaubst, daß nur Blutsbande und eine gemeinsame Kindheit echte Nähe erzeugen. Es ist wundervoll, ein Zwilling zu sein, und Kira und ich sind einander so nahe, wie zwei Schwestern nur sein können. Offensichtlich hat dich mit Elinor eine ebenso außergewöhnliche Liebe verbunden.

Aber Zwillinge sind Geschwister, mit allen Vorteilen und Einschränkungen, die das mit sich bringt. Ich hoffe – nein, ich glaube – daß Leidenschaft eine andere Art Bindung hervorbringen kann, die vielleicht noch tiefer geht. Ich wünsche mir Nähe ebensosehr wie du, Lucien. Ich dachte, ich würde nie heiraten, weil ich mir nicht vorstellen konnte, das mit einem Mann zu empfinden, und mit weniger wollte ich mich nicht zufriedengeben.« Ihre Stimme versagte. »Ich . . . ich habe nicht gedacht, daß es jemanden wie dich geben könnte. In den letzten Wochen habe ich gelernt, daß es eine Art Intimität gibt, die eine Frau nur bei einem Mann findet.«

In seinen Augen stand grenzenloser Schmerz. Er begehrte sie. Dessen war sie sich sicher, denn es stand ihm ins Gesicht geschrieben. Aber sie ahnte, daß er bereits resigniert hatte. Zu ergreifen, was sie ihm anbot, hieß, sich einem neuen Verlust auszuliefern. Sie hatte ihre eigene Angst und Verwirrung zwischen sie treten lassen und so die Liebe in ein Risiko verwandelt, das er nicht mehr einzugehen wagte.

Da Gedanken und Ängste zu einer unüberwindlichen Hürde geworden waren, wurde es Zeit, die Macht der Leidenschaft zu beschwören. Sie hob die Hand an ihre Kehle und hakte das Nerzcape auf. Dann ließ sie es in einer Kaskade glänzenden dunklen Fells von ihren Schultern gleiten. Darunter trug sie immer noch Maces Satin, Leder und Spitze.

Lucien wurde starr, als die sexuelle Anziehungskraft, die immer zwischen ihnen bestand, lichterloh aufflackerte. »Laß das, Kit«, sagte er gepreßt. »Körperliche Vereinigung erzeugt eine Illusion der Nähe, aber sie vergeht so schnell wie Eis unter der Sonne. Ich weiß schon seit Jahren, daß Geschlechtsverkehr ohne die Möglichkeit von etwas Tieferem ein sicherer Weg zur Verzweiflung ist.«

»Das kannst du besser beurteilen als ich, aber bestimmt ist körperliche Erfüllung ein Teil dessen, was wir uns beide wünschen.«

Sein Gesicht verhärtete sich. »Wenn du einen Bettgenossen haben willst, such woanders. Du brauchst mich nicht.«

»Du irrst dich«, sagte sie mit zitternder Stimme. »Mein ganzes Leben lang war Kira die wichtigste Person darin. Oh, ich habe meine Mutter geliebt, und Jane und andere, aber ich hätte und habe ihren Verlust verschmerzt. Nur Kiras Tod hätte mich so verkrüppelt, daß ich nie wieder dieselbe gewesen wäre.« Sie fing seinen Blick auf. »Jetzt gibt es zwei Menschen, ohne die ich nicht leben könnte. Ich brauche dich ebensosehr wie Kira, nur auf andere Weise. Du wirst nie den zweiten Platz in meinem Herzen einnehmen, Lucien. Es gibt Raum genug für zwei.«

Er schüttelte verzweifelt den Kopf. »Selbst wenn wir uns beide dasselbe wünschen, das ist nicht genug, um es wirklich geschehen zu machen.«

»Du hast recht, wünschen ist nicht genug. Wir müssen es wahrmachen.« Sie suchte in ihrem Inneren und beschwor den sinnlichen Zauber herauf, den sie als Cassie James erlernt hatte. Dann bewegte sie sich auf ihn zu. In den hochhackigen Stiefeln wurde jeder Schritt zu einer Studie der Herausforderung. Schwarzer Satin schimmerte auf den Rundungen ihres Körpers, und ihre Brüste schwangen sanft hinter dem Gitter aus Lederriemen. »Können wir es nicht noch ein letztes Mal versuchen?«

»Ich weiß nicht, ob ich einen neuen Fehlschlag ertrage.« Er starrte sie an, und seine Brust hob und senkte sich, als sei er gelaufen.

In seinen Augen stand wildes Verlangen, aber als sie ihre Hand ausstreckte, machte er keine Anstalten, sie zu nehmen. Einen Augenblick lang verzweifelte sie. Dann wußte sie, was fehlte. Sie öffnete ihr Herz und versuchte es wieder. Dieses Mal bot sie ihm ihre Liebe an.

Später konnte sie sich nicht daran erinnern, wer von ihnen sich zuerst bewegt hatte, aber sie fielen einander mit gieriger Selbstvergessenheit in die Arme. Sein Mund preßte sich auf den ihren in einem stummen Schrei voller Sehnsucht, Einsamkeit und Hoffnung. Sie verstand seine qualvollen Empfindungen, denn ihr Echo klang tief in ihrem eigenen Inneren nach. Als sie ihn wiederküßte, war es ein Bund und ein Versprechen.

Die Verzweiflung zwischen ihnen legte sich und ließ mehr Raum für das erste Auflodern der Leidenschaft. »Mein Gott, Kit«, stöhnte er, während er mit geschickten Fingern die Lederriemen über ihren Brüsten löste. »Kein Sterblicher könnte dir widerstehen.«

»Dann versuch es nicht.« Stoff riß kreischend entzwei, Knöpfe flogen und Kleidungsstücke glitten zu Boden, als sie instinktiv versuchten, ihre Körper ebenso rückhaltlos zu entblößen wie ihre Seelen. Das Bett ächzte protestierend unter der Wucht ihrer Begegnung. Haut an Haut, Moschusduft und flüssige Hitze, angespannte Muskeln und wilder Atem. Leidenschaft war das Werkzeug, Nähe das Ziel.

Sonst war sie, wenn sie miteinander schliefen, innerlich immer zurückgewichen, aus Angst, daß sie sich ohne Wiederkehr in ihn verlieren würde. Dieses Mal hielt sie nichts zurück. Statt dessen ließ sie alle Barrieren fallen und bot sich ihm ganz dar. In der Kapitulation fand sie ihre Erfüllung. Wenn Kira ihr zweites Ich war, so war Lucien ihre Seele.

Er hatte diese fieberhafte Vereinigung fast ebenso gefürchtet wie herbeigesehnt. Er hatte entsetzliche Angst, daß sie nur dem Körper gelten und sein tieferes Ich unbefriedigt lassen würde. Aber diesmal war sie bei ihm, ihre

Liebe erhellte die dunklen Abgründe seiner Seele, ihre Zärtlichkeit war Balsam für sein wundes Herz. Sie kannte seine Stärken und Schwächen, seine Ängste und Hoffnungen ebenso wie er die ihren. Und die Liebe, die sie verband, war so unmißverständlich wie die Sonne.

Der körperliche Höhepunkt war erschütternd, ein feuriges Symbol für die Verschmelzung ihrer Seelen. Hinterher lagen sie einander in den Armen, ihre Stirn an seiner Wange, ihr abgerissener Atem in seinem Haar. Er wagte kaum, sich zu bewegen, aus Angst, daß alles nur ein Traum war, aus dem er jederzeit erwachen konnte.

Aber sie war wirklicher als jeder Traum, als sie ihren Kopf hob und sagte: »Wußtest du, daß deine Augen wie durchsichtiges Gold sind, wenn du glücklich bist?«

Er lächelte träge. Nur Kit konnte so etwas sagen. »Ich dachte immer, sie sind ein ganz gewöhnliches Hellbraun.«

»Nichts an dir ist gewöhnlich«, sagte sie nachdrücklich.

Er strich mit der Hand über die Wölbung ihres nackten Rückens und genoß ihre geschmeidige Stärke. »Wenn du mich auch im Verdacht gehabt hast, ein schlimmer Wüstling zu sein, in Wahrheit war ich seit Jahren fast vollkommen enthaltsam, weil die Befriedigung des Geschlechtsverkehrs kurz war im Vergleich zu der Einsamkeit, die ich hinterher empfand. Aber mit dir ist die Liebe ebenso tröstlich wie berauschend.« Er gab ihr einen leichten Kuß. »Jetzt bin ich so zufrieden, daß ich mir kaum vorstellen kann, daß wir je wieder ein lautes Wort miteinander sprechen müssen. Wir können einfach unsere Gedanken lesen.«

»Vielleicht müssen wir nicht reden, aber wir werden es wollen. Ich liebe es, mit dir zu reden.« Sie streichelte ihm die Wange. »Und ich liebe es, dich anzusehen. Und mit dir zu schlafen.« Sie blinzelte nachdenklich. »Habe ich eigentlich schon erwähnt, daß ich *dich* liebe, mit Leib und Seele?«

»Nein, aber nach dem, was wir eben miteinander erlebt haben, brauchst du das auch nicht.« Er hob ihre Hand und küßte sie. »Das Gefühl beruht ganz auf Gegenseitigkeit, wie du weißt.«

»Ja«, sagte sie vollkommen zufrieden. »Ich weiß.«

Er drückte einen Kuß auf ihre Stirn. »Du und ich passen hervorragend zusammen. Wir lauern beide lieber hinter der Szene, als auf der Bühne zu stehen.«

Sie lachte. »Das stimmt. Kira und Jason sind der geselligere Typ.«

Er wickelte sich eine seidige Haarsträhne um den Zeigefinger. »Der Landsitz neben Ashdown soll demnächst auf den Markt kommen. Ursprünglich hatte ich vor, ihn zu kaufen, das Land zu bestellen und das Haus zu vermieten, aber vielleicht interessiert Jason sich dafür. Es ist ein schönes Stück Land und nicht zu weit von Bristol. Von da aus könnte er sein Geschäft weiterführen.«

»Und Kira und ich wären für den Rest unseres Lebens Nachbarinnen«, sagte sie leise. »Was für eine wunderbare, großzügige Idee.«

»Ich handle aus rein egoistischen Motiven. Je glücklicher du bist, um so glücklicher bin ich.«

Ihr Lächeln verflog rasch. »Ich bin immer noch überrascht, daß du mich liebst. Und . . . ich glaube, ich habe ein wenig Angst, daß du enttäuscht sein wirst, wenn du mich in gewöhnlicheren Umständen siehst. Soviel von dem, was du gesehen hast, war ich als Kira, nicht ich selbst.«

»Unsinn«, sagte er gelassen. »Es ist nicht alleine die Außenwelt, die dazu neigt, eineiige Zwillinge als Gegenpole zu betrachten – Zwillinge tun es genauso selbst. Du hättest Kira niemals so gut verkörpern können, wenn du nicht dieselben Eigenschaften in dir hättest. In den vergangenen Wochen hast du keine Rolle gespielt, sondern deine wahre Natur entdeckt.«

Sie blinzelte ihn erstaunt an. »Glaubst du wirklich?«

»Ich weiß es.« Dieses Mal küßte er ihre Nasenspitze. »Ich bin froh, daß du dich als Cassie James zur Ruhe setzt, aber ich hoffe, daß du immer noch für mich tanzen wirst. Du bist eine hinreißend verruchte Zigeunerin.«

»Du bekommst eine Privatvorstellung, wann immer du willst.«

»Ich finde die Idee mit der Sondergenehmigung immer noch verlockend. Wir könnten vor Weihnachten verheiratet sein.«

»Ein ausgezeichneter Plan – das beste aller denkbaren Geschenke.« Sie reckte sich ausgiebig und schmiegte sich dann enger an ihn. »Und noch dazu sehr praktisch. Kira behauptet, daß ich schwanger bin.« Sie legte zärtlich eine Hand auf ihren Bauch. »Vielleicht ist ein dritter wichtiger Jemand unterwegs.«

Das rüttelte ihn aus seiner Trägheit auf. »Wirklich? Das wäre eine wundervolle Neuigkeit.« Er stützte den Kopf in die Hand und betrachtete ihr Gesicht. »Warum hast du mir das nicht eher gesagt?«

»Ich wollte, daß du mich heiratest, weil du mich liebst, nicht weil du mußt.«

Er lächelte zerknirscht. »Du bist viel anständiger als ich, Kit. Einen Großteil unserer sogenannten Werbung hindurch hatte ich das ganz und gar egoistische Verlangen, dich zu schwängern, damit dir keine Wahl bleiben würde, als mein Angebot anzunehmen.« Er legte seine Hand auf die ihre. »Ich habe keinen besonders bewundernswerten Charakter, weißt du.«

»Aber ich«, sagte sie in ihrer prüdesten, kathrynhaftesten Manier. »Ich habe die feste Absicht, den Rest meines

Lebens deiner körperlichen und geistigen Erbauung zu widmen.«

»Apropos körperliche Erbauung . . .«

Sie lachte, als er sie auf sich zog, und sie merkte, daß sein Körper eindeutig erbaut war. Nachdem sie sich mit einem provokanten Hüftschwung auf ihn gesetzt hatte, fragte sie mit vor Liebe heiserer Stimme: »Glaubst du, es werden Zwillinge?«

Band 12645

Mary Jo Putney

Der Spion und die Lady

Nach langer, aufreibender Spionage kehrt Robert Andrewville auf das Schloß seiner Väter zurück. Doch nichts kann ihm Ruhe und Erfüllung geben, bis die bezaubernde Maxima in sein Leben tritt. Halb Indianerin, halb Weiße, ist sie nach England gekommen, um die Wahrheit über den Tod ihres Vaters zu erfahren.
Gemeinsam durchqueren die beiden das Land, weichen Verfolgern aus und umkreisen einander in einem Tanz sehnsüchtigen Verlangens. Doch dann zerstören dunkle Geheimnisse die Romanze, und allein die Liebe hat die Macht, die Vergangenheit zu bewältigen.

BASTEI LÜBBE